桃花源の幻

PEACH BLOSSOM PARADISE

格非
Ge Fei

関根謙＝訳

ASTRA HOUSE

桃花源の幻

格非
Ge Fei
関根謙＝訳

PEACH BLOSSOM PARADISE

人面桃花
PEACH BLOSSOM PARADISE
by 格 非

装画: 矢野恵司
ブックデザイン：坂川朱音+鳴田小夜子（坂川事務所）

CONTENTS

主な登場人物

陸《ルー》 秀米《シュウミー》…………主人公。普済《プージー》の大地主・陸家の一人娘

陸《ルー》 侃《カン》…………秀米の父、陸家の当主。ある日突然失踪した

温《ウェン》 梅蕓《ユンアル》…………秀米の母。夫の失踪後、陸家を差配

翠蓮《ツイリエン》…………陸家の女中。元は陸侃の妾《めかけ》

喜鵲《シーチュエ》…………陸家の女中

宝《バオ》 琛《チェン》…………陸家の番頭。〝首曲がり〟と呼ばれる

老虎《ラオフー》…………宝琛の一人息子。虎子《フーズ》

張《ジャン》 季元《ジーユエン》…………遠縁として現れる謎の男

小驢子《シャオリュイズ》…………六本指の男

丁《ディン》 樹則《シューゾー》…………私塾の教師

趙《ジャオ》 小鳳《シャオフォン》…………丁先生の妻

孟《モン》婆さん…………陸家の隣人

花二《ホアアル》おばさん…………陸家の隣人

唐《タン》 六《リュウ》先生…………漢方医

孫姑娘《スングーニャン》…………村の私娼

王《ワン》七蛋《チーダン》と王《ワン》八蛋《バーダン》……双子の鍛冶屋
譚《タン》水金《シュイヂン》……渡し場の船頭
高《ガオ》彩霞《ツァイシア》……その妻
譚《タン》四《スー》……その息子

薛《シュエ》祖彦《ズーイエン》……夏荘に住む挙人

大爺《ダーイエ》／王《ワン》観澄《グァンチョン》……花家舎《ホアジャーシャ》の匪賊《ひぞく》の総元締め
二爺《アルイエ》……匪賊の二番目のお頭《かしら》
三爺《サンイエ》／慶《チン》福《フー》……匪賊の三番目のお頭
四爺《スーイエ》／慶《チン》寿《ショウ》……匪賊の四番目のお頭
五爺《ウーイエ》／慶《チン》徳《ドー》……匪賊の五番目のお頭
六爺《リュウイエ》／慶《チン》生《ション》……匪賊の六番目のお頭。小六子《シャオリュウズ》
韓《ハン》六《リュウ》……誘拐されてきた尼僧
鉄背《てつはい》の李《リー》……密偵
馬弁《マービエン》……五爺の護衛。馬の世話係

龍《ロン》慶棠《チンタン》……梅城《メイチョン》一帯に勢力を持つ清幇《チンバン》の大物

ちびっ子……小東西《シャオドンシ》と呼ばれる名の無い子ども。普済《プージー》と名付けられる

第一章

六本の指

一

父が二階から降りてきた。

父は籐《とう》の鞄を提げ、腕に棗《なつめ》材の杖をひっかけ、閣楼《ゴーロウ》[1]の石段を一歩一歩進み、中庭にやってくる。ちょうど麦の収穫の時で、邸内はひっそりとしていた。寒食節[2]に扉に挿した箱柳《はこやなぎ》と松の枝はすでに干からびてしまった。築山《つきやま》の脇に植えられた実海棠《みかいどう》も花は終わり葉が茂っていたが、散った花は掃除もされず、中庭一面に広がっていた。

秀米《シュウミー》は手に下着を握りしめ、本当はこっそり後院《ホウユエン》[3]に行って干すつもりだったが、父と出くわしてしまい、どうしていいかわからなくなっていた。

秀米が下着に血の痕がついているのを見るのはこれで二度目で、独りで井戸端に屈みこみ、ずいぶん長い間ゴシゴシ洗っていた。蜜蜂が何匹かブンブンと背中のあたりを飛び回っている。彼女は鉛の錘《おもり》を押しこまれたような、我慢できないほどの腹痛を感じて、馬桶《マートン》[4]にまたがってみたが何も出てこない。それでズボンを脱いで、鏡でこっそり血の出たところを覗いてみて、恥ずかしさに顔がいっぺんに真っ赤になり、胸がドキドキした。それから慌てて丸めた綿をそこに挿し入れ、ズボンを引き上げると、母のベッドに倒れこみ、刺繍《ししゅう》した枕を抱えて呟《つぶや》くのだった。死んじゃう、死んじゃう、わたし、もう死んじゃう、と。秀米の母親はそのとき梅城《メイチョン》の実家に帰っていて、寝室には誰もいなかった。

いま問題なのは、父が階段を降りてきているということだ。この痴れ者は、ふだんはほとんど降りてくることはない。毎年の正月一日だけ、母が宝琛《バオチェン》に背負わせて上から降ろし、階下の大広間の太師椅子[5]に座らせて、家族一同からの新年の挨拶を受けてもらうのだ。秀米はこの人は根っからの生ける屍《しかばね》だと思っていた。口も目も斜めに歪《ゆが》み、涎《よだれ》を垂れ流して、咳《せき》を一回しただけでずっとゼイゼイやっている。それなのに今日は、この痴れ者は急に足腰がしゃんとして、自分一人で矍鑠《かくしゃく》と階段を降りてきた。手には重たい籐の旅行鞄まで提げている。父は海棠の木の下で立ち止まると、袖からハンカチを取り出してゆったりと鼻をかんだ。父のおかしくなった頭が、まさかたった一晩ですっかり治ってしまったんだろうか。

秀米は父の持っている鞄を見て、どうやら遠くに出かけるようだと思ったが、無意識にまた自分の握っている下着の赤黒い血の痕に目をやると、なんだか取り乱してしまい、前院《チエンユエン》[6]のほうに向かって、宝琛、宝琛、と叫んだ。首曲がりの宝琛……秀米は家の番頭を呼んだが、あいにく応える者はいなかった。地面に落ちた花びらも埃《ほこり》も、午後のけだるげな太陽も彼女のことを無視していた。海棠も、梨の木も、壁を這う青苔も、蝶も蜜蜂も、扉の黒みがかった緑の葉をなす箱柳の細い枝も、屋敷を吹き抜けてその枝を揺らす風も、彼女のことを無視していた。

「大声で誰を呼んでいるんだ！　騒ぐな」父が言った。

父はゆっくりとこちらに向いて、あの汚らしいハンカチを袖の中にしまい、目を細めて秀米を見据えた。眼差しにはいくぶん咎《とが》めるような感じがあった。彼の声は紙やすりで擦ったみたいに低く擦れていた。秀米は父が自分に話すのを初めて聞いた。一年中陽の光を浴びることがなかったから、彼の顔はカビのびっしり生えた白壁のようで、灰色の地肌から点々とシミが浮き出て、髪の毛は風に揺れるトウモロコシの穂のような鈍い黄色を呈していた。

「出かけるの？」秀米は宝琛が探しても見つからないので、心を落ち着け、勇気を奮い起こして、父に声をあげて訊ねたのだ。

「そうだ」父が応えた。

「どこに？」

父はヒヒッと笑うと、しばらく空を見上げてからこう言った。「本当のことを言うと、今はわしもよくわかっておらんのだ」

「どこか遠いところに行くの？」

「とても遠いんだ」彼は灰色の暗い表情で言葉を濁し、身じろぎもしないで彼女を見つめた。

「宝琛ったら、宝琛、首曲がりの宝琛、役立たずの宝琛ったら……」

父はもはや彼女の叫び声に取りあわなかった。彼はゆっくりと秀米の前まで寄ってきて、彼女の顔を撫でたいとでも思ったのか、手を上げた。しかし秀米は悲鳴をあげて彼の手の下からぱっと逃げた。彼女は竹のまがきを飛びこえ、野菜畑の中に立って、遠くから首を傾《かし》げて父のほうを見つめながら、あの下着を何度も堅く絞っていた。父は首を揺らしながら、ちょっと笑った。父の笑顔は燃え滓《かす》みたいにも、石蝋《パラフィン》みたいにも見えた。

こういうふうにして秀米は、父が旅行鞄を提げて背を丸め、ゆったりと落ち着いた足取りで腰門《ヤオメン》[7]を出ていくのを見つめていた。彼女は考えがまったくまとまらず、胸がただドキドキと高鳴るばかりだった。ところが父は、すぐに引き返してきた。カワウソみたいな頭を扉の向こうから突き出し、笑っているような、いないような、少し恥ずかしげな様子で、キョロキョロと中を窺っている。

「傘はないか?」父は声を低めて言った。「普済《プージー》にもうじき雨が降るぞ」

これが父の秀米に残した最後の言葉となるのだが、そのとき彼女にはまったくわからなかった。秀米は顔を上げて空を見てみた。雲一つなく、真っ青な空がどこまでも高く広がっていた。

父は鶏小屋のあたりから布張りの傘を見つけてきて、開いてみた。傘の布は虫に食われて穴だらけになっており、骨が剥き出しになっていた。それで傘を閉じて、バサバサ振るったら、骨だけになってしまった。彼はしばらくためらっていたが、それを壊れ物でも扱うようにそっと壁に立てかけ、旅行鞄を手に取って、後ろ向きに引き退《さ》がりながら出ていった。そしてまるで誰かを驚かしてはいけないと思っているかのように、静かに扉を動かした。二枚の扉は閉められた。

秀米は長いため息をつき、下着をまがきの上に干すと、すぐに誰かを呼ばねばと思い、回廊の横をまわって前院に行った。宝琛はいない、喜鵲《シーチュエ》も翠蓮《ツイリエン》もいない。あの痴れ者は日を選ぶのが本当にうまい、まるで家中の年寄りから子どもまで、みんなと相談して決めたみたいだ。正房《ジョンファン》[8]、廂房《シャンファン》[9]、柴小屋、厨房、馬桶のカーテンの裏まで探し回ったが、誰一人として影も見えない。秀米は中庭を通り抜け、大門の外まで出て、あたりを見回した。もはや父の姿は見えなくなっていた。

秀米は隣の花二《ホアアル》おばさんが玄関先で竹籠に胡麻を広げて陽に晒しているのを見かけ、父を見かけなかったかと聞くと、見ていないと答えた。秀米はさらに、喜鵲と翠蓮は見かけなかったかと聞いたが、花二おばさんはまた見ていないと答えた。最後に秀米が宝琛のことを訊ねたら、花二おばさんは笑いだした。

「あいつのことを見張っていてなんて頼まれもしていないのに、知るもんかね」

秀米が立ち去ろうとすると、花二おばさんに呼び止められた。「あんたのとこの旦那さまは閣楼に閉じ込められていたんじゃなかったのかい、どうやって出ていったんだろう」。秀米が「あたしにもわからないの、えーと、ともかく出ていっちゃったのよ。あたしはこの目で父が腰門から出ていくのを見たんだから」と言うと、花二おばさんもいささか慌てだした。「そんなら、急いで人を集めて探さなくちゃ。あの人みたいに訳がわからなくなっちゃった人は、道でつまずいて肥溜にはまったりしたら、それでもう簡単にお陀仏になっちゃうんだから」

二人が話していると、翠蓮が籠いっぱいの金針菜[10]を抱えて、村の東のほうからやってくるのが見えた。秀米は急いで駆け寄った。翠蓮は事情を聞かされても、思いのほか落ち着いていて、言うこともやはりまともだった。「旦那さま、旅行鞄を持っていったって言うことね、まだそんなに遠くまで行っているはずはないわ、まずは急いで渡し場に行ってあの人を押さえるのよ、もし長江を渡られちゃったら、探しようがなくなるわよ」こう言い終わると籠を置き、秀米の手を取って二人で渡し場のほうに駆けだした。

翠蓮は纏足《てんそく》だったから、走り出すと身体中が躍り上がり、豊かな胸が激しく波うった。鍛冶屋の王七蛋《ワン・チーダン》、王八蛋《ワン・バーダン》[11]兄弟は目を大きく見開いたままじっと見つめ、口をあんぐりとあけていた。途中で麦の収穫をしている人たちに出会って訊いてみたが、やはり陸《ルー》の旦那さまが通りかかるのを見てはいないとのことだった。二人は一帯を走り回り、村はずれの池の端まで駆けてきたとき、翠蓮は足がへなへなとなって地べたに座りこんだ。そして縫い取りのあるかわいい纏足の靴を脱いで足を揉み、緑色の袷《あわせ》の襟元を寛げてハアハアと息をついだ。「こんなにめちゃくちゃに走ってもどうしようもないわね。あんたの父さん、渡し場にきていないということは、もう村の裏手の一本道しかあり得ない。やっぱり早く首曲がりの宝琛を見つけるのが先決よ」

「あの人、どこに行ってしまったのか、わからないの」秀米が言った。

「あたし知っているわ」と翠蓮が言った。「十中八九、孟婆《モン》さんのところで麻雀《マージャン》をやってるに決まってる。ちょっとあたしの手を引いて起こしてよ」

翠蓮は靴を履き、緑色の袷の襟を整えた。秀米が支えて起こすと、二人は村の真ん中にある大きな杏《あんず》の木を目指してよろめきながら歩き出した。翠蓮がふと気がついて、旦那さまはいつ閣楼から降りてきたのか、どんなことを言っていたのか、喜鵲はどうしていなかったのか、なんで引き止められなかったのか、などと思いつくままくどくどと訊ねていたが、そのうち急に怒りだした。「閣楼の扉の鍵は絶対開けちゃダメだと言っていたのに、あんたの母さんはあの人を日光浴させるってあずまやに連れ出していたのよ、まったくこんなことになるんだから」

孟婆さんは杏の木の下で綿を紡いでいたが、綿引き車をあんまり速く回すものだから、紡いだ糸が切れそうになった。孟婆さんは一人でぷりぷり腹を立てている。翠蓮が声をかけた。「孟婆さん、ちょっと休んだら。聞きたいことがあるんだけど、うちの宝琛がお婆さんとこで麻雀やってない？」

「来たとも、来ないわけがないだろ」孟婆さんはぶつぶつと言った。「たった今、あたしから二十吊銭《ディアオチエン》[12]巻きあげて出ていったよ。あいつは手元が苦しくなるとあたしんとこに来て、あたしからわずかな棺桶代を搾り取るんだ。勝ったらすぐおさらば、もう半荘《ハンチャン》やってくれって頼んでも聞きゃしない。出ていくときに、大きな干し柿二つも食いやがった」

孟婆さんがこう言うと、翠蓮は笑いだした。「お婆さん、もうこれからはあいつと麻雀なんかやらなきゃいいのよ」

「あいつとやらなかったら、あと誰とやれるって言うんだい」孟婆さんが続けた。「ここ普済には昔からの麻雀仲間なんて何人もいやしないんだ、一人でも欠けたら卓も囲めなくなっちまうのさ、ほんに今日あたしったら、手元が狂ってばかりだ、綿引き車を回しても、糸が切れちまう」

「お婆さん、あいつがどこに行ったか知ってるんでしょ」

「あたしが見たのは、あいつが干し柿二つ持って、齧《かじ》りながら行っちゃったとこだけさ、ニタニタしながら村の奥のほうに行ったな」

「孫姑娘《スングーニャン》[13]のとこに行ったんじゃないの」翠蓮がたたみかけた。

老女は笑って答えなかった。翠蓮が秀米の手を引いて出かけようとしたとき、孟婆さんが後ろから声をかけた。「あたしゃあいつが孫姑娘のとこに行ったなぞ、言ってないからな」こう言うとまた笑うのだった。

孫姑娘の家は村の奥の桑畑近くにあった。ポツンとした小さな一軒家で、庭の外に池があり、池の周囲には野薔薇《のばら》や忍冬《すいかずら》の茂みが広がっていた。庭の戸は堅く閉ざされていて、物音一つなく静まりかえっていた。戸の前に髪の毛の真っ白な猫背の老人が腰掛けていて、塀に寄りかかって日向《ひなた》ぼっこをしている。老人は二人が池の向こうからやってくるのを見かけて、警戒した面持ちで立ち上がると、鼠《ねずみ》のような小さな目をキョロキョロと落ち着かなく動かした。翠蓮が秀米に、「あんたはこの池のそばでじっと待ってて、わたしが宝琛を呼んでくるから」と声をかけ、言い終わると、纏足の足を素早く動かして進んでいった。老人は翠蓮のたいへんな剣幕に気づくと、両手を広げて前を遮り、声をあげた。

「大口姐《ねえ》さん、あんた、何の用なんだ」

翠蓮は老人にかまわず、戸を開けて中に押し入った。老人は翠蓮を止められなかったが、必死に手を伸ばして彼女の奥襟を引っ摑《つか》んだ。翠蓮は振り返ってジロリと睨《にら》みつけると、老人の足下にぺっと唾を吐いた。「くたばりぞこないめ、これ以上わたしに手をかけるんなら、おまえなんか、池にぶちこんでやるわ」。老人は腹が立つやら気がせくやらでどうしようもなかったが、顔にはなんとか笑顔を作り上げ、声を潜めて言った。「お嬢さん、声が高い」と。

「あんた、何怖がってんの、このお宅はこんなに静かよ、あんたんとこのあの売女《ばいた》が寝床でどんなに激しいよがり声をあげても、聞こえやしないもの」翠蓮は冷たくせせら笑うと、ますます声を高めていった。

「世間じゃ、因果は巡るって、な」老人が口を挟む。「人聞きの悪い言葉を口にすると、自分を汚すことになるんじゃ」

「よくもほざいたわね！」翠蓮は罵《ののし》り声を募らせる。「爺さん、その手を離さないと、この売春窟に火を点けてきれいさっぱり燃やしてやるわ」。老人は手を引き、足を踏み鳴らして悔しがった。

翠蓮が戸を押し開けて入ろうとすると、中の廂房から人が転がり出てきた。まさに探していた首曲がりの宝琛だ。戸のところまで来る間に、顔を相変わらず一方に傾げながら、慌ててボタンをはめ、へへへっと笑っている。

「大口姐さん、大口姐さんよ、どうかね、今日は……雨が降ると思うかい」


やっぱり雨になった。雨が夕暮れから夜半まで降り続いた。中庭の溜水が花壇の高さを超え、回廊まで水浸しになりそうだ。秀米の母はすでに梅城から戻っており、大広間の太師椅子に斜《はす》に腰かけ、戸の外の雨だれに見入りながら始終ため息をついている。翠蓮もあくびを連発し、手に持った麻糸の塊をほどこうとしているのだが、どうしても糸口が見つからないでいる。喜鵲は秀米の母の横に座り、彼女がため息をつくと一緒にため息をつき、舌打ちをすると同じように舌打ちをした。誰もひとことも話さない。窓が風に吹かれて立てるバタンバタンという音は、屋根を叩くザーザーという雨音と混じり合って共鳴し続けている。

「あんたはいつものんびり、金針菜なんか摘みに行っているんだもの」秀米の母が翠蓮に言った。この話はもう何度も繰り返されていて、翠蓮が相手にしないのを見るや、彼女は喜鵲に矛先を変える。「あんたも人の言うことを何も聞いていないんだから、麦を挽くのは新麦の収穫が終わってからにしてって言っているのに、粉挽き小屋にしょっちゅう出かけてる」。それから秀米をじっと睨んで、冷たく言い放った。「お父さんは確かに頭がおかしいかもしれないけど、あんたのお父さんなのよ、しがみついて押さえつけたって、あんたの腕に噛《か》みついたりはしなかったろうに」。そして最後にはまたあの役立たずの宝琛を罵りだした。何度も繰り返したあの文句だ。十分に罵り尽くすと、喜鵲に訊ねた。「あの首曲がりは一日中いったいどこに行ってたんだい?」。喜鵲はただ首を振るばかりだ。翠蓮も知らないとしか答えず、秀米は翠蓮が言わないのを見て、やはり口を噤《つぐ》んでいた。秀米のまぶたはしだいに重たくなり、聞こえてくる雨音までもなんだか本物でないように感じていた。

夜半過ぎになってようやく宝琛が戻ってきた。宝琛はカンテラを提げてズボンの裾を上まで捲りあげ、いかにも意気消沈した様子で大広間の中に入った。彼はみんなを引き連れて十数里四方をくまなく探し回り、山の麓の関帝廟《かんていびょう》まで追跡して、一千回も五百回も消息を訊ねたのだが、手がかりのかけらも摑めなかった。

「あの人はまさか昇天しちゃったんじゃなかろうね」母が叫んだ。「あんな頭がおかしい人ひとり、旅行鞄までぶら提げて、こんなに短い間にどこに行けるって言うの」。宝琛はその場に立ったまま、ものも言わず、ただ身体中から雨水を滴らせるばかりだった。

二

父はどうして頭がおかしくなってしまったのか、この疑念が長年にわたって秀米の心を押さえつけていた。ある日秀米は私塾の教師丁樹則《ディン・シューゾー》先生に訊ねてみたが、老人は顔を曇らせて冷笑を浮かべ、「家に帰ってお母さんに訊けばいい」と言った。秀米の母は箸をテーブルに叩きつけ、テーブルの四つの椀がいっぺんに跳ね上がった。秀米の記憶の中では、四つの椀が同時にテーブルから跳ね上がったことが、もしかしたら父の発狂した本当の原因かもしれないというふうになった。秀米はそれから翠蓮にまとわりついた。翠蓮は自信満々でこう答えた。「そんなことはっきりしてるわ、すべてあの韓昌黎《かん・しょうれい》[14]のくだらない桃源図のせいなの」。秀米が彼女に韓昌黎って誰なのと訊くと、翠蓮が言うには、昔あの金の兀朮《うじゅ》を散々に打ち破った人だそうで、奥さんが梁紅玉《りょう・こうぎょく》、天下一の美女だった、とか。その後、秀米は韓愈《かん・ゆ》の『進学解』を勉強し、韓昌黎が兀朮を打ち破った韓世忠《かん・せいちゅう》とは別の人であること、その奥さんも梁紅玉ではないことを知り、翠蓮の解釈は呆気なく崩れた。秀米は喜鵲にも訊いてみたが、喜鵲の回答は「まあ、そんな感じでおかしくなったってこと」というものだった。

喜鵲に言わせれば、人が発狂するのに特別な理由などあるわけがないし、しかも、誰でもいつかはきっと発狂する日がやってくるのだ。

　結局秀米は、宝琛の口からなんとか聞きだすしかなかった。

　宝琛は十二歳のときから父のそばに仕えており、父が塩税の汚職事件に連座して任官中の揚《ヤン》州《ジョウ》[15]府学[16]から原籍の実家に引き戻されたときも、宝琛は父に従い南に遷《うつ》った唯一の召使いだった。宝琛が言うには、陸家には確かにそういう桃源図はあったそうだ。それは丁樹則が旦那さまの五十歳の誕生祝いに届けた贈り物だという。父が解職されて普済に来たばかりの数年、二人は詩を互いに送りあい酒宴をたびたび重ねてきて、もっと早く知り合っていれば良かったという雰囲気だったらしい。その宝図は韓昌黎の真筆だと言われていて、もともと丁家の蔵書庫奥深く大切に保管されてきた家宝だった。二十数年前、その蔵書庫は大火に見舞われ灰塵《かいじん》に帰したが、宝図だけは奇跡的に無事だったという。つまりこの宝図は、丁家で大切に守られてきた不朽の名作で、大火にも焼けることなく伝えられた宝物であるにもかかわらず、丁樹則はいささかも惜しむことなく友への贈り物としたわけだから、二人の親交の深さは並大抵のものではなかったということになる。

【桃源図：唐代の韓愈の作と伝えられていた。普済丁家に代々伝わり、その後数人の手に渡った。一九五七年八月、北京市と江蘇省文物局合同の専門家チームの鑑定により、偽物と判定された。現在は普慶市博物館が所蔵】

　しかしそういうある日、宝琛がやかんの湯を持って茶を淹《い》れに二階に上がろうとしたところ、上からパンパンという音が聞こえた。階段を上っていくと、二人はなんと喧嘩《けんか》をしていたのだ。丁先生が旦那さまを平手で叩くと、旦那さまも顔を張り返して、二人とも口をきかず、ただ向き合って殴り続けている。宝琛は一時、仲裁することも忘れて、ぼうっと見つめてしまった。やがて丁先生が血糊《ちのり》とともに前歯を一本吐き出すに及び、旦那さまはようやく手を止めた。丁樹則はウッウッと声をあげながら、顔を押さえて階段を駆け下り、間もなく塾の生徒が絶交書を届けにきた。旦那さまはランプの下でその書を広げ、七、八回もじっと読んでいたが、舌をしきりに鳴らしながら、素晴らしい字だ、素晴らしい、と筆跡を褒め称えていた。旦那さまの頬もひどく腫れ上がっていて、何か言うのにも、口の中に卵を一つ入れているみたいだった。二人がなぜこんなにも仲違《なかたが》いしてしまったのか、宝琛にもその理由はわからず、ただ、世の中の読書人というのは、もともと痴れ者の集団なのだろうと嘆くばかりだった。

　こういうのが、宝琛の解釈だった。

　丁樹則先生の解釈ではこうだ。父が丁先生に送った詩の中に李商隠《り・しょういん》[17]の「無題」の典故を用いたのがあったのだが、そこで「金蟾《きんせん》鎖を噛み香を焼きて入る」[18]の一句にある「金蟾《きんせん》」を「金《きん》蟬《せん》」と書き間違えていたという。

「明らかに完全な誤りじゃろ。おまえの父親の学問は独りよがりでいい加減だったがな、李義山《り・ぎざん》の詩についてはかなり詳しかったから、単なる笑い草で済んだはずで、本気で相手になって言い張ることなぞなかったんだ。わしだって善意で誤りを指摘してやっただけで、バカにしようなどこれっぽっちも思っていなかったぞ。ところがあいつはカッと頭に血が上り、目の前で本を開いてきっちり確かめるって喚《わめ》いたんだ。自分が間違っていたのははっきりしているのに、どこまでも強弁を弄《ろう》して、いかにも偉そうなお役人風を吹かしやがった。あいつはもう解職されていたんだから、お役人さまでもなんでもないわけじゃろ。確かにあいつは進士[19]に通り、わしは受かっていない、あいつは州の役人になったが、わしはなっていない。だがな、たとえてめえが進士さまだろうが、府学の教授さまだろうが、まごうことなきイボイボ蟾蜍《ひきがえる》はどんなにしたって蝉《せみ》に変わりようがないんだよ。あいつはわしがこう言ったのを聞くや否や、立ち上がってわしにビンタを喰らわし、わしの歯を一本吹き飛ばしやがった」

数年後になっても丁樹則先生は依然として意気消沈したままで、生徒に口を開けて見せては、歯の抜けた桃色の歯茎を確かめさせていた。だから秀米は、父の発狂した原因が丁先生の吹き飛ばされた前歯にあるのかもしれないと、感じることがあった。

ともかくどんな解釈をしようとも、父は気が狂ってしまった。

父はあの韓昌黎の宝図を入手してから、それを珍宝として閣楼にしまいこみ、軽々しく人に見せたりはしなかった。丁樹則先生は父と喧嘩してから何度も家人を寄越して取り戻そうとしたが、父はただ、「もし本人が取りに来るなら、わしは謹んでお返し申し上げよう」と言うばかりだった。丁樹則としては、父と反目して以来、あの宝図のことを思うといつも、心中陰鬱な痛みが走るのを免れなかった。だがしかし、すでに贈り物としてしまった品であり、もし自分が無理やり取り戻したとなれば、やはり面子《メンツ》が立たないと感じていたのだ。宝琛が言うには、父はあの図を見ているうちに発狂したそうだ。

翠蓮は父に仕えていて、毎朝父が起床すると、行って床を畳んだりする世話をしていた。ある日彼女が行くと、寝床が前の晩に敷いたままになっていて、父は書き物机に突っ伏して寝入っている。机の上には何冊も書物が広がっていた。そしてあの図には丸や点があちこちに付けられ、ランプの灰が一面に落ちていた。翠蓮は父を揺り起こし、どうして寝床に入って寝ないのかと訊ねた。父は訊かれたことに答えもせず、真っ赤に充血した目を擦りながら振り返り、完全にうつろな眼差しで彼女を見つめた。翠蓮は父のぼんやりした目つきとおかしな表情に気づき、耳のあたりの髪に手をやって梳《と》かしながら訊ねた。「こんなに何年もご本を読んでいて、旦那さまはまだ飽きないんですか」と。

父はやはり身じろぎもせずに彼女をじっと見つめていた。そのままだいぶ経ってから父はやっとため息をつき、「翠蓮、わしは亀に似てないか?」と言った。

翠蓮はこの言葉を聞いたとたん、父をその場に残して転げ落ちるように慌てて階段を降り、母に父の言葉をそっくりそのまま伝えた。母はそのときちょうど、自分を騙《だま》して梅城の売春窟に行っていたことで宝琛を叱りつけていて、翠蓮の話をまともに聴く余裕はなかった。ところがその夜、一家が揃って大広間で食事をしていたときに、父が突然扉を開けて入ってきた。父が自分で階段を降りてくるなんてことは、この数ヶ月の間、初めてだった。しかも父は、衣服を何も身に着けていなかった。素っ裸の姿に、その場にいた全員が驚いて顔を見合わせ、一時みな呆然としてしまった。そんなことを気にもせず、父は抜き足差し足といった格好で喜鵲の背後に回り込み、手を伸ばして彼女の目を覆《おお》い、「わしはだあれだ? 当ててごらんよ」と訊くのだった。

喜鵲はびっくりして首をすくめ、箸を持った手を宙に振り回し、怯《おび》えた口調で「旦那さまです」

と答えた。

父は子どもみたいに笑いだし、「その通り」と言った。

母はあまりのことに驚き、ご飯を口の中に入れたままずっと言葉が出なかった。その年、秀米は十二歳だった。今でも彼女は、父が寂しそうな笑いを浮かべた後、顔がまるで灰のようになってしまったことをよく覚えている。

母は父がこんなに急に発狂してしまうなど、信じられないようだった。少なくとも、母は父の快癒に対してまだ大きな期待を抱いていた。初めの数ヶ月は、母は落ち着いていて決して急がなかった。まずお願いしたのは医者の唐六《タン・リュウ》先生で、この人はものすごく大量の薬湯《やくとう》を父に注ぎ込み、身体中びっしり鍼《はり》を刺しまくった。秀米は猿股一つの父が、宝琛に籐の椅子に縛りつけられ、身体中に鍼が刺さったままの姿で、殺される豚のような悲鳴をあげていたことが忘れられない。それから僧侶の法力による治療や道士の邪気払いが行われた。さらにその後には、陰陽《おんみょう》使いと盲目の巫師《ふし》もやってきて、麻衣相法《まいそうほう》[20]、六壬神課《りくじんしんか》[21]、奇門遁甲《きもんとんこう》[22]などすべて一通り試された。実行されなかったのは、父の骨を抉《えぐ》り出して大鍋で煮込むことぐらいだ。春のはじめから夏の終わりにかけて父は散々な目に遭ったが、その後は穏やかになって、身体も一回り太って肉がついた。歩くとたるんだ肉がゆさゆさ揺れ、目に至っては肉に押されて一筋の線みたいになってしまった。

その年の夏、父が庭を散歩していて、一休みしようと石卓《せきたく》に軽く寄りかかったところ、その石卓がひっくり返ってしまった。宝琛が村から数名のがっしりした男たちを呼んできて元通りにしようとしたのだが、その連中が掛け声も勇ましくあれこれやってみても、石卓は少しも動かなかった。

父は興が乗ると、すぐ人を殴りつけるようになった。宝琛などは父の一撃で地面をくるくる転げ回るほどだった。ある日、父はどこから手に入れたのか、長柄の大太刀《おおだち》を持ってきて庭の木に斬りかかった。母が家人を連れて駆けつけたときには、大太刀が縦横無尽に振り回され、刃のギラギラとする光が赴くところ、樹木も草花もみな斬り飛ばされてしまっていた。父はすでに藤をバッサリ払い、石榴《ざくろ》一株、檜三株、枝垂槐《しだれえんじゅ》二株を斬り倒していた。母は宝琛に、父を取り押さえるように言った。そう言われた宝琛は父からかなり距離を保って、まるで太極拳のようなポーズをとりながらぐるぐる回るばかりで、まったく近寄れなかった。このことで母は、大胆な決定をせざるを得なくなっていった。母は父を家畜みたいに繫《つな》ぎ止めるために、村の鍛冶屋王七蛋・王八蛋兄弟に突貫仕事で鉄の鎖と銅の錠前を鋳造させたのだ。母が土地廟に出向いて自分の考えを土地神さまに聞いてもらったところ、神仙はたちどころに了承された。続いて観音さまにお祈りすると、観音さまもただちに母の夢枕に立ち、できるだけ早く着手し、鉄の鎖は頑丈であればあるほどいいと母に告げた。しかし王氏兄弟が鉄の鎖を届けてくる前に、父の周りでまた事件が起きた。ある深夜に、父が閣楼にこれという理由もなく火を放ったのだ。鼻をつく濃煙にむせって家人が目を覚ましたころには、炎はもう閣楼の庇を舐めるほどまで燃え上がっていた。この事態で、首曲がりの宝琛はついに主人に対する忠義心を発揮し、井戸水で濡らした布団を被って火の海に飛びこんでいった。宝琛は奇跡的に、自分の三倍以上も体重のある父を担ぎ、懐に書籍を一括り、口にはなんと父が宝のように大切にしていたあの桃源図を咥《くわ》えて火の中から出てきた。残念なことに桃源図の一角は燃えてしまっていた。閣楼のすべては、こうして大火に吞《の》まれて焼け落ちたのだ。

この突如として起こった大火は母をついに、父の発狂や家中の一連の不幸な出来事は、みなあの宝図が引き起こしたことなのだと悟らせるに至り、母は宝琛に相談することにした。宝琛が言うには、あの図はもともと丁家に昔からあったもので、丁樹則は何度も人をよこして返してほしいと言ってきていたから、ここはあっさり向こうさまの言い分を認めて返してやればいい、そうすればまさに一挙両得、確かに宝図の一角は焼けて、紙もだいぶ黒ずんでしまって、カサカサに脆《もろ》くなっているが、きちんと表装すればちゃんと元通りになるはず、というものだった。母は宝琛の言うことはもっともだと思い、翌朝早く、閣楼の廃墟《はいきょ》にまだ青い煙が立ち上っているときに、宝図を胸に抱き、腰門を出て丁先生の屋敷に向かった。しかし丁家の西窓の下に着いたとき、ヒソヒソ話す声が漏れ聞こえて、思わず足を止めて耳を澄ませた。丁樹則の女房趙小鳳《ジャオ・シャオフォン》の声だった。

「……あの陸家はなんの理由もなく我が家の宝物を奪い取り、どうしても返そうとしなかったのに、今回はどうよ、きれいさっぱり焼けてしまったわ。あの図は我が家にあったときには、数世代にもわたって凶を吉に、禍を祥に変じてくれていて、なんら事件など起きなかったのよ。でもああいう徳のない家に収まると、絶えず怪しいことが起こってしまう。福縁も仏縁もない人があの図を管理できるはずがなかったの、だからむざむざと気が狂うところまで持っていかれてしまったんだわ」。

この言い分を聞いているうちに、母はむかっ腹を立てて家に引き返し、すぐさま図を燃やしてしまおうとした。それを翠蓮が引き留め、「燃やしてどうするんですか、そんならあたしが靴の敷物にでもしますよ」と言って、それをパッと取ると自分の部屋に持っていった。

夏の終わりに、母は奥庭の閣楼を再建するために、宝琛に大工を集めさせた。ちょうど季節の変わり目、九月の豪雨続きのときで、その十数名の大工や左官の連中は美しかった庭園を蹂躪《じゅうりん》して臭気が一面に漂う牛の囲い場みたいにしてしまった。その連中はまったく慎みなど知らず、どこにでも勝手に入りこんで、喜鵲や翠蓮を見かけても遠慮するどころか、あちこちキョロキョロじろじろ見回すばかりで、怯えた秀米は一ヶ月以上も階下に降りていけなかった。

そういう大工の中に年の頃十八、九の慶生《チンション》というのがいた。虎や熊みたいに頑丈な体つきで、胸はぶ厚い塀ほどもあり、どしどしとすごい音を立てて歩くから扉の銅輪の取手が振動で揺れだすほどだった。こいつには「聞かん坊」という渾名《あだな》があって、屋敷の中を自由自在に歩き回るのを、親方でさえ抑えられなかった。言うことを聞かなくなると、こいつの手は勝手に動いて翠蓮の腰もとをひと撫でするし、足は勝手に間違って、入浴中の喜鵲のいる廂房に入りこんだりもする。そのとき喜鵲は恥ずかしさのあまり裸のまま浴槽から飛び出して、ベッドの下に潜りこんだ。母と宝琛は親方のところに文句を言いに行ったが、その年寄りは「あいつときたら、何も言うことを聞かんのです、どんなにしたってともかく言うことを聞かんのですわ」と言いながら笑うばかりだった。

閣楼竣工の日、秀米は大工たちが立ち去っていくのを二階の窓から見ていた。あの慶生という男は確かにおかしな奴で、みんなまっすぐ歩いていくのに、こいつだけは背中を向けて進んでいて、後ろ向きになって屋敷のほうを眺めまわしている。じろじろ眺めてはしきりに頷いている。そしてこいつの目が窓辺に立っている秀米を見つけたとき、二人とも目が合って驚いていた。そいつは秀米に手で合図を送り、眉や目をさまざまに動かして気味の悪い笑いを浮かべて見せた。そいつときたら、そんなふうにずっと後ろ向きになったまま村の外まで向かって行き、村の入り口の大きな栴《せん》檀《だん》の木に思い切りぶつかったのだ。こういう連中が立ち去った後、母は家人に命じて鉄のシャベルで大広間の汚泥を取り除かせ、外壁をしっくいで塗り直させ、香を焚《た》かせて屋敷中に籠った悪臭を駆除した。それから大工たちが乱暴に座って壊した太師椅子を修理に出した。こうしてたっぷり七、八日間もかけて屋敷内はようやく昔日の安寧を取り戻した。

王氏兄弟が鉄鎖と銅製錠前を届けにきたときには、もう必要がなくなっていた。父はあの大火ですっかり怯えてしまい、熟睡した赤子みたいに大人しくなっていたのだ。一日中閣楼脇のあずまやにぼうっと腰掛けていたり、洗面用の素焼きの釜に向かって話しかけたりするだけだ。そしてしょっちゅう自分の指をしゃぶっていた。閣楼の西側には頭巾薔薇《ときんいばら》の花棚があって、花が棚いっぱいに掛かっていた。花棚の下にも小さな石卓が置かれていて、初夏には頭巾薔薇の白い花が咲いて棚から垂れ下がり、爽やかで奥深い香りを放った。父は宝琛に支えられて降りてくるとその石卓の脇に腰掛け、午後中の時間を花棚の下で過ごすのだった。

その年の冬、母は老師への入門の礼宴を設け、秀米を私塾に入れて勉強させることにした。いろいろと迷った挙句、最終的に老師に選ばれたのはやはり丁樹則だった。秀米が通い始めたころ、丁樹則は授業も何もせず、ひたすら彼女の父の悪口を言うばかりだった。おまえの父親は隠士ぶって世の嘆きばかり口にし、陶淵明《とう・えんめい》[23]を真似して、池のまがきの側で野菊を摘んで茶を点《た》てよったが、心はいっときも揚州府のお役所を離れなかったんだ。あの「翩然《へんぜん》たり一隻《せき》雲中の鶴、飛来飛去す宰相の衙《が》[24]」というようなものじゃ。

秀米は先生に、父はなぜ火を放って書物を焼いたのかと訊いてみた。「おまえの父親は役人の世界で排斥されていたからな、溜まった憤懣《ふんまん》のやり場がなくて、とうとう書物にそれをぶつけてしまったんじゃ。まだ発狂する前のことじゃが、一生の失敗がみな誤った読書のせいだと思いこみ、村中の書物を全部焼き払ってしまうと騒いだこともあった。結局のところはな、やっぱり出世やら栄華やらに未練たっぷりだったっていうわけじゃ。あんないい歳をして、まだ色白で小ぎれいな妓女《ぎじょ》を家に置いたりして、どういう了見だかわかるだろ」。秀米は翠蓮のことだとわかった。それじゃ、父はなんで刀を振り回して木を斬り倒したのかと、続けて訊いた。丁樹則は「それはな、桃の樹を植えたかったからじゃ。あいつは昔わしに、村中の家々の玄関先に桃の樹を植えさせようって言ってきたことがあって、わしは冗談かと思ったんじゃ」と答えた。

「お父さんはどうして桃の樹を植えたかったの？」

「あいつはここ普済が昔陶淵明の見つけた桃花源[25]で、村の前に流れる大河が武陵源だと信じていたんじゃ」

「そんなことありえるんですか？」

「狂人じゃからな、ふつうの理屈じゃわからん。もっとでたらめなこともあったぞ、あいつは普済に風雨除けの長い廊下を造って、すべての家を結ぶんだと言っておった、ハッハッハッ、あいつはな、そうすれば普済の人は日に晒されることも雨に濡れることもなくなるって思ったんじゃ」

丁先生の父に対する言いたい放題の罵詈雑言《ばりぞうごん》は、かえって秀米に父への同情の念を呼び起こした。そして彼女は、父が風雨除けの長い廊下を造るのがなんで間違いなのか、どう考えてもわからなかった。

「でも、先生……」

丁樹則は秀米の質問が延々と続くのを見て、眉根をひそめ、煩わしそうに手を振るとこう言った。

「おまえの歳では、こういうことがわかるにはまだ早すぎるんじゃ」


今、秀米は十五歳になった。父が家を出たその日の夜、秀米はベッドに横になっていたが、耳に響くザーザーと屋根を打つ雨音と、闇に漂う苔と雨の匂いに目が冴えわたり、眠気が失せていた。秀米はわかっていた、父が発狂した本当の原因をはっきりさせるには、自分はまだ若すぎるのかもしれない、普済の外の広々とした世界で何が起こっているのか理解するには、自分はやっぱり若すぎるのかもしれない、と。

三

その日はひっきりなしに来客があった。

まず初めに渡し場の船頭譚水金《タン・シュイヂン》と女房の高彩霞《ガオ・ツァイシア》がお話があると訪れた。昨日、渡る客がいなかったから水金は息子の譚四《タン・スー》と船倉で碁を打っていた。この親子はどちらもかなりの打ち手で、こういう強さは祖先譲りだという。祖父はある凄まじい対局で、一歩も退かず猛烈な手を打ち続け、ついに血を吐いて死んだのだそうだ。昨日の午後は、親子で三局打って、最初の二番は譚四が勝ち、最後の一番をまだ打っているときに、大雨になった。水金が「あの雨はすごかったんです」と言い、高彩霞は「本当に、本当に、ものすごかったんです」と続けた。母は忍耐強く彼らのくどくどした話を聞いていたが、ついに我慢できなくなって口を挟んだ。「それであんたたちは、うちの旦那さまを見かけたの？」。高彩霞は見ていないと言い、水金もただ首を横に振るばかりだ。「昨日の午後は誰一人、川を渡りゃしませんでした。人はおろか、鳥も渡っていきゃしませんでした。俺たちが朝早くからこちらに駆けつけたのは、このことを申し上げようと思ったからで、俺たちはお宅の旦那さまを見かけてはいねえんです。俺は舟の中で息子と碁を打っておりましたんで、全部で四局は打ちました」。高彩霞がすぐに「四局じゃなくて、三局よ、それが終わらないうちに雨になったんだから」と言った。彼らはこんな感じで何度も同じ話を繰り返し、昼どきになって、ひどく不機嫌なままようやく帰っていった。

譚夫婦が立ち去るとすぐ、宝琛がどこからか汚らしい身なりの老婆を連れてきた。この老婆はずばりとひとこと、この目で父が去っていったのを見たと言った。母が老婆に、父がどちらに向かって行ったのか訊ねると、老婆は「まずあたしに何か食べものを持ってきてくださいよ」と言う。この様子を見ていた喜鵲がすぐに台所に走り、大皿に盛った蒸し餅菓子を持ってきた。老婆は口もきかずに、手で鷲摑みにして一気に五個飲みこみ、懐に三個しまうと大きなげっぷを放って出ていこうとした。翠蓮がその前に立ちはだかり、「あんた、まだうちの旦那さまがどこに行ったか言ってないわよ」と声をかけた。老婆は手で屋根の上のほうを指し、「昇天したんだよ」と言った。

「お婆さん、そりゃいったい、どういうことなんでしょう?」宝琛が訊いた。

老婆は手で中庭の上にかかる屋根のほうを指し、「天に昇ったんじゃや。あんたがたはあの人を待つことはない。紫の祥雲が東南の方角から漂ってきたと思ったら、旦那さまの足元に降ってきて、たちまち麒麟《きりん》に変わったんじゃや、お宅の旦那さまはその麒麟に乗って昇天したんじゃや。そして天に昇る途中でハンカチを一枚落としてな……」老婆は震える手で脇の隠しからハンカチを取り出し、翠蓮に渡した。「どうじゃや、お宅の旦那さまのものじゃろう」

翠蓮はハンカチを受け取るとじっくりあらため、「これは間違いなく旦那さまのハンカチよ、ずいぶん使いこんでいるけど、隅の梅の花はあたしが刺繍してさしあげたものなんだから、絶対間違いない」と言った。

「じゃ、間違いなかろう」老婆はこう言うと、さっと袖を振って立ち去った。

老婆が行ってしまうと、母は不快な面持ちになり、遥遠な世界を見るような表情を浮かべ、しばらくしてからこう言った。「旦那さまが昇天したっていうのもなんだか疑わしいわ。でもそれじゃ、このハンカチはいったいどこから出てきたんだろう」

昼下がりとなって秀米が二階で昼寝をしようと思っていたところに、赤い袷を着た二十歳《はたち》ぐらいのあばた顔の女性が訪ねてきて門前に立った。その女性が言うには、ここまで来るのに半日もかかる道のりだったから、靴底の縫い込みの糸も解けてしまったとか。彼女は普済から十二、三里[26]も離れた北里《ベイリー》の人だった。母は彼女に中に入ってお茶を飲むように勧めたが、彼女は頑として聞かず、ただ、ひとこと伝えたいことがあり、それが済めばすぐに引き返すと言うばかりだった。彼女は入り口の扉に寄りかかりながら、母に昨日起こったできごとを話した。

昨日の夕暮れごろ、大雨が降り出してからだいぶ経っていたが、彼女は豚小屋の屋根に大豆を干しっぱなしだったと気づき、雨の中を取り込みに行った。すると屋根庇の下に誰か縮こまっているのが遠くから見えた。その人は旅行鞄を提げ、杖をついており、そこで雨宿りをしているようだった。「あたしはそのとき、その人がお宅の旦那さまだとは知らず、雨はまたあんなに酷かったもんだから、どこからおいでになったのかと訊ねました。その人は、普済の村だと答えたんで、あたしはまたどちらに行かれるのか訊いたんです。答えはありませんでした。あたしは中に入っておやすみください、雨が止んでからまた出かけられたらいい、と言ったんだけど、その人は断りました。あたしは大豆を持って家に入り、姑《しゅうとめ》に話したら、姑は、普済の人ならお隣のようなもんだから、傘ぐらいお貸しすべきだと言ったの。だから傘を持ってまたその人のところに行ったんだけど、もう影も形もなかったんです。あの雨は本当にものすごかった。夜遅くなって、うちの人が二叔《アル》父さんの家でお酒をご馳走になって帰ってきました。うちの人の話では、普済村からカンテラを提げた人たちが来て、行方知らずになった旦那さまを探していたっていうことだったから、あたしはあの雨宿りをしていた人がその旦那さまだとピンときたの。だからわざわざこうして、お宅にお知らせしようと駆けつけたんですよ」

あばた顔の女性はこういう話をすると、挨拶もそこそこに帰ろうとしたので、母は再三再四引き留めたが、彼女は麦の取り入れがあるからと言って、水の一杯も飲まずに立ち去った。

その人が帰るとすぐ、母は宝琛に人を集めて北里への道を探してくるよう言いつけた。宝琛が出かけようとしていると、今度はお隣の花二おばさんが笑いながら誰かを連れて入ってきた。

最後にやってきた客は父の失踪と無関係だった。それは四十歳ぐらいの髭《ひげ》を蓄えた男で、髪はきちんと整えられ、真っ白な上着に鼻眼鏡、口には大きなパイプを咥えていた。

母は彼を見るといっぺんに晴れやかな表情になった。そして客人にあれこれ訊ねながら大広間へと招じ入れた。秀米、喜鵲、翠蓮もみな大広間に行き、その男に挨拶をした。彼は足を組んで座り、煙草《たばこ》をふかし、得意満面な様子だった。父が発狂してから、秀米は久しぶりに煙草《たばこ》の匂いを嗅いだ。男は張季元《ジャン・ジーユエン》という名で、梅城から来たという。母は秀米にその男のことを自分の父方に連なるおまえの叔父さんだと言ったが、すぐまた母方のほうの叔父さんだと改めた。するとその張季元という人はいきなり、「君は僕を従兄の兄さんと呼べばいい」と言った。

「そんなふうに言ったら、上下がおかしくなるわ」と笑いながら母が言った。

「乱れるんなら、乱れればいいさ」張季元はまったく気にもせず、「ここ数年なんでも乱れ切っている、いっそのこと粥鍋みたいにぐちゃぐちゃになればいいいんだ」と言うと、傍若無人にワッハッハと大笑いをした。

また頭がおかしいやつが現れた。この人は爪の垢をほじりながら貧乏ゆすりをし、話しだすと頭がゆらゆら揺れてくる。秀米は顔を合わせたとたん、しばらくぽかんとしてしまった。

張季元は透きとおるように色白で、頬骨が張っていて眼窩《がんか》がぐっと深く、その奥の眼は細かった。どこか女性的な艶も感じるほどだ。外見にはかなり自信がありそうにも思えたが、注意して観察すれば陰惨な気配が感じられ、胸の鬱屈を抑えているような表情が浮かんでいるのがわかる。どうもこの世に生きている人とは思えない気もしてくる。

この人は梅城に病後の療養のために来ていて、それで普済にもしばらく立ち寄ることにしたと言う。療養だと言うなら、どうして梅城でおとなしくしていないのか、こんな田舎にやってきてどうしようというのだろう。祖母が存命のときに、秀米も母に連れられて何度か梅城に行ったことがあったが、なぜかこういう親戚には会ったこともない。母が言うには、この従兄は結構な経歴の持ち主で、日本に渡ったことがあり、南京や北京で長く暮らしてきて広い見識も持っており、また相当達者な文章の書き手でもあるそうだ。張季元が来訪するとすぐ、母は大広間でこの男にかかりきりになってしまい、日が暮れてきてようやく気づいて食事の支度を言いつけたほどだ。それから母は翠蓮に、この人が休めるように父のあの閣楼をきれいに掃除するよう命じた。夕食のテーブルでは、宝琛と喜鵲が大叔父さま、大叔父さまとたいへん恭《うやうや》しくもてなした。母は彼を季元《ジーユエン》と呼んでいたが、翠蓮だけはつっけんどんな態度で、まともに顔を合わせようともしなかった。当の張季元はまさに立て板に水、世の情勢をペラペラ喋って、変法だ革命だとまくし立て、「屍が累々」とか「血流が川となる」とか言い募るものだから、宝琛は何度も深くため息をついて、「このご時世、大乱になってしまうんでしょうかねえ」と言った。

食後、翠蓮が一人で厨房に行き食器洗いをしていた。秀米は広間をこっそり抜け出し、彼女のところに話をしに行った。二人はしばらく頭の変な婆さんのハンカチの話をし、宝琛と孫姑娘のことにも話が及んだ。翠蓮は興味津々、あやしげな話を繰り出したが、秀米にはわかったような、わからないようなことばかりだった。しかし今日の午後やってきた客人の話になると、翠蓮もやっぱり、雲を摑むような話ばかりでさっぱり要領を得ないという様子だった。「だいたいあの人は張《ジャン》姓なのに、あんたのお母さんは温《ウエン》姓でしょ、姉妹もいないはずだし、いったいどこに繋がる親戚だっていうのかしら、本当はまったく縁もゆかりもないんじゃないの。あたしもずいぶん長いことお宅にいるけど、あんな人のこと一度も聞いたことないんだから。普済に療養に来たって言ってるけど、見てあの様子、病人みたいに見える？　どしどし音を立てて歩き回って、家の水甕《みずがめ》も響くほどなのよ。いちばんおかしいのはね……」

翠蓮は首を伸ばし、厨房の外を注意深く確かめてから話を続けた。「いちばんおかしいのはね、あんたのお母さんは昨日梅城から戻ってきたわけだけど、あの髭がもし普済で療養するって決めていたんなら、どうして昨日あんたのお母さんと一緒に来なかったんだろう。もっと言えば、旦那さまがこの家から出て行ったとたんに、あの髭が見計らったみたいにやってきたのよ。まるで二人で言い交わしていたような感じよ、あんた、おかしいと思わない？」

秀米はまた訊いた。従兄が食事のときに言っていた「血流が川になる」というのは本当なのかと。翠蓮は「もちろん本当のことよ、今のご時世、天下に大乱が起こるんだわ」と答えた。

秀米はそれを聞くと急に口を噤み、何ごとか深く思い悩んでいた。翠蓮は秀米が水場でぼうっとつっ立っているのを見て、彼女の顔に指で水を弾き飛ばした。すると秀米は、「ねえ、普済で大乱が起こるってことになったら、いったいどんなふうになるの？」とまた訊いた。

「そうねえ、何ごとも予測はつくものなんだけど、この〝乱〟だけは想像もできないわねえ」と翠蓮が話した。「いつだって〝乱〟は全然違うの。その〝乱〟が本当に起こってみないと、どういうふうなのかは誰にもわからないものなのよ」

寝室の北の窓から後院の閣楼が見えた。生い茂る大樹の木陰を通して見ると、閣楼は低くみすぼらしく思えた。昔曽祖父がこの地を選んで邸宅を造営したとき、ここの数本の大樹と木立をめぐる清らかな渓流が気に入ったから決めたという。その当時普済は十数軒の漁民の家しかない小さな村落に過ぎなかった。曽祖父は庭園で魚を釣れるように、渓流の流れを変えて園内に引きこんだ。秀米は幼いころに、渓流と棲息する野鴨の群れを描いた木炭画を見たことがあった。その絵では垣根にも屋根の上にも野鴨がいっぱい描かれていて、南に渡って冬を越す渡り鳥の姿もあった。母が言うには、母と父が普済に移ってきたころには渓流はすでに枯れていて、ごろごろとした玉石《たまいし》の間に細々とした流れが辛うじてうねうねとあるだけだったが、芦だけは狂ったように生い茂っていたそうだ。その後、父が渓流だったところに太湖石で築山を造り、その上にあずまやと閣楼を築き、築山の脇には柴小屋も造った。そして柴小屋の壁の外に鳳仙花《ほうせんか》の植え込みをしつらえた。鳳仙花は晩秋に花が咲くのだが、翠蓮はよくその花弁を摘んではすりつぶし、爪の染料にしていた。

張季元が父の閣楼を占拠するようになって、秀米はよく錯覚に囚われた、父はなんだかまだこの家にいるのではないかと。閣楼には夜通し煌々《こうこう》と灯が点っていた。彼は一日二度の食事以外は（張は朝食をとらない）、二階からほとんど降りてこなかった。翠蓮は毎朝部屋の片付けのために二階に上がっていくことになっていたのだが、いつも降りてくるとすぐ、自らすすんで秀米に最新の情報を伝えた。

「あの人はぐっすり寝ていた」一日目に翠蓮が言った。

「あの人は爪をほじくっていた」二日目、翠蓮はまったく気にもかけてなさそうに言った。

「あの人、便器にまたがって大便をしていた」三日目、翠蓮は鼻先を手で払いながら、「臭いったらありゃしない、いやんなる」と言った。

四日目の翠蓮の報告は、長くてこんがらがった内容だった。「あの気のふれたやつは、旦那さまが使っていた素焼きの釜を見つめてぼうっとしていたのよ。あたしにこの素焼きの釜はどうしてここにあるんだいって訊くから、それは旦那さまがどこかの乞食から買い取ったものですって答えたの、そしたらあいつはしきりに『宝物だ、宝物だ』と呟いてたわ。その素焼きは乞食がおめぐみをって言って食べ物をよそってもらうのに使っていたものなのよ、旦那さまはそれを洗面用に使っていたんで、何も珍しいものなんかじゃないの。あたしが下に戻ろうとしていると、あいつはまた呼び止めてこう言ったのよ、姐さんちょっと待って、あんたにある人のことで訊ねたいことがあるんだがって……」

「あたしがどなたのことですかって言うと、あの髭はへへへと笑って低い声で言ったのよ、この普済の近くで、姐さんは六本指の大工について何か聞いたことはないかねって。あたしは、大工は村に一人いるけど、残念ながら六本指じゃありませんって言ったの、そしたらまた、近隣の村にもいないだろうかって訊いてくるの、だからあたし、夏荘《シアジュアン》に一人六本指がいるけど、その人は大工ではありません、しかも二年前に死んでますって言ってやったわ。あいつはなんでまた六本指の人間を探しているんだろう、訳がわからないわ」

五日目には、翠蓮は閣楼の二階から降りてきても何も言わなかった。

「今日はあの痴れ者は何をしていたの?」秀米が訊いた。

「もういなかったわ」、翠蓮は「机にはまだ灯りが点っていたのに、本人はどこに行ったのやら、いなくなっていたのよ」と言った。

これが張季元の普済における最初の失踪だった。母は慌てることもなく、探そうともしなかった。翠蓮が訝《いぶか》しがると、母は暗い表情になり、「あの人のことは、あんたがたの知ったことじゃないの。出かけて何日か経ったら、ちゃんと帰ってくるから」と言った。

その日の昼、喜鵲が秀米に裁縫を教えているときに、張季元がいきなりヌッと顔を出したから、二人は腰をぬかさんばかりに驚いた。

張季元は二人の後ろから声をかけたのだ。「これは誰のだろう?」

秀米が振り返ると、張が手に握っていたのは、なんと自分の下着だった。父が出奔したあの日に後院のまがきに干しておいたのをすっかり忘れていたのだ。大雨に打たれたうえに陽に何日も晒されて、下着はまるで餅子《ビンズ》[27]みたいに平たく固まっていた。この痴れ者はそれをパタパタと振り広げ、表裏をひっくり返し念入りにあらためはじめた。秀米は恥ずかしいやら頭にくるやらで、カッとなって体が震えてきた。彼女は張に飛びかかると、下着を奪い取り、脇目もふらず二階に駆け上がった。

二階に上がったとたん、馬の蹄の音が聞こえてきた。音のほうを見ると、官兵の騎馬隊が村の向こうの街道を猛烈な土埃を上げて、河沿いに西を目指して疾走していた。正午の日差しの下で、官兵の帽子の房は豚の血のように鮮やかな赤に輝き、疾駆する駿馬の激しい動きに従って上下に起伏し、前後に靡《なび》いていた。

四

秀米はまた出血した。最初はほんの少し、橙色をした小さな痣《あざ》のようだった。それからしだいに色が濃くなり、黝《くろず》んで粘りつくような血となり、太腿にヌルヌルと流れ落ちてくる。もう二回も下着を穿き替えたのに、血はすぐまた滲《し》み出てくる。午前中ずっと秀米はベッドに横たわったまま動けなかった。下手に動くと出血が止まらなくなり、最後には命を落とすのではないかと思った。前の二回は、血は三、四日すると突然止まったのだが、今度また始まったのだ。腹がきりきりと痛み、頭がぼうっとして、竈《かまど》の火かきで腸がかき混ぜられるような感じだ。今度は、鏡に写して見る気も起こらなかった。死んだって、出血しているあの箇所、あの醜い傷口を見るのは嫌だった。

秀米は何度も死にたいと思った。もしどうしても死ななければならないとしても、首吊りの紐や身投げの井戸、あるいは毒薬なんかは嫌だった。でもこういうこと以外には、他の死に方は思いつかなかった。それならどうすればいいのだろう。「黄沙臉《こうさけん》を覆《おお》う」は芝居で唄われる文句だが、いったいどういう死に方なのかはわからない。ただ秀米は芝居で楊延輝《よう・えんき》が「黄沙臉を覆い、尸全《しかばねまった》きことなし[28]」と唄う段に差しかかると、膝が震えるほど感動して涙が流れてくる。死なねばならないのなら、壮烈な死に方をしたいものだと思うのだった。昨日の昼、二階に上がって、村を走り過ぎていく官兵の騎馬隊を偶然に見かけたとき、あの飛ぶように疾駆する駿馬、舞い上がる土埃、桜桃のような帽子飾り、真っ赤な房にギラリと光る騎兵の刀剣を目にして、酔いしれたような感じがした。そして奇妙に心地よい感覚が潮のように肌を上ってきて、すっぽり身体のすべてを覆っていった。秀米は自分の頭の中にもあいう駿馬がいると思った。それは野生のまま決して馴らされず、不安に狂って飛び跳ねている。ほんの少しでも手綱を緩めると、それは蹄を高く蹴り上げて疾走し、どこかに駆けていってしまう。

秀米はベッドに起き上がって綿球を替えた。綿球は黒く変色していた。急に、部屋の中のあらゆるものが黒くなったように思えた。窓に差す日の光までも黒いのだ。彼女は長いこと馬桶に腰掛けた後、また刺繍に取りかかったが、少し針を進めただけでたちまち心がざわめき始める。そしてカッとなって抽斗《ひきだし》から鋏《はさみ》を取り出すと、刺繍の赤い絹をめちゃくちゃに引き裂いた。

だめだ、誰かに訊かないといけない。

秀米は母に訊きたくはなかった。当然、村の医者唐六先生も頼れるわけはなかった。あの老いぼれはふだん病人を診るとき口をきかない。脈をとっても、薬を出しても、診察代を取るときも押し黙ったままだ。この老いぼれ医者がいきなり何か言いだすと、患者はほとんど治る見込みがなくなっている。老人が最も好んで言う言葉は、棺桶の準備を、だ。これを言うとき、老人はいかにも嬉しそうだった。

家の残りの三人のうち、宝琛は忠誠心が強く、最も安心できる人だが、残念ながら男で、こんなことを話せるわけがない。喜鵲は定見というものがなく、度胸もなくて、いつもただぼんやりとしているばかりだ。思いあぐねて、秀米は翠蓮に助けを求めることにした。

翠蓮は浙江省湖州《フージョウ》[29]出身で両親は早く亡くなっており、八歳のときに叔父によって余杭《ユーカン》に売り飛ばされたが、十二歳になると無錫《ウーシー》に逃げ落ち尼寺に住みついた。ある晩、翠蓮は師の明恵《ミンフイ》法師と運河の舟に潜りこんで蚕糸を盗もうとしたところ、舟に上がったきり下船できなくなってしまった。舟はそのまま彼女たちを四川省内江《ネイジアン》まで連れていき、二年有余の月日が流れた。明恵法師は禍転じて福となり、舟で妊娠して双子を生み、晴れて船主の夫人に収まって、風に向かい波間に揺れる舟の暮らしをすることとなった。翠蓮はその後、五軒の妓楼を渡り、四人の男に嫁いだ。そのうちの一人は宦官《かんがん》[30]だった。陸侃《ルー・カン》が揚州のある妓楼から翠蓮の身請けをしたとき、彼女はすでに中国の大半を経巡《へめぐ》っており、遠い所では広東の肇慶《ジャオチン》までも行っていた。

揚州にいたころ、翠蓮は全部で三回逃亡したが、すべて失敗だった。どうも彼女は逃げるのが癖になっていたようだ。陸侃が「どうしておまえはいつも逃げるんだい？」と訊いたところ、彼女の答えは「わかりません、逃げるのが好きなんです」だった。

「おまえはどこに行くつもりだったの？」

「わかりません、まず逃げだしてみないと」

陸侃が官職を辞めてから、書斎に翠蓮を呼んでじっくり話したことがあった。「今度は、もう逃げる必要はない。おまえに金を渡しておこう、どこにでも行きたいところに行けばいい」

「これって、あたしを追いだそうというわけなんですか？」翠蓮は話を聞くなり、大声をあげた。

「おまえは出ていきたいって言っているんだろう、繋いでおいたって繋ぎされるもんじゃない」陸侃が言った。

「あたしは出ていきません」

陸侃はようやくわかった、この女は出ていくつもりなんじゃない、逃げだしたいんだ。

普済に来てからも、翠蓮はこっそり逃げだしたことがある。だが一ヶ月後、髪の毛は乱れ、裸足のまま、着けている物も身体を覆えないほどぼろぼろになった姿で、蝗《いなご》と飢饉《ききん》に追われて戻ってきた。今度ばかりは危うく命を落とすところだった。あまりにも痩せ衰えていて、両足はむくんでおり、陸侃も彼女だと見分けがつかないぐらいだった。身体が回復したころ、陸侃は茶壺を持って彼女の部屋を訪れ、口元に笑いを浮かべながら訊ねた。「今度ばかりは、もう逃げだせなくなっただろうね」

「そんなことわかりません」翠蓮はこう言った。「機会があれば、また逃げだすつもりです」

このひとことで、陸侃は口に含んでいた茶を壁に噴きだしてしまった。

結局、孟婆さんが陸侃に解決策を授けた。彼女の考えによると、翠蓮の逃亡を防ぐには一つしか方法がないという。陸侃がどういうことなのかと急かすと、「お宅でもう一人召使いの若い女中を雇えばいいんです」と答えた。陸侃はよく呑みこめず、「女はもう二人買い入れたっていいんだが、それで翠蓮が逃げるのを防げるはずがなかろうに」と言った。孟婆さんはこう答えた。「旦那さま、よく考えてみてください、翠蓮は幼いころから逃げだす癖がついていて、抑えれば抑えるほど逃げたくなってしまうんです、あの子はお宅の待遇に不満なんじゃありません。逃げだそうとする自分の足を止められないんです。ちょうど阿片《アヘン》吸いが自分の手を止められないのとおんなじですよ。あの子にとっての阿片を止めさせるんなら、癖を断たねばなりません」

「どうやったら断てるんだい？」

「その答えがあれですよ、もう一人若い女中を雇い入れるんです」

「そりゃいったい、どういうわけなんだ？」陸侃はまだ話の筋が見えてこなかった。

「お屋敷で新たに人を買い入れるって話を進めて、翠蓮には、新しく女中を入れるから出ていきたかったら好きにしなさい、うちではもうおまえを当てにしないって言うんです。そうすればあの子は、二度と逃げださないはず。旦那さま、考えてみてもご覧なさい、あの子に逃げようという考えが浮かんだら、いつでも出ていっていいし、誰も引き止めやしないって言われてるんですよ、そしてお屋敷には新しい女中が来ているってことを思ったら、もう逃げる気なんかなくなりますよ。旦那さま、よく考えてみてくださいい、どんなに逃げるって言ったって、みんなあらかじめ許されているんなら、逃げること自体なんも面白くないはずでしょ。そのうち時間が経ったら、この癖もキッパリ断ち切れますよ」

陸侃は話を聞き、しきりに頷いていた。確かに妙案だ、いやはやびっくり、感心してしまう、こんな文字も読めないような田舎婆さんが、こんなにすごい見識を持っているとは。そこで早速、孟婆さんに人探しを頼むことになった。がっちりした体格でおとなしい性格なら、買い入れの金額が折り合えば、顔立ちなんて問題にしないから、見つけられたらすぐに連れてきてほしいと。

孟婆さんはふふっと笑って、こう言った。「そういう人は、もうすでに見つけてありますよ。お金についてはお会いになってから決めていただければそれで結構です」

孟婆さんは言い終わると帰っていった。そしてしばらくすると自分の家の遠い親戚筋だという娘の手を引いてきた。

秀米は喜鵲が初めて家に来たときのことを覚えている。彼女は花柄の包みを抱え、中庭の真ん中で立ち止まると、うなだれて唇を噛み、爪先で地面の苔をツンツンと削りだした。孟婆さんが彼女の手を引いたが、動こうとしない。孟婆さんは腹を立て、彼女の頬をパンパンと打った。喜鵲は泣くでもなく、身を避けるでもなく、ただ決して足を動かそうとはしなかった。

孟婆さんは罵りだした。「おまえはうちに図々しく居座って、三人分の飯を平らげてるんだ、うちの家族のほうが餓死しちまうよ、それにだ、うちの恥知らずのスケベが、またおまえにのしかかるようなことになったら、おまえが誑《たら》しこんだんだ、もう売女だって一生言われるぞ。あたしがやっとのことで陸の旦那さまにお願いし、おまえをお屋敷に買い入れてもらったんだ。おまえは恩知らずの畜生か、野良犬は聖人に噛みついても知らん顔さ」怒鳴り散らすと、また一発頬を張った。

しかし孟婆さんは、父と母が後院のほうからやってくるのを見つけると、満面の笑みに表情が一変し、喜鵲の髪を撫でつけたり、背中をさすったりして、こう言った。「いい娘《こ》だね、こんなお屋敷でご奉公できるんだもの、おまえの亡くなった両親も、あの世できっと見守っていて、嬉しくて笑いが止まらないだろうよ」。それから彼女は纏足の足で爪先立ちになり、母のそばに近寄って囁《ささや》いた。「この子はとてもおとなしいから、叩こうと叱ろうと、牛馬みたいに働かせようと、全然かまいません。ただ一つだけ、旦那さま、奥さま、どうかこの子の前で絶対に〝砒素《ひそ》〟の二文字だけは言わないでください」

「それはどういうことなの？」母が訊ねた。

「それはとても長い話になってしまいます。そのうち折をみて、ゆっくりお話し申しあげましょう」孟婆さんはこう答えると、母の手から銭の詰まった袋を受け取り、耳元で揺らしてみて、いかにも嬉しそうに立ち去った。


秀米が東廂房《ドンシャンファン》に行ったとき、翠蓮はベッドで昼寝をしていた。彼女は秀米がベッドの横に呆然と立ちつくし、顔は真っ赤で息も絶え絶え、目にいっぱい涙を溜めているのを見て、びっくりして飛び起きた。すぐにベッドを降りた彼女は、秀米を支えてベッドの端に座らせ、お茶を一杯持ってきてから、いったいどうしたのかと訊ねた。

「あたし、死んじゃうの」秀米がいきなり大声をあげた。

翠蓮はまたびっくりしてしまった。「そんなに元気なのに、なんでまた死ぬの生きるのって騒ぎになるのよ？」

「どうしても死んじゃうの」秀米は蚊帳《かや》を摑んで、手の中で弄《いじ》っている。翠蓮が彼女の額に手を当ててみると、少し熱っぽかった。

「いったい全体、どうしたっていうの？　さあ、話して、きっといい手立てを考えてあげるから」

翠蓮はこう言いながら、立ち上がって部屋の戸を閉めた。この部屋には窓がなかったから、戸を閉めるといっぺんに真っ暗になった。

「落ち着いて話して。どんなにたいへんなことでも、あたしがついているからね」

秀米は彼女に、絶対に口外しないと誓うように言った。翠蓮は少しためらっていたが目をつむって誓いを立てた。しかも五回も誓いを並べ、口にするたびに凄まじい誓いになって、最後には、誓いのために先祖代々まで一通り呪うことになってしまった。しかしそれでも秀米は何も話そうとせず、ベッドの端に座って口を噤んだまま、ボロボロと涙を流して胸元まで濡らしていた。翠蓮はもともと気が短く、今も誓いの言葉を立てたときに、何も考えずに自分の祖先まで呪ってしまって、はっと気づいた。物心がついてから今まで、祖父母にはまったく会ったこともなかったのだ。彼女も急に悲しくなって、やはり涙を流した。

翠蓮のうっすらとした記憶の中から、叔父が湖州にやって来て、自分を連れていこうとしたとき、大雨になって雨粒が池の水面《みなも》をたたき、まるで煮えたった粥鍋のようだったことが浮かんできた。ということは、自分の家の前には池があったのだ。誓いを立ててみて、自分の出自を思い出した。彼女は今まで故郷についての記憶などまったく真っ白だと思っていたが、今ようやくわかった、自分にはかつて間違いなく湖州に家があり、家の前には池があったんだと。彼女は何年も前の雨音が耳に聞こえているような気がした。そして涙がまた溢れてきた。

翠蓮は声を立てずにしばらく泣いていたが、心の中は悲しくもあり、愉快でもあった。「あんたは何も言わなくてもいい」翠蓮が鼻をつまらせながら言いかけた。「あたしが当ててあげるから、もし当たったら、こっくり頷いてよ」

秀米は彼女のほうを見つめて、勢いよく頷いた。

「まだ何も言ってないわよ、そんなにめちゃくちゃに頷かないで」翠蓮は笑って、あれこれ並べて言ってみた。一気に七、八通りも挙げてみたが、どれも外れて、最後にはいささか腹立たしくなり、こう言った。「あんた、どうしても話したくないなら、いったいなんで、あたしのところまで来たのよ？　あたしだって疲れてるんだからね、腰のあたりが痛くてしょうがないのよ」

秀米はどうしてそんなに腰が痛いのか、夜に冷えて風邪をひいたのではと訊ねた。

「あれが始まったに決まってるでしょ」翠蓮が言った。

「あれって、なんのこと？」秀米がまた訊ねる。

「女の身体だけのこと、そのうちあんたにも来るよ」翠蓮は笑いながら言った。痛くないのかと秀米が訊くと、「そんなにひどく痛くなるわけじゃないけど、おなかが張って苦しくなってね、馬桶に座ってもどうにもならなくて、ともかく煩わしいの」と答えた。来るっていうのは何なのか、治す方法はないのか、秀米はたたみかけた。翠蓮は面倒くさそうにこう言った。「血が出るってことよ、四、五日したら自然と止まるわ、治すってもんじゃないの。このことだけは女の嫌なところ、一ヶ月に一度は辛い思いをするんだから」

秀米はもうそれ以上訊かなかった。彼女は指を立てて、五、十、十五、と数えはじめ、だいぶ経ってから、ぶつぶつと独りごちた。「ということは、お父さんが出ていってから二ヶ月になるってこと？」こう呟くと、声を低めた。「なるほど、そういうことか……」彼女は翠蓮の枕元で髪留めを見つけると、手にとって品定めしながら、ふふふと笑いだした。「あなたのこの髪留め、どこで手に入れたの？」

　翠蓮は正月一五日に夏荘の縁日で買ったものだと答え、「気に入ったのなら、持っていっていいよ」と言った。

「それじゃ、遠慮なく」秀米は髪留めを自分の髪につけて立ち上がり、そのまま出ていこうとしたので、翠蓮は彼女をつかんで引き戻し、疑わしげに訊いた。「ねえ、あたしに何か話したかったんじゃないの？」

「あなたに話があるって、あたし言ったっけ？」秀米は顔を赤らめ、口元に笑みを浮かべた。

「いや、そりゃ変だわよ、あんたはたった今まで、泣きながら生きるの死ぬのと騒いでたのよ、それから、あたしに誰にも言わないって誓いを立てさせるもんだから、爺さん婆さんから先祖代々まで呪う羽目になったんだからね」

「本当にもう、なんでもないんだったら」秀米はクックッと笑って、翠蓮に向かって手を振り、「お昼寝の続きをやってちょうだい、邪魔したわね」と言うや否や、戸をパッと開けて風のように走りさった。秀米は二階の自分の寝室まで一気に駆け上った。そして大きく息を吐いて布団に倒れこみ、声を抑えて激しく笑いだした。あんまり笑うものだから胸が苦しくなるほどだった。二ヶ月以上もわだかまっていた煩悶《はんもん》と憂慮がきれいさっぱり消えた。例の腹痛もなんだかそれほど感じなくなっている。彼女は水を汲んできて顔を洗い、赤い髪留めをつけ、新しい服に着替えると頬紅を塗り白粉《おしろい》をたたいた。そして鏡に映してみてから、大きく口を開けて笑いだした。彼女はありあまる力が全身に漲《みなぎ》ってくるのを感じ、仔牛みたいに二階を走り回り、足音高く階段を駆け下りると、今度は中庭でめちゃくちゃに駆けだした。こんなに爽快な気分になったことは初めてだと思った。

喜鵲は厨房で豚の頭に取り掛かっているところだった。毛抜きを手に持って豚の頭の毛を抜いている。秀米は厨房に躍りこむと、喜鵲に声もかけず、毛抜きを奪い取った。「あんたはちょっと休んでなさいよ、代わりにやってあげるから」と言い張ると窓辺に近寄り、さもそれらしい格好で陽にかざしながら毛を抜きはじめた。「やっぱりあたしがやりますよ、新しいお着物が汚れたらたいへんだから」と喜鵲が言うと、秀米は彼女を押しやって笑った。「あたしは豚の毛を抜くのが好きなのよ」

今日はいったい、この子、どうしたんだろう、毛抜きなんてことをいきなり好きになるなんて、喜鵲は訳がわからなかった。呆れて彼女のほうを見つめながら、竈の前でぼうっと立っていた。秀米はひとしきり乱暴に毛を抜いていたが、ふいに喜鵲のほうを振り向いた。「この豚、髭が抜きにくいったらありゃしない、まつ毛までツルツルしていて毛抜きで挟めないわ」。喜鵲は思わずぷっと吹き出した。そばに寄って教えてやろうとすると、なんと秀米は毛抜きをたらいにポンと投げ捨てて、「やめた、やっぱりあんたがやってちょうだい」と言うではないか。それから彼女はさっと身を翻すと、喜鵲の前からたちまち姿を消した。

秀米は厨房から外に出たが、どこに行く当てもなくうろうろしていた。そのときふと耳に、算盤《そろばん》を弾くパチパチいう音が聞こえてきた。

宝琛が帳場で算盤を弾いていた。片手で算盤を使いながら、もう一方の手で指に唾をつけては帳簿をめくっている。首は相変わらず一方に曲がったままだ。秀米は戸の框《かまち》に手をかけ、首を伸ばして中のほうを覗きこんだ。宝琛が「今日は昼寝をしないのかい？」と声をかけた。

秀米は何も言わずに帳場に入っていき、宝琛の向かい側の椅子に腰かけた。彼女は斜《はす》に座って長い間宝琛をじっと見ていたが、やがて「一日中そんなに首が曲がっていて、帳簿の文字がちゃんと見えるの？」と言った。

「首は傾《かし》いでいても、目は曲がっちゃいないからね」

「もし無理やり首をまっすぐにしてみたら、どうなるの？」

宝琛は顔を上げて彼女のほうをじろっと見て、なんでこの子はこんな変な思いつきをするんだろうと思った。そして曲がった首を振りながら笑った。「あんたまでこのわたしをからかうのかい、生まれつきこうなってるんだから、治せるわきゃないんだ」

「じゃ、あたしがやってあげる」と秀米が言った。

彼女はすっと立ち上がって宝琛の首を抱えこんで何度か捻ってみた。そうしながら「本当に治らないわね。宝琛、ちょっと帳簿付けをやめて、あたしに算盤を教えてよ」と言った。

宝琛は「立派なお嬢さまが算盤など覚えてどうするんだい。算盤をやっているような娘なんか、見たことがあるかね？」と言った。秀米は宝琛が教えそうもないとわかると、計算途中の算盤を取り上げてぱっと振るった。宝琛は慌てて「せっかくやってきたのに、あんたのせいで、もうめちゃくちゃだ！」と悲鳴をあげた。しかしそう言った後で、やはり面白そうに笑った。

宝琛は彼女がすぐに立ち去りそうもないと見て、煙草を取り出して吸いはじめた。「ねえ、お嬢ちゃん、ちょっと相談に乗ってもらいたい話があるんだがね」

秀米はどんなことかと訊いた。宝琛は近いうちに慶港《チンガン》の実家に戻って、自分の息子を引き取ってきたいという話をした。「虎子《フーズ》はもう四歳なんだ、母ちゃんが病気で伏せっているんで、あの子をちゃんと見る者がいないから、やんちゃに走り回って池にでも落ちたらと思うと心配でね。でもこちらに連れてくるとなると、今度は、あんたのお母さんが許してくれるかどうか心配で」

「連れてきたらいいじゃないの、大丈夫よ」秀米はさらっと言ってのけた。まるでこのことなどとっくに母に聞いていて、母ももうとっくに了解済みのような感じだった。しばらくして秀米はふいに思いついて、宝琛に訊ねた。「息子さんの名前は何て言ったっけ？」

「虎子だよ、母ちゃんは老虎《ラオフー》[31]って呼ぶのが好きなんだが」

「虎子の首は曲がってないの？」

宝琛はムッとしたが、腹を立てて怒鳴るのも気が引けた。この娘、何か薬でも飲み間違ったんじゃないのか、昼日中に昼寝もせずにやってきて、俺をからかいやがる。宝琛はまた作り笑いを浮かべてから、真面目な声で、「曲がっちゃいない、曲がっちゃいないとも」と言った。

宝琛の帳場を後にすると、秀米は中庭の石段の潜り戸の前で腰を下ろした。表門の向こうの池辺で、どこかの女が衣を叩いていた。洗濯棒の叩く音が中庭に響いて唸るような尾を引いた。畑の綿もずいぶん伸びて、濃い緑の艶やかな色が河のほとりまで広がっている。風が吹くと葉っぱの下の鈴のような綿の実が見えた。畑には誰もいない。中庭の屋根庇の下で燕《つばめ》が何羽か囀《さえず》っている。塀の青苔は厚く、濃くなって、まるで緑の敷物のように鮮やかに光っている。日差しは暖かく、南風が涼しげに顔に吹き付け、最高に心地いい。秀米はそこにじっと座ったまま、周りの光景に見入り、果てしもない物思いにふけった。

五

その日の朝食のとき、母が秀米に、おまえは父さんがいなくなってからもう二ヶ月以上も、丁樹則先生のところに勉強しに行っていない、丁先生は昨晩また催促にやってきて、勉強に来ないなら謝礼は受け取れない、入門時に上納された品々も耳を揃えて差し戻すって大騒ぎだったと言った。

「家でゴロゴロしていてもしょうがない、丁先生のところに行ってなんでもいいから本を読めば、文字だっていくらかは覚えられるでしょう」

秀米はもともと、父のあの騒ぎのあと、丁樹則の家にわざわざ出向いて嫌な思いをすることはないと思っていた。丁先生がこんなに記憶力がよく、何度も家に催促に現れるなんて思いもよらなかった。秀米は母に言われて、箸と椀を置くと、仕方なく面の皮を厚くして丁先生の家に向かった。

丁樹則は数十年も勉強してきたが、ちっぽけな官位はおろか、秀才[32]にすら受かっていなかった。老齢になって私塾を開き、その収入で暮らしを立ててきたのだ。しかし普済で丁先生の下に子どもを送るような家はほんの一握りだった。謝金が出せないというわけではない。子どもが打たれるのが忍びなかったのだ。丁樹則の私塾は決まりが厳しく、生徒が暗記した言葉を一語、言い間違うと尻を十回打たれる。書き間違うと、二十回だ。暗記も書写も間違いなくても、丁先生は生徒を打った。打たれれば記憶力が伸び、以後、間違いをしなくなる、ということだ。秀米がはじめて彼のところに行ったとき、家の中で五、六人しかいない生徒が皆立って勉強しているのを見て、変だと思ったが、それは打たれて尻が痛いから座れないのだと、後でわかった。口で本の頁を捲っている生徒を見かけたら、もう聞くまでもない、きっと両手が打たれて動かなくなっているのだ。

丁先生は秀米のことだけは打たなかった。それは秀米が特別に優秀だったからというわけではなく、彼女が先生の弟子の中で唯一の女子だったからだ。打たなかっただけではなく、特例として彼女だけは授業中にお菓子を食べるのを許されていた。しかし秀米はやっぱり彼のことが嫌いだった。先生の口から湧き上がってくるニンニクの臭いがたまらなかったのだ。先生が授業で朗読をするときに、「突《トウ》」「得《ドウ》」などの破裂音が出るのを彼女はとても恐れていた。口から細かな飛沫となった唾《つばき》がかなり遠くまで飛散し、彼女の顔にまでかかってくるからだ。しかも彼はあの汚らしい手でよく彼女の頭を撫でた。ときには顔を撫で回すことだってあったのだ。彼が近づいてくると、彼女は必死に顔を捻って避けた。あんまり力いっぱい捻るから、筋が攣《つ》ることもしばしばあった。

丁樹則はつまらぬことに関わるのが好きで、とりわけ喧嘩や論争が大好きだった。よその嫁さんが出産する際に口を挟めないことを除けば、村のあらゆる出来事に、ことの大小に関係なく、彼はなんでも口を出した。いちばん好んでいたのは、揉めごとで裁判沙汰になることだ。だが彼が手を出した裁判沙汰は、どれ一つとして勝った試しはなかった。そういうことが続くうちに、村人たちは彼のことを役立たずのインテリ崩れと見做《みな》すようになった。ただ奥方の趙小鳳だけは亭主を宝物のように思っていた。丁樹則が誰かと論争をして、双方一歩も譲らないようなとき、丁先生夫人は模様のついたハンカチを手に持って、腰をくねらせながら二人の間に割って入る。そして笑いながら、喧嘩はおよしなさい、どういうわけなのか言ってごらん、わたしが正しいかどうか判定してあげるからと言うのだ。双方が言い分を述べ終わると、丁先生の奥方は決まってこう結論を下す。「あなた（自分の亭主）は正しい、あなた（亭主以外の任意の人）は間違っている、はい終わり！」と。

秀米が先生の書斎に入っていくと、先生は右の掌《てのひら》に厚く包帯を巻き、眉根を顰《ひそ》め、酷い苦痛の表情を浮かべていた。「先生、その手はどうなさったんですか？」と訊くと、先生は顔をひきつらせて笑みともなんともつかぬような感じで顔を赤らめ、ウウウと呻《うめ》いて歯を食いしばりシュウシュウと息を吸いこんだ。どうやら手の怪我はかなり重そうだ。秀米が身を翻して奥方に訊こうとすると、先生は顔を曇らせて叱りつけた。「おまえはまず、〝魯仲連《ろ・ちゅうれん》義として秦を帝とせず〟[33]を暗唱してみなさい、よけいなことは聞かなくていいんだ」

秀米は仕方なく腰を下ろして暗唱にかかったが、第一段を暗唱し終えると、その先は覚えていなかった。すると今度は『詩経』を暗唱しなさいと言われたので、どの篇を暗唱するのかと聞き返した。先生はこうしているうちに我慢できなくなった様子で、答えもせず、右手を上に伸ばしたまま立ち上がって、奥さんに支えられながら奥の部屋に引きこもってしまった。秀米は何がなんだか訳がわからなくなった。ふと見ると、頭のてっぺんに赤毛を纏めた男子が清書の練習をしていた。そこで近寄っていって、先生の手はどうしたのかと訊いてみた。その赤毛の生徒は渡し場の船頭譚水金の息子で、譚四といった。彼は周りに人がいないのを確かめて、低い声で呟いた。「先生は釘にぶち当たったんだ」と。秀米は、立派な大人がなんで釘に当たるのかともう一度訊いた。赤毛はぷっと吹き出して、「変なやつは変なことをしでかすものさ」と言った。

もともとこの丁樹則は私塾以外にやることがなく、暇を持て余していたから、飛んでいる虫を捕まえるのに凝りはじめた。時間が経つうちに捕虫の絶技を身につけ、蚊であろうと、蠅《はえ》であろうと、はたまた蛾《が》であろうと、先生の部屋に飛びこんできたら最後、もう一巻の終りだった。先生が大きな手でぱっと一振りすると、どんな虫でももう手中に捕らえられているのだった。もしもこいつらが壁にとまっていたりすると、先生は掌でばちんと一発、まさに百発百中だった。しかし俗に「素焼きの壺は井戸端で割れ、将軍は前線で死ぬ[34]」と言うように、先生の技がどんなに超絶でも、ミスを犯すときがくるものだ。

「今朝な、窓から蠅が入ってきたんだ、先生はもしかしたら老眼でよく見えなかったのかもしれないけど、手を伸ばしてもなかなか捕まえられなくて、そのうちに怒りだしちゃったんだ。部屋中を探し回って、目を凝らしてみたら、壁にその太った蠅がとまっていたのさ。先生は近寄っていって、平手で力いっぱいそいつを叩いたんだ、でもそれは蠅じゃなかった、壁から突きでた釘だったたってわけ。先生はものすごい勢いで掌を釘の先にぶち当てたから、刺さったまましばらくは抜けなかったんだ。それで先生、ギャアギャア大騒ぎさ」赤毛はこう言うと、机に突っ伏してヒックヒックと笑いだした。

秀米もしばらく笑っていたが、先生が中庭から歩いてくるのに気づき、譚四に慌てて目配せをした。先生はやはり彼女に暗唱させた。『詩経』に続き『通鑑綱目《つがんこうもく》』[35]も暗唱だ。秀米が暗唱している傍で、先生は籐椅子に寝そべって唸っていた。でっぷりした腹が上がったり下がったりし、食いしばった歯の隙間からシュウシュウと息を吸いこんでいる。秀米は思わずまた、ぷっと笑ってしまった。先生は眉を顰めてなんで笑ったのか問い詰めたが、秀米は白目を剥いたまま答えない。先生はもうどうしようもなかった。

「もういい、もういい」先生は椅子から起きあがり、必死に笑いだすのを堪《こら》えている赤毛に声をかけた。「譚四、こっちに来なさい」。赤毛は先生に呼ばれて、急いで椅子を滑りおり先生の前にやってきた。先生は秀米に「おまえも来なさい」と言った。

丁樹則は懐から封書を取り出し、秀米に手渡した。「おまえたち二人で、この手紙を夏荘まで届けてくれ。夏荘だ、二人とも知ってるじゃろう?」。秀米と譚四はこっくり頷いた。夏荘は普済から遠くない。秀米はそこで市《いち》が立ったときに、翠蓮に連れられて何度か行ったことがあった。

丁樹則は封書を秀米に渡してから、またそれを引き戻した。封書は閉じられておらず、先生が中に息を吹きかけると封筒が膨らんだ。先生は怪我をしていない方の手で、手紙を取り出してぱっと広げ、上から下へ何度も目を走らせ、読みながらしきりに頷いていたが、最後にまた手紙を封筒に入れて、もう一度秀米に手渡した。それからようやく口を開いた。

「おまえたちは村の西から出て、街道沿いにまっすぐ東に向かうんだ。道が大きく曲がった先に夏荘が見えてくる。夏荘の村の入り口に着いたら、大きな池が見える、池の真ん中には墳墓があって、葦《あし》だの茅《ちがや》だのが茂っているが、そんなものにはかまわず、池の向こう側のほうを見るんじゃ。向こう岸には大きな柳の木が三本あって、真ん中の一本の真ん前がそのお屋敷、つまり薛挙人《シュエきょじん》[36]のお屋敷じゃ。おまえたちはこの封書を薛挙人に直接お渡しするんだぞ。もしその方がご不在なら、封書は持ち帰りなさい。絶対に他の人に渡してはならん。ちゃんと覚えたな、忘れるんじゃないぞ。この譚四は悪戯《いたずら》小僧だから、秀米がしっかりみないといけない、途中で水遊びなどさせちゃいかんぞ。薛挙人はもしかしたら返書をよこすかもしれん、そうしたらそれを持ってきてくれ、もし返書がなかったらそれはもういい、さっさと出かけて、早く帰ってこい」

丁樹則はこういう話をしたあと、突然何か思い出したように、秀米に向かって、「今わしは手紙を読んでから、封筒の中に確かに入れたよな」と言った。秀米は「確かに入れました」と答えたが、丁樹則は「本当に入れたか?」とまた言った。

「手紙を入れたのは、ちゃんと見てました」と秀米が言いかけ、「もう一度確かめてみたら?」と、封書を先生に渡した。丁樹則は手で中身をなぞり、眼をすがめて封書の中を確かめて、ようやく安心したようだった。

秀米は譚四を連れて普済村を出ると、河沿いの街道を東に向かって進んだ。譚四は、「この手紙はきっととっても大事なものなんだ、朝方、この手紙を書き上げてから、先生は何度も何度も封筒から出したり入れたりしていた。四、五回は確かめていたよ」と言った。

秀米は譚四に、薛挙人という人に会ったことはないかと訊くと、先生の家で二回ほど見かけたという。夏荘の金持ちで、顔に大きな黒い痣《あざ》があるということだった。
しばらくすると、二人は村東の大きな寺院、皂龍寺《そうりゅうじ》のあたりに差しかかった。寺はもうずっと前から荒れ放題で、中央の大殿の屋根瓦はすっかり剥がれ落ちてなくなり、どす黒い椽《たるき》がむき出しになっていた。ただ両脇の配殿にはまだ人が住んでいるようで、遠くからは、毛の抜けたアヒルのように見えた。秀米は以前夏荘の市に行っての帰りに、母に連れられてこの寺で雨宿りをしたことを覚えていた。寺の前には盛り土をして造った舞台があったが、荒れ草が生い茂り、ずいぶん長い間芝居などかかっていなかった。寺は何年も修復されておらず、ふだんは乞食や放浪の僧ぐらいしか寝泊まりする者はいなかった。

【皂龍寺：天啓元年[37]創建。伝説によると、当年この寺を建立したところ、巨大な黒い龍が寺の東南の方角に現れ、三日間とぐろを巻いたまま去らなかった。道光二十二年[38]落雷により破壊された。普済学堂の旧跡。一九三四年再建。一九五二年普済小学校として改築され、一九八七年旧時の仏閣を復元、紹隆寺と改称された】

二人は昼近くになって村の入り口にたどり着いた。やっぱり池があって、三本の柳の木が見え、池の中ほどに墳墓があった。薛挙人の屋敷は門扉が閉じていて、手で押してみると中から閂《かんぬき》が掛けられていた。譚四が扉を叩いたが、いくら待っても応答はなかった。秀米が耳を扉に押し当てて中の様子を窺うと、話し声がするように思えたが、ウォンウォンと響いてよくわからない。秀米が後ろを振り返ったとき、池の向こう側で中折れ帽をかぶった人が木陰で釣りをしているのが見えた。扉を叩く音に気づいて、釣り人は腰を伸ばし、身を乗り出してこちらのほうを見回している。秀米が譚四の手を引っぱって、向こう側を指差すと、その人はすぐ首をすくめてうずくまり、茂った葦に顔が隠れた。

譚四は長いこと扉を叩いて、中に向かって声を張り上げてもみたが、やっぱり反応はない。譚四が「いっそのこと、扉の隙間からこの手紙を押しこんじゃえば」と言ったが、秀米は「だめよ、丁先生は薛挙人にちゃんと手渡せって言ったんだから」と答えた。「中から門が掛けられてるってことは、誰かいるんだよ。どうして出てこないんだろう」譚四がこう言いながら扉の隙間に顔をくっつけて中を覗いた。そのとたん、「うわっ」と大声をあげて飛びのき、地面に尻餅をついてしまった。

その大声で扉が開いた。長衣《ちょうい》を着た召使いが扉を少し開けて体を滑らせ、「何の用だ」と訊いた。

「ああ、びっくりした！　死ぬかと思った！」譚四は門扉の前の石段に座りこみ、まだうわうわ叫んでいた。

「薛挙人さまはおいででしょうか」秀米が答えた。

「あなたたち、どこから来たの？」

「普済からです」

彼女はまた後ろを振り返り、池の向こう側に目を走らせた。釣り人は目深《まぶか》に帽子を被り、猫のように腰をかがめ、葦の茂みからこちらを窺っている。チカチカと揺れる光線の下で、その男の背中がひどく曲がっているのがわかった。

召使いはジロジロと二人を見つめていたが、低い声で、「わたしについて来なさい」と言った。扉の向こう側は狭い小道が続いており、両側を高い壁に挟まれていて、陽が差さず、不気味なほど薄暗くて道の先はよく見えなかった。そのずっと奥にもう一つ門扉があり、そこが薛挙人の住まいになっていた。あんなに長い間扉を叩いても、中の人には聞こえないのも当然だと思えた。

中庭に入ると、馬が二頭槐の木の下に繋がれている。一頭は栗毛で、もう一頭は白馬だった。二頭ともゆったり尾を振り、新しい馬糞《ばふん》の臭いが漂っていた。薛挙人の屋敷は来客が多く、さまざまな話し声が聞こえていた。何か激しく言い争うような声も聞こえた。中庭と前院の大広間を通っていくと、その奥は広い庭になっていて、西南の隅にあずまやが設えられており、そこに結構な数の人が集っていた。長衣の召使いは回廊で立ち止まって二人に言い含めた。「あなたたちはここで待っていなさい、今、薛挙人にお越しいただきます」と。

召使いは男だったが、話す声は女のようで、なよなよした感じだった。

秀米は召使いが立ち去ってから譚四に問いただした。「あんたはさっき、なんであんな悲鳴をあげたのよ？　あたしまで本当にびっくりしちゃったわ」。譚四はこう言った。「俺が目を当てて中を覗いたとき、あの変なやつも扉に顔をつけてこっちをみていたんだ、まつ毛がくっつくぐらいすぐそばにいたんだぞ、びっくりして当たり前だろう」

秀米はそのとき急に、目にした光景に視線がうろたえ、顔色が変わった。そしてぶつぶつと呟いた。「どうしてあの人がここにいるの？」

「え、誰のこと？」譚四は訳がわからないといった顔つきで秀米を見つめた。彼女の顔色はさっと青ざめ、それから血の気が失せたようになり、首をすくめて歯をガチガチならし、何も言わずに譚四の服を引っ張っている。譚四が向こうのほうを見てみると、あずまやから三人の人がこちらに向かって歩いてきていた。

こちらにやってきた三人の先頭はあの召使いで、真ん中の立派な体格の人は、眉の端に大きな黒い痣があったから、きっと薛挙人だ。そしていちばん後ろで、手に茶碗を持っているのは、張季元だったのだ。

彼らは二人の前まで来ると、薛挙人がよく通る声で「わしになんの用事かな？」と訊いた。

秀米はちょっとぼうっとしていたが、震える手で懐から先生の手紙を取り出した。彼女は顔も上げられないまま、手紙を譚四に手渡し、譚四がまたそれを薛挙人に手渡した。

薛挙人は封筒を受け取ってあらためたが、どうやらあまり嬉しくはなさそうで、ひとこと、「またあの丁樹則だ」と言うと、封書を開いて陽にかざして読みはじめた。

張季元は秀米のそばに寄ってきて、片手を彼女の肩に置き、囁いた。「僕は友人に会いに来たんだ、君たちにここで出くわすとは、まったく思いもよらなかったよ」

秀米は胸がドキドキして、手の置かれた肩が痺《しび》れたようになって力が抜けた。顔を上げて彼のほうを見る勇気もなく、心の中で罵声を浴びせるばかりだった。退《ど》かしなさいよ、その恥知らずな手を退かすのよ！　彼女は手を避けて身体を離そうと思ったが、足が言うことを聞いてくれなかった。身体がいっそう震えだした。

張季元がついに手を退かした。彼からは淡い煙草の匂いがしていた。彼はお茶を飲んでおり、茶碗と茶托が当たって軽やかな音を立てていた。しばらくして、張季元は笑いながら彼女の耳元に口を寄せて呟いた。「そんなに驚いちゃってどうしたの。大丈夫だよ、怖がることはない、薛兄は長年の親友だからね。僕らはちょっと相談があったんだ」

秀米は彼のことを無視したが、彼の口の熱い息が耳をなぶってむず痒《がゆ》かった。彼女は向こうのあずまやで何人かの人が小声で何ごとか話しているのを見ていた。あずまやのそばには一本の梨の木があったが、なぜかバッサリと二つに斬られていた。

薛挙人は手紙を読み終わると、笑った。「丁樹則、この老いぼれ犬は、年中私にまとわりついてくるんだ」

「京城《みやこ》で何か小役人にでも推薦してくれないかって、言ってきてるんじゃないのか」と、張季元が言った。

「まったくその通りさ。こやつは口を開くたびに、うちの父とは義兄弟の契りを結んだとか言っているんだが、私が京城にいたとき父に聞いてみたら、そんな男のことは知らないって言ってたんだ」と薛挙人。「それからまたこんなにたくさんの詩文だ、ふん、支離滅裂で話にならん！」

「そいつにはわかるまいね、今日お上の役人になれたって、明日には首が落とされるかもしれないってことを。本当にその男は面白いことを言ってくれるよ」笑いながら張季元が応じた。

薛挙人は「まったくだ。七十歳にもなって、こんな野心を持ってるなんてな」と言った。

それから薛挙人は譚四に向かってこう言った。「おまえは帰って丁先生にこう言うんだ、お手紙は確かに落掌いたしました。不肖薛某《なにがし》は日を改めてお宅に参上し拝謁を賜ったうえでお返事申し上げます、となＪ言い終わると秀米のほうをじっと見つめ、張季元にも視線を走らせた。「君の従妹のお嬢さんなんだろう、二人に御馳走してやったらどうなんだい、食事をしてから帰ったっていいんじゃないか」

秀米はこの誘いを聞くと、返事もせずにただ必死に首を横に振っていた。

「うちの従妹はふだん外出もしないから、今日はお宅で突然僕に出くわして、びっくりしてしまったらしい。今日のところはまず家に帰したほうがよさそうだ」張季元がこう言った。

「それもそうだね」

やっぱりあの召使いが二人を見送ることになったのだが、中庭に差しかかったとき、後ろのほうでけたたましい笑い声が起こった。従兄と薛挙人がなぜ大笑いをしているのかはわからなかったが、その笑いが極めて不謹慎だということは察せられた。悔しくして噛み締めた歯がきりきりした。譚四はあれこれしつこい。あの従兄って人はどこから来たのか、普済でどうして見かけたことがないのか、どうしてここで出会うことになったのか、従兄だってわかってるのに、なんであんなに驚いたのか、などなど切りがない。秀米はひたすら俯《うつむ》いて歩いていた。ほどなくして薄暗い小道を通りぬけ、表の眩《まぶ》しい太陽の下に出た。召使いは「ここで失礼します」と言って扉を閉めた。

屋敷の外には誰もいなかった。池の向こう側の釣り人もそのときにはもう見えなかった。譚四が、「ここではなんで、死んだ人を池の真ん中に埋めるんだろう」と言った。池のあの墳墓のことだとわかったが、秀米はそのことにはもう興味がなくなっていた。彼女は赤毛の肘をつついて、向こう岸のほうを指差した。「あんた、あそこで釣りをしている人がいたのに気がついてた？」

赤毛は、気がつかなかったと答えた。

「その人はさっきまで釣りをしていたのよ。それなのに、なんでいきなり消えてしまったの？」

「ご飯で家に帰ったんじゃないのか。誰が釣りしていようと、関係ないだろ」

池の端を回って、二人はさっきまで釣り人がいたあたりに行ってみた。まばらな葦の茂みの中で、水面に浮かんだ竹竿が風に吹かれてぷかぷか揺れていた。秀米は近寄って竿を手に取った。それは竿だけで、糸も針もついていなかった。

おかしい！

赤毛は早く帰ろうと彼女をせっついた。腹が減って、グーグー鳴っていたのだ。

二人は前になったり後ろになったりしながら普済へ戻っていった。秀米はなんだか夢のようだと思った。張季元はいったいどこからやってきたんだろう。普済にいったい、何をしに？　薛挙人って何者なの？　それからあの中折れ帽の老人。あの人は間違いなく、池で魚釣りをしていたんだ。でも竹竿だけで、浮きはおろか、糸も針もないなんて、どういうことなの？

彼女はおぼろげにわかっていた。自分の育ったあの花や木に囲まれた屋敷の外に、別な世界があるということを。その世界は沈黙しており、果てしなく大きい。途中で二人は誰とも行きあわなかった。秀米は天空の高さと遥かさを感じ、目の前に広がる渓流、谷間、丘陵、それから太陽までも、何か虚《うつ》ろな幻のように思えた。

村に戻ると、丁先生への報告には赤毛一人で行かせることにし、秀米はそのまま家に帰った。翠蓮が池のほとりで蚊帳を洗っているのを見かけ、そばに寄っていくと、いきなり問いかけた。「大口姉さん、ねえ……夏荘には本当に薛挙人なんて人がいたのかしら？」

「薛祖彦《シュエ・ズーイエン》さまのことを言ってるの？　いないわけがないでしょ、お父さまは京城《みやこ》でたいへん立派なお役人さまなのよ」と翠蓮が答えた。

秀米は「そう」と一声残して、二階に行ってしまった。

六

その晩、家の者みんなが食事で卓を囲んでいると、張季元はまた十八番《おはこ》の「鶏は三本足[39]」という笑い話をしはじめた。この話は、数日前にも披露したのだが、今度もまた面白おかしく話して、みんなの笑いを誘った。喜鵲が笑ったのは、確かに面白いと思ったからで、張季元が同じ話を百回やったとしても、彼女はやはり心中、面白いと思ってしまう。歯がお碗に当たってガチガチ鳴っていた。母は礼儀上笑っただけで、いつものようにふふっと笑みを浮かべ、お話を確かに聞いていますよという態度を示していた。翠蓮は言い古されたネタで、普済の人なら誰でも喋れる話だとは思ったが、喜鵲が笑い転げているのを見て、やっぱり笑うことにした。宝琛は人がいいから誰に対してでもへへへと笑う。それに明日は早くから慶港に帰って息子を連れてこなければならなかった。

そうではあるのだが、彼の笑い方はいささか大袈裟《おおげさ》だった。

ただ一人、秀米だけは笑わなかった。

張季元は談笑しながらも、しきりに彼女のほうに目配せしていた。その目つきは相当複雑で、あたかも今日の昼の出会いで二人の間に何か暗黙の約束が出来上がったかのような、というよりもむしろ、二人で秘密を共有しているような感じだった。たとえ彼のほうを見なくても、その明るい目の輝きが感じられた。そして話している言葉は異なる言語に変わってしまい、潤んだまつ毛から流れだして、仄暗《ほのぐら》い光の中をたゆたっているように思えた。秀米が俯いたままご飯を食べているうちに、ようやく張季元の笑い話が終わった。すると喜鵲が出し抜けに質問した。「その鶏は、どうして足が三本あるんですか？」と。彼女はどうやら初めから話がわかっていなかったらしい。みんなはまた大笑いをするのだった。

宝琛が最初に食事を済ませ、箸を置くと袖を振るって出ていった。翠蓮が母に言った。「今晩は旅費を渡さないほうがいいですよ。村はずれの底なし洞窟に行って、すぐ使っちゃうかもしれないでしょ」

「あなた、なんで宝琛が孫姑娘のところに行くってわかるのよ」と母が言った。

「そりゃわかりますよ、あのひらひら蝶々は昼下がりにうちに篩《ふるい》を借りに来てましてね、あいつとイチャイチャ、人目もはばからず、すぐにも二人で……」と翠蓮が言いかけた。

母はその先を言わせず、一生懸命翠蓮に目配せをしている。そしてちらちら秀米のほうを見て、秀米が今の話の意味を悟ったかどうか気にしているようだった。

張季元は食事が終わっても、そのままぐだぐだと残っていた。椅子に斜めに腰掛け爪楊枝で歯を弄《いじ》っている。歯をやり終わると、指の爪だ。十本の爪の垢を全部楊枝で刮《こそ》いで、そのあとまたその楊枝を口に入れた。それから今度は、ランプの芯を弄ったり、天窓を見上げたりして、何か深く考えを巡らしているようにも見えた。しばらくそんなふうにしていたが、懐から小さな鉄の箱と煙管《きせる》を取り出し、煙草の葉を煙管に詰めると、ランプに近づけて火を点け、スパスパと吸いはじめた。

そのとき孟婆さんがどこからともなく現れて、宝琛を麻雀に呼びにきた。翠蓮は笑いながら、「宝琛は今晩、もう別なお宅にお出かけよ」と言った。

「そう、そのほうがいいわ、あたしゃ、宝琛のやつがちょっと勝つと、すぐ得意げに小唄を唸り出すのがとってても嫌なんだ、あんな小唄を聞かされた日にゃ、気持ちがおかしくなって、勝てる局も勝てなくなっちまう」彼女はこう言うと、母のほうにやってきて手を引いた。母はしつこい誘いに負けて、「わかった、わかった、半荘《ハンチャン》だけならお相手するわ」と言った。そして出がけに、翠蓮と喜鵲にベッドの敷物を夏ござに換えるよう言いつけた。孟婆さんは話を繋いで、「こんなに暑くなってきたんじゃ、敷物も換えないといかんね」と言うと、母を引っ張って行ってしまった。

母がいなくなると、翠蓮が一家の主婦のようにふるまった。彼女は喜鵲に大鍋で湯を沸かし、ござを煮沸するように言った。竹のござはもう一年も使っていないから、虫が湧いているかもしれない。秀米は喜鵲が湯を沸かしに行くのを見て、自分も髪を洗いたいから、多めに沸かすように頼んだ。すると翠蓮が「夜に髪を洗うと、大人になってもお嫁に行けないって話だよ」と言った。

「お嫁に行けないんだって、望むところだわ！」

「よく言われてるのよ、女が嫁に行きたくないっていうのと、男が女遊びをしたくないっていうのは、天下の一番の大嘘だってね」と翠蓮が笑った。

秀米は、どっちにしたって嫁には行かない、誰のところにも嫁がないと言った。

このとき、張季元が大きな煙管を口元から離し、急に割りこんできた。「これからは嫁ぐなんてことはなくなるかもしれんな」

翠蓮はこの言葉に驚いたが、すぐまた笑いだした。「大叔父さま、そんなこと軽く仰《おっしゃ》るけど、娘が人に嫁がなくなって、いつまでも家にいるようになったら、親はどうするの？　娘を煮て食うわけにもいかないしね」

「こういうのは、君にはわからないことさ」張季元は翠蓮の話など、答える価値もないかのように言い捨てた。

「あたしたち田舎者だから、世間のことを知らないんです。大叔父さまの広い広い見識には比べようもありません」翠蓮は皮肉っぽく言った。「でも大叔父さまのお話のようになったら、世の中の女たちはみんな嫁がなくなって、子どもを産まなくなっちゃいますよ、そしたらこの世から人が死に絶えてしまうじゃありませんか」

「誰が子どもを産むなって言った？　もちろん子どもは産むんだが、結婚することはないってことだよ」張季元はさも当たり前のように言いのけた。

「嫁がずに子を産むなんて、岩の割れ目からでも子どもを作るって言うんじゃないでしょうね？」

「誰か好きになったら、その人のところに行って子どもを作ればいいだけだ」

「ええ？　大叔父さまが仰るのは、男子が誰か女子を見初《みそ》めたら、その娘の家に行って結ばれたらいいっていうことですか？」

「その通り」

「仲人《なこうど》も結納もなしで、親と相談もしないってこと？」

「その通り」

「それじゃ、もしその娘の親が反対してたらどうするんですか？　父母が門前に立ちはだかって、中に入れなかったら？」

「そりゃ簡単だ、そいつらを殺してしまえばいい」

翠蓮は自分の耳を疑ってしまった。張季元の気違いじみた話は、本気で言っているのか、自分をからかっているのか、彼女もわからなかったのだ。

「もし、その娘自身も嫌だと言ったらどうするんですか？」

「同じことさ、殺してしまえ」

「もしも……もしも三人の男が同時に同じ娘を好きになってしまったら、どうなるんです？」

「それも簡単だ、くじ引きにすればいい」張季元はへへへと笑っている。彼は椅子から立って、引きあげるつもりのようだった。「未来の社会ではね、誰でもみんな平等で、自由なんだ。誰でも好きな人と一緒になれるのさ。もし望むなら、自分の実の妹と結婚したってかまわないんだ」

「大叔父さまの言うようになったら、この普済が全部、大きな妓楼になっちゃいますよ」

「ま、それと大差ないだろうな」張季元が言いかけた。「でも一つ違うことがある、誰もお金を払う必要がないってこと」

「大叔父さまは本当に冗談がお上手、もしそうなったら、男性のみなさんは楽しくてしょうがないでしょうね」

「君たち女だってそうじゃないのかね？」

張季元はハッハッハッと大笑いをした。笑いすぎて息が苦しそうなほどひどく笑った。最後に彼は身を翻し、髪の毛にさっと手をやって、出ていった。

「でたらめばっかり」張季元が出ていってから、翠蓮はペッと唾を吐き罵った。「あの髭野郎、一日中いい加減な話ばかりして、あんまり暇なもんだから、あたしたちをからかって喜んでるんだわ」

翠蓮は窯のところで秀米の髪を洗ってやっていた。

豆の泡沫汁は朝早く豆腐屋から買っておいたのだが、このときにはもう、少し饐《す》えた臭いがしていた。豆の泡で髪を洗うと、枸杞《くこ》の葉を使ったときみたいには痒みや脂気を抑えられないし、豆粕っぽい臭いも残る、と秀米が呟いた。翠蓮は「今度あたしがどこかで枸杞の葉を手に入れてあげるわ」と言った。二人が話していると、突然、表で騒がしい声がした。表の通りや池のあたりからも、林のほうからもたくさんの足音がし、勢いよく走っている人もいるようだ。夥《おびただ》しい足音と騒がしい声が大きな渦となって轟々と響き、四方八方から押し寄せては、また渦を巻いて遠ざかっていった。村中の犬がみんな吠えている。

「たいへん！　何か起こったんだわ」

翠蓮はこう言うと、秀米を残して窓辺に駆けより、外を窺った。

秀米は髪の毛を濡らしたままで、髪からたらいに滴る水の音を聞いていた。すぐその後に、喜鵲が厨房に駆けてきて、入り口から顔を出し、息を切らしながら、たいへんよ、と叫んだ。

翠蓮がどうしたのか訊ねると、喜鵲は人が死んだと言った。翠蓮が重ねて、誰が死んだのかと訊いて、喜鵲はようやく「孫姑娘よ、孫姑娘が死んだのよ」と答えた。

「あの人は今日の昼下がりに篩を借りにきたのよ、話もしたし笑いもしたの、それがどうしていきなり死んじゃうのよ！」翠蓮はこう言うと、濡れた手を振るいながら、喜鵲と一緒に出ていった。

家の中は急に静まりかえった。秀米の髪はまだ豆汁の泡だらけだ。髪の泡はたらいに落ちて、水面を漂い、プッという音を立てて割れた。彼女は目を閉じて、手を伸ばし竈の上に置いてあったはずの水柄杓を探した。水甕から水を掬って髪を濯ぎたかったのだ。そのとき、どんどんという足音が聞こえた。誰かが厨房にやってくる。彼女はどきっとした。

「外で何か起きたのか？」張季元が戸の框に手をかけて訊ねた。

いやだ！　またあいつだ！　彼女は彼のほうに顔を向けたくなかった。口ごもりながらぼそぼそと答えた。「みんなの話じゃ、どうやら、孫姑娘が死んだんだって……」

張季元は「そうか」と一声言っただけで、そのことには何も興味がなさそうだった。彼はそのままそこに立っている。

行っちゃえ、行っちゃえ、早く行って！　秀米は心の中で彼がさっさといなくなることを願った。

だが張季元はいなくならないばかりか、逆に、敷居をまたいで厨房の中に入ってきた。

「髪を洗ってるんだね」わかり切ったことを聞く。

秀米は腹立たしかったが、口では「はい」と答え、急いで柄杓を摑み、水甕から水を汲んで頭にかけ、めちゃくちゃに擦った。水は首筋から流れこみ冷たかった。

「手伝ってやろうか」

「いや、いや、結構」秀米は彼の言葉を聞き、動悸がますますひどくなった。このとき彼女は初めて彼と話をしたのだ。

「お湯を使わなくてもいいのかい」張季元がまた訊いてくる。彼の声は歯切れよく、渋い響きがあった。

秀米はもう彼のことを相手にしなかった。彼が自分の身体のすぐ近くに立っていることがわかった。彼の履いていた丸口の布靴と白い靴下が見えていた。本当に嫌だ！　こいつは今あたしが髪を洗っているのを見てるんだわ！　憎たらしい！　こいつは、なんでここにじっとしているわけ？

髪を洗い終わり、拭くものを探していると、張季元がタオルを寄越してきた。秀米は受け取らない。彼女は竈にエプロンが置いてあるのを見つけると、油で汚れているのもかまわず、摑みとってゴシゴシと髪を拭った。それから髪を指で梳《す》きなおして、頭のてっぺんに丸く纏めた。そして彼が立ち去るのを待っているかのように、ずっと彼に背を向けたままだった。

とうとう張季元は、へへっと馬鹿にしたような笑いを残し、手に持ったタオルを置いて首を振り、立ち去った。

秀米は長いため息をついた。彼の細身の影が中庭の壁を掠めて廊下に揺れ、消えていく。彼女は竈のそばに立ち、髪をぶるっと震わして南風に当てた。顔は相変わらず火照ったままだった。水甕に新月が影を落とし、漂う水紋に乗って静かに揺れていた。

母は翠蓮たちと一緒に帰ってきた。母が言うには、孟婆さんの家で最初の局を打ち始めたばかりのときに、孫姑娘のところで事件が起きたと知らせが入った。「宝琛は本当に恥知らずで、みんなの目の前でおいおい声をあげて泣きはじめたんだからね」

秀米は、孫姑娘はどうして死ぬことになったのかと訊いたが、母はまともに答えず、ただともかく死んだのよ、と言うばかりだった。秀米は喜鵲にも訊いたが、喜鵲は母のほうを見て答えを渋り、ぶつぶつと口ごもって、ひどいわ、ひどいわ、本当にひどい、と嘆いていた。最後に翠蓮が秀米を自分の部屋に連れていき、こっそりこう話した。「これからあたしたちも気を付けないといけない、普済のあたりにも悪い奴が出るようになったのよ」

「あの人、今日の昼に篩を借りに来てたんじゃないの？」秀米が訊いた。「どうしてそれが死ぬことになるの？」

翠蓮はため息をついた。「篩を借りるのは畑で油菜《あぶらな》の種を採るためなの。もしそんなことで畑に行かなかったら、死なずに済んだのよ」

翠蓮の話では、孫姑娘は村はずれに自分たちの畑があって、そこで油菜の種を採っていたはずなのに、夕方になっても帰ってこないので、宝琛が探しに出たところ、孫姑娘の父親がカンテラを提げて探しているのに出会った。二人が一緒に探していると、畑で彼女の遺体を見つけた。遺体は服をすっかり剥ぎ取られていて、口に青草が押し込まれていたという。助けを呼ぼうにも叫べなかったのだ。彼女の口に押し込まれていた草はあまりにも多くて、喉の奥まで詰まっていたから、宝琛がいくら掻き出しても取りきれなかった。彼女の身体には刀傷などはなかったが、後ろ手にきつく縛り上げられていた。片方の足には靴があったが、もう一方は裸足で、体はとっくに冷たくなっており、鼻にも息がなかった。両足で激しく蹴ったからか、地面に穴が開いていて、太腿は血だらけだった。医者の唐六先生が遺体をあらためたのだが、やはり刀傷は見つからなかった。孟婆さんは、こういうことはうちの村の人間のやることではない、この娘はふだん村で客引きをしていて、父親が見張りをやっていたから、ふつうならこの娘の身体にのっかりたかったら、幾らか銭を渡せばいいだけのことで、渡す銭がないときには付けでも大丈夫だったはずだと言った。村の男たちがこんなことをするはずはないというわけだ。その場に集まった野次馬の中に大金歯という渾名の、普済で肉屋をやっている男がいた。これはちょっと頭が弱いやつで、孟婆さんがそんなふうに言うのを聞いていて、訳もわからないのに口を挟んだ。「そんなこと、わからないさ」と。

孟婆さんは目を怒らせて言った。「それじゃ、お前がやったんだな」

大金歯はヘラヘラと馬鹿みたいに笑って、「本当においらがやったのかも知れないぜ……」と言いかけたが、大金歯の盲目の老いた母親が、そいつにばちんと平手打ちをくれた。「人さまが亡くなったのに、そんな冗談を言いやがって！」

「それじゃ、大金歯がやったのかも知れないわけね？」秀米が訊いた。

「冗談に決まってるでしょ、あいつの話を本気にするなんて変よ」と翠蓮が言った。

秀米はまた、宝琛はなぜ帰ってこないのかと訊くと、「あの人は孫《スン》の爺さんを手伝って外に祭壇を拵《こしら》えてるの。ここ数年、首曲がりは孫姑娘にずいぶんお金をつぎこんだからね。あの子が死んで、まるで目も当てられないほど大泣きしちゃったのよ」と翠蓮が答えた。秀米がその外の祭壇っていうのはなんなのかと訊くと、翠蓮はこう説明した。「普済の習わしでは、外で死んだ人間は家の中で葬式をしちゃいけなくて、外に祭壇を作って遺体を安置することになっているのよ。ちかごろは暑い日が続いたから、大工に頼んで夜っぴて棺桶を作ってもらわないといけないの。だから宝琛みたいな役立たずでも目の回るような忙しさだったわけ。かわいそうなのはあのひらひら蝶々ね、素っ裸で死ぬことになって、みんなにあれこれされるままだったんだから。孫《スン》の爺さんも気が狂ったみたいになって、娘はまだ嫁入り前なんじゃやと騒いで、娘の遺体を男に見せまいとして、あっちこっちの人の前に立ち塞《ふさ》がろうとしたの。でもそんなことできるはずもないしね、最後には池の端に座りこんで泣いていたわ」

秀米は父がいなくなった日にあの池に行ったことを思い出した。池の周りは白いスイカズラの花がいっぱい咲き乱れていて、カーテンのように水面に垂れかかっていた。そして孫姑娘が篩を借りにきた昼下がりのことを考えた。あの娘は翠蓮からひどい嫌味を言われて、怯えたような笑みを浮かべていたのだろう。

「これからはあたしたちも気を付けないとね、江南の長洲《チャンジョウ》じゃ匪賊《ひぞく》[40]が出たそうよ、数日前には子どもが二人も誘拐されたんだって」と翠蓮が言った。

七

孫姑娘の葬儀では、秀米がいちばん後ろの一人だった。孟婆さんが籠いっぱいに黄色の造花を入れて、参列者一人一人に一輪ずつ配り、胸につけさせていた。しかし秀米の前に来たとき、籠の花はちょうどなくなってしまった。孟婆さんは笑いながら言った。

「なんてことだろう！　ちょうどあんたの分だけ一輪足りないなんてね」

秀米には河の土手沿いに行軍していく官兵の隊列も遠く見えていた。兵士たちは精彩に欠き、眠たげで、強い陽射しを浴びてのろのろと進んでいた。騎馬隊は空一面に砂塵を蹴り上げていて、赤い飾り房が上下に揺れている。彼らが坂に差しかかると、うねうねと続く隊列が浮き上がり、遠くから見ると揺れ動くカラスヘビのように見えた。しかし彼女には騎馬隊の蹄《ひづめ》の音は聞こえなかった。

秀米は回りをキョロキョロ探したが、翠蓮と喜鵲の姿は見えなかった。孫姑娘の棺は徹夜で造られたらしく、表面の塗装が間に合わず、剥き出しの松材に錦の布が掛けられていた。僧侶が幟《のぼり》や花を持ち、鈸《はつ》、鐃《にょう》、銅鑼《どら》などが鳴らされているのが見えたが、どういうわけか、音は聞こえなかった。

変だわ、どうして何も音が聞こえないの？

葬送の行列は村はずれの綿畑を横切って東に向かった。村の入り口を出たとたん、黒雲が急に湧き出して木々が激しく揺れ、雨が降り始めた。雨粒が乾いた地面に叩きつけられているのに、まったく物音がしない。河面を打つ雨粒は、細かな水しぶきを一面に散らしている。雨はどんどんひどくなっていき、彼女は目が開けられなくなりそうだった。

変だわ、こんなにすごい雨なのにどうして音がしないの？

葬列の人たちの間にも不安なざわめきが広がった。棺桶を担いでいた人夫たちが石橋のところで止まり、雨を避けて橋の下に駆けこんだ。会葬者たちも潮が引くように一斉に散っていく。宝琛と孫《スン》の爺さんだけは白い麻の喪服を身に着け、オイオイ泣きながら人々に戻ってくれるよう頼んでいる。

秀米は村東のあの荒れ寺に向かって駆けだした。彼女は走りながら振り返ってみた。初めは、何人か一緒に寺のほうに走っていたのだが、すぐに、自分一人だけが走っているのに気づいた。彼女が息を切らして皂龍寺の門前にたどり着いたとき、驚いたことに、橋の上にあの棺桶がポツンと置かれているほかは、周りにはもう誰もいなくなっており、宝琛と孫《スン》の爺さんまでも消えていた。

変だわ、どうして誰も寺に雨宿りに来ていないの？

彼女は一気に山門の庇の下に駆け寄った。するとそこには張季元が麻縄を手に立っており、彼女のほうを見て笑っている。

「どうしてここにいるの？」彼女は驚いて飛び退き、びっしょり濡れた襟元を両手で覆ったが、乳房が腫れたように痛むのをうっすらと感じていた。ちょうど初夏でもあり、薄手の服になったばかりだったから、雨に濡れてぴったり身体に張り付いている。彼女はなんだか自分が裸になってしまったように思った。

「僕は寺の住職の説法を聞きに来たんだ」と張季元が声を低めていった。彼の髪も雨にすっかり濡れていた。

「会葬の人たちはどうしてお寺に雨宿りに来なかったの？」秀米が訊ねた。

「彼らは来れないのさ」

「どうして？」

「住職が中に入れてくれないからだよ」張季元は首を伸ばして山門の外のほうを見まわしてから、彼女の耳元に顔を寄せてそっと言った。「それはね、この寺が君のためだけに建てられたからなんだ」

「住職って誰なの？」秀米は寺の天王殿に目をやった。豪雨が瓦を打ち、屋根は水煙が幕を張っていた。

「住職は法堂で読経している」張季元が答えた。

「この荒れ寺にはもう何年も和尚さんがいないのよ、どこから住職が来たの？」

「僕についておいで」

秀米はおとなしく張季元についていき、片端の回廊を通って、法堂のほうに向かった。途中に通りかかった天王殿、僧房、伽藍殿、祖師堂、観音殿、香積厨房《こうしゃく》、執事堂などは、どこも誰一人としておらず、観音殿と大雄宝殿の屋根は崩れ落ち、壁の基底が歪んで、瓦礫《がれき》には青草が生い茂っていた。壁にはところどころ蘚苔《せんたい》がはびこり、隙間から小さな黄色い花がいくつも顔を出していた。彼女には安息香と月下美人の香りが感じられたが、雨水と塵埃の臭いなどもあたりに漂い、もちろんこのほかに、張季元の身体から淡い煙草の臭いもしていた。

法堂と蔵経閣だけは損なわれていなかった。二人が法堂に入ったとき、赤と黄二色の袈裟を身に着けた住職が座布団の上で足を組み、念仏を唱えていた。彼らが入ってくるのを見て、合掌の拝礼をし、すっと立ち上がった。秀米が返礼の仕方がわからず、慌てていると、住職が突然口を開いた。

「この娘ですか?」

張季元が頷いた。「まさしく」

「南無阿弥陀仏」

秀米はこの住職をどこかで見たことがあると思ったが、そのときはどうしても思い出せなかった。住職は手に持った念珠をゆっくり転がし、ぶつぶつと経を唱えていたが、秀米の身体をじろじろと見定めているようだった。秀米も住職をぼんやりと見つめて、どうしていいかわからなかった。突然彼女は気がついた、住職の左手親指の脇にぐんにゃりして赤い、煮込んだソーセージのようなものがぶら下がっている。彼女はびっくりして血の気がひいた。叫びだしそうになったが、声は出なかった。なんと、なんと、従兄が探していた六本指の人は、ずっとこの荒れ寺の中に潜んでいたんだ。

住職はハッハッハッと笑って――顔にむくみが浮かぶほど笑って、こう言った。「季元よ、娘はもう連れてきたんだ、これ以上何を待っている?」

「あなたたち、あたしをどうするつもりなの?」

「お嬢さん、怖がらなくていい」住職はなだめた。「誰でもこの世に生まれてきたからには、必ず縁というものを持っている。何か重要な使命を成し遂げるために生まれてきたんじゃ」

「あたしの使命って何なの？」

「まもなくわかるじゃろ」住職の顔に陰険な笑みがよぎった。

秀米はぼんやりと何かを意識して、全身の皮膚がいきなり収縮したように感じた。彼女は法堂の中をめちゃくちゃに逃げまわり、経机《きょうづくえ》の前に置かれた酥油《そゆ》[41]灯明を倒した。でも出口の扉は見つからない。住職と張季元は少しも慌てず、彼女のほうを見て笑っているだけだった。

「教えなさい、扉はどこなの？」秀米は悲しげな眼差しを従兄に向け、助けを求めた。

張季元はぱっと彼女を抱き寄せた。その手が彼女の太腿をなぞって撫であげていく。そして彼女の耳元に口を寄せて囁いた。「秀米、僕の妹、扉はここにあるんだ、いつも開いているよ」張季元は囁きながら、麻縄を彼女の腕に巻きはじめた。従兄に縛られるんだ、彼女は全身の力を振り絞って叫んだ。「あたしを縛らないで！」

このとき初めて、彼女は自分の声を聞いた。しかもすぐに応答が返った。

「誰が縛るの？」


秀米は目を開けた。最初に彼女は天窓から降り注ぐ静かな陽光を見た。続いて架けられたばかりの新しい蚊帳を見た。焚きしめられた香りを微かに漂わせている。それから床に倒されたランプが目に入った。続いてガチャガチャという音がして、喜鵲が床のガラス片を掃除しているのが見えた。南柯《なんか》の夢[42]だったんだ。

「誰が縛るの？」喜鵲が笑った。「あたしが朝ごはんに起こしに来たら、いきなり手を払ってバチンとランプを倒しちゃったんですよ」

秀米はまだハアハアと激しい息遣いだった。枕元の経机の安息香がまもなく消えようとしていた。

「何であんな夢を見たんだろう?」秀米はまだ気持ちが落ち着かなかった。「ほんとにびっくりしたわ……」

喜鵲はただ笑っていた。しばらくしてから話しかけた。「早くご飯を食べてくださいよ。しばらくしたら、一緒に孫姑娘の家に法要を見に行きましょう」

秀米は母と翠蓮がどうしているか訊いた。喜鵲の話ではもうとっくに見物に出かけているということだった。張季元は、と訊いたとき、その三文字を口にして、思わず胸がきゅっとなった。喜鵲は、裏庭のほうにいるだろうけど、何をしているかわからないと答えた。秀米はぼんやりと蚊帳の上を見つめていたが、ずいぶん経ってから、法要など見にいきたくないし、ご飯もいらない、このままごろごろしていたいと喜鵲に言った。

喜鵲は蚊帳を降ろしてやって、また階段を降りていった。

喜鵲が下に行ってしまうとすぐ、路地のほうから梔子《くちなし》の花売りの声が聞こえてきた。秀米は急に興が乗って、一輪買って付けてみようと思いベッドから起き上がった。しかし着替えて階段を降り、路地に出てみると、花売りの姿はもう見えなかった。

彼女は屋敷に戻り、井戸端で水を汲んで顔を洗い、ついでに何か食べておこうと思って、家の中をあちこちうろついた。井戸端に戻ったときに、喜鵲が洗濯を始めていたので、おしゃべりでもしようと話しかけたとたん、張季元が身体をゆらゆらさせながら、回廊のほうからこちらに向かってくるのが見えた。秀米はどきっとして身を隠したいと思ったが、張季元はすでにさっさと歩を進めてすぐ前まで来てしまっていた。

「ねえ、ねえ」張季元はひどく興奮した表情で話しかけた。「後院の二甕の蓮の花がみんな開いたぞ！」

喜鵲は秀米にチラッと目をやり、彼女が返事しないのを見ると、いい加減な返答を口にした。

「咲いたんですか、そりゃ素敵、素敵ね」

この痴れ者！　蓮の花が咲いたぐらいでこんなに騒ぎ立てるなんて。先ほどのあの夢のことを思い出して、秀米はひどく腹が立った。張季元のほうを見ようともしない。張は喜鵲にお愛想笑いをし、一緒に後院に見に行かないかと誘った。何よ、そのナヨナヨした態度！　秀米は心のなかで罵った。しかし、やはり立ち止まって、階段の壁に寄りかかりながら、口を開いた。

「従兄《にい》さんも花だの草だのっていうのが好きなんですか？」

「そりゃ、どういう花かによるよ」張季元はちょっと考えて、こう答えた。「蘭は幽谷《ゆうこく》に生《お》い、菊は荒圃《こうほ》に隠る、梅は雪嶺に傲《おご》り、独り蓮花は汚泥にひたされるも染まらず。其の志《こころざし》高潔なり、故にますます愛憐を覚ゆ……芙蓉を制して衣となし、芰荷《きか》[43]を集めて裳となす」

最後の二句は『離騒《りそう》』[44]の一節だが、残念なことに張季元は前後を逆にしていた。もっとも、秀米は彼の間違いを正す気にもなれなかった。

張季元は秀米がすぐ立ち去る気はないとわかり、急に面白くなって、こう質問した。「玉谿《ぎょくけい》生《せい》[45]の詩に蓮の花を詠んだ句があって、それが絶妙だったんだけど、君は覚えているかい？」

張季元が言ったのは『紅楼夢』[46]で林黛玉《りん・たいぎょく》が賈宝玉《か・ほうぎょく》に語った言葉だ。どうやらこの髭男、けっこう読みこんでいるようだ。秀米は本当にこの男と関わりたくなくなり、面倒臭そうにひとこと残した。「残《のこ》んの蓮に雨音を聴く[47]、とかおっしゃりたいの?」

思いがけず、張季元は満足げに首を振り、笑った。「君は僕を林黛玉に見立てたんだね」

「なら、従兄《にい》さんはどんな句がお好みなの?」

「芙蓉の塘外驚雷有り[48]、だな」

彼がこう言うのを聞いて、秀米はふいに、小さいころ父に連れられて村はずれの池に行き、蓮を採ったときのことを思い出した。突然寂しさが胸いっぱいに広がった。父は根っからの蓮好きで、夏になると机にはいつも小さな盆に蓮が生けられ、清涼な雰囲気を醸していた。おぼろな記憶では、深紅の花弁は春桃のように艶やかで、含羞の面持ちがあり、父は「一捻紅」と名付けていた。ときには花弁を搗《つ》いて捏《こ》ね、印泥にしたこともあった。

張季元が彼女にどんな花が好きなのかと訊ねた。

「芍薬《しゃくやく》よ」秀米は何も考えずに、すっと答えた。

張季元は笑いだして、大きくため息をついた。「それじゃ、明らかに僕を追い出したいんだな」

この痴れ者は一日中奇奇怪怪なことばかりしているが、結構学問にも通じているらしい。ちょっと辛く当たりすぎたかと秀米は思った。しかし口では、まだ容赦しなかった。「芍薬がどうしてあなたを追い出すことになるんですか?」

「君は文学によく通じているんだろう、考え深く計算してるんだ、わかってるのになんでわざわざ訊くんだい？」張季元が言った。「顧文房《こ・ぶんぼう》の『問答釈義』[49]にこう書いてあるんだ、芍薬、又の名は可離、離れる可《べ》し、離れるべし、故にこれをもって送別とす、ってわけさ。それはそうと、僕は本当に出かけないといけないんだ」こう言い残すと、襟を正して秀米に手を振り、表門から出ていった。

　張季元の後ろ姿を見ながら、秀米は思いにふけった。今朝方のあの夢のせいで、自分と張季元の間に何かよけいなことができてしまったようで、今いなくなってみると胸にポッカリ穴が開いたように感じるのだった。

「大叔父さまと何を話してたの？」喜鵲が井戸端から首を伸ばして訊いてきた。「いくら聞いても、あたしにはさっぱりわからなかったわ」

「みんな口先だけのつまんない話よ、そんなことわかったって、何にもなりゃしないの」秀米が笑いながら答えた。

　喜鵲は孫姑娘の法要に行ってみないかと誘ったが、秀米は「もし行きたいなら、あんた急いで行きなさいよ。あたしはちょっと丁先生のところに行ってくるから」と言った。

八

丁先生は机で文章を書いているところだった。手にはやはり包帯が巻かれている。秀米が入ってくるのをみて、丁樹則は今日は休講だと言った。自分は孫姑娘のために墓誌銘を書いてやらねばならないから忙しいという。それから彼女になぜ法要を見にいかないのかと訊く。行きたくないからと彼女は答えた。それですぐ帰ろうとすると、また呼び止められた。

「ちょっと待て、あとでおまえに聞きたいことがあるんじゃ」

彼女は仕方なく、やる気なさそうに窓辺の椅子に腰掛け、鳥籠の二羽の画眉鳥《がびちょう》をつっついて遊んでいた。丁先生はタオルでしきりに顔を拭っており、夏の上着は汗でびっしょりだった。書きながらぶつぶつ呟いている。惜しい、惜しい、哀れだ、哀れだ！　孫姑娘のことだと秀米はわかった。丁先生は悲しみのあまり何度も作業を止め、流れ落ちる涙や鼻水を拭わなければならなかった。先生はなんと、鼻水を机の脇に擦り付け、筆先の羊の毛を舌で舐めている。見ていて気持ちが悪くなる。しかし先生はもう何枚も書き続けていて、失敗した紙が丸められて床一面に散らばっている。投げ捨てながら、自身の文の拙さを罵っている。最後には宣紙[50]がなくなり、梯子《はしご》を登って中二階の物置まで取りに行った。先生がバタバタと取り乱しているようだったので、秀米はそばに行って手伝うことにした。紙を伸ばし硯で墨をすり、それから肩に掛けられた汗臭いタオルを洗面台に持っていって洗った。洗面器の水はいっぺんに真っ黒になった。

先生はいい文章の書き手であり、筆が早いことで名を馳せていて、倚馬千言《いばせんげん》[51]も誇張にあらずと自称していた。詩詞歌賦だろうと、八股文《はっこぶん》だろうと[52]筆をさっと揮って一気に書きあげた。拝帖《はいちょう》[53]、楹聯《えいれん》[54]、寿序《じゅじょ》[55]、墓誌銘などなど、何でも注文があれば、値段の相談をしているうちに書きあげてしまう。ただし丁先生には、長年不変の習慣があった。文章が書きあがったら、一文字たりとも絶対に書き改めないというものだ。書き直しを求めるなど、まったく夢のまた夢だ。あるとき、丁先生は九十歳の老翁の誕生祝いの祝辞を頼まれた。文章が書き上がったとき、注文した孫が祖父の名前を書き間違われていることに気づき、しょうがないので先生にもう一遍書いてくれるように頼んだ。すると先生は大いに怒って叫んだ。「吾輩はこれまで文章を書き直したことなどないのだ、おまえはともかく持って帰って適当に使ったらいいんだ！」

その孫は、「違う名前になっているんだから、誰の誕生祝いかわからないじゃありませんか」と言った。「そんなことは知ったことじゃない」と先生は言い放ち、二人は書斎で喧嘩を始めた。そしてついに、丁先生の奥方小鳳が飛び出してきて、二人の間に立ち、正邪の判定をすることになった。奥方はその孫の鼻先に指を突きつけ、「あなたに道理はない！」と言うと、身を翻して夫に向かって断言した。「樹則、あなたは正しい」

「これでおしまい！」彼女は二人に対して宣言した。

どうしようもなくなった孫が二倍の銀両を積んで、煽《おだ》てたりすかしたりして頼みこんだところ、先生はようやく慣例を破ってもう一回書面を作り、お爺さんの名前を書き改めたのだった。

先生は今日、どうしちゃったんだろう。先生は首を捻ったり頭を叩いたり、後ろ手をしてうろうろしたりして考えこんでいる。密かに思った。もし孫姑娘の墓誌銘があまりにも難しいというのでなければ、昨日の晩、あの遺骸を目にしてよほど衝撃を受けてしまったのに違いない。あるいはもしかしたら、先生は孫姑娘の急死がまったく納得いかないのだ。部屋の中を行ったり来たりする先生は、明らかに満面哀悼の表情を浮かべている。「柔らかな美しい肌、呆気なく消えてしまった。嗚呼《ああ》、嗚呼、これを奈何《いかん》、これを奈何！」先生はぶつぶつ言い続けている。しかし、墓誌銘が書きあがると、やっぱりいくぶん得意そうだった。秀米にこっちに来て見てみろと言ったが、読み取れないのではないかと思って、初めから終わりまで読み聞かせた。墓誌銘はこう記されてあった。

孫《スン》氏姑娘、諱《いみな》は有雪《ヨウシュエ》、梅城普済の人なり。父鼎成《ディエンチョン》は孝行で、友人多しと郷里に知られる。母は甄《ジェン》氏、姑娘が生まれしとき、大雪門を封じ、寒梅満開なり。ゆえに有雪と名付けたり。雪の如き純潔、松の如き貞節なり。生まれながらに従順で淑やか、清々しい息遣い、麗しい目元、清らかで純潔な志を持ち、穏やかで礼儀正しく、普済の近隣の人は皆称賛す。成長したころ母を亡くし、父は病気がち、家は貧しく、前夜の残り物さえない有様なり。有雪は覚悟を決め、その玉のような身体を捧げ、門を開いて家に客を迎えたり。泥に塗《まみ》れし藕《レンコン》との誹《そし》りもありしが、実は自らの股《もも》を割きて親を活かす[56]ことをせしなり。風流人、遊び人、物売り、使い走りに至るまで、その恩恵を受けざるものなし。突如として悪人に拉致され、残酷に蹂躙されしが、雪の如き純潔貞節な操を持ってこれを拒み、ついに死に至る。嗚呼《ああ》、哀しい哉《かな》。昔からの艱難辛苦《かんなんしんく》もついには一死あるのみ。哀れを誘いしは息夫《そく》人[57]のみならんか、風人[58]の嘆きも時代こそ異なれど、その轍《てつ》は同じなり。有雪の事績を石に刻めば、その芳しき犠牲《かんば》の姿を称揚しうるやもしれず、ここに次の墓誌銘を残す。国が成り立つのは、確たる法と秩序があればなり、これを改めること能《あた》わず。姑娘には雪の純潔有り。奇なる節操と聖なる行いは、道違えども同じ所に帰するなり。親に尽くす竹《ちく》竿《かん》の美[59]、家を豊かにする桃夭《とうよう》の徳[60]を持てり。今やこの山野は静まりかえり人も見えず、麗しき骨も黙して言葉なし。ここに秘められた徳を幽界への墓に銘し、幾世代にもわたり彰《あらわ》れざることを庶《こいねが》う。

「どうじゃ?」と先生が訊ねた。

「いいです」秀米は答えた。

「どこがいい? 先生に話してみなさい」

「全部いいです。でもふつうの人にはわからないかもしれません」

先生はついに嬉しそうに笑いだした。先ほどの嘆きや悲しみなどすっかり消えている。秀米にはわかっていた、先生の胸中で文章の最高の境地は、人にわかられない、ということなのだ。先生がしょっちゅう言っている口癖は、文章というものは、人が読んでもわからないように書かねばならん、もし車引きや物売りみたいな輩が簡単に理解できるというなら、どんな希少価値があるというのか、というものだった。とはいうものの、秀米から見ても、今回の墓誌銘は浅薄に流れている気がした。先生は冒頭から末尾まで一通り解釈して、秀米にどの句が一番いいか訊ねた。彼女は、「親に尽くす竹竿の美、以下の五句は絶妙だと思います」と答えた。

先生はそれを聞いて、声をあげて笑い、秀米は聡明で理知的だと褒め、このまま研鑽《けんさん》を積めば、必ずや出藍《しゅつらん》の誉れとなるだろうと言った。そして最後には、脂でベトベトな怪我をした手で彼女の頭を撫でた。

先生が得意になっていたとき、奥方がパッとカーテンを撥ね上げて入ってきた。怒りで息を弾ませながら、机の傍に腰掛け、固まったまま話もしない。先生がそばに寄って手をとり、この墓誌銘のできはどうか、うまく書けているか、見てほしいと言った。奥さんは先生の手を振り払い、怒りをぶちまけた。「何がうまく書けてるかですか、あなたは長い時間をかけてこさえたんでしょうが、まったく無駄になったのよ。先方はお金を出さないって言うんだから」

「二十吊銭、あいつは出さないって言うのか？」丁樹則が言った。

「二十吊銭どころか、私は最後には十吊銭まで負けるって言ったのに、それでも嫌だって」

「そりゃいったい、どうしてなんだ？」

「あの孫《スン》の爺さん、まったくのドケチ」丁先生夫人は怒りが収まらない。「爺さんが言うには、娘があんなふうにして急に殺されてしまい、葬儀から棺桶、僧侶や道士に払うお金の算段もつかないのに、そんな無用の代物に費やす金なんかありゃしないってね。それからこうも言うのよ、娘は貧乏人の家柄で、まだ嫁いでもなかったし、生きている間に何も表彰されるようなこともしていないんだから、墓誌銘を作るなんてことは勘弁してもらいたいって。薄い棺桶一つでそこそこに埋葬してやれば、それでいいんだそうよ。どんなふうに持っていっても、どうしても墓誌銘の代金は払わないってさ」

「汚らわしい爺いめ、年がら年中家に客を呼びこんで、娘に卑しい稼業をさせていたから、わしがあの子の恥を雪《そそ》いでやろうと、朝からずっと目が霞むまで頑張ったんだぞ、それをあいつは、まったく考えもしないんだ」先生も腹を立てて罵った。

「もっとひどいのよ！」奥さんはハンケチを振りながら、続けた。「あいつに、十吊銭でも払わない気なのか、と言うと、十吊銭なんて以《もっ》ての外《ほか》で、お宅の丁先生がただでくれるって言ったとしても嫌だね、そんなものもらったら、石碑は買わなきゃならんし、彫る人も頼まねばならん、また金がかかってしまうんだってほざくんだから」

丁先生はこれを聞くと顔が熟れた茄子みたいにどす黒くなり、その墓誌銘をパッと手にとると、破り捨てようとした。奥さんはすぐに抑えて慰めた。「破るのはちょっと待って、あたしがもう一度誰か別な人を通して交渉してみるから」

そう言って奥さんは墓誌銘を手にとり、ざっと目を通してから感慨深げに先生のほうを見つめ、静かに語りかけた。「あなた、文章がまたたいへんに進歩なさったこと」

ちょうどそのとき、秀米の耳に鐃や鈸、嗩吶《さない》（チャルメラ）の音が遠くから聞こえてきた。村はずれからこちらに向かってきている。奥さんが丁先生に「孫姑娘の葬列だわ、あたしたちも行ってみましょう」と言った。

奥さんは秀米にも声をかけたが、彼女は丁先生のほうをチラリと見て、先生は先ほど、あたしに何か聞きたいことがあるとおっしゃいましたが、と訊ねた。丁樹則は彼女のほうに力なく手を振り、そのことはまた後で話すと答えた。

秀米は仕方なく奥さんと表に出た。二人が中庭から家の外に出てみると、葬送の行列がすでに門の前まで来ていた。秀米は本当は家に帰りたかったが、葬列の後ろについて、知らず知らずのうちに村の入り口まで来てしまった。彼女は行列のいちばん後ろだった。顔を上げると孫姑娘の棺桶が高く持ち上げられたところだった。棺桶は徹夜で造られたもので、塗料を塗るのも間に合っていなかった。秀米は暗い気分になり、心の中で思った。今のこの葬送の場面、夢で見たのと瓜二つじゃないの！　こう思ったそのとき、孟婆さんが竹籠を抱えて門前の杏の木の下に立っているのが目に入った。彼女は葬送の人たちに絹で作った花を渡している。花弁は白で、一人一輪ずつ渡している。孟婆さんが葬列のいちばん後ろまでやってきたとき、籠が空になった。孟婆さんは笑ってからの籠を持ち上げ、秀米に振って見せた。

「なんてことだろう！　ちょうどあんたの分だけ一輪足りないなんてね」

秀米はもうそれ以上先に進もうとはしなかった。その堂々として空にかかる蓋のように大きな杏の木の下に、彼女は呆然と立ちつくし、身じろぎもしなかった。夢の中の絹の花は黄色で、今孟婆さんが配っていたのは白かったとわかってはいたが、彼女はあまりにも驚いてしまい、すべてが夢の中の出来事のように思えた。空はどこまでも高く、藍色の染料が滴り落ちてくるかのように感じられた。今自分はこうしてはっきり目覚めてはいるのだけれど、もっともっと大きな、そしてもっと遥かな夢の一部分に過ぎないのかもしれないと、どうしても思えてしまうのだった。

九

宝琛は四歳の息子老虎を連れて慶港から帰ってきた。この子は首は曲がっていなかったが、たいへんに強情で聞き分けがなかった。身体中まるで焼けた炭みたいに真っ黒で、ギラギラしていた。いつも真っ赤な短パンしか履いておらず、走り出すと転げ回る火の玉そのものだった。邸宅の中はどこでもこの子の稲妻のような姿がよぎり、ドカドカと走り回る足音がどこにいても響いていた。これまでずっと父親のしつけがまったくなかったから、普済にやってきてすぐ、さまざまな問題を引き起こすのは目に見えていた。来てまだ何日もたたないうちに、この子は隣の二羽の芦花雄鶏[61]の首をへし折り、厨房に持ってきて喜鵲のほうに投げつけると、「スープにしてくれ」とほざいた。その翌日には、翠蓮のベッドの下に潜りこんで大便をした。何も知らない翠蓮は家のあちこちで、死んだ鼠の臭いがして嫌になるわと言い募っていた。この坊主は他にも、花二おばさんの屋根庇の下にあったアシナガバチの巣をつっついて壊し、自分は少しも刺されなかったのだが、花二おばさんはまる一ヶ月もの間、顔を腫らしていたのだ。

そういう日々、宝琛は毎日村の家々をせわしなく謝りに回っていた。口では息子を絞め殺してやるとか言っていたが、息子には決して手をあげたことなどなく、息子が寝ていると体をひっくり返して、そのお尻に何度もキスをするほどだった。しかしついにある日、宝琛はもう少しで本当に息子を殺すところまで追い詰められた。

その晩、秀米が翠蓮と母の部屋で針仕事をしていると、喜鵲が血相を変えて飛びこんできて、叫んだ。「たいへんです、たいへん！　宝琛が老虎の喉を締め上げてるの、いま縄を血眼になって探してるわ、あたしにはとても止められない、急いで誰か止めに行かせないと」

翠蓮は裁縫の鋏を置いて、すぐに駆けつけようとしたが、母が一喝した。「行っちゃだめ！」。母の剣幕に翠蓮は決まり悪そうに舌を出した。喜鵲も驚いて戸の框のところで固まっている。

母は続けて、「あの子ったら、本当にしっかりしつけをしないといけない、もしまだ言うことを聞かないなら、ここには置けない、元のところに引き取ってもらうわ！」と言った。

これは明らかに階下にいる宝琛に聞かせた話で、宝琛も庭で確かに母の言葉を聞き取っていた。宝琛には、さらに必死に自分の息子を折檻《せっかん》するしか、忠節を示す方法はなかった。彼は息子を回廊の柱に縛りつけ、革の鞭を振り回してめちゃくちゃに打ち続けている。息子はただ、父ちゃん母ちゃん、アワアワと泣き叫ぶばかりだ。やがて子どもの泣き声がだんだん弱まっていき、叫び声もほとんどなくなっていったとき、母はようやく翠蓮に向かって口を尖らせて合図した。

秀米は翠蓮について下に降りていった。見ると老虎は明らかに頭がだらんと力なく首から下がっている。宝琛は狂ったようになって、まだ鞭を散々に振るっていた。翠蓮は急いで駆け寄り、鞭を押さえると子どもの縄を解いた。子どもは顔中血だらけで、ひくひく鼻を動かしてはいるものの、息を吸いこむばかりで、吐く気配がない。柱の赤い漆が、今の狼藉《ろうぜき》で剥げ落ちているのが目についた。翠蓮は子どもを自分のベッドまで抱きかかえていき、人中《じんちゅう》[62]を抓《つね》ったり、冷たい水を吹きかけたりしていたが、そのうちやっとのことで老虎がふっと息を吐いたと思ったら、一声叫んだ。

「父ちゃーん！」

宝琛もすっかり肝を潰していたが、息子の呼び声を耳にするや、ぼろぼろと涙を流した。彼はベッドの脇にひざまずき、息子の胸元に顔を埋めてウッウッと嗚咽《おえつ》した。

宝琛と母がどうしてあんなに怒り狂ったのか、秀米には見当がつかなかった。しかし宝琛はあんなにも容赦なく鞭を振るったのだ、きっとあのちびが何かとんでもないことをしでかしたに違いない。彼女は喜鵲と翠蓮に訊いてみたが、どちらも知らないと言った。喜鵲が知らないと言ったら、本当にわかっていないのだ。でも翠蓮は言いたいのに我慢しているというのがはっきり見て取れた。口元にはうっすら笑みまで浮かべていて、最後にはこう言った。

「世の中には、あんたが知らないほうがいいことだってあるんだよ。よけいな気は回さないようにしないといけないわ」

翌日になると家の中は平静を取り戻し、まるで何事も起こらなかったかのようだった。母に至っては、宝琛に息子の足のサイズを計らせ、布靴を縫ってやるとまで言っていた。この村で起こっている何もかも、みんな謎めいている、そしてそういう奇怪なことについて、彼女に対しては誰一人教えてくれることがない。彼女の好奇心は若駒みたいに大きくなり、そのたくましい体躯を彼女自身制御できず、一気に駆けだしていきそうだった。このことの顛末《てんまつ》は絶対にはっきりさせてやる、と彼女は心に誓った。そして半月後に、ついにその機会が巡ってきた。

村に、笛を吹きながら菓子売りの男がやってきた。池のほとりでうずくまって遊んでいた老虎はよだれを垂らして見つめている。父親からあの激しい折檻を受けたあと、この子は極端におとなしくなってしまい、一日中ひっそりとしていて、どこに行っても地面にうずくまって黙りこんでいる。秀米は近寄っていって、やはりうずくまり、老虎に話しかけた。「お姉さんに麦菓子を買ってもらいたくなあい？」。老虎は口を開けて笑ったが、声は立てない。秀米は菓子売りから麦菓子を一つ買って、彼の鼻先に突きつけた。老虎が手を伸ばしてくると、秀米はさっと手を引いた。

「教えて、あの日、あんたの父さんはなんであんなにひどく打ったの？」秀米はその子に向かってまばたきした。

「父ちゃんは、死んでも話しちゃダメって言ってるんだ」老虎が答えた。

秀米は麦菓子を老虎の目の前で見せつけた。ちびっ子のよだれがすぐさま垂れてくる。

「教えるよ、でも絶対他の人に言っちゃいけないよ」老虎はちょっと考えて、ついに口を緩めた。

「あたしは絶対、人には言わないから」秀米が胸をポンと叩いて言った。

「本当に知りたいの？」

「もちろん本当によ」

「でも絶対、人に言っちゃいけないよ」

「さあ、指切りよ」秀米は彼と指切りをした。「もう話してくれるわね」

「先にお菓子をおくれよ、そしたら教えてやるさ」老虎が言った。

秀米は麦菓子を差し出した。その子は、菓子を受け取ると口に放り、ちょっと噛んだと思ったら、喉に力を入れてぐっと飲みこんだ。それから立ち上がってポンポンと尻を叩き、すぐ立ち去ろうとした。

「まだいったい何があったのか、話してないよ」秀米は彼を捕まえようとしたが、その子は身体がツルツルしていて、黒く滑らかだったから、スルッと潜り抜けて逃げていってしまった。

「お菓子なんかもうないよ！」老虎は池の向こう側まで駆けていき、天を指差しながら、彼女に向かって叫んだ。「なくなっちゃった！　鳥になって飛んでった！」


宝琛は今回息子を迎えに慶港に行ったついでに、父の消息を訊ねて、道すがら上党《シャンダーン》、浦口《プーコウ》、青州《チンジョウ》などを回ってきた。彼はこの州と県の小さな村々をほとんどすべて回ったのだが、父の消息は杳《よう》としてわからなかった。

まもなく九月になろうとしていた。父が出奔したとき、畑では綿の花が開いたばかりだったが、今はもう、家々から綿打ちの音が聞こえてくる。ある日、母が宝琛に相談を持ちかけた。父のために衣冠墓[63]を建てたらどうだろうかと。宝琛は「墓は急がなくてもいいと思います。旦那さまは頭がおかしかったとは言え、亡くなっているとはっきり決まったわけじゃありません。それに、旦那さまは出ていかれるときに、旅行鞄をお持ちだったし、家にあったお金も結構持ち出されていますから、死に場所を探しにお出かけになったとは、とても考えられません」と答えたが、母は「でもあたしたちだって、ずっとこうしてなんやかやと、あの人のために心配ばかりしてはいられないのよ」と言った。

「奥さま、お気持ちはわかりますが、農閑期までお待ちください。そのときになったら、人を雇ってもっと詳しく調べさせますから。旦那さまが生きてさえいらっしゃればいいのです。奥さまがもしいきなり墓を建ててしまって、旦那さまが突然鞄をぶら下げてお帰りになったら、それこそたいへんな物笑いの種になってしまいますよ」

母は、もう観音さまにお伺いを立てた、墓のことはまったく差し支えないとのお告げだと言う。さらに続けて、普済の古くからの習わしでは、半年も行方知れずになっていれば、生き死にに関係なく墓を造ってもかまわないことになっていると言い、「ましてあの人は痴れ者で、今のご時世はこんなに乱れきっているのよ。仮に生きていたとしても、この世界のいったいどこに、あの人がいるって言うの？　あの人の墓は建てる、それでこのことは決着がつくんだから」と言い放った。

宝琛は重ねて意見を言おうとしたが、母は怒りを露わにして断言した。「おまえは人を雇って墓を建てるんだよ、よけいなことは心配しないでいいの！」。宝琛はすっかり怯えて、ただちに口調を改めた。「建てます、お墓を建てます、すぐに手配をいたします」と。

しかし人を不安にさせるある消息が伝えられることになって、母は結局、この墓造りの決意を棄《す》てざるを得なくなった。月末を迎えたある日、長洲の陳記米店の主人が使いを寄越して手紙を届けてきた。その使いは舟に乗って普済にやってきたのだが、着いたときにはもう日がとっぷり暮れていた。

使いは、今日の朝方にどこからか黒衣の僧侶が二人、店に米を買いに現れたという。「そのうちのお一人が、お宅の旦那さまとまさに瓜二つだったのです。私どもの店の主人は以前普済に稲の買い付けに来たことがあり、そのときにお宅の旦那さまにお会いしていました。陸の旦那さまは失踪して半年になり、皆さまがあちこち探しておられることは聞いておりましたので、お坊さまをお見かけしてすぐ心に留めたのでございます。うちの主人は、どこのお寺のお坊さまか、出家なさる前はどちらにお住まいか、とお訊きしたのですが、お二人は何も答えず、ただ早く米を買いたいと催促なさるばかりでした。うちの主人も、お宅の旦那さまにお会いしてから何年も経っているし、本当にあの旦那さまかどうか、断定できないでおりました。しかしちょうどうまい具合に、その日は店の米が売り切れになっていて、新米の脱穀がまだ終わっていなかったので、まずは手付金だけ置いていってもらい、二日後に米を受け取るという約束をしたのです。お二人が立ち去ると、うちの主人はよくよく考えて、これはたいへんなことになったと思い、私めにすぐお宅にお知らせしなさいと命じました。うちの主人の考えでは、明日お宅から何人か人を遣《よこ》してもらい、店に身を潜めて待ち構えていてもらって、明後日にお坊さまたちがいらっしゃったら、あなたがたは窓越しにでも確かめられたらいい、ということでした。もしも本当にお宅の旦那さまだったら、うちの主人の思案算段も報われ、功徳を積むことにもなりましょう。もし陸の旦那さまでなかったら、そのときはどうかお許しください」

母は慌てて喜鵲に食事の準備をさせ、使いの人を篤《あつ》くもてなした。その人も遠慮せずに酒食をとったが、度を越すようなことはなく、やがて松の油を求めると、松明《たいまつ》を灯し夜を徹して長洲に帰っていった。

十

翌日、母は朝早く起き、秀米と翠蓮、宝琛を伴って長江対岸の長洲に向かうことにした。喜鵲は老虎と留守番となった。出かけようとしたとき、張季元が寝ぼけ眼《まなこ》のまま、いきなり後院から現れた。顔も洗っておらず、目を擦りながら宝琛の肩を叩き、「僕も君たちと一緒に行こうかな」と言った。

宝琛は呆れたようだったが、聞き返した。「叔父さま、私どもがどこに行くのかわかってるんですか?」

「わかってるさ、長洲に米を買いに行くんだろう」張季元が言った。

このやりとりで母も翠蓮も笑いだした。翠蓮は秀米に囁いた。「米を買いに行くだってさ、うちでは毎年小作の上納する稲が、売っても追い付かないほどたくさんあるのにね。この痴れ者は、あたしたちに米を買いにいかせたいんだって」

宝琛は笑いながら「私どもは確かに米を買いに行きますが、あなたは何をなさりに行くんですか?」と訊いた。

張季元は「僕はぶらぶら遊んできたいんだ、ここんところムシャクシャしてるからな」と言った。

「一緒に来ていただけるんなら、それはたいへん結構なことで、万一旦那さまが頭に血が上って暴れたりされると、私一人では本当に抑えることなどできませんから」と宝琛は言ったが、振り返って、どう思うか訊ねるような眼差しで母のほうをチラッと見た。

「そういうことなら、秀米、あなたは来なくてもいいわ」母はちょっと考え、眉を顰めて言った。

母が言い終わるや否や、秀米は持っていた青い布の包みをぱっと放り投げ、怒りをぶつけた。

「あたしはずっと前から行きたくないって言ってたのに、何がなんでも一緒に来なさいって母さんが言ったのよ、それなのに今になって今度は来るなっていうわけ？　いったい母さんはどうしたいのか、あたし、さっぱりわからないわ！」

秀米は大声でこう喚いたが、自分の大声に我ながら驚いてしまった。母は呆然として秀米を見つめたまま、しばらく声も立てられず、まるで自分の娘だとわからないような感じだった。母娘は真正面から刃を交えたかのように睨み合った。ぶつかり合った眼光は互いにいささかも怯まず、それぞれの心の底を鏡のように照らし出した。二人はこの事態にまた呆然とした。

翠蓮が慌てて二人をなだめにかかった。「一緒に行きましょうよ。旦那さまが本当に出家なさってお坊さんにおなりになるっていうなら、どんなに説得してもダメだと思います。でも秀米が一緒なら、結果はどうであれ、父娘のご対面はできたことになるわけですから」

母はもう何も言わず、一人でさっさと先を歩き始めた。しかし何歩か行くと振り返って娘に目をやった。その眼差しは明らかにこう物語っていた。この跳ねっかえり娘が！　みんなの前でこのあたしにあんな口のききかたをするなんて！　身体が大きくなったばかりでなく、いろいろ目敏《めざと》く見ているんだ。これからは絶対、子どもだなんて思ってちゃいけない……。

翠蓮がそばに寄って手を引いたが、秀米は嫌がった。張季元が顔中に笑いを浮かべて、投げられた青い包みを拾いあげ、付いた土を払って秀米に手渡すと、わざとおどけた顔をして見せた。

「驢馬《ろば》の鳴き声をやってあげようかね」

こう言うと、本当にヒーホーとけたたましい声をあげた。秀米は唇を噛み締め、息を止めて必死に堪え、こみあげる笑いをなんとか抑えた。

母と宝琛がいちばん先を行き、翠蓮と張季元がそれに続き、秀米だけが後ろから遅れて歩くことになった。普済の土地は低く窪んでいて、長江が村の南二、三里ほどのところを流れているのだが、遠くから眺めると、高い堤防が頭よりも上に見えた。間もなく、流れの中程に浮かぶ当て布の縫い込まれた帆が見えて、長江のゴーゴーという水音がはっきりと聞こえるようになってきた。

空はどんよりと曇っていて、大気には涼しさを感じさせる微かな気配が漂っていた。堤防の横に流れこむ広々とした淀みと水田は、菱《ひし》の実と鉄錆色の菖蒲《しょうぶ》にびっしりと覆われている。群れをなすシラサギが、羽を打ち振るって水面を掠めていく。翠蓮と張季元が何を話しているのか、秀米にはわからなかったが、絶えず笑い声が伝わってきて、翠蓮はまたしきりに彼を拳でつっついていた。そしてそうされるたびに、張季元は振り返って秀米のほうを見るのだった。

秀米は心中またひどくむかついてきた。彼女は自分の目にするあらゆる人や物事が鉄の幕の向こうにあって、自分には枝葉末節のことしか見せてくれず、本当の姿はどんなふうにしても知りようがないと思えた。自分はこんなに大きくなったのに、何一つとして明らかになっているものがなく、たとえば、張季元と翠蓮が今談笑しているが、自分には二人の笑い声は聞こえても、なんでそんなに笑っているのかはわからないし、近寄っていくと二人は急に話をやめてしまうのだ。秀米はむかっ腹を立てて意固地になり、わざとのろのろと歩いてみたが、そうすると彼女が遅れていることに気づいた彼らは、立ち止まって待っている。でも自分が近づくとやはり相手にせず、相変わらず同じように先に行って話しており、始終振り返っては自分をチラチラと見ている。間もなく渡し場に着くというとき、二人が突然立ち止まるのが見えた。二人のさらに先では、母と宝琛がすでに高い堤防の上にたどり着いていた。翠蓮は片方の手を張季元の肩にかけ、靴を脱いで中に入った砂利を振るい落としている。なんと彼女は彼の肩に手を置いているのだ！　しかも張季元は彼女の肘を支えてやり、二人で笑い合っている。二人は自分の存在など、はなから気にもかけていないふうで、どんどん先を行ってしまう。彼女は思いつくいちばん悪辣な呪詛《じゅそ》で二人を呪いはじめたが、その一つ一つの呪咀は、彼女の心の奥深く秘められた闇に触れていた。

渡し場は風が強く波が高かった。混濁した流れが畳みかけるように岸壁に打ちつけ、轟音を立てていた。譚水金はもう舟に帆をかけており、宝琛も一緒に手伝っている。チビの赤毛、譚四は家から腰掛けを持ってきて、母に座って休むよう勧めていた。奥さんの高彩霞は出来上がったばかりの米粉の蒸し菓子を盆に乗せて、母に召し上がってくださいと言っている。翠蓮と張季元は上げられた小さな筏《いかだ》を挟んで岸辺に佇《たたず》み、なぜか二人とも黙りこんで、暗い河面を見つめている。秀米が大堤防から降りてくると、翠蓮が手招きをした。

「あんた、どうしてそんなにのろのろしているのよ?」翠蓮が訊いた。

秀米は答えなかった。彼女は翠蓮の言葉の調子が変わっていることに気づいた。翠蓮の頰紅の感じも先ほどとは違っている。その愉快そうに高ぶっている表情も違っていた。

秀米は心がどんどん沈んでいくように思えた。あたしは愚か者だ、愚かだ、愚かだ。あの人たちの目には、あたしなんか馬鹿な小娘にしか映らない。秀米は手で襟を弄りながら、何度も繰り返しこの言葉を呟いていた。うまい具合に高彩霞が蒸し菓子を持って近づいてくる。秀米に蒸し菓子を勧め、譚四に秀米姉さんに挨拶しなさいと言っている。チビの赤毛はただへへへと笑うだけだ。

水金は手際よく帆を張り、みんなに乗船を促した。河面は東南の風が激しく、渡し舟は風波に揉まれて大きく揺れている。秀米が渡り板に足をかけたとき、張季元が後ろから手を差し出して支えようとした。秀米は苛立ってその手を振り解き、声を荒らげた。

「あたしにかまわないで!」

その大声に、舟の全員が驚き、秀米に視線を走らせた。

途上、話をする者は誰もいなかった。舟が長江の真ん中に差し掛かったとき、太陽が厚い雲から顔を出し、帆船の竹覆いを透して、船倉に跳ね回る銅銭のような光の影を落とした。張季元は彼女に背を向けていた。その黒い長衣に陽光が細波のように幾重にも投射し、船体の揺れに従って、きらきらと輝きながらゆったりとした動線を描いていた。

彼らが長洲に着いたのは、もう昼過ぎの時分だった。陳記米店は山の泉から湧き出る渓流の作り出した深い淵のたもとに建てられていた。淵の水は澄みきっていて、水面《みなも》には霧がたなびいていた。

古びた水車が一基、ギシギシと音を立てて回っており、あたりはひっそりと静かな佇まいだった。淵の辺には竹の生い茂るところがあり、竹林が山腹まで続いていた。店主の陳修己《チェン・シュウジー》と昨夜の召使いは早くから店の前に出て彼らを待っていた。母は宝琛に、用意させておいた銀塊を陳家のご主人に当面のお礼としてお渡しするように命じた。陳家の主人と宝琛は長い時間、その銀塊の受け取りを巡って謙譲のやりとりを続けていたが、主人はどうしても頑として受け取らなかった。長い長い挨拶の交換が終わると、陳修己はみんなを案内して竹林を通り抜け、竹林後方に設らえられた離れの屋敷を宿として供した。

それは幽玄な趣のある園庭に囲まれた屋敷だった。園庭には井戸と木の棚を架けた回廊があり、架け棚に大きな真紅の南瓜《かぼちゃ》があしらわれていた。彼らは母屋の前でお茶の接待を受けた。主人は、この離れの屋敷はもう一年以上も誰も住んでおらず、天井は蜘蛛《くも》の巣だらけだったのだが、午前中に一通り掃除を済ませておいたので、「どうかこの一両日はなんとか我慢してお泊まりいただきたい」という。

翠蓮は、このお屋敷はこんなにきれいで素敵なのに、ほんとに誰も住んでいなかったのかと訊ねた。主人はしばらく呆然と翠蓮のほうを見つめ、何から話せばいいかわからぬ様子だったが、長いため息をついて、袖を取り涙を拭うのだった。母は慌てて翠蓮に目配せし、話を逸《そ》らし、お店の商売はどうかと訊ねた。主人は悲しみで胸が塞がったように見受けられ、一言二言取り繕うと、口実を作って先にその場を立ち去った。

秀米と翠蓮は、中庭に向かって窓のある西側の部屋に泊まることになった。窓辺に箪笥《たんす》があり、その上にいろいろ並べられているようだったが、赤い絹の布で覆われていた。秀米がその絹を捲って見てみようと思ったとき、張季元が一人で物珍しげにキョロキョロしながら中庭に入ってくるのが見えた。

彼はここのすべてが目新しく、新鮮に映っているようだった。架け棚の回廊に入ると、頭の上に掛かっている南瓜を指でつついたりしている。その後、棚の下に子どもの竹の揺り籠を見つけ、足で軽く蹴った。厨房のそばには水をたっぷり入れた大甕が二つあり、今度はその蓋を開けて中を覗いている。それから井戸辺に近寄って、井戸の上に腹這いになり、ずいぶん長い間、井戸の底を覗きこんでいた。この痴れ者は園庭をあちこち探り回っているが、いったい何を見ているのやら、秀米にはさっぱりわからなかった。

翠蓮はベッドに横になり、話すこともないのに無理やり話題を作って秀米に向かって喋りだした。秀米は今朝のことでまだむかついているようで、話しかけられても相手にせず、一言二言、自分でも言い過ぎかなと思うほど、棘《とげ》のある言葉を返すだけだった。翠蓮はそういう彼女に何歩も譲って、秀米の敵意に気づかぬふりをし、ベッドに寝転がったまま笑いかけていた。すると母が櫛はないかしらと言って部屋に入ってきた。母は翠蓮にまったく目も向けず、窓辺に近寄ってじっと立っている。母はまるで人が変わったようで、秀米の頭を撫で、手をさすったりしていたが、最後に肩をそっと抱き、こう言った。「さあ、わたしの部屋に来て、話し相手になってちょうだい。このお屋敷は別に大きいわけじゃないのに、なんだか薄気味が悪いのよ」

夕食は米店の中に用意されていた。八仙卓[64]が籾殻を吹く鞴《ふいご》のすぐ脇に置かれた。鞴の向こう側には精米用の大きな石臼があり、周囲の壁には大小の篩や竹籠がびっしり掛けられていて、壁の隅には稲を入れる箱と笊《ざる》が置かれていた。部屋の中は糠《ぬか》の細かい粒子が漂っていて、むせって咳《せ》きこむほどだった。料理はふんだんに出され、陳家の主人は山鶏の特別料理も用意してくれていた。母は主人と話を交わしながら、秀米のお椀に料理を次々に取りよそい、視線の端でいつも秀米のほうを見つめていた。母が自分にこんなによくしてくれたのは、初めてだった。彼女は鼻の奥がツンとなった。母のほうを見上げてみると、母も同じように目にうっすら涙を溜めていた。

食後、張季元は一人で先に席を立った。母は宝琛と陳家の主人のお話にいつまでも付き合っているようだったから、秀米は翠蓮を誘って部屋に戻ろうと思った。翠蓮はまだ鶏の頭に食いついて、中身を吸い出すのに夢中で、食器洗いを手伝ってから戻るということだった。

秀米はしかたなく一人で出てきた。部屋に戻る途中に張季元に出くわさないか気になり、入り口の前に植わった松の木の下に佇んで、何気なく山の中腹に広がる灯火に目をやった。脳裏には昼間のめちゃくちゃな出来事が巡っていた。目に映る灯火は、星たちが撒《ま》き散らした金粉のように、黒ずんだ樹林の上に浮かんでいて、見ている自分の心までも浮かび上がるように思えた。心はますます乱れてきた。

張季元がもうそろそろ離れの屋敷に戻った頃合いだろうと見て、秀米は米店の山側の壁に沿った小道を先に進んだ。あの闇の広がる竹林の脇にたどり着いたとき、張季元が大きな石に腰掛けて煙草を吸っていた。この男、ここで自分を待っていたんだ。そんなことではないかと密かに思っていた通りだ。なんと、本当に彼はいたのだ。秀米は胸が一気に高鳴った。呼吸を整え、彼のそばを通り過ぎようとした。この痴れ者は相変わらず煙草を吹かしていて、赤い火が輝いたり消えたりしている。ずいぶんゆっくり歩いて行ったつもりだったが、何も起こらない。痴れ者は話しかけもしないのだ。あたしのことに気がつかないのかしら。

秀米が竹林の道に入ろうとしたときに、張季元はいきなり大きなため息をつき、立ち上がりざまにこう言った。

「陳家のご主人は、最近不幸に遭われたばかりなんだ」

それで秀米は立ち止まった。振り返って従兄のほうを見て、訊いた。「誰がそう言ったの?」

「誰も話しちゃいないさ」張季元が近づいてくる。

「じゃ、どうしてわかったの?」

「もちろんわかるよ」張季元は続けた。「それに、亡くなったのは一人だけじゃない」

「でたらめだわ、どんな証拠があって、この家に不幸があったなんて言うのよ?」

「今から教えてあげる、僕の言うことが正しいかどうか、考えてごらん」

二人が言葉を交わしているうちに、実はすでに竹林の中に並んで歩み入っていた。竹林はもう露を落としはじめており、濡れた枝が幾度も頭に触っていて、秀米はその都度、手で振り払っていた。話されていることが自分と無関係だからなのか、激しかった動悸も穏やかに鎮まっている。「君は翠蓮が陳のご主人に、こんなに素敵なお屋敷なのに誰も住んでいないなんて、と申し上げたときに、ご主人が袖で涙を拭ったのを覚えているかい?」

「覚えてるわ……」秀米が低い声で答えた。もう恥ずかしくもなんともなかった。従兄の肘が身体に当たっても、もう恥ずかしくはなかった。

「さっき園庭で見かけたんだけど、南瓜の棚の下に子どもの使った形跡のある揺り籠があってね、つまり、このお屋敷にはかつて子どもがいたということなんだ」

「その子は、どこに行っちゃったの？」

「死んだのさ」張季元が言った。

「どうしてそんなことが！」秀米はびっくりして立ち止まり、身じろぎもせず従兄を見つめた。

「ちゃんと話すから、よく聞いて」張季元の蒼白な顔に一瞬笑みが流れた。二人は小道を歩き続けた。

「園庭に井戸があったろう。よく調べてみると、あれは枯れ井戸で、石で埋められていたんだ」

「なんで井戸を石で埋めなくっちゃいけなかったの？」

「あの井戸で人が死んだからだよ」

「その子が井戸に落ちて死んだっていうの？」

「あの井戸は造りが高くて、蓋もかかっているし、蓋には大きな石も置かれていたんだ。子どもが入りこむはずはない」張季元は手を伸ばして秀米の頭にかかった枝を振り払ったが、そのときに彼女の結い上げた髪に手が触った。

「それじゃ、その子はどうして亡くなったの？」

「病気だよ」張季元が言った。「僕と宝琛が泊まっているあの部屋、壁に病除けの護符が貼ってあった。その子が重病だったから、陳のご主人が神降ろしをやって、巫女《みこ》に鬼を払ってもらったんだ。でもご利益はなく、その子はやっぱり亡くなった」

「じゃ、井戸で死んだのはいったい誰なの？」

「その子の母親さ、井戸に身投げしたんだ」

「それで、陳のご主人が井戸を埋めたってわけなのね」秀米が言った。

「その通り」

「それから、陳のご主人はこのお屋敷に住まなくなったんだわ」

「その通り」と張季元が言った。

彼は突然立ち止まって振り返り、彼女のほうを見た。二人はもう間もなくこの薄暗い竹林を抜け出るところまで来ていた。赤みを帯びていた月の色は、水で洗われたようにすっきりと消えていた。どこからか、渓流のせせらぎが聞こえてきた。

「怖くなったんじゃないかい」張季元が優しく声をかけた。それは喉に何か挟まったような声だった。

「怖いわ」秀米の声は低くて自分でも聞こえないほどだ。

張季元は手を彼女の肩にそっと置き、「大丈夫だよ」と言った。

その瞬間、彼の脇の下からまたあの煙草のような匂いがした。自分の肩のあたりが細かく音を立てている。どんなに息を潜めてみても、喘《あえ》ぐような息がいっそうひどくなるばかりだった。竹林はざわめき、清冽《せいれつ》な月明かりが、岩を縫って流れる泉の水音を聞き取ることのできる言葉に変えていく。彼女は密かにもう心を決めていた。従兄からどんなことを言われても、自分は受け入れる、従兄からどんなことをされても、この眼と心は沈黙を保っていく、と。何日も前に見たあの夢がまた思い出された。彼女は夢で彼に訊ねている、扉はどこなの、と。従兄は手を彼女のスカートに差し入れて、呟く、扉はここにあるんだ……。

「秀米……」張季元は今まさに重大な決心をしているかのように、じっと彼女の顔を見つめた。眉をきつく顰め、険しい表情をしている。月明かりに照らされたその顔には、苦痛と憂いの跡がまざまざと浮かんでいた。

「ええ」秀米は一声返事をし、彼のほうを見上げた。

「大丈夫だよ」張季元は結局笑いを浮かべて、彼女の肩をポンと叩き、すぐにその手を退けた。

二人は竹林を出て、離れの屋敷の前に立った。

従兄はしばらくためらっていたが、ここでちょっと休んでいかないかと言った。秀米はすぐに「いいわ」と答えた。

二人は並んで門の敷居に腰を下ろした。張季元は煙管を取り出して煙草の葉を詰めた。秀米は膝に両手で頬杖をついている。山風に吹かれて、彼女は物悲しさを感じていたが、のびやかな気分でもあった。従兄は、ふだんどんな本を読んでいるのか、梅城に行ったことがあるのか、そしてどうしていつも心配ごとを抱えているような、ふさぎ込んだ顔をしているのか、などと訊いてきた。秀米はそれらに一つ一つ答えていた。だが、秀米からの質問には、張季元は言を左右にはぐらかして、何一つまともに答えなかった。秀米が訊いたのは、あなたはいったいどこの人なのか、普済に何をしにきたのか、六本指の人をなぜ探しているのか、夏荘の薛挙人のお屋敷で何をしていたのか、などのことだった。張季元は訊かれたことには答えず、薄ら笑いを浮かべるばかりで、まともな話は何もしてくれなかった。

それでも、秀米があの日、池のそばで魚釣りをしている人がいたと話したとき、張季元は突然顔色を変えた。

彼はそのときの詳細な状況を問いただし、疑わしげに呟いた。変だ、その男は釣りに来ているのに、どうして釣竿に糸も針もつけていないんだ？

「君はその男の背格好を覚えているかい？」張季元は必死な形相で質問し、いきなり立ち上がって、秀米を驚かせた。

「道士の黒い袍衣《ほうい》を着ていて、古びた中折れ帽の、猫背の人だったわ」秀米は記憶を辿った。「葦の茂みにうずくまってキョロキョロとあたりを窺っているようだったのよ……」

「まずい！」張季元は口ごもった。「まさかあの男が」

「その人を知っているの？」秀米が訊いた。今、彼女は本当に怖くなってきたのだった。

「どうしてもっと早く教えてくれなかったんだ！」張季元はひどく険しい顔つきだ。彼は、もうそのときには、完全に別人になっていた。

秀米は声が出なかった。彼女は悟った、張季元にとって、あのことはとても重大なことだったのだ。

「だめだ」張季元は自分に言い聞かせている。「だめだ、すぐに引き返さないといけない」

「でも、この時間では、渡し場の舟も終わっているわ」秀米が言った。

「まずいぞ、これは大事《おおごと》になる……」張季元は呆然と彼女を見つめ、しばらくはどうしていいかわからないように見えた。

ちょうどこのとき、竹林から話し声が聞こえ、カンテラの明かりがチラチラ見えてきた。母と宝琛たちが戻ってきたのだ。張季元は暗い表情でひとことも話さず、一人で屋敷に入って行った。

この痴れ者！　どうして急に態度が変わっちゃうのよ？　秀米は呆然自失の態で部屋に引き返し、明かりを灯して独り窓辺に佇んだ。胸は恨みでいっぱいになっていたが、顔はやはり火照っていた。少し後悔している、あの猫背の釣り人のことを話し出したりしなければよかったと。翠蓮が顔を洗うようにと洗面器に水を汲んできてくれたが、秀米はかまわなかった。翠蓮は、「眠くないの？今日はあんなに歩いたんだから、もうヘトヘトよ。あんたが寝ないなら、あたし先に寝るわよ」と言うや、服を脱いでばったり寝床に倒れこんだ。

秀米は無意識のうちに、箪笥の赤い布の掛けられた何かに触っていた。陳のご主人も本当に変わってる、こんなにきちんとしたものなのに、なんで布を掛けて隠すのかしら。彼女はそっと赤い布の下のものを手で触ってみた。柔らかくて、女の人の化粧品を入れる香袋のような感じだ。布をパッと捲って確かめたとき、一瞬震え上がるほど驚き、思わず悲鳴をあげてしまった。

それは虎の縫い取りのある子どもの布靴だった。

翠蓮がベッドから転げるほど驚いて起き上がった。びっくりして大きく口を開け、呆然と秀米のほうを見つめた。しばらくして、秀米が翠蓮に向かって言った。「このお屋敷では、夜、幽霊が出るのかしら？」

「幽霊ですって？　こんなに立派なお宅に、幽霊なんか出るはずないわよ！」翠蓮は肝を潰したような眼差しで秀米を見つめ、その視線もどこか落ち着かないふうだった。

「このお宅ではちかごろ子どもを亡くされたのよ」と秀米が言った。部屋中にその病気で亡くなった子どもの影が漂っているように感じた。秀米は顔も洗わずベッドに飛び上がり、布団に潜りこんだ。

「怖がらせようたって、そうはいかないわよ」翠蓮が笑った。「あたしは怖いもの知らずで名が通ってんの、あんたがそのお頭《つむ》でどんなに怖い話を考えても、あたしには通用しないんだから」

「本当に、何も怖くないの？」

「本当に、何も怖くないわ」翠蓮が言い切った。

彼女は、何度かの逃亡のうちのあるときに、墓地で一晩寝ることがあったと言う。翌朝、目が覚めて、何かが自分の髪の毛を弄っているように感じ、手を伸ばしてそれに触ったら、何か丸くてむちむちした物だったそうだ。「なんだったか、当ててごらんよ」

「わからないわ」

「黒と緑のニシキヘビだったのよ。びっくりして目を開けたら、そいつは舌であたしの顔をペロリと舐めたのよ」翠蓮は得意そうに話を続けた。「こんなことがあんたに起こったら、腰を抜かして気を失っているに違いないわ」

「蛇なんて怖くもなんともない、もしあたしがそういう目に遭ったって、どうってことないわ」秀米が言った。

「でも幽霊は怖いんでしょ？」

秀米はしばらく考えて、布団の中から顔を出し、翠蓮のほうをちらりと見てから、また仰向けになって蚊帳のてっぺんに目を向け、ぶつぶつと言いはじめた。「幽霊だけだったら、たぶんまだ怖くはないと思うの。怖いのは、幽霊みたいで幽霊じゃなく、人みたいで人じゃない、そういうものよ」

「それって、張季元のことじゃないの？」

二人は声を上げて大笑いし、あまりおかしくて抱き合うほどだった。しばらくふざけていると、秀米は怯えた気持ちが吹き飛び、なんだか愉快になってきた。そしてさんざん笑ったあと、秀米は急にいたずらな心が動いて、翠蓮に語りかけた。「あたし、あることをあんたに話してあげるわ、あんたは本当に怖くならないかな」

「どんなことを言ったって、あたしを怖がらせるなんて無理よ」

「あんたが馬桶のところに行ってね……」

「あたし、おしっこなんかまだしたくない、馬桶のとこに行ってどうすんのよ？」翠蓮はちょっと度肝を抜かれ、眼差しも不安げだった。

秀米は続けた。「あたしは馬桶のところに行けって言ってるんじゃないの、もうしばらくしておしっこに行きたくなったときにね、あんたは起き上がって馬桶にまたがるわ。この部屋にはあたしたち二人の他には、三人目の人なんかいないわよね、そうでしょ？」

「そりゃそうよ、あたしたちの他には誰もいるはずがないじゃない」翠蓮はそう言いながら、蚊帳の外のほうに目を向けている。

秀米が続けて語りかけた。「夜中にあんたは馬桶のところに行く、あんたはあたしたち以外には誰もいないってわかっている、この部屋には三人目はいないの……」

「早く話してよ」翠蓮が秀米を手で押した。「あたし、胸がドキドキしてきたわ、先に聞いておくけど、この部屋は明かりをつけっぱなしにしているのよね」

「明かりがついているから、かえって怖いのよ。ついていなかったら、なんでもないかも」秀米は笑った。「夜中にあんたは目を覚ます、おしっこに行きたくなって、起き上がり、スリッパを履く、部屋には明かりがついている、今みたいにね。あんたは馬桶のカーテンを開けるわ、すると、そこにはもう誰かが座っているの。そしてあんたにニッと笑いかける」

「誰なのよ！」

「誰だと思う？」

「あたしにわかるわけないでしょ！」

「旦那さまよ」

翠蓮はいきなり布団に潜りこんでしまった。そして布団の中でわあわあと何度か叫んでから、ようやく顔を出した。「あんた、年端もいかない小娘なのに、もうこんな人をゾッとさせる話を作れるんだね、もう怖くてあたし、心臓が潰れそうよ」

「あたし、怖がらせてるわけじゃないの、本当に父はあそこにいるわ、信じないなら今行って見てきたら」秀米は大真面目にこう言った。

「お願い、秀米お姉さまさま、もうやめてください、あたし本当に魂が消えてしまいそう」翠蓮はハアハアと苦しそうに息をしていたが、しばらくしてようやく落ち着き、「今夜はあたしたち、もう絶対、馬桶を使わないことにしましょう」と言った。

翌日、みんな朝早くから陳記米店に出向き、米を買いにくるはずのお坊さんをひたすら待った。宝琛は、今朝まだ明るくならないうちに、いったいどんな重要なことがあるのか、張季元は慌ただしく身支度して立ち去ったと言った。母はとりたてて何も訊かず、ただ秀米のほうに思わしげな視線を走らせるだけだった。だいぶ経ってからこう言った。「昨晩はあなた方の部屋から大声が聞こえていたけど、いったいなんの騒ぎだったの?」。翠蓮と秀米はただ苦笑いを浮かべていた。陳家の主人はただ待機しているのもたいへんだろうと、松の実を炒ってお盆に載せ届けさせた。

彼らは朝から陽が山の陰に沈むまで待ったが、坊さんはまったく現れなかった。だんだん暗くなっていくのを目にし、母は立ち上がって陳家に別れを告げた。陳家の主人は「あのお坊さまたちはきっと山の中にいて、道も遠いのでしょう、来ると言ってすぐに来られるような所じゃないのだと思います。皆さんがお出でになるのもたいへんなのだから、ここにもう何日か逗留なさったらいかがでしょう、他のものはさておき、ここでは米だけは十分にございますからね。それにあなた方が御出立なさったそのすぐ後に、あの方たちが御到着ということにならないとも限りません」と言って、もう何日か待つように勧めた。

母はこう応えた。「このたびはお宅にお邪魔して、たいへんご厄介をおかけしました。陳の旦那さまには厚いおもてなしをいただき、感謝の言葉もありません。ここにお礼の印として幾ばくかの金子《きんす》を用意いたしております。どうかお茶の足しにでもお使いくださるよう、お納めいただきたく伏してお願い申し上げます。後日もしお暇な折には、旦那さま、令夫人ともどもご光臨いただければ幸甚に存じます」

秀米は母が「令夫人」という三文字を口にしたのを聞いて、どきっとしてしまった。陳家の奥方は、死んだわけではないということなのか。宝琛は再び謝礼を取り出し、陳修己と譲り合いを演じたが、陳家の主人はようやく受け取った。主人は母の出立の意志が固いのを見て、それ以上は引き留めず、召使いたちを引き連れて渡し場の通りまでやってきて、手を振って見送った。

秀米は陳修己の姿が見えなくなるのを待って、母に陳家令夫人についてひどく遠回しに訊いてみた。「ご主人の話では、奥さまはあいにく子どもを連れて実家の綿摘みの手伝いに行っていて、お留守だったそうよ」と母が言った。ということは、陳家では奥さんも子どもも死んでいないということだ。秀米は今度は宝琛に、園庭にあった井戸を見たかどうか訊いた。

「井戸、ありましたよ」宝琛が答えた。「朝晩その井戸から水を汲んで顔を洗ったからね。それが何か？」

十一

彼らが普済の家に帰り着いたとき、喜鵲はもうとっくに眠っていた。門を開けなさいと大声をあげると、大慌てで飛び出してきて、緊張した表情で、母に夏荘でたいへんなことが起こったと告げた。いったい何が起こったのかと問い質《ただ》しても、喜鵲の話は支離滅裂ではっきりせず、人の首が飛んで血がものすごい高さまで上がったと言ったかと思うと、朝から堤防の上や村の中を駆け回っていたのは官兵ばかりだったと言い、あちこち話が飛ぶ始末だ。兵士たちは騎馬のもいればそうでないのもいて、鉄砲を持っているのや、刀を持っているのもいて、まるでアシナガバチの巣をつついたみたいに大騒ぎだったという。最後には老虎のことを持ち出し、「あのちびっ子は夏荘で死人が出たと聞いて、あたしに見物に連れていけって言うんですよ。連れてなんか行くもんですか、そしたら、一日中泣き騒いで、さっきようやく寝かせたところなんです」と続けた。

母は喜鵲の話があっちに飛びこっちに飛びして、まったく滅茶苦茶なのについに我慢できなくなり、癇癪《かんしゃく》を起こした。「あんたはまったく役にも立たない話ばかりして！　夏荘ではいったい誰が亡くなったのよ？」

「知りません」と喜鵲。

「落ち着いて話しな、慌てることはない」宝琛がなだめて、「その官兵たちはどこから来たんだい。そして誰の首を刎《は》ねたんだい？」と訊いた。

「知りません」喜鵲はただ首を振るばかりだ。

「じゃ、おまえはなんで、人の首が飛んで、血がものすごい高さまで上がった、なんて言ったんだ？」

「あたしも人から聞いたんです。今朝早く、梅城から官兵がやってきて夏荘を取り囲んだんですって。その人はすぐ首を刎ねられて、身体はいくつかに切断されて池に投げ込まれ、首は村の入り口の大樹にかけられたということです。鍛冶職人の王八蛋から聞きました。あの兄弟は村の怖いもの知らずと夏荘に見に行ったんですよ、あのちびっ子も行きたいって大騒ぎだったけど、ダメって言いました。だいいちあたしはとても見になんか行けませんし」

宝琛は喜鵲の話を聞くと、慌てて老虎の様子を見に自室に駆け戻った。

「あらあら、何だと思ったらそんなこと、このご時世毎日誰か死んでるわ、それに夏荘での話でしょ、あたしたちに何の関係もないことよ。それよりおなかがペコペコ、まずはやっぱりご飯の支度をしなきゃね」と翠蓮は声をあげ、喜鵲の手を引いて厨房に行こうとした。

「ちょっとお待ち」母が喜鵲を引き留めた。そしてまっすぐ彼女を見つめて「大叔父さまにはお会いしてないの？」と訊いた。

「お昼ごろ、確かに一度お戻りになりました。どうしてお一人で帰っておいでなのか、奥さまたちはどうなさったのか、旦那さまにはお会いできたのか、ってあたし訊いたんですけど、大叔父さまは顔をこわばらせて何も話してくれませんでした。しばらくすると閣楼の二階から何か持ってきて、竈で燃やしていました。何を燃やしているのかお訊きすると、大叔父さまは、おしまいだ、おしまいだっておっしゃるばかり。何がおしまいなのか訊くと、何もかもおしまいだ、って。それからすぐ、どこかに走っていってしまいました。どこに行かれたのかはわかりません」と喜鵲が言った。

母はもうそれ以上は訊かなかった。彼女は地面に映った自分の影を見つめ、それから秀米に視線を走らせて、しばらくそのまま動かなかった。やがて、今日は疲れたから先に休む、食事にも呼ばなくていい、と言った。

その夜、秀米は一睡もできなかった。まるで自分に腹を立てているように、一晩中、北側の窓に寄って後院のあの幽玄な樹林を見つめていた。閣楼にはその夜、一度も明かりが灯されなかった。ようやくのことで夜が白々と明けてきた。秀米は丁先生のところに状況を確かめに行くべきか悩んでいたが、下に降りていく前に、丁樹則と奥方が中庭で大声で話すのが聞こえてきた。

丁夫妻は母と大広間の中に入り、扉を閉め切って話していた。それからほどなくして、孟婆さんとお隣の花二おばさんもやってきて、最後には普済の質屋の主人や村の保長《ほちょう》[65]まで母を訪ねてきた。彼らが母と何を話していたのかは、秀米には見当もつかなかった。昼ごろになって、母はようやく彼らを次々に送りだした。丁先生は出がけに門の敷居のところで母に語りかけた。「あの薛祖彦は、本当に死んで当然だ！　数日前、わしは秀米にあいつへの手紙を持たせてやった。あいつにギリギリのところで踏みとどまれ、潔く正道に戻るんだってな。だがあいつは、てめえの父親が京城《みやこ》で大官になっているのを笠に着て、わしの忠告なんか馬耳東風、ついには村に与太者どもを集めて反乱党を作りおった。このご時世に大乱を起こす密謀を巡らしたのさ。で、最後にはどうなった、やっぱりバッサリ一刀のもとにやられて、すべておしまい……」

丁先生の話を聞いて、秀米は首を刎ねられたのが、夏荘の薛挙人だと知った。

【薛祖彦（一八四九～一九〇二）、字《あざな》は述先。幼くして利発、騎馬と弓術を善くし、性格は傲慢。光緒《こうしょ》十一年、挙人。一九〇一年、蜩蛄会《ちょうこかい》[66]同仁と共に地方の幇会《ほうかい》[67]と連絡し、反清の密議を図ったことが露見し殺害さる。享年五十二。一九五三年、遺骨は普済革命烈士陵園に改葬された】

その後、彼女は別な噂も耳にした。政府の密偵はずっと以前から彼に目をつけていて、本当ならばもっと早く捕まえたかったのだが、京城《みやこ》で権勢のある薛の旦那さまが障碍《しょうがい》になって、しばらくは手が出せなかったという。この年の重陽の節句[68]のとき、宮中の近衛府から金華の美酒[69]が届けられた。薛の老父は床に頭を打ちつけ、血が出るほどの叩頭の礼[70]で帝の恩に謝したが、酒を届けた武官はその場で剣に手をかけたまま動かなかった。武官たちは薛老が酒を飲み干すのを見届けてから、宮中に報告するのだと言う。薛老はそれで、これが毒酒だと悟った。老人はいきなり気が違ったようなふりをし、大声で泣き喚いて、絶対に酒を口にしようとしなかった。近衛武官たちはついに痺れをきらし、老人を床に押さえつけ、鼻を捻り上げ、酒壺の中身を一滴も残さず老人に注ぎこんだ。老人は息もできないまま、足を何度かばたつかせたが、七竅《しちきょう》[71]から血を流して死んだ。京城《みやこ》から老人の死の知らせが発せられるや、こちらの州府ではただちに兵を整え、薛の逮捕に向かわせた。大軍の人馬が夏荘に殺到し、薛の邸宅に突入して、薛挙人と妾《めかけ》の妓女桃紅《タオホン》を寝室に閉じ込めた。

梅城の協統《シエトン》[72]、李道登《リー・ダオドン》は平素から薛挙人と親交があった。今回、包囲逮捕の命を受けてはいたが、友のために何かしてやりたいとは思っていた。官兵が薛邸を幾重にも包囲したとき、李協統は左右の者たちを控えさせ、単独で薛の寝室に入ると、太師椅子にどっかと腰掛け、刀を脇に置いて抱拳《ほうけん》[73]して言った。「我らは科挙の同期、長年の恩義に今こそ応えるつもりだ、さあ、お逃げくだされ！」

薛挙人は布団に縮こまって震えていたが、活路が開いたと見て、素っ裸でベッドから飛び降り、箪笥や物入れをひっくり返して金銀装飾品をかき集めた。李協統はその慌てふためくさまを見ながら、ただ首を横に振るばかりだった。最後に、薛挙人は集められるものをみんな取り揃えたが、ズボンを穿くのだけは忘れていた。それでも李協統に、妓女の桃紅を連れていってもいいかと訊くのだった。李協統は笑いを浮かべて言った。「薛大兄、何ごともよく弁《わきま》えている貴殿が、今になって突然呆《ぼ》けてしまわれたのか？」

「貴兄はいったい、何をおっしゃりたいので……？」と薛挙人が訊いた。

まさにそのとき、ベッドにいた桃紅が急に起き直り、冷たく笑い放った。「あなたってお方は大きなことをお考えでしたのに、死を目の前にしてまだ生を貪り、春の夢に酔っていらっしゃるのね。本当にお逃げになったら、李のお兄さまはお上になんて言えばいいの？」

このときになって、薛挙人はこのかわいい桃紅も官府の手配したその筋の者だったと気づき、驚きのあまりふらふらと卓の周りを回るばかりだった。彼は粉挽きの臼を曳く驢馬みたいに回っていたが、ようやく言葉を口にした。「貴兄は、やっぱり逃げさせるつもりなどないんだろう？」

李道登は本当に彼のさまを見ていられなくなり、顔を背けた。桃紅が苛立って話した。「李協統のお気持ちは、あなたが逃げれば、その場であなたを死なす理由ができるってことなのよ。そうすれば、あなたは五百八十回も斬り刻まれる凌遅《りょうち》[74]の苦しみを免れるわ」

薛挙人はそれを聞くとその場でこわばったまま立ちつくした。逃げるのも逃げないのも死の道だ。最後に李道登が彼に嘘をついた。逃げ切れるかどうかは、大兄の運の強さにかかっている、大兄はどこまでもお逃げなされ、天が崩れ落ちるようなことがあったら、この小弟が支えてさしあげる、と。薛挙人はこの言葉を聞くとすぐ、さっとズボンを穿き、金銀装飾品など目もくれず、表に飛びだした。途中誰も彼を阻む者はなかった。彼が邸宅を抜けて屋敷の大門まで行ったとき、李道登の命を受けた首斬りの手練《てだ》れが、すでに早くから門の左右に控えていた。その手が刀にかかるや否や、薛祖彦の首はパッと撥ね上がり、壁一面に血潮が降りかかった。表に出てきた桃紅があたかも部外者のような口調で、見物人たちに向かってこう語った。「この人のことを、あたしったらものすごい英雄豪傑だと思っていたのよ。それがどう、襤褸《ぼろ》屑の詰まった陳叔宝《ちん・しゅくほう》[75]に過ぎなかったってわけ」

夜になって、一家が晩ごはんで食卓を囲んでいたとき、張季元が突然帰ってきた。彼は煙管を手に、以前と同じように悠然とした様子で部屋に入ってきた。目のふちは黒ずんでおり、秋の露で髪の毛が濡れ、何本か額に貼りついている。シャツの背の部分には何かで裂けた破れ目があった。喜鵲がご飯をついで差し出すと、張季元はハンカチを取り出して顔を何度か拭い、気を奮い立てて何ごともなかったかのように装い、みんなに語りかけた。「何か面白い話をしてあげようか」

食卓からは誰も反応がなかった。皆おし黙っている。すると老虎が笑い声を立てて言った。「それよりか、驢馬の鳴き声をやってみてよ」と。張季元は気まずい感じで、宝琛や母をちらちらと見た。喜鵲でさえも、俯いたまま顔も上げずにご飯を食べている。彼は秀米のほうに目をやったが、彼女も何か落ち着かない様子で自分に目を向けていた。

秀米は誰も話に乗らず、硬い表情を崩さないのを見て、言葉を繋いだ。「お従兄《にい》さん、何か面白いお話があるのかしら、ちょっとご披露してみてよ」

母が困惑したような表情を秀米に向けたが、彼女は気がつかないふりをした。箸を置き、頬杖をついて話し出すのを待った。秀米はその場の雰囲気を和ませたいと思って、張季元に調子を合わせただけなのだが、このことで却って彼に気まずい思いをさせてしまった。彼は自分の惑乱を必死にごまかそうとしていた。左右落ち着かなく視線が漂い、話す言葉は途切れがちで、その笑い話自体無味乾燥、どんどん辻褄が合わなくなっていった。彼は明らかに話を続けられなくなっているのに、無理やり言葉を繋いでいて、食卓の聞き手は顔を見合わせる始末だった。そういうときにちょうどうまい具合に、宝琛が大きな音を立てて屁《ひ》を放ったので、みな慌てて息を止めたり咽《む》せたりで、話からは注意が逸れていった。

このときには、秀米はすでに丁樹則先生から張季元のことを聞き出していた。彼が自分の従兄だとかいうのはまったくでたらめで、実は朝廷から指名手配を受けている反乱党の主犯の一人だった。普済に来たのも病気療養などのためではなく、密かに党のメンバーと連絡をとって謀反の企てを謀っていたのだ。先生の奥方は、薛挙人、薛祖彦こそ反乱党の首領だったからただちに首を刎ねられたのだが、あの屋敷に寝泊まりしていた六、七名の革命党も全員逮捕されて梅城に連行されたという。「こういう人たちは筋を引き抜いて生皮を剥ぐ酷刑になったはずで、それを免れようと命乞いした者が、おまえの従兄のことを自供したのよ」

張季元が反乱党だったのなら、母はまたどうして、どこで、彼を知ったのだろう。またどうして、親戚でも友人でもない朝廷指名手配の重要犯人を、半年の長きにわたって自宅に住まわせていたんだろう。秀米は頭が混乱して何が何だかわからなくなっていた。

張季元はどうにかこうにかその笑い話に決着をつけ、食事に少し手をつけると、真面目な表情になってみんなに向かって話しだした。この春からここ普済に来て静養していたが、すでに半年もお世話になってしまった、各位のご親切にあずかって、お陰さまで病もほぼよくなったようだ、世の中では宴席は必ずお開きになると言うが、自分も普済を離れるときが来た、と。母はこの言葉をこれまでずっと待っていたようで、彼が出ていくということを持ちだしても、引き止めようとはせずに、ただ、いつ出発するのかと聞くだけだった。

「僕は、明日の朝早く出立するつもりだ」こう言うと、張季元は食卓を立った。

「それがいいわね」母が言った。「あなたまず閣楼に上がってお休みになっていて。もう少ししたら、話があるので私が伺うから」

食後、大広間には秀米と老虎の二人だけしか残っていなかった。彼女が上の空で老虎としばらく遊んでいると、宝琛が帳場で寝かせると言って連れに来た。秀米は厨房に行き、翠蓮と喜鵲の片付けを手伝うと言ったが、却って足手纏いになるだけだった。翠蓮もまた思い悩むことがあるらしく、気もそぞろだったのか鍋の縁で手をすっぱり切ってしまった。彼女も秀米の相手をしてくれそうにはなかった。秀米は竈の前でしばらく立っていたが、やはり厨房から出ていくしかなかった。中庭に出ていくと、後院のほうから母がランプを提げてこちらに向かってくるのを目にした。秀米が寝室に上がっていこうとしたとき、母が後ろから声をかけた。

「従兄がおまえに閣楼に来るようにって言ってるわ」と母が言った。「おまえに直接聞きたいことがあるそうよ」

「あたしになんの話があるって言うの？」秀米は驚いた。

「来てくれって言ってるんだから、行けばいいでしょうよ。あの人はあたしに何も言わないんだから、あたしにわかるわけがないじゃないの！」母は厳しくそう言い残すと、秀米のほうを見向きもせず、ランプを掲げて行ってしまった。秀米は壁の向こうに揺れるランプの影が消えても、まだしばらくの間、闇に包まれた回廊に立っていた。心中、恨みがましく思うのだった。母はいったいどうしたんだろう。自分が面白くないからって、あたしに八つ当たりすることはないでしょうに！塀の下でコオロギが一斉に鳴きだし、彼女の心をいっそう乱した。

閣楼の扉は開いていて、湿気に濡れる階段を灯が照らしだし、立ちこめる秋霧が光を浴びて漂っていた。秀米がこの閣楼に来るのは、やはり父が出奔してから初めてのことだった。あたり一面に紅葉が散っていた。回廊にも花壇にも階段にも、みな散りかかっている。

張季元は父が残したあの素焼の釜を手に取っていた。それは父がどこかの乞食から買い取ったものので、もともとその乞食がお恵みを乞うとき使っていた。彼がどうしてそんなにこの釜に見とれているのか、彼女には理解できなかった。張季元は上から下からその釜を見つめ、ぶつぶつと独り言を呟いている。「宝物だ、宝物だ、まったく本当の宝物だ」

秀米が戸を開けて入ってきたのを見て、張季元が言った。「この宝物には深い謂《いわ》れがあるんだ。こっちに来てこの音を聞いてごらん」彼はそっと素焼の釜の下のほうを指で弾いた。釜は玲瓏《れいろう》とした響きを立てた。この上なく清麗で心の扉に滲み入るようだった。秀米は自分の身体が羽毛になって、風にそっと吹き上げられ、峰や谷、川の流れを越えてどこか名も知らぬ地に漂っていくような思いに浸った。

「どうだい？」張季元が訊いた。

それから指で、今度は釜の上のほうを弾いた。釜はカーンという金石の音を立てた。それは峡谷深くにある古寺の鐘の音のようで、音の広がりが水面の漣《さざなみ》のようにゆっくり伸びやかに広がっていき、いつまでも余韻が続いた。林に入る山風が花の樹を揺らし、青竹を鳴らしていく、渓流の音も聞こえている。彼女には寺院の静寂とその上の浮き雲の流れも見えていた。あらゆる憂慮が一瞬のうちに消え、今夕が何年のいつなのかも忘れさせた。

秀米はその音に聞き惚れていた。しばらくしてから密かに思った。この世にはまだこんなに美しい響きがあるのだ、この俗世の外には、まだ清らかな地が存在しているのかもしれない。

張季元はまるで子どものように素焼の釜に耳をぴたりと当てて、彼女のほうに目配せをした。そんな彼はどんなふうに見ても、朝廷に背く命知らずの犯罪者とは思えなかった。

「この素焼きは、又の名を〝忘憂の釜〟というんだ。本来青銅で鋳造するもので、昔ある道士が終《しゅう》南山《なんざん》[76]の山中で二十余年の歳月をかけて精製に成功し、作り上げたと言われている。南方の人間はこのことをほとんど知らず、ただ素焼の釜としたんだ」張季元は話を続けた。「音律に精通した人は、これを占卜《せんぼく》に用いて、その響きを聞いて吉兆、未来を予見した」

秀米は話を聞いていて、ふと思った。今、釜の音を聞いているうちに、何かぼうっとしてしまって、自分が羽毛になって空中を漂い、最後にはどこかの荒れた墓地に落ちたように感じた。もしかしたらあれは不吉な予兆だったのかもしれない、と。

「言い伝えによると、この釜にはもう一つ大きな秘密があるんだ。冬、雪が降る日になると、冷気が霜となって凝結してね……」と張季元が言いかけたとき、翠蓮がいきなり戸を開けて入ってきた。そして奥さまがランプに油を足してきなさいとおっしゃったので、と言った。しかしランプを見ると油はいっぱいだったから、彼女は髪から簪を抜いて、それで灯心を掻きたてて戸を閉め、出ていった。

張季元は彼女のほうを見て笑った。彼女も彼に笑いかけた。二人はお互いに、どうして笑ったのかよく知っているけれど、その理由を口にしたくはないというふうだった。なぜか、秀米は母が哀れに思えた。汗が掌だけでなく、身体中に滲《にじ》んでくる。指で軽く素焼の釜を弾いてみた。その響きを聞いていると、うらさびしい禅寺の中に独り置かれているように感じて、彼女は悲しくなった。禅寺は人影がほとんどなく、寺の外には小川の流れがあり、岸辺の柳の枝が風に靡いている。山あいの桃の花は満開で、夕日に映《は》える雪の窓のようだ。群れ飛ぶ蜂や蝶の羽音、咲く花は語りかけ、散りゆく花は思いにふける。何かが、今このときに少しずつ消え去っていく。砂岸から水が退くように、燃え尽きた香が灰になるように。こうした思いの先に、人の世の猥雑《わいざつ》な喧騒を浮かべてみても、まったく興醒め以外のなにものでもない。

彼女はぼんやりと机の脇に座り、さまざまに乱れ動く思いで胸がいっぱいになっていた。ふと顔を上げたとき、従兄が貪婪《どんらん》な眼差しを自分に注いでいるのに気づいた。大胆で扇情的、放埒《ほうらつ》な眼差しだ。顔は蒼白となり、眉根を厳しく寄せて、苦悩のために顔のすべてが歪んでいる。彼は舌で上唇を舐め、何か言いだそうとしているのだが、どう言っていいかわからないでいるように見えた。

「あなたは本当に朝廷の謀反人なの？」秀米が訊いた。その掌が机に置かれると、すぐじっとりと濡れた跡が現れた。

「君はどう思う？」張季元が苦笑を浮かべた。

「あなたはこれからどこに行くの？」

「実は、僕もわかっていないんだ」張季元はこう答え、しばらくしてまた続けた。「君は僕にたくさん聞きたいことがあるんだろう、どうだい？」

秀米は頷いた。

「本当はね、そういう質問の回答はありのままきっちり話すべきなんだろうな。さっき、君が階段を上がってくる前に、ちゃんと話しておこうと心に決めたんだ。君が知りたいことは、なんでも答えるよ。訊かれたらきっと話す、少しも隠し立てはしない。僕が何者であるか、どうして君のお母さんと知りあったか、どうして普済に来たか、夏荘の薛祖彦とはいったいどういう関係なのか、僕らがどうして朝廷に刃向かおうとしていたのか、僕の探していた六本指の人物が誰なのか、こういうすべてのことについて、君は答えがほしいんだろう？」張季元はシワだらけのハンカチを取り出して顔の汗を拭い、話を続けた。

「でもね、どういうわけか、この数日間というもの、僕らがしようとしていることが、どうも根本的に間違っているような気がしてならないんだ。あるいは、そういうことが僕にとってまったく重要じゃなく、いや、それよりも、全然価値のないものと言ってもいいように思えるのさ、そう、まったく無価値だってね。そうだな、こんなふうに言ってもいいかも、あることのために、君は必死に全力で立ち向かっているんだけど、同時に君はそのこと自体が誤りなんじゃないかと疑っている、最初から間違っていたんじゃないかって思っている、こんな感じかな。もっと言うとね、君があることのために必死に答えを求めていたとする、そしてあるとき、君はついに正解を見出したと思うんだ。でもある日突然、その正解というのが実は自分の思考の中にではなく、別な所にあると気づいてしまう。僕の言うこと、わかってもらえるかな？」

秀米はぽかんとした表情で首を振るばかりだった。彼が何を言っているのか、彼女は本当に理解できなかった。

「ま、いいさ、こんな話は止めよう」張季元は自分の額をポンと叩き、「君に見せたいものがあるんだ」と言う。彼はベッドの枕元に置いた包みから精緻な装飾の小箱を取り出し、秀米に手渡した。それは精巧で色鮮やかな小さな箱だった。

「これ、あたしに？」

「そうじゃない」張季元が言った。「これは僕が持っていると具合が悪いんだ。しばらく預かっておいてほしい、長くても一ヶ月だ、僕はまた普済に戻るから、そのときに返してくれればいい」

秀米はその箱を受けとり、いろいろ眺めてみた。それは濃紺の緞子《どんす》で全面を覆った、女性の首飾りを入れるような小箱だった。

「長くても一ヶ月」張季元は机の脇に腰掛けた。「もし一ヶ月経っても、僕が戻ってこなかったら、もう戻ることはない」

「どうして戻ってこないの？」

「そうなったら、僕がもうこの世にいないってことだからさ」張季元が言った。「そうなったら、いつか君を訪ねてくる人がいるはずだから、その人にこれを渡してほしいんだ」

「その人は何というお名前なの？」

「名前なんか知らないでもいい」張季元が笑った。「その人は六本指なんだ。覚えておいて、六本目の指はその人の左手にある」

「もし、いつまで経ってもその人が来なかったら？」

「これは君のものだ。宝飾店に持っていって作り直してもらったら、金の首飾りかなんかにはなるはずだよ」

「これ、いったい何なの？　開けてみてもいい？」

「どうぞご自由に」張季元が言った。

そのとき翠蓮がまた戸を開けて入ってきた。足洗いのバケツを片手に提げて、腕にタオルをかけ、もう一方の手には湯の入った壺を持っている。翠蓮は戸を叩かずにいきなり入ってきた。彼女はバケツと壺を床に置き、タオルを椅子の背に掛けると、張季元に向かって言った。「奥さまは、もう遅いから足を洗ってお休みくださいとおっしゃっています。このお湯、もう二回も温め直したんですよ」こう言うと、秀米のほうに向いて「あたしたちももう下がりましょう」と声をかけた。

「下がってもいい？」秀米は従兄をちらっと見た。

「もう行きな」

張季元は立ち上がった。二人の顔がぐっと近づいた。このとき秀米には、彼の顔に小さな窪みがいくつか散らばっていることが、はっきりと見えた。

秀米は翠蓮について階段を降りた。背後で閣楼の扉がゆっくりと閉められるのを感じた。庭は漆黒の闇に包まれた。

十二

秀米には雄鶏の鳴き声が聞こえなかった。目が覚めたとき、部屋の明かりはまだ灯されていて、壁を照らす陽の光が暗い紅色に変わっていた。うっすらとした寒さが感じられ、秋がすでに深まっていた。気怠く寝床に入ったままでいると、喜鵲を呼ぶ母の声が聞こえてきた。喜鵲を呼びつけるとき、母の声は喜鵲が最速で自分の前に現れるよう、雷みたいに屋敷中を跳ね回る。母は彼女に後院の閣楼の布団とシーツを下げて洗うように言っていた。

秀米は張季元がすでに立ち去っていることを知った。

張季元がいなくなって、家の中はかつての静寂を取り戻した。晩春から深秋、秀米にとって、この間家で起こったことは、自分がこれまで経験してきたあらゆることよりもずっと多かった。しかし他の人たちにとっては、こういうことなど、夜のうちに屋根瓦に降りた薄霜のように、朝になって陽に照らされたら、跡形もなく消えてしまうものなのだ。いや、こういうことなんか、そもそも何も起こっていなかったのかもしれない。
宝琛は朝から晩まで、一日中貸した金の取り立てに駆け回っていた。遠い村まで取り立てに行くときには泊まりがけだ。借金の回収が済むと、いつものように帳場に籠もりきりで、算盤のパチパチという音を響かせていた。食事中も、歩いているときも、頭の中は帳面の数字でいっぱいだった。翠蓮は後院の閣楼の周囲に設えられたいくつかの柴小屋を、きれいさっぱり撤去していた。稲束を置く囲いを筵《むしろ》で造り、小作人たちが納めるべき穀物を運び入れる準備だ。母は喜鵲を連れて裁縫店を一日中何度も往復し、家族みんなの冬の綿入れを手配していた。ただ秀米と老虎だけは何もすることがなく、園庭でぶらぶらしていたが、ときたま母に裁縫店に連れていかれ寸法を測られたりすることもあった。まったくどうしようもなく退屈してしまったときには、丁樹則先生のところに行って勉強の復習などもやってみた。丁樹則はもうとっくに、奥方の趙小鳳を陸家に出向かせ、この年の学費をとりたてていたのだ。

立冬の日、屋敷の外には穀物を届ける荷車と天秤棒がいっぱいに並んだ。手伝いに来た孟婆さんは亭主を連れていた。隣の花二おばさんは七星の大秤[77]を手に取って、大声で目盛りの数を読み上げ、てんてこ舞いだ。秤の縄を通した丸太は王七蛋、王八蛋兄弟が担いでいた。宝琛は記帳やら、算盤弾きやらで大忙しだった。母は満面の笑みで屋敷内を行ったり来たりしており、厨房に現れたかと思うと、後院の穀倉に顔を出し、お菓子を持って遠来の小作農をもてなしたりもしていた。翠蓮と喜鵲は肉を捌《さば》き料理を作るのに追われており、厨房からは午前中いっぱい、まな板を叩くコツコツという音が絶え間なく響いていた。

小作農たちは天秤棒を抱えこみ、塀の下に小さくなって一列に並んでうずくまっている。宝琛に名前を呼ばれると、すぐ進みでて秤の目盛りにじっと見入る。そのたびに、花二おばさんはけらけらと笑って彼らに声をかける。「ちゃんと見たかい、じゃ、数字を言ってごらんよ」と。

小作農が目盛りを読み上げると花二おばさんが再度確認し、大きな声で重さを報告する。宝琛が中庭に置いた机の前に座り、飛ぶような速さで算盤を弾いてもう一度目盛りの数字を言う。これで小作の年貢は確かに落着したことになるのだ。それから麻袋いっぱいに詰められた穀物が後院の穀倉に運ばれていく。孟婆さんは纏足の足で爪先立ちになり、園庭のあちこちを忙しく駆け回っているのだが、秀米は彼女が何をしているのかわからなかった。

その中の一人、王阿六《ワン・アリュー》という小作農が年貢を秤にかけたところ、二十八斤[78]足りなかった。花二おばさんが秤を見て、「何で毎年あんたは、いつもちょっと足りなく持ってくるんだい?」と言った。それから母にどう処理したものか、訊ねた。「毎年この人はちょろまかそうとするんですよ。今年は天候も良くて豊作なのに、やっぱり足りない。この人に貸している六畝[79]の畑は、この際取り上げたほうがいいと思いますね」この言葉に、阿六はすっかり肝を潰し、女房と二人で頭をペコペコ下げてお追従笑いをした。

王阿六は、「正直に申し上げます、今年うちでは家族が大病を二回患い、それに新しく子どもも一人できる始末で、あの六畝の土地も手が回らず三畝しか畑にできませんでした。足らなかった年貢は、来年にはきっとお返ししますから、どうか土地を取り上げないでくださいまし」と懇願した。

そして連れてきていた子どもの頭を抑えこんで、花二おばさんの前にひざまずかせ、叩頭のお辞儀をさせようとしたが、その子は頭を逸らして、どうしてもお辞儀をしようとはしなかった。阿六は有無を言わさず、いきなり力いっぱいビンタを喰らわせた。その子は唇から血を流し、泣き叫んで中庭を逃げまわった。秀米が見ていると、その子はまだ薄い服しか着ておらず、つぎはぎだらけのズボンがさらに破れていて、逃げまわるとその破れた布がひらひらして、そこからお尻が覗いていた。小作人の妻は明らかに病気がちな様子で、顔は青ざめ、男物の破れた綿入れしか身に着けていない。綿入れにはボタンもなく、襤褸切れを紐にして腰のあたりで結んでいる。胸にはやはり嬰児《えいじ》を抱いていて、涙を流しながらじっと立っていた。

母はこの様子を見て、心が動かされ、急いで花二おばさんに言った。「年貢はそのまま受け取りましょう。来年補填してもらえばいいんだから」。王阿六は深く感謝し、地面にひざまずいて叩頭の礼を始めた。それから妻を伴って宝琛の前に進み、深々とお辞儀をした。宝琛は算盤を弾いて言った。「もういい、もういいよ。今年の足りない分と、昨年、一昨年の不足分、合わせると百二十七斤だ。利息なんて私も考えないから、来年は一生懸命働いて、耳を揃えて返しておくれよ。そうすりゃ、借りは帳消しだ」と。王阿六はお追従笑いを繰り返し、何度も頷いて、後ろざまに退きさがっていった。

孟婆さんは慈姑《くわい》の籠を提げていて、皮を剥きに井戸端に行くところだった。秀米は何も手伝えず、手持ち無沙汰だったので、孟婆さんの皮剥きを手伝っておしゃべりをすることにした。孟婆さんは、あの王阿六は本当にかわいそうだ、あそこの土地は痩せているわけじゃないんだけど、あいつはひどい酒飲みで、酒を見るとどうしようもなくなる、家で売れるものはみんな売っ払って、あの女房だってまるで家畜みたいにこき使っている、六人いた子も三人死んじゃってね、と話した。話し終わると、啜《すす》り泣くのだった。秀米は不意に質問した。「みなさんせっかく作った穀物なのに、どうしてうちにごっそり持ってきちゃうのかしら？」

孟婆さんは聞いてしばらくぽかんとしていたが、腹を抱えて笑いだした。彼女は秀米の問いに答えず、宝琛に向かって大声をあげた。「首曲がりよ、お宅のお嬢さまが今し方あたしになんて言ったと思う？」。宝琛にもどうやら秀米の質問が聞こえていたようで、口を開けて笑っている。ちょうど母が通りかかったので、孟婆さんは母に言った。「当ててみてくださいよ、お宅のお嬢さん、今なんてあたしに訊いたか」。母が「何て言ったの？」と問うと、孟婆さんはみんなの前で、秀米の口調を真似た。秤の番をしていた花二おばさんはあまり笑いすぎて、秤の重りを地面に取り落とし、危うく自分の足にぶつけるところだった。秀米は、門のあたりに立っている小作農たちも自分のほうを見て笑っているのを目にした。母はこう言った。「うちの娘は、確かに身体は大きくなったけど、物事がまったくわかってないの。もう何年もただご飯を食べてきただけだもの、どうしてそんな道理がわかるもんですか」と。

母が行ってしまうと、孟婆さんはようやく笑うのを止め、秀米に向かって言った。「おばかさん、みんなはあんたの家の畑を耕しているんだから、穀物をあんたの家に届けてくるんだよ。あたしのうちに持ってきてもらったって、何にもならないしね」

秀米はまた質問した。「みんなはどうして自分の家の畑を耕さないの？」

「あんた、ますますおかしなことを訊くんだね」と孟婆さんが言った。「あの人たちは皆貧乏人さ、畑はおろか、家に針の一本も持っていないのさ」

「じゃ、うちはいったいどうして畑があるの？」

「ご先祖さまから引き継いできたものやら、お金で買いこんだものもあるし、借金が返せなくなった人からね、抵当で手に入れたものもあるのよ」と孟婆さんは答えた。「おばかさん、そんなに大きくなったのに、まるで桃源の仙郷で暮らしているみたい、こんなわかりきったことも知らないなんて、書物を読んで文字を知っているお方は、やっぱり違うね」

秀米はもっと話したかったが、孟婆さんはもう立ち上がって、服の埃を払い、籠を提げて井戸端のほうに歩いていった。水を汲んで慈姑を洗うのだ。

昼食の時分になると、母は百姓たちが家の中を汚すのを嫌って、八仙卓を中庭に運ばせた。十六、七人はいた小作農たちは、食卓と腰掛が運んでこられるのを見て、一斉に卓に飛びつき、どっかと腰を下ろした。あの王阿六は椀にご飯を盛りつけて、自分では手をつけず、ご飯の上におかずをどんどんよそっている。お椀は宝塔のようになった。王阿六は食卓を離れ、あちこち息子を探し回った。子どもは切妻《きりづま》の塀の向こうで草原に寝転んでいた。母親の膝に顔を埋めどうやら寝入っているようだった。王阿六は屋敷の外に回って、切妻塀の向こうまでたどり着くと、草原のところでひざまずき、持ってきた大盛りのお椀を母子に差しだした。女の人は首を振りながら、膝にうずくまっている息子を呼び起こした。その子はご飯を見ると、箸も取らずに手摑みで食らいついた。鼻水が長く垂れかかり、お椀の中に入ってしまっていたが、それも一緒にその子はがつがつ掻きこむのだった。

　窓辺でこの光景を見ていた翠蓮と喜鵲は、ただ笑うばかりだった。翠蓮ははじめは明るく笑っていたが、しばらくすると顔を曇らせていった。目からは涙が流れている。秀米は翠蓮が湖州の実家を思い出し、もしかすると父母のことが懐かしくて、悲しくなっているのかと思った。翠蓮はしばらく涙を流していたが、思いもよらないことに、ぱっと秀米を抱き寄せると真面目な口調でこう言ったのだ。「かわいい子、もしもある日、あたしが乞食になってこのお屋敷の門に立ったら、あんなふうにご飯を盛って食べさせてちょうだいね」

「姐さん、どうしてそんなことを思いついたの？」喜鵲が口を挟んだ。「このお屋敷で結構な暮らしをしているのに、どうして乞食なんかになるのよ？」

　翠蓮はただ袖で涙を拭うばかりで、喜鵲には取りあわなかった。しばらくすると、怯えたような表情で語りはじめた。

「あたしが昔、郴州《チェンジョウ》[80]にいたころ、占いができる人に出会ったの。その人は子どもを連れていたんだけど、その子は飢えて死にかかっていたわ。あたし、かわいそうになって饅頭《マントウ》を二つあげたの。そして立ち去ろうとすると、その人から呼び止められた、一飯の恩、何としてでもお返ししたいって。その人はたいしたことは何もできないが、占いだけは結構よく当たると言って、あたしに生辰《せいしん》八字《はちじ》[81]を教えろと言うの。あたしは生まれたときから父親、母親の顔も知らないんだから、八字とか何とか、わかるわけがないじゃない。それでその人、あたしの人相で占ってくれたの。そしたら、あたしの後半生は乞食になるって、最後には道端で餓死して野良犬に喰われるって言うのよ。だからあたし、何とかそんなことを避けられる方法はないでしょうかって訊いたわ。占いの人は、亥年生まれの男と結婚すれば禍は逃れられるだろうって言ってくれた。でもね、あたし、こうして少しずつ歳をとってしまって、亥年の人と結ばれるなんてこと、できるかどうか」

「その占いの人だって、その場限りで言っただけよ、本気にするなんておかしいわ」と秀米が言った。「そんなこと占った自分こそが亥年で、そういう話をわざとこさえて脅しつけ、誑《たぶら》かして自分の嫁にしようという魂胆だったんじゃないの」

喜鵲が「あ、思い出した、宝琛のところの老虎は亥年生まれよ」と言った。

この言葉に、涙ぐんでいた翠蓮はぷっと笑いだした。「まさかあたしに、あの子の嫁になれって言うんじゃないでしょうね」

翠蓮の涙は止まって、今度は喜鵲に向かって訊くことになった。「あんたの実家はどこ？　どうして普済に流れてきたの？　孟婆さんの話では、あんたに砒素の二文字は絶対聞かせちゃダメっていうことだけど、そりゃどういうわけなの？」

喜鵲は砒素と聞いて震えだした。両の眼はこわばり、唇は紫になって、ブルブル震えながら立ちつくしている。しばらくすると涙を流しはじめた。彼女が言うには、五歳のときに、親と隣人が田畑の所有権をめぐって訴訟沙汰になり、裁判にもうじき勝つという段階になって、誰かが湯麵《タンメン》に毒を盛り、父母と二人の弟がその場で命を落とした。彼女は少ししか口に入れていなかったから、周囲の人が彼女の鼻をつまんで柄杓で口から大便を注ぎこみ、彼女は半日も吐き続け、ようやくこの惨めな命が救われた、という。しかし相手が凶暴な人間だとわかっていて、みんな禍《わざわい》に巻きこまれるのを怖れて、自分を引き取ってくれる人は誰もいなかった。それで流れ流れて普済まで来て、孟婆さんのところに身を預けたという。

「どうりで、あんたはご飯のときいつも、何度も自分のお椀を洗うのね」秀米が言った。「誰かがあんたのお椀に毒を盛るって、いつも思っているの？」

「みんな幼いころから身についてしまった癖なの。毒なんてあり得ないってわかってるんだけど、疑りはじめると抑えられなくて」と喜鵲が答えた。

「あんたも辛い定めなんだね」と翠蓮が感慨深げに言った。それから秀米のほうを横目でチラッと見て、「あんたには比べようがないわ、前世で善行を積んで幸運が降ったのね、こんな立派なお屋敷に生まれついて、何の心配もない、憂いなんか何一つないんだもの」と続けた。

秀米は何も言わなかった。しかし心の中では、あたしの悩みなど、あなたたちにわかるはずがない、口に出したら、きっとあなたたち驚いて腰を抜かすわ、と思っていた。彼女がこんなふうに思いを巡らしていたとき、大きな災厄がすでに自分のすぐそばに近づいてきているとは、まったく想像もつかなかったのだ。

張季元が出ていって半月余りが経ち、彼のことはもうあまり話題にも上らなくなっていた。十二月となったある日、秀米は夜中に目を覚ました。彼女は突然、張季元が出かける前に自分に預けた緞子の箱のことを思い出したのだ。あれは箪笥の抽斗にしまってあるのだが、取り出して開けたことはなかった。あれには何が入っているんだろう。折から、屋根に降りしきる霰《あられ》のぱらぱらという音に掻き立てられるように、この疑問が彼女の脳裏を跳ねまわった。空が白んでくるころ、彼女は募る好奇心を抑えられず、ベッドを降りると箪笥からあの緞子の箱を取り出して、そっと蓋を開けた。箱の中に入れられていたのは、金の蝉だった。

それとほとんど時を同じくして、張季元の遺体が河の流れに乗って下ってきていた。遺体はとある砂州を回りこみ、堤の下にできた細長い淀みに流れ着いた。発見したのは普済の漁師だった。当時河面はすでに氷が張っており、張季元の赤裸の身体は河面の芦と一緒に凍りついていたのだ。宝琛は氷結した河の掘削を頼みこむしかなく、そうやってようやく彼の遺体を岸に引き上げることができた。秀米は遠くから彼を見ていた。裸の男の身体を見るのは、やはり初めてだった。彼は眉根をやっぱり厳しく顰めており、身体全体に氷塊がびっしり凍りついていて、全身がまるで氷糖葫《ビンタンフー》蘆《ルー》[82]のように見えた。

岸辺に駆けつけた母は、まったく人目を憚《はばか》らなかった。彼の身体を覆う氷はまだ解けていなかったが、まったくかまわず、ぱっと縋りつくと、遺体をさすりながら、声をあげて哭《な》いた。

「あなたを行かせるんじゃなかった、行かせてしまったとしても、呪ってはいけなかった」母はこう言いながら慟哭《どうこく》するのだった。

第二章

——

花家舎
ホア ジャー シャ

一

光緒《こうしょ》二十七年[83]六月三日。やはり晴れ。夏荘《シアジュアン》にて再び薛祖彦《シュエ・ズーイエン》に会う。薛が言うには、徳人《ドウレン》が七十八挺のモーゼル銃を購入してくれたとのこと。張連甲《ジャン・リエンジア》は亡母の喪に服さねばならぬという口実を設けて脱会を申し出た。大事をまさに起こそうとする段に至り、連甲の心中に怖れが生じたというだけのこと。祖彦は何度も説得したが果たせず、しだいに不快の色を濃くし、やがて勃然として大いに怒り、剣を抜いて張連甲に指を突きつけ罵った。退会だ退会だと一日中ほざきやがって、卑怯《ひきょう》の極みだ！と。そして剣を振るうと庭園の梨の木を真っ二つに叩き切った。張は遂に口を噤《つぐ》んだ。

昼、薛家の召使いが秀米《シュウミー》と赤毛の男児を奥庭に連れてきた。彼らは丁樹則《ディン・シューゾー》の手紙を携えてきたのだ。秀米はここで自分に会うとは思ってもおらず、驚きのあまり顔面蒼白となり、口ごもって物も言えないありさま。彼女は廊下に立ちつくし、上着の端をいじりながら、震えていた。私が彼女の肩に手を置いても避けたりはしなかったが、全身が震えていることがよくわかった。瞳は秋水の如く、手は柔らかい芽のようだ。その楚々たる可憐な姿、雪浄聡明[84]の至り、見る者の心を酔わせ惑わせる。彼女を骨がギュッと鳴るほど、

——力いっぱい抱きしめてやれなかったのが残念だ。ああ……。

三年ののち、秀米が張季元《ジャン・ジーユエン》のこの日記を再び読み直したときには、すでに長洲《チャンジョウ》に婚儀のため出立する前夜になっていた。

この日記は喜鵲《シーチュエ》が張季元のベッドを整理していたときに見つけた。布団の下に押し込まれていたのだ。このとき、朴訥《ぼくとつ》さの塊のようなこの娘は初めてその優れた機敏さを発揮し、驚きの声をあげることも、母に告げることもせず、独り密かに心に決めて、そっと秀米に手渡した。もちろん、その後この日記によって引き起こされることになる一連の出来事は、喜鵲の予想をはるかに超えるものだった。

秀米は、外の世界には自分の知らない無数の奥深い秘密があるが、それらはみんな口を閉ざして自分には何一つ漏らさないと思っていた。彼女はまるで真っ暗闇の部屋に閉じ込められていて、ただ仄暗《ほのぐら》くさしこむ光を頼りに、部屋の輪郭がぼんやりわかるだけのように感じていた。しかしこの張季元の日記を読んで、急に天窓が開け放されたのだ。陽光が四方八方から部屋に溢れて、彼女はあまりの眩《まぶ》しさに目が開けられなくなった。

彼女は三日余りの時間をかけてこの日記を読み終わった。すべてはあまりに激しく、あまりに突然だった。心が激流に呑まれた一片の木の葉のように、急に波頭に押しあげられたかと思うといきなり川底に沈められた。もう気が狂いそうだと思った。彼女は夜通し目を見開き、どうしても眠ることができなかった。人間は四日も眠らなくても済むことに、自分でも驚いた。そしてその半月後に今度は、人間は六日も眠り続けて目覚めないことがあるのだと、新たに発見した。

　秀米がようやく長い眠りから目覚めたとき、部屋には母と喜鵲、翠蓮《ツイリエン》がいて自分を見つめており、村の医者唐六《タン・リュウ》先生が机で処方箋を書いていた。彼女には部屋にいた人たちが皆見知らぬ人のように思え、その場にいる誰一人理解できない言葉を山ほど口にした。しかしその後は、誰ともほとんどひとことも口をきかなくなった。

　母は秀米が父親と同じ発狂の道を辿っているのではないかと心配し、前例のように、僧侶や道士を招いて魔除の祈祷やら呪術やらをやってもらった。そういうある日、秀米が素っ裸で二階から降りてくることがあり、そのときから老虎《ラオフー》は彼女のことを気狂いと呼ぶようになっていた。秀米は誰彼かまわず、止めどなくいつまでも話しかけるようになった。娘の口にする張季元、この三文字だけは母がいちばん耳にしたくない言葉だったから、ついに母は我慢ができなくなった。しかしもちろん、娘の発狂の理由をちゃんと考えてはあった。この娘は幼いころから頭がふつうじゃなかった、というものだ。母は故意にこの話を言いふらし、自分はすでにこの事実を受け止めているのだということを村に広めた。

　ただ喜鵲だけが本当の理由をわかっていた。一冊の日記が人を狂わせる、そこに書かれていた内容はきっとたいへんなことだったんだ。読書人の書き散らしたようなものでも、決して疎《おろそ》かに扱ってはいけないのだと喜鵲は思った。後悔して密かに涙を流してももうどうにもならない、真相を告白すべきだと彼女は心に決めた。そして奥さまに対して日記のことを洗いざらいお話ししようとしたそのときに、秀米がなんと一晩のうちに正常に戻ったのだ。

その日の朝、翠蓮が秀米に薬湯《やくとう》を届けようとして、部屋の入り口まで上がったとき、目の前の光景に仰天してしまった。秀米がその真っ白な小指を戸と框《かまち》の間に挟みいれ、戸をゆっくりと閉めていたのだ。戸に挟まれて小指は少しずつ変形していき、鮮血が戸の隙間に沿って流れ落ちていった。このとき、秀米は上ってきた翠蓮に笑いかけて「見て、ちっとも痛くないのよ」と言った。

翠蓮は秀米のこの狂った振る舞いに度肝を抜かれて、呆然としてしまった。彼女は驚きのあまり、秀米を止めることも忘れて、持ってきた薬湯を一気に飲み干した。薬の猛烈な苦味で正気に戻った翠蓮は、「いやだ、あたしまで気が変になっちゃったのかしら、ねえ」と独りごちた。彼女は急いでハンカチを取り出し、秀米の出血を抑えようとした。小指は完全に押しつぶされて、爪の剥がれた指先が血塗《ちまみ》れになっている。そのとき秀米が耳元でしきりに呟《つぶや》いているのが聞こえた。今、あたしちょっと痛くなってきたわ、痛いというのがわかるの。ほんとよ、今あたし、とっても痛いわ。こういうふうにして、秀米は崩壊の瀬戸際まで来ていた精神を肉体の先鋭な痛みによって救いだし、奇跡のような復活を遂げたのだ。

だが、強烈な精神回復の副作用のせいか、彼女はもはや張季元の顔貌を思い出せなくなってしまった。彼の形象はだんだん彼女から遠ざかっていった。あの淀みに凍りついていた遺体までも記憶の中でしだいに曖昧模糊となっていく。

忘却は取り返しようのないことで、氷の塊よりも溶けやすいのは人の顔だった。それはこの世でもっとも脆《もろ》いものなのだ。

あのころ、張季元と初めて出会ったとき、その顔がこの俗世間に属するものではなく、何か混乱した想念の一部であるかのように感じていた。あの顔は、しだいに椅子の背もたれに付けられた緑色の毛織物になり、うら寂しい庭園の夜空に煌《かがや》く星座になり、空に浮かぶ厚い鱗雲になっていった。やがてそれは桃の木を覆《おお》う満開の花となり、露を一面に湛えた花弁と枝の葉となった。風に吹かれて花も枝もゆったりと揺れ、花芯がそっと震えている。そして止まることのない憂いが秀米の心に降り積もっていった。

秀米の病が癒えてからほどなくして、母は彼女の結婚話を斡旋してくれるよう人に頼むようになった。秀米は結婚には何の興味も示さなかったが、嫌だとも言わなかった。母は翠蓮に秀米の本心を聞きださせようとした。秀米はまったく気にもかけないそぶりで、「誰だってかまわないわ、あたし、どっちみち興味ないから」と答えた。

数日後、お相手が見つかり、翠蓮が彼女にお見合いの日取りを告げに行くと、秀米は「いつだってかまわないわ、あたし、どっちみち興味ないから」と言うのだった。

しかしお見合いの日、秀米は自分の部屋に鍵をかけて閉じこもり、出てこなかった。翠蓮と喜鵲が手が腫れるほど戸を叩いたが、彼女はまったく開けようとしない。最後には母が二階に上がってきて、戸の外から涙ながらに訴えた。「取り持ちの婆さんがお婿さんを連れてお見えなのよ、もう中庭で待ってるわ、ひとめだけでも顔を見せて、ご挨拶ぐらいしておかないといけないでしょ、長洲の侯《ホウ》さんのお宅に嫁いでから後悔したって遅いんだからね」と。

このとき秀米は初めて、自分の嫁ぎ先が長洲で、未来の夫の姓が侯だということを知った。秀米は部屋の中で、「会う必要なんかないわ、お母さんがいいと思えばそれで結構よ。その日になって、向こうの家から駕籠《かご》が来たら、あたし、それに乗っていけばいいだけってこと」と言った。

「秀米、おまえはどうしてそんな言い方をするの、結婚は一生の大事よ、子どものおままごととは違うんだからね」と母が言った。

「ああ」秀米は大きなため息をつき、こう言った。

「この体は、もともとあたしのものじゃないの、欲しいっていう人がいれば、その人の好きなようにさせればいいんだわ」

秀米がこう言うと、母は声をあげて泣いた。秀米も部屋の中で泣いていた。二人それぞれの胸の秘密が、このとき言葉ではなく気持ちでわかりあえた。母は存分に泣いてから、やはり秀米に言い含めた。「おまえが先方の顔を見なくてもいいって言うならそれは仕方ないけど、先さまはやっぱり嫁の顔を見たいはずよ、ちょっと顔を見せてもいいでしょうに」と。

秀米はようやく戸を開けて廊下に出ると、気怠げに欄干に手をつき、中庭のほうに顔を向けた。一人の老婆が真新しいラシャの帽子を被った男子と一緒にいて、二階の秀米を振り仰いでいた。その男は若くはなかったが、老けてもおらず、端正と言っていい容貌をしている。秀米は相手がもっと年寄りで、頭にハゲがあるとか、あばた顔だとかの欠点があったほうがよかった、そういう相手だったら、自分の婚姻に悲劇性が生まれるのにと思っていた。そのころ、秀米は自虐行為が癖になっており、そうしないと逆に気分が晴れなかった。老婆は薄笑いを浮かべながら秀米を見つめ、その男にしきりに訊ねていた。どうですね、色白でしょう。男もしきりに、色白だ、白い、すごくいい、と言っている。この男は秀米を見た瞬間から、ああ、ああ、と馬鹿みたいに笑っていた。それは何か、ゲップでもするような感じで、笑い声は口から漏れるように吐きだされた。しかもこの男、しょっちゅう舌舐めずりをして上唇を濡らしており、まるでいつも何か口に入れて食べているようだった。

秀米は結婚に対して本当にどうでもいいと思っていた。張季元の日記から、「桑中之約《そうちゅうのやく》[85]」とか、「牀笫之歓《しょうしのかん》[86]」とかについて、彼女はぼんやりと読み取っていたし、そんなことよりもっと多くのことをすでに知ってもいた。嫁入りの前夜、彼女は一人でベッドに横になってその日記を取り出し、ランプに近づけて頁を捲っては読み耽った。そして読み進めながら、張季元に話しかけた。彼女は誰かにこんなに寄り添って内心を赤裸々に語ったことはなかった。恍惚《こうこつ》とした感覚の中で、張季元が自分のベッドのすぐそばに腰掛けていて、まるで本物の夫婦のようにあれこれとりとめもなく語らっているような気がしていた。たとえ人前では言えないような描写の箇所になっても、秀米は混乱することも恥ずかしさに顔を赤らめることもなく、ただ子どもみたいにハハハと笑い飛ばすのだった。

「張季元、張季元さん、あなた、口を開ければ革命だ、大同[87]だと唱え、紙に向かえば世を憂い、人生を悼み、激烈な想いを書き綴っていたけど、本当は骨の髄までどうしようもない色魔だったんじゃない。ふふふ」

彼女は一人でしばらく笑っていたが、ふいに悲しみが胸をついた。呆然とした思いで布団の角を噛みしめているうちに、声もなく涙が溢れてきて枕を両側すべて泣き濡らした。やがて長いため息をつくと、心の中で自分に向かい憎々しげに語りかけた。嫁いでやればいい、誰でもかまわない、欲しいっていう奴がいるなら、あたしは嫁いでやる、そいつがあたしの体を好きなようにすればいいのよ。

二

秀米は駕籠に乗るとすぐ、ぼんやりとした夢の中に陥っていた。駕籠は濃霧の中をとてもゆっくり進んでいる。揺れ動く渡し舟の中で、駕籠かきたちの激しい息遣いが聞こえる中で、彼女は何度か目が覚めた。どのぐらい乗っていたのかもわからない。ときたま駕籠の簾《すだれ》を上げて外を見てみると、新郎が痩せた驢《ろ》馬《ば》にまたがり、彼女のほうを向いてヘラヘラと笑っている。しかしその男の顔も、彼女には何か本当ではない気がしていた。太陽にしてみても、ぼんやりと黄色く見える。その日の霧は確かに濃密で、駕籠の中にいても髪がぐっしょり濡れるように感じていたし、駕籠の数歩先の人影も定かに見えないほどだった。ただ驢馬の銅鈴の単調な響きだけが、この道中ずっと彼女に付き添っていた。

秀米は昨夜母が話していたことを思い出した。「明日の朝早く、花駕籠が着いたら、その人たちに付いてお行き。わたしのところに挨拶に来なくていいから」母はそう言うとさらに、「朝、水を飲んだらだめだよ、道中我慢するのもたいへんだからね」と続け、最後に、「しきたりではね、嫁いだ三日後に実家に顔を見せに戻ることになってるんだけど、長洲は遠いし、兵隊や盗賊も暴れているから、帰ってくることはないよ」と言った。言い終わっても、母の唇は物言いたげに動いていたが、母は涙を堪《こら》えた。今朝早く駕籠に乗りこもうとしたとき、翠蓮と喜鵲が塀の下にうずくまって泣いているのが見えた。宝琛《バオチェン》は老虎を連れて立っていたが、こちらに目を向けることはしなかった。ただ花二《ホアアル》おばさんと孟《モン》婆さんが纏足《てんそく》の小さな足をせわしなく動かして、あれこれ指図や手伝いをしたり、挨拶をしたりしているだけだった。丁樹則からは大書した対聯《ついれん》[88]が数日前に届けられていた。対聯にはさまざまな字体で書き上げられた十六個の「喜」の文字が綴られている。丁樹則は手に如意《にょい》[89]を持って背中を掻きながら、村の入り口に立っていた。しかし、彼の姿も濃い朝霧に包まれてぼんやりとしか見えなかった。

秀米は突然不安な気持ちに襲われた。もう二度と母には会えなくなるのではないかと思ったのだ。駕籠が揺れるたびに、心がふわっと浮き上がった。それから間もなく、霧が彼女と普済《プージー》を隔てていった。涙はやはり止めどなく流れた。心配なことはそれだけではなかった。あの緞子《どんす》の箱にしまわれた金の蝉《せみ》が頭に浮かぶ。箱はまだ二階の鍵をかけた箪笥にしまってある。三年はすでに経っていたが、張季元が言った六本指の人はついに現れなかった。

長江を渡って間もなく、どんよりとした眠気でうつらうつらとしているうちに、駕籠の外がひどく騒がしくなっているようだとぼんやりとわかった。たぶん街道近くの村人たちが嫁入り駕籠一行の噂を聞いて、祝いの飴《あめ》にでもありつこうと集まっているのだろう、秀米はそう思った。そういうことにはまったく興味がなかったから、彼女はまた眠りの中に入ろうとしていた。しかしどうも変だとも感じた。騒々しい物音の中に、親戚の女たちの甲高い悲鳴が混じっているだけでなく、刀剣のぶつかり合うジャンジャンという響きも聞こえていたのだ。それでも秀米は、気にも留めなかった。すぐそれに続いて、花嫁の駕籠が突然速度を上げ始めたかと思うと、まるで飛ぶような速さになった。耳元にはただ、ヒュウヒュウという風の音と駕籠かきたちの激しい息遣いが聞こえるばかりだ。秀米は駕籠の中で散々に揺すられ、ひどく気分が悪くなって吐きそうだった。

簾を上げて外を見ると、白粉《おしろい》を厚く塗りたくった縁談の取り持ち婆さんの姿はなく、嫁入り道具を運ぶ人もいない、名義上の夫も、銅鈴を首にかけた小さな驢馬も見えなくなっていた。嫁入り駕籠に従っていたあの一行は誰も残っておらず、ただ駕籠かきの四人が自分を担いで、曲がりくねった狭い道を猛烈な勢いで駆けているだけだ。

駕籠かきの一人が、息を切らしながら彼女のほうに顔を向け、恐怖に駆られて叫んだ。匪賊《ひぞく》だ、匪賊だ！　ちきしょうめ、匪賊が出たんだ！

秀米がようやくたいへんなことが起こったんだとわかったそのとき、後ろのほうからカツカツという馬の蹄の音が聞こえた。

とうとう駕籠かきたちは走り疲れてへたりこんでしまい、ちょうど行き着いた脱穀場の空き地に駕籠を放り出すと、皆慌てふためいて逃げていった。秀米は彼ら四人が広々とした麦畑に横並びになって飛びこんでいく姿を見つめていた。彼らはすぐに濃霧の中に消えていった。

秀米は駕籠から出た。周りはがらんとしていて何もない。脱穀場の片隅に粗末な小屋があったが住んでいる人はいないようだった。壁が傾いて崩壊寸前のようで、屋根の麦わらはすでにどす黒く変色していた。屋根には丹頂鶴の群れが巣を作っていた。小屋の前に水牛が一頭寝そべっていて、その水牛の背中に丹頂鶴が何羽も降り立っていた。少し向こうには林があるようだったが、深い霧に包まれてぼんやりとしか見えず、ときおりホトトギスの鳴き声が聞こえてくるだけだった。

馬に乗った何人かの男がそれぞれ全然違う方角から、なんとも気怠そうな様子で彼女のほうに向かってくる。しかし秀米は恐怖など少しも感じていなかった。匪賊と言えば恐ろしげな形相の鬼みたいな連中と相場が決まっていたが、この人たちはどうもふつうの農民とまったく変わらない感じなのだ。髪の毛の薄い中年男が白馬にまたがって彼女の前に進み出た。馬の轡《くつわ》を引き、顔に笑みを浮かべて秀米をじろっと見ると、「秀秀《シュウシュウ》、わしのことを覚えているか?」と話しかけてきた。

秀米は呆然としてしまった。この人はどうしてあたしの幼名を知っているのだろう、疑念が湧き上がってくる。彼女は顔を上げてその人に視線を走らせた。チラッと見た感じでは、本当に見覚えがあるようにも思えた。特にその顔の刀疵《かたなきず》だ。だがどうしても、どこで会ったのか思い出せなかった。

「あたし、覚えてないわ」と秀米が言った。

「じゃ、俺はどうだい?」

声をかけたのは、二十歳《はたち》そこそこの若者で、栗毛の馬にまたがっている。その腰回りの太さ、これもどうやらどこかで見たことがあった。鐘をわるような物凄いどら声だ。「俺のことは覚えているだろう?」

秀米は首を横にふった。

その二人は顔を見合わせて、いきなりワッハッハと大声で笑い出した。

「それもおかしくはない、もうあれから六、七年になるじゃろな」中年男が言った。

「ちょうど六年だよ」若者が言った。

「わしはなんで七年だと思ってたんだろう？」

「六年さ、間違いない、そう六年だ」

二人がそうやって言い合っていると、馬弁《マービエン》[90]のような感じの男がこちらにやってきた。

「五爺《ウーイエ》、霧が間もなく晴れそうです」

中年男が空を見上げて、頷いた。それから秀米に向かって、「では、申し訳ないが、ちょっと窮屈な思いをしてもらうぞ」と言った。

秀米が抗弁する暇もなく、黒い布で目が覆われてしまった。続いて口に何かが詰めこまれた。なんだか塩っからいような布切れだ。それからその連中は彼女をがっしり縛りあげ、やっぱり例の駕籠の中に押しこんだ。ほどなく、彼らは駕籠を担いで出発した。


目隠しの黒い布が外された後、秀米は自分が木造の舟の中にいることがわかった。目の前はすべて真っ黒だった。船倉の天井もテーブルも、船路《ふなじ》にかかる葦《あし》も流れる水もすべて黒かった。彼女は目を閉じ、船縁《ふなべり》に斜《はす》に寄りかかって手足を動かしてみようと思った。このとき初めて、自分のズボンが濡れているのに気づいた。いつの間にか失禁していたのだ。しかし恥ずかしさなどもはや感じなかった。もう一度目を開け、あたりを見回しているうち、なんともいえぬ不安な気持ちになっていった。どうしてあたしの目は何もかも黒く見えてしまうんだろう。すぐその答えはわかった。空がもう暗くなっていたのだ。

空には三日月と一面に広がる星が出ていた。そしてすぐに小舟が広々とした湖を渡っているということがわかった。何艘《そう》か並んだ舟が鉄のワイヤロープで繋《つな》がれていて、数えてみると、全部で七艘あった。彼女の舟はいちばん後ろだ。ほどなく、舟にランプが灯され、七艘の舟の明かりが湖上に弧を描き、光の帯のように見えた。それはまるで、人馬の隊列がカンテラを提げて夜道を急いでいるかのようだった。

ここはどこなの、あたしはどこに連れていかれるの？

風の音の他には、櫓が水を漕ぐ音と水鳥が水面《みなも》を掠めて飛び立つ鳴き声がするだけで、どこからも答えはなかった。彼女の向かい側に二人の男が座っていた。二人とも朝脱穀場で見かけた人だ。禿《は》げた中年男は船縁に寄りかかったまま熟睡している。その顔の刀疵は深くて長く、頬から喉元まで続いていた。片足を木のテーブルに乗せていて、ちょうど彼女が携えてきていた布包みの上に足が置かれている。意外にもこの人は、あたしのことを幼名で呼んだのだ、いったいどこで、この人にあたしは会っていたんだろう？

その男にぴったり並んで座っているのは馬弁だった。十七ぐらいの眉目秀麗な若者で、体付きはとてもほっそりしていた。若者は身じろぎもせず秀米を見つめているが、どこかおどおどした眼差しだった。秀米の視線が偶然に注がれると、若者はすぐに顔を赤らめてうなだれ、刀の柄に付けられた赤い房を弄《いじ》ったりしている。なぜか、彼の眼差しは張季元を思わせた。彼も足をテーブルに乗せていたが、履いていた布靴に穴が二つ開いていて指が覗いていた。テーブルに置かれたカンテラが灯り、テーブルの縁には長い長い煙管《きせる》があった。湖水が舟をひたひたと囲み、夜気が水のように冷たい。船倉には水の生臭さがじっとり漂っていたが、彼女は爽やかな涼しさを感じた。

あたし、どうすればいいんだろう、彼女は自分に問いかけた。

湖に飛びこむべきなのかとも頭に浮かんだが、問題は彼女にそんな気がないことだ。まったくなかった。もし彼らが自分を死なせたくないなら、仮に湖に飛びこんでも、きっと掬い上げられるに決まっている。秀米はその後に続く出来事を絶対に想像したくなかった。孫姑娘《スングーニャン》に起こったことがずっしりと心に重たかったのだ。聞かされた話では、あの人は素っ裸になっていたそうではないか、そう思うだけで胸の鼓動が激しくなった。秀米はこの舟が結局自分をどこに連れていこうとしているのかわからなかったが、自分の運命が孫姑娘と比べていくらもいいはずがないということだけは、あまりにも明らかだった。

舟のザザッと擦れるような音が聞こえてきた。小舟がすでに狭い水路に入っていて、先ほどから舟の両側を高く生い茂った葦の葉が擦っていたのだ。水の流れの音もさらに大きくなった。あの馬弁の若者は相変わらずじっと彼女を見つめている。この人はどう見ても匪賊のようではないわ、顔色は青ざめていてどこか恥じらいの表情を浮かべているし、目だってきらきら輝いている。秀米は試しにこの若者に、舟はどこに着いたのか、そしてこれからどこに向かおうとしているのか、と訊いてみた。彼は口を噤んだままだったが、ちょうどそのとき、中年男が急に目を覚ました。男は目元を擦りながら秀米をちらりと見ると、馬弁に冷淡な眼差しを向けて言った。

「煙草」

馬弁はびっくりして飛び上がり、慌てて机からあの長い煙管を手に取り、刻み煙草を詰めて、両手で男に差し出した。

「火」中年男は煙管を受け取って、もうひとこと付け加えた。

若者はカンテラを手に持ち、火を点けられるように男に近づけた。灯が二人の顔を照らしだした。秀米は若者の手がひどく震えているのに気づいた。口元をうっすらと和毛が覆っていた。中年男はスパスパと煙草を吸いこんでから、秀米に声をかけた。「あんたは本当にわしのことを覚えていないのかい」

秀米は答えなかった。

「わしのことをよく見て、もう一度考えてごらん」

秀米は俯《うつむ》いて、男のほうを見なかった。しばらくして、男はまた話しかけた。「どうやら、あんたは本当にわしを覚えていないようじゃ。だが、慶生《チンション》はずっとあんたのことを想っていたんだぞ」

「慶生って誰?」秀米が訊いた。彼女はどういうわけか、慶生というその名前だけは聞いたことがあるような気がしたのだ。

「あいつには渾名《あだな》があってな、〝聞かん坊〟っていうんだ」中年男は冷笑を浮かべた。「どうじゃ、思い出したか、六、七年前にあんたの家の閣楼《ゴーロウ》が焼けただろう……」

秀米はドキッとした。ついに思い出した、六年前に父の閣楼が焼け落ちた後、母は宝琛に外地から大工たちを呼ばせたのだった。その中の一人に慶生というのがいて、渾名が聞かん坊だった。そして秀米は、その大工の連中が仕事を仕上げて出発する日に、慶生がずっと自分のほうを見ながら、後ろ向きになって村はずれまで歩いて行き、最後には大きな栴檀《せんだん》の木にぶつかった、ということも思い出した。

「あなたが慶生なの？」

「わしは慶生じゃない」中年男が答えた。「わしは慶徳《チンドー》というんだ。慶生は前の舟に乗っている。今朝脱穀場であんたはあいつに会っているぞ、栗毛の馬に騎《の》っていたやつじゃ」

「あなたたちは職人さんじゃなかったの？　どうして……」

「どうして匪賊になんかなったのかって、言いたいんじゃろ、な」

その慶徳と自称する人はワハハと大笑いをして、目に涙を滲《にじ》ませるほどだった。「本当はな、正直な話、わしらはこっちのほうが本業なんじゃ」

ちょっと間を置いて、彼は話を続けた。

「もっとも、間違いなくわしは左官だし、慶生は大工で、わしらは頼まれ仕事をこなして工賃をもらっておる。だがな、それは世を欺く仮の姿ってわけじゃ。本当の目的は、雇い主の家の事情を具《つぶさ》に調べることなのさ。わしらは貧乏人にゃ何の興味もない、もしも相手がろくな蓄えもない素寒貧《すかんぴん》だったら、わしらに運が無かったと諦めるしかない、仕事を片付けて工賃をもらったらもうそれでおしまいじゃ。そんなときにゃ、わしらは本当に職人じゃよ。世間の相場で言えば、わしらの職人の腕はそこそこのものじゃ。だがあんたの家は違っていた。あんたの親父は揚州府《ヤンジョウ》でずいぶん長いこと役人をやっていたからな、家にゃ田畑《でんぱた》だけでも軽く百畝以上はあったろう……」

慶徳が話している間、馬弁の若者はずっと秀米のほうばかり見つめていた。その眼差しは、今度はあんたもたいへんな目に遭うぞ、と言っているように思えた。若者は慶徳が吸い終わるのを見ると、急いで次の煙草の葉を煙管に詰めた。

慶徳は話しているうちに興が乗ってきたようだ。しかし話し方はどっしり落ち着いているものの、どこか病的な神経質さも感じられた。彼は思い切り煙草を吸いこんで、フフフと笑うと、話を続けた。

「匪賊であれ、左官であれ、仕事はきれいにやらねばならん。あんたの家の閣楼、あの壁はわし一人で塗り上げたんじゃ、鏡みたいに平らだったろうが。我ながらあんなにきれいに仕上げたのは生涯初めてじゃ。あんたみたいな女に対してもじゃ、わしの技は言うまでもない、二、三日したらあんた自身がわかるじゃろうて。ほら、見てみろ、あんたは顔を赤らめたな、わしがまだ何もはっきり言っておらんのに、あんたは赤くなっておる。ハハハ、わしは顔が赤くなるような娘が好きじゃ、娼婦《しょうふ》などとは違うからな。あいつらの色気はみんな嘘っぱちだ。わしは今日あんたをひとめ見てすぐわかった、これこそ本物の情の濃い色女だってな。あんたはわしらの手に落ちても、泣きもせず騒ぎもしない、そういう女には初めて会った。猿轡をはめられ、縄で縛られても、駕籠の中でぐっすり眠りこんでいるんだからな、正真正銘の色女に違いないってことじゃ」

ここまで話すと、男は急に振り返り、護衛をじろっと睨《にら》んで言った。

「手を出せ」

護衛は少しためらったが、震えながら左手を差し出した。慶徳は煙管の雁首を若者の掌でポンと叩き、真っ赤な火の玉をその手の真ん中に落とした。火の玉は掌でジジジと煙を上げ、若者はあまりの熱さに椅子から飛び上がった。秀米は皮膚の焼ける嫌な臭いを嗅いだ。

慶徳は手を馬弁の肩に置いて、言った。

「何を飛び跳ねてるんじゃ、じっとしてろ。わしはお前の目玉に火を落としたわけじゃない、何を跳ねてるんじゃ。お前、しっかり自分の目をしつけておくんだな。見てはならないものは、絶対にひとめでも見ちゃいかんのじゃ」こう言うと、また秀米のほうをチラッと見て、「あんた、もう少し寝てたらいいのに、舟が着くのは明日の朝だぞ。寝ないのかい、じゃ、わしはもうひと眠りする」と言った。


秀米には空がしだいに明るくなってくるのがわかった。

うっすらとした朝日の中で、湖岸の向こうにうら寂れた山並みがぼんやりと見えてきた。険しい山ではなく、山肌にはまばらに白樺の木が生えている。そのさらに上のほうには松と剥き出しの岩が広がっていた。岸を打つ湖水の音が聞こえ、近くの村里からは鶏の鳴き声が上がった。舟はすでに岸に近づいているのだ。岸の先のほうに密生する桑畑が見えはじめた。船隊はその桑畑を迂回するようにして、さらに一時間ほど進んでいく。そして最後に、山間にうずくまっているような村落が見えた。上りはじめた朝日に照らされて、村は真っ赤に染まっていた。

三

光緒二十七年六月六日。微雨、午後に晴れる。昨夜祖彦が梅城《メイチョン》に赴くも、歩軍協統《シェトン》の李《リー》・道登《ダオドン》は門を閉ざして会見せず。午前中いっぱい、祖彦の罵声が絶えなかった。モーゼル銃はすでに西浦《シープー》に到着した。暫時、祖彦の三叔父の家に預かってもらう。食後、梅蕓《メイユン》が隣家に麻雀をしに行ったので、秀米、翠蓮の二人としばし閑談し、すぐ閣楼に戻り就寝す。ところが寝入ったばかりのときに、村人どもの大騒ぎの声がして、喧しい足音が響き、大事が起こったらしいことを知る。急ぎ服を着て階下に降りる。村はずれの孫氏が匪賊に襲われ、輪姦《りんかん》され死に至ったということだ。

　孫氏とは私娼なり。死するも惜しむに足らず。革命の功成る暁には、法律によって十殺の列に属すべき者なり。小驢子《シャオリュイズ》よ、小驢子、貴様はここ普済一帯には匪賊などいないとしきりにほざいていたが、まったく嘘八百だ。今や天下は乱れに乱れて、人心は変化を求めている。長江の東、江蘇のあたりでは、匪賊の憂いは山東・河南ほど酷くはないと言われるが、決して皆無というわけではない。私自身、三年前丹陽《ダンヤン》に渡った際に、危うく匪賊の手に落ちるところであった。目下の計略のためには、比較的有力な地方武装勢力と連絡がつくかどうかは、極めて重大な問題だ。この危急の秋《とき》にあって、清幇《チンパン》[91]だろうが匪賊だろうが、我らの用いるところとなる可能性は大だ。大事が成功したのちに、そういう者共を駆逐しても遅くはない。

小驢子からは、依然としてなんの消息もない。

この夜、月色は心を惑わし、夜気は水の如く冷たい。中庭に立つと、あてどもない思いがふとよぎり、喪失感のようなものに囚われる。秀米が厨房で髪を洗っているのを見かけ、入っていって話をした。彼女の肩は水でぐっしょり濡れており、月明かりの下で、スカートに細かなしぶきがかかっているのがわかった。彼女の首筋はほっそりとしてあんなにも白い。口では彼女をからかってはいたが、胸中では、もしここで後ろから彼女に抱きついたらどうなるかということを考えていた。もしかしたら、彼女はそのまま自分に身体を寄せてくるかもしれないではないか。祖彦はこういう方面に鋭い男で、数日前に秀米を見かけたとき、私に勧めたのだ。この娘は誇り高く冷淡に見えるが、ことを起こせばすぐ落ちるはずだから、大胆に試してみたらどうかと。本当にそうなのだろうか。どうしたらいいのだろう、どうしたらいいのだろう、だめだ、だめだ、抑えねばならぬ、気持ちを抑えねば。

夜なかなか眠れず、夜半に衣を羽織り独り座して、詩を一首作った。

咫尺《しせき》の桃花悠々と事《つか》え、風帳の底に一片の愁《うれい》を生ず
新月心裏《しんり》の事を知らず、ただ幽容《ゆうよう》を床頭《しょうとう》に送る

（すぐ間近に桃の花が悠然と咲き、風が帳《とばり》の中に一片の愁を生じさせる、
新月は我が心の想いを知らず、ただ微かな面影を枕元に送ってくるだけだ）

秀米が着いたのは花家舎というところだった。あの晩、彼女はその村里の真向かいとなる湖心の小さな島に連れてこられた。島は多く見積もっても十六、七畝ほどしかなく、花家舎からは弓を射れば一本の矢で届くぐらいだった。かつては島と村の間に橋が架けられていたが、どういう理由があったのか、その後取り壊されてしまった。水面には断ち切られた木の杭が残っており、いくつかの杭の上には水鳥が巣を作っていた。

島の唯一の家屋はかなりの年代物で、壁がびっしり蔦や蔓に覆われていた。家の前には小さな庭があり、垣根に囲まれたところは野菜畑になっていた。入り口の前に何本か桃と梨の木が植えられていたが、花はすでに終わっていた。この小島は全体が低地で、周囲には雑木や小ぶりな灌木《かんぼく》が生え広がっていた。嵐が来ると湖水は堤を簡単に越えて塀の基底まで水浸しにした。

このぽつんとした一軒家に、髪を剃り上げた人が住んでいた。もっとも、胸の前で乳房が揺れており、女だということはわかる。年は三、四十歳というところか。彼女は韓六《ハン・リュウ》と言った。尼寺から拐《かどわ》かされてここに連れてこられたのだ。もう七年近くにもなる。この間に子どもも一人産んだが、月足らずで死んだ。この荒れ果てた島での独り暮らしの寂しさが、彼女に自問自答を繰り返す癖をつけさせた。秀米がやってきて彼女もいくぶん興奮したようだったが、用心深く自分の喜びを隠しており、秀米も気づかないふりをしていた。二人ともお互いに警戒心を緩めなかった。

奇妙なことに、秀米がこの島に拉致されて以来、あの連中はまるで彼女のことを完全に忘れてしまったようだった。半月経っても誰も訪ねてこない。ある日の昼下がり、一艘の小舟が小島のほうに向かってくるのが見え、自分でも思いがけず、かすかな胸の高鳴りを感じてしまった。ところがその舟は島を迂回して南側に渡り、そのまま急に停泊すると、舟の上で誰かが投網を始めた。秀米は毎日湖岸をゆっくり散策し、疲れたら木の下に腰掛け、空の浮雲を見上げてぼんやりとときを送った。

張季元のあの日記はもう何遍も読んだ。読むたびに心が苛《さいな》まれることはわかっていたが、やはりいつもその中から新たな内容が獲得できるのだった。たとえば、今日初めて、母にもやっぱりちゃんとした名前があって、梅蕓ということがわかった。彼女はその名を母のイメージと結びつけてみようと思った。すると普済のことが再び頭に浮かんできた。あそこから離れてまだ一ヶ月も経っていないのに、もう何十年も過ぎたように思う。夢なんかじゃない、とは言い難い気もした。

漣《さざなみ》の輝く湖面の向こうに、花家舎の全容が見てとれた。村の子どもたちの遊ぶ声まで聞こえてくる。その村の家々は、丘陵の緩やかな傾斜に建てられているのだが、驚いたことに、一つ一つの家がすべて同じ造りで、一律に同じ白壁と濃紺の屋根瓦、同じ木の戸に同じ飾り窓だったのだ。どの家の入り口も前方に庭があって垣根で囲まれているばかりでなく、庭の広さも造りもみなまったく同じだった。砕いた煉瓦を敷き詰めた狭い通りが、斜面に沿って真っすぐ山腹のあたりまで伸びて、村落全体を東西に分割している。村の湖に面したあたりは入江になっていて、大小さまざまな舟が停泊しており、遠くから見ると、びっしり聳《そび》え立つ帆柱が葉をすっかり落とした真冬の樹林のように思えた。

その日の午前中、秀米は韓六と庭に出て、孵化《ふか》したばかりのひよこたちをかまっていた。ひよこたちは殻から出てきたばかりで、二、三歩足を動かすと簡単にこけてしまう。韓六は青菜を刻んで食べさせていた。彼女は地面にうずくまってそっとひよこたちに声をかけている。宝宝《バオバオ》、宝宝と。秀米が何気なく訊ねた、どうしてこんなに長い間、誰も島にやってこないのかしら。韓六は笑った。「来るわよ」韓六はひよこを一羽掌に乗せ、背中の和毛をなでてやっている。「あの人たち、まだ〝叫票《ジャオピャオ》〟[92]をやってる最中かもしれない」

「叫票？」

「つまりあんたの家の人と値段の交渉をやってるの」韓六が言った。「あんたの家が身代金に応じれば、あの人たちはあんたを家に送り返すわ」

「もし身代金の額がまとまらなかったら？」

「大概まとまるわ、あの人たちだってめちゃくちゃ吹っかけるわけじゃないから。あんたが家の人から死んでもらいたいと思われていない限りはね」

「もし本当にどうにも話が折り合わなかったら、どうなるの？」

「そしたら人質も終わりね」韓六は考える間もなく即答した。「あの人たち、あんたの片方の耳を削ぎ落とす、そうでなかったら指一本切り落として、あんたの家の親元に届けさせるの。もしそうなっても身代金を出し渋るようだったら、ここの決まりでは人質を殺すことになるわ。もっとも、あの人たち、そんなこと滅多にやらない。あたしがここにきて七年になるけど、殺されたのを見たのは一回だけ。大金持ちの家の娘だったな」

「どうしてまたその娘を？」

韓六はこう言った。「その子はものすごく激しい気性でね、島に着いてすぐ湖に身を投げたの。三回身投げして、三回とも掬い上げられた、そのあとは壁に突進して頭をぶつけて死のうとしたの、失敗だったけどね。あの人たち、この人質の娘は留めて置けないと悟ったもんだから殺したのよ。あの人たち、まずその娘を下っ端の連中に下げ渡して好きなようにさせ、連中がやり飽きたら、その子の首を切り落として鍋でぐつぐつ煮たのよ。よく煮えてから肉をきれいに削ぎ落として、頭蓋骨は二爺《アルイエ》が持ち帰って家の飾りにしたわ。あの人たちが一番嫌がるのは自殺なの。無理もないと思う。あの人たちだって、たいへんな苦労をして誘拐してきたわけで、あっさり簡単にできる仕事じゃないのよ。まず綿密な下調べから実際に手を下して拐かす、身代金の引き取り、そして人質の解放まで、たっぷり半年かけた大仕事なんだからね。その当のご本人が死んじまったら、何もかも無駄になるのよ。そうなったって、お上にはきちんと上納金を納めないといけない、うまくいかなくてもおんなじように払うわけ」

「どうしてお役所にお金を納めるの？」

「昔から官匪は一家っていうのよ、お上と匪賊は持ちつ持たれつってね」韓六はため息をついた。

「ただお金を渡すだけじゃないの、上がりの六割は上納するのよ。前までは五割だったけど、去年から六割になっちゃった。つまりね、あの人たちの奪《と》ってきた身代金は、六割もお役所に納めないといけないのよ。お役所が陰で守ってくれないと、この稼業は成り立たないわ。もし上納を拒んだら、お上はすぐに官兵を派遣して包囲殲滅《せんめつ》よ、まったく容赦ないんだから。以前までは毎年一回、だいたいは霜の降りるころから年越しまでの間にやったものだったんだけど、今では年に少なくとも五、六人はやらないとダメ。ふつうは花票《ファピャオ》か石頭《シートウ》（石ころ）ね。花票は娘さんのこと、あの人たち、子どもを拐かすのを石運びって言っているのよ」

　韓六のお喋りが始まった。喋り出したらもう止まらない。

　この村は外から見たら他と何も変わらない、と彼女は言う。ふだんは畑仕事をしたり漁に出たりしている。春が来ると男たちは出稼ぎに行って、家の新築や改築を請け負うのだけど、それは一種の隠れ蓑。あの人たちの本当の狙いは、金持ちの家を探り、拐かしの獲物を見つけることで、そういうのを「插箋《チャーチエン》（密偵）」と呼んでいる。あの人たちはとても隠密に仕事を進めるから、手ぬかりなど滅多にない。

　秀米は彼女に慶生と言う人を知らないかと訊いてみた。

「その人は六爺《リュウイエ》だわ」韓六が答えた。「ここではお頭《かしら》を二つの世代で区別してるのよ。慶の字が付く世代が四人、慶福《チンフー》、慶寿《チンショウ》、慶徳、慶生。六爺はその世代で一番若い人。それと観の字が付く世代が二人、大爺《ダーイエ》[93]と二爺よ」

　言い終わると韓六は秀米をちらっと見て笑った。「ほら、あんたの着ている服、どう見たって貧乏人の家じゃないわ。心配することはない。あの人たち、仕事は決まりどうりできれいよ、あんたの家がお金を出しさえすりゃ、あんたに指一本触れやしないから。ま、ちょっと遊びにきたぐらいな気持ちでいればいいの。でも身代金を払わないこともなくはない、もしも子どもだったら、その道専門の人に頼んでよそで売り払ってもらう。もし女の人で、見た目もきれいだったら、面倒なことになるわね、まずは〝採票《ロウピャオ》〟されて、その後で売春窟にやられちゃう」

「採票ってなんのこと？」

韓六は急に口を噤み、唇を噛み締めて想いに耽っているようだった。しばらく経ってから、長いため息をついて、こう言った。「あの人たちは精進落としとも言ってるわ、三人のお頭が順番で島にやってくる、その一人一人にあんたはご奉仕しないといけないの。三人とも十分に満足するまであんたを弄《もてあそ》んでから、売春窟に売り飛ばすの。もしも本当にそういう目に遭ったら、そりゃもうたいへんなことよ、あの人たちは女を虐め抜く方法をいくつも知っているの、そんな技をどうやって思いついたのやらねえ」

「えっ、お頭はみんなで六人いるのでは？」

「二爺と四爺《スーイエ》はそういうことに興味がないの。本当かどうか知らないけど、どうやら二爺は男色家で女を近づけないらしい。大爺についていえば、ずっと病気がちでね、村の仕事のことにはほとんど口を出さないようなの。それどころかね……」韓六は少しためらってから言葉を続けた。「それどころか、総元締めの王観澄《ワン・グァンチョン》大爺はもうこの世にいないって言う人もいるの」

四

もう一ヶ月ほどになるが、秀米がこの小島に着いて、うら寂れた家屋の佇まいと周りの草花、木々、ゆったりと漂う雲や遮るもののない空を目にしたとき、ずっと昔に見たことがあるような気がした。自分はここに来たことがあるのではないか、目にするものがみんな懐かしく感じられた。家の梁にあった燕《つばめ》の巣まで、彼女の記憶に刻まれた印象と少しも変わらないのだ。

その晩、韓六が木の柄杓で甕《かめ》から水を汲んで鍋を洗っていたとき、手が滑って甕の胴を柄杓で打ちつけた。すると甕はウォーンという悠遠な響きを立て、甕の水面には幾重もの漣ができてゆったりと広がっていった。秀米は急に父の閣楼にあったあの素焼きの釜を思い出した。張季元は普済を離れる前夜、自分と閣楼で会って話をした。彼が指でそっと釜の縁を弾くと、釜は不思議な美しい音色を立てた。秀米は自分の身体が柔らかな羽毛となり、風に吹かれてふっと舞い上がると、山や谷を越え、渓流や大河を越えて、どこか名も知らぬ場所に漂っていったように感じた。

あれは、ここだったんだわ……。

あのときの混沌としたイメージ、この小島にはもう一つ、寂れた墓があったように覚えている。

秀米は自分の荒唐無稽な想像を確かめるために、口ごもりながら韓六に訊いてみた、この島には寂れたお墓ってないかしら、と。韓六は考えもせずにぱっと答えた。

「あるわ、この家の西側、小さな林の中にね。でもそんなこと聞いてどうするの？」

聞いたとたん、秀米は真っ青になった。まったく血の気がなくなり、麻痺《まひ》したように呆然とその場に立ちつくしてしまった。韓六は秀米がみるみるうちに人が変わったようになり、虚《うつ》ろな目をして竈《かまど》の前にぼうっと立っているのを見て、すぐに彼女を支えて椅子に腰を下ろさせた。あの素焼きの釜はやっぱり宝物だったんだ、まさか父が乞食から買い取った素焼きの釜が墓の中に眠っている人となんか繋がりがあるっていうことなの？　秀米はもうそれ以上考える勇気はなかった。韓六は一生懸命秀米を落ち着かせようとしたが、彼女は口もきかず、ただ呆然としているだけだった。しばらく経ってから、秀米が思っていることを打ち明けたところ、韓六は笑って言った。「あんたがあんなになってしまうなんて、いったいどんな大ごとかと思っていたら、そんなことなの。そりゃ御仏のお示しになった前世というものよ。あんたは前世でここに来たことがあるんだわ、何も不思議なことじゃない」

秀米はすぐその場で自分を墓地に案内してくれるよう韓六に頼んだ。韓六は断りきれないと見ると、前掛けを解いて竈の隅から提灯《ちょうちん》を手に取り、秀米の前に立って家の外に出た。

敷地の西側にひっそりとした林があった。林の中に菜園があり、菜の花が一面に散り落ちていた。その菜園の真ん中に墓所が作られていた。墓は深い灰色の煉瓦で築かれており、煉瓦の隙間にはびっしりと青草が生えていた。墓所を囲む柵はとうに崩れていて、人の背丈ほどもある蓬が勢いよく伸びている。この荒れた墓所はもともと、明の道士焦先《しょうせん》[94]が隠遁して暮らした場所だったと韓六が言った。墓所の前には黒石の碑が立っていたが、韓六はこの島でやることもなく暇だったから、その碑文は何度読んだかわからないという。秀米はすぐに韓六から提灯をもらって、じっくりと読んでいった。積もった塵埃を払っていくと、碑に刻まれた文字がはっきりと見えてきた。

焦先、字《あざな》は孝乾《こう・けん》。江陰《こういん》[95]の人なり。明《みん》滅んで後、隠棲を始む。湖中の荒島に廬《いおり》を結ぶ。冬夏とも肩脱ぎして過ごし、垢《あか》に汚れたること泥の如し。後に野火その廬を焼けり。ゆえに露《おもて》に寝にけり。大雪に遭うも肌ぬぎして寝しまま動かず、人、死せりと思えしが、近づきて視れば故《もと》の如しなり。焦先は広々とした想いにて天地を自らの屋敷となし、孤絶の中で自らを至道の悟りの先端とみなし、さまざまな形あるものの表面を超越し、大いなる寂滅の境に入れり。寒暑を犯すも、自らの本性を傷《やぶ》ることなく、曠野《こうや》に棲みてその外形に苦しまず、変事に遭うもその思索を乱さず、栄華の憂いを離れその心を疲弊させず、視聴の感覚を放棄しその耳目を治めざるなり。かくの如きは、羲皇以来、ただ一人のみ[96]。

墓碑の左隅に「活ける死人王観澄撰す」の文字があった。この碑銘は総元締め王観澄の手によるものだということははっきりしている。だが、なぜ彼は自分のことを「活ける死人」といっているのだろう。

韓六は秀米に、王観澄は焦先の遺跡を尋ねていくうちに、とうとうこの湖心の小島を発見したのだと教えた。王は同治六年[97]の進士で、科挙の優秀者として翰林院《かんりんいん》[98]にも挙げられた傑才だった。

役人としては、資政大夫福建按察使[99]に叙せられ、江西《ジャンシー》の吉安《ジーアン》に居を移したが、中年になると仙人の道を好むようになり、隠遁の意思がにわかに強まったという。それから妻子を棄てて諸国を遊歴し、山水の中を放浪していったとか。

そんなに世間離れしたがったお人が、どうしてまた匪賊になぞなってしまったんだろう？ 風が起こってきた。秀米は墓所の石段に腰掛けて、林を渡る風の音を聞いていた。なぜか父のことが不意に思い出された。彼女には、父が今もこの世界に生きているのかどうか、知る由もなかった。

湖の波頭が幾重にも逆巻いて岸を打っていた。水しぶきは高く上がって岸辺にまで届き、また激しく渦巻く波となって戻っていく。瞬く間に天気は急変し、黒雲が空を覆ったかと思うと、雷鳴が轟きだした。追いかけるように激しい雨となり、湖面はまるで煮えたった粥鍋のようになって、グツグツと夥《おびただ》しい水泡が広がった。あたり一面の水しぶきに遥かな山脈が覆われ、花家舎の村里も雨の帷《とばり》で隠された。猛烈な雨の音だけが耳に響いている。

その晩、秀米は早く眠りに就いた。ずいぶん長い年月、こんなに深く眠ったことはなかった。朧《おぼろ》げな感覚の中で一度だけ目を開けたが、それは韓六が戸締りを確かめたときのことで、秀米はぼんやりとしたまま身体を起こし、韓六にこう言った。

「今日は、五月七日だわ」

韓六は寝言だと思って笑い、表の門を閉めに出ていった。秀米はもう一度頭から寝床に倒れこんで、深い眠りに落ちた。ただ秀米は熟睡してはいたが、窓の隙間から漂ってくる冷気が、じっとりと水気を含んでいることを感じとっていた。

　もちろん彼女には、その時刻、一艘の黒い苫舟《とまぶね》が夜陰に乗じて、荒波の中、湖心を目指して漕ぎ出していたことなど、知るわけがなかった。何度か、彼らは岸辺に舟を寄せたのだが、その都度南風が舟を吹き戻していた。彼らは明かりを灯していなかった。

　秀米がもう一度目を覚ましたとき、灯りはまだついていた。庭の庇を打つ強く激しい雨音も聞こえていた。南側の窓辺の椅子に誰かが座っていた。その人は全身びしょ濡れで、両足を四角な腰掛けの上に投げ出し、手に白銅の水煙管を持ってひゅるひゅると吸っている。聞いていると流れる水がどこかで堰き止められているようにも思えた。痩せたその男は、五爺の慶徳だった。額の薄くなった生え際が脂ぎって光り、顔の皺が折り重なって、何か干した果物を思わせた。身に纏った黒い絹の服は襟がはだけて、弛んだ腹の皮が幾重にも垂れ下がって、腰のあたりまで達していた。

「目が覚めたか？」老人は低い声でひとこと言い、身体を捻って水煙管の芯を火に近づけ、またいつものように吸いはじめた。

　秀米は驚いてがばっと身を起こし、枕を胸の前にひしと抱きしめた。

「わしはとっくにここに来ていたんじゃが、おまえが寝ているから、起こすに忍びないと思って寝かせておいた」

　老人はひひひと笑い、「まだ眠たかったら寝ていていいぞ、わしは急いでるわけじゃないから」と言うと、秀米のほうに目もくれず、足をぶらぶらと揺らした。

秀米は、自分が恐れに恐れて何度も思い描いたその夜が、ついに今このときいきなり訪れたのだと悟った。彼女にはこの場で使えそうな経験など一切なく、頭の中が真っ白になってしまい、怖がることすら忘れていた。彼女は両手の指を組んで何回も固く握りしめた。しかしこの期に及んで、できることと言えば、はあはあと激しい息遣いをするぐらいしかなかった。胸が猛烈な勢いで上下し、顳顬《こめかみ》の血管がどくどくと跳ねつづけているのを感じた。

「あんたなんか！　あんたなんか……」。秀米は七回も連続して「あんた」と叫んだが、自分でも何を言いたいのかわからなかった。息遣いだけがいっそう激しくなった。

「昨日な、わしらが使いに出した者が普済から戻ってきたんじゃ」老人は水煙管をテーブルに置いて一本の櫛を手に取り、指の爪で櫛の目に詰まった髪をほじりだした。「おまえ、どうだったと思う？　おまえの母親は、身代金を出さなかったんじゃ。驚いたろう、わしでさえ思いもよらなかったんじゃやからな。

おまえの母親はこう言った。嫁に出した娘は撒いてしまった水みたいなもんで、もう結婚してしまったんだから、陸《ルー》家の人間じゃないってな。理屈から言えば、身代金は嫁ぎ先が出すべきだろうと言うんじゃ。おまえの母親の言うのももっともで、わしらの使いも返す言葉がなかった。それでわしらの使いは、またたいへんな苦労をして長洲の新郎の家を探し出した、どうなったと思う？そっちのほうでも金は出せんと言うんじゃ。おまえのお姑《しゅうとめ》さんが言うには、新婦はまだうちの門もくぐってなくて、来る途中で拐かされたんだから、身代金は当然嫁の家で持つべきだと言うわけじゃ。それにな、そっちの家では息子に別口の結婚話を進めていて、来月にはめでたく祝言をあげるんだと。だから絶対にそんな金など出すつもりはないと突っぱねられた。おまえの姑の言うのも道理じゃ。つまりわしらだけが道理がないってことじゃ。初めは丸々肥えたアヒルを手に入れたと思っていたんじゃが、笊《ざる》で水を掬うみたいな話でみんなぱあじゃ。今年はお上への上納金も払えなくなってしまったからな、わしらは仕方なく、おまえをお上に差し出すことにした。

梅城の何知事《ホー》のところでちょうどお妾《めかけ》さんが一人亡くなった、だからおまえはその後釜になるんじゃや。それで、俗に新しい靴はきついというじゃろ、だからわしはおまえのあそこを広げてやろうと思ってな、ま、おまえの身体を慣れさせてやるわけじゃ、そうすりゃ梅城のお屋敷に行ってから、もたもたしないで済むし、しっかり何《ホー》の旦那さまにお仕えできるって寸法さ」

老人の話に秀米は手も足も冷や水をかけられたように凍りつき、顔色は真っ青になり、震えて歯がガチガチとなった。しばらくは母を恨むことすら思いつかなかった。

「怖がることはない」老人は優しい声色で話しかけた。その声は少しかすれていて、まるで遥か遠いところから伝わってくるようで、ひどく空虚に聞こえた。「わしは他の兄弟たちと比べりゃ、かなり上品なほうじゃぞ」

こう言いながら、老人は突然激しく咳《せ》きこんだ。それは腰までがっくり曲がるほどひどい咳きこみようだった。かなり長い間咳を続けて、喉から濃い痰《たん》が口の中までせり上がってきたが、老人は秀米のほうに目をやると、吐き出すのを止めて、ごくりと音を立てて飲みこんだ。彼はこれで自分の上品さを示そうとしたのだろう。

秀米はすでにベッドから飛び降りていた。靴を突っ掛け、胸にはまだあの枕を抱いたまま、櫛を探して部屋中見てまわった。しばらくそうしていてはっと思い出した。あの櫛は、こいつが手に持っていたんだった。彼女は今度はまた取り乱して服を着込んだ。老人は静かに彼女を見ていて、笑いかけた。

「着ることはないじゃろ。おまえが着終えたら、わしがまた脱がせにゃならん。よけいなことじゃ」

秀米は口の中に塩辛い生臭さが広がるのを感じた。唇を噛み破って血が出ているんだとわかった。彼女はベッドの脇にうずくまり、目に涙を溜めて老人に一言一言はっきり言った。

「あんたなんか、殺してやる」

老人は最初驚いていたが、すぐに大声で笑いだした。

彼は椅子から立ち上がった。なんと、彼、彼は秀米の真ん前で服を脱いだのだ！　まったく、一糸纏わぬ素っ裸になったのだ！　彼は秀米のほうに向かってくる。

「来ないで、来ちゃだめ、絶対にだめ」秀米が叫んだ。

「もしわしがそれでもおまえのほうに行ったら、どうする？」

「あんたは死ぬわ」秀米は怒りの眼差しを投げかけ、叫んだ。

「そりゃいい。ではわしをじっくり気持ちよく死なせておくれ」

老人は秀米に近寄り、軽々と彼女の腕を背中に回して顔を寄せ、彼女の耳たぶを噛んだ。そして囁《ささや》くのだ。「俗にな、英雄は芳草の地に埋没す[100]というじゃろ、わしはおまえに殺してもらいたいんじゃ」

老人の唇を避けようとして、秀米はめいっぱい身体を仰向けに反らしたのだが、そのままベッドに倒れこんでしまった。まるで自分から望んで倒れていったような感じもしないではなかった。彼女はひどい羞恥を感じていたが、同時に身体が急速に興奮していくのもわかっていた。まったくなんてことなの！　あたしにはこの身体をどうすることもできない、どうしてこんなふうになってしまうのかしら。もがけばもがくほど、喘《あえ》ぎ声がますます大きくなっていく、そしてそれはまさにこの老人の望むところなのだ。嫌だ、この人は本当にあたしの服を脱がしている！　秀米は何かを意識したようだが、その身体はいっそうこわばっていった。老人はまるで雄牛のように興奮している。おまえの肌はわしが思っていた以上に白い。白いところはすごく白い、だから黒いところがくっきり映るんじゃ。老人が喋っている。

嫌だわ、この人、そんな……そんなことまで言ってしまうなんて！

老人はちょうど力いっぱい、彼女の両足を開いたところだった。

本当に、足が大きく開かされてしまった、まさか本当に……。

このとき、秀米に老人の言う声が聞こえた。ほらほら、見てみろ、まだわしは何も触ってもいないのに、こいつめ、自分でぐっしょり濡らしおって。老人の言葉に秀米は恥ずかしいやら腹が立つやら、どうにもならず、その顔にぺっと唾を吐きかけた。老人は笑いながら舌でそれを舐めた。

「あんたは、あんたは、本当に……」秀米は罵声を浴びせようと思ったが、これまで本気で人を罵ったことはなかった。

顔だけが枕の上で虚《むな》しく揺れ動いていた。

「本当に、なんなんじゃ？」

「あんたは本当に、本当に……悪党！」秀米が罵った。

「悪党じゃと？」老人は大笑いした。「悪党？　ワッハハ！　悪党、面白いじゃないか。違いねえ、わしは本当に悪党じゃ」

老人は彼女の足に銅の鈴をつけた紐を結わえつけた。「わしという男は、他に何も趣味道楽はないんじゃが、この鈴の音だけは大好きでな」

秀米がちょっと足を跳ねると、鈴が心地よい音色を響かせる。彼女が激しく動き回ると、鈴の音もまるで煽り立てたり励ましたりしているかのように、ますます高い音色に響くのだった。もうどうしようもない、本当にどうしようもない。とうとう秀米は抗うのを諦めた。


夜中になっても、秀米は目をかっと見開いて蚊帳《かや》のてっぺんを見つめたまま、ベッドの上で身じろぎもしなかった。雨はとっくに止んでいて、外では青蛙の鳴き声がしていた。身体の痛みは、もうそれほどひどくはない。韓六はベッドの縁に腰掛けていた。彼女が何を話そうとも、秀米はひとことも応じなかった。韓六は、女には絶対越さねばならないことがあるものなのと言った。夫であろうと、他の誰かであろうと、必ずそれはやらなきゃならないのよ。だからくよくよしないことね、もう終わってしまったんだから、くよくよしても始まらない。それからこうも言った。こういうことになってしまうと、死んでしまいたいとよく思うものよ。でもそれじゃ納得なんかできないはず、しゃんとしてりゃ、何もかもよくなるわ。

韓六が淹《い》れてくれたお茶は、ベッドの横のテーブルに置かれたままですでに冷め切っていた。秀米は韓六をまっすぐ見据えた。あたしは何もかもしっかり考えたはずだったのに、どうして死ぬことだけは思いつかなかったんだろう、彼女は心の中で思った。普済にいたとき、こういうことが起こると、女の人はたいていてい思い詰めて短慮に走ったようだ。でもあたしははじめっから、死ぬことなんかまったく考えなかった。確かにそうなのだ。それに張季元だってもうこの世にいないんだもの、時間は元には戻らないわ。こう考えていったとき、彼女は突然、張季元のことが憎たらしく思えてきた。あの痴れ者！　馬鹿な人！　彼女はきつく唇を噛みしめ、涙が溢れてきた。

「お湯を沸かしてあげるから、身体を洗うといいわ」と韓六が言った。

こう言ってからもう一度秀米のほうに目をやり、竈の火を起こしに向かった。ほどなく麦藁の焼ける香ばしい匂いが漂ってきた。ただあの老いぼれの好き勝手にさせただけのことだわ！　彼女はそう思った。

秀米が入浴を済ませ、服を着替えたころには、空がもう白んできていた。韓六は秀米に力いっぱい飛び跳ねておけと言った。そうやっておけば、妊娠しないで済むというのだ。秀米は相手にしなかった。韓六はお茶を淹れなおし、二人でテーブルに向かいあって座った。

「あんたの着ているものを見てごらん、貧乏人じゃあるまいし、なんであんたのお母さんは大した額でもない金を出さなかったんだろう」と韓六が言ったが、秀米は答えず、ただ黙って涙を流した。しばらくしてから、恨めしそうにこう言った。

「神さましかご存じないわ」

「それにしても、今晩のことはなんだか妙な話だと、あたしは思っているの」韓六は心配そうに話した。「あたしは思うんだけど、花家舎できっとなんか起こったに違いないわ」

秀米は、自分はどんなことにも興味がないと言ったが、韓六は話しだした。

「総元締めは病気で伏せっているし、二爺と四爺は女色に近づかない。あんたの母親が身代金を出さないとなると、決まりでは、最初の晩は三爺《サンイエ》の慶福がやってくる順番なはずなのに、五爺がなんで先を越して島に来たんだろう？　しかもあんな大雨よ。それなのにあの人たちったら提灯に明かりもつけないで来て、夜が明ける前には行ってしまった。こっそりよそさまのものを盗むって格好が見え見えだわ。あの五爺慶徳は昔、総元締めの福建での部下だったの。あの人が見栄えのしない老いぼれだなんて思わない方がいい、馬も弓も凄くて、武芸の技は相当なものなんだそうよ。総元締めの王観澄が与えたのは五番手の頭の椅子なんだけど、六人の頭領の中では、慶徳がいちばん総元締めと仲がいいんだから。

王観澄は一昨年の春から血尿が出ていて、公の場面には滅多に顔を出さなくなったから、五爺が自分と総元締めとの関係を盾にして、しょっちゅう総元締め大爺のお言葉と称して、偽の命令を出すようになったわけ。あんたがここに来る前に花家舎では、王観澄が去年の冬に血が止まらずに死んだとかいう噂も流れていたわ。五爺の慶徳は死んだことを隠して訃報を流さず、棺桶は密かに地下に埋め、葬儀も服喪もやらせなかったのだと。いわば、天子の名を騙《かた》って諸侯に号令しながら密かに私党を拡大し、人心を収攬《しゅうらん》していくっていうことね。機が熟せば、花家舎が火の海になるのも避けられないかも」

秀米が口を挟んだ。「殺し合いをしたければやればいい、あたしたちになんの関わりがあるの？できればパッと火を点けて、この花家舎をきれいさっぱり焼き尽くしてもらいたいわ」

「馬鹿な子ね、そんなことでは物事は何も見えてこないわ。あの人たちがどんなに大騒ぎして殺し合っても、確かにあたしたちには関係がない。今の成り行きでは、もっと乱れていって、最後には結局誰が勝つのか雌雄を決しなくてはいけなくなる。でも誰が総元締めになったとしても、あたしたち女にとっては、いいことが待っているはずがないわ。この連中の中では、総元締めの王観澄を除いたら、あとはみんな碌《ろく》でもない奴らばかり。二爺は男色好みで、屋敷に七、八人は美貌の若衆を囲っていて、一日中あのおぞましい禽獣の振る舞いに耽っているんだからね。表向きは何ごともないふりをして、いつも湖に小舟を出し、暇つぶしに釣りをしているように見せているけど、本当は内心を巧妙に隠し、機をみて動く、いちばん頭の切れる利口者なの。この人は滅多に口をきかないけど、本心は相当悪辣な奴よ。

三爺は本の虫でね、いちばん味気ない奴ね。全身から陳腐な文人のひどい臭いがぷんぷんするわ。だいたいこんなこと信じられる？　あいつはあたしらの身体にのっかってあちこち噛んだり抓《つね》ったりしながら、詩を吟じ賦を作るのよ。もしあんたがあいつと夜を過ごすことになったら、保証するけど一晩に三度は吐くわ。五爺はあたしが言わなくても、もうわかったでしょ。六爺の慶生、こいつは頭領たちの中でいちばん若いけど〝聞かん坊〟という渾名の通り、いちばん気をつけないといけない。この人、深い考えなんか何もないろくでなしなんだけどね、ものすごい力持ちで、石臼だって頭の上までかるがると持ち上げ、独楽《こま》みたいにクルクル回しちゃえるんだそうよ。人殺しもなんとも思わない人で、やると言ったらなんでもやるの。だから二爺も慶生だけは、三割がたは恐れているみたい。夜のことはこいつがいちばん面倒、女の身体の骨という骨をみんな揉みしだいて脱臼させるぐらいまでやらないと、気が済まないんだから。

ただ四爺だけは、あたしは花家舎にきて何年も経つけど、まだ会ったことがないの。屋敷の奥に引き籠ってほとんど表に顔を出さない、行動はいつも単独で、やることなすこと神秘的。屋敷に鸚《おう》鵡《む》を一羽飼っているらしいってことだけど……」

秀米がまた口を挟んで訊ねた。

「お姉さんはいつ花家舎に来たの？　実家はどちら？」

この問いかけに、韓六は長い間黙りこんでしまった。空はもうすっかり明けていた。彼女は明かりを吹き消し、立ち上がってこう言った。「あたしのことは、後でまたゆっくりお話しするわ」

五

その日は一日中、秀米は眠り続けた。昼ごろになって、韓六が部屋に入ってきて自分に話しかけ、すぐに出ていったのはわかったが、韓六の話し方はだいぶ慌てていて、何か重大なことが起こったらしいと、ぼんやり感じただけだった。秀米はあまりにも眠たかったのだ。目をちょっと開けて韓六のほうをちらっと見やり、一言二言なま返事をすると、すぐに背を向けてまた夢の中に入っていった。

しかし秀米は完全に眠りこんでいたわけではなかった。彼女は目に映る空が薄暗く橙色を帯びて、まるで熟した杏《あんず》のようだと思った。外では大風が吹いて轟々という音がしている。空一面にどこからか砂粒が吹き上げられて、屋根の瓦に当たって激しい音を立てている。秀米は大風がとても嫌いだった。毎年春の終わりに暴雨がやってきて、それが過ぎると普済は埃の舞い上がる天気となる。大風が一日中吠え続け、歯の隙間まで砂粒でいっぱいになってしまう。その砂埃の中で、彼女は心が少しずつ引き絞られて、どこにも自分を受け入れる居場所がなくなっていくような思いに囚われる。幼いころの記憶が浮かんでくる。自分がたった一人で普済の寝室に横たわっていて、宝琛も、翠蓮も、喜鵲も、母もみんな出かけている。自分一人だけが残されているのだ。二階の部屋にいると、窓紙に砂粒が当たるパラパラという音が響き、自分は眠っているようにも、目覚めているようにも思えた。なんと孤独なんだろう、彼女はそう感じていた。

今このとき、自分が二人に分裂しているようにも思えた。一人は遥かかなたの普済にいる。空は暮れかかり、母がまるで影のように二階の部屋に漂ってきて、自分の寝床の縁に腰掛ける。そしてそっと自分に囁く、秀秀《シュウシュウ》どうして泣いているの、と。もう一人は湖の中の荒れた孤島に囚われている。母は身代金に応じず、自分はもはや帰れなくなっているのかもしれない。ちょうど鏡に映し出されるいつもの光景と同じだ、秀米にはもうどちらが本当なのかわからなかった。

朦朧《もうろう》としているときに、戸を開けて誰かが入ってくる音がした。全身が血で赤く染まっている。

その人はひっそりと音も立てず秀米のベッドに近づき、静かに彼女を見つめている。その顔は苦痛の憂いに覆われていた。彼女にはその人が誰かはわからなかった。首にはざっくりと刀で斬られた傷があり、傷は深く大きかった。そこからどす黒い血がどくどくと流れ出し、首を伝って襟元を浸している。

「わたしは王観澄だ」その人が口を開いた。「怖がることはない、わたしは君に別れを告げに来たのだ」

秀米は訳がわからなかった。「でも、あたしはあなたのことを知りません」

「そうだね、これまでわたしらは見ず知らずだったから、だがな……」

秀米が口を挟む。「あなたは誰かに殺されたの？」

「そうだよ、わたしはもう死んでいるのだ。あやつの一太刀はかなり深くて、わたしの首は斬り落とされるところだった。だが正直な話、わたしみたいな八十に手が届く老人に対して、そんなにすごい力を用いることはなかったのだ。君はわたしが今どれほど痛いかわかるまい」

「誰があなたを殺したの？」

「わたしもはっきり見ていないのだ、あやつは背後から手を下した。今朝目が覚めると、わたしは気分がいくぶんいいように感じて、顔を洗っていた。あやつは屏風《びょうぶ》の後ろから出てきた。わたしを背後から斬りつけたのだ。わたしには振り返って下手人を見る暇もまったくなかった」

「しかしあなたは、それが誰だかはっきりわかってるんでしょう」

「わたしには誰だか想像がつく」その人は頷いた。「だがな、そういうことはまったく重要ではない。わたしは今ではそういうことに少しも興味がないのだ、何せもう死んでいるのだからな。それより、君のトウモロコシを少しいただいてもいいかな？　わたしは本当に空腹なのだ」

秀米はこのときはじめて、ベッドの脇のテーブルに、煮たトウモロコシが置いてあるのに気づいた。それはまだ湯気を立てていた。その人は秀米の返事を待たず、手に取って齧《かじ》りついた。

「あなたはどうしてあたしに会いに来たの？　あたしはあなたのことを全然知らないし、一度も会ったことがないのに」

「君の言う通りだ」その人はトウモロコシに齧りつきながら、ぼそぼそと言った。「実際、わたしも君に会ったことはないが、それは大したことではない。わたしは君がわたしと同じ種類の人間だということを知っている、いや、同一人物だと言ってもいい。運命で君はわたしの事業を引き継ぐことが定められているのだから」

「あたしは自分が何をしようとしているのかなど知らないわ。死んでいくこと以外は」と秀米が答えた。

「それは君の心がまだ君の肉体に囚われているからなのだよ。籠の中の野獣のようだ、君の心はおとなしく服従するものではない。人の心というのは、周囲を水に囲まれた小島のようで、世の中から隔絶しているものなのだ。ちょうど君がこの島に来たのとまったく同じことだ」

「あなたはあたしに匪賊になれと言うの？」

「外の人から見れば、花家舎は匪賊の巣窟だが、わたしに言わせれば、ここは俗世から離れた本当の桃源郷なのだ。わたしはただ一人苦労して研鑽《けんさん》を重ね、この里を作り上げてきた。そうしてもう二十年になる。今やここは桑畑に竹林、美しい池が広がり、どこに歩を進めても趣があろう。老人も子どもたちも皆楽しそうに暮らしている。春は陽がうららかで霞がたなびき、秋の霜は菊や蟹をもたらしてくれる。小舟はゆったりと浮かび、風が柔らかに衣をたなびかし、天地は自然に融合して、四時《しじ》は滞ることなく巡っている。夜に戸締りの必要もなく、里はとてもよく治まっていて、古《いにしえ》の堯舜《ぎょうしゅん》[101]の時代のようだ。家々に注ぐ陽の光まで公平に分かち合われているのだ。穏やかな春が訪れると、細雨が甘く降り注ぎ、桃李が美しさを競いあって、蜜蜂でさえ道に迷うほどだ。しかし、わたしは飽きてしまった。山間から白雲がたなびき、飛ぶ鳥が巣に帰っていくのを日々見ていると、悲しみがどこからともなく湧き上がり、止まることなく広がってくる。そういうときにわたしは自分に問いかけるのだ、王観澄よ、王観澄、おまえはいったい何を成し遂げたのだ、と。わたしは自分の作り上げた花家舎を、最後には、自分の手で破壊してしまうしかない」

「あたしはあなたの言っていることがわからないわ」

「君はそのうちにわかるようになるだろう」その人が話した。「花家舎は遅かれ早かれ廃墟《はいきょ》と化すだろう。しかしもしかしたら、誰かがわたしの後を継いで花家舎を再建するかもしれない。六十年後にはまた今の素晴らしい景色が甦《よみがえ》る。光陰は流転して幻影が再生される。一つの波が鎮まらないうちに、新たな波が起こってくる。憐れむがいい、嘆くがいい、どうしようもないのだから。もうどうしようもないのだから」

　こう言い終わると、その人は長いため息を残し、影がゆらりと動いたかと思うと、いきなり見えなくなった。秀米は目を擦った。夢だったのか。ベッドの脇の棚には半分食べかけのトウモロコシが置いてあった。部屋の中は光線が薄暗く、外は強い風が悲しげな響きを立てていて、木々が揺すられ葉が吹き散らされていた。それはまるで夥しい数の人々がざわめきながら一斉に話をしているかのように思えた。

秀米はベッドから起き上がって、靴をつっかけて竈のところに行った。水甕から柄杓で冷たい水を汲み、喉をまっすぐにして飲み干し、唇を拭うとまた韓六の部屋に行ってみた。部屋の布団はきちんと畳まれており、ベッドの下の踏み台には刺繍《ししゅう》のある布靴が揃えられてあった。だが韓六はどこかに行ってしまっていた。秀米は家の周り、庭の中も外もみんな探してみた。最後には、湖岸に沿ってぐるっと歩いてみたが、やはり韓六の姿はどこにもなかった。彼女は顔を上げて湖面を見つめた。波が立って雲が低く垂れこめ、どこまでも茫洋《ぼうよう》としていて、一艘の船影も見えなかった。

秀米は岸辺の岩に腰を下ろし、湖面に残る斜めに歪んだ棒杭を見つめてぼうっとしていた。棒杭にはもう水鳥は止まっていない。だんだん日が暮れて暗くなるにつれて、棒杭もぼんやりと霞んでいき、水面に湾曲して映る暗い影しか見えなくなった。最後にはとうとうその影すらわからなくなった。彼女は腕が冷えてしまったように感じたが、露がもう重く降りており、髪の毛までもじっとり濡れていた。狂風が吹きやんで、天地に再び静寂が訪れていた。洗われたように明るい夜空の、澄みきった濃紺の広がりに星たちが輝くばかりの光を放ち、岸辺では葦が穏やかに揺れていた。花家舎の灯火はまたくっきりと浮かび上がり、ひっそり静まりかえっている。

月はすでに高く上っていた。湖の中程に小舟が一艘見えた。どうやら提灯を掲げて夜の船路を渡っているようだ。しかし、ずいぶん時間が経ってもその光は同じところに停止したままのように思えた。初めはカワエビ漁の舟かと思っていたが、しばらくしてから、その舟がまっすぐこちらに向かってきていることがわかった。岸に寄せられた舟から細長い渡り板が投げ出された。韓六が手に竹籠を提げて、腰を曲げて船倉から現れた。秀米は韓六とはもはや会えないのではないかと心配していたのだ。

　実はその日の午後、花家舎でお経をあげるために、韓六に迎えが来ていたのだ。

　家に戻って、秀米が花家舎でどんなお経をあげたのかと訊くと、韓六は度亡経《どぼうきょう》[102]だと答えた。秀米はどうしてそんなお経をあげたのか、誰か死んだのかと重ねて訊いた。韓六は「えっ」と声をあげて、驚いたように秀米のほうを見た。

「おかしなこと、あたしは出かける前に、あんたの部屋に寄って、こういうことをみんな話したはずだけど」

「あたしもあなたが枕元に来て、話をしてくれたのを覚えているけど、あんまり眠かったものだから、何を話されたのか覚えてないの」秀米が笑った。

　韓六は、今日の昼ごろ、軒下にかけておいたあのトウモロコシがもう虫がついていて、これ以上置いておくと食べられなくなってしまうから、鍋に入れて煮たのだと言った。

「トウモロコシが煮えて、ちょうど一本手に取って食べようと思ったときに、花家舎から使いが来て、総元締めの大爺が西に旅立たれ、夕暮れどきに葬儀を執り行うことになったと言うのよ。みんなあたしが出家したことのある人間だとわかっていたから、ともかく急いで来てなんでもいいから適当にお経をあげてほしいって言うわけ。あたしもびっくりしちゃって、大爺はどうしていきなり死んでしまったのかって、使いの人に訊いたのよ。そしたら、村に凄い強盗が現れて、大爺は首を斬られたんだって言われたの。その人も多くは語らず、ともかく早く来いの一点張りであたしを急かしたんだけど、とても大事な話なんだから、あんたに言っておかなければと思ったの。でもあんたったら、死んだみたいに眠っていたわ。ずいぶん長い間揺り起こしてようやく目を開けたのよ。大爺が殺されたことを伝えると、あんたはしきりに頷いていたわ。使いの人がまた急かしたから、持っていたトウモロコシをそこに置いて、使いの人について舟に乗りこんだのよ」

　韓六はまた、もう食事は済ませたかと訊いた。

「あなたがいなかったら、何を食べればいいの？」と秀米が言った。

　韓六は笑って、「トウモロコシが鍋の中に置いてあったはずよ」と言った。

　そう言いながら、籠を持ってきて掛けてあった青い布を取り、中から陶の鉢を取り出した。その蓋を開けると、焼いた雷鳥が一羽入っていた。秀米は一日中何も口にしておらず、本当に空腹だったので、鷲掴《わしづか》みにしてガツガツと齧りついた。韓六は笑いながら彼女の食べっぷりを見ていたが、咽《む》せないように何度も彼女の背中をぽんぽんと叩いた。

　韓六の話では、花家舎に着いたときにはちょうど小殮《ショウリエン》[103]が始まるところだった。王観澄の遺体は棺の蓋の上に安置されていたが、霊前に供える青銅の釜も口の高い瓶もなく、燭台や香炉さえもなかった。ただ油の注がれた陶碗が一客置かれてあって、灯心に緑豆ほどの火が灯されているだけだった。たぶんそれが仏前の常明灯と言うことなのだろう。卓上にはふだんの果物が供えられてあった。王観澄の姿をもう一度見てみると、着せられていた衣服は継ぎはぎの上から継ぎはぎを重ねた粗末なもので、僧侶の綴り合わせの僧衣のような感じだった。履かされていた白底の黒い布靴も継ぎの当たった古いもので、靴底は履き潰されてぺしゃんこになっていた。広間の設えも極めて簡素で、ひどく寒々しい感じがした。召使いが数名、両側に並んでいたが、彼らの衣服もぼろぼろと言っていいほど惨めなものだった。

韓六が総元締めの顔を見るのはやはり初めてのことだった。堂々としていたはずの総元締めが、実はこんなつまらない老いぼれだったとは。汚らしい無精髭が、憂いの表情を浮かべている。出血があまりに酷かったせいか、顔色は蝋《ろう》のように土気色だ。韓六は霊前に置かれた円座にひざまずき、数回叩頭の礼をしてから読経を始めた。

それから間もなく、屋敷から五、六十歳ほどの女が出てきた。手に布団用の縫い針と糸を持っている。韓六はその人が王観澄の女中頭だとわかったが、彼女は怯《おび》えきっていたからか、それとも他の理由からなのか、手がひどく震えていた。女中頭は縫い針を韓六に渡すと、遺体のほうに向かって口を突き出した。何を言いたいのか、韓六はすぐ理解した。彼女は自分に王観澄の頭を首に縫い付けてほしいと言っているのだ。

その一太刀は首の後ろ側の硬い部分から斬り込まれていた。砕かれた骨の細かな破片が後頭部の白毛の長髪に付着していたところを見ると、どうやらその刀は少し鈍っていたようだ。どうにか頭は縫い付けられたが、韓六が数えてみると、縫ったのは全部で六十二針になっていた。縫い付けを終えて、手を洗う場所を探していたとき、その女中頭が急に目の前に現れて、こう言った。

「もう一つお師匠さまにお願いがあります。大爺の目を閉じさせてやってください」

韓六は慌てて断ろうとした。「大爺のあの目を見てください、まるで水牛の目ですよ。あれは身近な人がやってあげない限り、絶対に閉じることはありません。貧尼《ひんに》[104]は大爺の親族でもなんでもないのです、どうしてそんな大それたことができましょう」

老女中はため息まじりにこう言った。「総元締め大爺には息子も娘もなく、天涯孤独なお方でした。私ども幾人かは長い間大爺にお仕えしてまいりましたが、お話するのもほんの一言二言だけだったのです。それに私どもはこういうことの決まりを何も知りません。ですから、ここでのことは何もかも、お師匠さまが差配してくださいませんか」

韓六はかなり悩んでいたが、しばらく考えてようやく引き受けることにした。

「お屋敷に玉佩《ぎょくはい》[105]はありませんか」

老女中が答えた。「総元締め大爺は生前極めて節約に努めており、玉佩はおろか、ちょっときれいな石さえも見たことがありません。この粗末な棺も近隣からお借りしたものなんです」

「では胡珠《こじゅ》[106]は?」

老女中は首を横に振るばかりだ。

韓六は振り返って、祭壇に供えられた供物の盆の中にいくつか桜桃があるのを見つけた。桜桃は採ってきたばかりで表面にはまだ水滴がついている。韓六はそれを取ってきて、大爺の歯をこじ開けて口の中に入れ、玉の代わりにして目を閉じさせようと思った。そうして六度、瞼《まぶた》を塞ごうとしたが、王観澄は目を閉じなかった。どうしようもなくなり、韓六は自分の隠しから黄色の絹のハンカチを取り出して大爺の顔を覆った。それから韓六は、衣装行李の中から何か清潔な衣服を持ってきて、着替えさせるよう老女中に頼んだ。すると一人の若い女中が進み出て、こう言った。「旦那さまが今お召しになっている服の他には、別なものを着ていることなど見たことがありません。冬の綿入れなら、少しましなものが一着ありますが、この時節にはどうでしょう」

韓六はこう言われて、それも諦めた。

納棺のときになると、あちこちの街道筋から人や馬が屋敷の前に続々と集まってきた。各序列の頭目たちが配下を従えて、霊前に叩頭の礼を行う。そういう配下の者たちはみな宝剣を腰に佩《お》び、手を剣の柄に置いて、緊張した表情を崩さない。頭目たちはそそくさと叩頭の礼を済ませると、すぐに屋敷内に引き下がった。王観澄の急死によって、頭目たちはそれぞれ一斉に警備を強化したが、みな一様に顔を曇らせ、眉根を顰《ひそ》めていた。彼ら全員の拝礼が終了したのをみて、韓六は納棺の儀式を執り行うよう指示した。数名の職人が進み出て、あれこれ段取り通りに作業を行い、まさに釘を打とうというときになって、韓六が急に問いただした。「二爺の大旦那さまはどうしてお見えになっていないのでしょうか」と。

老女中が前に出てきて、声を潜めて答えた。「私どもは今朝から三度も人をやってお出でいただくようにお願いしたのですが、お顔を見せません。昼にもう一度、使いを出したところ、二爺のお屋敷の人が言うには、湖に釣りに出かけられたとか。ですから、もうお待ちしないことにいたしましょう」

韓六はそれを聞いて、職人に棺の蓋を閉めて木の釘を打たせ、麻縄をかけさせた。すべての段取りは順調に行われ、「棺を担ぎ上げろ」の声がかかると、数名の若い召使いが棺を肩に抱え上げた。彼らはゆったりと揺れながら前庭を出て、まっすぐ西への道を去っていった。

韓六がこういう話をし終えると、二人はまたしばらくふさぎ込んでいた。秀米は王観澄から夢で託されたことを細かく話してみた。

韓六は笑って、「なんでもあんたの口にかかると、摩訶《まか》不思議な話になっちゃうのね。言ってみれば、この世のことは結局死んでおしまい、命を投げ出してしまえば、何も怖いことなんかありゃしないのに、あんたの口に乗せられると、なんだかみんな身の毛のよだつことになっちゃうんだわ。まるでこの世のすべてはみんな偽物だって言ってるみたい」と言った。

「そりゃ、もともとみんな偽物なんだから」秀米はふっとため息をつくと、遠くを見るような表情を浮かべた。

六

光緒二十七年九月十三日。大雨。夏荘の薛の屋敷で会合。午後、協議の結果「十殺令」を定める。おおよそ次の如し。①四十畝以上の財産のある者、殺。②高利で金を貸す者、殺。③朝廷の役人で不行跡の者、殺。④妓女売春婦、殺。⑤窃盗者、殺。⑥癩病、チフスなど伝染病の者、殺。⑦婦女、児童、老人などを虐待する者、殺。⑧纏足する者、殺。⑨人身売買をする者、殺。⑩縁談取り持ち婆、巫覡《ふげき》、僧侶、道士、これらみな、殺。以上の各項目中、第⑧項について反対意見があったほかは、すべて異議なく決まる。⑧に対して最も強く反対した者は王《ワン》氏と和《ホー》君。その理由とは、普済・夏荘の一帯では婦女に纏足している者が少なからずいるからということ。彼自身の母親、妻、二人の妹もみな纏足だと言う。その後、みなで再度討議し、この項は改めることに。革命成功の日より以降に纏足をした者、殺、と。

　夜遅く普済に帰る。雨止まず。疲労感甚だし。深夜にいたり、梅蕓が二階にきてひどく纏わりついてくる。致し方なく、気持ちを奮い起こして一戦交わることにした。私はもはやすでになんら興趣がなく、蝋を噛むごとく味気ない。興も起こらずして無理に交合すること、まさに人生の苦しみの極地なり。精神奮い立たず、絶頂に至らずして泄《も》らす。訝《いぶか》しげな蕓児《ユンアル》[107]から問い質《ただ》された。曰《いわ》く、「あなたは夏荘でどこかの狐に精を吸い取られたんじゃないの、どうしてこんなに役立たずなのよ?!」と。私は必死に誓いを立てて、穏やかに優しく慰めたが、蕓児はまったく落ち着くどころではない。そこで暫し休みを入れた後、自分に二心がないことを証明するため、十二分の気力を奮い立たせて、再度彼女に挑んだ。だが、彼女の首筋に寄る皺や背中の贅肉《ぜいにく》、太った腕を目にしてしまうと、またすぐさま萎えていく。そしてどんなに頑張っても、もはやまさに「強弩《きょうど》の末[108]」だ。

蕓児はさめざめと泣きだしたと思うと、声を抑えて喚いた。曰く、「あなたの心にはもう他の人がいるのね、あたしにわからないとでも思っているの！」。私が弁明しようとしたとき、思いがけず、蕓児が突然顔を上げ、冷たく私を見据えて絞り出すようにこう言ったのだ。

「あなたがもしあの子に指一本でも触れたら、あなたの骨を叩き折って犬に食わせてやるわ」

　このひとことで私は震えが走り、全身の毛が逆立った。蕓児の言うところの「あの子」とは、疑いなく秀米のことだ。まったく不思議ではないか、普済に来てから彼女と顔を合わせたのは全部で数回にもならず、言葉を交わしたのもわずか七、八度なのに、蕓児はどうして私の本心を見抜いたのだろう。母娘の心は黙していても通じ合うというが、まったく思いもよらないことだ。婦人の眼光は飢えた鷹よりも百倍は悪辣なのだ、決して油断してはいけない。

　だが秀米のことが頭に浮かんだとたん、気分が高まり、力が突如牛のように漲《みなぎ》ってきた。蕓児はしきりに喘ぎ声をあげ、玉の汗が全身を覆い、目は蕩《とろ》けそうになって恍惚の表情を浮かべた。この女がもし今すぐ秀米と入れ替わったら、いったいどんなふうだろう。私の妹、かわいい妹よ！　蕓児が喘ぎ声をあげている隙を見て、ちょっと揶揄《からか》ってみた。「かわいい妹よ、君の身体はこの姉さんのように真っ白で、まるでぱっくり割った饅頭《マントウ》みたいにむっちりしているのか」。蕓児はあたかも聞いていないような素振りで、ひたすらアア、アアと喘いでいた。ちょうどそのとき、戸の外で物音がした。蕓児は仰天して目を開けた。

慌てて起き上がり衣服を摑み取ると、胸を隠し、窓のカーテンを開けて中庭のほうを注視した。それは宝琛の息子、老虎だった。このチビは慶港《チンガン》から来たばかりで、ひどい悪戯小僧だ。

祖彦は歌うたいの妓女小桃紅《シャオタオホン》といつもべったりで、傍若無人のありさまだ。彼は遅かれ早かれ何か大事に遭うのではないかと、とても心配だ。

張季元の日記を読んでいるときだけ、秀米は自分がこの世に生きているのだと感じられた。普済では、その地の一木一草が、いや一粒の砂までもが、みな底知れぬ秘密をしまいこんでいて、それを幾重もの雲霧が遮り、自分の目から覆い隠してわずかな端緒も見せることはなかった。しかし今や、自分には事態の詳細までもがわかってしまった。そうなると今度は、何とも味気なく、うんざりさせられるように思うのだった。

秀米が唯一はっきりさせたかったのは、母がどういうふうにして張季元と知り合ったのかということだ。父は頭がおかしくなる前にこういうことを知っていたのだろうか。父が丁樹則先生に贈った詩で、どうして「金蟾《きんせん》」を「金蝉《きんせん》」と書き間違えたのだろう。このことと張季元が旅立つ前に自分にくれたあの金細工の蝉とは、何か関係があるのだろうか。秀米は張季元の日記を何度も読み返したが、こうした謎の塊を解きほぐす微かな手掛かりさえも見つけられなかった。

花家舎にはなんら新たな動きはなく、来る日も来る日も、死んだようにひっそりと静まりかえっていた。秀米はもはや時間の感覚もなくなっていた。彼女はただ湖面に残る橋桁の残骸の棒杭が水面に映す影の変化によってのみ、時節の流れを見ているだけだった。今や耐え難い猛暑の季節となっていたが、島には葦で編んだ筵《むしろ》もなければ、蚊帳もなく、夜になると歩いているだけで蚊の群れがいくつも塊になって顔に当たるほどだった。秀米は夏用の衣類の持ち合わせもなかった。韓六は仕方なく自分の単衣《ひとえ》の長衣の袖を切って夏用に直し、秀米にとりあえず着せることにした。夏はまだこれで済むが、冬になったらどうなるのか。

　もちろん秀米はそんなに遠い先のことなど考える必要はないと知っていた。この冬を見ることなんかできはしないと思う。王観澄の死後、もう数百年も経っているように感じたが、韓六はまだたった一ヶ月ほどしか経っていないと言う。ひどくふさぎ込んで、息も詰まりそうに思っていた。その日の夜明けがた、秀米は濃霧の中から不意に一艘の小舟が姿を現すのを見た。この小島に向かってくる。彼女は興奮して声をあげた。

　その小舟は接岸すると、数名の男が降りてきた。みんなそれぞれ封を切っていない酒の甕を抱えている。彼らは甕を家の中に運び込み、また何も話すことなく舟に戻って帰っていった。昼になって、向こう岸の花家舎からもう一艘やってきた。舟には、果物や野菜、桶に入った大きな鱖魚《けつぎょ》[109]二尾、豚のモツ、獲れたての海老一笊、生きた鶏二羽などが積まれていた。白い前掛けを着けた男が、手に肉切り包丁を二本持って舟から降りてきた。男は舟と一緒に花家舎に戻らず、まっすぐ厨房に入っていき、韓六に竈周りをきれいにしておくよう命じた。夜の宴席の用意をすると言う。韓六は様子を見て、急いで秀米を呼び寄せ、こっそり耳打ちした。「今晩、あんたは不運なことになるわね」

「誰が島に来るの?」

「三爺の慶福だわ」と韓六が答えた。「この人、若いころに学問をやったことがあるんだけど、いい加減な半端者なの。格好だけは威勢よくて、唐伯虎《とう・はくこ》[110]や紀暁嵐《き・ぎょうらん》[111]より百倍も凄そうに見せるわ。それに何でも凝っちゃうのよ。夜お茶を淹れるのに使う水まで花家舎から持ってこさせるんだから。あれのときだって、詩を作ってみたり、京劇の一節を歌ってみたりしながら、いつまでもしつこく攻めてくるの」


秀米はそれを聞いてかなり慌ててしまい、どうしていいかわからず、立ちつくした。


「でもこの人もそれほど面倒というわけじゃない、しかもお酒が好きだから、夜になったらお酒を勧めて一杯でも多く飲ませればいいのよ。そうすりゃ、あんたもちょっと楽にお相手できるということよ」と言って、韓六は秀米を慰めたが、厨房で調理人の男が竈の向こうから彼女を呼んだので、急いであちらに行こうとした。だが、すぐにまた引き返して、彼女の耳元で囁いた。「あんたは、身体は自分じゃないと思っていればいいの、あいつの好きなようにさせておくだけのこと。あたしにはうまい方法があるんだけど、あんたには無理ね」

「どうするの?」

「読経するのよ」と韓六が答えた。「読経を始めるとね、あたしは何もかもわからなくなってしまうから」


慶福が到着したのは、もう明かりを灯す時間になっていた。召使いの若い娘を二人従えている他は、随行はいなかった。慶福自身は完全に道士の格好をしており、黒い頭巾をかぶって長衣を纏い、草履を履いて、両端に房のついた黄色い紐を腰に帯び、手には亀の甲の大きな扇を持っている[112]。頭を大きく振りながら、ふらふらと中に入ってきて、やはり何も言わず、秀米をその緑豆のような小さな目で物欲しそうに見つめている。口元には思わず垂らした涎《よだれ》が残り、縫ったように一筋になった目が笑いを浮かべ、しきりに褒めそやす。

「かわいい妹、やはり君は、雨を帯びる桃杏、憂いを含む木犀《もくせい》の花だ。女神の美しい瞳、芙蓉の顔《かんばせ》、香りたつ白玉、語を解する海棠《かいどう》の花、絶妙なり、実に絶妙なり……」

　こう言い終わると、まっすぐ秀米の前に進み出て、深々と丁寧なお辞儀をした。秀米がぷりぷりして答えないのを見ても、まったく気にもしない。嬉しそうに笑いながらさらに近寄ると、パッと秀米の手を握り、いつまでも撫で回した。口では何か訳のわからないことを呟いている。

「かわいい妹、あなたのふくよかなお手々、この艶やかでひんやりとした触り心地。初めてお会いして、魂も蕩けそうですよ。この粗野な私めが、今夜は畏れ多くも御元に参り、願わくば、かわいいあなたと共に雲夢沢《うんぼうたく》、洞庭湖《どうていこ》[113]の夢幻の旅路をご一緒し、長年の想いを遂げさせていただきたいものです。かわいい妹、かわいいあなた、いかがお考えでしょうか」

　韓六は慶福がいつまでも馬鹿な話を続けているのを見て、さっと間に入って引き離し、調理人に宴の酒と料理を並べるよう言い含めた。

　慶福はとても聞き分けがよく、韓六に勧められると秀米を手放し、自ら宴卓の席に着いた。そして手にした扇をばさばさと音を立ててあおいだ。

秀米は座に着くのを嫌がっていたが、韓六がどうしても席に着くよう何度も目で促すので、懐に裁ち鋏《たばさみ》を忍ばせて慶福の正面に座った。そいつは自分に目を据えてじっくり見つめており、胸の中では恥ずかしくも腹立たしくもあった。このまま跳びかかって鋏で刺し殺してやれないのが悔しかった。顔を上げてそいつのほうを見てみると、その目つきのいやらしさ、耳には「かわいい妹、かわいい、かわいい」と乱発するのが聞こえてきて、不覚にも涙が溢れてしまった。

卓上には料理がすでに並べられており、調理人は酒器を手に慶福の盃《さかずき》にまさに注ごうとしていた。ところが慶福は扇をさっとたたむと、「ちょっと待て！」と叫んだ。調理人はびっくりして酒を全身に浴びてしまった。

「ちょっと待ってくれ」慶福は振り返って、後ろに控えていた二人の若い召使いに言いつけた。「紅閑《ホンシエン》、碧静《ビージン》おまえたちのどちらか、まず芝居の一節を唱ってくれないか。興を添えてもらいたいんだ」。一人がすぐに慶福の耳元に近寄り、「旦那さま、どんな芝居の、どんな場面がよろしいでしょうか」と訊ねた。慶福は少し考えて、「では、〝今生《こんじょう》の転蓬《てんぽう》[114]の如きを嘆きしより……〟をやってくれ」と命じた。

その娘は喉を整え、桜桃のような唇を開いて、色気たっぷりに唱いだした。

残紅水上に漂い、梅子の枝小さし。
今このときに、薄れし眉を誰が描く。
春によりて憂いはもたらされたと言いしが、

春去りてなお憂いの未だ消えざるは何ゆえか[115]……

ちょうどそこまで唱ったとき、慶福は目を細めて扇で卓上を叩き、不愉快そうにこう言った。
「だめだ、だめだ、また間違った。春尽きしになお憂いの未だ消えざるは何ゆえか、じゃないか。一文字の違いで、興趣がぜんぜん変わってしまうんだ」
その娘は慌ててしばらくぼうっとしていたが、また改めて唱いはじめた。

春尽きしになお憂いの未だ消えざるは何ゆえか、
人別れてのち、山遥か、水遥か。
我爾《なんじ》のために帰る日を数え、
眉梢《まゆじり》を画《か》き損なえり。

今生の転蓬の如きを嘆きしより、
隋堤《ずいてい》の柳絮《りゅうじょ》[116]も頭を転ずれば空し、
この身は何処にあるか、煙に閉ざされ雲に封ぜらる……

娘が唱い終わっても、一同しばらくの間誰も話をせず、慶福でさえ切ない気持ちになってしまったのか、耳を掻いたり顎をなぜ回したりしている。調理人が酒を持ってきて注ごうとしたとき、慶福はまた扇をばちんと鳴らし、「ちょっと待て」と言った。調理人はまたブルッと身震いした。

慶福は自分の前に置かれた盃を手に取って、目を近づけてよく調べ、それを韓六に渡して、「姐《ねえ》さん、もう一度調理場でよく洗い、沸騰した湯ですすいでから持ってきてくれ」と言った。

韓六は呆れたようだったが、彼が何を考えているのかわからず、黙ってその藍色の磁製の盃を受け取り、調理場に行って指示通り処置した。

慶福はその盃を再度手に取ると、やはりあちこち細かく調べ、最後に突然笑い出して、「やっぱりだめだ、私が自分でもう一回洗ってくる」と言うと、座を立って洗いに行った。

韓六は「三爺、誰かが盃に毒を仕込んだと思っていらっしゃるの？」と笑った。

「その通りだ」慶福が答えた。そして不意に顔を曇らせて、「姐さんを信用していないって言うわけじゃないんだよ、ただちかごろじゃ、花家舎のどこでもひどくびくついていて、みんな身に迫る危険を感じているんだ、私も自分のことはしっかり守らないといけないと思っていてね」と言った。

秀米は急に喜鵲のことを思い出した。彼女は食事のたびに自分でお椀を何度も洗っていた、誰かに砒素《ひそ》を入れられるんじゃないかと恐れていたから。ところがこの匪賊の頭目まで、思いがけないことに喜鵲と同じ病気だとは。そう思った瞬間、自分がまた普済に戻ったような気になった。外に目をやると墨を流したような闇夜で、部屋の明かりは豆のように心細く、消えそうになっている。

秀米は想いが乱れて、今自分が眠りに落ち夢を見ているのではないかと思えてきた。ここにいる連中はみな狐が化けた者たちで、自分はもともと普済から一歩も離れてなどおらず、ただ偶然、どこかの墓地に迷いこんで、魑魅魍魎《ちみもうりょう》に取り憑かれているだけなのではないか、と。

秀米が俯いて混乱した思いに耽っていると、韓六の言葉が耳に入ってきた。「三爺、あなたもずいぶん考えすぎじゃありませんか。この小島にはふだん誰も来ないし、調理人もあなたが送ってよこした人なんだから、万に一つも間違いなど起こりません。仮に百歩譲ったとしても、毒を入れるとしたら、お酒の中に仕込むのではないかしら……」

慶福は冷笑を浮かべ、「それはもっともなことだ。じゃ、この酒もまずはおまえたちが先に飲んでみろ、私はその後に飲むことにする」と言った。

調理人は一人一人に酒を注いで回り、自分の分も注いだ。そして最初にぐっと飲んだ。慶福は韓六を指差した。

「次は、あなた」

韓六が飲むのを見てから、しばらく時間を置き、ようやく慶福自身が盃を手に取って一気に飲み干した。それから口元を拭いながらため息をつくと、韓六に向かって言った。「姐さん、笑わないでくれ、あの二爺はものすごく先の読める人で、毎日毎回飲食するときには、召使いにあらかじめ同じものを飲み食いさせてみて、たっぷり時間をかけて様子を見守り、何ごともないとわかって初めて自分でも口にするようにしていたんだ。それがどうだ、どんなに先まで読んでいたって、結局はやっぱり大事な大事なお命を落としてしまった。俗に〝智者の千慮も必ず一失あり〟とか、〝万一を恐れず、ただ一万を恐る〟[117]とは、よく言ったものだね」

韓六は驚いた。「二爺の旦那さまは亡くなったんですか！」

「死んだ」慶福が答えた。「二日前に葬儀があったばかりだ」

「あんなにお元気だったのに、亡くなるなんてどうして?」

「総元締めが殺されてから、私はずっと二爺が権力を握りたくて暗殺したんだと思っていた。でも二爺本人が殺されてしまったんだから、総元締め殺しは二爺の仕業ではなかったってことだ。別に相当な使い手がいることは明らかだが、まだ姿を現してない」

「二爺はどういうふうに殺されたんですか?」

慶福はもう一度酒を啜ってからこう言った。「二爺の椀に毒を仕込んだに決まってるだろう。刺客は残忍なだけでなく、群を抜いた切れ者だ。二爺が毎食前に必ず毒見をさせることは承知の上で、毒を椀の底に塗っておいたんだが、完全に毒が乾ききってから飯を盛るようにさせた。だから家人がそれで食べたときにはまだ何ごともなく済み、二爺が食べる段になって椀の底まで食べ切ったとき、毒が回り吐血して死んだというわけだ。嗚呼《ああ》哀しいかな、竜は崩御《ほうぎょ》された、ってことさ。下手人は闇に潜んで、深く計略を巡らし相手の命を狙うんだ、防ごうたって、防げるもんじゃない」

「その下手人……三爺には誰だかわかっておいでなんですか?」

「小生を除いた三人の頭領たちはみんな疑わしい。大爺、二爺が相次いでやられてしまい、順番で言えば、次はその下の頭領ということになるな。だが私は、疑心暗鬼でこの生死の謎に挑もうと思ってはいないんだ」と話すと、秀米を舐めるように見つめ、笑った。「今はただ、かわいい妹に一度だけ憐んでもらいたいだけさ、今夜の愉しみを終えたら、もう思い残すことなんかない。もし今夜、かわいい君の枕で死ねたら、そりゃ最高だね。もし天が私にかりそめの命を与えて、あと数日でも生きながらえさせてくれるなら、これからは姐さんの弟子にしてもらいたい。姐さんにどこか小ぎれいなお寺に連れていってもらって、お焼香と念仏に明け暮れる清貧な暮らしをしたいと思っている。姐さん、どうだろうね」

慶福の話には、異様な悲しみが漂った。召使いの娘紅閑、碧静の二人は、ハンカチを取り出して涙を拭った。

韓六はこの機に乗じて酒を勧めた。「この世間、何ごとも自分では決められないもの。人の一生はすべて定めが決まっていると言いますわ。今朝酒あれば酔い、一日生きれば二度の食、ということですよ。三爺ももっと楽にお考えあそばせ」

「よく言った、その通りだ」慶福はたたみこむように言った。それからごくりごくりと一気に三、四杯を飲み干し、そばに立って扇であおいでくれていた娘に声をかけた。「碧静、おまえも唱ってくれ、酒席を盛り上げるんだ」

その碧静と呼ばれた娘はちょうど楊梅《ヤンメイ》[118]の実を一つ口に入れたところだったが、三爺に唱えと言われたので、噛まずにそのまま掌に吐き出し、しばし考えたのち、唱いだした。

宝灯を挑《かかげ》るのも懶《けだる》く、
香篆《こうてん》[119]を焼くのも慵《うと》い。
今宵やり過ごすも、明朝の至るを恐る。
細かく思い巡らす、この禍のいつ来たりて、いつ消えゆくかを。
思い募りて今夜心は焦がれる、

嗚呼、お父さまお母さま、
哭喪《こくそう》終えたばかりに、報喪また至るを恐れる[120]……

曲の途中で碧静は急に悲しみの声をあげて激しく泣きだし、いつまでも止まらなかった。慶福は聞いているうちに呆然としてしまい、煩わしそうに手を振って何か言おうとしたが、それも止め、手を伸ばして酒壺を摑むと酒を注いだ。しかし飲まずに頬杖をついたまま、またしばらく惚けたようになっていた。

韓六は皆がその場でこわばってしまったのを見て、慶福が悲しみきわまった挙句に怒りだすのではないかと気を揉んだ。怒りの発作が起こると手がつけられなくなる。彼女は急いで笑みを作り慶福に話しかけた。「三爺、まだお寺で修行をしていたころ、花《ホア》師匠からお芝居の節回しを何曲か教えてもらったことがあるんです。もしお嫌でなかったら、拙い唄をご披露いたしますわ。これも座の賑わいということで」

慶福は頬杖をついたまま目を真っ赤にして、身じろぎもせずに韓六のほうを見て、苦々しそうに歪んだ笑いを浮かべた。どうやら六、七分は酔っている。

韓六の披露したのはこういう曲だった。

釈迦牟尼仏、梵《ぼん》の王子
金山銀山を捨てて去り

肉を割きて鷹を養い、鵲《かささぎ》の巣を頭に頂く
ただ修得するは九龍の吐水を全身に混じらすこと
そうして初めて南無大乗大覚尊になられた[121]

唱い終わると、慶福に向かってさらに二杯勧めた。

「この酒にはやっぱり毒があるぞ」慶福が急に言いだした。「そうでなきゃ、どうしてこんなに気持ちが乱れ、胸がぎゅっとなるんだ、なんだか気が遠くなって死んじまいそうだ」

韓六は笑って受け流した。「旦那さまのお心が塞いでしまうのは、あんまり急にお酒を召し上がったからで、ちょっとお酔いになっただけです。もしこのお酒に毒があるんなら、あたしたちだってとっくに死んでるはずでしょ。ちょっと酔い覚ましに、楊梅を二粒ほど召し上がって、淡いお茶をお飲みになったらいかがです？　すぐ良くなりますわ」

慶福はおとなしく鉢の中から楊梅を一つつまんで口に含むと、今度は振り返って秀米のほうに目を据え、こう言った。「かわいいあなた、実家にいるときには学問もしていたのかな、詩なんかは作れますかな？」

秀米が相手にしないのを見て、また続けた。「今夜は月も趣があり、清風が吹いている。君と二人だけで、湖の岸辺を歩いて、聯詩の句合わせをするのはどうだい。散歩と詩作の夕涼みという趣向だ、かわいいあなたのご意向やいかに？」

と言うや否や、席を立って卓を周り、秀米を抱き寄せようとした。秀米は慌てて逃げ回った。韓六はすぐに駆け寄り、慶福を抱きとめてなだめた。

「三爺、外をよくご覧になってください、ものすごい蒸し暑さで、コウモリが群れ飛び、蚊の塊が雷みたいな唸《うな》りを上げていますよ、燐光《りんこう》だって不気味に飛んでいるし、何が夕涼みなものですか。聯詩の句合わせに興じながら、必死にぱちぱち叩いて蚊を払わなけりゃいけないんですよ、風流でもなんでもありゃしない。旦那さまの溢れるような素晴らしい文章をむざむざ無駄にするようなものでしょう。それに言わせてもらえば、外は真っ暗なんです、もしうっかり転んでしまったら、肋《あばら》の二、三本は折れるかもしれません、ついには本当につまらない結果になってしまいます。今、旦那さまの詩心が起こったのなら、弓に箭《や》は番《つが》われているんだから、射ないわけにはいきません。お部屋の中で、あたしたちみんなでお酒を飲みながら詩を吟じようじゃありませんか、賑やかにね」

この演説は慶福を十分頷かせるものだった。韓六は彼を元の席に着かせると、肩を二度三度と揉んでやった。すると慶福はふいに目を輝かせて腕まくりをし、酔いの勢いも借りて、痰の絡んだ大声を出した。

「詩を作るって言うなら、君たち女流の輩は私の敵になろうはずもない。だから対句合わせにしようじゃないか。私が上の句を作るから、君たちは下の句を付けるんだ。この扇で卓を叩くから、十回叩く前に句を作らないといけない。もしできなかったら、罰酒として大盃で三杯飲め、どうだい?」

「もしあたしたちがちゃんと付けられたらどうなさるんです?」と紅閑が言った。

「そのときには、私が罰酒一杯だ」

韓六、紅閑、碧静たちはみな頷いたが、秀米はうなだれたまま何も言わなかった。見ていると、慶福はなみなみと酒を注ぎ、盃を手に取って一気に飲み干し、一句作って声に出した。

「海棠の枝に鶯《うぐいす》の梭《ひ》[122]急なり」

それから果たして、扇を閉じて卓を叩きはじめたが、三回叩いたときに、碧静が句をつないだ。

「緑竹の蔭中、燕の語り頻《しき》りなり」

「いいぞ、いいぞ」慶福が褒めた。そして意味ありげに秀米のほうをちらっと見て、続けて言った。

「ただ、私のここの枝はな、鶯が機織《はたお》りの梭みたいに激しく行き来するもんだから、カチカチに硬くなっていてね……」

このひとことで、紅閑も碧静も耳元まで赤くなった。慶福は傍若無人にいつまでも大笑いをしていたが、しばらくすると、二番目の句として「壮士の腰もとに三尺の剣」と言った。

慶福がまた扇を手に取り卓を叩こうとしたとき、驚いたことに韓六がすらっと対句を付けた。

「男児の腹内に五車の書あり、じゃいかが?」

慶福は、「姐さんはまずまずうまくまとめて答えたね、でも少し月並みかな。私は〝壮士〟と言ったんだから、〝男児〟という付け方は平凡じゃないか。〝男児〟を〝女児〟に変えたらどうだい」

「〝女児〟だったらどう続けますか?」

「女児の胸前に両堆《ふたかさね》の雪、ではどうだ」慶福は嬉しそうに笑い、言葉を続けた。「韓六姐さんの句も合っていたと言っていいね。私が罰酒を飲もうじゃないか」と言って盃を取り、喉を鳴らして一気に飲んだ。彼はまた何か言おうとしたが、韓六が口を挟んだ。「三爺にだけ問題を出していただくわけにはいきませんわ、あたしたちだって出させてもらいますよ。もし旦那さまが対句を付けられなかったら、罰酒を三杯ですよ」

慶福は「姐さんがそう仰るなら、どうか教えていただきたいものだ」と言って、胸元で拳を握り恭しく礼をした。「で、誰が最初に句を出すんだい？」

「紅閑さん、あなたが旦那さまにとても難しいのをだしてあげて」と韓六が言った。

召使いの紅閑は少しばかり眉を顰めて、すらすらと句を出した。「孤雁路を失し、月は黒く雲は高くして郷関《きょうかん》は遠し」

「そんな句は平凡そのものだ、どうやってこの私を困らせるっていうんだい」と慶福はことともなげに言ってのけ、彼女のほうに目をやって笑いながら句を付けた。「答えてやろう。独龍津《しん》に迷い、桃は濃く梨は淡くして花の径滑らかなり」こう言い終わるとさっと紅閑を抱き寄せ、手をスカートの中に差しこんで撫でまわし、淫らな口調で喋り続けた。「どれどれ、この花の径は滑らかかどうか確かめてやろうじゃないか」

紅閑は口元に笑みを浮かべてはいたが、その手から逃れようと、身体は必死にもがいていた。二人がそんなふうに戯れていたとき、外から誰かのヒッヒッと笑う声が聞こえた。

そのとき秀米は、慶福の度の過ぎた話しぶりと淫らな振る舞いに顔を真っ赤に火照らせていた。この場を立ち去ってしまいたいけれど、そうもいかず、どこかに穴でもあったら潜りこみたいぐらいだった。それで俯いたまま爪で卓上の染みを削りながら、どうしたらいいのかわからないでいた。戸の外で誰かの冷笑する声を聞きつけたのは、そういうときだった。空耳かと思って顔を上げてみると、その場の全員が口をぽかんと開けたまま呆然と立っており、まるで魔術師に金縛りの技をかけられたみたいにこわばったまま、誰も動けなかった。思わず、身体中に鳥肌が立った。

そのままずいぶん経ってから、彼女は慶福が震える声で、「今誰かが笑っていただろう、聞こえたか?」とみんなに訊くのを耳にした。

このひとことで、みんなお互いに顔を見合わせたが、誰も声を発しなかった。広間をさっと風が吹き抜けた。卓上に置かれた三本のランプは、二本がすでに消えていたが、残り一本の火を韓六がぱっと手を出し敏捷に掌で囲んだ。秀米が顔を上げたときには、他の人の顔がはっきりとは見えなくなっていた。気が動転したままでいると、戸の外でまた、ヒッヒッと二回笑い声がした。

今回は、とてもはっきり聞こえた。笑い声は老衰した年寄りのようにも、乳の匂いのする赤ん坊のようにも思えた。秀米は思わず大きく息を吸いこんだが、ゾッとするような冷気に身の毛がよだち、背筋に悪寒が走った。

慶福はと見ると、早くも剣を抜いて握っていた。酒もほとんど醒めているようだった。調理人の男も、厨房から見つけてきた大きな肉切り包丁を手にしている。二人は入り口の戸を開け、庭に出ていった。紅閑と碧静はひしと抱き合って、卓に寄りかかりぶるぶる震えており、卓ががたがたと音を立てていた。

「まさか、この島にはあたしたち二人の他に、誰か別な人がいたっていうことなの?」と韓六が秀米をじっと見つめて問いかけた。二人というのは、明らかに彼女を指していた。秀米の視線が韓六と交わったとき、二人はまたはっとするのだった。

時間がそれほど経たないうちに、慶福らは揃って戻ってきた。慶福は中に入るとすぐ体が大きく揺れ、手にしていた長剣が大きな音を立てて地面に落ちた。そのあと両手で柱に縋《すが》りついたと思うと、そのままずるずると滑り落ちた。調理人が慌てて駆け寄ると、慶福は腹這いになって激しく嘔吐《おうと》を始めた。韓六が脇の隠しからハンカチを取り出して、彼の口を拭ってやりながら、調理人に「今二人で出ていって、外で誰か見なかったの？」と訊ねた。

「幽霊の影も見なかったさ」と調理人が答えた。

韓六はそれ以上何も言わず、慶福が落ち着くのを待って、助け起こし椅子に座らせた。それからもう一度調理場に行って嗽《うがい》と洗面の水を持ってきた。紅閑と碧静も彼の元に近寄り、背中や胸をさすっている。そうやってしばらくしてから、慶福はようやく大きく息をついた。

「まさか、あいつなのか？　どうしてあいつが？」

慶福の目にはたいへんな驚愕の色がこもっていた。こういう独り言を呟いてから、また首を横に振り、「あいつであるはずはない、ありえない」と続けた。

「三爺の仰る〝あいつ〟とは誰なんですか」と紅閑が訊ねた。

慶福はそれを聞くと突然ひどく怒りだし、彼女を力いっぱい押しのけて、狂ったように叫んだ。

「俺にそんなことがわかるもんか！」

紅閑はひっくり返りそうになって、危うく卓の角にぶつかるところだった。彼女は自分で起き上がり、体に付いた土埃を払ったが、怒ることも声を立てることも、泣くことすらもできなかった。韓六が香りのいい茶を淹れて慶福に差し出すと、彼は少し口をつけただけで、戸のほうを惚けたように見つめ、同じことを何度も繰り返して呟いていた。「声は間違いなくあいつだ。俺は酒に酔っていたし、随行の者もいない、もし殺すつもりだったら赤子の手を捻るような容易《たやす》いことのはず、それなのになんで手を下さなかった？」

韓六が前に進み出て、慰めた。「三爺に手を下さなかったということは、その人が三爺を格上に見ているからではないですか。もしかしたら、今度の災難は、三爺にとって災い転じて福となす、ということになるのかもしれません」

「そんなことはない、そんなことは」と慶福は手を振り、気が抜けたようになって続けた。「あいつは俺を愚弄しているだけだ。だめだ、もう一刻もここにいるわけにはいかない」こう話すと、ふいに立ち上がって、秀米の身体に素早く視線を走らせ、また得体の知れない表情で頷いてため息をついた。「だめだ、行かねばならん。この一夜すらも、あいつは俺のことを見逃しやしないんだ」

慶福は長剣を拾い上げ、「おいとまする」と一声言うと、若い召使いと調理人を呼んで、夜通し舟路を急ぎ花家舎に帰っていった。

「結局、あの人は怯えちゃったのね」秀米が冷たく言い放った。

すでに真夜中に近い時刻になっていた。あたりはひっそりと静まりかえり、外は漆黒の闇が広がっていた。二人は部屋の片付けさえもできなかった。卓上には盃やら食器やらが散らかり、床の汚物はひどい悪臭を放っている。

「誰であろうと、怖いに決まってる」と韓六が言った。「あたしがあの人にたくさんお酒を勧めたのは、あんたにちょっとでも夜のことが楽になるようにと思ってだったんだけど、こんなことが起こるなんて思いもしなかった。今だってあたし、なんだか心が掻き乱されて、何がなんだかわからないの」

「あの人」と秀米が言った。「あの人、まだこの島にいるかもしれない」

韓六はそれを聞くと、慌てて立ち上がり、戸を閉めて閂《かんぬき》をかけ、丸太を持ってきて戸のつっかえ棒にした。そうやってようやく戸に寄りかかり、ぜいぜいと喘いだ。「三爺のさっきの口調からすると、どうやら誰が下手人か知っているみたいなのに、どうしても信じられないでいる。ということは、その人はふつうの人が思いもよらない人物だということになるんじゃないの」

「そんな人誰なのか、考えてどうなるの」と秀米が言いかけ、懐からあの裁ち鋏を取り出し、卓の上に置いた。「あたし、この鋏を用意しておいて、あの色狂いがのしかかってきたら、突き刺してやるつもりだったの。この花家舎は奇妙なことばかりだけど、言ってみればとっても簡単なことよ。全部、こんなことに過ぎないの、六人の頭領のうちもう二人死んでしまい、今のあいつだって、もはや半分死にかけてるも同然。結局はやっぱり一人ずつくたばっていくだけ、最後の一人まで死んでしまったら、つまり花家舎に新しい元締めが現れるってだけ。あたしたちがいろいろ心配したって無駄な骨折りだわ」

「それも道理ね」と韓六は言った。「あの慶の字の三爺、明日の朝まで生きていると思う?」

七

光緒二十七年十月九日。晴れ、涼し。昨日、長洲陳記米店の主人陳修己《チェン・シュウジー》の使いが手紙を届けにきた。失踪して数ヶ月になる陸侃《ルー・カン》についての知らせだ。夜が明けるとすぐ、蕓児は宝琛ら数名を従えて、真相を調べるため長洲に出かけることになった。終日家に閑居してやることもないから、気晴らしのため、私も同行してみようと宝琛に申し出た。思いがけず、出立の前に、蕓児と秀米の間にとても激しい言い争いが生じた。

秀米は初めは長洲行きを嫌がっていた。その後、母親の剛柔織り交ぜての説得にたまらなくなり、いやいやながら応じることになったのだ。だが私も同行するということを知って、蕓児は今度はまた急に考えを変え、秀米に家に残るよう命じた。こんなに身勝手な話では、秀米が腹を立てるのも当たり前だ。よく考えてみれば、ことの原因は完全に私にある。最初蕓児が秀米の長洲同行に拘ったのは、結局のところ、彼女一人が私と共にいることになるのを避けたかったからだ。しかし私が一緒に行くと決めた後では、秀米が同行する必要などなくなったと思ったに違いない。まして彼女はまだ嫁入り前の娘で、田舎の村里の風習に従えば、見知らぬ者たちの前に顔を出すのは憚《はばか》られることなのだから、なおさら連れていくのは論外ということになったのだ。藝児の心配りは極めて深く、極めて細やかだ。秀米は何か察していたかもしれぬが、こういう事情はわからなかっただろう。ただ私一人、すべてがよく見えていた。

途中、秀米はずっと母親に腹を立てていて、一人でむくれながら一行の一番後ろを歩いており、だんだんはぐれていった。梅藝と宝琛は先頭を歩いており、私と翠蓮が真ん中という格好だ。私たちはしばらく歩いてから立ち止まり、彼女が追いつくのを待ったのだが、なんと彼女はこちらが立ち止まるのを見て、自分もそこから動かない。もはや彼女は私たち全員のことを怒っていたのだ。

この娘はふだんあまり口をきかないが、内心はとても利発機敏で、疑い深く、その上すこぶる気まぐれだ。祖彦はかつてこの娘について、冷たく傲慢な女だが、落とすのは極めて簡単だと言っていた。私もその気になって、彼女を試してやろうと思い、燃える火に薪をくべてもっと燃え上がらせるのも一興だろうと考え、わざと翠蓮にちょっかいをだしてふざける素振りをしてみた。

翠蓮という奴は妓女の出で、気まぐれな尻軽女だ。私がちょっとその気のあるような言葉を投げかけると、すぐさま蕩けるような嬌声《きょうせい》で反応し、ふざけたつもりが本気になっていった。翠蓮はまず私の首をつねって、大きく喘ぎ声をあげた。そしてすぐに囁いた。

「あたし、もうたまらないわ」。私は心中密かに嫌悪していたが、聞こえないふりをしてやり過ごした。この女はまるで蠅《はえ》取り紙みたいで、触ったら最後、離れるものではない。

この大通りの白日のもとでこんなありさまなのだから、薄暗い灯の闇夜にならどんなふうになってしまうのだろうか。尻は大きく胸は豊かで、なよなよした腰付き、鼻を打つ白粉の香り、気を引く婀娜《あだ》っぽい衣装、そして淫らな声で話す荒唐無稽なこと。この女、まさしく天下一級の尤物《ゆうぶつ》123なり。

翠蓮は私がしきりに後ろを振り返り、秀米のほうを見ているのに気づき、私が心の中では後ろのあの娘のことを想っているのではないかと訊いてきた。私が何とも答えないでいると、このあばずれは私を小突き、笑いながら、「新しい靴はもちろん素敵だけど、履いてみるときついものよ、薔薇《ばら》はいい香りだけど、枝には棘《とげ》があるわ」と言ってのけた。

そういう言い方に私は目がくらくらし、身体中汗びっしょりになって、気も心も蕩けるような感じで正気を保てなくなった。本当に今すぐ、この女を道端の葦の茂みに引き摺りこんで、二百回ぐらい交わってやれないのが残念だった。

またしばらく進んでいくと、堤の下に小道が曲がりこんでいるところにさしかかった。そこは葦が鬱蒼と生い茂っており、木々も奥深く趣があった。このあばずれは周りに人がいないのを見ると、卑猥《ひわい》な言葉をのべつ幕なしに語りかけ、あの三寸の爛《ただ》れることもない巧みな舌で、私の本音を探ってくる。私が何も答えず、相手にもしていないとわかると、いきなりこんなことを訊いてきた。「お兄さん、あなたの干支は何？」と。亥だと答えてやると、また急に手を叩いて大声をあげるから、驚きのあまり飛び上がってしまった。理由を訊ねると、彼女がいうには、何年も前にある乞食が彼女からちょっとした恩を受け、そのお返しにと、人相を観て運命を占ってくれると言われた。その人は、彼女は中年に難ありの相だから、亥年生まれの人と結ばれない限り、災厄から逃れられないと占ったのだそうだ。なんとも荒唐無稽な話で人を誑《たぶら》かそうというこの女の魂胆、どんなに賢く振る舞おうとしても、すぐにお里が知れてしまうというものだ。このあばずれは、まさに百般の技を繰り出して挑発してきたが、私が動かされないと見るや、最後にはすごい手を使ってきた。突然私の肩にしがみついて、囁くように笑いかけ、こう言ったのだ。「私の下のほうは、もうぐっしょり濡れてるわ」と。

これは確かにすごい一手だ。

もしも世間知らずの若造だとか、色欲に溺れて魂を失ったような軽薄な輩だとかだったら、この手を食らって、きっとこの女の泥沼にはまりこむに違いない。そうなったら金輪《こんりん》際《ざい》、抜け出られるものではない。

こんな恥知らずな振る舞いには、ただ情け容赦なく一喝するしかあるまい。「濡れる、濡れるって、勝手にほざいていろ！」私の剣幕に、あばずれは「イヤァー」と悲鳴をあげ、両手で顔を覆い、私を置いて走り去っていった。

渡し場に着いたとき、秀米が追いついてきた。いつもの緑の細かな花柄の上着に、黒のズボン、刺繍の布靴だ。彼女は私からかなり離れてはいたが、不思議な香りが川風に乗って漂ってくる。彼女が視界に入ると、私の目は彼女に釘付けになってしまうのだ。

いま二人の女が目の前にいる。私の視線は秀米に行き、翠蓮に走る。一人は雨を帯びる杏の花で、もう一人は霜を置く秋の蓮。一人は谷間に鳴く若鹿で、もう一人は飼い葉桶に伏す馬。一人は翠豊かな松の枝で樹脂が幽玄な香りを醸し出していて、もう一人は切り出されて木の戸になった松の枝、ペンキの臭いしかしやしない。この二人、雅《みやび》と俗とがたちどころに判明してしまう。

妹よ、かわいい妹よ！

間もなく帆が張られ、船頭が乗船するようにと呼んだ。そのとき河面に東南の風が強く吹き付け、渡し舟は風波に激しく揺れた。秀米が渡し板を踏んでいくと、体がゆらゆらしたので、私は後ろから彼女を支えてやろうとした。ところが秀米は怒って手を払いのけ、一声叫んだのだ。

「あたしにかまわないで！」

彼女の大声に乗り合わせたみんなが驚き、彼女のほうを見やった。私は自分でつまらない結果を招いてしまったが、心中では狂喜していた。

妹よ、かわいい妹よ！

夜は陳記米店で慌ただしく晩飯を済ませ、一人で帰った。なぜ私は頭が混乱し、足がこんなに重いのだろう。なぜ私の視線は一刻も彼女から離れないのだろう。なぜ私の心は狂ったように飛び跳ね、胸が高鳴るのだろう。なぜ私の目の中にいつも彼女の姿ばかりあるのだろう。

私はとある岩に歩み寄り、滝の淵に落ちる轟音と梟《ふくろう》の鳴き声を聞いていた。麓には灯火が揺らめき、人のさんざめく声もする。不覚にも酒の酔いが一気に上ってきて、胸も心もかき乱される思いがした。冷たい岩に腰を下ろし、谷の松の清々しい香りを深く吸いこんだ。心の中では密かに、もしも天が私を助けてくれるのなら、彼女をすぐさま私のところによこしておくれ、と願っていた。不思議なことに、こう思っていると、果たして彼女の姿が見えたのだ。

彼女は米屋を出ると足取りは危うく、ぼんやりとした様子で麓のほうをしばらく眺めていたが、いきなり小道のほうに突き進んだかと思ったら、こちらに向かって歩いてくるではないか。彼女ただ一人だ。妹よ、かわいい妹よ。胸の鼓動はさらに激しくなり、心臓が喉から飛び出しそうになっていた。

張季元、張季元よ、汝はなぜかくも役立たずになってしまったのか。こんな小娘のために、こんなにまでも意思薄弱に成り果てるとは！ 思い起こせば、かつて汝は懐に匕首《あいくち》を忍ばせ、単騎千里を走り、あの湖広巡撫《ここうじゅんぶ》[124]を暗殺したではないか。さらに思い起こせば、かつておまえは、漢陽から船で日本に亡命し、途上九九八十一難を経てほとんど死に至らんとしたではないか。それが何ゆえ、かくも惑乱しているのか。思い起こせば……もう思い起こせなくなった。あの麗人がもうすぐ近くまで来ているのだ。

私がひとことも話さず黙したままでいたなら、彼女はきっと何も言わずに私の前を通り過ぎていっただろう。この天の与えた千載一遇の好機もみすみす逃してしまう。もし彼女の腰に手を回して抱き締め、万一悲鳴でも上げられたなら、いったいどうすればいいのだろう。まさにこういうふうに思いあぐねていて、はっとひらめいたことがあった。彼女が背後に近づいたと思ったときに、私は長いため息をついてこう言ったのだ。「このお屋敷では、つい先ごろ亡くなった方がいるんだ」と。

そりゃいったい何の話だ、まったくでたらめじゃないか。こんなこと、彼女は無視して相手にしなくてももちろん良かった。だが、なんと秀米はふいに立ち止まったのだ。

「誰があなたに言ったの？」と彼女は訊いた。

「誰も言ってはいないさ」

「じゃ、どうしてわかるの？」彼女は好奇心が旺盛だった。

私は岩から立ち上がって笑いながら言った。「もちろんわかるよ、しかも亡くなったのは一人じゃない」

私は頭をひねくり回してでたらめを作りあげ、まずはこの家で子どもが死んだと言い、主人の妻も死んだと続けると、案の定、秀米ははまってきた。そうしていつの間にか、私たち二人は並んで竹林の中の小道を歩いていた。その小道は一人で歩く道幅しかなかったが、秀米は避けることなく、私と並んで進んだ。ふいに私は立ち止まり、横を向いて彼女を見つめると、彼女も果たして私を見ている。少し恥じらいを含んだ表情だった。澄んだ夜空に天の川がくっきりかかり、竹林に月明かりが綾をなして差し、あたりにはまったくの静寂が広がっている。そして彼女は艶やかな喘ぎを漏らし、何かを待っているかの風情だ。この両手で彼女を骨がぎしぎしいうほどしっかり抱きしめてやれないのが残念だ。そして彼女をこの口で、蜜柑を一口に飲みこむようにして一気に食べ尽くし、この長い日々思慕の念に悶《もだ》えた我が苦しみを晴らしてやれないのが残念だ。ああ、天よ、こんなことが罷り通ると思っているのか？　しばらくためらった後、秀米は前を向き、先に歩きはじめた。私たちは間もなくこの竹林を抜け出てしまう。張季元よ、張季元よ、今手を下さないで、いつやれるというのだ？

「怖くないかい？」私は再度立ち止まって、彼女に訊ねた。喉に何か詰まったような感じがしていた。

「怖いわ」

私は手を彼女の肩に置いた。このとき手は、露を含んで冷たくなった彼女の柔らかく滑らかな衣装に触れた。そして尖った肩甲骨の感触もわかった。だがそのとき、梅蕓の暗く沈んだのっぺりした顔が急に目の前に浮かんできた。彼女は闇から私を見つめて冷笑している。あたかも、もしその子に指一本でも触れたら、あんたの骨なんか叩き折って、スープに入れて飲んでやるわ、と言っているようだ……。

「怖がることはないさ」結局、私は彼女の肩をぽんと叩いて、その手を退けた。

竹林を出て、私たちは入り口の敷居に腰掛けまた話を続けた。秀米は何気なく、彼女が数ヶ月前、祖彦に手紙を届けに夏荘に行ったとき、門前の池の側で道士の黒い長衣を着た猫背の老人を見かけたという話をした。私はそのことを聞いて飛び上がりそうになり、冷や汗が噴き出てしまった。

まさかあの男なのでは？
それは「鉄背《てっぱい》の李《リー》」という名を持つ、朝廷の密偵ではとてもよく知られた男だ。この男の手にかかってどれほど多くの志士や仁者が命を落としたことか。もしこいつなら、夏荘は危うい！

その夜は一晩中、輾転《てんてん》反側し、眠ることができなかった。夜中に起き上がって、テーブルの前に腰掛け耳を澄ますと、月明かりがカーテンに降り注ぎ、風が梢をわたる音がする。宝琛のあの雷のような鼾《いびき》の轟音もあったたが。突然、この日記をみんな破ってしまおうかと思った。私はどうしてこんなに意気消沈し、心をすべてあの娘に占められてしまったのだろう。単なる田舎の娘にこんなにもだらしなくなってしまうとは。しかし彼女が私を見上げたあの眼差しを思うと、この世界のあらゆることが味気ないものに変わってしまう。今や大事を控えた、まさに危急存亡のときなのだ、一個人の私欲のために十余年にわたって奮闘してきた偉業を葬り去ってしまえようか、張季元よ、おまえはまさか、日本の横浜で立てた誓いをすべて忘れてしまったのではあるまいな。だめだ、私はもう一度精神を奮い起こさなければならない。

韓六が部屋に入ってきた。彼女の足音は聞こえないほど軽く、いつもいきなり目の前に現れるからびっくりしてしまう。彼女が言うには、四爺の寄越した舟がすでに到着していて、召使い二人ももう表で長い間待っているとのことだ。
秀米は張季元の日記を閉じ、花柄の布でしっかり包んで枕の下に差し入れた。そうやってからようやく立ち上がり、テーブルの前で髪を梳《と》かした。彼女は鏡に映った自分の顔を見ながら、口元に少し苦笑いを浮かべた。あたしは自分をもっときれいに装おうとしているのかしら。彼女は櫛を放り投げ、たらいから水を手に受け顔を洗おうとした。そしてもう一度、首を横に振った。どうして顔を洗わなけりゃいけないの？　それでやっぱりテーブルの前に戻って腰掛けた。彼女は全身がまだ張季元の日記の中に浸っていた。ときの流れが戻ることはないと思うと、いつの間にか呆然とした気持ちになっていくのだった。
テーブルには手紙が一通置いてあった。四番目のお頭、慶寿の使いが昨晩届けたものだ。墨跡は女性的な艶やかな文体で、簡素な文字がいくつか並んでいるだけだった。

芝蘭《しらん》は露に泣き、名花は散り漂う。そのようなあなたの不幸な境遇について、小生は聞き及びました。深い哀しみに嘆かずにはおれません。後日、粗末なお茶を用意しますので、拙宅にてお会いいたしたく存じます。どうか気楽にお越しください。感謝に堪えません。

朽人慶寿

あの王観澄は「活ける死人」と自称していたのに、今では哀れにも「死んだ死人」になっている。それなのに、またもや「朽ち果てた人」が出てきたんだわ、この花家舎の匪賊の頭領たちはみんなおかしな手を使ってくる。それにしてもこの慶寿というのが、どんな人なのかわからない。秀米は手紙を読んで、とても戸惑っていた。韓六にあれやこれや相談してみても、すぐにはどうしていいのか見当もつかない。最後に韓六はこう言った。慶寿という人については、あたしも会ったことがないから迂闊《うかつ》なことは言えない。しかしこの手紙を読む限りでは、この人、かなり下手に出ているようね。「どうか気楽にお越しください」というのは、あんたに安心するようにと言っているので、あんたは生毛《うぶげ》一本傷つけられるはずはない。「芝蘭、名花」うんぬんは、どうやらあんたの境遇に不平を唱えて嘆いているようだわ。この人がもし良からぬ思いを持っていて、故意にあんたを誑かそうとしているなら、あんたが行かなくても、向こうからやっぱりやってくる。もっと悪いことを言えばね、すぐ何人か手下をこの島に寄越して、あんたを縛り上げてでも連れていくでしょうね。そしたらどうしようもないでしょ。

秀米は、花家舎に近づくのも初めてのことだった。この村落を彼女は湖を隔てて夥しい回数眺めてきたが、なんの目的もなく、心も虚ろで、彼女の目に映るのは一叢《ひとむら》の樹林とかたまった家々、空にかかる白雲ぐらいのものだった。小舟が小島を離れ、花家舎目指してまっすぐ進んでいったとき、秀米はひどく深い羞恥心をやはり感じていた。

舟は軽やかに接岸した。締め釘を打たれた細長い渡し板を踏んで岸に渡ると、彼女は舟から直接とあるあずまやに入ることになった。それは長い巨大な回廊の一部分に設らえられてあった。回廊は質素でうら寂しく、樹皮を剥いただけの幹を柱に組んで、その上に屋根をかけていたので、歪んだまま うねうねと続いていた。不気味な感じさえする長い回廊は、どこまでも果てしなく延びているように思えた。柱になっている柳の樹幹は、太さも不揃いで、くねくねと曲っていた。不思議なことに、そういう柱は陰湿で水気をたっぷり含む空気のせいか、なんと新たに葉の茂みをあちこちに生やしていたのだ。

回廊の屋根は、葦の茎や麦藁で作られていた。場所によってはもはや腐蝕《ふしょく》していて、崩れ落ち、青い空が露出していた。屋根の麦藁は陽に晒されたり雨に打たれたりして黴《かび》が生え、黒く変色していて、風が吹くとあたり一面に黄味がかった灰を撒き散らした。回廊はところかまわず蜘蛛《くも》の巣がはびこり、その間に燕や蜂の巣が見え隠れしていた。両側の囲いは柱より細い枝で組まれていて、やはりあちこちで倒壊していた。

しかしながらあずまやはとても凝った造りになっており、数十丈[125]ほどの間隔で一軒ずつ置かれ、村人が足を休める憩いの場として提供されていた。それぞれのあずまやには絢爛《けんらん》たる彫り物が施された梁があり、みな趣が異なっていた。アーチ型の天井には、二十四孝[126]の図があったり、芝居の登場人物、吉祥の鯉魚、瑞祥の龍鳳などがあったりする。あずまやの真ん中にはどれにも石《せき》卓《たく》と四基の石の腰掛けが置かれていた。四方の囲いにも長椅子が付いていて、腰掛けられるようになっていた。地面はすべて四角い青煉瓦が敷かれていたが、そのいくつかは緩んでいて、踏むとジュッという音を立て、泥水がはね上がった。秀米は二人の召使いの後ろについて、煉瓦を選んで歩いていたつもりだったが、どの煉瓦が泥をはね上げるのかわからず、結局、自分の刺繍の布靴を汚すことになってしまった。

道すがら、さらさらという水の音がずっと彼女たちを追ってきていた。回廊に沿って、石造りの水道が一筋続いており、それが右に左に進路を変えながら、延々と伸びていたのだ。流れの速い水は清らかに澄んでいて奥深い趣があり、あたりに幾重にも涼気を漂わせていた。秀米はいち早く気づいた。この長い回廊は、実は水道の流れに沿って築かれていたのだ。以前韓六から教えられたことがあった。山の泉水を集めて作られたこの水道は王観澄自らが設計したもので、花家舎のすべての家の厨房に水を送っているから、女たちは自分の家で水道の水を使って米を研ぎ飯を炊くことができるのだと。

秀米は突如、子どものころのことを思い出した。発病する前後に、父は母と激しい言い争いをしたことがあった。その原因は、大工を呼んで村に風雨避けの長大な回廊を建造するという、父が突然言いだした奇想天外な思いつきだった。父の計画によれば、その回廊は村の各所に散居しているすべての家々を繋いで、まっすぐ田畑に続いていくということだった。秀米は覚えている、そのとき母が癇癪《かんしゃく》を起こして足を踏み鳴らし、父に向かって叫んだのだ、「あなた頭がおかしくなったんじゃないの！　よくもそんなこと平然と言えるわね。とてつもない苦労をしてそんな回廊を拵《こしら》えて、いったいどうするつもりなの？」と。父は目をきょとんとさせたまま、母の怒声をまったく意にも介せず、母に笑いかけながらこう言ったのだ。

「それができたら、村のあらゆる人が太陽に晒されることもなく、雨に濡れることもなくなるじゃないか」

あれから長年にわたって、父のこの荒唐無稽な企てのことは、食後やお茶の時間に何度も繰り返し母から持ちだされ、その都度母はヒステリックに笑いたてるのだった。

しかし子どものころ秀米には、父の考えのどこが間違っているのか、さっぱりわからなかった。宝琛に訊いてみると、宝琛はまず眉根を顰め、ため息まじりにこう言った、この世間のことのいくつかは、心の中で思っているだけなら何の問題もないが、もし本当にやるとなったら、その人はたわけだ、と。それでも秀米には、心で思っているだけならよくて、実際やってはいけないという理由は、やっぱりわからなかった。それで、先生の丁樹則にも訊いてみたのだが、丁先生は、こう言うのだった。桃源郷は天上にもしかするとあるかも知れぬが、この世にはないんじゃ。この世ではおまえのお父上のような愚か者だけが、そんなでたらめを考えついて、むざむざ自ら発狂の道をゆくことになる。あの広東の痴れ者、康南海《こう・なんかい》[127]は、お父上に比べるとはるかに過ちの程度が甚だしい。大同だとか、変法だとか叫びおって、皇帝陛下を誑かし、妖言で人々を惑わした。この先祖代々千年も続いた不易《ふえき》の法[128]が、あんな無知な餓鬼の口先三寸で簡単にひょいひょいと覆せるものか。

しかし驚くべきことに、父のような痴れ者の企てが、こんな匪賊の隠れ里で実現されていたのだ。秀米の目にしたこの回廊は四方八方に連なり、ふんわりとした蜘蛛の巣のように、家々の庭先をすべて網羅していた。回廊の両側には水道の他に、花壇や水を貯めた堀も作られている。堀には睡蓮などが植えられていて、夏の炎天下でも花が豊かに咲き誇り、少し巻き上がった蓮の葉が青々としていたし、群れをなす赤とんぼは水を飲みながら水面を飛んでいた。どの家も造りが同じで、かわいらしく清潔な庭が広がり、庭には必ず井戸があって、二畝ほどの野菜畑が作られていた。家の窓はみな一律に湖を向いており、窓に貼る切り紙細工までまったく同じようだった。

さらに奥に進んでいったとき、秀米はかすかに目眩《めまい》を感じた。自分ではずいぶん長い間歩いてきたつもりだったのに、何だか元の場所に戻ってしまったように思えたのだ。とある家の庭で彼女は刺繍のある赤い袖なしを着た女の子を見かけた。その子は井戸辺で水を打っていたのだが、他の場所でも、同じ服装をして同じ歳格好の、羊の角のような二つの丸い髷まで同じ女の子がいて、竹竿を手に林の中で蝉捕りをしていた。どうやら、「花家舎では蜜蜂も道に迷う」というのは嘘偽りのない言葉だったようだ。

およそ一時間後、秀米は手入れの行き届いた邸宅の前に連れていかれた。外から見ると、この邸宅の佇まいは村の家々と何の変わりもなかったが、門前に長い矛を持った護衛が二人立っているのだけは違っていた。

「着きました」召使いの一人が秀米に声をかけた。「中にご案内いたします」

屋敷の門は開いていて、青苔に覆われた砕石の小道を通っていくと、玄関のところに出た。召使いは彼女にお辞儀をして「ここでしばらくお待ちを」と言い、頭を下げたまま後ろに引き下がって立ち去った。

玄関は狭くてうす暗く、大広間にすぐ続いており、何本かの太い梁と柱が一列に並んで、斜めに歪んだ屋根を支えているのがわかった。大広間の左側には木の階段が露出していて、閣楼に繋がっている。裏庭の前には竹林の影に覆われた小さなくぐり戸が設けられていて、戸の向こうから軽やかな流れの音が聞こえていた。

大広間には長衣《ちょうい》を着た男が、秀米に背を向ける格好で座っていたが、最初に見た感じでは、何歳ぐらいなのかはわからなかった。男はそのとき白い衣を纏った女性と碁を打っていた。その女性は四十歳ほどと見受けられ、髪を高く結いあげており、細くたおやかな指で卓上の碁石を弄《いじ》りながら、深い物思いに沈んでいた。どうやら二人は玄関に立っている秀米に気がついていないようだった。

壁際には黒地に金の蒔絵の屏風が折り畳まれて立てかけてあった。軒庇には竹の鉤《かぎ》がいくつか付けられていて、唐辛子を連ねた串が数本ぶら下がっていた。鳥籠も一つ提げられていて、籠の中の鸚鵡が首をすくめながら秀米の品定めをしていた。まだ新しい鳥の糞《ふん》が床に残っているのも見えた。経机《きょうづくえ》に観音像が祀《まつ》られており、口を開けた蟾蜍《ひきがえる》を象《かたど》った陶製の香炉が置かれていた。香炉の灰はすでに冷えきっているようだったが、まだほのかな安息香の香りが感じられた。

夕日の残照がゼラニウムの花群から西の壁に移り、またそこから庭の外の樹冠に移ってしだいに暗い赤に変わっていった。日が暮れようとしていた。すると突然、その女の人がそっとひとこと口にするのを秀米は耳にした。もう数えるのはおよしになって、あなたの負けは決まっています、と。男のほうは答えないで、やはり一つ一つ碁石を数えていたが、最後にはやはり負けだった。男は、もう一局だ、と声をあげたが、彼女がこう言った。

「夜にまた打ちましょう、あの方はもうずいぶん長い間お待ちになっているのですから」

その男は後ろを振り返って秀米を見ると、すぐに立ち上がって女の人のほうに「もうおいでなら、もっと早く教えてくれればいいのに」と言い、また身を翻して秀米に向かって拱手《きょうしゅ》[129]の挨拶をした。「たいへんお待たせしてしまい、申し訳ない」それから歩み寄って、見定めるようにじろじろと秀米を見まわし、何度も呟いた。

「もっともなことだ、無理もない」

女の人はその傍らで笑っている。「どうです、わたくしの見立てに間違いはなかったでしょう」

「間違いない、間違いない」男は続けた。「慶生って若造も、やっぱり大した眼力を持っているようだ」

この人がきっと四爺、慶寿の旦那さまに違いない、では女の方は誰なのかしら、と秀米は思った。そしてしばらくの間、彼らが何を話しているのかわからず、ただうなだれて、両手をしきりに握りしめるばかりだった。しかし女性が一人増えたからなのだろうが、秀米は少し安心した。その女の人も近寄ってきて、そっと秀米の腕を取り、笑いかけた。「お嬢さん、怖がることはありませんよ。こちらにいらっしゃって」

秀米が腰を下ろすと、彼女はかいがいしくお茶を淹れ、笑みを浮かべた。慶寿は扇子を手に、よけいな挨拶は抜きにして、いきなり話しだした。

「今日お嬢さんに来てもらったのは、別に何か狙いがあるわけではなく、ただあなたと話がしたかっただけだよ。本来ならこちらから島に行ってご挨拶しなければならないところなのだが、ただね、わかるだろう、あんなに汚らわしい所は私のこの脚がどうしても向かないのだ。それでよくよく考えてみて、やはり妻に一筆認《したた》めてもらい、あなたにこちらまでお渡りいただくことにしたのだが、唐突なお手紙を差し上げた無礼の段、どうかお許し願いたい」

彼の話を聞いて、秀米は密かに、この白い衣の女性がこの人の夫人に違いないと思った。慶寿の話す声は低く穏やかだったが、武勇の気がどこからともなく感じられた。さらに彼の微かに顰めた眉根を見ると、端正で重々しく、不埒《ふらち》な振る舞いをするような輩とは違っているようで、秀米の胸に秘めた心配もだいぶ和らいできた。

慶寿は秀米が俯いたまま何も話さないのを見て、テーブルに置かれた茶器を、畳んだ扇子で秀米の前に押しやり、「どうぞお茶を」と一声かけたが、その口調は冷たく、淡々としていた。

ちょうどこのとき、小間使いが慌てふためいて駆けこんできて、大広間の下で姿勢を正して報告した。「今夜は五爺の初七日の喪で、あちらでは四爺旦那さまに弔いの酒を差し上げたいから来ていただきたいとのことです」

慶寿は手に持った扇子を小間使いのほうに振りながら、顔を曇らせて「行かない」と言った。

小間使いは驚いたように立ちつくし、訊きかえした。「それでは、あちらの方々にどう申し上げれば？」

「何も言うことはない、ただ私が行かないということだけ伝えればいいのだ」

小間使いが立ち去ろうとしたとき、女の人が呼び止め、少し考えてからこう言った。「あちらに行ったらこう申し上げるのよ、四爺旦那さまはちかごろお顔がのぼせて、歯痛も起こしており、お酒は召し上がれません、とね」

小間使いが出ていったあと、慶寿が話を続けた。「あなたが花家舎に来てからのこの二ヶ月、私どもの村では一連の不可解な出来事が起こった。一日のうちに何度も驚くような事件があったのだ。お嬢さんももしかしたらお聞き及びかも知れぬが。まず初めに総元締めが誰かに自宅で頭を斬られ、無惨な横死を遂げた。二爺のお頭はすぐその後、毒を盛られて死に、そして七日前に、五爺慶徳が羊の柵の中で死んでいた……」

「あの人も亡くなったんですか？」秀米がいきなり声をあげた。

慶寿と白い衣の女性は互いに顔を見合わせた。この娘、どうやらやっと口を開いたね、と言っているかのように……。

「慶徳は二頭の山羊と一緒にぶつ切りの肉の塊になっていた」慶寿は冷笑を浮かべると、続けた。

「五爺の家人たちが遺体を引き上げて葬儀をしようとしたのだが、あんなになってしまった死骸はどう考えても引き上げようがなく、結局、山羊の糞まで全部シャベルで掬いあげて棺桶いっぱいに積み込み、葬って済ませたのさ。ことここに至れば、どんな愚か者にもわかることだが、下手人は明らかに一人ではない、しかもその全員がこの上なく残酷で、相当な腕前だというわけだ。

もしも、ことがこれほど我が身に危険の迫る状況にまでならなければ、あなたの静かな暮らしをお邪魔するようなことをこの私がするはずはない。正直に申し上げるが、総元締めが殺されてから、朽人こと私は心中で推理を巡らしていた。だがどんなに推理を立ててもすべて間違いと空振りに終わり、やがて私自身、まるで夢を見ているような思いに囚われ、頭が膨らんで割れそうにまでなったが、やっぱり何一つ得るものがなかった。

総元締め暗殺については、初めに考えた下手人は二爺だった。あいつが総元締めの地位をずっと狙っていたというのは、花家舎ではすでに秘密でも何でもなかった。王観澄大爺は六年前に病に倒れて寝たきりになり、誰の目にももうダメだろうと思われていたが、なんと病気を抱えたまま六年生き延び、病状自体悪くなるような兆候が見えなかったばかりか、去年の冬には思いがけず床から起き上がって、散歩できるまでなった。春になって湖の氷が溶けはじめたころ、湖水はまだまだ冷たかったのだが、驚いたことに大爺は湖で水泳をやってのけた。しかも村のあちこちで話をするようになった。この花家舎は紛れもない桃花源だったのに、今では悪臭が天に届くような妓楼になってしまい、女とあれば尼まで拐かしてきている。天が一夜のうちに病を全快させてくれた以上、必ずや綱紀を粛清しなければならない、と。これで二爺が慌てないわけがなかろう。大爺が倒れてからというもの、二爺がすべて取り仕切っていたから、花家舎の現在の体たらくで、二爺が責めを負わずにいられるわけがない。まして二爺は大爺よりも四つ年下だ。彼は自分が大爺と比べようがないことはよく知っていたのだ。だから大爺が殺された後、私たち夫婦の推理は一致していた、下手人は二爺のやつに間違いないと。

だが思いもよらないことに、総元締め暗殺から幾日も経たないうちに、まったくどういうことかわからないが二爺は誰かに毒殺され、私たちの疑いも打ち消されることになった。二爺が死んだとなれば、残った数人の頭領の中で、五番目の慶徳が最も疑わしい。慶徳はもともと大爺配下の武将だったが、淫蕩な性格で、女にしょっちゅう手を出して、大爺が何度も厳しい処分をしてきた。しかし若いころに福建の倭寇《わこう》[130]の乱を平定する戦いで、大爺の命を助けたことがあった。だから頭領たちの中では、あいつが大爺にいちばん近かったと言える。花家舎では、あいつただ一人だけが、大爺の屋敷に自由に出入りできたので、もしもあいつが下手人だったなら、殺そうと思えばいとも容易く手を下せた。しかもだ、伝え聞くところによると、大爺の殺された夜に、あいつは大雨の中、手下を連れて小島に渡ったという。極めて疑わしいことだと思うのだが……」

あの風雨の激しい夜のことを持ちだされて、秀米は思わず呆然として、恥ずかしさやら怒りやらで顔がほてり、眼差しがどうしようもなく乱れて、いっそう深くうなだれてしまった。幸いにも、白い衣の女の人がこのすべてを目に収めて、急いで夫の言葉を遮り、口を挟んでくれた。

「そんなことは持ち出さなくてもよろしいのでは。今では老五《ラオウー》[131]は亡くなっているのですから。下手人は絶対に老五じゃありません」

「それはもっともだ」。慶寿はひどく暗い顔色で表情も重苦しく、畳んだ扇子でしきりに頭を掻いていた。「だが、私の他には、花家舎の頭領は三爺慶福と小六子《シャオリュウズ》[132]慶生の二人だけだ。私たちはこの数日ずっと考えてきたのだが、事態が今日のような段階にまでなってくると、真相がしだいに見えてきたようだ。もはや次の二つの可能性しかありえない。第一は、二人のうちどちらかが下手人、第二は二人がどちらも下手人。これはつまり、二人が共謀して敵を取り除いたということだ。どちらであるにしても、おわかりかな、その刃は今まさに私たちの首元に振り下ろされようとしているのだ。もしこのまま私たちが手を拱《こまね》いて傍観を決めこんでいたら、おそらくこの夏は無事に迎えられないだろう。だから、私は先を制して手を下すことにした」

話し終わると、慶寿は隠しから煙管を取り出し、口に咥《くわ》えた。女の召使いが二人、夜の飲茶《ヤムチャ》を二皿並べた。それはとても手の込んだ糯米糖藕《ヌオミータンオウ》[133]で、白い衣の女の人から何度も勧められ、秀米はようやく一口だけ味見した。

「五爺慶徳の他に、私たちの聞いたところでは、半月ほど前に三爺慶福も島に行ったそうですね」と白い衣の女の人が言った。「お嬢さんがそんな話などしたくないというのは、承知しておりますよ。お話しになると言っても、なかなか話しづらいかも知れませんしね。もしあなたが本当にお嫌なら、私たちだって無理強いをするつもりはありません。しかしね、今起こっている惨たらしい出来事は、花家舎の全体に関わる重大な事態なんです。もしお力を貸していただけるのなら、おっしゃってください、その二人は島に行ってからどんな話をしたのですか？　何かふつうではないような振る舞いなどはありませんでしたか？　初めから終わりまで、細大漏らさず、ありのままを教えてくださらないかしら。三爺慶福については、特にね。もしも三爺への疑いを晴らせたなら、私たちはあの小六子に集中して対応することができるのです」

秀米がしばらく考えて、ほっとため息をついて、まさに口を開こうとしたそのとき、麦藁帽子をかぶった羊飼いのような身なりの召使いが、息せき切って表から走りこんできた。どうやら何か重要な報告があるようだった。慶寿が秀米に「ちょっとお待ちを」と言い、席を立って玄関のほうに向かった。秀米には、その羊飼いが爪先立ちになって慶寿の耳元に近寄り、小声で囁きながら、羊を追う鞭で外のほうを盛んに指しているのが見えた。

ほどなく、羊飼いは礼をして去っていった。慶寿は茶卓に戻って腰かけたが、顔色は少しも変えずに、秀米に話を促した。「さあ、お話しいただこう」

秀米はこの数日の間に島で起こった出来事をこと細かく説明した。そして三爺慶福が卑猥な歌のやりとりをして、猥褻《わいせつ》な振る舞いに及んだとき、いきなり外で「ヒッヒッヒッヒッ」という冷笑がしたということを話していると、慶寿は思わず身震いをして、持っていた茶を取り落として全身に浴びてしまった。彼の顔は突然、白粉を塗りたくった死骸のように、血の気が失せて真っ白になった。

その様子に秀米も飛び上がりそうに驚いた。

「家の外で冷笑していたのは誰なのだ⁈」慶寿が訊いた。

「わかりません」秀米が答えた。「慶福はすぐに調理人を連れて探しに出ましたが、いくら探しても何も見つかりませんでした。でもあたし、その人は戸の外にいたんじゃないと……」

「では、どこにいたと？」

「屋根の上です」秀米は答えた。「あたし、その人が屋根の上に張りついていたんだと思う」

「三爺は相当驚いたのでしょうね」白い衣の女の人が言った。

「三爺はどうもその人の声がわかったようでした」秀米の眼差しもどことなくぼんやりとしてきた。

「慶福は何度も呟いていました、どうしてあいつなんだ、と。三爺はその人が誰なのかわかったんだけど、それが信じられないっていうふうでした」

慶寿はまたもや驚いた様子だった。彼は白い衣の女の人と素早く視線を交わし、期せずして二人同時に二文字の名前を口にした。

「慶生？」

「あたしが花家舎に来てから、彼が島に渡ってきたのを見ていません」

「それは知っている」と慶寿が言った。彼は明らかにまだ気持ちが落ち着いていないようだった。

「この小六子は二爺が抜擢した男で、ずっと二爺の腹心だった。こいつは怪力の持ち主ではあったが、頭はあんまり切れるほうではない。もしも本当に奴なら、二爺の死をどう解釈すればいい？俗に言うように〝寄らば大樹の陰〟だ、あいつにしても自分の翼が生え揃わないうちに、頼りの大樹を斬ってしまうわけがない。それにだ、五人の頭領を全部敵に回して、たった一人で立ち向かうなんて、小六子のできそうなこともないだろう……本当にこれは、奇怪極まる話だ！」

「どうです、無憂《ウーヨウ》に訊いてみましょうか？」女の人が笑って、籠の中のあの鸚鵡を見上げた。「この子はなんと言うかしらね」

鸚鵡は果たして人の言葉がわかるようで、面倒くさそうに羽根を震わすと、じっと主人を見つめ、何か深く考えているようだったが、しばらくして突然声をあげた。

「慶父死なざれば、魯難《ろなん》未だ已《や》まず[134]」

「無憂の言う通りだ。三爺と六爺はともに慶の字のつく世代だ」慶寿は苦笑した。

二人はちょっと笑ったが、女の人は心配そうに夫を見つめ、小声で促すように囁いた。

「もしかしたら三爺慶福は一人芝居を打って、故意に煙幕を張り、私たちの自分への警戒を緩めさせようとしてるんじゃないかしら。あの人、一日中詩だの賦だのと喚いて、痴れ者のふりを装っているけれど、心の底にはたっぷり企みをしまいこんであるのよ。あの空豆みたいな三白眼、くるっと回すと、いくつもの考えが浮かぶんだわ」

慶寿は顎の長い髭をゆっくりさすりながら、低い声で呟いた。「私もこれまでずっと彼を疑っていた。だが、今しがた探らせていた者が知らせに戻ったのだが、慶福の奴、すでに逃げてしまっていたよ」

「逃げたって？」

「逃げたのだ」慶寿は頷いた。「あいつは紅閑と碧静の二人を連れて、痩せた驢馬に鞭打ちながら後ろの山から逃げていったそうだ。今時分はもう鳳凰嶺《フォンホワン》を越えたころだろう」

「きっと怖くなってしまったのね」白い衣の女の人が言った。

「怖くなったどころか、胆をつぶすほど怯えきっていたんだろうよ」慶寿は鼻先で冷笑したが、顔色はまただんだん暗くなっていった。

「本当に慶生がやったことなんでしょうか?」

「あいつでないとしたら、この私がやったとでも?」慶寿は絞り出すようにしてこう言ったが、しばらく黙りこんでまた続けた。「そうだ、きっとあいつだ。この娘はあいつが拐かしてきたもので、あいつはまた女の匂いを嗅ぐとなりふりかまわず突っ走る奴だ。それなのにどうしてこの数ヶ月も島に行かなかったのだろう。しかもだ、最近は花家舎でまったくあいつの姿を見かけなくなった。さらに、考えてもごらん、慶徳と慶福は相次いで島に渡ったのだ、あいつがそのことを知らないはずがないではないか。あいつがこんなに、ふだんとまったく違ってじっとひたすら自重してきたのは、いったい何のためだと思う? あいつだ、あいつだ、あの若造め、もう少しでこの私まで騙《だま》されるところだったぞ」

慶福の出奔で、状況は一気に明らかになり、同時に小六子慶生が下手人としてまっすぐ慶寿夫妻の前に押し出されることになった。まるで島を覆う霧が急に晴れて、その輪郭が遮るものなく完全に現れたかのようだった。

「失敬する」慶寿は二人にさっと視線を走らせると、立ち上がり、身を翻して出ていこうとした。

「慶兄さま!」白い衣の女の人が切羽詰まったような声をあげた。

「慶兄さま！」鳥籠の鸚鵡も続けて声をあげた。

慶寿が鳥籠を下ろして、小さなくぐり戸を開けると、鸚鵡はぱっと飛び出して彼の肩に止まり、その曲がった嘴《くちばし》で主人の顔をつつきはじめた。慶寿はそっと鸚鵡の羽根と背を撫で、独り言のように呟いた。「無憂よ、無憂よ、私たちが花家舎に身を寄せたのは、何の心配もなく穏やかに暮らすためだった。昼には一局の碁を打ち、夜には一巻の書物を読む、そういう暮らしだ。ところがどうだ、こちらは家の中で静かに過ごしていたのに、禍が天から降ってくるとは……」

「わたくしが思うに、このことはもっとじっくりお考えになったほうがよろしいのじゃありませんか？」

「事態がこうなってしまった以上、他に何をじっくり考えるのだ？」慶寿はため息をつき、「もしあいつを殺らなかったら、こちらが絶対に殺られてしまう」

「慶兄さま」白い衣の女の人の目には涙が光っていた。声も哀しげで切なかった。「わたくしたちも、わたくしたちだって慶福のように、遠くに逃げていってはいけないのでしょうか？」

「遠くに逃げる？」慶寿は振り返って夫人のほうを見ると、ヒステリックな高笑いを始めた。あまりにも笑いすぎて腰が曲がり、目からは涙も流れていた。まるでこの数ヶ月鬱積してきた疑問や猜《さい》疑《ぎ》、そして恐怖までも、みなこの笑い声の中できれいさっぱり流してしまうかのようだった。「そんなこと、どんな解決になるって言うんだい？　小六子だってきっと興醒めに思うだろうよ。しかしね、君が本当に逃げたいのなら、無憂を一緒に連れていってくれ」

「それじゃ、あなたはいつ手を下すおつもりなの？」女の人が訊いた。

「今夜だ」

八

秀米が送られて島に帰ってきたときには、もう完全に暗くなっていた。

韓六が南瓜《かぼちゃ》の糊糊《フーフー》[135]を作って、灯りの下で彼女を待っていた。韓六はその日の昼下がりごろからずっと彼女のことを心配していて、もう永遠に会えなくなるのではないかと思って、気が気でなかったと言った。それから蓄えの穀類も豆ももうじきなくなるけれど、塩だけは十分にあるから大丈夫だとも言った。秀米はもし食べ物がなくなったらどうするのかと訊いた。韓六はまだ畑に野菜もあるし、屋根には瓜豆《グアドウ》[136]も生えている、それにこの島には食べられる木の葉が何種類もあり、いよいよ何もなくなったら、あの十羽もいる鶏をつぶせばいい、と言って慰めた。

しかしこう話しているうち、韓六は逆に落ちこんでしまった。彼女がいうには、殺生は仏教の戒律に反しているそうだ。あの鶏たちは彼女にとってかわいがってきた子どものようなもので、以前一人でいたころ一番の楽しみは、あの子たちに話しかけ、あの子たちと戯れることだったのだ。彼女は一羽ずつみんなに名前をつけていた。みんな姓は韓だ。だが、巣から雛が孵化して、まだ大きくならないうちに、彼女は一羽ずつみんな食べてしまった。

「罪深い、罪深いことよ」と韓六は言ったが、「でもね、鶏のスープはとっても美味しいのよ」と続けた。

今の鶏たちはもう毛も抜けはじめていて、あちこちまだらに禿げており、身をそびやかしてテーブルの下をゆっくり歩く姿は、痩せ細っていてまったく精彩に欠いていた。

秀米は花家舎での出来事を話した。村で生き残った、たった二人の頭領が今夜決闘をするというけれど、鹿を落とすのは誰なのか[137]はわからないと。

「あんた、あの白い衣の女の人が誰だかわかってる？」韓六は糊糊につけた指をしゃぶりながら、秀米に訊いた。

「知らないわ」

「あの人は慶寿の母親の妹、つまり実の叔母さんなのよ」と韓六は言った。「あの人たちの祖先は御仏にどんな罪業を犯したんだろうね、あの二人は歳も近かったから、小さいころから一緒に遊んでいたの。そしてあの女が十六歳のとき、二人はいかがわしいことをするようになっていて、それを両親が見つけてしまったわけ。慶寿は叔母さんを守って逃げだしたんだけど、彼の二人の兄と母方の三人の叔父、それに父方の大叔父さままで加わって追いかけ、必ず二人を討ち果たして首を祖先の御霊に献げるという騒ぎになったのよ。でも最後には、総元締めの王観澄が二人を引き取って、その上、彼を四番目の頭領に据えたということなの」

「花家舎の人たちは、そんな近親のおぞましいこと、平気なの？」秀米が訊いた。

「花家舎ではね、ほんとかどうかは知らないけど、男の人が自分の娘と結婚することですら、ちゃんと認められているんだって」と韓六は答えた。「この村里は山水で隔てられているから、ふだんは外界と交わることがないの、だからそんなことがあってもちっとも不思議じゃないわ」

「一つだけ、どうしてもわからないことがあるの」と秀米は続けた。「王観澄はお役人を辞めて隠居したんでしょ、ほんとならば俗世間を遠く離れて、清らかに身を修める日々を送らなければならないのに、どうして急に匪賊になってしまったのかしら」

韓六は苦笑して自分の胸を指差し、ため息をついた。「あの人は自分の思いに搦め捕られてしまったのよ」

「え、どんな思いに？」

「あの人はこの世に天上の仙境を作りたかったの」と韓六は答え、話を続けた。「人の心は百合《ゆり》の花みたいなもの、たくさん花びらがあるように、心にも別れ道がたくさんあるけれど、花びらを一枚一枚開いていくと、中には必ず花芯が一つ隠されている。人の心が計り知れないのは、ちょうどそれと同じこと。人が生と死を悟ることはわりに簡単でね、つまり生き死には結局のところ自分で決められないのだから。でも名利のこと、つまり名誉や金ね、こういうのはなかなか見定められなくなってしまう。欲念を棄て去るのは、とても難しい話なのよ。

この王観澄という人はいつも、天地を我が家とし、星辰を我が衣に、風雨雪霜を我が食に、と心に深く願っていて、この島で廬を結んで暮らしていたのよ。ところがのちになって考えが変わっていった。彼は花家舎の人々がみな衣食が十分に足りて、謙譲と礼節を知り、夜には戸締りも必要なく、道の落とし物を横取りするようなこともしない、つまりこの地を桃源郷にするんだと思うようになったのね。でも実際はやっぱり名利の二文字からは抜け出ることができなかった。王観澄自身はとても倹約して質素に暮らし、お茶もご飯も粗末なもので、ぼろぼろな衣服を纏っていたから、名利には淡白に見えたけど、花家舎三百の家々の人たちから尊敬されたかったし、花家舎の美名を天下に広めたかった。そしてそれが自分の死後も千古にわたって伝わることを願ったのよ。やっぱりたいへんな執念だわね。

花家舎は山地ばかりで畑は少なく、外界から隔絶されていた。家々を建てたり、水道を開設したり、貯水池を造り植林したり、そしてさらに風雨を凌ぐ長い回廊を造営したりする資金は、王観澄はどうするつもりだったと思う？　あの人は以前お役人だったときに、兵を率いて戦争に出陣していたでしょ、だから当然思いつくことは略奪よ。でも王観澄たちはもっぱら金持ちばかりを狙って、庶民には手を出さず、しかも決して人は殺さなかった。初めのころは確かによかったわ、強奪してきた品々、金銀財宝など、みな家ごとに均等に分けたし、湖で獲れた魚も岸辺に積み上げて、村人たちが自由に持っていけるようにしていたの。この地は、もともとみんな淳朴だったんだけど、王観澄が一生懸命に教化した甲斐もあって、時間が経つうちに誰もが礼節を重んじて思いやりのある人間になっていった。人に会えば礼を交わしあい、別れるときもお辞儀を忘れない、父は子を慈しみ、子は父に孝養を尽くす、そして夫唱婦随ね。本当に村は和やかで楽しい毎日だったそうよ。奪ってきた品々もみんな競っていちばん粗末なものを選ぶの。いい品物はよそさまに譲るというわけね、岸辺に積み上げた魚も、持っていくのは小さいものばかり。大きな魚は最後まで残ってしまって、誰も手を出さないから、そのまま腐ってひどい臭いになってしまうほどだったとか。

でも匪賊稼業もそんなに楽なもんじゃないわ。大金持ちのお屋敷には護衛の者たちがいて、刀や銃で武装しているのよ。そういうお屋敷に当たってしまったら、こちらに勝ち目はない。ある年に慶港の朱《ジュー》という商人の大店を狙ったことがあったんだけど、財物を奪うどころか、こちらの若い衆を二人も失ってしまったの。それで王観澄は昔役人をしていたころの部下のことを思い出したわけ。二爺は団練[138]出身で、三爺は総兵[139]だったし、五爺は水師管帯[140]だった。この三人はそれぞれ武装した自分の配下をすべて率いて加わった。ふだん朝廷の軍で兵を動かしているときは、当然軍紀の束縛を受けているわけなんだけど、花家舎にやってきてお山の大王に収まってしまえば、総元締めには確かに畏敬の念を抱いていたとしても、日が経つにつれてね、王観澄も抑えるに抑えきれなくなっていったのよ。それに王観澄はここ数年の過労が祟《たた》って、一旦病気になると起き上がれず、息も絶え絶えで寝たきりになってしまい、手下の者たちの好き放題をどうしようもなかったの」

「どうやら、その何人かの連中が花家舎を悪くしていったということね」

「そうとも言い切れない。仮に王観澄が狼どもを引き入れなかったら、花家舎の今日《こんにち》の隆盛はなかったんだから」韓六は楊枝を使いながら、のんびりした口調で話した。「もしあの人が初めのように島でひっそり修養をしているだけだったら、ちょうどあの焦先みたいに自然の中で生きそして死んでいったら、花家舎はやっぱり元のまま変わらなかったはず。日の出とともに起きて仕事をし、日が沈むと休む、確かに今のような賑わいはないかもしれないけど、それでもね、今度のような禍なんか起きるはずもないでしょ。

最初は、あの人はただ自分の思いだけで動いていたの、しかしこの思いが動き出すと、それ自体が何でも動かしていくのよ、あの人が動かしていたんじゃないわ。御仏の教えではね、世の万物はすべて心によって生じ、心によって造られる、どこまで行ってもみな夢や幻のようなもので、泡沫《うたかた》の影に過ぎないと言われている。王観澄はこの花家舎に誰もが羨む超俗の桃源郷を作ろうと一心に思っていた。でも最後には、鋭い斧をその身に受けて惨たらしい死にざまを見せ、花家舎の村里にも災厄をもたらしてしまった。ちょっと、何、この臭い、嗅いでみてよ、何か焼かれているような……」

韓六はここまで話すと鼻で勢いよく息を吸いこみ、部屋中歩き回って、「なんなの、この焼け焦げたような臭いは」と言いながら臭いを嗅いだ。

秀米もあちこち嗅いでみて、ふと北側の窓を見たとき、驚いて息を呑んだ。

窓に貼られた白い紙が真っ赤になっており、炎の影が窓枠を舐めている。韓六も窓の外の火の光に気づき、「たいへんだ」とひとこと言うと、テーブルの前からぱっと立ち上がり、駆け寄って窓を開けた。花家舎の一帯がすでに燃え上がっていて、大火が勢いよく夜空を突き上げていた。

秀米も窓辺に近寄った。二人は壁に凭《もた》れてぼんやりと対岸の村里を眺めていた。あたりには焼け焦げた木炭のような臭いが充満し、ときおりバチバチという木材の割れる音が聞こえた。大火は村の西北の端あたりから出ているようで、一軒の建物の屋根が完全に崩れ落ち、家の梁が剥き出しになっている。濃い煙が渦巻き、あちこちから湧き上がって大きな煙の塊となって上っていく。風に煽られてそれらは島のほうに流れてきていた。炎はあの回廊も照らし出し、のっぺりした河原や岸辺に密集する舟、そして湖面に残る橋の残骸も照らし出していた。

炎の中で、花家舎のすべてがすぐ目の前に、手に取るように見えた。何人かのお年寄りが杖をつき、火元から離れた河原に立って眺めていた。裸の子どもが炎の影の中を走り回り、数名は木に登って眺めている。泣き叫ぶ声、犬の鳴き声、風の音が一つの響きに混じり合っている。

「四爺と六爺が殺し合いを始めた」韓六が言った。「虎と豹が闘えば、小鹿が煽りを食う、とはよく言ったものね」

「どんどん焼けろ！」秀米は歯を噛みしめ、低い声で言い放った。「花家舎なんて、きれいさっぱり焼けてしまえばいいんだわ」

秀米はこう言い捨てると窓辺を離れ、卓に戻って食器を片付けた。しかし口ではこう言ったものの、心の中ではあの白い衣の女の人のことがやはり気がかりだった。あの嫋《たお》やかでほっそりした長い指、哀しみを秘めた顔、軒下に吊るされた空っぽの鳥籠、そしてあの言葉を話す鸚鵡、それらが今このときに目の前に浮かび上がってきた。彼女は何か深い悲しみと憐れみのようなものを感じていた。

もちろん、秀米の思いの多くを占めたのは、やはり王観澄のあの夢のことだった。彼女はふいに、王観澄と従兄の張季元、そして行方知れずの父が同一人物であるような気がした。あの人たちそれぞれの夢想は、空に漂う雲や煙のようなもの、風が吹けば散り散りになり、どこに行ってしまうのかわかりはしないのだ。

韓六も灯りの下にやってきて秀米を手伝い、片付けを済ますと厨房で湯を沸かし茶を淹れた。

韓六は柴をくべて火を燃え上がらせた。炎が彼女の太った頑丈な身体を壁に映しだした。秀米はそばにぴたりと寄り添って座っていると、安心した気分になる。韓六を見ているだけで、その赤らんだ顔、太い腕、厚い唇を見ているだけで、安心するのだ。二人はこのもうじき崩れそうな家の中で豆のような明かりを灯し、夜空に煌めく星たちの下で、こんなふうにしてどれだけの夜を過ごしてきたことだろう。夜は水のように冷え、コオロギが湖の岸辺でしきりに鳴いている。ときには、二人は何も話さないこともあったが、秀米は安らぎを覚えていた。こうして二人で過ごすときには、心配ごとなど何もなくなっているように思えた。

秀米は頑丈で長持ちし、簡単には壊れないものが好きだった。韓六はまさにそういう人だ。彼女の息遣いは荒く男のようだ。夜、鼾をかきはじめるとベッドまでもぎしぎし振動した。お粥をいつもズルズルと音を立てて啜り上げるのだが、秀米にはそういうのが好ましく思えていた。普済にいたころは、食事のときに何か音を立てると、決まって母に箸で頭を叩かれた。

暑くてたまらない日には、韓六は短い下穿き一枚になって、上半身裸で家の中を行き来した。たっぷりした乳房は脇の下まで盛り上がり、黒々した乳首とそれを取りかこむ褐色の乳暈《にゅううん》が、一日中秀米の目の前で揺れ動いた。スモモを食べるときなどは、種まで噛み砕き腹に飲みこんでいた。ときには、秀米は馬鹿な考えが頭に浮かんだ。もし韓六とこの島で生涯暮らせたらどんなにいいだろう、と。そんなことを思うようになって、自分自身でも驚いてしまったのだが、秀米はこの湖に囲まれた島になんとも言葉にできない愛着を感じているのだった。

「お姉さん！」秀米が前掛けを解いて竈の近くに引っかけると、韓六は座っていた長椅子から身体を少し捩《よじ》って、秀米が自分のそばに腰かけられるようにした。

「お姉さん、人の心というのは、いったいどうなっているのかしら」

「自分に訊いてごらんなさい、あたしに訊いてどうするの？」と言って韓六は笑った。火かき棒で薪を起こし、炎を強くさせながら、「聖人も強盗も顔には何も書いていないわ。見かけは身なりがきちんとしていて、礼儀正しく、口を開けば文君《ぶんくん》、閉じれば子建《しけん》[141]と気取っていてもね、もし心の中まで見通せたら真っ黒で、男も女も頭はえげつないことしか考えてないかもしれないでしょう」と言った。

「人の心は捉えようのないもの。ちょうど梅雨の空みたい、雲が出たり雨が降ったり、一日に何度も変わってしまう、自分自身でも摑みきれないことがあるものよ。もしも平和でよく治まったご時世なら、人の心も礼儀や法律に従っていくし、教育も行き届いて誰もが堯舜のような聖人君子になっていくでしょうね。でも乱世になったら、人々は心にしまってあるあらゆる汚い物が瘡《かさ》や丹毒《たんどく》みたいに噴きでてくるの、堯舜も畜生に変わり、いかがわしい禽獣の振る舞いをするようになってしまう。歴史書に書かれている人倫に悖《もと》る大悪業は、おおかた乱世によって生じたのよ、この花家舎の今のありさまも同じだわ。あんたはちゃんと勉強してきた人なんだから、こんなことあたしが言うまでもないでしょうに」

「もしこの災厄の後に生き残っていたら、お姉さん、あたしを弟子にしてね。お寺に入って修行三昧の日々を送り、一生一緒に過ごすのってどうかしら？」と秀米が言った。

　韓六はにこやかに笑って、何も答えなかった。

「お姉さん、いやなの？　それともあたしの慧根《えこん》[142]が浅すぎて相手にならないとでも思ってるの？」秀米はふふふと笑って韓六の腕を押した。

　韓六は首を振りながら、やはり笑っていた。しばらくしてから、やっとこう言った。

「あたしはあの人たちに拐かされてこの島に連れてこられ、とっくの昔に戒律を破ってしまったのよ。あんたの導師になんてとてもなれないわ。どうしても出家したいって言うのなら、もしも生きてここを出られたらの話だけど、法力のずっと優れた法師を紹介してあげるわ。ただね、あんたの俗縁はまだまだ続いていて、常人を超えているように見える。これから大きなことを成し遂げるのかもしれないね。今のあんたは〝虎平陽《とらへいよう》に落ち、龍浅灘《りゅうせんたん》に困《こん》ず〟という不運な虎龍の定め[143]、だから出家の思いは一時のことに過ぎなくて、本当はそんなふうになるわけはないわ」

「韓姉さん、それは言い過ぎよ。あたしなんか酷い目に遭っている娘でしかない、匪賊に無理やりこんなところに連れてこられ、高い山や遥かな河に隔てられて、家人はなんの手も打てないありさま。もし生きながらえたとしても、よけい者に過ぎないでしょ。龍虎の志なんかあるはずがないじゃない」秀米は腹立たしくて、目には涙まで急に溢れてきた。

「あんたは口ではそう言うけど、心の中では、必ずしもそう思っているわけではない」と韓六が言った。

「じゃ、あたしが心の中で、いま何を考えているのか言ってみてよ」と秀米。

「あたしがズバリと言ってしまっても、あんた怒らないでね」韓六が真面目な表情でこう言った。

「怒るわけがないでしょう、ともかく言ってみてよ」と秀米が答えた。

「じゃ、話してあげるから聞いて」韓六は体を横に向けて秀米を見つめ、彼女の顔をずいぶん長い間じっくり見定めるように眺めまわしてから、ゆっくり切りだした。「本当は、今夜あんたは花家舎から戻ってきて、頭の中ではあることをずっと考え続けているのよ」

「なんなの、それ?」

「あんたの考えているのはね、王観澄は無能な男だった、もし花家舎が自分の手に落ちたら、あらゆることをちゃんとやってのけて、本当のこの世の天国を絶対ここに造りあげられるのに、ということ……」

その話の途中から、秀米は驚いて目を見張り、口をぽかんと開けてしまった。手足には冷や汗が滲み、全身に寒気が走った。そして呆然としながらも、心の中では不思議にも思っていた。そういう考えは確かに頭をよぎったことがある。でも自分ではそんなこと、気にもかけなかったのに、どうして韓六は知っているのだろう? この尼僧は絶対にふつうの人じゃない。しかし自分の一挙手一投足が、そして考えていることのすべてが、この人の洞察の下に置かれていたということを思うと、秀米はやはり背筋が凍るような気がするのだった。

「ひとこと、耳に痛い話を言っておくわ。あんたがやれるようなことなんか、王観澄みたいに徹底して学問をやってきたお人が、考えつかないとでも思っているの? 王観澄みたいに四十年もお上で役人をやってきて、深い企みもあり慧眼も備えたお人が、あんたの考えるようなことをやれないわけがないでしょうに。昔の人は、すべての事は勢いだ[144]って言ってるわ。勢いがあれば、大事は成し遂げられるの。そうでなければ、あんたがどんなに苦労して頭を捻ったって、最後には南柯《なんか》の夢に終わるだけだね。あの王観澄は必死になってこの世の天国を造ろうとしたんだけど、自分の影を追いかけていただけだったわ。つまるところ、自分で自分の墓を拵えていたっていうわけね」

韓六は身に付いた藁屑を払って立ち上がり、竈でお茶を淹れ、秀米に一杯持ってくると、竈の前でまた話を続けた。秀米がようやく部屋に戻って床《とこ》に就いたのは、真夜中になってからのことだった。母屋の窓辺を通ったとき、秀米は花家舎の大火がほとんど消えていて、外がすっかり暗くなっているのを目にした。

九

光緒二十七年十月十一日。薛祖彦は先日殺された。十月九日夜遅く、一隊の官兵が梅城を出発し、星空の下をひたすら行軍して夜半過ぎに祖彦の邸宅を包囲した。そのころ、祖彦は愛妾桃紅とまさに甘い夢を見ている最中だった。梅城の協統は祖彦と科挙が同年で、その誼《よしみ》で、混乱に乗じて祖彦を死なせてやろうと思っていた。協統はもともと夏荘の人で、祖彦が捕らえられて県城に送られたら、拷問の責め苦に耐えられず、関係する同郷の人々を自供してしまい、その人たちにも塗炭の苦しみを味わわすことになるのを怖れたのだ。この人物は朝廷の走狗《そうく》とはいえ、ことに当たっては綿密で、まったく乱れず、仁にして謀《はかりごと》深し、まさに敬すべし、敬すべし。祖彦の首は斬られてから木の棺に納められて梅城に戻り、遺骸はすぐさま村の入り口の葦池に投げ入れられた。大事を行うには流血は免れない、祖彦の犠牲は、いい死に場所を得たと言えよう。

秀米が先日語った釣り人は、密偵「鉄背の李」と見て間違いないだろう。となると、夏荘の連絡地点は以前からあいつに目をつけられていたことになる。

我が会衆たちはまったく憎たらしい。祖彦の死で蜘蛛の子を散らすように逃げてしまった。彼らは外地に逃亡したり、山林に隠れたりして禍から逃れるのに必死で、祖彦の遺骸はまる一昼夜池の中に放っておかれたのだ。私は長洲から普済に戻って、その晩のうちに漁師を一人雇い遺骸の回収に当たらせた。遺骸は棺に納め後ろの山間に葬ったのだが、銀十三両もかかった。この金はとりあえず私が立て替えることにし、大事成就の暁に、会費の中から清算してもらうことにする。

その後また会衆に知らせを回し、対策を協議することにした。ところが会衆の連中はみんな怯えきっていて、言い訳を並べて会わなかったり、とっくに遥か彼方に逃げてしまったりしていた。夜遅くなって、ようやく張連甲《ジャン・リエンジア》会員の家の門前に辿り着いた。張の家は夏荘の西南にある。戸を叩いても山に響くばかりで、誰も答えなかった。そのうち、寝室のほうでともかく灯だけは点いた。そして張連甲の女房が、羽織った衣の前を大きくはだけて、その下には短い下穿きだけという、極めて怪しげな姿で出てきて戸を開け、いったい何の用か、誰を訪ねてきたのか、と訊く。私は会衆の暗号の言葉で彼女に繋いでみた。この女はわざと訳がわからないという素振りをして、「うちには、そんな人いないよ、帰ってちょうだい」と言った。私はその言い草に堪忍袋の緒が切れて、怒りに駆られ、女を突き飛ばして中に入った。女は私のひと突きに声も上げられず、ひたすらその大きな乳房をさすりながら、「痛いじゃないの、ひどいわ、うっ、うっ……」と低い声で喚いた。

中に押し入っていくと、張連甲本人が上着を羽織ってベッドのところで煙管を吸っていた。眠たそうな様子で、私を見もしない。私は彼に、目下の情勢を検討しなければならないから、自分と手分けして、会議の招集の連絡をしてほしいと頼んだ。しかし張連甲はなんと、目を細めて冷たく言い放ったのだ、「君は人違いをしているんじゃないか。僕は農家の男で、会議だとか何だとか、わかるはずがない」と。私はすぐさま、その卑怯臆病な態度と知らんぷりを装う恥知らずな振る舞いを、こっぴどく叱りつけてやったのだが、あいつは鼻先で冷たくせせら笑った挙句、どこからかぎらぎら光る豚殺し用の刀を取り出してきて、私の目の前に突きつけ、「出ていけ、出ていかないなら、おまえを役所に引っ立てていくぞ」と言ったのだ。

こういう状況になってしまったからには、もはや立ち去るしかなかった。もしこれ以上こいつに関わっていると、こいつは本当に自分を売り渡さないとも限らない。張季元よ、張季元よ、何というひどいありさまだろう、しかししっかり心に刻まねばならない。革命が成功した日には、これら意志薄弱の輩を必ず成敗してくれるぞ。真っ先に殺さねばならぬのは、この張連甲だ、それとあの狐の化け物じみた妖しい女房だ。それにしても、あの女の太腿はとても白かった。一人の農家の男が、あんな妖艶な婦人を娶《めと》ることができようか。殺してしまえ、殺してしまえ、あの女の肉を少しずつ刮《こそ》ぎ落としてやらない限り、この憎しみは晴らせない。

蕓児はここ数日、言葉も表情もちぐはぐだ。私に出ていってほしいという気持ちがはっきり現れている。しかし今私はどこに行けるというのだろう。梅城には戻れないし、浦口《プーコウ》も危険すぎる。最善の方法は上海《シャンハイ》から外国汽船に乗って横浜に行き、それから仙台に渡っていくことだ。だが、その旅費はどこから工面すればいいのやら。

小驢子からはまだ何の音沙汰もない。彼が出走してもう一ヶ月になろうとしている。いったい彼はどこにいるのだろう。

蕓児が夜、二階に上がってきて、泣き続けた。彼女は、状況がこんなに切迫していなかったら、私を立ち去らせるようなことは情として絶対にできはしないと言った。その夜、私は心が乱れに乱れていて、彼女と歓びを共にする気にはとてもなれなかった。二人で何をするあてもなく、しばらくただじっと座っていたが、だんだん本当にしらけてしまった。最後に蕓児から他に何か言いたいことはないのかと訊かれた。私はよく考えてみて、秀米にもう一度会いたいのだがと、彼女に答えた。蕓児は私をじっと見つめて頷いたが、その眼差しには驚きと憎しみがまざまざと現れていた。そんなふうに見つめられて、私もこわばってしまい、頭はぼうっとして気力が萎え、手足に汗が滲んだ。しばらくして蕓児は冷たく一語一語区切るようにして、こう言った。「何か話があるなら、今ここであたしに言ってちょうだい、あの子に伝えてあげるから」

私は、そういうことなら会わなくてもいい、と言った。女主人は唖然《あぜん》とした様子だったが、そのまま階段を降りていった。それでもやはり、彼女は秀米をこちらに寄越したのだった。

もし我々と一緒にやろうと、彼女を説得できたら、どんなに素晴らしいだろう！

妹よ、私の妹よ、私のかわいい妹よ。私の小さな白ウサギ、君の少し尖らせた唇に口づけしたい、君の唇の上のかわいらしい生毛を舐めてあげたい、君の骨の一本一本を摩《さす》りたい、眠りについて夜が明けるまで、君の脇の下に顔を埋めていたい。私は君が種子のようになって、私の心の中に根付くことを願う、君が甘い泉のように、乳と蜜を流してくれることを願う、君が細かな霧雨となって私の夢を濡らすことを願う。私は毎日君の匂いを嗅いでいたい。白粉の匂い、果物の匂い、雨の日の土埃の匂い、馬小屋の匂い。

君がいないなら、革命に何の意味がある？

白い衣の女性の遺骸は朝発見された。秀米が湖の岸辺に駆けつけたとき、韓六は一本の竹竿を使って、遺骸を岸のほうに寄せているところだった。彼女の首には真珠の首飾りが巻かれてあり、履いていた刺繍の布靴には銀の止め紐があって、陽の光の下できらきらと輝いていた。

それ以外の身体は剥き出しになっていた。身体中に銅銭ほどの大きさの焼鏝《やきごて》の痕がつけられていて、まるで天然痘のように見えた。湖水に夜中いっぱい漬けられていたからか、彼女の白かった肌は青くくすんで、顔にはわずかにむくみが見えており、乳房は抉《えぐ》り取られていた。身体全体に木の葉や草の燃え滓《かす》がびっしり付いていて、盃に注がれた酒がゆらめくように、湖面を漂っていたのだ。

彼女のあのほっそりしていた指は潰されて血塗れになり、骨が露わになっていた。もうその指が碁石を挟むことはない。両腿の間の秘めやかな茂みは、不揃いな水草のように靡《なび》いていたが、もう誰にも歓びを与えることはない。

罪業、罪業、罪業、恐ろしい罪業だわ！

韓六はこの二文字しか言えなくなっているようだった。

花家舎は三分の一が焼け落ちた。焼け跡の残骸はまるで蝕《むしば》まれてぽっかり穴を開けた動物の腹のようで、まだあちこちで燻《くすぶ》った煙を上げていた。湖面に散乱したどす黒い灰燼《かいじん》が、南風に吹かれて岸辺に寄せられていた。村里はひっそりと不気味に静まりかえっていた。

一夜のうちに花家舎には新しい主人が誕生した。慶寿は完全に打ち負かされ、彼の叔母は無惨な戯れの犠牲になった。彼らは慶寿の目の前で、彼女の乳房に一対の銅の鈴をくくりつけ（この鈴はその前まで彼女の足に結わえられていたものだ）、真っ赤に焼けた焼鏝を彼女の体に押しつけ、彼女がその熱さに部屋中逃げ回って、飛びあがったり崩れ落ちたりするのを楽しんだ。彼らは彼女に笑えと命じたが、彼女は応じなかった、すると彼らは焼鏝を彼女の臍《へそ》や顔に押しつけた。彼女はもう耐え切れず、笑った。彼らは彼女に卑猥な話をしろと命じたが、彼女はできなかった、すると彼らは金槌で彼女の指を潰した。彼らが四本目の指を潰したとき、彼女は服従した。彼女はひっきりなしに卑猥な言葉を繰り出したが、その一方で彼女の夫のほうに不憫《ふびん》な眼差しを向けていた。慶寿は椅子に縛り付けられていて、自分でできる唯一のことは、必死に顔を振って、彼女に服従するなという意思を伝えることだけだった。しかし彼女はやはり激痛に耐えられず、一つ一つ彼らの命令に従っていった。最後には小六子慶生自身も飽きてしまい、面倒になって、鋭い刀を彼女の乳房に押し当てると、くるっと一気に抉った。

こういう話は、のちに秀米が人から聞いたことだ。

慶寿の死は至って簡単だった。彼らは泥の塊で彼の口と鼻を塞いで、息を吐くことも吸うこともできなくさせた。彼はたまらなくなって失禁すると、足を蹴り上げて死んだ。

こういう話も秀米がのちに聞いたことだ。この小六子、花家舎の新しい当主は、婚礼の招待状を島に送って寄越した。彼は秀米と結婚するというのだった。

十

それからほどなくして婚礼が執り行われた。花嫁の大きな赤い駕籠に乗っているうち、秀米はどこか恍惚とした感じになっていき、四ヶ月前、翠蓮に手を添えられて駕籠に乗ったときの、あの情景の中に戻っていた。あの日は一面に濃霧が降り、村も林も河も舟も、何も見えなかった。自分は駕籠の中でずっと深い眠りに落ちていた。そういうことのすべてがまるで今朝起こったことのように思えた。本当は、あの日自分はもともと匪賊になんて出くわしていない、花家舎に連れてこられたこともなく、湖心の小島に囚われてもいない、花家舎での一連の奇怪な出来事など起こっておらず、仲間割れの殺しあいもなかった――こういうことはみんな自分が駕籠の中で寝入っていたときの、一場の夢に過ぎないのではないか。

しかしながら、この瞬間に、彼女の目の前に突きつけられた事実は、結婚しなければならないということだ。彼女は舟で湖の向こう岸に渡った。湖水は悠々と流れており、湖面には白い鴎が何羽か低く旋回していた。

舟はしだいに岸に近づいていった。櫓を漕ぐぎしぎしという音が響き、舟は湖面をかなりの速さで進んでいく。指を咥えながら彼女のほうを眺めているのが見えた。薄紅色の紗の簾を透して、裸の男の子が二人河原に立って、あの木々や大火で焼け落ちたあずまや、あの長い回廊、長塀や池などを彼女はまた見ることになったが、それらはみな赤い色だった。水道を流れる水はやはりさらさらと涼やかな音を立てていた。

祝砲はすでにずいぶん長い間打ち鳴らされていた。あたりには濃い火薬の臭いが充満している。駕籠はとある路地に入って進んでいった。その薄暗く狭い路地は遠くまで続いていて、彼女が簾を開けても、じめじめした壁が見えるだけだった。もちろん韓六も一緒で、彼女は今日は真新しい紺のズボンを穿いて、駕籠の左側に付いていていた。路地を出ると、西に向かって小さな林を通り抜け、駕籠はゆっくり揺れながら、そこで止まった。韓六が駕籠の戸を開け、彼女に手を添えて下ろし、「着いたわ」と一声かけた。

そこは花家舎の祭祀堂で、王観澄が花家舎の再建をしたときに、村で唯一保存された建物だった。祭祀堂は青煉瓦で建てられていたが、長い年月を経て、煉瓦の壁に緑の絨毯のような蘚苔《せんたい》が厚く生え広がっていた。門前には石の獅子が一対うずくまっており、それぞれの獅子の首には吉祥結びの赤い布が付けられていた。門の外の広場には八仙卓が四つ五つ並べられており、新鮮な肉や魚、野菜などがいっぱい積み上げられて、何人かの前掛けを付けた調理人が石板の上で肉を切っていた。祭祀堂は始終忙しく人が出入りしていたが、そのほとんどは女の人で、濡れた籠を提げていたり、血の滴る鶏やアヒルを持っていたりしていた。

壁沿いの暗渠《あんきょ》のそばで、一人の肉屋が豚を屠《ほふ》ろうとしていた。彼は刀を口に咥え、木桶から冷たい水を柄杓で掬って豚の首にかけ、力いっぱいぱんぱんと叩いた。豚は盛んに悲鳴をあげていたが、たぶん死期が近いのを悟っていたのだろう。肉屋は刀を手に握ると、豚の首の上のほうで軽く一押しした。すると熱い血が太い柱のようになって噴き上がり、置かれていた銅のたらいの中に音を立てて流れこんだ。秀米は初めて豚を屠るのを目にし、やはり寒々とした思いに囚われた。

白粉を塗った召使いの老婆が彼女の前に進みでて、深々とお辞儀をし、「私についてきてください」と言った。そして纏足をちょこちょこと動かし、大きな腰を捻りながら、秀米たちを案内して裏の小さな戸から祭祀堂の中に入っていった。祭祀堂の中庭は真四角で、地面に大きな青い石畳が敷かれており、一本の杏の木と小さな井戸があった。両側の廂房《シャンファン》の戸や窓にはすべて「喜」の大きな赤い文字が貼られてあった。秀米が入っていくと陰湿な黴臭い臭いが鼻をついた。昨日降った大雨のせいで、中庭の右隅の窪地に水溜りができていた。老婆は隠しから鍵を取り出し、一つの扉を開けて、彼女たちを入らせた。

そこがおそらく新婚の部屋「洞房《ドンファン》」なのだろう。部屋の中は暗く、東向きに木の格子を組んだ小さな窓があるだけだった。彫り物を施された大きな木のベッドから真新しいペンキの匂いが漂っていた。ベッドの蚊帳、掛け鉤、カーテンは全部新品で、二組の大きな花柄の古い布団と刺繍の枕一対が畳んで置かれていた。ベッドの脇には抽斗《ひきだし》のある化粧台が一張、腰掛けが二脚あったがどれも新しく塗り立てられて、顔が映るほどピカピカになっていた。テーブルには小さなランプが火を灯していた。その小窓はちょうど誰かの家の裏庭に面していて、秀米が窓辺に近寄って爪先立ちして外を見たとき、竹垣の向こうの便所で用便をしている年寄りが見えた。

「半月ほど前に、総元締めが四爺と殺し合いをなさったときに、屋敷が大火で焼かれてしまい、新しい建物がまだ出来上がっておりません。この祭祀堂はだいぶ古くなっておりますが、お嬢さん、ご不満でしょうけれども何日かここで我慢なさってください」老婆はこう言うと、彼女にお茶を淹れ、菓子類を持ってきた。韓六は何度も老婆に話しかけたが、老婆は表情一つ変えず、耳に入らない素振りをした。ほどなく、小さな戸から若い侍女が二人入ってきた。彼女たちは浅葱色の衣装を身につけ、視線を下げうなだれて壁際にじっと立っていた。

老婆が突然、韓六に向かって冷たく言い放った。「韓おばさん、もしご用事がお済みのようなら、島にお戻りになったらよろしいのでは」

韓六はこれ以上ここに留まれないと知り、立ち上がって、両の目に涙を浮かべながら、秀米のほうを見て話しかけた。「昨晩あたしがお嬢さんに申し上げたこと、お嬢さんちゃんと覚えていますか」

秀米はこっくりと頷いた。

「一ヶ月我慢できれば、四年、四十年も我慢できる、いずれにしてもただそれだけのこと。この世に生きていくには、苦しみの一字から逃れることなどできはしない。六爺、今の総元締めと結ばれるからには、何ごともよく言いつけを守り、自ら辛い目に遭うようなことはしない」

秀米は涙ながらに韓六に答えた。

「またそのうち暇ができたら、きっと島に会いにきてね」

韓六は涙に咽《むせ》びながらも、まだ何か話したそうで、唇がぶるぶる震えていた。彼女はそうしてしばらく立っていたが、上着の隠しから黄色の絹で包んだものを取り出し、秀米の手に渡した。「つまらないものだけど、取っておいて。もししばらくの間、会えなくなっても、思い出す縁《よすが》になるわ」彼女は秀米の手の背をぽんぽんと押さえ、身を翻して立ち去った。

秀米はその品に手が触れた瞬間、なぜか、不吉な予感がした。心臓がガンと音を立て、腹の底まで沈んでいってしまいそうだった。彼女は急いで灯りの下に近寄り、黄色の絹の包みを少しずつ開けていった。やっぱりあれだ！　彼女はいきなり雷に打たれたようになった。壁も天井も猛烈な勢いで回りはじめ、身体がぐらぐら揺れて立っていられなくなり、思わず悲鳴をあげた。彼女の悲鳴に老婆はすっかり肝を潰し、慌てて彼女を抱えおこした。

またもや金の蝉だった。

秀米がよろよろと戸のほうに向かっていくと、二人の侍女が手を伸ばして彼女を支えた。秀米は顔を上げて外を眺めた。祭祀堂の外は相変わらずどんよりと曇っていて、雨が降りそうだった。中庭には杏の木と井戸しかない。韓六の姿はもう見えなくなっていた。

この金の蝉は生き生きとしていて、張季元がかつて残していったものと瓜二つだった。薄い羽は今にも開いて飛び立ちそうだった。琥珀製の飛びでた眼のほかは、すべて純金で作られている。秀米の読んだ張季元の日記によると、金の蝉が作られたとき、数が限られていて、十八個だったとも、十六個だったとも言われていたが、張季元本人も定かではなかったらしい。それは「蜩《ちょう》蛄《こ》会《かい》」の棟梁たちが連絡を取り合うときの信用の証だった。一般の会衆たちはもともと見ることも知ることもできないものだ。危急のときにはこれが夏の蝉のように鳴くといわれていたが、もちろんでたらめだろう。しかしそれにしても、韓六は山の尼僧に過ぎないはずなのに、どうしてこんな貴重な品を手に入れていたのだろう。まさか、彼女は……。

秀米はまばゆいばかりに輝く蝉の羽をそっと撫でた。今はもう、以前これを見たときのような甘く優しい感情などまったくなく、逆に、彼女にはこの蝉が不吉な前兆のように思えた。天地に漂う風露の精華が凝集してこれに命を吹きこみ、ある日突然これが本当に鳴き声を発したり、羽を打ち振るって飛んでいったりするように思えてならなかったのだ。ぼんやりと金の蝉を見つめているうちに、とりとめもない想念が次々に襲ってきて、頭が割れるように痛くなり、今がいつなのかもわからなくなっていった。やがてあまりの気怠さに意識も遠のき、テーブルに突っ伏して深い眠りに沈んでいった。

眠りから覚めたとき、秀米は自分が服のままベッドに横たわっていて、外が完全に真っ暗になっていることに気づいた。子宝を願う杏の実や赤く塗られた落花生を吊るした紐が蚊帳の上から何本も下がっていた。彼女はベッドから起き上がったが、ひどい頭痛は相変わらず続いていた。老婆はベッドの脇に腰掛け、作り笑いを浮かべた胡桃《くるみ》みたいな顔で、秀米を見つめていた。秀米はベッドを降り、髪を手で梳《す》きあげながら、テーブルに向かい、冷やしたお茶を飲んだ。胸が激しく高鳴っていた。

「今はもう何時《なんどき》なのかしら？」秀米が訊ねた。

「夜も更けました」と老婆は答えた。彼女は髪から簪を抜き取ると、それでランプの芯をかきあげた。

「表はなんの騒ぎなの？」秀米がまた訊いた。

「京劇をやっているんですよ」

耳を澄ますと、京劇の声は祭祀堂の奥のほうのどこかから聞こえており、風に乗って遠くからのようにも近くからのようにも感じられた。それは秀米のよく知っている「韓公雪を擁して藍関《らんかん》を過ぎる」[145]という演目だった。祭祀堂はどうやら満員のようだった。盃が鳴る音、大きながなり声、猜拳《さいけん》遊び[146]の掛け声、行き交う足音、それにときおり、犬の吠え声も混じっていた。窓の外に目をやると、竹林の風雅な影に風が爽やかに吹きわたり、幽玄な夜霧をあたりに漂わせていた。テーブルには新たに四本の高い燭台が置かれていたが、その蝋燭もすでに半分ほどになっていた。大きな盆に皿と碗がいくつか置かれ、酒醸圓子《ジュウニャンユアンズ》[147]が一碗、惣菜が二皿、そして果物の盛合せが並べられてあった。

「総元締めが先ほどお見えになったのですが、お嬢さまがまだお休みだったので、お起こしになりませんでした」と老婆が言った。

秀米は何も答えなかった。老婆の言う総元締めは、間違いなく慶生のことだ。

宴が終わって人がいなくなったときには、もう真夜中を過ぎていた。

慶生の現れ方は、かなり意表をつくものだった。彼は護衛を従えておらず、刀も持っていなかった。戸を蹴って開けると、よろめくように走りこんできて、老婆とあくびばかりしていた侍女たちをひどく驚かせた。秀米は酔っ払っているのかと思ったが、彼は大きく体を揺らしながら秀米の前に近寄り、京劇の道化役者のように、片足を彼女が座っていた椅子にあげて、馬鹿な笑いを浮かべて彼女を見つめるのだが、何も話そうとはしなかった。

秀米が顔を逸《そ》らすと、慶生は自分を見るように、無理やり顔をもどさせた。

「俺を見るんだ、俺の目を見るんだ。この目はもう少しで閉じてしまうからな」と慶生は言ったが、その声には耐えられないほど大きな苦痛を秘めた響きがあった。

秀米は彼が何を言いたいのかわからず、驚いて彼を見つめた。玉のように大粒の汗が彼の顔を伝って流れ落ち、漏れ出る呻き声もますます大きくなっていく。その顔を見ているうちに、ふと張季元のことが浮かんできた。あの長洲米屋での夜のこと、あのとき、従兄もこんな表情をしていた。何か話したそうだったけど、眉を顰めて耐えているその苦痛はどうしても言い表せないようだった。

あたりに漂う強烈な血腥《なまぐさ》さが鼻をつき、彼女は吐き気を抑えることができなかった。この血腥い臭いがどこから起こっているのか、彼女にはわからなかった。部屋を見回すと、老婆も侍女もとっくに姿を消していて、祭祀堂は一時、完全な静寂に包まれていた。月光が戸の向こうの中庭とあの杏の木を照らし、祭祀堂全体が不気味に静まりかえった墓場のようになっていた。「謎解きを一つやってみないか」慶生がいきなり笑って言った。「答えは一文字、問いはこうだ、刀が二本刺さった屍《しかばね》……」

慶生はこんな話をした。今朝方起きて出ていくと、村で放浪の道士に出会った。八卦の黄色い幟《のぼり》を立てて亀甲の団扇を揺らしている道士で、自分を引き止めて、謎解きをしないかと言う。刀が二本刺さった屍ってなんだ、と。さんざん考えたが解けず、手下にも考えさせたけれど、誰も答えられなかった。道士は笑って、わからなければそれでいい、わからないほうがいいんだ。もしわかってしまったら、まずいことになるからな、と言った。その道士はふつうの人とは違っていた、六本指だったから。左手に六本目の指があったんだ。秀米は六本指の人と聞いて、寒気が走ったが、そのときにはまだ怖いと思う暇もなかった。

「本当は、俺が慶寿一家十三人を殺してしまえば、花家舎の災厄は終わると思っていた」と慶生は言った。「慶寿は召使いたちを率いて俺を殺そうとしていたんだが、うまいことに、俺のほうもうちの奴らを連れてあいつを殺しにいくところだった。どちらも同じことを考えていたわけだ。総元締めが殺されて、俺は下手人が誰なのか、必死になって考えた。二爺も五爺もやられて、老三は逃げ出した。慶寿以外に下手人はありえない、だから俺はあいつに狙いをつけた。先手必勝、後手に回ればやられるって言うだろう。俺が手下を連れて家を出たとたん、奴がやはり手下を率いて俺を殺しにきたところに出くわした。俺の家も奴に火を点けられたんだ。

敵味方、双方入り乱れて殺し合いをやった。路地から湖まで、斬り合いが続いたんだが、天は見る目がある、俺があいつを、それからあいつの恥知らずな叔母をひっ捕まえた。ワッハッハッ、俺は四ヶ月も我慢して、一日中怯えて暮らしていたが、これですっかり楽になった。それでな、あいつの女房をからかって遊んだわけさ、だがすぐ飽きてしまったから、あの女のおっぱいを抉り取って炒めて食った。死骸は湖に投げこんでな。老四の慶寿は、ひどい目には遭わせていない。泥で息をできなくさせただけだ。

俺はこれですべて終わりだと思っていた。俺は慶寿のとこの料理人も植木職人もみんな殺した。あの庇に吊り下げられていた鸚鵡までも殺して、最後にあいつの家に火を放ってきれいさっぱり焼いてしまった。俺はすべて終わったと思ったさ。だが、本当の達人はな、なんと、まだその姿を見せていなかったということなんだ」

慶生の目はますます見開かれ、まなじりが裂けそうなぐらいだった。玉の汗が絶えず広い額から流れ落ちていた。秀米には彼がまだ必死になって息を吸いこんでいるのがわかった。まるで彼女の身体までその鼻の中に一気に吸いこんでしまいそうな息遣いだ。ちょうどこのとき、戸の外で誰かがこっそり動く影がちらりと見えた。慶生も明らかに外の人影に気づいたようだったが、冷笑を浮かべると秀米にこう言った。

「外はひっそりと誰もいないなんて思うなよ、ほんとは、祭祀堂の周りはどこもかしこも人がいっぱい潜んでいる。ただ奴らは誰も入って来られないんだ。俺のことを怖がっているからな。俺が生きている限り、息がある限り、あいつらは誰も入って来られない。奴ら、俺の盃に毒を入れやがった、その後で刀を二本、俺に刺しこんだ。今じゃ、俺はもう死んでるのも同じだ。だが奴らはやっぱり入って来られないでいる。

残念なのは、今になっても俺はまだ、自分を殺した奴が誰なのか、わからない……」

慶生は苦笑し、秀米にまた訊ねた。「さっき俺が出したあの謎解き、おまえは答えがわかったか」

秀米が黙ったままなのを見て、慶生は彼女の手を取り、自分の腰のあたりに押しつけた。彼女の手は何か硬いものに触った。それは刀の柄で、丸い棒状の木だった。刀身は彼の腹に深く刺しこまれていて、柄の部分だけほんの少し外に出ていたのだ。彼女の掌に粘りついているのは、みんな血糊だった。

「この一太刀は、たいしたことはなかった。もう一太刀、背中だ、そいつは俺の心臓にまで刺さっている、俺の心臓はもう動かなくなりそうだ、俺の心が苦しがっている、死んだって死にきれない……」

彼の声はだんだん弱くなっていて、最後にはぶつぶつと呟くぐらいになった。彼の大きな両の目は閉じそうになって、また見開かれたが、瞼が垂れ下がっていった。そして手が激しく震えだした。

「もうじき心臓が落ちていく」と慶生が言った。「心臓が落っこちるんだ、わかるか、心臓が落ちたら、人は死ぬ。人の一生で、いちばん辛いのがこのわずかな瞬間なんだ。どんな死に方になろうが、遅かれ早かれ必ずやってくる。痛くはない、本当に痛みなんかない、ただ何ともやり切れないんだ。俺には自分の心臓が話しかけてくる言葉が聞こえるようだ、こいつはこう言っている、友よ、申し訳ないが、俺はもう動けなくなった、もういっぺんだけと言われても、もうだめだ……」

話し終わらないうちに、慶生は仰向けになって床にばたりと倒れた。だが彼はすぐに飛び起きたかと思うと、また倒れていった。こういうふうに何度かもがいていたが、ついに起き上がれなくなった。そして瘧《おこり》のように激しく身体を震わし、頭を断ち切られた鶏みたいに床をのたうちまわった。

「俺は死なない、死ぬはずがない」慶生は歯をガチガチと噛み鳴らし、口から血しぶきを吐きだすと、頭をもたげてこう言った。「俺を殺すなんて、そんなに簡単なことじゃねえぞ。おまえ、お茶を持ってきて飲ませてくれ」

　秀米は怯えきってしまい、ベッドの縁まで後退《あとずさ》りし、蚊帳を引っ張って顔を覆っていた。彼女には、慶生の体内に毒が回ったのだとわかった。彼の背中には、やはり短剣が一本突き刺さっていて、その剣の柄には赤い飾り房があった。彼はまた血しぶきを吐き、両手をつきながら前に向かって這っていった。

「水が飲みたいんだ、辛くてたまらない」彼は顔を上げて秀米のほうを見やると、また這い進んでいくのだった。秀米は、この人はテーブルのところまで這っていって、お茶を飲もうとしているんだと思った。彼はもうテーブルに手が届いていたが、もう一度立ち上がろうとしてもできなかった。彼はテーブルの脚に食らい付き、ガシッという音を立てて無理やり木片を齧りとった。

　この一噛みで彼は最後の力を使いきった。彼は両足を力なく蹴りだし、音を立てて屁を放《ひ》ると、首ががくりと曲がった。死んだのだと秀米にはわかった。

　このとき、秀米は謎解きの答えが浮かんだ。

屁だ[148]。

十一

「僕は姉さんと呼んでいいかな？」と馬弁《マービエン》が言った。

「あたしは、あんたをなんて呼べばいいの？」秀米が彼に訊ねた。

「馬弁」

「ということは、あんたは馬《マー》っていう姓なの？」秀米が顔を彼のほうに向けた。唇がヒリヒリと痛いのは、彼に噛まれたからかもしれない。「僕の姓は馬じゃない、名前なんてないんだ。五爺の馬弁をやっていたから、花家舎の人はみんな僕を馬弁って呼んでる」彼はハアハア喘ぎながら彼女の上に乗り、彼女の耳たぶや目、首を舐めまわした。

「今年いくつなの？」

「十八」と馬弁が答えた。

彼の喘ぎ声はまるで犬みたいだった。身体は泥鰌《どじょう》みたいに滑らかで浅黒く、髪の毛は太く硬かった。彼は顔を彼女の脇の下に埋め、上から下まで全身ぶるぶると震えていた。口元ではぶつぶつと低い声で呟いている。母さん、姉さん、母さん、あんたは僕の母ちゃんだ。あんたの脇の匂いが好きだ、汗を流す馬の匂いみたいだ、と彼は言った。彼は、船倉で初めて見たときに心臓が刀で抉り取られたような感じがしたという。最初はただしっかり彼女を見ていたい、顔を見つめていたいと思っただけだったと。どんなに眺めていても見飽きなかったと。

秀米の脳裏に数ヶ月前のあの満月の夜のことが浮かんできた。湖水が爽やかな音を立てて舟の周りを流れていった。葦の茂みが進みゆく舟に従って開かれ、また閉じていった。この馬弁は、身じろぎもせずにじっと自分を見つめていた。あのときのまだあどけなさを宿す眼差しを覚えている。潤んで澄みわたり、苦痛を秘め、哀しみを帯びたあの眼差し、あれは月光を浮かべた川の流れのようだった。

あのとき五爺慶徳は目を細めて居眠りをしていた。馬弁は彼女に向かって締まりのない笑いを見せていたが、目つきには怯えと貪婪《どんらん》さがあり、大きく口を開けていて、慶徳は見ていないと思っていた。秀米がときおり彼のほうを見ると、すぐ顔を赤らめ、俯いて刀につけた赤い飾り房を弄《まさぐ》った。片足は木の卓の上に載せていたが、靴下に穴が二つ開いていて、そこから足の指が覗いていた。あの夜、彼はずっと笑っていた。慶徳が真っ赤に焼けた煙草の火玉を彼の掌に落としたとき、ジジッと焦げた煙が立ち、飛び跳ねて痛がっていた。しかし慶徳が眠ってしまうと、舌で唇を舐め、また惚けたように秀米を見つめ、やはり笑っていた。

馬弁は力いっぱい彼女を抱きしめていた。指の爪が彼女の肌に食いこんでしまいそうなほど強く、全身が相変わらず激しく震えていた。

「僕はこんなふうにして、あんたを抱きたかった。どんなにされても離さない、刀を首に突きつけられたって、離さないんだ」と馬弁が言った。その話し方は、どんなに見てもやっぱり子どもみたいだった。

「六人の頭領のうち、あんたは五人を殺したけど、誰かがあんたを殺しに来ることはないの？」と秀米が訊ねた。

馬弁は何も答えなかった。唇はすでに彼女の胸のあたりまで動いてきていた。彼女の汗を舐める彼の舌は熱かったが、吸いこむ息はひんやりしていた。初め彼は乳首に触れなかった、触れたくなかったのではなく、触れる勇気がなかったのだ。ひどく不器用で、ぐずぐずためらってばかりいるように見えた。秀米はそのとき急にぼうっとして目が眩《くら》み、視線があてどもなく漂いだすように感じた。身体は弓のように反りかえり、足がぴんと突っ張り、爪先がベッドの縁を思いきり押していく。全身が湖の入江に春の潮が漲っていくような恍惚の中にあった。目を閉じた。羞恥が見えないように。

「最初はね、あいつらを殺すなんて、思うこともできなかったさ。それに五爺、ふだんはまともに顔も合わせられなかったのに、どうして殺すなんて思いつける？　もしも殺したいって考えたとしても、殺せるわけもないし。あいつは僕に煙草の火玉を押し付け、馬の小便を飲ませ、馬糞を食わせもしたんだ、こんなこと一回だけじゃない。僕は、あいつが火傷《やけど》をさせたからって、殺そうと思ったわけじゃないよ」と馬弁が語りだした。

「それじゃ、いったいどういう、ああ、もっとやさしく、……どういうことなの？」と秀米が言った。彼女は本当に、この馬弁のことが好きになりはじめていた。彼の体からは泥と青草の匂いがする。

「それは、あの日、小驢子《シャオリュイズ》に出会ったからさ」

「小驢子？」

「そう、小驢子だよ。彼は遠いところからやってきたんだ。花家舎に人相見の占いをしにきた」と馬弁が言った。

「その人、左手に六本の指があるんじゃない？」

「姉さん、どうしてそれを知っているの？　姉さんはあの人と知り合いっていうこと？」

秀米は当然知っていた。張季元は日記で、ほとんど毎日のようにこの神秘的な名前を呟いていた。この人物は人に知られてはならない極めて重要な、なんらかの使命を帯びているに違いない。実は、彼は花家舎に来ていたのだ。

小驢子は道士の格好をしていて、花家舎では占いの人相見みたいなふりをしていたけど、それは隠れ蓑だったんだ。あの人の本当の身分は蜩蛄会《ちょうこかい》の頭目だよ。彼らは梅城を攻めようとしていたんだけど、人手が足らなくて、特に鉄砲を使える奴となるともっと少なかったから、いろいろ尋ね回りながら花家舎にやってきて、こっちの頭領に一緒に戦うよう口説こうとしたんだ。それはやはり二爺が取り仕切っていたときだった。二爺は会って話を聞くと、彼に、どうして梅城を攻めなけりゃならないのかって訊ねた。小驢子は天下大同を実現するためだと答えた。二爺はつれなく笑って、我々の花家舎ではもう大同を実現してるじゃないか、てめえなんぞ、さっさと自分の寝ぐらに帰りやがれって言ったんだ。

小驢子はすっかり気落ちしたけど、三爺と四爺のところにも行ってみた。彼らもみんな二爺と同じ言い方で断ったんだ。小驢子も哀れなもんで、上からの指令で花家舎の説得に当たっていたのに、うまくいかず、手ぶらで帰っていっても報告のしようがなかったんだろうね、すっかりしょげかえって村の中をウロウロ回って、あれこれ探っているうちに、六爺の家に足が向き、六爺にもあの革命の道理を披露したわけだ。この六爺というやつはものすごい癇癪持ちで、小驢子が話し終わるのを待たず、たいへんな剣幕で怒鳴りつけた、革命、革命、もううんざりだ、てめえの母ちゃんとでもやってろ！　それから飛び蹴りを急所にくらわしたもんだから、あの人は地面に吹っ飛んでひっくり返った。小驢子はしばらく這いつくばったまま動けなかったが、歯を食いしばって六爺に叫んだ。この恨みを晴らさなかったら、男じゃない、今に見ていろ！って。六爺は声をあげて笑い飛ばし、あの人のズボンも服もみんな剥ぎ取らせて、追い出したんだ。小驢子は説得できなかったばかりか、こんな辱めを受けて、裸で花家舎から出ていった。

今年の春に、小驢子がまたやってきた。今度も道士の身なりで、亀甲の団扇を揺らし、人相見をするという格好だけど、衣服が変わっていて、髭も蓄えていたから、花家舎では誰も気づかなかった。あの日、僕は湖の岸で馬の水やりをしていたんだけど、あの人が河原を行ったり来たりしているのを見かけた、何か探し物をしているようだった。何を探しているのかって訊いてみると、初めは口ごもっていたけど、どうしても見つからなくて、とうとう僕に金の蝉を見ていないかと訊いたのさ。でたらめを言っているのかと思ったよ、夏になれば蝉なんか木にいっぱいとまってるけど、この世のどこに金でできた蝉があるって言うんだい。

あの人は湖の周りをずいぶん長い間探し回っていたけど、結局見つからなくて、河原に座りこんで、何も言わず、僕が馬に水を飲ますのを見ていた。しばらくすると立ち上がり、渡し舟のほうに歩いていった。その舟は錨《いかり》を上げ、帆を張って南に向かって動きだした。あの人がそのまま行ってしまえば、その後の出来事も起こらなかったはずなんだ。でも、もう見えなくなっていた舟がまただんだん大きくなってきた。実はあの人が船頭に、舟を戻すように頼んでいたんだ。あの人は甲板から飛び降りるとまっすぐ僕のほうに向かってきて、こう言った。お若い兄弟よ、この花家舎に料理屋はあるかいって。僕は、あります、二軒ありますって答えた。あの人は目を細めて僕をジロジロ見ていたけど、兄弟、俺たちがこうして出会うのも何かの縁だ、兄貴分の俺が酒をご馳走したいがどうだ、と言ったんだ。

僕は、料理屋なんか僕みたいな馬の世話をするような者が行ける場所じゃありません、って言った。すると小驢子は僕の肩をばんばんと叩いたんだ、あんまり強く叩くから足がふらつきそうだった。それから、おまえはどうしていつも自分を馬まわりの人間だと決めてかかってるんだ、おまえはいつの日か、自分こそ総元締めになるんだと思ったことはないのかって言われた。

そんなことを言われて、僕は本当にびっくり仰天してしまった。もしそんなことを僕が人前で口にしていたら、首が飛んでいたろうね。幸い湖岸には誰もいなかった。僕はすっかり肝を潰して、すぐにでもその場から逃げ出したいと思ったんだ。それで、彼に、五爺が馬で遠出をするんで、僕が馬を牽いて帰るのを待っているからって嘘を言った。小驢子は僕が帰りたがっているのを見て、まあちょっと待て、見せたい物があると言って背負っていた包みを取り出した。僕はまた、本当に何か見せてくれるのかと思ったんだけど、包みを開けて取り出したのは、なんと、ギラギラ光る刀で、それを僕の腹に押し当てて、鬼みたいなすごい形相で、俺と一緒になって花家舎の頭領たちを殺し、おまえが総元締めになるか、それとも、俺がこの場で、おまえを片付けてしまうか、どっちがいいかって言ったんだよ。

姉さん、僕はあんたとだけ一緒にいたいんだ。こんなに辛い思いをするのはなんでだろう、辛くなればなるほど、姉さんをしっかり抱いていたい、それでも辛くなって、泣きたくなるんだ。僕は総元締めなんかになりたくはない。一日中姉さんを見ていられたら、それでいいんだ。

それから、僕は訳がわからないままあの人について料理屋に入った。馬は近くの木立に繋いで、一緒に中に入り、たくさんお酒を飲んだ。店には客がいっぱいいて、ゆっくり話ができるようなところではなかった。あの人も話はせずに、ひたすら僕に酒を勧めるんだ、じっと見つめるその目は、怖がらなくてもいいんだよと僕に語っているようだった。酔いが相当回ってから、小驢子は僕を外の林の中に連れだし、日の当たる場所を見つけて腰を下ろした。そのころにはもう、最初のときのような恐ろしさは感じなくなっていた。酒を飲むと肝っ玉が太くなるってよく言われるけど、本当だね。小驢子は煙管を取り出して火を点け、僕に寄越してくれた。そして吸っているうちにだんだん気持ちが落ち着いてきた。

小驢子は僕を導いてくれた、人は生まれながらにして皇帝になるわけじゃない、すべてその人がどう思うかで決まるんだ。もし皇帝になりたいと思うなら、そうなるし、総元締めになりたいと思えば、きっとそうなれる。じゃ、もしおまえが一日中、馬引き人夫になりたいと考えていたら……。

それなら、ただ馬飼にしかなれないって、僕は答えた。

僕の答えを聞くと、小驢子はひどく喜んでこう言った。おい、小東西《シャオドンシ》（ちびっ子）、おまえはとても頭が切れるじゃないか！　それからしばらくして、こうも言った。おまえが総元締めになったら、欲しい物がなんでも手に入る、どんなことでも自由自在だって。あの人がここまで言ったとき、僕は思いつくことがあって、言ったんだ、花家舎に新しく拐かしてきた娘がいます――つまり、姉さんのことだ、もし本当に総元締めになったら、その娘は僕のものになるんですかって。小驢子は、もちろんそうだとも、その子はもちろんおまえのものだ、一日に一八回やって、一日中家の中でその娘を抱いて寝ていたって、誰も構いはしないと答えたのさ。

小驢子はまた、その娘だけじゃなく、花家舎のどんな女だっておまえが気に入れば、みんなおまえのものだ、とも言った。僕は、花家舎の女など誰もいらない、僕が欲しいのはあの拐かしてきたばかりの娘一人だって言ったさ。小驢子は笑って、好きなようにしろって言ってたけどね。こんな話も出て、酒の勢いもあったから、小驢子のいうことが僕にもやれそうな気がしてきた。でも花家舎の六人の頭領はみんな相当な手練《てだ》れだし、召使いも護衛もいる、どうやったら殺せるんだろう。小驢子は、そんなに心配することはない、俺たちは暗がりにいて、奴らは明るい場所にいる、もう六人いたってちゃんと片付けられる、それに、殺すときにはおまえの手を借りる必要はない、俺が外から人を連れてくる、おまえはただ道案内をしてくれればいい、なんでも俺に相談するんだと言った。そう言ってから、刀で掌を切り、その刀を僕に渡して、同じように切らせた、それで二人は手を握りあって、血が一つになったんだ。

小驢子はこう言った、俺たちの血が一緒に流れたからには、今からおまえは蜩蛄会《ちょうこかい》の栄えある一員になった、もう後悔しても遅い、もしおまえが心変わりしたり、何か漏らしたりしたら、俺はおまえの生皮を剥いで、太鼓にしてやる、それを家に置いて暇つぶしに叩くんだ、と。

　あの人は僕に誓いを立てさせた。何を言っているのかよくわからなかったけど、ともかくあの人の後について誓いを立てた。その後で、あの人は包みから元宝《ユエンバオ》[149]を四つ取り出した。驚いたね、元宝だよ、粒銀じゃないんだ、銀の塊が四つだよ。僕はこれまで一回しか見たことがなかった。親父が死んだときに、お袋が箱の底から取り出してきた、もう何年も隠しておいたもので、親父の棺を買うのに使ったんだ。でも小驢子はいっぺんにそれを四つも出してきた、この人はふつうの人じゃないって僕にはよくわかった。この人が六人の頭領を殺すって言うのも、冗談で言ってるんじゃない。そして、この金は取っておいてくれ、大事なときに役に立つからって言うんだ。こういう話をして僕らは別れた。

　その後、その四つの元宝は本当に役に立った。一つ目の元宝を、小驢子は僕に王観澄の女中頭の婆さんに届けさせた。婆さんは元宝を見ると、手に取って重さを確かめたり、歯で噛んでみたりしていたけど、やがてにこにこ笑って、このお品があれば、針の山でも火の海でも、馬より早く飛びこんでみせますって言ったね。王観澄を殺すとき、小驢子は外から五人の配下を引き連れ、闇に乗じて村に入った。僕は婆さんと示し合わせて抜けだし、ある舟に乗りこみ、みんなと打ち合わせをした。婆さんは、夜寝るとき、王観澄は必ず戸締りをするから部屋に入れない、決行は夜明けがいいって言ったんだけど、小驢子は、屋根瓦を引き剥がして梁伝いに部屋に入るつもりだと言った。いろいろ相談したけど、結局やっぱり夜明けに決め、王観澄が起きだして中庭で太極拳をするときに手を下すことになった。しかしまったく思いもよらなかったんだけど、その日王観澄が起きて、洗面に行った隙を狙って、この婆さんがあらかじめ用意してあった斧を、あいつめがけて振り下ろしたんだ。いったいどこからあんな力が出たんだろうね。だからさ、王観澄について言えば、やっぱり僕たちが手を下したわけじゃない。

王観澄を殺してから、小驢子は配下を連れて立ち去った。あと十日もしないうちにまた来て、もう一人殺すって言った。小驢子はそうするほうが手ぬかりがなく、万に一つの失敗もないのだと。総元締めの死で、花家舎の連中はみな疑心暗鬼になり、めちゃくちゃに混乱してしまった。でも僕みたいな馬弁を疑う奴なんて誰もいない。僕らは混乱に乗じて二爺を毒殺し、五爺をぶつ切りにした、それで怯えた三爺慶福は慌てふためいて逃げだした。いちばん面倒なのは四爺と六爺だっていうことは、僕もわかっていた。後になればなるほど、警戒が厳しくなるからね、でもまさか、僕らが手を下す前に、四爺と六爺が殺し合いをするなんて考えもしなかった。姉さん、どうしたの、急にそんなにうんうん呻きだして？

姉さん、僕の姉さん、いったいどうしたの、急に大きな声で呻きだすなんて、目もなんだか回ってるようで変だよ、大丈夫なの、辛くなっちゃったのかい、辛い思いをしてるなら、この馬弁に言ってくれよ。今晩僕らは夫婦になったんだ、これから先ずっと、僕は姉さんの言うことをなんでも聞くからね。姉さんのためだけにだ。僕はもう総元締めになったんだから、姉さんはここの大姐《おおあね》御《ご》ということだね。来月には僕らは手下を率いて梅城を攻めに行く。小驢子は、自分たちには三百ほど配下がいるから、それに花家舎の百二十が加われば、きっと梅城を攻め落とせるって言ってる。そのときには、僕らも衙門《がもん》に泊まって、何日か楽しく過ごそうよ。万一失敗したって大丈夫。小驢子が言うには、そうなったら難を避けて日本に身を隠すことになっているんだ。日本ってどんなところだろう、小驢子もまだ行ったことがないんだって……。姉さん、どうしたの？　そんなに叫んだり、大声を出したりして、どうしたんだい？　姉さん、ちょっと手を緩めてくれ、姉さんがあんまりきつく抱きしめるから、僕、息ができなくなっちゃうよ。

第三章

小東西《シャオドンシ》、ちびっ子

一

校長の姿が黒い衝立《ついたて》の後ろから現れた。その顔は憂いに満ちている。部屋は薄暗い。腰掛け、化粧台、彫り物のある大きなベッド、花瓶が置かれた長机、これらのどれもが鉄のように硬く、冷ややかな光を浮かべているが、ただ彼女のまとっている絹だけが柔らかい。彼女が少し歩みを進めるだけで、絹の衣装が空気と触れ合う音を立てる。その顔はもの哀しげで、ため息ももの哀しく、曖気《おくび》さえも哀しみの気配を感じさせる。

老虎《ラオフー》はその顔が朧《おぼろ》げで、どうしても本当のものとは思えなかった。河面に浮かぶ月のようにゆらゆらと漂っているかと思うと、また麦畑をさっと通り過ぎる雲の影のようでもあり、確かな実感は摑《つか》めない。しかしそれでも、刃のように冷たく人に迫る彼女の眼差しははっきり感じられた。

「虎子《フーズ》、こちらに来なさい」校長が呼んでいるが、その声はすぐ耳元で聞こえるようだ。彼女は老虎のほうに目も向けず、化粧台に向かって髷《まげ》を高く結いあげている。老虎が近寄っていった。彼女が身に着けていたのは、白ではなく、琥珀色の衣装で、細かな模様が刺繡《ししゅう》されている。白粉《おしろい》の匂いに独特な香りが混じり、鼻をつく。

「おまえ、その顔はどうしたの?」と校長は訊ねた。やはり彼を見ようとはせず、口に銀の簪《かんざし》を咥《くわ》えている。

「昨日アシナガバチに刺されたんです」と老虎が答えた。

「大丈夫よ」彼女はにっこりと笑った。老虎は彼女が笑うのを見るのも初めてだ。「わたしが乳を絞っておまえに塗ってあげる、腫れはすぐに消えるわ」

どうしてそんなことを、老虎は驚いてしまった。自分の聞き違えか。呆然と校長を見つめていたが、鼓動はどきどきと激しい。でも、でもでも、でも、校長はすでに手を脇に挿し入れ、襟の銀のボタンをさっと外し、緑の縁取りの襟元からたわわな白い乳房を出している。

「校長先生――」、老虎は全身が震えだし、身体が真っ逆さまに堕ちていく……。

夢だったのだ。

目を開けると、彼は自分がなだらかな丘に寝そべっているのがわかった。校長の馬を放しに来ていたのだ。太陽はもう黒味を帯びた赤い火の玉みたいになっていて、林がぎらぎらと燃えるように輝いていた。身体中汗びっしょりで、山風に吹かれると、胸も背も冷え冷えとした感じになった。しばらくの間は、今しがたの夢の中に浸りきっていて、心臓が高鳴り、頭はぼんやりとしたままだった。

あらゆるものには必ず始まりがあるというが、では、夢はどこから来るのだろう。老虎はこんなふうに思った。校長のあの薄暗い、白粉の匂いの漂う寝室はどこか雲の端みたいなところに建っていて、自分はそこから足を踏み外して落っこち、この丘の腰ぐらいまで伸びた草むらの中で目を覚ましたんだ、と。じゃ、逆になることはできないだろうか、どこかで目を覚ますと、夢の中にいることに気づくんだ、校長は襟のボタンを外している、そして自分に向かってにっこり笑う……老虎はこう考えていくうちに、なんだか恐ろしくなってきた。麓のあの残照に赤く染まった林、その林の中に皂龍寺《そうりゅうじ》が蟾蜍《ひきがえる》のようにうずくまっている、コオロギの鳴き声も聞こえる、だがそれらがみんな幻のように思えたのだ。

老虎は草むらから起き上がり、小便をしながら麓を見わたした。皂龍寺の屋根は新しく葺《ふ》きなおされていた。寺にはもとから住職がおらず、いつもなら通りすがりの乞食や放浪の僧侶が雨宿りをするようなところだ。寺の前には池があり、池の端に土を盛って芝居の舞台が作られてあった。年越しのときには、安徽や杭州から来た一座がそこで京劇をやっていた。校長が日本から帰ってきてから、屋根に新しい瓦が葺かれ、倒れそうだった切妻《きりづま》壁も鉄の鋲《びょう》で固定された。それから、寺の両側に新しく部屋が増築され、そこを普済《プージー》学堂という学校に建て直したのだ。しかし老虎は、その学堂に行って勉強しているというような人など見かけたことがない。ただ、頭を剃り上げ腕まくりをした、得体の知れない大きな男たちが大門を出入りし、小唄を口ずさみながら、掛け声も勇ましく槍や棒を振りまわしているだけだった。

寺の裏手の公道でちびっ子が馬の背にまたがり、足で思い切り馬の腹を挟みこみ、ドウ、ドウ、ドウと大声をあげていたが、その白馬は穏やかに顔を上げ、何か考えごとをしているかのように、まったく動かなかった。

村の人たちはこの子を「小東西《シャオドンシ》（ちびっ子）」と呼んでいて、お年寄りたちからは若坊ちゃんとも呼ばれていた。少し悪意を持ったような連中は、陰で「野合のガキ」と言っていた。以前、校長が日本から普済に戻ってきたとき、この子を連れてきたのだ。当時はまだ二歳で、言葉もまだうまく喋れず、荷担ぎ人夫の背中でぐっすり眠っていた。大奥さまは、この子は校長が帰ってくる途中に拾ってきた孤児だと言っていたから、村人たちはそう信じた。しかし、三、四歳になってくると、目元に校長そっくりな表情を浮かべるようになって、唇や鼻、眉もみんな校長に似てきた。村では、もしかしたらこの子は花家舎《ホアジャーシャ》の匪賊《ひぞく》の巣で、あいつらに輪姦《りんかん》されてできたのでは、と噂をふれまわる者もいた。

私塾の教師丁樹則《ディン・シューゾー》は何にでもすぐ口を挟む。あるとき、ちびっ子たちが河の近くで遊んでいると、丁樹則が杖をつきながらやってきて、身をかがめ、ちびっ子の手を取って訊ねた。「おまえの父ちゃんのことを覚えているかい？」と。ちびっ子は首を振り、知らないと答えた。丁樹則はまた、「それじゃ、おまえは自分の姓がなんだかわかっているか」と訊いた。ちびっ子は何も言わず、やはり首を振っていた。「わしがおまえに名前をつけてやろう、どうじゃ？」と丁樹則は目を細めて言った。ちびっ子はいいとも嫌だとも言わず、河原の砂を蹴っていた。

「わしらの住んでいるここは、普済《プージー》というんじゃ、だからおまえは普済《プージー》と名乗れ。普済、この名前はいいぞ、もし将来いつの日かおまえが宰相になったら、この名前は響きがいい[150]し、もし和尚になるとしたら、法名もつける必要がない」丁樹則は満足げに笑い、こう言った。「姓については、おまえの母方の爺さんに従って、陸《ルー》にしろ。しっかり覚えておくんじゃぞ」

しかし人々はやはりちびっ子と呼んでいた。

校長はこの子のことをまったくかまわず、道で出会っても、顔すら見なかった。ちびっ子も彼女をお母さんと呼ぼうとはせず、他の子たちと一緒になって「校長」と呼んでいた。大奥さまはこの子を誰よりもかわいがっていて、ちびっ子などとは呼ばず、いつもこう呼ぶのだった。「駄々っ子ちゃん」「大事な梢」「臭いお尻の宝もの」「ちっちゃな綿入れ」「ちっちゃな行火《あんか》」。

「ぼくが一生懸命に蹴っても、こいつは走らないんだよ、どういうことなの？」老虎が丘から下りてきたとき、ちびっ子がひどく不機嫌な顔つきで彼に言った。

「まだいい、逃げなかったんだから。こいつがもし思い切り駆けだしたら、おまえなんてとっくに犬の糞《ふん》みたいにつぶれてるさ」老虎は大人みたいに教訓を垂れ、「馬に乗るのには、おまえはまだ小さすぎる」と言った。それから馬の手綱を牽いて、池の側にある馬小屋に向かった。空はもう暗くなってきていた。

「おいら、さっき丘でぐっすり寝込んでしまった」老虎はあくびをしながら言った。「そしてな、夢を見たんだ」。ちびっ子は彼の夢なんかには興味がなく、馬の背で小さな拳を振り上げながら、「ぼくが握ってるのは、なあんだ？」と問いかけた。そして老虎が答える前に、掌を開いて差しだし、へへへと笑った。

それは一匹のトンボで、とっくに握りつぶされ死んでいた。

「おいらはおまえの母ちゃんの夢を……」と老虎は言いかけ、夢の話をするべきかどうかためらった。

「そんなこと、珍しくもないよ」ちびっ子は考えるまでもないというふうに、あっさり言った。

「ぼくは毎晩、あの人のことを夢に見てる」

「それは小さいうちなら誰でもそうだ」と老虎が言った。

ちびっ子は珍しいものを持っていた。母親が日本で撮った小さな写真で、ちびっ子のただ一つの宝物だった。彼はそれをどこに隠したらいいかわからなかった。しばらくは服のポケットに入れていたり、ベッドの枕の下にしまったりもしていて、ときおり一人でこっそり取り出しては眺めていた。しかしこの写真は喜鵲《シーチュエ》にだめにされてしまった。彼女はそれをたらいに浸けて、洗濯棒で叩き、手でゴシゴシ揉んでしまったのだ。ちびっ子がズボンのポケットからそれを取り出したときには、もうゴワゴワの紙の塊になっていた。ちびっ子は喜鵲を追い回し、まるで気が狂ったように噛みついたり、泣き叫んだり、一日中たいへんな大騒ぎとなった。最後にやはり大奥さまがいい方法を思いついた。写真をもう一度水にひたして、そっと平らに延ばし、竈の上に置いて乾かしたのだ。写真の顔はぼやけてしまっていたが、ちびっ子はやっぱりそれを大切な宝物にし、迂闊《うかつ》に持ち歩くようなことは決してしないようになった。こういうことを語りだすと、大奥さまは涙と鼻水が止まらなくなる。「この子はふだん、母親の話題になっても知らん顔をしているもんだから、あたしはてっきり自分の母親が好きじゃないのかと思っていたけど、ああ……、母親を嫌う子どもなんかいるわけがないのよねえ」。この話は何度も何度も繰り返され、語りだすと際限なく続いた。

老虎は馬を池まで牽いていき、水を飲ませて、馬小屋の中に戻した。ちびっ子はいち早く干し草を抱え上げると飼い葉桶に放り投げた。二人は靴についた馬糞を敷石の端でこそぎ落とし、馬小屋の戸を閉めた。外はすでに完全に暗くなっていた。

「革命って、いったい何のことなの?」家に帰る途中で、いきなりちびっ子が訊いた。

老虎はしばらく考え、真面目な口調で答えた。「革命っていうのはな、なんでもやりたいことがやれるっていうことだ。ビンタを張ろうと思ったら、誰でもぶっ叩ける。寝たいと思ったら、誰とでも寝られるんだ」

彼は突然立ち止まり、目を良からぬ思いで光らせながら、ちびっ子を見て、少し震えるような声で訊ねた。「おまえ、いったい誰と寝たい？」

老虎は、きっとお母さんと答えるに違いないと思っていたが、ちびっ子のほうはひどく警戒した眼差しで彼を見返し、よく考えて言った。「誰とも寝たくない、ぼくは一人がいい」

二人が村の入り口に差しかかったとき、村の鍛冶屋の王七蛋《ワン・チーダン》、王八蛋《ワン・バーダン》兄弟が大刀を手に持って、他所から来た人を引き止めている姿がぼんやりと見えた。あれこれ訊ねながら、小突き回している。そのよそ者は長い木の弓を背負っていたが、兄弟に小突かれてうろたえていた。どうやら綿花を打つ職人のようだった。兄弟はしつこく尋問を繰り返した挙句、何発かビンタを張って、その人を立ち去らせた。

老虎は得意そうにちびっ子に言った。「おいらが言う通りだったろう、ビンタを張ろうと思ったら、誰でもぶっ叩けるんだ。寝たいと思ったら誰とでも寝られる」

「でも、どうしてあの人を通らせなかったの？」

「彼らは命令を受けて怪しい人間を尋問していたんだ」

「怪しい人間ってなんなの？」

「密偵さ」

「密偵ってなんなの？」

「密偵っていうのはな――」老虎はずいぶん長い間考えこんだが、こう答えた。「密偵は自分のことを密偵じゃないみたいなふりをしている奴で……」

老虎は自分の説明が不十分だと思ったようで、補足した。「この世の中、どこにそんなにたくさん密偵がいるものか、王七蛋たちは人に難癖をつけて楽しんでいるだけさ」

二人がこんなことを話しているうちに、いつの間にか家の前に着いていた。喜鵲と宝琛《バオチェン》が二人をあちこち探し回っていたところだった。


夕飯のとき、大奥さまはまたしきりに長いため息をついていた。彼女は今年で五十を少し超えたばかりなのに、髪は真っ白になり、話し振りも歩き方もまるで老人そのものだった。手の震えは激しく、お椀が持てず、箸も取り落としそうで、いつも咳《せ》きこんだり喘《あえ》いだりして、とても疑い深くなっていた。記憶の衰えがかなりひどくなって、ぶつぶつと話すこともちぐはぐだった。壁に映る自分の影に向かって何ごとか話しかけているようなこともあり、人が聞いているかどうかも関係なかった。彼女は呟《つぶや》きはじめる前に、いつも口にする言葉が二種類あった。「これはみんなあたしが罰当たりだったのよ」と言うか、それとも、「これはみんな報いなんだわ」と言うかだ。

もし前の言い方なら、自分自身を罵る言葉が続くことを表している。しかし結局のところ、彼女はどんな罰当たりなことをしたんだろう。老虎にはさっぱり訳がわからなかった。喜鵲が言うには、大奥さまが後悔なさっているのは、かつてあの張季元《ジャン・ジーユエン》という若い人を家に引き入れてしまったことだそうだ。その張季元という人は老虎も会ったことがあり、革命党の党員だったということだ。彼は石に括られて河に投げ込まれ、溺死したという。普済の言い方をすれば、「池の蓮の花になった」ということだ。

もし後のほうの言い方だと、校長を罵る言葉が続くことになる。今日彼女が口にしたのは、後の言い方だった。

「これはみんな報いなんだわ！」大奥さまは思い切り手鼻をかむと、みんなの見ている前で、それを食卓の脚に擦りつけた。

「あたしは何から何まできっちり揃えて、あの子を嫁に出したんだ。衣装も、布団も、首飾りも、ほかのお宅がやるような物は、一つ残らず持たせてやったのよ。それなのに途中で匪賊にやられてしまった。翌日になって長洲《チャンジョウ》の嫁入り先から手紙が届けられ、あたしはようやくそのことがわかったの。村の年寄りたちの話では、匪賊が誘拐するのはほとんどが身代金目当てだから、四、五日か長くとも七、八日待っていれば、必ず誰か身代金を取りに来る、お金を払ってやったら、あの子は絶対に帰ってくるっていうことだった。あたしは毎日、毎日、待ってたわ、ご飯も喉を通らず、夜も眠れず、来るはずの人の姿を待ち望んで、目も穴が開きそうだった、それなのに半年以上待っても、クソッタレ、影の一つも現れなかったんだから」

大奥さまがここまで話すと、ちびっ子はいつもクククと笑った。大奥さまが「クソッタレ」と言うたびに、クククッと無邪気に笑うのだ。

「それなのに秀米《シュウミー》ったら、なんと、あたしが身代金が惜しくて払わなかったなんて言うのよ！　もし本当に誰か金を取りに来たんなら、このあたしがそんな金を惜しむと思ってんの？　秀米があんなことを言うから、あたしだって言わせてもらうけど、我が家にもいくらか蓄えはあるし、いやもしも金がなかったとしても、あたしはこの家を引き払って、土地財産、田畑のすべてを売っ払ったとしても、必ず身代金を払ってやったわよ。宝琛、喜鵲、あんたたちも言ってちょうだい、誰かうちに身代金を受け取りにやってきたかい？」

喜鵲は俯《うつむ》いたまま答えた。「誰も来やしません。影も形も現れませんでした」

宝琛はこう言った。「誰も来なかったどころか、私はこちらから身代金を先方に届けてやりたかったぐらいですよ。しかし、靴を六、七足も履き潰すぐらい探し回っても、秀米の消息は少しもわからなかったんです。まさか花家舎《ホアジャーシャ》にいたなんて、思いもよりませんでした」

老虎はその花家舎がどこにあるのか知らなかったが、父親がそんなふうに言う以上、たぶん普済からそれほど遠くないところなのだろうと思った。宝琛と喜鵲は、大奥さまの機嫌をなおすためにずいぶん長い間、あれこれなだめすかしていたが、彼女はしばらくしてようやく涙を拭くと、怯《おび》えたように壁に寄りかかってしばらく呆然としていたが、ようやくお椀を持って食べはじめた。

ちびっ子は一日中遊びまわって、くたびれてしまったのか、ご飯も食べないうちに食卓に突っ伏して眠ってしまった。大奥さまは急いで喜鵲に、上に抱いていって寝かせるよう言いつけた。それから老虎に、竈《かまど》からお湯を汲んできてちびっ子の足を洗ってやるように言った。しかし老虎がお湯を汲んで二階に上がる前に、ちびっ子はまた目を覚ましてしまい、ベッドの上で喜鵲とふざけ合っていた。

校長が普済に戻ってからというもの、ちびっ子はずっと大奥さまと寝ていた。しかしちかごろ、大奥さまは咳《せき》がひどくなり、自分の老いた身の病がこの子にうつるのではないかと心配するようになった。それでちびっ子は老虎と一緒に寝るようになったのだ。宝琛の話では、このちびっ子は大奥さまにとって命と同じで、目の中に入れても痛くない宝物なのだ。

「あの人たちは本当に梅城《メイチョン》を攻めに行くのかい？」と老虎が喜鵲に訊いた。

「え、誰のこと？」

「校長たちだよ」

「あんた、誰からそんなこと聞いたの？」喜鵲はひどく驚いた。彼女は布団を整えていた。その腰、胸、尻、みんなとても柔らかそうで、彼女の壁に映る影さえも、みんなふわふわなように見えた。

「翠蓮《ツイリエン》から聞いたんだよ」と老虎が答えた。

昼にちびっ子と馬小屋から馬を牽いて出てきたとき、翠蓮が学堂の池の側で何人かとこの話をしているのを見かけた。老虎は翠蓮を見ていると、いくら見ても見飽きることはなかった。彼女の尻は喜鵲よりもずっと大きい。なぜだか知らないが、最近女の人を見ると、それがどんな人であっても、心がざわめき、口がカラカラになって、じっと見つめてしまう。

「そんなこと、ありえないわ」喜鵲は独り言のように言ったが、怯えて顔色は真っ青だった。喜鵲という人は肝っ玉が豆みたいに小さく、自分の影にもびっくりして怯えてしまうのだ。

「大人のことに、子どもが口出しするんじゃないの。何か耳にしても、胸に収めておいて、むやみに人に言ったりしたらだめなんだからね」彼女は最後にこう言っておいた。

布団を整えると、喜鵲はお湯の熱さを手で確かめ、ちびっ子を胸に抱いて足を洗ってやった。ちびっ子は両足をバタバタさせてしぶきをあげ、周りを水浸しにしてしまったが、喜鵲は怒りもせず、足の裏に湯をかけている。ちびっ子は彼女に抱かれてキャッキャッとはしゃぎ、胸のあたりをところかまず頭でつつき回していた。

「ねえ、校長は本当に頭がおかしくなったの？」さんざんはしゃいでから、ちびっ子がいきなり問いかけた。

喜鵲は濡れて冷たくなった手でちびっ子の頭を撫でながら、笑った。「馬鹿な子ね、みんなが校長って呼んでいても、あんたは一緒になってそう呼んだらいけないわ。お母さんって呼ばないとね」

「お母さんは、本当に頭がおかしくなっちゃったのかい？」ちびっ子はもう一度訊いた。

喜鵲は一瞬、どう答えたものか迷ったが、よく考えて、こう言った。「そんなこと、ほとんどありえない、たぶん。ほらほら、見てごらん、靴下が破けそうになってる」

「でも、気が狂ったら、どんなふうになるの？」ちびっ子は目を大きくパチクリさせて、追究の手を緩めない。

喜鵲は笑って、「あんたは気が狂ってるわけでもないのに、そんな心配してどうするのよ」と言った。

老虎もたらいの前に腰掛けていたが、靴下を脱いで、にやにや笑いながら足を喜鵲のほうに差しだした。「おいらの足も洗っておくれよ」

喜鵲は老虎の脛をつねって、「自分でおやり」と言って笑った。

それから彼女はちびっ子をベッドまで抱きあげた。服を脱がせて布団をかけ、その両側をベッドの端に畳みこむと、腰をかがめてちびっ子の頬に口づけをした。最後に彼女はランプにいっぱい油を注いだ。ちびっ子は暗くなると怖がるので、夜寝るときには明かりを灯したままにしておくのだ。出がけに、彼女はいつものように老虎に言い含めた。「夜、この子が布団を蹴ったりしたら、掛けてあげるのよ」

老虎はいつものように頷いたが、心の中では、おいらは眠ったら最後、朝まで起きやしないんだ、朝起きるといつも、布団はおろか枕だって床に落ちてる始末さ、こいつの布団の世話なんか知るもんか、と思っていた。

しかしその晩、老虎はどうしても寝つかれなかった。喜鵲が降りていって間もなく、ちびっ子の歯ぎしりする音が聞こえてきた。彼自身は、ベッドで何度も寝返りを打っていた。目を閉じると、午後に丘で見たあの夢のことが浮かんできて、全身上から下まで焼けるように火照ってくる。布団を剥いで寝ようと思っても、今度はちょっとひんやり感じてしまう。喜鵲の顔が浮かんでいたと思うと、校長のはだけた襟元になり、翠蓮のあの大きな尻になったりして、それらが部屋の中をひらひらと漂っているのだ。彼がちょっと身じろぎすると、ベッドに新しく敷き詰めた稲藁がカサカサと音を立て、まるで誰かから話しかけられているように感じた。

二

秀米が日本から帰ってきたちょうどその日、この冬初めての雪となった。橙色のような雲の絨毯に覆《おお》われた空から、湿った雪が降っていて、寒さはそれほどでもなかった。雪は地上に落ちる前に溶けた。翠蓮が村はずれまで彼女を迎えに出た最初の人だった。彼女は秀米に手を貸して馬から下ろした。そして彼女の身体に降りかかった雪（それはわずかな雪の粒に過ぎなかったが）を払って、その顔を無理やり自分の胸に抱きしめて、声をあげて泣いた。

そうするのも当然ではあった。秀米が嫁入りする前、彼女ら二人はまるでなんでも話しあえる姉妹のようだったという。長い年月の別離を経て再会を果たしたわけで、悲しみが湧き起こるのもいたしかたないことだった。このほかにも理由がある。翠蓮はその年の秋、陸家に小作料として納められた作物を泰州《タイジョウ》151からきた仲買人にこっそり売り渡していた。この一件が発覚してしまい、彼女は陸家からまたもや追い出されそうになっていたのだ。大奥さまは心根が優しく、翠蓮が長年陸家に奉公していたことや、両親が早く他界して身寄りがないことを考え、さらにこの年は兵乱が続いて不穏な状況だということもあって、なかなかきっぱりとした処分を決められないでいた。この重大な局面を迎えていたとき、秀米が手紙を託して人を送ってよこしたのだ。彼女が匪賊に誘拐されてからというもの、この数年の間、音信がまったくなかったので、彼女がまだこの世に生きているることを信じる人など誰もいなかった。大奥さまは普済の祭祀《さいし》堂に彼女の位牌《いはい》まで設けていた。みなの記憶からもしだいに薄れつつあったこの人が、突然戻ってくると言ってきたのだ。翠蓮の言葉で表せば、「菩薩さまが守ってくださった、天があたしを助けに人をよこしてくださった」ということだ。

翠蓮はみんなの前で、憚《はばか》ることなく、この話を披露した。彼女はこの消息を聞きつけたとき、ちょうど厨房で食事の準備をしていたのだが、喜鵲の話では、その場で腰掛けの上に飛びあがり、喜んで手を叩きながらこう叫んだそうだ。「菩薩さまが守ってくださった、天があたしを助けに人をよこしてくださった」と。

秀米は明らかに翠蓮ほど情熱的ではなかった。彼女はただ軽く翠蓮の背中をポンと叩くと、彼女を押しやり、馬の鞭を手にしたまま家の中に入っていった（馬を牽いていく重任は、当然翠蓮に回ってしまった）。秀米のこの気にも留めないふうな振る舞いに、翠蓮は呆然としてしまった。この人が今後、自分の後ろ盾になってくれるかどうかはさて置き、一つだけはっきりしていることがあった。彼女はもはや十年前の秀米とはまったく違っているのだ。

お供をしてきたのは天秤棒を担いだ人夫が三人と荷物を背負った人夫が一人だった。天秤棒の両方に相当重たそうな箱が括られていて、棒がひどく湾曲しており、担ぎ手は肩をいからせて、苦しげに荒い息遣いをし続けていた。ちびっ子は綿毛布にしっかり包《くる》まれて、背負った人夫の背中でぐっすり眠っていた。取り囲んだ村の娘や嫁、婆さんたちが赤ん坊を背負った人夫を追いかけ、その子を笑わせようとあれこれやっていた。

老虎は父親について行き、秀米を迎える全過程に加わった。父親からは何度も、秀米に会ったら「お姉さん」と呼んで挨拶するように言われていたが、そういうふうに挨拶する機会はぜんぜん巡ってこなかった。秀米の視線は彼ら親子の上をさっとよぎっていったが、少しも止まることはなく、何年もの年月を隔てて、老虎の「お姉さん」が彼らのことを完全に忘れ去っていることは明らかだった。彼女の視線はいつもどこか空虚で、とりとめのない感じがした。彼女は人を見るときに、本当は何も見ているわけではなく、村の人々と挨拶を交わしたときも、実際は何も話していなかった。笑っているときも実は彼女の思っている煩わしさをとりつくろっているだけだった。

宝琛はもとより謙譲の美徳の持ち主で、人に与える印象はいつも小声でへりくだり、首を縮めて目立たなくしているというものだったから、このときの自分の惑乱を人に見せまいとして、あえて人夫から天秤棒を奪うように受け取ると、自分で担いでしまった。

大奥さまは仏間の香机の前で秀米を待っていた。彼女は年越しのときにしか着ない、襟を立てた大きな花柄の緞子《どんす》綿入れに着替え、髪を艶やかに梳《と》かし、香を燻《くゆ》らせていた。秀米が仏間に入ってきた。大奥さまはぶるぶる震えだし、笑い、泣いた。秀米は仏間の敷居を一足でまたぐと、そのまま立ち止まった。目はまっすぐ彼女を見据えていて、あたかも目の前にいるこの人が自分の母親かどうか疑っているかのようだった。しばらくして、秀米は冷たい口調で質問した。

「母さん、私はどこで寝ればいいの？」

彼女の言い方は、まるでこれまで普済から離れたことなどなかったかのようで、かなり唐突だった。大奥さまは娘の言葉にうろたえ、どうしていいかわからなかったが、なんとか笑みを浮かべて、こう言った。「わたしの大切な娘、おまえはようやく帰ってきた。ここはおまえの家なんだから、どの部屋でも好きな部屋を使えばいいのよ」

秀米は敷居から差し入れた片足を引き戻し、「それじゃ、あたしは父さんの使っていた閣楼《ゴーロウ》の二階にするわ」と言った。そしてすぐくるっと後ろを向いて出ていった。大奥さまは口をぽかんと開けたまま、長い間口が塞がらなかった。これが彼女たち母娘の最初の対面で、よけいな話は何もなかった。

秀米が身を翻して立ち去ろうとしたとき、戸口に立っている宝琛親子とばったり出会った。老虎から見れば、父親はしょっちゅう物笑いの種になること以外、何もできない男だった。宝琛はへへへと笑いながら、つっ立って、しわくちゃのズボンを片手で弄《まさぐ》り、もう一方の手で息子の肩をしきりに叩いていた。まるで叩いているうちに何か、うまい言葉が出てくるかのようだった。それでとうとう口にした言葉は、こうだ。

「秀米、へへへ、秀米、へへへ、秀米……」

老虎でさえ、これは恥ずかしかった。

ところが秀米はまったく屈託のない様子でゆったり近よってきて、またあの少女のころの天真爛《らん》漫《まん》でやんちゃな笑顔を浮かべると、顔をちょっと斜めにして宝琛に声をかけた。「あら、首曲がりね！」

彼女の言葉にはかなり強い都風の響きがあった。たった今、仏間で母娘の見るに耐えない再会を目撃したばかりで、宝琛は秀米がこんなに親しげな口調で自分に話しかけてくるとは、思ってもいなかったのだろう。彼には、この目の前にいる秀米がやっぱり十数年前のあのやんちゃな娘なのだと思えた。この子は帳簿をつけているとこっそり帳場にやってきて、算盤の珠《たま》をめちゃくちゃにした。昼寝をしていたときに、この子は茶碗に大きな蜘蛛《くも》を入れた。正月十五日の縁日のとき、自分の首にまたがってこの禿《は》げた頭をぱちぱち叩いたこともあったのだ。宝琛はこの一瞬の優しい仕草に両の目から涙が溢れだした。

「宝琛、来てちょうだい」

大奥さまが仏間で呼んだ。その声にはいくぶん矜持《きょうじ》が取り戻されており、困惑もいくぶん加わったせいか、口調はかなり沈んでいた。彼女はどうやらこれから先に起こりうる一連の災厄を予感しているようだった。

このとき秀米はすでに中庭に立って、例の人夫たちを指図して荷物を閣楼の二階にあげているところだった。翠蓮ももちろん、その中に混じっていた。彼女は腰に手を当て、あれこれ声をかけている。しかし彼女の言うことを聞くのは、喜鵲ただ一人だけだった。老虎は喜鵲が銅のたらいを抱えて布巾を手に、飛ぶように階段を上って部屋の片付けをするのを見ていた。

大奥さまは宝琛と、目下展開しているすべてのことをどう考えるか、相談する時間はなかった。というのは、ちびっ子を背負っていた人夫がその子を小脇に抱えて、彼女のところにずかずかと入りこんできてしまったからだ。ちびっ子は何枚もの綿入れにくるまれて、頬が真っ赤だった。大奥さまが人夫からその子を受け取ると、目がぱっちりと開き、つぶらな瞳で大奥さまを見つめ、泣きも騒ぎもしなかった。このかわいい子をあやしたり世話したりすることが始まって、しばらくの間、大奥さまは何もすることがないというような事態には至らなかった。

のちになって、大奥さまはどうやら後悔をしたようだ。娘をあんな魔物に取り憑かれたような閣楼に住まわせることにしたのは、決して聡明な選択ではなかったと思ったのだ。あの閣楼はもう長い年月、彼女にとって悪夢であり、呪いだった。夫の陸侃《ルー・カン》はあの閣楼で気が狂ったのだし、張季元も死ぬ前までほとんど半年以上もあそこで暮らしていた。大奥さまはまたもちろん忘れていなかった。もしあの閣楼を修復することがなかったら、狼を家の中に引き入れてしまうことはなく、秀米も花家舎の匪賊の手にかかることもありえなかった。十年来、閣楼はまったく使われていなかった。苔が一面にはびこり、蔓がこれでもかと伸びて、大雨が近づくとコウモリたちが喧しい不気味な鳴き声をあげながら、その周りを飛びかうのだった。

秀米は閣楼に上がってから、何日も降りてこなかった。三度の食事は翠蓮が運んでいった。毎回閣楼から戻ってくると、彼女は意気揚々とした態度で、言葉遣いも周りをまったく気にせず、大奥さまが話をしようとしても、適当にあしらうほどだった。

「あの雌豚、どうやらもう秀米の言いなりになってしまったようね。後ろ盾ができたもんだから、ますますだらしなくなっちゃって」と大奥さまは宝琛相手に始終愚痴をこぼすようになった。

大奥さまは胸の内では怒りに燃えていたが、翠蓮と話す口調は以前とはすっかり変わっていた。娘の動静を聞きだすために、彼女は当分の間、気持ちを抑えて穏やかにいることにしたのだ。

「あの子の箱には、いったい何が入っていたの？」大奥さまは無理に作り笑いを浮かべて訊いた。

「本です」と翠蓮は答えた。

「あの子は毎日、二階で何をしてるの？」

「本を読んでます」

日にちが経つにつれて、大奥さまの心配は日に日に大きくなった。あの子が父親のかつて歩んだ道を進み続けている以上、発狂だけが唯一考えられる結果なのかもしれない。「あの子が帰ってきた日、その顔つきを見ていて、あの子の父親が昔発狂したときの表情とまったく瓜二つだと思ったわ」大奥さまが思い出したように言った。彼女は宝琛と相談して、最後にはやはり昔陸侃旦那さまに使った方法を踏襲することにした。道士を招いて邪鬼を捉《つら》まえるのだ。

その道士は足が悪かった。手に風水用の方位盤と布の幟《のぼり》を持ち、宝箱を提げて屋敷に足を踏み入れたとたん、閣楼の鬼気が大きく広がっていると見抜いた。道士は大奥さまに上に上がって調べてもいいかと訊いたが、彼女は少し心配していた。娘はなんだかんだ言っても東洋[152]を経験してきて、世の中を広く見てきた、もしこの人と顔を合わせて、喧嘩でも始めたらどうしよう、と。宝琛に考えを訊ねたところ、彼は「もうその方もいらっしゃっているのですから、試しに中に入れ、やらせてみてもいいのでは」ということだった。

その道士は身体を大きく揺らしながら二階に上がっていった。不思議だったのは、道士が二階に行ってからずいぶん経っても、閣楼はまるで熟睡した赤ん坊のように静かで、まったく動く気配がないことだった。たっぷり四時間ほど過ぎたとき、大奥さまは気が気でなくなり、喜鵲に二階に様子を見にいくよう促した（大奥さまはもはや翠蓮を使わなくなっていた）。喜鵲はおっかなびっくり二階に上がっていったが、すぐまた降りてきて、「あの道士はテーブルの前に座って、姉さんとなごやかに世間話をしていました」と言った。

喜鵲の報告に大奥さまは疑わしい思いをいっそう強くした。宝琛を見ると、宝琛も呆然として大奥さまを見つめている。しばらくして大奥さまは独りごちた。「不思議だわ！　あの子が道士と気が合うなんて」

その道士は暗くなってから、ようやく二階から足を引きずりながら降りてきた。そして何も言わずに門の外に出ていこうとした。大奥さまと宝琛はいったいどういうことか聞きたかったが、道士は話に乗らず、嬉しそうに笑いながら帰ろうとするばかりで、約束していたお金も受け取らなかった。だが、門を出るとき急に振り返り、ひとこと投げかけた。

「ああ！　この大清国はもうじき終わってしまうなあ」

この言葉を老虎ははっきり耳にした。もし昔だったら、こんなことを言ったら、一族郎党遠い親戚に至るまで誅殺《ちゅうさつ》されてしまっただろうに、今ではこんな道士風情が気ままに口にしてしまう、どうやら大清は確かにおしまいかもしれない。大奥さまの心配は決してよけいなことではなかった。実際、事態は彼女が心配しているよりずっと重大だった。

およそ半月ほど経ったとき、秀米は突然二階から降りてきた。日本から持ってきたパラソルを胸の前でさし、凝った作りの小型の革鞄を提げ、河の渡し場のほうに歩いていった。二日後にはまた渡し場から戻ってきたが、今度は二人の若者を連れていた。それ以後、見知らぬ人間の往来が増えて、家がまるで旅館のようなことになっていった。そうしてしばらく日々が過ぎていき、宝琛はある道理が見えてきて、大奥さまにこっそり話した。「あの子はかつて陸の旦那さまが辿った道を歩いているとおっしゃいましたが、私はそうじゃないと思います。どうもあの子はもう一人の張季元になろうとしているのではないでしょうか。あの幽鬼め、死霊が消えていない！」

幸いにも、あのちびっ子はかわいらしく、そして利発でもあったので、ショックを受けていた大奥さまにとっていくぶんは慰めになっていた。彼女はちびっ子をいつもそばに置き、かたときも離れなかったが、秀米はとっくにこの子のことをきれいさっぱり忘れ去っていた。大奥さまは心中深く悩み、いつもちびっ子を抱きしめて、わかるかどうかなどかまわず、語りかけた。「お前の母さんが帰ってきた晩に、西の空にとても明るい星が出たのよ。めでたい予兆だと思っていたんだけど、災いの星だとは思いもしなかった」

かつての張季元と同じく、ほとんど毎月、短いときは一両日、長ければ四、五日、秀米は必ず外出した。誰もどこに行くかは知らなかった。宝琛の観察と推測によると、秀米が外出するのは決まって、手紙を持った使いが普済を訪れた翌日のことだという。

その手紙を持参する使いは二十歳《はたち》ぐらいの若者で、人との対応はとても礼儀正しかったが、宝琛が根掘り葉掘り質問を繰り出すときには、厳しい禁忌に触れたかのようにまったく口を閉ざすのだった。「それはつまり、背後に誰かいるってことですよ。使いの者を通して秀米に指令を発しているんです」と宝琛は大奥さまに分析してみせた。しかし、その背後に潜んでいる人とは、いったい誰なのだろう。

その年の夏に、村の消息通の人が噂を流した。どうやら秀米は梅城一帯の清幇《チンバン》の人物とかなり頻繁に接触しているという。ちかごろでは、梅城清幇の大老の、徐宝山《シュイ・バオシャン》、龍慶棠《ロン・チンタン》といった名前を、老虎もしょっちゅう耳にしていた。彼らは生阿片《アヘン》を密売し、非公認の塩を流通させ、ひどいときには河を行くお上の船をおおっぴらに略奪したりもする。秀米はどうしてそんな連中と行き来しているのだろう。大奥さまは当初、あまり信じられなかったのだが、ある日……。

その晩、雨は強く激しかった。南の風が吹きまくり、戸も窓もがたがた鳴り続けて、吹き飛ばされた屋根瓦の割れる音が頻繁に聞こえていた。もう真夜中になろうというとき、慌ただしく戸を叩く音で老虎は目を覚ました。そのときはまだ、老虎は父親と一緒に東の廂房《シャンファン》で寝ていた。ベッドから起き上がると明かりが見えた。父親がもう出ていたのだ。老虎は足音をひそませて部屋を出、前庭に行くと、階段下の庇の前で喜鵲が手に明かりを提げ、大奥さまと並んで立っているのが見えた。

屋敷の門はすでに開かれていて、秀米が全身びしょ濡れの姿で中庭に立っていた。その周りにはほかに四、五人いて、棺のような大きな木箱を地面に下ろしていた。その中の一人が喘ぎながら、宝琛に命じていた。「鉄鍬を二本、持ってきてくれ」。宝琛は鉄鍬を取ってきて彼らに渡し、雨に濡れた顔を拭いながら秀米に訊ねた。「この箱の中にはいったい何が入ってるんです?」

「死人よ」秀米は耳のあたりの髪を掻きあげながら、笑って答えた。

その後、秀米はその人たちと鉄鍬を持って出ていった。雨はまだ降り続いていた。

宝琛はその三つの大きな木箱の前をうろうろし、隙間から中を覗いてみたが、喜鵲に明かりを持ってくるよう命じた。喜鵲はすっかり怯えて近づこうとしないから、宝琛が行って明かりを受け取った。老虎は父親が明かりをかかげ、箱の上に腹這いになって中を何度か覗き、それからまた黙りこくってこちらに歩いてくるのを見た。一見父親はとても落ち着きはらっているようだったが、歯をガチガチ鳴らして、全身が震えていた。震える唇からは、緊張と恐怖のあまり汚い罵り言葉が漏れ続けていた。老虎の記憶では、真面目一方だった父親はこれまで汚い言葉を使ったことなどなかったのだが、このときはあまりの衝撃で、腹の底にしまってあった下品な言葉が一気に全部吐き出されてしまったのだ。

「畜生め、あん畜生めが！」と宝琛は口にした。「あん畜生めが！　死人なんかじゃねえぞ、こん畜生野郎の鉄砲じゃねえか！」

翌日、老虎は目を覚ますとすぐ、中庭に駆けていき、父親が言った鉄砲を見てみようと思った。しかし中庭には、陽に照らされて乾いた泥の跡のほかは、何一つなくなっていた。

大奥さまはもうこれ以上一刻も我慢できない、すぐに娘のでたらめを阻止しなければならない、と思った。彼女に言わせれば、「鉄砲なんて、お遊びで扱えるものじゃない」からだ。そして今すぐに着手しなければならないのは、誰か見識のある人と相談することだった。いろいろ考えて選ばれたのは、秀米のかつての私塾先生――丁樹則だった。だが彼女がまだ丁先生のお宅にお伺いする前に、噂を聞きつけた丁樹則が向こうから訪問してきたのだ。

丁樹則はもうずいぶんな歳になっていて、髪も髭も真っ白、話をしても息を切らすありさまだった。彼は妻の趙小鳳《ジャオ・シャオフォン》に支えられながら、よろよろと中庭に入ってきて、秀米に会いたいと大声を出した。

大奥さまが急いで迎えに出て、声を低めて言った。「うちの娘は、もう昔のようではありません。性格がなんだかおかしくなってしまい……」。丁樹則は、「かまわん、かまわん、あの子を呼んでくだされ、わしは話して聞かせたいことがあるんじゃよ」。

大奥さまはちょっと考えこみ、もう一度注意を促した。「あの娘は、戻ってきてからというもの、あたしでさえ何回かしか会っていないんですよ……あの子の目は、もう誰も相手にしなくなっているんです」

丁樹則はさも面倒そうに、地面に敷かれた螺旋模様の煉瓦を杖で叩いた。「かまわん、どうあろうと、わしはあの子を何年も教えたんじゃ、あんたはただあの子を呼んでくれさえすればいい」「その通りよ」趙小鳳が脇でひとこと付け加えた。「ほかの人なら相手にしなくてもいいけど、自分の先生なんだからちゃんと向き合ってもらわないといけないわ、いいからすぐ呼んでちょうだい」

大奥さまはまだためらって宝琛のほうをちらっと見たが、宝琛は俯いて何も話さなかった。そうやってぐずぐずしているうちに、秀米が二階から降りてくるのが見えた。彼女は高く結い上げた髪を黒いヘアネットで覆っていたが、いくぶん眠たげな様子だった。長衣《ちょうい》を着た中年の男が一緒で、その人は古びた布傘を手にしていた。二人は楽しそうに語らいながら前庭のほうに向かっていた。丁樹則の前を通るとき、二人は話を続けたまま、先生をちらりとも見ずに通り過ぎていこうとした。

丁樹則の顔には不快な影が走り、怒りで唇が震え、身体中ぶるぶるとなっていたが、必死に堪《こら》えて乾いた笑いを浮かべると、妻のほうを見、そして大奥さまのほうを見て、こう言った。「あの子は……わしのことがわからなかった……」。それでも趙小鳳はやっぱり動きが早かった。さっと腕を伸ばして秀米を引き止めたのだ。

「なにをするのよ！」と秀米が振り返って、腹立たしげに叫んだ。

丁樹則は何歩か前に進みでると、顔を赤らめて語りかけた。「秀秀《シュウシュウ》、おまえは、この老いたわしのことがわからなくなってしまったのか？」

秀米は横目で彼を見ると、無理な作り笑いを浮かべて、こう言った。「わからないことなどありません、丁先生じゃないですか」

こう言い捨てるとくるりと後ろを向いて、振り返りもせず、連れの人とすたすた行ってしまった。

丁樹則はぽかんと口を開け、ばつの悪そうな表情をして、呆然と立ちつくし、そのままずっと口もきけなかった。二人が遠くまで行ってしまうと、ようやく首を振りながら呟いた。「思いもよらないことだ、まったく、嘆くべし、嘆くべし、腹立たしい、なんと腹立たしいことか！　あの子はわしのことをわかっていた、わかっていたのに話もしようとしなかった、これはいったいどういうわけだ？」。大奥さまと宝琛は急いで進み出ると、言葉を尽くして慰め、丁先生ご夫妻に客間でお茶を差し上げたいと申しでたが、先生はどうしても嫌だと拒み、帰ると言い張った。

「もう結構だ、もういい」丁先生は手を振りながら言った。「あの子の眼中には、この恩師の姿がないんじゃ、ならばわしのほうでも、あんな学生はいなかったということにせねばなるまい」

先生の奥方も横から加勢した。「その通り、あんな子に関わることはない、帰ります！　もう二度と来ないからね」

彼らはこの陸家にもはや二度と足を踏み入れないと固く誓ったが、ひどいショックを受けたことは明らかだった。だが、そうは言ったものの、その後の三、四日の間に、丁樹則は足繁く七、八回もやってきた。

「夢遊病のようなもんじゃ」丁樹則はショックから立ち直って、また往時の誇りを取り戻していた。「あの子の目は不気味な輝きがあるじゃろ、じろっと見られると、鳥肌が立つぐらいじゃ、わしはな、あの子の痴れ者の父親が発狂する前とまったく同じじゃと見た、魂魄が肉体を離れたり、幽鬼に取り憑かれたりしておるんじゃよ、思うに、あの子は八割がた気が変になっておるに違いない」

「その通り、きっと気が違っています」丁先生の奥方がきっぱりと断言した。

「あの当時、あの子の父親は、お上の厚い恩恵を知らず、官を辞して旧地に戻り、日に日に病み衰えていった。にもかかわらず、修身養生を顧みず、ひたすら書物を読み耽り、桃花源の夢幻の中に浸っていて、ついには瘋癲《ふうてん》になり果《お》せた。笑うべきでもあり、また憐れむべきでもあろう。今や、国事は異常をきたし、変乱頻発、時局は危機に瀕し、道徳は淪落《りんらく》した。天地に不仁が蔓延《はびこ》り、天下の狂人は次々に檻《おり》から抜け出てきている……」

「あの子が狂っているかどうかは、ひとまず置いておいて」と大奥さまが口を挟んだ。「あたしたちはなんとか手を打たねばなりませんわ」

大奥さまのひとことで、丁樹則はすぐに言葉を切った。その場のみんなが長いため息をつき、互いに何も言わず顔を見合わせるばかりだった。最後に、丁樹則がこう言った。「慌てることはありませんぞ、まずはあの子の狂い方がどんなふうか、見ておくことじゃ。もしも状況が収拾のつかない段階になっていくようならば、それならまた対処の仕方も……」

「丁先生のお考えは……」と言って、大奥さまは期待の眼差しを丁樹則に向けた。

「少し金を使って、外から何人か雇い入れ、麻縄であの子の首を絞めればいいだけじゃ」

秀米は本当にいろいろなことをしでかした。普済での日々が過ぎていくにつれ、彼女の身辺にはしだいにいろいろな顔ぶれが集まってきた。翠蓮（大奥さまの言葉によると、この尻軽女は今や秀米の腹心の軍師だ）のほかに、船頭の譚四《タン・スー》、焼き物師の徐福《シュイ・フー》、鍛冶職人の王七蛋、王八蛋兄弟、二禿子《アルトゥズ》[153]、大金歯、口曲がりの孫《スン》、大玉の楊《ヤン》、後家の丁《ディン》、産婆の陳三姐《チェン・サンねえ》さん（喜鵲の言い方を借りれば、みんなどうしようもない半端者ばかり）……、さらに加えて、梅城、慶港《チンガン》、長洲一帯を行き来している余所者や乞食などもおり、その勢いは日を追って大きくなっていった。状況の進展は丁先生の予想を遥かに超えていた。そのころ、丁先生はよく、口癖のように呟いていた。「こんなことが続いていったら、わしらが誰か雇って秀米をやる前に、わしらのほうが先にあの子に首を絞められてしまうぞ」

秀米たちは纏足《てんそく》解放会なるものを立ち上げ、家々を訪問して纏足をやめるよう触れまわった。大奥さまは当初、纏足解放会とは何をするものかわからず、喜鵲に訊ねた。喜鵲は「纏足をさせないようにするということです」と答えた。

「どうして纏足をやらせないの？」大奥さまには意味がわからなかった。

喜鵲は、「そうすれば、早く走れます」と答えた。

「おまえはもともと纏足をしていないから、そんな会は必要ないね」と大奥さまが苦笑を浮かべた。

「それじゃ、自主婚姻ってなんのこと?」

「つまり、自由に結婚することでしょう」と喜鵲は答え、「両親の同意など要らないんです」と続けた。

「仲人も要らないの?」

「要りません」

「結婚の取り持ち婆さんもなしってことなら、そういう結婚はどんなやり方なのよ?」大奥さまは喜鵲の答えにますます混乱したようだ。

「そんなこと! つまり、えーと、早い話が……」喜鵲は耳元まで真っ赤になった。「つまり、あの大玉の楊と後家の丁さんみたいなことですよ」

「その楊忠貴《ヤン・ジョングイ》と後家の丁みたいってどういうことなの?」

「大玉の楊が後家の丁さんを見初《みそ》め、自分の布団を背負って後家の丁さんの家に移り、二人で暮らすようになった、つまり二人は……夫婦になったというわけです」と喜鵲が言った。

それからすぐに普済地方自治会が設立された。そのときには、皂龍寺はすでに修復され、壁面が強化されてしっくいが塗られ、梁も屋根瓦も一新されていた。本堂の両側には新たに廂房も増築されていた。秀米と翠蓮は早くも寺に引っ越してきていた。彼らはこの大きな廟宇《びょうう》の中に保育堂、書籍室、療養所、養老院を作った。秀米とその配下の連中は一日中この寺にこもって会議を開いていた。彼女の膨大な計画によれば、水路を建設して、長江と普済のあらゆる農地を繋《つな》ぐことになっていたし、食堂を建てて全村の老若男女の全員が一緒に食事できるようにさせることも計画されていた。彼女は夥《おびただ》しい名目の部門を設立して、葬儀会館と監獄までも作るつもりだった。

しかし、普済の生真面目で実直な人たちはその寺をほとんど顧みることはなかった。秀米自身の子、あの名前のないちびっ子のほかには、村で子どもを保育堂に送る人は誰もいなかった。そのうち、そのちびっ子さえ、大奥さまの差し向けた人にこっそり連れていかれてしまった。養老院で収容したのは、各地をさすらう乞食とか近隣の身寄りをなくした独居老人といった人たちばかりだった。療養所も同じようなありさまだった。秀米は梅城から新式の医師を招聘《しょうへい》していて、この人は日本に留学し、脈をとることもなく診察するということではあったが、普済の人は病気になるとやはり唐六《タン・リュウ》先生のところに行って診てもらっていた。中には自治会で新しい治療を受けるより、むしろベッドに横たわったまま死ぬほうがいいと言う者までいた。水路に至っては、秀米は試しに堤防に穴を穿《うが》って長江の水を農地に引き入れてみようとしたのだが、危うく堤防決壊の大災害を引き起こし、普済に取り返しのつかない被害をもたらすところだった。

時間の推移とともに、資金が問題になっていった。

秀米が必要な経費を列挙した計算書を作り、基金の拠出をお願いして各家を回らせたときに、村の金持ち連中は一夜のうちにみんな姿を隠してしまった。この件は最後に王七蛋、王八蛋兄弟が手下を連れて、蚕の商いをしていた商売人を捕まえ、衣服を剥ぎ取り、牛囲いの中で一晩中吊し上げて叩きのめしたことで、終了となった。

秀米はだんだん、まったく人が変わったようになっていった。明らかに痩せて、目の縁が黒ずみ、生彩がなくなり口数もめっきり減って、しまいには病気だという噂もたった。一日中皂龍寺の伽藍殿に引きこもって、窓も戸も、屋根の天窓までも黒い絹で覆ってしまい、日の光を嫌がるようになった。夜は眠れないようで、髪を梳かすこともなく、食事もほとんど摂らなくなった。何を見てもぼーっと放心状態で、翠蓮などほんのわずかな人以外とは、口もきかなくなり、どうも何かの原因で故意に自分自身を罰しているような感じだった。

そのころ、村で夜の巡回をしている人が家に知らせに来た。ほとんど毎日深夜に、寺の外の林を黒い影が彷徨《さまよ》い歩いていて、ときには夜明け近くまでそうしていることもあるという。その人はそれが秀米だとわかっていたが、近寄っていく勇気はなかった。そして「あの人はもしかすると……」と言いかけて口を噤《つぐ》んだ。

大奥さまはその人の言いたいことを悟った。そのころになると村のほとんどの人が、秀米は確かに狂っていると信じていた。みな彼女のことを正真正銘の狂人だと思っていたから、村の通りでもし誰かが秀米に出くわしたりしたら、遠回りして避けた。巡回の人の来訪で、大奥さまは大きな決心をした。そして何度もよく考えてみて、やはり彼女自身が直接寺に行き、娘に会ってじっくり話をすることに決めた。

大奥さまは卵を入れた籠を手に提げ、闇夜に乗じてこっそり、娘の住む伽藍殿を訪れた。彼女がどんなに懇切丁寧に、意を尽くして話しかけても、秀米はひとことも喋らなかった。最後に大奥さまは涙ながらに語りかけた。「娘よ、おまえがお金に苦心しているのは知っています、あたしは家も土地も売っ払ってもいいの、家中のすべてのお金をおまえにあげてもいいのよ。でもあたしにははっきり、すべて話してちょうだい、こんないろいろなことをやって、本当はいったい何がしたかったの？　どこからこんな考えが出てきたの？」

　このとき、秀米が口を開いた。彼女は冷笑を浮かべて言い放った。

「別に何も。面白いからだわ」

　その言葉を聞くと、大奥さまはすぐ大声で泣きだした。彼女は自分の服を思い切り引っ摑み、髪の毛を掻きむしって、両手で床の煉瓦を打ち叩いた。「あたしの娘、おまえは本当に気が狂ってしまったんだね」

　それから間もなく、秀米はあらゆる計画を突然取りやめにした。女子の纏足からの解放を訴えて家々を回ることも、銅鑼を叩いて会議を招集することもしなくなり、水路の建設計画も放置された。寺の山門の外に掲げられていた「地方自治会」の看板は取り外され、断ち割られて薪として焼かれた。そのあと、別な扁額《へんがく》が掲げられた。普済学堂である。

　秀米のこの振る舞いは、村の郷紳《きょうしん》[154]たちをひどく喜ばせた。このことは秀米が正道に立ち戻る始まりだと、彼らは思った。そのころ彼らは人に会うたびに、「今度は、彼女は真面目なことをやってくれた。学校を設立するのは、後生に恩恵を残すことだ、善きかな、善きかな！」と言い合っていた。

　大奥さまもこれは娘の病が癒えた兆しだと思った。しかし丁樹則は、そう思ってはいなかった。彼は大奥さまに冷たくこう言った。「あいつの病気がもし本当に治っていたら、このわしの名前、丁某を逆さに書いて糞壺に貼り付けてもかまわん。あいつが学校経営するなんて嘘っぱちで、本当は悪だくみを実行する時機を待っとるだけじゃ。あいつはほんの少し、やり方を変えただけなんじゃ。この先もっと大きな災難が起こるかもしれん。それにな、言わせてもらえばあんな小娘、人徳も能力もありゃせん。校長を自任するとは、まったく荒唐の極みじゃ！」

三

目が覚めると太陽はすでに空高く上っていた。老虎にはちびっ子が下で呼んでいる声が聞こえた。下を見ると、ちびっ子は餡餅《シエンビン》[155]を齧《かじ》りながら、壁に向かって立小便をしていた。喜鵲は井戸辺で蚊帳《かや》を洗っていた。彼女は裸足でズボンの裾を捲り上げ、大きなたらいに水を張り、ベッドの蚊帳を漬けて足で踏んでいた。

「今日は馬を放しに行かないでいいわよ」下に降りて行ったとき、喜鵲から言われた。「翠蓮が先ほどやってきて言ってたわ、行かなくていいって」

「どうして行かなくていいんだい？」

「山の草がみんな枯れたのよ、冷えてきたんだわ」喜鵲が言った。

「じゃ、馬に何を食べさせるの？」

「豆のしめかすでもやるのね」喜鵲に踏まれて蚊帳はたらいいっぱいに膨らんでいた。「それに、あの馬が飢えて死んだとしても、あんたに何の関係があるの？　一日中遊び回ってるくせに」

喜鵲のふくらはぎは真っ白でうっすら青みを帯びていて、老虎はじっと見つめたまま視線を動かせなかった。

朝食を済ますと、老虎はちびっ子にどこに遊びに行きたいか訊いてみた。「あんたが行きたいとこならどこでも」とちびっ子は答えた。老虎は本当にまだどこに行くか迷っていた。大人たちはみな自分のことに忙しく、父親は帳場で算盤仕事をしていたし、大奥さまと隣の花二《ホアアル》おばさんは中庭で日向ぼっこをしながら、綿花の選り出しをし、いつまでも続く世間話をしていた。二人は綿の球を剥き、殻を取って、綿の種をほじりだしている。黒い種が机の上に堆《うずたか》く積み上げられていく。ちびっ子は大奥さまの側に凭《もた》れかかり、綿の球を手に取って弄《いじ》っていた。大奥さまは手仕事を止めて、その子を懐に抱いた。

「この綿の花の選り分けが終わったら、あたしも自分のために老衣《ラオイー》をこさえないといけない」奥さまはこう言って、また涙を流した。

「そんなにお元気なのに、どうしてまた不吉なことをおっしゃるんですか」と花二おばさんが言った。

大奥さまはやはりため息をつくばかりだ。


「老衣ってなに？」彼らが屋敷の外の池の傍まで行ったとき、ちびっ子が突然質問した。

「つまり死装束のことさ」

「じゃ、その死装束ってなんのことなの？」

「死んだ人に着せる服のことだよ」と老虎が答えた。

「誰が死んだの?」

「誰も死んじゃいない」老虎は空をふり仰いだ。「おまえのお婆ちゃんもただそういうことを言ってみただけだろうよ」

昨日は一晩中風が吹きまくったから、空はとても青く澄みわたって、高く果てしなかった。ちびっ子が、長江に行って舟を見たいと言った。秋になると本流も分岐の淀みも狭くなり、水面《みなも》が浅くなって一面に白い茅《ちがや》の穂が広がる。菖蒲《しょうぶ》は赤錆のようなものに包まれ、毛羽立って見える。何人か干上がった池に入って蓮の根を採っている人がいた。

彼らが渡し場にやってくると、船頭の水金《シュイヂン》が舟の上で帆を繕っていた。河面に風はなく、陽射しは暖かだった。高彩霞《ガオ・ツァイシア》が入り口の前に木の椅子を置き、分厚い綿入れを着こんで座っていた。顔に病み疲れた表情を浮かべ、罵り声をあげ続けている。校長は淫らな女狐で、どんな魔法をかけたのか、息子の譚四を取りこんでしまった、と。噂では、高彩霞の病気は息子のことで怒りまくったせいだという。息子の譚四は吃《ども》りだったが、一日中、皂龍寺に入り浸っていた。父親の水金と同じく、譚四も碁は相当な腕前だった。

普済では、碁でこの父子ほどの打ち手はいなかった。舟に上がってこの二人と碁を打つ人は、みな二人を慕ってやって来た外地の人間だった。梅城の知府大人[156]閣下に至っては、わざわざ大駕籠を寄越して父子二人を招き、衙門《がもん》の中で数日を過ごさせたことがあった。しかし今では、吃りの譚四は校長だけを相手に碁を打ち、食べるのも寝るのも皂龍寺から離れず、数ヶ月、一年と経っても舟には戻らなかった。奥さまの言い方では、この吃りは秀米をひとめ見たとたんうっとりと見入ってしまった、のだそうだ。

高彩霞も水金もちびっ子たちをまったくかまわなかった。ちびっ子はわざと水金に水をかけ、舟に乗ったり降りたりしていたが、水金はほっておいた。ちびっ子が泥をぶつけても、水金はただ少し笑うだけだ。彼が帆を繕うときの針仕事はみごとなもので、女の人がやっているみたいだった。水金の口数が少ないからといって馬鹿にしてはいけない、本当はとても聡明なのだ。彼が心の中で思い巡らしていることは、網の目よりも遥かに多い。校長がかつて長江の水を農地に引くことにしたとき、堤防が崩壊しそうになって、長江の水が溢れだし、普済は水浸しの水郷と化す寸前までいった。村中の老若男女が泣き叫び、校長も顔面蒼白となってしまった。だが、譚水金だけは落ち着き払っていて、小舟を一艘《そう》牽いてくると、船底に穴を開け、一気に沈ませて堤防の決壊箇所を塞がせたのだ。

二人は渡し場で半日も遊んでいたが、やがて飽きてしまった。ちびっ子は大きな目をパチクリさせながら、老虎に言った。「それじゃ、僕たち、皂龍寺に行ってみようか」

老虎はちびっ子がお母さんに会いたくなったのだとわかった。

普済学堂の門前はがらんとしていた。門前のあの古い舞台ではもう何年も芝居がかかったことがなく、蓬や茅がびっしり生い茂っていた。その上をトンボの群れが飛び交っている。学堂の門は固く閉ざされていて、門の隙間から覗いてみると、中には人がたくさんいて、賑やかだった。老虎が目にしたのは、素性の知れない男たちが中庭で肌脱ぎになって槍や棒を振るっている姿だった。何人かの男が一本の縄を握りながら、大きな楡《にれ》の木を足で蹴りあがり、タンタンとほんの数歩で枝まで登ってしまうのも見た。ちびっ子は地面にひざまずいて、門の隙間に貼りついて見ていて、ぴくりともしなかった。

「見えたかい?」と老虎が訊ねた。

「誰のこと?」

「おまえの母ちゃんだよ!」

「そんな人、見たくもない」ちびっ子が答えた。

こう言ってしまうと、ちびっ子はやっぱりもう中を覗くのも気が引けてきた。彼は門前の石獅子に這い上がり、登ったり降りたりしていたが、すぐにそれにも飽きてしまった。

「もう行こう」とちびっ子が言った。

「でもどこに行くんだい?」老虎はこう言うと、また空を見上げた。彼は自分の心も空のように広がっていき、がらんとしてしまって、頼りになるものが何もなくなったように感じた。

ちょうどそのとき、村のほうから、綿打ちのブーンブーンダンダンという響き[157]が聞こえてきた。老虎は急に昨晩その綿打ちの人を見かけたことを思い出した。「じゃあ、綿打ちをやっているところに行ってみようか」

「でもどこでやっているのかわからないでしょ」

「馬鹿だな、音がする方向をよく聞いていけば、すぐに見つかるさ」

老虎は最初、綿打ちの音が孟《モン》婆さんの家から聞こえていると思っていたが、家の前まで行って違っていることがわかった。孟婆さんは水煙管《みずぎせる》を咥え、ピカピカに磨かれた黒革の服を着て、広間の軒下で数名相手に麻雀をしているところだった。二人がやって来たのを見かけると、孟婆さんは手にしていた牌を置き、立ち上がって手招きした。「おいで、ちびっ子、こっちにおいで」孟婆さんは嬉しそうに声をあげた。

二人が中に入っていくと、孟婆さんは麻花《マーホア》[158]を一つかみ取り出してちびっ子に渡し、ポケットに入れさせた。「かわいそうにねえ、かわいそうに」と孟婆さんは何度も呟き、また麻雀の卓に戻った。「かわいそうだね、ほんとに」卓を囲む何人かも孟婆さんに続いて言った。

「あんたに一本、ぼくが一本」ちびっ子はそう言って、老虎に麻花を一本差しだした。

「残りの二本はどうするんだい？」と老虎が訊いた。

「持って帰っておばあちゃんと喜鵲にあげよう」

二人は路地の入り口に立ち止まり、それぞれの麻花をあっという間に食べてしまった。綿打ちの音は孫姑娘《スングーニャン》の家から聞こえてくる。老虎が普済にくる前に、孫姑娘は匪賊に強姦されて死に、父親の孫爺さんはその後すぐ中風を病んで、寝こんでから半年ほどでお陀仏になった。以後その家はずっと空き家で、鍵もかけなかった。村に錫《すず》細工師や大工などの職人がやってくると、この家で寝泊まりし、仕事をするようになっていた。

しかし不思議なことに、二人が孫姑娘の家の前の池まで来たとき、綿打ちの音がぴたりと止んだ。

「おいらははっきり聞こえた。音はこの家からしていたんだ。でもどうして今急に何も聞こえなくなったのかな？」

「行って見てみればすぐわかるよ。でも、でも――」と、ちびっ子が言った。

「どうした?」

ちびっ子は残りの二本の麻花を見つめて目をキョロキョロさせ、何か計算しているようだった。

「麻花が二本、お婆ちゃんに一本あげるとして、残った一本はどうしよう、喜鵲にあげるのがいいか、それともあんたの父ちゃん宝琛にあげるのがいいか?」

「おまえはどう思うんだ?」

「喜鵲にあげたら、宝琛が嫌だろうし、宝琛にあげたら、今度は喜鵲が嫌だろうね」

「じゃ、どうする?」

「ぼくが思うに、この一本は誰にもあげないのがいい、ぼくが食べてしまおう」ちびっ子は真面目な顔で言った。

「じゃ、おまえが食べな」

「ほんとに食べちゃうよ」

「食べろよ」と老虎が言った。

ちびっ子はもうためらわずに、すぐさま齧りついた。


孫姑娘の家はひっそりと静まり、至るところに雑草が伸びていた。東側の廂房は元は厨房だったところで、屋根が崩れ、入り口の戸も外れかかり、雑草が敷居まで覆っていた。中庭の突き当たりに広間があって、戸が開いていたが、庭に差しこむ明るい陽射しが逆に中を薄暗く見せていた。両側は寝室で、それぞれに小窓があり、赤かった窓紙は白く変色して、ひどくみすぼらしかった。草むらの中に木の梨《すき》が一つ、臼が一つあったが、どちらも朽ち果てていた。

　老虎が広間に入っていくと、部屋の真ん中に長椅子が置かれ、二枚の戸板を支えていた。戸板の上には綿の花がいっぱい積み上げられていた。綿打ちの大弓は壁に立てかけられている。部屋中が綿くずだらけだ。梁も、敷瓦も、垂木も、壁も、ランプの上もびっしりだ。綿打ちの人はどうやらいつの間にかいなくなっていたようだ。

「変だな」老虎が訝《いぶか》しげに言った。「さっきまでブーンブーンという音が聞こえてたのに、どうして急にいなくなっちゃったんだろう」弓の弦を弾いてみると、ブーンという音が響き、ちびっ子は思わず首をすくめた。

「ご飯を食べにでも行ったんじゃない」とちびっ子が言った。

　両側の寝室に通じる戸は、片方は開いていて、蜘蛛の巣が張っていた。もう一方の戸はしっかり閉ざされている。老虎は手でそっと押してみたが、中から閂《かんぬき》がかかっているようだった。綿打ちの人はこの中にいるのかもしれない、と彼は思った。しかし部屋の中で何をしているのだろう。老虎は中に声をかけながら、力いっぱい戸を叩いてみたが、何も物音はしなかった。

「ぼくにいい考えがある」ちびっ子が突然言った。

「なんだい?」

「この際、ぼくが最後のも食べちゃうってこと」ちびっ子はまだ麻花に拘っていたのだ。

「お婆ちゃんに残しておくんじゃなかったのか」

「もしお婆ちゃんから聞かれたら、孟婆さんからは何ももらっていないって言うんだ、どうだい？」とちびっ子は聞きかえした。

老虎は笑って、「馬鹿だね、おまえが言いださなかったら、お婆ちゃんがそんなこと訊くわけがないだろうに」と言った。

「じゃ、食べちゃうよ」ちびっ子は掌の麻花をじっと見つめた。

「食べろ、食べろ」と老虎は面倒くさそうに手を振りながら言った。

老虎は壁の隅に小さなテーブルがあるのに気づいた。テーブルには水煙管、着火用の巻紙、マスク、冷たいお茶、木の槌が置いてあった。槌のそばには緑色の頭巾があり、頭巾には髪を梳くための竹の櫛が挿してあった。その頭巾も櫛も女が使うものだ。彼は心がぐっと重くなったように感じ、頭巾と櫛を手に取ると、匂いを嗅いでみた。ほんのりと白粉の匂いがしている。この頭巾はどこかで見たことがあるのに、すぐには思い出せなかった。それからもう一度その閉ざされた戸に視線を走らせると、この部屋の中にまさか女の人がいるのでは、と思ってしまい、胸がどきどきしてきた。もしも綿打ちの人も中にいるのなら、真っ昼間から閂をかけて、二人はいったい何をしているのだろう。

「もう行こうよ」ちびっ子は麻花を食べ終わっており、掌をぺろぺろ舐めまわし、とても満足した様子だった。

二人はあと先になって中庭から出た。老虎は歩きながら、後ろを振り返った。二人が孟婆さん宅の前の路地口まで戻ったとき、また綿打ちの響きがブーンブーンと聞こえてきた。

「まったく妙だよな」老虎はふいに立ち止まり、ちびっ子に話しかけた。「おいらたちが出ていくとすぐにまた綿打ちが始まったんだぞ、あいつらは部屋の中に閉じこもって、いったい何やってたんだ？」。あの家はふだん誰もいないのに、あの女ものの櫛や頭巾はどこから出てきたんだ。いったい誰のものだ。どうしてあれに見覚えがあるんだ。老虎はちびっ子の後ろから、悶々《もんもん》とした思いを抱いて家路についた。もちろん彼がいちばん考えていたのは、男女の秘事の空想だった。目の前には次々と女の顔が浮かんでくる。老虎はもう一度戻って、何ごとが起こっていたのか確かめようとさえ思った。

「なあ、おまえ」彼は足を早めてちびっ子に追いつき、その肩に手をかけてこちらを向かせ、声を低めて喘ぎながら訊ねた。「なあ、もしも男と女が昼日中に部屋の中に閉じこもっているとしたら、そいつらは、そいつらは何をしてると思う？」

ちびっ子は答えた。「決まってるさ、〝あれ〟だよ」

二人が家の前まで帰ってきたとき、背を丸めた老婆が二人の子どもの手を引いて、屋敷の中をあれこれ見回しているのを見かけた。「間違いない、この家だ」老婆が独り言のように呟いた。

「何かご用なの？」二人はすぐそばまで行って、ちびっ子が訊ねた。

老婆はちびっ子をちらっと見たが、相手にせず、ずんずん中に入っていった。

彼らは中庭に入ると、ばったり地面に倒れこみ、急に大声で泣き叫びはじめたから、ちょうど蚊帳を畳んでいた喜鵲は驚いて悲鳴をあげる始末だった。

真ん中で泣いていたのは、白髪の六、七十歳ぐらいの老婆で、その両脇に五、六歳の子どもがひざまずいていた。宝琛がどんなに訊ねても、老婆はただ泣き叫ぶばかりで、何も答えようとしない。やがて泣いているうちにいつの間にか歌に変わった。彼女は歌いながら、地面に敷かれた青い石畳を力いっぱい打ちはじめ、溢れ出る鼻水を手で拭っては靴底に擦り付けていた。大奥さまは隣近所の野次馬たちが集まって屋敷の外から覗きこんでいるのを見て、宝琛に門扉を閉めさせ、それから老婆に向かって話しかけた。

「お婆さん、どうぞお立ちになって、お話があるなら、中でゆっくりお伺いします。私は何が何だかわからなくて、いったいどうお相手していいものやら」

老婆は大奥さまの話を聞くと、さらに激しく泣きはじめた。そばの二人の子どもも彼女を見上げて、やはり困ったような表情をしている。気配りの細かい宝琛は、彼女の先ほどの歌の中から、およその話を聴き取っていて、こう質問した。「あなたのお嬢さんに誰か悪さをしたと、仰るんですか？」

老婆はそこでようやく泣き止み、顔を上げて宝琛を見ると、こう言った。「あたしのこの二人の孫は、三日も米一粒おなかに入れていないんです」

食べ物が欲しかったのだ。

大奥さまは話がようやく回りはじめたと思い、急いで喜鵲に厨房に行ってご飯をよそってくるように言いつけた。その老婆たちも、宝琛の案内で厨房の前に行き、小さなテーブルを囲んで腰掛けた。「今しがたあなたは、誰かがお嬢さんに悪さをしたと仰いましたが、いったいどういうことなんでしょう？」彼らがご飯を食べているとき、大奥さまが訊ねた。

老婦人は顔も上げずにひたすらご飯を掻きこんでいた。しばらく経ってから、ようやくぽつぽつと語りだした。「あたしがわかっているのは、普済の人で、金歯を嵌《は》めており、豚殺しの男だっていうことだけ、名前がなんというのかは知りません」

宝琛はしきりに頷いて、長いため息をつき、笑って言った。「お婆さん、あなたのお探しなのは、たぶん大金歯ですよ、うちではありません」

「わかってますよ」老婦人は答えた。「もうあと二口三口食べたら、わけを最初からはっきりお話しします」

もともとこの婦人は長江対岸の長洲の人だった。彼女の息子は薬草採りをしていて、蔡小六《チャイ・シャオリュウ》と言ったが、去年の夏、足を踏み外し、崖から谷間に落ちて亡くなった。若い嫁と男女二人の子どもを残して。その嫁はすらっとして色白、かなり器量が良かった。何畝かの痩せた畑を守りながら、日々の暮らしはそこそこ維持できていた。それが今年の清明節[159]にこんなことになるとは——。

「その清明節の日、あたしのとこの嫁は死んだ亭主の墓参りに出かけ、帰りにはもう空が暗くなりかかっていました。ちょうど古びた焼き物小屋に通りかかったとき、いきなり林から何人かの男が飛び出してきたんです。かわいそうに驚いた嫁はその場でへたり込み、動けなくなってしまいました。そいつらは何も言わずに嫁を小屋に引きずりこむと、夜明けまでかわるがわる犯し続けたんでございます。かわいそうなあの子は、朝になって這うようにして逃げ帰り、息も絶え絶えで家に辿り着きました。身につけていた物はみんな破られ、おっぱいを隠すこともできないぐらいだったもんで、あたしは何もかも悟りました。あたしは水を飲ませようと思いましたが、飲もうともしませんでした。ただあたしに抱きついて泣くばかりです。朝から夜まで泣きとおしました。そして最後に、こう言ったんです。お母さん、あたしはもう生きていたくない、と。あたしは嫁に誰にやられたのか訊きました。嫁は、それは普済の人間で、豚殺しをしている歯の一本が金歯の男で、ほかにもあと二人いたけど、みな見知らぬ人だったと言いました。話し終わるとまた泣きだしました。泣き疲れたころに、嫁にこう言ったんでございます、娘よ、おまえが本当にみんなの辿った死の道を行くというのなら、母さんも止めやしない、あたしたち女は、こういう目に遭ったらもう死ぬしかない。だけど昔の人は、虫けらだって生きてるんだから、人も生きていていいと言ったんだよ。人に歯を打ち折られたら、血は自分の腹に飲みこむしかないのよ。それにあたしら三人を残しておまえが逝ってしまったら、老いさらばえたあたしと、まだ幼い子どもたちだけで、どうやって生きていけばいいのってね。あたしの必死の説得で嫁はどうにかこうにか死ぬことを思いとどまったんでございます。それで寝床に就いて半月ほど静養し、やがてだんだん起き上がって仕事もできるようになりました。こういうふうになって終われば、それで何とかうまく収まっていたはずでした。ところが、この八つ裂きにしても飽き足らない大金歯は、絶対にやっちゃいけないことをしでかしたんですよ。こういうことは当の自分から言いふらすなんて絶対だめなのに、この男は外で吹聴した。しかも酒に酔った挙句、長洲の叔父の家で、みんなを前にして気が触れたみたいに話したんです、俺は誰々の家の後家とやったんだ、何人かで回してやったら、あのすけべ女、たまらないほどよがってやがった、なんてことを。この話はあっという間に村中に伝わって、嫁の実家にも聞こえてしまいました。それであたしのあの短命な嫁は、死なないわけにはいかなくなってしまったんでございます。でもあの子はこういう状態になっても、死なないでいようと思っていたんです。あの子は実家に一度帰りました。でも実家の父も兄も、あの子を遠ざけて会おうとはしません、明らかに、あの子に死んでもらいたかったんですよ。一昨日になって、嫁は突然、身なりを整えてあたしの部屋に来ました。そして井戸に飛びこむのがいいか、首吊りがいいかって訊くんでございます。こうなっては、あたしももう止めようがありませんでした。それで、どれも同じこと、どっちにしても死ぬんだからって言いました。あの子にはもう後戻りができませんでした。涙が紐の切れた首飾りの真珠みたいにぼろぼろ流れていました。

嫁は、母さんあたしはこの二人の子のことが不憫《ふびん》でなりません、でもこうなってしまったからには、心を鬼にするしかありません、と言いました。あたしは、昔から最大の艱難《かんなん》は一死にありっていうけど、歯を噛みしめてやってしまえばすぐ済むはず、でも死ぬっていうことなら、やはり首を吊るほうがいい、井戸に飛びこんだら井戸がだめになる、残されたあたしたち老人と幼な児はどこに行って水を汲めばいいのって言いました。そのとき、その子の息子はあたしと一緒に寝ていて、寝床でぐっすり眠っていました。嫁は布団を捲ると、息子のお尻に何回も口づけして、出ていきました。嫁は井戸に身投げも首吊りもしませんでした。崖から飛び降りたんです」

老人が話し終えたとき、話をする者は誰もいなかった。喜鵲も大奥さまも涙を拭っていた。しばらくしてから宝琛がやっと口を開いた。「そういうことならば、あなたはお上に訴え出るか、大金歯を見つけだすかしないといけませんよ」

「ああ菩薩さま！」老人は手をぽんと打つと叫んだ。「朝早く普済に着くとすぐ大金歯を探しだしましたとも。あいつは家におらず、八十歳ぐらいの目の悪い母親がいました。その母親は、大金歯は間違いなく自分の息子で、豚殺しなのも確かだが、この二年間と言うもの、一度もこの家に帰ってこない。売れ残りの豚の骨は犬に食わせても実家には絶対持ち帰らないぐらいだ。あいつの目にはこの母親などいない、自分もあいつを産んだことなどないことにしている。あいつが豚を殺そうが人を殺そうが、この自分にはまったく関係のないことだ。だが恨みには元があり、借りたものには貸主がいるって言うのも道理だ、あいつがお宅のお嬢さんを犯したと言うのなら、お上に訴え出てくれ、この盲目のあたしでかたをつけたいって言うんなら、老骨の何本かでも取っていってくれ、叩き折ってスープにでもして飲んでもらいたい、って言うんです。

盲目の母親の話を聞いてあたしは何も言えなくなりました。その人の家を出て、村はずれまで行ったとき、もうどうしていいかわからなくなって、三人で身を寄せ、泣いてしまいました。あたしらが泣いていると、南のほうから、糞便担ぎの人がやってきて、あたしらの泣いているのを見て哀れに思い、荷を下ろして訳を訊ねてくれました。あたしは事情をつぶさに話して聞いてもらいました。その人はしばらく考えてから、その大金歯は今はもう肉屋ではなく、一日中普済学堂にこもって槍や棒を振るっている、自分にも何をしてるんだかわからないと言いました。そういうことなら、これからその学堂に出向いてあいつを見つけだすと言ったら、その人はまた、学堂に行ってはいけないとあたしらを引き止めました。どうしていけないのかと訊くと、学堂に集まっているのが、碌《ろく》でもない能無しばかりだからと言うんです。学堂で学んでいる人がどうして能無しなのか、まさか自分たちみたいな泥まみれで働く者のほうが知恵があるって言うのじゃないでしょうねって言ったら、その人は、そういう話ではない、簡単な一言二言ではわかってもらえないだろうって言いました。その糞便担ぎの人は、荷の上に腰掛けて、ずいぶん長い間黙りこんでいましたが、最後に、このお屋敷に行って白黒をつけてもらえと教えてくれたんです。その人が言うには、大金歯はあなたのお嬢さんの手下なんだそうですね。ということはきっと、あなたのお嬢さんも豚殺しの肉屋なんでしょうか？」

この話を聞いて喜鵲はぷっと噴きだし、笑ってしまった。

「あの子がもし本当に肉屋だったら、あたしが前世で積んだ福縁のおかげで、ありがたいことだわ」大奥さまは喜鵲を睨みつけて冷たく言い放った。

四

老虎とちびっ子が昼寝から目を覚ますと、長洲のあの老婆はまだいて、竃のそばで何人かに囲まれて話をしていた。大奥さまは老婆が立ち去るつもりがないのを見て、喜鵲に部屋から粒銀を持って来させ、それにまだ新しそうな衣服も何着か付けた上に、来年の植え付けのためにと、大豆と油《あぶら》菜《な》の種を一笊《ざる》ずつ、さらに大麦を半袋も用意させた。それを見て老婆は大奥さまに向かって額を地面に擦り付けてお辞儀をし、二人の子どもを引き連れ、喜び勇んで長洲に帰っていった。

老婆が立ち去るとすぐ、大奥さまは頭痛を訴え、頭を抱えてしばらく壁に寄りかかっていたが、「もうだめ」と一声言ったかと思うと、へなへなと身体が崩れていった。宝琛と喜鵲は慌てて駆け寄り、支え起こして椅子に座らせた。大奥さまは喜鵲に砂糖水を持ってくるよう言いつけた。喜鵲が水を持って戻ってきたとき、大奥さまははげしく喘ぎだし、かっと一口ねばねばした鮮血を吐きだした。宝琛と喜鵲は慌ててしまった。何人かで大奥さまをベッドに運びあげ、宝琛は医者の唐六先生を呼びに飛び出していった。

ちびっ子はすっかりびっくりしてしまったようだ。宝琛が医者を呼びに行こうとしているのを見て、その後ろ姿に「宝琛、早く走っていって、命がけで走るんだよ！」と叫んだ。ちびっ子がこんなことを叫ぶのを聞いて、大奥さまの目にはまた涙が溢れてきた。彼女はしばらくして目を開けると、ちびっ子の頭を撫でながら、「おちびちゃん、宝琛なんて呼び捨てにしてはいけないのよ、お爺ちゃんって呼ばないとだめ」と言った。それから老虎に向かって、「おまえはこの子をどこかに連れていって遊んであげなさい、驚かしちゃいけないから」と言った。だがちびっ子は、外に行こうとはしなかった。そして急に何か思い出したかのように、大奥さまの枕元にかがみこみ、耳元で何ごとか囁《ささや》くと、大奥さまが笑いだした。

「この子が今なんて言ったか、当ててごらん」大奥さまが喜鵲に言った。

「そんなに楽しそうになさって、いったいなんでしょうね」

「楽しい話なのよ！」大奥さまが笑って言った。「この子、あたしに死ぬのかって聞くんだもの」

こう言うと大奥さまはちびっ子のほうを向き、「死ぬかどうかは、あたしに決められることじゃないのよ、後でお医者さんにお聞きなさい」と言った。しかしばらくしてまた、こう続けた。

「そのお医者も決められないわね、菩薩さまに聞かないと」

「死ぬって、どういうこと？」ちびっ子がまた訊ねた。

「ちょうど、ある物が急になくなっちゃうようなことね」と大奥さまが答えた。

「でも、でもでも、それはどこに行ってしまうの」

「煙のようにね、風が吹くと、影も形もなくなるのよ」

「誰でも、きっと死ぬの？」

「きっとね」大奥さまは少し考えてから、こう答えた。「おまえのお爺さまが生きていたころ、こんな話をよくしていたわ、人生は寄《よ》するが如し[160]って。その意味はね、人が生きていくっていうことは、ちょうど何か物をこの世にちょっと置いておくようなことで、ときが来れば、誰かがその物を持っていってしまうのよ」

「誰が持っていっちゃうの？」

「もちろん、閻魔《えんま》大王だわ」

こう話しているとき、喜鵲がやってきてちびっ子を枕元からひき離し、老虎に向かって言った。

「この子を連れて遊びに行ってらっしゃい、ここでこんな不吉な話ばかりさせちゃ良くないから」

老虎がちびっ子を大奥さまの部屋から連れだしたそのとき、宝琛が唐六先生を連れて息を切らしながら駆けてくるのが見えた。

唐六先生は門を入るとすぐ、宝琛に「大奥さまの吐いた血はどこじゃ、まずそこに案内しなさい」と訊ねた。宝琛は医者を大広間に案内したが、血の跡の上に喜鵲がすでに灰を撒いてしまっていた。唐六先生は「血は赤かったか、それとも黒かったか」と訊いた。

宝琛が「赤かったです、寺で新しく塗った扉みたいな色でした」と答えた。

唐六先生は頷きながら、屈んで臭いを嗅ぐと、首を振って舌打ちし、「よくない、よくない」と二度言った。それからようやく大奥さまの部屋に行って診察した。

大奥さまは床《とこ》に着くと七、八日も寝たきりになった。医者は薬の処方を日に三度も変えたが、効き目はなく、老虎がちびっ子を連れて見舞いに行ったときには、もう見る影もなくやつれきっていた。家中に薬の臭いが漂っていた。村の人がみなお見舞いに来て、大奥さまの梅城の親戚までもやってきた。喜鵲と宝琛も眉を顰《ひそ》め、首を振りながらため息をつくばかりだ。

あるとき、老虎は父親が喜鵲に、「大奥さまが本当に逝ってしまわれたら、私ら父子も普済では暮らせなくなるだろうな」と話しているのを聞いた。このひとことは、喜鵲の心に触れてしまい、彼女はハンカチを噛んで泣きだした。老虎は父親の言葉で、大奥さまがおそらくもうじきいけなくなることを悟った。

その日の深夜、夢の中にいた老虎は突然揺り起こされた。目を開けると、喜鵲が慌てた様子でベッドの脇に立っているのが見えた。「早く服を着て」と喜鵲が促した。それから背を向けて、全身をわなわなと震わせている。

「どうしたんだい」老虎は目を擦りながら訊ねた。

「早くあんたの義理の父親に診に来てもらって。大奥さまがまた血を吐いたの、大椀で一杯分も吐いたのよ、お顔も黒くなっちゃって」と喜鵲が言った。

「父ちゃんは？」

「梅城に行ってるでしょうに」喜鵲はそう言うと、階段をとんとんと駆け下りていった。

老虎は思い出した。父親は今日の午後、大奥さまの棺桶用の板材を見にいっていたのだ。孟婆さんは、棺を作るのなら、彼女の家の前にあるあの大きな杏《あんず》の樹がちょうどいいと言っていたが、宝琛はよく考えてみて、「やはり梅城に行って、立派なものを見てくる」と言ったのだった。

ちびっ子はぐっすり寝ていて、老虎はこいつを起こして一緒に連れていくべきかどうか迷ったが、喜鵲が下でまた催促していた。

老虎は階段を降りて、庭の外に出た。満天の星だ。月はすでに西に傾き、夜中を回っている時分だと思われた。路地を通り抜け、村の奥のほうに向かっていくにつれ、村の犬が一匹また一匹と彼の後を追いかけるように吠えた。唐六先生の家は村の奥の桑畑の近くだった。代々続く漢方医の家で、彼でもう六代目になる。妻を続けざまに三人迎えたが、息子はどうしても生まれてこなかった。そこで宝琛は大奥さまにお願いして唐六先生のところに行ってもらい、自分の息子を義理の子として受け入れ、医術を伝えてくれるよう頼んだのだ。唐六先生は大奥さまの面子もあるので、無下には断れず、こう答えた。「お宅の番頭さんにその子を連れて来させ、まずは小生にその人相を拝見させてください」

それは一昨年の正月十五日のことで、宝琛は身なりを整え、箱入りの高級な贈り物を手に、老虎を連れて喜び勇んで唐家に参上した。医者は彼ら父子を見ると、声をあげて笑った。「首曲がりよ、あんたの息子をわしの義理の息子にしろっていうのは、わしのところに息子ができないのを嘲笑《あざわら》ってのことじゃないのか」

宝琛は慌ててこう言った。「そんなことは決してございません。これは双方にめでたい話なんです、まったく双方にいいことで、これはその、ご当家では後継がなく学が絶えようとしていますが、愚息もこれから先、手に技をつけることができ、食べていけるようになりますので」

医者は老虎の人相を見たが、ちゃんとまっすぐ向き合おうとはせず、目の端でさっと視線を走らせただけで、すぐ首を振りはじめた。「ご子息のこの素質では、大金歯のところで豚殺しを学ばせたほうがずっと向いておる」

その言葉に宝琛は、笑うわけにも腹を立てるわけにもいかず、困り果てた。

しばらくして医者はまたこう続けた。「わしは冗談でこんなことを言っているんじゃない、ほら、この眉と目を見てごらん、太くて大きいじゃろ、骨格も雄々しくて、医術を学ばせるのは、おそらく大材小用というものじゃ。もし武の世界で身を立てるなら、将来必ずや大いなる道を拓くに違いない。府の長官の一つや二つわけもないことじゃ」

明らかに逃げ口上だとはわかっていたが、宝琛はやはりその言葉を真実だと信じることにし、息子を連れて笑いながら帰った。そして唐六先生は病人の診たてでは処方を間違うこともあるが、人相の見立てでは毫《ごう》の誤りもない、と言った。そのことがあってから老虎は、唐六先生の「府の長官」の予言のせいか、父親が自分に話すときの口ぶりまで以前とは変わったように感じた。

老虎は唐六先生の家に行き、玄関の戸を叩いた。ずいぶん叩いてから、家に明かりがついた。この唐六先生にはいくぶん仙人みたいなところがあり、訪れたのが誰かも確かめずに、中で二声ばかり咳払いをすると、「先に戻っていなさい、わしはすぐ伺うから」と言って帰した。

老虎は帰り道を行きながら、急に心配になってきた。唐六先生は誰が往診を頼みに来たのかも聞かずに、自分を返してしまったけれど、もし往診先を間違えたらどうする。老虎はやはり唐六先生の家に戻ってちゃんとお願いしたほうがいいのでは、とためらっているうちに、いつの間にか、孫姑娘の家の前の池まで歩いてきていた。闇夜の中で、あの庭の戸が開くギギーという音が聞こえた。老虎は驚いた。孫姑娘の家には外地から来た綿打ち職人が泊まっていることは知っていたが、こんな時間に外に出てきて何をしているのだろう。

木立を隔てて、二つの影が相前後して家から出てくるのが見えた。女の甘ったるい声が、「あんた、本当に亥年の生まれなんだろうね」と言っている。

その男が、「おれは光緒元年の生まれだよ」と言った。

「あんた、あたしを騙《だま》したら承知しないよ」女が言った。

「良心にかけてな、おまえ自分で数えてみたらわかるだろう、おれが騙しておまえとやったとでも思ってんのか」と言うと、男は女をぱっと抱き寄せ接吻を始めた。

まさかあの人だとは。あの人はこんなところまで来ていったい何を。

ということは、この二人はとっくに知り合っていたことになる。あの綿打ち職人はやっぱり何か曰《いわ》くがあるようだ、亥年生まれがどうのこうのと言っていたが、何を言っているのかさっぱりわけがわからない。老虎の胸の鼓動は激しくなって、数日前に孫姑娘の家で見かけたあの緑の頭巾と竹の櫛のことが頭に浮かんだ。やっぱりこの人だったんだ。

老虎はその女の人が、男を押しのけて、こう言うのが聞こえた。「あたし、下のほうがまた濡れてきちゃったわ」

男はただおもしろそうに笑うばかりだった。

二人はそれからまた低い声で何か話していた。その後男は身を翻して家に入り、庭の戸が閉ざされた。

老虎はその女が池のまわりを通って、真っすぐこちらに向かってくるのが見えた。身を隠そうとしてもすでに遅く、慌てて一瞬どうしていいかわからなくなったが、覚悟を決めてこちらから前に出ると、先の道を急いだ。その女は明らかに老虎に気づいており、後ろから迫ってくる足音がどんどん速くなってくるのがわかった。そして最後には、彼女は走りだした。

老虎が孟婆さんの家のある路地口に着いたとき、その女はもう彼に追いついていた。女は片手を老虎の肩に置いた。老虎は身体中を冷たいものが走るように感じ、その場に立ち止まると、手も足も動かせなくなってしまった。女は顔を老虎の首元にぐっと近づけ、囁くように言った。「老虎、こんなに遅い時間、ここにきて何をしてるの？」

彼女の声は霧のようで、細やかで柔らかく、糸のように綿々とまとわりついてくる。

老虎は「お医者に大奥さまの病気を診に来てもらおうと呼びに行ったんだよ」と答えた。

彼女はしっかりと老虎を抱きしめ、熱い息が彼の顔にかかったが、その手はひんやりと冷たかった。「さっき、あたしたち二人が話していたこと、あんたみんな聞いてしまったんでしょ？」と彼女は訊くのだが、声はまるでため息のようで、うめき声のようにも聞こえた。それはあまりにも軽い囁きだったから、老虎は息を潜めていないと、何を言っているのかまったく聞き取れないぐらいだった。

「お姉さんに本当のことを言うのよ、あんたはいったいどんなことを聞いたの？」

「あんたはあの人に聞いたんだ、亥年生まれかって……」と老虎が言った。

老虎は何も考えられなかった、どこも動かせなかった。立ちつくしたまま、彼女のされるがままになっていた。

「あの人が誰だか知っているの？」

「綿打ち職人の人」

女はしばらく何も言わなかった。彼女の指が老虎の唇を滑っていき、「何日か見ないうちに、あんたったら髭も生えてきてるのね」と言うと、その指は喉をなぞり「まあ、喉仏もちゃんと出てきた」と続けた。それからまた老虎の腕を摘んで、「ごらんよ、この身体、なんてがっしりしてるんだろう」と言った。

老虎は目が眩《くら》みそうだった。闇の中で彼女の顔ははっきり見えなかったが、その指も、話す口ぶりも声色も、そしてその吐きだす息遣いも人を恥ずかしくさせ、酔わせるということはわかった。

「かわいい兄弟……」彼女の腹部がぴったりと彼の背に押し当てられ、指が水の流れのように彼の胸を触っていった。老虎はこっそりと息を吐き、彼女の手がすんなり襟口から中に入るようにした。

彼女は彼の胸を、彼の腹を、そして彼の両脇を撫でていった。その手はこんなにもひんやりとしていて、こんなにも柔らかく、こんなにも甘かった。

「かわいい兄弟、今日のことは、絶対誰にも言っちゃだめよ」彼女は囁いた。

「言わないよ、そんな……」と老虎が言った。彼の声は変わってしまい、まるで泣いているように聞こえた。彼は心の中で決めていた、彼女がなんと言おうと、すべて受け入れる、彼女から言われたことならなんでも、自分はただちにやってやるんだ、と。しばらくして彼はもうひとこと付け加えた。「殺されたって、おいら何も言わないよ」

「じゃあね、あたしのことはお姉さんとお呼びなさい……」

彼はお姉さんと呼んでみた。

「優しいお姉さん、って呼んでよ」

老虎はすぐ、優しいお姉さん、と呼んだ。

「このことは、誰にも言っちゃいけないの。お姉さんの命はみんなあんた、このあたしの兄弟の手にかかっているんだからね……」突然、彼女は手を緩めて彼を離し、振り返って後ろのほうを見渡した。二人とも近くで誰かが咳をする声を聞きつけた。老虎には唐六先生がもうじき追いついてくることがわかった。

彼女は老虎の顔に口づけをし、「誰か来たわ。今日、夜になったら、学堂に来てちょうだいね……」と言った。それから彼女は彼のほうに笑いかけ、柔らかそうな腰をひねって立ち去った。ほどなく、彼女の姿は孟婆さんの家の前の林に消えていった。老虎は呆然とその場に立ちつくしていた。頭の中は空っぽで、今のことがどのようにして起こったのか細かく考えてみる暇もないうちに、それは終わっていた。まるで夢のようで、夢よりも不可思議だった。彼は身体のある部分がひどく膨れて、疼《うず》いて痛いようにも感じていた。

「わしはおまえに、待っていることはない、先に戻っていろと言ったんじゃ」唐六先生は胸の前に木の箱を抱え、すでに路地口まで来ていて、ぶつぶつと、「本当は、わしが今回往診しても、もう意味がないんじゃ。おまえの家の大奥さまはもうだめだ。わしが昨日の午後処方した薬、もしあれを飲んで、一晩問題なければ、まだ回復の余地はあったんじゃが。わしは夜、服も脱がずに横になっていた、だから、おまえが戸を叩いたときすぐ、大奥さまが手遅れじゃとわかった」と言った。医者はくどくど呟きながら、歩きにくそうにして先を急いだ。

しばらくして、医者がまた彼に訊ねた。「宝琛はどこに行ったんじゃ?」

老虎が「梅城に大奥さまの棺を買いに行きました」と答えた。

「そうじゃ、棺は見つけておかないといけない」唐六先生はこう言うと、「しかしな、そんなにすぐでもない、わしは大奥さまがあと五、六日は持つじゃろうと思っておる」と続けた。

老虎が大奥さまの部屋に入ると、隣家の花二おばさんがもう中に入っているのが見えた。彼女は大奥さまの額にタオルを当てていたが、大奥さまの顔はかなりむくみが出ていて、蝋《ろう》が塗られたかのように光っていた。唐六先生が来たのを見て、花二おばさんがこう言った。「今しがた大奥さまが目を開けたから、話しかけてみましたが、もうあたしが誰だかもおわかりじゃないようでした」

唐六先生は中に入るとベッドの端に腰掛け、大奥さまの手を取ってつまんでみたが、すぐ首を振った。「たとえ一千年ももつ鉄の扉があろうとも、最後に要るのは土饅頭《どまんじゅう》一つ161、とここに至っては、扁鵲《へんじゃく》162がこの世に再び現れても、これはどうにも手の施しようがなかろうな」こう言うと、それ以上診察も処方もせず、木箱から水煙管を取り出し、足を組んでスパスパと吸いはじめた。

煙草の匂いを嗅ぐと、老虎は急に煙草が欲しいという強い衝動に駆られた。彼は以前のようには、大奥さまの病気を心配することがなくなっていた。目の前で起こっている出来事や人々が、自分とは無縁なものに思えた。すべてが以前とは異なっていた。

彼は頭が混乱したまま大奥さまの部屋から出て、中庭の回廊でしばらく腰掛けていたが、また厨房に行って冷たい水を二杯飲んだ。胸の動悸は収まらなかった。二階に戻り、服を着たままでベッドに横になったが、頭に浮かぶのは彼女の姿ばかりだった。彼は何度も繰り返して、一つのことだけを考えていた。もしあのとき唐六先生が来るのがもっと遅かったら、彼女はもっと……。

このとき、ちびっ子が突然寝返りを打って、急にこう言った。「雨が降るよ」ちびっ子は寝言を言ったのだが、不思議なことに、彼がこう言ったすぐあとに、屋根の瓦を打つ雨の音が聞こえてきたのだ。それに続いて、窓の外の木の影が揺れだし、風が吹きはじめた。

老虎はちびっ子を起こすことにした。もし誰かと話をしないと、胸のモヤモヤが膨らんでどうしようもなくなりそうだった。しかし老虎がどんなに揺り動かしても、ちびっ子は目を覚まさない。くすぐっても、顔を叩いても、喉に息を吹きかけても目を覚まさないから、老虎はついにちびっ子を抱き起こして座らせてみた。しかし思いもよらないことに、この子は起き上がらせたままでも眠れるのだった。最後に老虎はどうしようもなくなり、手でちびっ子の鼻を摘んだ。ちびっ子はふいに口を開け、大きく息を吸いこみ、目を擦って笑いだした。この子はとてもいい性格で、どんなに悪さをされても、嫌がったりはしない。

「おまえ、まだあの綿打ち職人を覚えているかい？」と老虎が訊いた。

「どの綿打ちの人？」

「孫姑娘の家のあのよそから来た人だよ」

「覚えてるよ、それがどうしたの？」ちびっ子はぼんやりと彼を見つめた。

「おいらたちが孫姑娘の家に行ったとき、覚えてるかい、卓の上に緑の頭巾があったのも……」

「なんの頭巾？」

「それに竹の櫛もあった」

「竹の櫛って、なに？」

「これからあることを教えてやるけど、絶対よそで話しちゃだめだぞ」と老虎が言った。

「わかった、話さないよ」

ちびっ子はこう言い終わると、枕に寄りかかり、くるりとむこうを向いてまた寝てしまった。外は雨が強くなっていた。ランプが風に吹き消されてはじめて、老虎はもう空が明るくなってきているることに気づいた。

「あの頭巾は、翠蓮のなんだよ」

うっすらと明るくなりかけた朝の光の中で、彼は自分の声が独り言のようにこう言うのを聞いた。

五

その雨は降り続き、午後になって止んだ。宝琛は泥だらけになって梅城から帰ってきた。彼は驢馬《ろば》の荷車を雇って大奥さまの棺を運び、職人も数人連れてきた。職人は担いでいた道具をおろし、中庭でトントン音を立てながら仕事を始めた。ほどなく、そこら中が鉋屑《かんなくず》でいっぱいになった。

丁樹則と妻が見舞いに来て、宝琛を取り囲むと、碑を立てることや墓誌を書くことなどを持ちかけた。花二おばさんは大奥さまの死装束を作るために裁縫師を呼んできており、廂房で布地を見ていた。孟婆さんは刻み煙草の袋を手に、忙しく客にお茶の世話をしていたが、会う人ごとに、「大奥さまが逝ってしまわれると、何はともあれ、普済では麻雀仲間を一人なくすことになるわね」と声をかけていた。客たちはいつものように大広間に集まり、煙草を吸い、お茶を飲んで、世間話をしていた。裁縫師は首に寸法とりの尺を引っかけ、手には平べったいチャコを持って、布に線を引いていたが、その姿はとても楽しそうだった。裁縫師だけではない、喜鵲のほかは、みんなどこかうきうきとしているように見えた。大奥さまはまだ亡くなってはいなかったが、部屋の中でただ一人昏睡状態になっており、もはや誰も会いに行かなかった。

もちろん、ちびっ子の世話を見ようなどと言う人はいるはずもなかった。そこでちびっ子は老虎と二人で人々の間を駆け回ることとなり、孟婆さんにぶつかって茶の盆が吹っ飛び、床に落ちた茶碗が砕けてしまう結果となった。

「おまえ、本当にやることもなく暇なんなら」と宝琛は老虎を睨みつけて言った。「裏庭に行って薪割りでもしてろ、ここで面倒を起こさないでくれ」

老虎は漲《みなぎ》る力を持て余していたので、父親に言われるとすぐ、ちびっ子を放りだし裏庭の薪割りに出かけた。しかし少しすると、手にパチンコを持ってまた戻ってきた。

「薪割りをしてこいって言ったじゃないか」と宝琛が言った。

「やっちゃったよ」

「それじゃ、割った薪を柴小屋に入れておけ」

「もう入れ終わったさ」

「こんなに早く?」

「信じないなら、自分で見てみろよ」と老虎が言った。

宝琛は上から下までジロジロ息子を眺めまわし、首を振るともう何も言わず、行ってしまった。

老虎は空ばかり見上げていたが、太陽はまだ中天にかかっていて、ぴくりとも動かなかった。彼は時間が経つのがひどく遅いと思った。喧騒の向こうから、綿打ちの音がゆったりと伝わってきた。彼はこの音が一つの秘密を隠していることを知っていた。彼には、その秘密がとても脆《もろ》く、空に浮かぶ雲の一つ一つみたいに、風に吹かれれば消えてしまうように思えた。彼は気になっていた、夜が訪れる前に、何ごとかが起こって自分の期待することがすべてだめになってしまうのではないかと。あれは本当なのか？　本当にあんなことが起こるのか？　あの人は着ているものをみんな脱いでしまうのだろうか？　彼は繰り返し自分自身に訊ねた。一分が過ぎるごとに、彼は恐れおののいていた。

誰かがそっと彼を押した。喜鵲だ。

彼女は桶を提げ、水を汲みに井戸に来ていた。

「ぼうっとしてんじゃないわよ！」と喜鵲が言った。「水汲みを手伝ってちょうだい、もう腰が折れそうなんだから」

彼女は桶を老虎に渡すと、腰の後ろに手を当てて揉みはじめた。老虎は水を汲みあげるとき、井戸の底から突きあげてくる涼気の匂いを嗅ぎ、自分の顔がひどく火照っていることに初めて気づいた。水をいっぱい張った桶を喜鵲に渡すとき、喜鵲が手を伸ばして受け取ったが、彼は自分の手を離さなかった。また翠蓮が闇の中で言った声が聞こえたような気がした。彼女は、あたし下のほうがまた濡れてきちゃった、と言っている。もしこんなことを喜鵲が言うとしたら、どうなるだろう。彼はぼんやりと彼女の藍色の細かい柄の服を見つめ、彼女の腕の細かな生毛《うぶげ》を見つめていた。

「早くその手を退けな！　この間抜け」喜鵲が怒って、無理に桶を取ろうとしたから、水が音を立ててこぼれた。

「いったいどうしたって言うのよ？　妙な薬でも飲んだんじゃないの？」彼女は疑わしげに彼を見たが、その表情はまるで見知らぬ人を見るようだった。

ようやく待ち望んだ夜となり、早々にちびっ子を寝かしつけると、老虎はただ一人こっそり閣楼を降りていった。

階段口で、彼は父親に出くわした。

「おまえ二階で寝るんじゃないのか、降りてきてどうするんだ？」と宝琛が言った。

幸いなことに、父親はただそういうことを言ってみただけで、心はそこになかった。宝琛のそばには芝居の二つの座元から来た座長がぴたりとくっつき、大奥さまが昇天したあと供養の芝居をかけるよう口説いていたのだ。

「芝居は呼ばないんだ」と宝琛は煩わしそうに言った。「こんな兵乱のご時世に、芝居なんて」彼は手を後ろに組んで、振り返りもせずに後院《ホウユエン》に行ってしまった。

棺は間もなく完成しそうだった。職人が棺の蓋の細かな塵を吹き払っており、どうやら色を塗る段階になっているようだった。

老虎は表門を出て暗闇の中で気を鎮め、何か重大な決心をするかのように、思い切り息を吸いこむと、早足で学堂に向かっていった。もし途中で誰かに会ったら、どう言えばいいんだろう、もし学堂の門が閉まっていたら扉を叩くべきだろうか、もし門扉を叩いても入れてもらえなかったらどうしよう？　途中で彼の脳裏には混乱した思いが次々に湧いてきたが、どれもみな難問ばかりだった。うまい具合に、こうした問題は答えを出す必要はなかった。途中では誰にも会わなかったし、学堂の門は開いていて、彼は皂龍寺の山門を入ったとき、自分が夢を見ているのではないかと疑ったほどだった。

学堂の中はひっそりと静まっていた。すべての仏殿と部屋に明かりが灯っている。靄《もや》のかかった中に人影が見え隠れし、ときおり咳をする声がひと声ふた声聞こえた。観音殿の回廊は薬師房に連なっていて、その回廊と薬師房の切妻の壁を通り越すと香積厨房が見えてくる。香積厨房は真四角な建物で、かつてこの寺が隆盛だったころには、ここでいっぺんに百人もの僧侶が食事を取ることができたという。房の灯は他のところよりもいくぶん明るかった。老虎はすでに香積厨房の入り口まで来ていた。中に入ろうとしたとき、最後にもう一度、自分に確かめてみた。どうしてもこうしなけりゃならないのか、今戻ってもまだ間に合う、と。しかし、彼の手が軽く当たっただけで、戸は開いてしまった。

老虎がうろたえたまま中に入ると、房には翠蓮のほかに七、八人の人がいるのがわかった。彼らは会議中だった。ちょうど長衣を着た男が、聞き取りにくい外地の言葉で訓話をしているところだった。声は高くなかったが、彼がとても怒っていることは老虎にもわかった。その男が立っている以外は、みなテーブルを囲んで座っており、校長も含めて、誰もが気難しく腹立たしげな表情をしていた。その外地の男は、老虎の闖入《ちんにゅう》をまったく気にも留めていない様子で、話しているうちに気が昂り罵りはじめた。まったく話にならん、なんてざまだ！　老虎は校長の顔つきがひどくなっていることに気がついた。

老虎はぼんやりとそこに佇み、どうしていいかわからなかった。翠蓮が自分に向かって必死に目で合図しているのが見えた。外地の男は演説を終えると、腰掛けて楊枝を使いはじめた。校長が立ち上がって、自己批判をしながら、普済学堂で起きたことはすべて自分の責任だと言った。自分は配下の者たちをしっかり制御できていなかったと。こう話したときに、校長は入り口に立っている老虎のほうに視線を走らせたが、その目は彼を見ているようでも、見ていないようでもあり、刃のようにぎらぎらと光る眼差しで、顔つきがまったく変わって見えた。

老虎は本当にどうしていいかわからなくなっていたが、突然校長がこう話すのが聞こえた。「あなたたちどう思う？　この人、殺すべきかどうか」

卓の向こう端に腰掛けていた古いラシャの中折れ帽を被った人が言った。「殺すべきだ、殺すんだ、絶対に殺さねばならん」と。

老虎は両膝から力が抜け、腰を抜かさんばかりに驚いてしまった。「おいらを殺すって、あんた、あんたたち、おいらを殺すって言うのかい」

その人の大声に続いて、房にいた別な男が言った。「事態がこうなってしまったからには、殺すしかないだろう」

「それじゃ、あなたが言うように、殺しましょう」校長は物憂げにこう言った。「あいつの身柄はどこに？」

「あいつは俺がもう捕まえてあります。馬小屋に閉じ込めていますよ」と王七蛋が言った。

王七蛋のこの言葉で、老虎はほっとした。彼らが殺そうと言っているのはおいらのことではないんだ。じゃ、誰を殺そうとしているんだろう。

このとき校長はようやく、本当に老虎のことに気づいた。

「老虎」校長の呼ぶ声は威厳があった。

「はい」老虎は動悸がまだ鎮まらないうちに、怯えてまた身震いした。翠蓮は相変わらず目で合図を送っていた。

「おまえはこんなに遅く、何をしに来たというの？」彼女の声は高くはなかったが、やはり人に恐怖感を与えた。彼は振り返って翠蓮のほうをちらっと見て、一瞬どう答えていいか迷った。小便が漏れそうだった。

「老虎、家で何かあったんじゃないのかい？」と翠蓮が眉根を上げて彼を促すように訊ねた。

老虎は気を落ち着かせてから、ようやくこう答えた。「大奥さまが危なくなったから、家に帰ってほしいと伝えるように言われて」

「ちびっ子は？　あの子はおまえと一緒なんじゃないの？」

「今もう寝ています」

彼女がちびっ子のことを訊くとは意外だった。だが、彼はもう先ほどのように取り乱したりはしなかった。

校長はしばらくじっと彼を見つめたまま、何も話そうとはしない。

「先に帰っていなさい、わたしもすぐに戻るから」ずいぶん経ってから、校長がこう言った。

老虎が香積厨房を出るとすぐ、翠蓮が後を追うように出てきた。

「あんた、若いのに見かけによらず機転が利くじゃないの」翠蓮が囁いた。たぶん彼がまだ震えていたからか、彼女は片手を彼の肩に置いて、「さっきは、ずいぶん驚いてしまったみたいね」と言った。

「あの、あの、あの人、あの人たちは誰を殺すんだい？」

翠蓮はふふふと笑い、「関係ないでしょ、いずれにしても、誰もあんたのことなんか殺さないから」と言った。

老虎は怯えきって家に戻ったが、閣楼に上がって寝ようとはせず、真っすぐに後院の父親の帳場に向かった。帳場にはまだ明かりが灯っていて、父親がぱちぱちと算盤を弾いていた。老虎は入り口に立つと、いきなり父親に向かって言い放った。「父ちゃん、これからおいらが話すことを聞いたら、父ちゃんはきっとぶっ飛んでひっくり返るぞ」

宝琛は仕事の手を止め、顔を上げて彼のほうを見ると、いったい何ごとかと訊ねた。

「あの人たち、人を殺すんだよ」老虎が叫んだ。

宝琛は最初驚いたようだったが、すぐ面倒臭そうに彼に向かって手を横に振り、「さっさと閣楼に戻ってしっかり寝るんだ、ここでごちゃごちゃ騒ぐから、俺の算盤がまた間違ったじゃないか」と言った。

不思議だ、この知らせを聞いても、父親は以前のように慌てふためくことも、汚い言葉を乱発することもなかった。逆に落ち着き払っていて、老虎にはまったく訳がわからなかった。父親の帳場を出て、前院《チエンユエン》のほうに行くと、ちょうど喜鵲がランプを提げて隣の花二おばさんと一緒に奥さまの部屋から出てくるところだった。彼は駆け寄って二人を止め、「あの人たちは人を殺すんだよ」と言った。

喜鵲と花二おばさんは互いに顔を見合わせ、笑いだした。

「殺すんなら、そうすればいいでしょ」と喜鵲は言い、ランプの火が風で消えないように注意深く手で覆った。

「おまえがそんなこと心配してどうするんだい」花二おばさんは大きくため息をつくと、こう言った。「どうやら、大金歯の命も今晩までだね。あの男は自分の口が災いして死ぬことになるんだよ」

あの人たちが殺そうとしているのは大金歯だったんだ、しかもどうやら、父親も喜鵲もみんなこのことを知っていたんだ、ただ自分一人だけが蚊帳の外だったということだ。

六

話によると、長洲の婆さんが二人の子どもを連れて普済にやってきたとき、大金歯はちょうど家の二階の小部屋にいて母親に薬を煎じているところだったそうだ。彼は名だたる孝行息子だった。渡し場の譚水金がこの知らせを聞いて、息せききって駆けつけ、彼にいち早く報告した。「長洲から三人やってきて、どうもあんたを必死に探しているらしいぞ」と。大金歯はまったく動ぜず、胸板をドンと叩いて水金にこう言った。「なんてことないさ、あいつらは老いぼれとガキどもだ、俺がこの足でみんな蹴り飛ばしてくれるわ」

彼の盲目の老いた母親は、やっぱり歳を重ねただけあって、見識も持ち合わせており、水金の話を耳にするとすぐ息子に問いただした。「おまえ、一つだけはっきり聞かしておくれ、そういうことは確かにおまえがやったことなのかい？」

大金歯は、「俺がやったことだよ」と答えた。

すると老いた母親は彼を二階の小部屋に上げて身を隠させた。

「おまえは二階の小部屋に隠れて、声を立てるんじゃないよ、あたしがとりあえずなんとかあの人たちを追い返すから、その後でどうするか相談だ」

大金歯は母の言いつけを守って、文句も言わずに二階に上がっていった。それから間もなく、その老婆と孫の三人が泣き叫びながら家の前にやってきた。盲目の母親は、彼らの姿は見えなかったものの、老婆の言葉遣いから彼女が真面目な性格で、臆病な人だと悟り、あれこれ言い立ててごまかし、彼らを立ち去らせた。彼らが行ってしまうと、盲目の母親は戸を閉め、耳を戸板に押し当てて、彼らが遠くまで行ってしまうのを確かめてから、息子に降りてくるように言った。

そしてこう言い聞かせた。「息子よ、おまえがふだん豚を殺して肉を売り捌《さば》いてくれたお金は、もったいなくてあたしは一文も使っていない。みんな枕元の樟《くすのき》の木箱にしまってある、おまえが嫁取りをするときのために取っておいたんだよ。それを全部持って、それから着替えの服も何枚か持って、出ていきなさい、できるだけ遠く、遠ければ遠いほどいいからね。一年か半年ほど経ったら、また戻っておいで」

大金歯は笑って言った。「母ちゃん、いったいどうしたんだい、この俺があいつらを恐れているとでも思ったのかい。逃げ隠れすることはないさ、あいつらがまた来たら、一人残らずたたっ殺してやるから」

盲目の母親はこう言った。「おまえの母ちゃんは世間のことをなんも知らないけど、六つのときに両親に死なれ、この普済には童養媳《トンヤンシー》163として買われてきたんだ、それで十四でおまえの父ちゃんと結婚し、二十六でもう後家になってたんだよ。目は見えないけど、物事はなんでもはっきりお見通しさ。息子よ、他のことはどうでもいい、たったひとことだけ言っておくよ、あたしは昨夜夢を見たんだ、おまえの父ちゃんの墓に白い鶴の群れが舞い降りた夢だ、これはとても不吉な兆しだよ。その不吉なことがお前に降りかかるんじゃないかと心配でならないんだ」

大金歯はこう言った。「母ちゃん、そんなこと考えすぎだよ。今のご時世は昔とぜんぜん違っているんだ。世の中、変わるんだよ、天下大いに乱れ、普済でももう革命が起こっているんだ」

「あたしは一日中、おまえが何かにつけ革命、革命って言うのを聞いてたけど、村の東のあの小娘と一緒になって騒ぎまくり、うちの先祖代々続く豚殺しの稼業までほったらかしにしているのは……」と盲目の母親が言った。

「革命ってのは、人殺しだよ、豚を殺すのとそんなに違わない。刀を体に突き立て、赤い血を噴き出させる稼業さ。近いうちに、俺たちは梅城を攻め落とす、お役所のお偉いさんを殺したら、母ちゃんを迎えに来るからな。そしたら衙門の中で一緒に暮らすんだ」

盲目の母親は大金歯が言うことを聞かないとわかり、しばらく考えてから、言い方を変えた。

「さっき長洲のお婆さんの口ぶりを聞いていてわかったんだが、あの人はやたらに騒ぎ立てるような人じゃない。嫁がおまえのせいで死んだのに、お上に訴え出るわけじゃなく、うちにやってきた、狙いはおそらく幾らかでも金が欲しいということだろうね。おまえがあたしの言うことに耳を貸さず、どこか他所に身を隠すのも嫌だと言うなら、それもしかたない。でもそれなら、あの箱の金を半分だけ取り出して、信用できる仲間に託し、あの長洲のお婆さんに受け取ってもらって丸く収めることだね。昔から、お金は災いを消すって言うだろう、他のことはやりたくないっておまえが思ってるなら、それはもういい、だがね、この丸く収める話だけはちゃんとおやりよ」

大金歯は老いた母親がこういうことまで話すのを聞いて、上辺だけでも取り繕って承伏したふりをせざるを得なかった。そして母親が煎じた薬を飲み終わるのを待って、外に出、博打をしに行ってしまった。

それから数日は何ごともなく過ぎ、盲目の母親が息子に、長洲に金を早く送れと催促することもだんだん少なくなっていった。そうした日の午後、大金歯は酒の匂いをぷんぷんさせて帰ってきて、家に入るや否や、盲目の母親にこう言った。「昼に王七蛋兄弟の奢りで酒を飲みにいったんだけど、何か変だった」

母親は、「人様がご厚意でお酒をご馳走するって言うのに、何がおかしいって言うのさ」と言った。

大金歯はこう答えた。「初めはなんでもなかったんだが、飲んでいるうちに、王七蛋が懐から麻縄を取り出して、『俺たち兄弟は兄貴に対して何か申し訳ないことをやる、そしたらどうか勘弁してくれ』と言ったんだ。どうしてそんなことを俺に言ったんだろうね」

「それからどうしたんだい」と母親が訊いた。

「そのあと、あいつら二人とも酔っ払って、テーブルに突っ伏して寝ちまった」と大金歯が話した。盲目の母親は驚いて見えない白い眼を大きく開けた。彼女は膝をバンと叩くと、突然声をあげて泣きはじめた。「阿呆だねえ、おまえは本当に阿呆だ、あたしはどうしてこんな阿呆を産んでしまったんだろう。刃を首元に突きつけられているのに、おまえったら目隠しでもされたみたいになんにも見えやしないんだから！」

「誰が俺を殺すって？」大金歯は思わず喉のあたりを摩《さす》って、やはり驚いて肝を潰してしまった。

「息子よ、その王七蛋、王八蛋はおまえに酒を奢ってくれるどころか、罠を仕掛けておまえを捕まえるつもりだったんじゃないか、はっきりしてるよ」と盲目の母親が言った。

「あいつらが俺を捕まえるっていうなら、なんで酒をご馳走しようって言うんだい？」

「馬鹿だね、おまえはクソ力を持ってるから、あいつらが二人がかりでかかっても、おまえを取り押さえられないだろうよ、酔い潰すぐらいしないと、どうやったって捕まえられないんだよ。うまい具合に、あいつらのほうが酔っ払っちまった、そうでなけりゃ、おまえなんかあいつらの手にかかってあの世に送られるところだったんだ」

「俺はあいつらに恨まれるようなことは何もしていない、それなのになんで俺を？」

「あいつらが考えたことじゃないさ、別な人間があいつらにやらせてるんだ」

「ということは、校長なのか？」大金歯はすっかり取り乱し、酒もほとんど覚めてしまった。「校長はなんで俺を、なんで俺を捕まえようとしてるんだ……」

「長洲のあの一件だよ、校長はおまえを捕まえて処刑するつもりさ」

大金歯はそう聞いて顔面蒼白となった。手をかけていた椅子も震えてガタガタと音を立てた。

母親は不思議がった。「おかしなことだね、おまえはいつも村で、何も怖いものがなく、閻魔さまも恐れないみたいにしているのに、あの小娘のことを言ったとたん、怯えてそんなになってしまうなんて」

「母ちゃん、俺、どうしたらいいだろう」と大金歯が言った。

「王七蛋兄弟が、今のところ、おまえを捕まえられなかったとしても、次に別な奴が必ず捕まえに来るはずだ。おまえは急いで荷物をまとめ、暗くなったらすぐ出発するんだ。ちょっと手を貸して、あたしを立たせておくれ、何枚か餅《ピン》を焼いてあげるから、持っていって途中で食べるんだよ」

夕暮れどきになって、家に床屋が立ち寄った。胸に頭を剃る道具一式の入った木の小箱を持って、片足を引きずりながら戸口までやってきた。大金歯はその男が夏荘《シアジュアン》の徐拐子《シュイグアイズ》だとわかった。頭をもう一ヶ月以上も剃ってもらっていないから、髪を剃ってから逃げてもいいだろうと思った。徐拐子と値段の交渉をして、椅子に腰掛け、髪を当たらせた。

徐拐子は布を広げて彼の胸の前に掛け、木箱からきらっと光る剃刀《かみそり》を取り出した。徐拐子は剃刀を彼の喉元に当て、低い声で言った。「兄弟、動くなよ。おまえは豚殺しだから俺が剃刀を当てている場所がなんだかわかってるな、おまえが動かなかったら、俺も動かない」

徐拐子の言葉に大金歯は驚いて腰が抜けてしまい、椅子に座ったまま動けなくなってしまった。ちょうどそのとき、数名の男が外から躍りこんできて、がんじがらめに縛り上げた。王七蛋が近寄ってきて、肩をぽんぽんと叩き、笑いながら言った。「本当は昼におまえを捕まえるつもりだったんだが、俺たち兄弟は酒に意地汚くてな、危なくしくじるところだったぜ」

こう言い終わると、盲目の母親が大声で罵り泣き喚いて唾まで吐き掛けるのを気にも留めず、彼を押し立てて学堂のほうに行ってしまった。

村の年寄りたちの話では、大金歯が自分の口をしっかり慎んでいられたら、死ぬことまでには至らなかったということだ。

その晩、大金歯が護送されていくとすぐ、盲目の母親が壁をつたい、まさに這うようにして丁樹則の家にやってきて、戸をくぐったとたんにひざまずいた。

丁樹則は「あんたの息子がしでかした忌々しいことは、天理に背き、人神ともに憤っておる。役所が手を下したとしても、死罪になることは変わらない」と言った。

母親はこう言った。「みなさんはどうして長洲のあの婆さんの話しか聞かないんでしょうか？　あの人の嫁はあたしの息子が犯したせいで自殺したって、どうしてわかるんです？　本当はあの嫁が死んだのは、労咳《ろうがい》を病んでいたからで、あの婆さんが普済にやってきたのも、このあたしを騙すためだったんですよ、そうじゃないって、どうしてわかるんです？」

丁樹則はこう答えた。「このことはあんたの息子が自分の口で話したんだ、今では証人もいるし証拠もあがっておる。あいつは先に貪色《たんしょく》姦淫をほしいままにし、その後またすぐに口舌の禍をなした。その罪逃がるべからず、これ以上言うこともなし」

母親は、「うちの金歯はたとえ千の悪いところがあっても、ただ一つ、いいことがあります。年寄りに優しいんです。うちであたしに対してはもちろんそうですが、先生のお宅だって、ふだん息子が豚を殺したときには、大腸やら肺やら、内臓など決して忘れずにお届けしたはずですよ」と言った。

丁樹則は言った。「あんたがそう言うのなら、我が家のこの数年間の出納簿を持ってきてきちんと清算しようじゃないか、受け取った分だけちゃんと払ってやる」

盲目の母親は冷たくせせら笑って、厳しい顔つきになった。「ペッ、うまいこと言いやがって！　金はもちろん返せば済む、だけど一つだけ、あんたにきれいさっぱり消せないものがあるよ。あたしがまだ目が見えていたころ、あんたにどうしてやったたっけねぇ。あたしの哀れな亭主が死んで、まだ初七日も済まないうちに、あんたはあたしの家にこっそり来たんだ。あたしは夫の喪に服していて、いかがわしいことなんかできやしないのに、あんたは、女は喪服が美しい[164]って言い寄ってきたんだよ、この破廉恥男が！　どんな聖人の名前を騙《かた》ってやがるんだか。あんたはあたしを散々弄《もてあそ》んで、死ぬような思いをさせたんだ、ご先祖さまの血を絶やさないために子育てだけはと思わなかったら、あたしはとっくに梁から首を吊って死んでいたよ。ちんぽこを抜いたらもう知らん顔、なんて許すもんかね」

丁樹則は婆さんに捲し立てられて、腹立たしいやら、恥ずかしいやら、さらにまた恨めしいやらで、長い間ひとことも喋れなかった。

丁先生の奥方は厨房で食器を洗っていたが、盲目の母親の話にこれっぽっちの嘘もないと思った。最後のひとことを聞いたとき、もう我慢ができなくなり、厨房から駆けこんできて、無理やり作り笑いを顔に浮かべるとこう言った。「あなたがた、いいお年の方が、若いころの話をいつまでも口にするのは、ご近所の物笑いの種になるだけじゃございませんか。お宅のお坊ちゃんのことは、他人事ではありません、その子がはっきりした理由もなく捕まえられたとなると、あたしたちも黙って見ているわけにはいきませんわ。今日のところは、お引き取りください。あたしたちがちゃんと道理を通させてみせますから」

奥方は盲目の母親の側に寄り添って助け起こし、耳障りのいい話をたくさん並べてなだめすかし、立ち去らせた。

丁樹則はすぐにはショックから立ち直れず、中庭にぼうっと立ちつくして、首を振りながらこう言った。「文化も礼儀も廃《すた》れてしまった、まったく廃れてしまった」

「何が廃れているだ、このクソ野郎！」丁先生の奥方はこう罵ると、ばちんと一発平手打ちを喰らわし、丁樹則の頬の半分がみるみる腫れてきた。

丁樹則はその晩、徹夜で身元請負の証文を書き上げ、村の数人の有力な郷紳を絡め落として署名捺印をしてもらうと、翌朝早く大金歯の引き渡しを求めて学堂に出向いた。秀米はちょうど不在で、臨時主管の任に当たっていたのが焼き物師の徐福だった。

徐福は「大金歯は校長が捕まえさせたんですから、校長がお帰りになるまでは釈放するわけにはいきません」と言った。

丁樹則はこう答えた。「その秀米は愚老の学生でな、わしが言うことであれば、あの子が聞かないわけがないんじゃ、あんたはただ釈放してくれるだけでいい」

徐福は「先生がそうおっしゃるんなら、奴を板で数十回ぶっ叩かせることだけはさせてください。奴の体に覚えさせないといけませんから」と言った。

大金歯は釈放されると聞きつけて、口調が早くも強気に変わった。「ぶっ叩くだと？　どいつが俺さまを叩くって言うんだ、王八蛋、早く俺さまの縄を解け、ぐずぐずしたら、目にもの見せてくれるからな！」

王八蛋は徐福と目線を交わした。徐福はまたちょうど歯痛でイライラが募っており、手を横に振ってこう言った。「いっそのこと、この際あいつに温情もかけてやることにするか、叩かないことにしてやるから、次に豚を殺したら、俺たちに豚の頭を持ってきて酒を飲ませるんだぞ」

大金歯のほうは徐福のこの言葉でいっそう強気になり、グッと顔を上げて大声を張りあげた。「屁でもねえことで、俺さまを捕まえて責めやがったな！　お前らに聞かせてやるがな、以前俺たちの村の孫姑娘も、やったのは俺さまだぞ、まず犯してそれから殺したんだ、いい気分だったぜ。おまえらに俺さまが捕まえられるわけがねえのさ！」

丁樹則はまったくもって自分の耳が信じられなかったし、徐福も驚きのあまり顔面が蒼白になった。そのまままだいぶ経ってから、徐福は身を正して拱手《きょうしゅ》の礼をし、こう言った。「丁先生、こいつが今喋ったことは、こいつが重大な人命に関わる事件を他にも起こしていたっていう証明です。これはもう絶対に小職が決められることではありません、こいつを釈放するわけにはいかなくなりました」

丁樹則はただ苦笑するしかなかった。とても長いため息をついたあと、首を振りながら、何も言わずに立ち去った。

大金歯を処刑するとき、本来なら王七蛋と王八蛋兄弟が手を下すことになっていた。だが王七蛋にはいくぶんためらいがあり、涙ながらに、大金歯は自分が何でもよく知っているやつで、刀を刺すことなんかできそうもないと語った。それで臨時に外地から処刑人を雇うことになったが、やってきたのはもともと百姓仕事しか知らず、人を殺したこともない男だった。彼は大金歯を馬小屋から引き出し、人のいないところまで来ると、暗闇に乗じて囁いた。「兄弟、俺はおまえの家に残される目の見えないお袋のことが気がかりなんだ。俺がおまえを殺すときが来たら、まず初めの二太刀ほどでおまえの縄を切ってやる、おまえはさっさと逃げるんだ、俺は後ろから追いかけるふりをするからな。おまえは身を隠してから、二、三年は絶対普済に戻るんじゃねえぞ」

大金歯はおかしなことを言う奴だと思った。「えー、そりゃ変だ！　あの日、長洲であのあばずれをやったときに、おまえだって一緒だったんだ、どうして俺一人だけ捕まって、おまえにゃお咎《とが》めもねえんだよ？　さあ、早く、無駄話は止めて、まずは俺の縄を解いてくれ、話はそれからだ、俺は腕がもう痺《しび》れちまった」

その男はこれを聞くと、毛が逆立つほど驚き、すぐさま彼に飛びかかってその腹をぐさりと刺した。大金歯は狂ったように一声叫んだ。「兄弟、止めてくれ、俺は言いてえことがあるんだ」

「まだ何が言いてえんだ？」その男が訊いた。

「俺を殺しちゃいけねえ」大金歯の口から血しぶきが噴き出した。

「なんでいけねえんだ？」

「おまえが俺を殺したら、俺は、俺は、何にもわからなくなるじゃねえか」

その男はそれ以上話をせず、彼の心臓のあたりを探り、ものすごい力で刀の柄がめりこむほど深々と突き刺した。刀が刺さっていったとき、大金歯はまっすぐ首を伸ばし、目をまん丸く見開いた。刀が抜かれると首がぐんにゃりとし、目もすぐに閉ざされた。

七

老虎はそのとき初めて校長の宿舎となっている伽藍殿に来ていた。その造りは高く大きかったが、内部は極めて質素で粗末だった。北側の壁に小さなベッドが設らえられてあり、ベッドの脇に長机があって、卓上に豆粒ほどの明かりが灯されていた。それだけだ。真っ昼間なのに、校長はどうして明かりをつけているんだろう。

内部は密閉されていて光を通さない。もともと伽藍殿の東西にはそれぞれ窓があって、北面には大きな扉もあり、後ろの天王殿に続いていたのだが、今では、窓も扉も煉瓦状に積み上げた粘土で完全に塞がれていた。天井の天窓も、分厚い黒の幔幕で覆われていた。老虎が足を踏み入れたとき、中には鬼気迫る涼気が漂っていて、掃除もされずに積もった泥土の臭いが鼻をついた。

内部の様子は老虎が夢に見たものとはまったく違っていた。黒の蒔絵の衝立も、煌びやかな花梨《かりん》のテーブルや椅子も、金の縁取りのある鏡台も、紅色の花瓶もなかった。そして彼はすぐ気づいた、校長のあまりにもみすぼらしいベッド、蚊帳の継ぎ当て、縄で括り付けられたベッドの脚、寝乱れたままの布団を。ベッドの前には粗末な踏み板が置かれ、その上に黒い粗末な綿布の靴が一足あるだけだった。

　校長が身に着けていたのは赤い花柄の上着で、何箇所か中の綿がほつれ出ていた。ただ一つ夢の中と似ていたのは、彼女の顔に浮かぶ哀しみの表情だった。思わず漏らすその曖気《おくび》にさえも、哀しみの気配を感じさせた。老虎の視線がベッドのそばに剥き出しのまま置かれた馬桶《マートン》を捉えたとき、校長のことが本当にかわいそうに思えた。しかしこの伽藍殿の中に入った瞬間から、校長の目をまっすぐ見ることはできなかった。

「こちらに来なさい」校長の言葉は低く、掠れているようだった。

彼女は老虎をベッドに腰掛けさせ、少し身体を彼のほうに向けるとこう言った。「おまえはあたしがどうしておまえを呼んだのか、わかってる？」

老虎は驚き、うなだれて囁くように答えた。「いいえ、いいえ、わかりません」

校長は突然口を噤んで、何も言わなくなった。老虎は今自分が見つめられていると感じた。

「いくつになったの？」

「えっ？」

「おまえが何歳になったのかって訊いたのよ」

「十四です」

校長は笑ってこう言った。「怖がることはないでしょう、あたしが呼んだのは、ただ話がしたかったからというだけ」

彼女が話すとき、口の中に何か入っているような感じがして、老虎は顔を上げた。見えたのは銀の簪だった。校長は解けた髪をもう一度結い上げていたのだ。彼女の口元から吐き出される息も嗅ぎとった。少しもいい匂いではなく、いくぶん酸っぱい感じもした。それはサツマイモの臭いだ。

「どんな話？」

「ただ気の向くままに話すだけよ」と校長が言った。

それからやっぱり、彼女は老虎に向かって話しはじめた。彼女が話し、老虎が聞く。彼女は彼が聞いているのかどうかさえ、かまわないようだった。彼女は眠れない、どうしても眠れないのだと言った。夜になると一人で河辺に出て歩き、河床から立ちのぼる泡の匂いを嗅ぐと眠れそうになるのに、部屋に戻るとまた眠れなくなる。彼女は光が怖いとも言った。そして、人が死んだら幽鬼になって、光を恐れるようになるとも。こう話したとき、校長は突然冷笑を浮かべ、老虎の肩をポンと叩いて質問した。

「どう、あたしは幽鬼みたいに見えない？」

老虎は肩を叩かれて、震え上がるほど怯えた。

「怖がらなくていいわ、あたしは幽鬼じゃないから」と言って、彼女は笑った。

彼女は今自分のやっていることが間違っているのかどうかわからないし、もしかしたら冗談なのかもしれないと言った。そして花家舎というところのことも話した。そこには墓があって、墓碑が立っており、墓碑に文字が刻まれている、それは自分と同じように哀しみにくれた人が書いた文章で、そういう人たちがみな同じ人なのではないかとも思っていると。

　彼女は日本の横浜のことも話した。ある晩、彼女はがらんとした街である人に出会ったのだが、あんまり驚いて腰を抜かし、地べたに座りこんだほどだったという。不思議なこともあるものね、本当に不思議なことも。

「あててごらん、あたしは誰に会ったと思う?」

「いいや、いやいや、わからない」老虎は必死に首を振った。こうしてたくさん首を振っていれば、校長が許して帰してくれると思っているかのように。

　彼女はまた自分の見た奇妙な夢のことも話した。夢の中のあらゆることが本当のことだと信じているという。夢から覚めることもあれば、ときには、夢の中で目が覚めてしまい、この世のすべてが本当は夢を見ているのに過ぎないと気づくこともある。彼女の話は、だんだんよくわからなくなっていった。彼女がわざわざ自分を呼びに使いを寄越したのは、こんな果てしもない支離滅裂な話を聞かせるだけのためじゃないはずだ。

「何を言っているのか、おいらにはさっぱりわからない」老虎はこのとき初めて、校長の話を遮った。「どうしてそんな話をおいらにするの?」

「誰も私の話を聞こうとしてくれないからよ」と校長は言った。「あたしは一日だって、いや一刻だって頭が痛くないときなんかないの、まるで自分が油鍋に放りこまれて炒められているみたいだわ。ときどき、本当にこの頭を壁に思い切りぶつけたくなる」

「校長先生、本当に梅城を攻め落とすのかい？」

「そうよ」

「でも、でもでも、どうして攻めなけりゃならないの？」

「一つのことをやっていれば、他のことが忘れられるからね」

「何を忘れたいの？」

「あらゆることよ」

「それじゃ、〝革命〟ってなんのこと？」しばらくしてから、老虎が質問した。

「うーん、革命ね……」校長は頭がまた痛くなってきたようで、こめかみのあたりを手で揉んで、物憂げにこう言った。「革命はね、その人が今何をやっているのか誰にもわからないんだけど、その人自身は革命をやっているってわかるの。そうなのよ、でもその人もやっぱり、今自分が何をしているのかはわかっていない。それはちょうど……」

校長は目を閉じ、壁に寄りかかって話を続けた。「それはちょうど、百足《むかで》みたいなもんだわ。百足はこの皂龍寺の壁を一日中這いまわっていて、なんでもよくわかっている。壁の隙間やら、蜂の穴、煉瓦や瓦の欠片の一つ一つに至るまでよく知っている、でもそいつに皂龍寺とはどんな寺なのかって訊いてみたら、絶対に答えられないわ。そうでしょ？」

「そうだね」と老虎は言い、「でも結局は誰かは、革命ってどういうことなのかわかっているんでしょう。百足は皂龍寺がどんなふうだか答えられないけど、ハイタカだったらわかるはずだよ」と続けた。

「その通りね、ハイタカならわかるはずだわ」校長は笑った。「でもあたしには、誰がハイタカなのかわからないの、誰が命令を下しているのか、ね。いつも決まった期間を置いて、普済に使いの者が知らせを届けに来る、使いはいつも同じ人。知らせは手紙のこともあるし、口伝えのときもある。その人の口はとても堅いのよ。その人から何か聞き出すのは無理ね。あたしたち試してみたことがあるけど。でもあたしは今までその手紙を書いている人に会ったことがないの。ときどき、あたしは自分が百足じゃないかって思うことがあるわ。しかも誰かに魔法をかけられて、雷鋒塔の下[165]に抑えこまれてしまってる……」

　校長の話はますます茫洋としてとりとめがなくなり、だんだん老虎はまた訳がわからなくなった。彼女は変な話を延々としているが、心は弱々しいように思えた。少なくともふだん見慣れた、あの、人を怯えさせる痴れ者のようではなかった。

「もういいわ」校長は突然勢いよく息を吸いこむと、口調が一変し、声も一気に高くなった。「もういい、こんな無駄話はもう止すわ。老虎、おまえは今年、いくつになったの?」

「えっ、それはさっきもう訊いたじゃないか」

「そう、もう訊いたのね、じゃ、いいわ」秀米は続けた。「おまえに一つ、真面目な話を訊きたいの」

「なんだい?」

「おまえはあたしを騙してるね」と校長が言った。「さあ、それをみんな言ってしまい、ここには他に誰もいないから」

「何を言っているのか、おいらにはわからない」

「昨日の夜、あんなに遅くなってから、おまえは厨房に駆けこんできた、いったい誰に会いに来たの？」校長が冷たい笑いを浮かべた。

老虎は顔色がさっと変わった。「おいら、おいらおいら、おいらは校長先生に会いに、大奥さまが良くないから、家に帰って欲しいと言いに、そうだよ、大奥さまはもうじき危ないんだ、だから……」

「本当のことを言いなさい！」校長は恐ろしい表情で叱りつけた。「おまえはまだ子どもなのに、人を騙すのは一人前ね」

彼女の目はしっとり潤み、厳しそうでも優しそうでもあった。彼女はひとめで相手の心の中を見通せる、つまり、気が狂っていないばかりか、相当聡明だということだ。彼には、自分が今この瞬間に何を考えているか、校長は手にとるようにわかっているとさえ思えた。

「村に綿打ち職人が来ていて……」彼はこんなふうに話しだした。

自分の声を聞いて、彼は驚いていた。まるでそれは彼が言っているのではなく、自分の口から勝手にそれらが飛び出してきたように思えた。あの晩の出来事を彼女に全部話すべきかどうか、彼はためらっていた。

「綿打ち職人だって？　その人はどこから来たの？」と校長が訊ねた。

「知らないよ」

「先を続けなさい、その綿打ち職人がどうしたの？」

そうだ、その綿打ち職人はいったいどこから来たんだ？　普済には何をしに？　その人はどうして翠蓮と知り合ったんだ？　翠蓮はどうしてその人に亥年生まれかどうかを訊いたんだ？　翠蓮が自分と出会ったとき、どうしてあんなに慌てたんだろう？　どうして自分に「お姉さんの命はみんなあんた、このあたしの兄弟の手にかかっているんだからね」って言ったんだろう？……ここまで考えてきたとき、背中に冷や汗が噴きだした。

「校長先生、何どし生まれですか？」老虎が突然顔を上げて訊いた。

「申年よ、それがどうしたの？」秀米は不可解な面持ちで老虎を見た。「今おまえは、村に綿打ち職人が来たって言ったけど……」

「その、そのその、その人はね、綿打ちがとっても上手なんだ」老虎はしばらく考え、意を決して、こう答えた。

　彼は唇を堅く閉じていた。ちょっと口を開けると、秘密が次々に飛び出してしまいそうに思えた。

「わかった、もう結構よ。帰っていいわ」校長は気怠そうにため息をつくと、首を振ってこう言った。

　老虎が伽藍殿から出ると、外は輝くばかりの陽射しで、今はまだ真昼だったと気づかされた。頭の中はすっかり混乱していた。彼はぼんやりと中庭を通り過ぎ、薬師房の軒下に通りかかったとき、誰かが後ろから追いついてきた。翠蓮だ。彼は振り返らなくても、翠蓮だとわかった。彼女の身体の匂いを覚えていたのだ。老虎は彼女がどこから出てきたのかわからなかったが、その手には濡れた葱《ねぎ》が握られていた。

　翠蓮は足を速めて彼に追いついた。老虎の動悸がまた狂ったように激しくなった。翠蓮は並んで歩き、二人とも足を止めなかった。

「顔上げて西のほうを見るのよ」翠蓮が低い声で彼に言った。

老虎は西のほうに目をやった。寺の高い塀があり、その向こうに大きな槐《えんじゅ》の木があって、樹冠を寺の中まで伸ばしているのが見えた。

「大きな槐の木が見えたでしょう」

老虎が頷いた。

「あれに登れる？」

「登れるとも！」

「じゃいいわ、あんたはあの木に登りさえすれば、簡単に寺の塀の上に降りられる。あたしが塀のところに梯子をかけておいてあげるわ。誰にも見られちゃだめよ。夜になったらきっと来てちょうだい」

彼女はこう言うと、そそくさとその場を離れた。

老虎はもう一度その槐の木を見てみた。樹冠の向こうに高く青い空が広がっていた。木の梢に古い鵲《かささぎ》の巣があるのも見えた。それは何もかも承知した印のように思えた。周囲の静謐《せいひつ》の中で、自身の血流がとても速くなっているのがわかった。ここまで大きくなってきて、初めて煙草が吸いたいという欲望を抑えられなくなっていた。

家に戻ると、老虎は中庭の縁に座り、太陽が山に沈むのをひたすら待った。彼はもう、夜になったら後院から出ていくと決めていた。もうどんな間違いも起こりようがない。もしだめだったら、胸がきっと張り裂けて死んでしまう。わずかな過ちも許されない。夜出ていくとき、家の人に気づかれないようにするため、こっそりと後院に忍び込み、奥庭の戸の蝶番《ちょうつがい》に豆の油を差し、何度か開け閉めをしてみて、何も音がしないのを確かめてみた。ここまでやってようやく安心した。

八

夜、老虎はベッドから起き上がり、階段を降りてこっそり中庭に出た。昼間のうちに決めておいたように、靴を脱いで手に持ち、抜き足差し足で後院に向かった。

そっと閂を外し、戸を開けて外に出た。村でときおり犬の吠え声が起こったが、ほかには誰の目にもつかなかった。彼は生まれて初めての大きなことをしていると自覚していた。学堂への道は急がなかった。ことがここまできていると、かえって落ち着けた。河のほとりに着いた。そこには菖蒲や葦《あし》などがびっしり生えていて、河はまっすぐ長江に流れていく。月光が照らし出す菖蒲は葉がすべて枯れて、風が吹くとざわざわと音を立てた。

彼は河岸で長い間座っていた。しばらく木立にかかる月に見とれたり――その月は河面に浮かぶ布のように見えた――河面の細かな漣《さざなみ》の光を見つめたりしていたが、河面からはしっとりと重なるように涼気が漂ってきた。彼はこれから起こることについてはっきり考えをまとめておくつもりだったが、不思議なことに、何とも言えないほのかな哀しみが胸をひたすのだった。

あの槐の木は簡単に見つかった。

木の幹は寺の塀のすぐ脇だった。彼は造作もなく塀の上にまたがったが、巣を離れたアシナガバチがぶんぶんと顔の周りを飛んでいた。梯子を伝って寺の中に降りてから、顔が腫れていることに気づいた。痛さはほとんど感じなかった。

やっぱり梯子はあった。彼は笑った。心が重く、喉はからからだった。月明かりの下で、彼女の部屋の戸が開いているのが見えた。彼はまた笑った。

部屋の前まで行って、戸を叩くかどうかためらっていると、戸がすぐに開いた。中から手が伸びてきて、彼を引き入れた。

「遅いじゃないの」翠蓮が低い声で言った。「もう来ないのかと思ったわ」

彼女が彼の首を抱きしめると、顔に熱い息がかかった。それから彼の手を自分の胸に当てて、大きく何度も喘いだ。

老虎の手は柔らかいものでいっぱいになった。すぐに彼は手を引っこめた。翠蓮はまたその手を摑んで、もう一度そこに当てた。舌で彼の顔を舐め、唇を舐め、鼻も、耳たぶも噛んだ。口では何かふんふんと呟いていたが、激しい喘ぎ声で、彼には何も聞き取れなかった。

やっぱりあばずれ女だ。

翠蓮は老虎に力いっぱいつねってくれと頼み、彼は力いっぱいつねった。もっと強くやってと言われ、老虎はもう精いっぱいやったと言った。彼女の身体から汗の臭いがした。馬小屋の臭いのようだった。耳元で囁くのが聞こえた、「あんたがやりたいこと、なんでもしていいのよ」。それからひどく取り乱して彼の服を脱がせ、お姉さんと呼んでくれと言った、彼はお姉さんと呼んでやった。お姉さん、お姉さんお姉さんお姉さん……。

二人が服をすべて脱いで布団の中に潜りこみ、固く抱き合ったとき、老虎は自分が「おいら死んじまう」と言っている声を聞いた。自分の身体がたちまちのうちに溶けてしまうような感じがしたのだ。彼はそのあとそっと泣きはじめた。闇の中で、翠蓮が笑ってこう言うのを聞いた。

「兄弟、それは間違いないわよ、こういうのは死ぬのと似たようなもんだから」

彼女は彼の身体に乗って、捩《よじ》り、つねり、噛んだ。彼はベッドに横たわったまま身体が硬くこわばり、弓のようにのけぞった。彼女は自分の言う通りにするように言い、彼は確かに、それになんでも従った。それは本当に彼がびっくり仰天するようなことばかりだった。月明かりの下で彼は見た、彼女が腰を高く高く突き上げては、ベッドにまた重たく身体を落とし、それが何度も何度も波のように繰り返されていくのを。彼女は力いっぱい足を突っ張らせ、その足は鉄みたいに硬くなり、噛み締められた歯がガチガチと鳴った。彼女は彼の肩に思い切り爪を立て、顔が彼の目の前でがくがくと揺れた。それは本当に恐ろしい姿だった。しばらくそうしているうちに、老虎は怯えてしまい、彼女をどうしていいかわからなくなった。翠蓮は目を閉じ、しきりに彼に向かい、かわいい子と呟いていた。かわいい、かわいい、かわいいと。

月のひんやりした光が網戸を透《すか》し、ベッドの前まで届いていた。翠蓮の裸の身体が見えた、白い肌は霜が降りたようだった。とても長い間、二人は静かに横たわったままで、まったく動かず、何も話さなかった。身体の汗は涼風に吹かれてすぐに乾いた。残っているのは発散しない匂いだけだ。今では、こういう匂いにも彼は恥ずかしさを感じなかった。彼女の喉元、肘、腹、脇の下、そのどこからも同じ匂いがした。そのほかにも密やかな香りも嗅ぎとった。それは庭の遅咲きの木犀《もくせい》の香りなのか、それとも彼女の白粉の匂いなのかはわからなかった。

翠蓮は赤ん坊の世話をするように、彼に布団をかけて端を整え、布団の襟を中に差し入れた。それから一糸纏わぬ姿でベッドを降りた。彼女の豊満な身体は盃《さかずき》から溢れ出る水みたいに揺れていると彼には思えた。彼女は部屋の中で探し物をしているようだったが、やがて錫の缶を一つ手に取って、また彼の横に寝た。彼女の身体はひんやりとなっていて、草魚のように滑らかで涼やかに感じた。彼女は錫の缶を開け、中から何か取り出して彼の口に入れた。

「これ、なんなの?」と老虎が訊いた。

「氷砂糖よ」翠蓮が答えた。

氷砂糖は歯の間で涼しげな音を立てて割れた。それを含んでいると、とても安心できて、何も考えなくていいように思えてくる。

翠蓮は以前揚州《ヤンジョウ》の妓楼にいたころ、客が事を済ませたあとで、いつも氷砂糖を一つ口に入れてやっていたという。それはそこの妓楼の決まりだったのだそうだ。

老虎が客の済ます事って何なのかと訊くと、翠蓮は手で軽く彼の頬を叩いて、「今あたしたちがやったのと同じよ」と言った。彼女のひとことで、老虎はもう一度しっかり彼女を抱きしめた。

老虎は彼女の歓心を惹くために、突然こう言った。今日の昼、校長が自分を伽藍殿に呼び出したけど、何も喋らなかったと。

翠蓮は大きく目を見開き、しばらく経ってからようやくこう言った。「あんた、やっぱり何かは言ったんでしょう。そうじゃなけりゃ、午後すぐに王七蛋たちを孫姑娘の家に捕まえに行かせたりしないわ」

「捕まえたの？」

「とっくに逃げてたわよ」と翠蓮が言った。

翠蓮は昼に秀米と会ったときの様子をこと細かく質問した。訊かれることに彼は一つ一つ答えた。最後に彼女はほっと一息ついて、こう言った。

「ああ、危ないところだった。あの人はわたしがこれまで会った中でいちばんの切れ者よ。あの人が頭の中で何を考えているのかなんて、到底わかるもんじゃないわ。誰かを見ているときだって、ただ顔を見ているんじゃない、自分が何か見定められてるのかもしれないって思ったときには、もうその人は骨の髄まで見抜かれちゃってるわ」

老虎はもちろん翠蓮の言っている「あの人」が誰なのかわかっていた。そして今の話ぶりだけからでも、翠蓮と秀米の二人の間柄は村の人たちが言うように親密なのではなく、互いに警戒し合っているのだということもわかった。しかし、それはまたいったいどうしてなのだろう。

「あの人は切れ者だって言うけど」老虎はよく考えてから言った。「村の人たちからは頭が変だと思われてるよ」

「時々はね、あの人は確かに痴れ者だわ」

翠蓮は彼の手を手繰り寄せ、自分の乳房に押しつけた。乳首がまるで熟していない桑の実のようにたちまち硬くなり、布で作ったボタンみたいだとも思った。翠蓮は、ああ、ああと何回か声をあげ、こう言った。

「彼女は普済の人をみんな同じにしたいの、同じ色の同じ形の服を着させ、どの家も同じ、大きさも造りも同じにさせたいのよ。村のすべての土地が誰の持ち物でもなくなるんだけど、みんなが全部の土地の持ち主になるの。村中の人が一緒に畑に出て仕事し、一緒にご飯を食べ、一斉に灯を消して寝る、どの人の財産もみな同じで、家に差しこむ陽射しだって同じ、屋根に降る雨や雪もみんなおんなじ、どの人も同じような笑い方をし、見る夢までもみんな同じにね」

「どうしてそんなことをしたいのかな？」

「あの人はね、そんなふうになったら、この世からどんな悩みもなくなるって思ってんのよ」

「でも、でも」老虎は続けた。「おいら、そんなふうになったらとっても、悪くないと思う」

「何が、悪くない、なもんかね」翠蓮が言った。「こういうのは全部、あの人が眠れないときに考えついた空想に過ぎないの。ふつう、誰でもそんなことを考えるかもしれないけど、それはちょっと頭に浮かぶだけで、すぐ忘れちゃう。だけどあの人は本当にそういうことをやろうとしてる、これが痴れ者じゃなくて何なの」

しばらくしてから、翠蓮はまた続けた。「でもね、この空の下、痴れ者はあの人だけじゃない、でなきゃ革命をやるって言う人がこんなにたくさん出てきやしないわ」

そのあと翠蓮はあの張季元という名の人のことを言い、学堂に出入りしている見知らぬ人たちにも触れ、「でもあたしに言わせれば、この大清の御世は終わるわけがない、もし終わりになるとしたって、きっとまた皇帝になる人が現れるだけよ」と言った。

彼女の喘ぎ声はますます大きくなり、身を横にして老虎のほうを向き唇を吸った。彼女の吐く息までとても甘く感じた。

「あの綿打ちの人、もういなくなったの？」どういうわけか、老虎はこのときふと、あの綿打ち職人を思い出した。

「おとといい出ていったわ」と翠蓮が答えた。「あの人は職人だから、おんなじところにずっといれるわけじゃないのよ」

「でも喜鵲の話では、うちにはまだ綿打ちをしてもらわなけりゃならない綿花が山ほどあるって」

「他にも綿打ち職人はいるわ、また村に来るから」

「あの晩、なんであの人に亥年生まれかどうかって訊いたの？」

老虎がそのことに触れたとき、翠蓮は目を細めてまるで聞こえなかったような素振りで、笑いながら彼のほうを見て言った。「もしあたしが若くて二十歳《はたち》だったら、あんたのお嫁さんになったげるんだけど、もらってくれる？」

「絶対もらうよ！」老虎が言った。

「ねえ、もう一度〝死んで〟みたい？　もうじき空が明るくなるわ」

老虎はちょっと考えて、「いいよ」と応えた。

彼女は彼に自分の身体の上に座ってくれと言い、老虎はちょっと考えてそうした。彼女は頬を平手打ちしてほしいと言い、彼はやはりそうした。喉を絞めてくれと言われたときは、彼女がげえっと声をあげ、目を白く剥いてしまうまで力を入れたが、それで止めた。本当にちょっと力を強くしたら、彼女を絞め殺してしまうのではないかとはらはらした。それから彼女は自分をあばずれ女、淫乱女、くそ淫売、千人も万人もやらせた売女《ばいた》と罵ってくれと言った。彼女がひとこと罵るたび、彼はそれを繰り返して口にした。

最後に、彼女は突然声をあげて泣きはじめた。

九

大奥さまは十日間も昏睡して、その日の朝ふいに目を開けた。彼女は宝琛に言って体を起こしてもらうと、喜鵲に「棗《なつめ》のスープを作って持っておいで、蜂蜜も忘れずにね」と言いつけた。

喜鵲は急いで厨房に行き、棗のスープをこしらえて持ってきたが、大奥さまはすぐそれをごくごく喉を鳴らして飲み干し、まだおなかが空いていて、すいとんが食べたいと言った。喜鵲は宝琛と顔を見合わせ、また厨房に行って小麦をこねた。彼女のこの異様な振る舞いはその場にいたすべての人を安心させた。みんなこれは大奥さまの病気が快癒する兆しだと思ったのだ。しかし医者の唐六先生はそう見てはいなかった。

老虎が唐六先生の家に行ったとき、彼は竹椅子に腰掛けて両足を震わせながら芝居の文句を唸《うな》っているところだった。

「もうだめだな」老人はこう言い、立ち上がるのも億劫な様子だった。「それは臨終間際の高揚というもんじゃ、おまえは戻って父ちゃんに、事後の手配をするように伝えなさい、あと四、五時間もしないうちに大奥さまは天に昇られる」こう言うと、また頭を揺らしながら唱いはじめた。「楊《よう》林《りん》と我は争闘し、それがため登州《とうしゅう》に配せられることに[166]……」

老虎は家に戻り、医者の話を父親に伝えたが、宝琛はこう言った。「そんなことあるもんか、大奥さまは今さっき、すいとんの団子を六個も食べたんだぞ」

大奥さまは部屋からまた喜鵲を呼んだ。

「おまえ、お湯を沸かしてちょうだい」大奥さまが言った。

「お湯ですか？」

「そうよ、お風呂に入りたいの」

「大奥さま、今すぐお風呂に入られるんですか？」

「急いでちょうだい、手遅れになったら嫌だから」

喜鵲は花二おばさんに手伝ってもらって彼女を風呂に入れ、清潔な服に着替えさせると、またベッドに寝かせた。大奥さまは宝琛に棺はもうできあがったのかと訊ねた。

宝琛は「とっくにできていています。ただ塗りがすっかり乾くまでもう少しでして」と答えた。

大奥さまは頷いた。彼女は布団に凭れ、しばらく目を閉じて休んだ。それからまた宝琛にこう言った。「ちびっ子を抱いてきておくれ、戸のところにちょっと立たせて、あたしにあの子をもうひとめ見せてほしいの」

「ちびっ子はここにいますよ」宝琛が言った。彼が手を振ると、戸口にいた数人が身を避け、陰からちびっ子が顔を出した。彼の泥まみれの足は陽に照らされて乾き、ズボンは何かに引っかけたのか、いつの間にか大きな裂け目ができて、小さな丸いお尻が剥き出しになっていた。奥さまはちびっ子の姿を見て、涙を流した。

彼女は喜鵲に、「もう、いつだと思っているの？　どうしてまだ単衣《ひとえ》しか着せていないの？　ズボンは破れてるし、靴下も履いていないわ……」と言った。

彼女はまた宝琛にこう言った。「この子はもう五歳になる、でもまだちゃんとした名前がないわ、早く考えてちょうだい、今すぐこの子に名前をつけてあげないと」

宝琛は、丁先生がもう、普済《プージー》という立派な名前を考えてくれていると答えた。大奥さまはしばらく考えてから、それじゃ普済という名にしようと言った。彼女はちびっ子のほうを向くと、身じろぎもせずじっと見つめ、独り涙にくれていたが、ちびっ子に「かわいい子、お婆ちゃんはもう行かなけりゃいけないのよ」と言った。

「どこに行くの？」とちびっ子が訊いた。

「遠いところなの」

「とっても遠いの？」

「そうよ」

「お婆ちゃん、やっぱりそこに行くのは病気が治ってからにしたら」とちびっ子が言った。

「病気が治ったら、お婆ちゃんはそんなとこに行く必要もなくなるわ」大奥さまは笑って、また続けた。「お婆ちゃんが行ってしまったあと、おまえはお婆ちゃんに会いたくなるかい？」

「会いたいよ！」

「じゃ、お婆ちゃんのお墓に来て、お話ししてちょうだいね」

「お婆ちゃんはお墓の中にいて、どうやってお話しするの？」

「木とか草とかが見えるでしょ、風が吹くとざわざわ音を立てるわね。お墓の周りで音がしたら、みんなお婆ちゃんがおまえにお話ししているんだよ。だから暇だったら会いにおいで。もしお婆ちゃんのお墓が大水で崩れたりしたら、鍬で土を盛るのを忘れないでおくれ」

「でもでも、お婆ちゃんのお墓はどこにあるの？」

「村はずれの金針菜畑にあるわ」

「お婆ちゃんが僕、ちびっ子に会いたくなったらどうするの？」しばらくしてからちびっ子は突然何か思いついたように、こう質問した。

「今はもうちびっ子なんて言わないの、おまえは普済っていう名前になったんだよ。今、おまえの名前を呼んであげるから、はいって答えるのよ。普済ちゃん……」

「はーい」ちびっ子が応えた。

彼女は三度続けて名前を呼び、ちびっ子は三度応えた。

喜鵲はもう目を真っ赤に泣き腫らしていて、宝琛と花二おばさんも袖で涙を拭っていた。ちびっ子はみんなが泣いているのを見て、涙も鼻水もいっぺんに流した。

「この子がこんなこと言わなかったら、忘れてしまうところだったわ。喜鵲——」大奥さまはこう言った。「あたしの箪笥の上の抽斗《ひきだし》を開けて、小さな漆の箱がないか探してみて、それを持ってきてちょうだい」

喜鵲は急いで箪笥のところに行き、抽斗を開けて中から小さな箱を見つけだした。箱には模様が描かれ、色が塗られていた。大奥さまはその箱を受け取り、確かめてから、ちびっ子にこう言った。

「お婆ちゃんがもしおまえに会いたくなったら、箱を開けて眺め、匂いを嗅げばいいの」

「箱の中に何を入れてるの？」

「お婆ちゃんが前に切ってあげたおまえのちっちゃな爪だよ。手の爪も足の爪も。お婆ちゃんは勿体なくて、捨てられなかったんだよ。今日は、お婆ちゃんはこれを持っていくわ」大奥さまは長いため息をつき、呆然といつまでもちびっ子を見つめていた。「もう遊びに行っておいで、お婆ちゃんは出かけなくちゃいけないから」

大奥さまはまた喘ぎはじめ、とても苦しそうに顔をベッドに押しつけたかと思うと、すぐまた思い切り反らしたりした。すぐに、彼女は嘔吐《おうと》を始めた。花二おばさんと宝琛は顔色を変えて取り乱したが、どうしていいかわからずただ右往左往するばかりだった。老虎は花二おばさんがそっと呟くのを聞いた。

「大奥さまは今、心が落ちるところだね」

彼女は激しい痙攣《けいれん》を起こし、ベッドがぎしぎしと音を立てるほどだった。布団が重くて息ができないと彼女は言った。「もう息が詰まる」と彼女が叫んだ。喜鵲は少しためらってから、布団を開けてやった。老虎は彼女が綾織の寝巻きを着ていて、幅広のズボンから真っ白い細木のような足が剥きだしになっているのを見た。交差して重なる足はひどく醜かった。彼女は足でベッドを蹴り続け、拳を固く握りしめた。唇が赤から白に、そして白から紫に、最後にはしだいに黒ずんでいき、ほどなく動かなくなった。

「そろそろだね」孟婆さんが宣言するように言った。「喜鵲、泣いてばかりいないで、衣装を替えてあげないといけないよ」

しかしこのとき、奥さまはもう一度目を開けた。彼女の目はきらきらと光り、一人一人の顔を食い入るようにじっと見つめてから、突然はっきりとひとこと言った。

「普済にもうじき雪が降る」

誰も何も言わなかった。静謐の中で、案の定、屋根の瓦にぱらぱらと霰《あられ》の落ちる音がするのを老虎は耳にした。

彼女の口にはまた血しぶきが溢れ、唇が震え続けて、喉の奥から噯気《おくび》のようなゲッゲッという音が一定間隔で漏れた。喜鵲は匙《さじ》で何回か水を飲ませたが、歯の隙間から流しこむと口の端から溢れて枕をぐっしょり濡らした。彼女は宝琛をちらりと見たが、彼もただため息をつくばかりだった。

しばらくすると彼女は身体をまた捩りはじめ、口を大きくぱくぱくとさせた。老虎は、彼女が服の前を激しく破り、「暑い、暑い、もう死にそう！　早く布団を取っておくれ」と叫ぶのを見ていた。喜鵲は泣きながら、「もう布団はどけてあります」と言った。

大奥さまが掻きむしる喉元の爪痕に赤い血が滲《し》みだし、干からびた乳房が胸の両側に垂れ下がっていた。彼女は腰を高く突きだし、両足をまっすぐ硬直させ、何か強い憤怒に駆られているかのように、激しい表情を浮かべて、噛み締めた歯がガチガチとなった。腰は突き上げられてはまた勢いよく落ち、何回も何回も岸を打つ波のように繰り返されて、まるで肉体に残る最後の一筋の力まで使い切ってしまうように見えた。

彼女の動きはしだいに小さくなっていった。固く握られていた拳がゆっくりと解《ほど》け、噛み締められていた口元も綻んで、こわばっていた身体が緩んでいく。目は大きくまんまるに見開かれていた。ただ脹脛《ふくらはぎ》だけは小さな痙攣を留めていたが、それも動かなくなっていった。

ちょうどこのとき、校長が入ってきた。

彼女はどうやらしばらく前に来ていたようだった。降りかかった霰が溶け、着ていた綿入れが濡れていた。彼女はただ一人戸口に立っていて、誰も気づかなかった。やはりいつものような、寝足りないといった様子に見えた。彼女はそっとベッドに近寄り、大奥さまの湾曲した足を伸ばして揃え、手を胸の前で交差させて、着ている服を整えてやると、頭を少し起こして枕の上にそっと置きなおした。それから、瞼《まぶた》を閉じさせた。彼女は振り返って、部屋の中にいる人たちにそっと声をかけた。

「みんな出ていってちょうだい」

こうして彼女は、自分と遺骸とを小さな部屋に閉じ込めたまま、暗くなるまでそうしていた。その部屋の中で彼女が何をしていたのか誰も知らないし、中に入ろうとする者もいなかった。訃報を聞いて訪れた近隣の人たちが、軒下や廊下、客間や厨房にまでもひしめいていた。ちびっ子は誰かやってくるたびに、「僕のお婆ちゃんが死んだんだ」と告げた。だが誰も相手にはしなかった。

宝琛は腕まくりをして、さかんに時刻を気にしていたが、みんなができるのはただひたすら待つことだけだった。

老虎は、村のあらゆる人が彼女に畏敬の念を抱いているように見えるが、それはたぶん、この痴れ者特有のどこか神秘的な雰囲気が怖いからなのだろうと思った。しかし老虎自身について言っても、この数日で彼は完全に別な人間になったと思っていた。どんなことに対しても気にならなくなり、大奥さまの死にしても自分とは無関係のように思えるほどだった。彼はゆったりとした自由を感じ、いくぶん愉快でさえあった。

彼はこれまでずっと自分が暗い箱の中に閉じ込められているように感じていた。普済のどこまでも広がる空こそそういう箱なのだ。彼に見えるのはほんの一部分で、あとはぼんやりと薄暗く何もわからなかった。彼には次々に起こってくる出来事がどうしてそうなったのか、どんな糸に手繰り寄せられて一つに縫い合わされ、どんな奥深い秘密を織り上げたのか、知る術《すべ》がなかった。しかも今、彼自身が秘密の一部分になっていた。それは灯心の藁の先に点された種火、天空を旋回するハイタカ、彼の恋焦がれる肉体の匂いだ。甘く、哀しげで、人を酔わせる。

明かりを灯すころになって、その小さな木の戸が開いた。秀米が中から出てきた。彼女は急にずいぶん老けこんだように見えたが、その顔からは悲しみの表情は窺えず、やっぱりあの眠り足りない様子のままだった。老虎は自分が慶港から普済に来た当初から、秀米はこんな感じで、長く暗い夢の中に沈んでいるように思った。

ちびっ子は母親の姿を見て、廊下の柱の陰に駆けていって身を隠したが、そのあと回廊を駆け抜けて喜鵲の後ろに張り付き、顔を彼女の両足の間にくっつけて、こっそりと母親のほうを覗き見た。しかし校長は初めからまったく彼に気づいていなかった。宝琛が校長を案内して中庭に安置した棺を見せていたときには、ちびっ子は母親の真ん前まで駆けていって、間の抜けた笑いを浮かべながら、母親の顔を見上げることまでしたのだ。

「僕はここにいるんだよ」と言っているかのように。

宝琛は手を揉み合わせながら、大奥さまの事後の手配をどうするか訊ねた。秀米は口元を歪めて、低い声で軽やかにひとこと、吐きだした。

「埋めるのよ」

「ああ、そうだ」秀米は突然思い出したように、宝琛に訊ねた。「どこに埋葬するの？」

「村はずれ、金針菜の畑に葬らせてもらいます」

「だめよ！」秀米が言った。「金針菜の畑はだめ」

「あそこは大奥さまがご自身でお選びになったところですよ」宝琛が言った。「大奥さまは先日はっきりおっしゃってました、陰陽見の先生にも占ってもらったと」

「そんなことどうでもいい」秀米の顔色はまた沈んでいった。「金針菜の畑にだけは埋めちゃいけない」

「では、どこに埋葬しろって言うんですか?」宝琛は怒りを抑え、低い声で訊いた。

「任せるわ。金針菜の畑でさえなかったらどこでもかまわないから」彼女はこう言い終わると、学堂に戻っていった。

老虎は孟婆さんが肘で花二おばさんをつつき、意味ありげに目配せして囁きかけるのを聞いた。

「二娘《アルニャン》、あんた彼女の腰回り、見たかい?」

花二おばさんの顔に人に悟られないほど微かな笑みが浮かび、頷いた。

校長の腰回りがどうしたと言うんだろう? 老虎は花二おばさんを見、孟婆さんを見た。それからまた外のほうを眺めてみると、霰がぱちぱちと棺に当たって跳ね、校長はもう遠くまで行ってしまっていた。

夜半に行われた納棺のころには、雪がいっそう強くなっていた。最初ぱらぱらと降って跳ねていた霰は、厳しく降る大粒の雪となり、地面に厚く積もっていった。

丁樹則先生に言わせれば、この季節外れの大雪はまさしく天の怒りに違いなかった。彼は棺の周りをぐるぐる回って、杖で中庭の地面を叩き、絶えず罵っていた。「大逆非道だ、大逆非道だ」と。誰を罵っているのか、みんな知っていたが、誰も相手にしなかった。

宝琛は心の中で別なことを考えていた。秀米はどうして大奥さまを金針菜の畑に埋葬させないのだろう? 彼はこのことを何度も何度もぶつぶつ呟いていた。最後にとうとう喜鵲が煩わしくなって、ぴしゃりとひとことで決めつけた。

「そんなこと、聞くまでもないでしょうに、はっきりしていることだもの!」

宝琛は自分の頭をポンと叩いて、喜鵲の後を追いかけ、棺の向こう側に回った。「教えてくれ、いったいどういうわけなんだい？」

「あの金針菜の畑にはもう別な人が先に埋まってるでしょ」喜鵲が言った。「あんたって本当に鈍感だわね」

その別な人というのは張季元だった。十年ほど前、張季元の死体が凍りついた河筋で発見されたとき、大奥さまは人目も憚らず遺体に縋《すが》って慟哭《どうこく》していた。そのあと大奥さまは、張季元の遺体を普済に連れ帰るからと言って、宝琛に牛車を雇わせようとした。宝琛は、普済の古くからの習わしでは張季元は陸家の人間でもないうえに、野外で横死したのだから、屋敷内で葬儀を執り行うわけにはいかないと言ったのだが、大奥さまはがんとして聞き入れなかった。

それどころか大奥さまはただちに宝琛を辞めさせ、親子二人ともすぐさま追い出すとまで言って脅した。宝琛はびっくり仰天して何も言えず、地面に這いつくばって血が出るほど額を擦り付けた。孟婆さんの必死の説得も、丁先生の理路整然たる大道理も、彼女はまったく相手にせず、占い師の先生のおどろおどろしい言葉にさえ耳を貸そうとしなかった。みんなから言われて、喜鵲も説得に一役買おうとしたが、激怒した大奥さまに、「馬鹿馬鹿しい！」と一喝されただけだった。

最後に彼女の考えを変えさせたのは秀米だった。秀米はひとことも口をきかず、ただ鼻先でせせら笑っただけだったのに、大奥さまはみるみる意気消沈してしまった。そして彼女は屋敷の外、池の端に竹で祭壇を造らせ、棺を安置して二十一日間の供養をさせ、道士や僧侶を招いて亡き魂への追善の読経をあげたのち、村はずれにあるその金針菜の畑に彼を埋葬したのだ。

喜鵲の話を聞いても宝琛はよくわからなかった。彼は頭を掻きながらこう言った。

「やっぱりよくわからん」

「わからないなら、もういいわよ、あんたって本当に鈍感なんだから！」

喜鵲の言ったことで、老虎は再びあの何年も前の、大雨の夜のことを思い出した。庭の奥の閣楼は、降り続く雨が明かりをぼんやりと黄色い傘のように包んでいた。彼は朧げに覚えていた、張季元が大奥さまの裸の足を肩にかけていたことを。彼女の上げる呻き声が雨の音と混じって聞こえていたことを。

彼は凍てついた棺に視線を走らせたが、虚《むな》しく果てしない思いばかりが心に広がっていた。もう何年も経っているのに、大奥さまの喘ぎ声がまだ聞こえるような気がした。

秀米はどうして金針菜の畑に埋葬させなかったのだろうか。どうであれ、喜鵲の断言は、十数年前の出来事にある種の解答を提供したこととなった。だがもちろん、のちになってわかった事実は、この解答も間違いだったことを証明している。

【一九五一年八月、梅城県は革命烈士の第一次名簿を公布した。張季元はその中に含まれている。彼の遺骸はただちに普済革命烈士陵園に改葬された。張季元は普済村はずれの金針菜畑に埋葬されていた。墓園は年月を経て改修が行われておらず、歴年の洪水に押し流されたりもして、盛り土がまったく流失してしまっていた。張季元の棺の正確な位置を確定する術がなかったことから、掘削者たちは畑全体をすべて掘り返した。その結果、張季元の棺のほかに、意外なことに、三つの大きな木箱を発見した。箱を開けて確かめたところ、中にあったのはすべて銃だった。全部がドイツ製のモーゼル銃だったのだ。出土されたときには、すでにあちこちが錆び付いていた。のちにそのすべては梅城革命博物館に収納された】

十

翌朝早く、出棺となった。

大奥さまの墓地は最終的に金針菜畑から遠くない綿畑の中に選定された。宝琛は墓の脇に月桂樹を一株、弁慶草を一株、そして笹を一群植えた。埋葬してからというもの、宝琛は毎晩墓参りに来ていた。カンテラを提げ、手斧を持って一晩中墓地の周囲をうろうろと回り、夜が明けてから家に帰って寝るのだった。

そのころ宝琛は、慶港の実家に帰るために、すでに荷物をまとめる支度をしはじめていた。彼は一日中声をあげて嘆き、ときには帳場で独り涙を流していた。

ちびっ子も連れていったほうが良いだろうか？　彼はなかなか決められないでいた。

宝琛は、大奥さまのために七七、四十九日の墓守をしてさしあげたら、すぐに慶港に帰る、一日でも遅くはしないと言っていた。喜鵲は彼がこういうことを言うたびに、こっそり厨房に行って泣いていた。老虎は彼女には帰る場所がないのだと知っていた。

ある晩、宝琛は墓を一回りしてすぐに帰ってきた。喜鵲がどうしてこんなに早く戻ったのかと訊ねると、宝琛は真っ青な顔で、汚い言葉を吐き続けた。こういう汚い言葉を言い続けることでしか、自身の緊張を緩める術がないかのようだった。

「畜生め、畜生めが、あそこにいたんだ、腰が抜けそうだった」

喜鵲が「誰がいたの？」と訊いた。

宝琛はため息をついて、「あの人の他に、誰がいるって言うんだ」と答えた。

宝琛が言うには、墓に着いて、まず一服しようと煙管に火を点けたときのことだ。まだその煙管を吸い終わらないうちに、墓の向こう側で人影が動くのがぼんやりと見えたような気がした。「俺は本当に幽霊が出たのかと思ったよ」。初めは自分の見間違えかと思ったが、驚いたことに、その人影がこちらに向かってきたのだ。彼女は髪を振り乱し、土気色の顔をし、掠れた声で話しかけてきた。「首曲がり、怖がらなくていいのよ、あたし、秀米よ」と。

秀米は宝琛のそばに寄ってきて、彼の横に腰掛け、「あんたの刻み煙草をあたしにも一口吸わせてくれる？」と訊いたのだ。

宝琛は震えながら煙管を彼女に手渡した。彼女は受け取ると、何も言わずに吸いはじめた。吸い方はかなり慣れた感じだった。宝琛は気を取り直し、彼女に訊ねた。「あんたも煙草を吸うんだね」

秀米は笑ってこう答えた。「吸うわよ。あたし阿片だって吸ったことがあるんだから。信じられる？」

彼女は吸い終わると、煙管を靴底でぽんぽんと叩き、宝琛に渡して「もう一服つけてちょうだい」と言った。

宝琛は煙管に刻み煙草を詰めてやった。火を点けるとき、彼女の手も唇も、そして体全体が震えているのがわかった。

「うちの土地契約書はあんたが保管しているの？」彼女は勢いよく煙草を吸いこんでから、ふいに訊いた。

宝琛は、「大奥さまが保管していたんだ」と答えた。

「家に戻ったら取り出してきて、明日、老虎に言って学堂に届けさせてちょうだい」

「土地契約書をどうするつもりなんだい？」と宝琛は訊いた。

「あたし、うちの土地を売ったのよ」彼女は落ち着き払って答えた。

「どこの土地を？」宝琛はびっくりしてしまい、反射的に立ち上がっていた。

「うちの土地全部よ」

「秀秀《シュウシュウ》、あんた、あんたは……」宝琛は怒りに駆られて、足を踏み鳴らした。「あんた、土地を全部売ってしまったら、これから先、みんなどうやって暮らしていくんですか！」

秀米は、「何を心配してんのよ、それにだいたい、あんたと老虎は慶港に帰るんじゃないの？」と言った。

宝琛の話では、そのとき立ち上がった彼女は、見るからに恐ろしげだったという。宝琛は今自分が見ているのは幽鬼ではないかとまた疑って、馬鹿みたいに秀米の周りをぐるぐる回り、恐る恐る訊いてみた。

「お嬢さん、若奥さま、あんたは秀米なのかい？　私は幽鬼と話しているんじゃないだろうね」

秀米は笑ってこう言った。「あたしが幽鬼みたいに見える？」

その笑い顔を見て、宝琛はまさに幽鬼に出くわしたのだといっそう信じてしまったという。宝琛は彼女の狂った話に耳を貸さず、その場を飛び退いて数歩後退《あとずさ》りし、大奥さまの墓の前にひれ伏して、必死に頭を地面に擦り付けて祈った。しかし彼が頭を二回擦り付けたとき、僵屍《キョンシー》みたいに動けなくなった。白い手が彼の肩にそっと置かれて、掠れた声でこう囁きかけたからだ。

「こっちを向いて、あたしをよく見てちょうだい……」

宝琛はとても振り返ることなどできず、夢中でこう言った。「あんたが幽鬼なのか、人なのか、一つ訊けばわかるんだ、いいか？」

「どんなこと、お訊きなさいよ」

宝琛はこう言った。「あんたは土地を全部売ったと言ったが、じゃ、うちには全部でどれだけの土地があるのか知っているか？」

「百八十七畝と二分七厘[167]だわ」

「うちの土地は近いところは村の周りだけど、遠いのは百二十里[168]も向こうにあるんだ。あんたはこれまで一度も農作物について訊いたこともなかったのに、わかるわけがない、どうして知っている？」

「翠蓮は知ってたわ。土地を売る日に、連れていってもらった」

「こんなにたくさんの土地、数十里にもわたる土地を、いったいどこの大金持ちが買えるって言うんだい？」

「あたし、梅城の龍慶棠《ロン・チンタン》に売ったの。何日もしないうちに、彼が土地契約書を受け取りに人を寄越すはずよ」

「署名はもうしてしまったの？」

「書いたわ」

「なんで売り払ったりしたんだろう？　その土地は陸家先祖代々受け継がれてきたものなのに」

「お金がいるの」

「いったいいくらで売ったの？」

「そんなこと、あんたに関係ないわ」秀米は急に語気を厳しくした。

それは冬の日だったが、宝琛は汗びっしょりになった。彼は秀米が今言った龍慶棠という人物が、清幇《チンバン》の大頭目徐宝山《シュイ・バオシャン》の配下にある安清《アンチン》道友会の首領で、長きにわたり鎮江・揚州一帯の塩の密売と妓楼を取り仕切っていることを知っていた。

その龍慶棠は、いったいどうして秀米と知り合ったのだろう？


そのとき以来、宝琛は人と滅多に話さなくなってしまった。彼は朝早く霜を踏んで出かけ、晩には頭に露を帯びて帰ってきた。ただ一人、後ろ手を組み、陸家のあらゆる田畑を経巡《へめぐ》っていった。すべての土地を回りつくすと、帳場に閉じこもりきりになり、出てこなかった。

彼はちびっ子を見るたびに、涙を流した。その荒れた大きな手でちびっ子の小さな顔を持ち上げ、こう言った。「普済《プージー》よ、普済よ、おまえは一文なしの貧乏人になってしまったんだぞ」

引き渡しの日となり、普済村に緑のビロードで仕上げた大駕籠が三台やってきた。龍慶棠の大番頭、あばたの馮《フォン》が精悍な手下を二人従えて屋敷に乗りこんだのだ。宝琛は帳簿類、小作農の名簿、土地契約書の原本をきちんとまとめて大番頭の前に積み上げて差し出し、一切が完了した。

龍慶棠の大番頭は喜色満面で書類を眺め、口が閉じる間もないほど笑っていた。しばらくして彼は、意気消沈している宝琛をちらりと見て、こう言った。「俗に、一千年の田畑は主人を百人替え、交易のたびに一新されると言います。この広い天の下、世の道はすべからくこのようでした。宝《バオ》番頭もあまりお悲しみが過ぎませぬように。あなたが管理なさった帳簿はこんなにも素晴らしい、どうでしょう、ご家族とご一緒に私どもの龍旦那さまにお仕えなさっては。ここを引き払って梅城においでなさい、ここの田畑はこれまで通りあなたに見てもらうようにしますから」

宝琛は身を起こし、涙ながらにこう述べた。「閣下のご厚意には感激に耐えません。小職は幼きころから府学の陸大人《ルーたいじん》にお仕えし、京城《みやこ》に上り、揚州に下って、ついにはこの普済でひっそりと暮らすことになりましたが、すでに五十余年もの歳月が過ぎてしまいました。昨今のご時世で凋落《ちょうらく》の定めに遭い、家勢衰退の一途になりましたのも、小職の不徳無能のなすところで、しかも今や老醜を晒すばかりとなっております。どうして龍《ロン》大人の御許に登ることなどできましょうか。ただいまこのとき、願うことは枯葉が元の根に帰するように、故郷に戻って残された老いの日々を送ることのみでございます……」こう語り終えると、いつまでも啜り泣くのだった。

馮大番頭はこう言った。「主人から俸禄をいただいた以上、その方に忠節をお尽くしになる、宝番頭の義として周の粟《ぞく》を食《は》まず[169]という忠良のご気概、誠に敬服いたすところでございます。しかしながら小生はもう一つ、お願いしたいことがあり、宝兄にぜひ聞き入れていただきたいのですが」

「小職にできますることであれば、なんなりとお申し付けください」と宝琛が言った。

馮大番頭は指に嵌めていた指輪をくるくる回しながら、こう言った。「聞くところによると、陸家には極めて珍しい宝物、〝鳳凰氷花〟とか呼ばれる吉兆未来を予知できるお品がおありだとか。もしよろしければ是非ともここにお持ちいただき、小弟の見識を広めさせていただけないでしょうか？」

宝琛はこう答えた。「旦那さまが失踪なさってから、家はすっかり傾き、もともといくらもなかった宝石や首飾りの類もみんな質に流してしまいました。旦那さまがお上の役人だったときに集めた銀器などもとっくになくなってしまっている有り様でございます。そして今や持っていた田畑も主人を替え、陸家にはこの古びた建物が数軒しか残っておりません。おっしゃるような宝物などあるはずもございません」

馮大番頭はしばらく呻いていたが、立ち上がると笑ってこう言った。「普済にお伺いする前に、たまたま龍慶棠大人が、お宅にかくかくしかじかの鳳凰氷花という宝物があるとおっしゃっていたのを耳にし、好奇心が湧いて、この機会に見せてもらい眼福に与《あずか》ろうと思ったしだいだったのですが、宝番頭がそうおっしゃるならいたしかたありません。小弟はこれにて失礼いたします」

馮大番頭の一行を見送ってから、宝琛はぼんやりと中庭に立ち、思わず独り言を呟いた。

「さっき馮大番頭は陸の家にはまだ稀代の宝があるって言っていたが、はて、旦那さまのお屋敷に長い間お仕えしてきて、これまでそんな話は聞いたこともない……」

喜鵲はちょうどそのとき洗濯物を干していて、宝琛の呟きを耳にし、こんなことを言った。「あの人が言っていたのは、あの素焼きの釜のことじゃないかしら。昔旦那さまがどこかの乞食から買い取ったものだとかって聞いたけど」

「その素焼きの釜ってなんのことだ」

喜鵲はこう答えた。「その釜はもともと乞食が食べ物を恵んでもらうときに使っていた鉢で、大奥さまの話では、旦那さまはそれを見たとたん、珍宝のように気に入ってしまい、即刻買い求めようとしたんだけど、その乞食が今度は絶対に売ろうとしなかったから、最後には銀二百両も出して買い取ったんだそうよ。それから旦那さまはその素焼きの釜を閣楼に持っていって来る日も来る日も見とれていたんだって。大奥さまがご健在のとき、ため息まじりに、旦那さまの瘋癲の病は、もしかしたらあの器物を手に入れたときに植え付けられたのかもしれないっておっしゃってたわ」

「その素焼きの釜、今どこにあるんだ?」宝琛が顔色をさっと変えた。

「たぶん閣楼にまだあるでしょ」

「おまえ気をつけてそれを持ってきて、私に見せてくれ」

喜鵲は濡れた手を前掛けで拭き、すぐに閣楼に上がった。そして間もなく、塩の鉢のようなものを手に持って降りてきた。その釜の胴はほんのり薄い桃色を呈していて、果たして、そこに二羽の、緑色の鳳凰の図柄が施されていた。長い年月を経て、釜は埃にまみれ蜘蛛の巣が張っており、底には何粒か鼠の糞までこびりついていた。

宝琛は袖で擦って、陽の光に翳《かざ》して細かく眺めてみた。「これはごく当たり前の、乞食の使う飯の鉢じゃないか、なんの変哲もありゃしない、素晴らしいところなんて微塵も見えないけどな」

「旦那さまがあんなに大切になさっていたんだから、なんかしら訳があるんでしょうね」と喜鵲が言った。

「鳳凰は確かに一対ある、馮大番頭の言う通りだ。だけど氷花っていうのは何のことだろう?」

「大奥さまも旦那さまももういらっしゃらないんだから」と喜鵲は言った。「誰にも訊けないわね」

「それにしてもあの龍慶棠、あの人はどうしてうちにこんなものがあるって知ってたんだろうな?」宝琛が言った。「これにはまだまだ奥深い何かがあるに違いない」

その後数日間、老虎は父親が一日中その素焼きの釜を陽にかざして調べている姿を目にした。それはまさに惚けたような様子だった。

「あんたはもう八割がた気が触れていると思うわ」喜鵲は宝琛が飲み食いもせず見入っているありさまを見て癇癪《かんしゃく》を起こし、その手から釜をぱっと奪い取ると、厨房に持っていってしまった。その後、彼女はそれを漬物の鉢にしてしまった。

そのころ、さまざまな噂が村に広がっていた。同じころ、普済学堂も降りしきる連日の大雪の中で、崩壊の危機を迎えていた。老虎がまず聞いた話では、秀米は土地を売った金を人に託して江北《ジアンベイ》に銃を買い付けに行かせたそうだ。ところが間もなく知らせが届いた。この件の責任者だった学堂の執事徐福が金を持って逃げてしまったということだ。その男が夜明けに一隻の艀《はしけ》に乗り移って、流れを下っていくのを見た人がいた。それからまたしばらくして、通りがかりの商船の水夫がこう言っていた、徐福はその金を使って金陵[170]で薬屋を開き、妾《めかけ》を二人も拵《こしら》えたと。

徐福の出奔は一連の思わぬ出来事を引き起こした。大玉の楊が後家の丁と二人で、ある深夜に伽藍殿を訪れ、校長の秀米に暇乞《いとまご》いに来た。秀米は驚いて、疑わしげに訊ねた。「忠貴、どうしてあなたも出ていくの？」

大玉の楊は次のようなことを言った。もともと自分は独り者の素寒貧《すかんぴん》で、住む家も寝る場所もなく、この命には一銭の価値もなかったが、校長のお蔭を蒙《こうむ》り、この丁さんと結婚でき、質素ながら家を持ち、いくばくかの荒地を耕して畑にして、暮らしは楽ではないが何とか過ごせるまでになった。今や妻の丁は身籠っており、槍や棒を振り回すのはどうも具合が良くなくなった。さらに加えて朝廷がちかごろこの一帯を掃討するという噂があり、人々の気持ちも落ち着かなくなっている。自分たち夫婦二人は話し合って、武装を解き、農業に戻ることを決めた。そしてこの学堂を離脱するという文章を人に頼んで徹夜で起草してもらった。今後はきっぱりと縁を断ちたい、と。

大玉の楊の話はいくぶん耳障りではあったが、まさに本音そのままが語られていた。それは一方で、秀米にとっては、心の底にわだかまったままどうしてもわからなかった謎を解く鍵となった。革命党の人間だった張季元が以前どうして革命成功後の死刑に処すべき十の罪状の筆頭に「財産のある者」を置いたのか、秀米は彼の日記を読んだときにどう考えても理解できなかったのだが、今このとき初めてその理由がはっきりわかったのだ。

それから何日も経たないうちに、二禿子も普済学堂を離れた。彼は以前普済自治会のメンバーで、中核の一人でもあり、入会のときの宣誓の言葉で、一身をなげうつとか、正義のために犠牲になるとか、遺骸を荒地に晒すとかいう激しい言葉を並べていたが、それらはみな芝居の台詞でもあって、みんなからは本当にそんなふうに覚悟を決めたのかと疑われていた。その彼が何も言わずに姿を消し、秀米はさすがに心が痛んだ。そして同時に秀米はどうやら事態の深刻さをようやく認識したようだった。二禿子は姿を消して七、八日経ってから、突然また戻ってきたが、それは放蕩《ほうとう》息子の帰還ということではなかった。彼は豚の頭と内臓を持って、嬉しそうな表情で秀米の部屋を訪れ、彼女を驚かせた。秀米がこの数日いったいどこに行っていたのか訊ねると、彼は芝居の台詞でも言うような節回しでこう答えた。

「この俺は、今じゃ大金歯の後釜に座ったというわけです。大金歯が死んで、普済の百数十の家では、豚殺しをする者がいなくなってしまいましてね。この俺がなんとかかんとかその商売をこなせるように頑張ってみて、今日、肉屋の開業に漕ぎ着けたということであります。それで校長に俺の初仕事を味わってもらおうと、豚の頭と内臓をお届けに上がったしだいです」

それから半月以内に、学堂の大半がいなくなった。外地から来ていた職人や乞食らはまるで申し合わせたかのように、持てるものをみんな持って、さっさと用意を整え、まさに一夜のうちに一斉にきれいさっぱり消えてしまった。憎たらしいのはある大工で、出ていくときに寺の大扉を外して担いで持ち去ってしまったのだ。

残っているのは、翠蓮、調理人の王、口曲がりの孫、譚四、王七蛋、王八蛋兄弟以外には、わずか二十数人だけだった。こういう残った人たちはみなそれぞれの考えがあるようで、首を振りため息をつくばかりだった。そしてさらに悪い知らせが相次いだ。こんなふうになって間もなく、当初から普済とともに事を起こす約定を交わしていた官塘《グアンタン》や黄荘《ホアンジュアン》などの地から、緊急の知らせが届いたのだ。朝廷が突如大部隊を派兵して、ちょうど会合をもっていた革命党員たちを悉《ことごと》く捕縛し、兵たちがその首を切り落として梅城に持ち帰り、論功行賞《ろんこうこうしょう》を要請したというのだ。遺骸の肉はいくつにも切り分けられ、串状に縄で括られて村に晒された。極寒の気候でもあり、こうした肉体はまるで年越しの干し肉のように見えたという。

王八蛋は早くから学堂を離れる算段をしていた。ただ彼は、兄の王七蛋がどう考えているかわからなかった。兄から自分の臆病が笑われてしまうのではないかと心配だったのだ。しかし実は王七蛋も弟とまったく同じ考えだった。

二人は双子でふだん何をするにもいつも一緒だったが、それぞれ自分なりの考えがあり、相手に対して疑心暗鬼が募っており、お互いに相手が学堂に絶対残留するという錯覚を抱いていたのだった。しかし伝わってくる噂はますます厳しくなり、とりわけ二禿子の離反によって、王八蛋はもはやこれ以上ぐずぐずしてはいられないという思いを強くしていた。

あるとき村の居酒屋でのこと、王八蛋は長い間ぶつぶつと口ごもっていたが、酒が回りはじめた勢いで、とうとう兄に向かって探りを入れた。「兄貴、やっぱり俺たち鍛治屋稼業に戻ったほうがいいんじゃやねぇのかな?」

弟がそう言うのを聞いて、王七蛋は長いため息をつき、ずっと心の中に押さえつけていた疑念と憂慮をいっぺんに晴らしたのだが、それでも表情を変えずに笑いながら弟に言った。「八蛋、おまえ怖くなったのか？」

「怖くなんかねぇさ」王八蛋は顔をさっと赤らめ、王七蛋をまともに見られなくなった。

「おまえは怖くねぇかもしれんが、俺はもう怖くなっちまった」と王七蛋は弟に酒を注ぎながら言った。「毒喰らわば皿までだ、普済を離れて高飛びするに越したことはねぇぞ」

しかしどこに行けばいいのか、二人はこのことでまた口論を始めた。王八蛋は梅城で布屋をやっている叔父を訪ねるのがいいと言い張ったが、王七蛋は通州の叔母のところに身を寄せるべきだと言った。しかし二人とも互いに相手を説得できず、最後には南京に行って徐福のところで世話になるということで決着がついた。

翌朝早く、一番鶏が鳴くと兄弟二人は降りしきる雪をついてひっそりと学堂を後にした。彼らはまず長洲に渡り、そこで舟を替えて南京に向かうつもりだった。渡し場に着くと、遠くで船頭の譚水金が帆を上げて舟を漕ぎ出そうとしているのが見えた。兄弟二人の姿を認めると、水金はもう一度渡し板を岸にかけ、二人に乗船を促した。舟に入って、兄弟二人はまた思わず驚いてしまった。学堂の調理師の王が煙管を吸っていて、それともう一人、船縁に寄り掛かり荷物の包みに頭を乗せて目を閉じているのがいた。それは口曲がりの孫《スン》だった。

口曲がりの孫はもともと泰州の人で、長年外地を流浪してきたが、張季元が普済で秘密結社を作るときには、草創期からの中心的な幹部となっていた。四名は互いに顔を見合わせ、暗黙のうちに互いの心中を悟ったが、誰も口をきかなかった。

最初に沈黙を破ったのは、調理師の王だった。彼は服の襟をはだけて懐から銅製の杓《しゃく》を二つ、薄刃の包丁一本、これもすべて銅の蓮華を七、八個取り出し、一つ一つあらためながら、嘆いて言った。

「ああ、あの学堂で二年も費やしたけど、今や大樹が倒れんとして猿どもが逃げ散るように、誰もいなくなり、こんないくらの価値もない、つまらんものばかりが残った」

その場のみんなが笑った。

口曲がりの孫は、これまで校長の自分への待遇は悪くなく、道理からすればこの重大な時期、学堂で尽力すべきで、離れることなど論外ではあるのだが、自分の実家には齢《よわい》八十になる老母がおり、つい先日手紙を人に託し、この秋から病が篤《あつ》く伏せっているので、死ぬ前に自分に会いたいと言って寄越した。それで万《ばん》やむを得ず、立ち去るしかなかった、と言った。

このとき、櫓を漕いでいた譚水金が、突然長いため息をついてこう言った。「夜を徹して功名に走る者もいれば、風雪をついて故郷に帰る者もいる[171]、ただ恨むべくは、我が家の疫病神の伜《せがれ》めだ。こんなに立派な稼業があるのにやろうとせず、訳のわからんことに執着して目を覚まさねえんだから」

水金の言っているのは、息子の譚四のことだった。

老虎が翠蓮の口からこういうことを聞いたのは、もう年の瀬も迫ったころだった。翠蓮は今では彼女と譚四の他には、手下が十数人残っているだけで、そのほとんどは安徽から逃れてきた乞食だという。そのころには、宝琛がもう年越しの品々を取り揃えて持ってきていた。

「その乞食の連中はどうして逃げ出さないの？」老虎が翠蓮に訊いた。

「連中がどこに逃げられるって言うのよ、雪はこんなにひどいし、学堂の中には曲がりなりにもお粥はあるし、饅頭だってあるんだから」と翠蓮が答えた。

老虎は、翠蓮はどうして逃げないのか、譚四はどうして逃げないのか、重ねて訊いた。

翠蓮はただ笑うばかりで、何も答えなかった。

最後に彼女は本当に煩わしくなってしまったのか、老虎の鼻先を手で強く弾くと、こう言った。

「それがいったいどういうわけなのか、あんたが理解するには、その歳ではまだまだ若すぎるわ」

老虎が聞いたところでは、事態がここまでになってしまってから、校長の秀米は逆にすっかり落ち着いたようだという。まるでそうした出来事などまるで起こっていないみたいに、毎日いつも通りに伽藍殿で読書をし、ときには譚四と碁を打ったりしていた。

伽藍殿を囲む塀の下には蝋梅《ろうばい》が植えられてあった。この数日冷えこみがきつくなり、大雪が重たくのしかかったが、花はみごとに開いていた。一日のほとんどの時間を校長はその場に立ちつくし、身じろぎもせず、梅の花に見入っていた。翠蓮が王七蛋兄弟の出奔を知らせたときも、秀米は微かな笑いを浮かべて、切り取ったばかりの梅の花を揺らして、翠蓮に「嗅いでごらん、なんていい匂いなんだろう」と言うだけだった。

翠蓮から見ると、校長はどうもずいぶん気が楽になったように思えた。顔に浮かぶ憂鬱な表情も消えて、よく笑うようになり、身体の白さが目立って、いっそうふくよかになった。彼女がとても奇妙に思ったのは、ある朝早く、秀米が突然厨房にやってきて、ちょうど朝食の支度をしていた翠蓮に真面目な顔をして宣言するようにこう言ったことだ。

「あたし、今では夜にぐっすり眠れるようになったわ」

彼女はそのあと、こうも言ったという。自分が物心がつくころからこれまで、今みたいに気分がいいことはなかった、あらゆる悩みが消えてしまい、何一つ心配することなんかなくなって、まるで何だか長くて暗い夢を見ていたみたいだと、でも今ではそんな夢ももうすっかり醒めてきたと。

「でも、でもでも――」、老虎は翠蓮がこう言うのを聞いても、心の中ではすべてがひどく不確かな感じがしていて、窓の外に舞う大雪も、炉で暖かく燃える炎も、翠蓮のその真っ白な胴体さえも虚《うつ》ろなものに思えてならなかった。「どうしてそんなふうになるんだい？」

翠蓮はもう一度彼の裸の尻をポンと叩いて笑った。「そういうことがわかるようになるには、あんたはまだ若すぎるのよ」

十一

ちびっ子はまた母親の写真を眺めていた。

その写真は長い間水に浸かって、陽に晒され、炉で炙られたりもしたから、紙が脆く硬くなって、写っている姿がもはやぼんやりと白けて、何もかもはっきり見えなくなっていた。ちびっ子は誰の前でも自分の母親のことを口にしたことはなかった。校長のことを話題にする人がいると、小さなもぐらのように目をくるくるさせて耳をそば立て、黙りこんでしまう。しかし校長が瘋癲の病だとか、痴れ者だなどと言われたりすると、ちびっ子はいきなりその人に一声浴びせるのだ。

「あんたこそ痴れ者だよ」

不思議なのは、ちびっ子が写真を見るときは、いつもこっそりとまるで泥棒みたいに隠れて見ていることだった。喜鵲は、ちびっ子は何も口に出さないけど、心の中では何でもわかっていると言っていた。彼女はまた、あんなに利発聡明な子どもは見たことがないとも言った。あるとき喜鵲がそんなことを話していると、ちょうど居合わせた大奥さまに聞かれてしまい、背中を掻く如意棒《にょいぼう》で思い切り頭を打たれたことがあった。大奥さまは人前でちびっ子のことを聡明だなどと決して言わせなかった。村で長年、聡明な子どもは育たないと言い伝えられていたからだ。

その数日間、一日中雪が降りしきり、屋敷の中も外も真っ白になっていた。宝琛は自分が普済に来て以来、こんな大雪は見たことがないと言っていた。何もすることがないので、竹切りの刀を持ちだして竹林に入り、竹を二本切ってきて細いひご状に裂き、釣り灯籠を作ることにした。

年越しの品々はもう取り揃えてあった。宝琛は二禿子が新しく開業した肉屋から豚の脚を二本、漁師の家から数尾の鮮魚をそれぞれ買い求めて廊下に並べておいたが、みな鉄のように凍りついていた。孟婆さんからは胡桃《くるみ》一籠、蒸し米糕《ミーガオ》[172]に使う南瓜《かぼちゃ》二つ、瓢《ひさご》一つ分の胡麻などが届けられていた。丁樹則先生は昨日のうちに、新春の対聯《ついれん》二組、桃の板に書いた魔除けの符四枚、戸口に貼る切り紙細工六枚などを届けていた。まだ足らなかったのはこの釣り灯籠だけだったのだ。

宝琛は炉の前で始終ため息を漏らしながら灯籠を編んでいた。彼はこれがおそらく普済での最後の年越しになるだろうから、この年越しだけはしっかり、何も欠けることなく、間に合わせて済ますことなども絶対しないで、立派にやろうと言っていた。正月が終わったら、彼らは慶港に戻ることになるのだ。

校長が陸家の土地を鎮江の龍慶棠に売ってから、宝琛は密かに、ちびっ子も一緒に慶港に連れていくという決心を固めていた。ある日宝琛はちびっ子を呼んで自分の目の前に立たせ、両足で挟みこんでこう訊ねた。「普済よ、わしらと一緒に慶港に行きたいと思うかい?」

ちびっ子は目をパチクリさせて、手で宝琛の髭を弄《いじ》りながら、行きたいとも行きたくないとも言わずに、逆に問い返した。「僕が慶港に行ったら、あんたの息子になるっていうことなの?」

このひとことに宝琛は声をあげて大笑いし、ちびっ子の頭を撫でながら、こう言った。「馬鹿な子だね、歳回りから言えば、おまえはわしのことをお爺ちゃんて言わなきゃいかんよ」

最も辛そうだったのは喜鵲で、彼女は行く当てがなかった。これまでにも何回か宝琛に、いっそのこと、あたしもあんたたちについて慶港に行っちゃえばいいのかもしれない、と言ったことがあった。宝琛は何も返事をしなかった。彼女が口から出まかせで語っているに過ぎないとわかっていたからだ。この娘は遅かれ早かれ誰かに嫁いでいってしまう。もともとは孟婆さんの口利きで陸家に入ったわけで、何と言っても多少なりとも親戚筋にはなっていたのだ。この数日、孟婆さんはすでにいろいろ伝手《つて》を使って喜鵲の嫁入り話を進めていたのだが、年の瀬のこの大雪で道も塞がれてしまい、適当な相手を見つけられないでいた。

喜鵲のやれることといえば、必死になって靴底を縫い上げることぐらいだった。宝琛は彼女がこの数日間で縫い上げた靴底だけで、ちびっ子が死ぬまで履く分が間に合うほどだと言った。しかしこう言ってしまってから、不吉なことを口にしたと思って地面にペッペッと唾を吐きかけ、自分で自分の頬を平手打ちにした。ちびっ子はそれを見て無邪気に笑っていた。

宝琛は灯籠の枠を作っているとき、手の震えがひどく、竹のひごを何本も続けて折ってしまった。彼はこれも不吉な前兆だと思い、このことを喜鵲に話した。喜鵲も疑心暗鬼になりはじめ、自分も靴底に針を進めるときに、指を何回も刺してしまったと言った。「ねえ、寺で何かあったんじゃないでしょうね、朝廷が革命党の人を片っ端から捕まえているらしいわよ」

喜鵲が言っているのは普済学堂のことだったが、宝琛の心配はまったく別なことだった。

臘月《ろうげつ》[173]二十九日、この日空は突然明るく晴れわたった。宝琛が灯籠に貼った紙に絵を描きこんでいると、外で誰か歌っているのがふいに聞こえてきた。老婆の歌う声のようだった。最初は宝琛も喜鵲も気にしておらず、乞食が口開けの物乞いを始めたのかと思っていた。宝琛は乞食の歌に合わせて口ずさんでさえいたのだが、しだいになんだかおかしいと気づきだした。だんだん喜鵲も驚いて手に靴底を握ったまま、ぼんやりと壁のほうに目をやり、「歌っているのは、どうも全部の文句に謂《いわ》れがあるみたい、なんだかうちのことを並べ立てているような感じがするわ」と呟いた。

宝琛もすでに歌の内容を聞きとっており、じっと喜鵲を見つめてこう言った。「そいつは歌っているんじゃない、当てつけて罵っているんだ、文句がいちいち人の心に刺さってくる」

「この人、どうしてうちでここ数年に起こったことを、はっきりわかっているのかしら？」

喜鵲は手にしていた針と糸を靴底に絡めた。「いくつか饅頭でもあげて、どこかに立ち去ってもらうわ」

こう言い終わると、彼女は出ていった。それからいくらもしないうちに、喜鵲はやはりその饅頭を手に持ったまま戻ってきた。部屋に入るや否や、宝琛にこう言った。「まったくもう、乞食なんかであるもんですか、いったい誰だったと思う？」

「誰なんだい？」

「あの目の悪い婆さんよ！」

「どこの婆さんだって？」

「大金歯のあの目の悪い、年取った母親だわよ」と喜鵲は言った。「あたしが饅頭を差し出したら、要らないってひとこと言ったきり何も言わず、杖をつきながら行っちゃったの」

宝琛は筆を握ったまま呆然とし、しばらく経って「あの婆さん、なんでそんなことをするんだろう？」と言った。

夕暮れになってから、喜鵲が突然、奥さまのお墓にお参りして紙札を燃やしてくる[174]と言いだした。

彼女は、大金歯の年老いた母親が歌った文句でどうにも不安になってしまって、瞼までピクピクしていると言った。宝琛がどっちの瞼がピクピクするんだと訊くと、喜鵲は両方ともだと答えた。宝琛はしばらく考えて、「それじゃ、老虎を一緒に行かせよう」と言った。ちびっ子は老虎が行くと聞いて、自分も一緒に行くと言い張って駄々をこねた。喜鵲はしかたなく、ちびっ子も連れていくことにした。三人が籠を提げて門から出ていこうとしたとき、宝琛がまた家の中から追いかけてきて、彼らに向かって叫んだ。「張季元の墓にもお参りして紙札を燃やすんだよ」

ちびっ子は籠を持つと言って聞かなかったが、喜鵲は疲れるといけないからと持たせなかった。ちびっ子は無理やり喜鵲の手から籠を奪い取り、「僕の力はすごいんだよ」と言った。

ちびっ子は両手で籠を提げ、小さなおなかを突き出して、転びそうになりながらも素早く雪道を歩いていった。隣の花二おばさんがそれを見て、ちびっ子を褒めてやったものだから、その足取りはいっそう速くなった。

墓地に着くと、喜鵲はかぶっていた頭巾を取って雪の上に敷き、まずちびっ子にお婆ちゃんに向かって叩頭の礼をするように言った。それから籠の中から紙札の一部を取り出し、風が避けられる場所に寄って火を点けた。喜鵲は紙を燃やしながら、まるで大奥さまが本当に聞いているかのように、ぶつぶつと何か話しかけていた。燃える炎が雪を舐め、ジジッという音を立てた。老虎は喜鵲が大奥さまの墓に向かって、こう言うのを聞いた。この年越しが終わったら、宝琛たちは慶港に帰ります、ちびっ子も一緒に行きます、この年越しが終わって、自分も普済を離れるかどうかは、はっきりしません、と。

「あたしたちがみんな出ていってしまったら、年越しのときに、誰があなたのお墓にお参りに来て紙札を燃やしてあげるんでしょうね?」こう言うと喜鵲は、嗚咽《おえつ》した。

彼らは張季元の墓の前にも行った。張季元の墓はずっと小さく、墓前の碑も、周りを囲む柵もなかった。金針菜畑の雪はふんわりと柔らかく、ちびっ子が足を踏み入れると、すっぽり嵌まって抜けなくなった。

喜鵲は、以前だったら大奥さまが張季元の墓参りに来ていたのに、今年はその大奥さまご自身の墓にお参りが来てもらっているなんて、思ってもいなかったでしょうと言った。そしてここまで話してまた泣きはじめた。老虎が彼女に近寄って手伝おうとしたとき、ちびっ子が遠くのほうを指さしたのが見えた。

「見て、見て、あれはなあに?」

ちびっ子の視線を追っていくと、太陽はすでに山陰《やまかげ》に沈み、二つの山頂の間に残照が浮かびあがって、真っ赤に溶けた鉄の流れのような輝きが揺れ動いていた。そのあたりの突き出た崖を巡っているのは、夏荘に続く一本の街道だった。西風がいく筋も雪粒を吹きあげて、空を覆い隠すほど一面に雪が舞っていた。そのとき老虎は、ダッダッという馬の蹄の音を耳にした。

「喜鵲、喜鵲、早く見てごらん……」ちびっ子が叫んだ。

喜鵲は腰を伸ばして街道のほうを眺めた。びっしりと黒い塊のようになった官兵が、鉄砲を持って普済のほうに押し寄せていた。その周りを何頭もの馬が駆け抜けていく。官兵たちはみな濃い灰色の長衣を身に着け、つば広の帽子を被っており、帽子の血のように真っ赤な房飾りが激しく揺れ動いていた。彼らはみんな一塊になって疾走しており、そのあたりの山道を回って、もうすぐ河辺に到達しそうだった。

喜鵲は、「たいへん!」と一声叫ぶと、そのまま呆然と立ちつくした。

老虎は心臓がいっぺんに落ちてしまったように感じ、どうしていいかわからなくなった。ここ数日、官兵がやってくるという情報は毎日流れており、老虎はすっかり聞き飽きていた。しかし本当に官兵が現れると、こんなに身体の震えが止まらず、腸がちぎれそうに感じてしまうとは、思いもよらなかった。このとき、突然喜鵲が叫ぶ声が聞こえた。「ちびっ子、ちびっ子はどこなの？」

彼女は自分のいたあたりをぐるぐる回っていたが、それはまるで落とした針でも探しているように見えた。彼女はこれまでこんなにたくさんの官兵など見たことがなく、びっくりして取り乱していた。

老虎が後ろを振り返ると、すぐにちびっ子の姿を見つけた。

ちびっ子はまるでウサギのように、雪に覆われたトウモロコシ畑を飛び跳ねていた。皂龍寺の方向に向かって駆けていたのだ。このときには、もう山の麓の街道まで走り着いていた。何度も何度も、ちびっ子の転ぶのが見えた。顔も頭も雪だらけになっていたが、這い起きてはまた学堂のほうに向かって必死に駆けている。

「早く行って、あの子を抱き止めるのよ……老虎、早く行ってちょうだい……」喜鵲が泣きながら叫んでいた。

老虎が追いかけようとしたとき、またいきなり喜鵲の声が聞こえた。「ああ、なんてこと、あたしの脚、あたしどうして両足が動かないんだろう」。老虎が振り返って喜鵲のほうを見ると、喜鵲は叫んだ。「あたしのことはかまわないで、あんたは早くちびっ子を追いかけるのよ」

老虎は麓を目指して駆け下りていった。背後に馬蹄の音がしたかと思うと、すぐさまそれははっきりと大きく聞こえてきた。彼が皂龍寺の切妻壁の角でちびっ子に追いついたときには、ちびっ子は疲れ切って痙攣のようなしゃっくりを繰り返していた。それから吐き出しはしなかったが、激しい嘔吐の声をあげ、はあはあと喘ぎながら、「あいつらが母ちゃんを捕まえに来るんだ……早く知らせに行って、早く、命がけで走るんだよ！」と言った。

しかしちびっ子はもう走れなくなっていた。老虎は彼の手を取って、引っ張りながら駆けだし、二人でよろよろとようやく学堂の門前に辿り着いた。

そのときちょうど翠蓮が小さな木桶を提げて寺の中から出てきた。池に行って水を汲むつもりでもあったようだ。ちびっ子が彼女に向かって叫んだ。「来たよ、来たよ……」

「来たよ、来たよ……」老虎も一緒になって叫んだ。

「誰が来たの？」翠蓮が訊いた。「いったいどうしたのよ、なんでそんなに慌てているの？」

だが、彼女がこう言ったとたん、パーンという銃声が響いた。

それから数発、銃声が続き、そのたびに翠蓮は首をすくめた。

「あんたたち、あたしについて早く厨房の中に隠れて、早く！」彼女はこう言うと、木桶を放り投げて身を翻し、駆け戻っていった。

老虎は翠蓮の後を追いかけ、一気に厨房の中に走りこんだ。そして早くも竈の中に潜りこんでいた翠蓮が、自分を手招きしているのが見えた。老虎はこのとき初めて、ちびっ子が一緒に来ていないことに気づいた。何度か声をあげて呼んでみたが、返事はなく、彼は引き返してちびっ子を探そうと思った。しかしそのときには、官兵の大部隊が寺の中に殺到してきていた。誰かはわからないが、盛んに発砲しており、銃弾が窓から飛びこんできて厨房の隅の水甕《みずがめ》を粉砕し、あたり一面が水浸しになった。彼は厨房の中で呆然としていたが、またちびっ子のことを思い出し、戸を開けて探しに出ようとした。すると翠蓮が近寄ってきて後ろから彼をしっかりと抱きしめてこう言った。

「馬鹿ね、弾は人を選ばないのよ」

しばらくして銃声が止んだ。

老虎は注意深く戸を開け、厨房から出ていった。最初に見えたのは、雪の上の真っ黒いものだった。馬糞だ、まだ熱い湯気を立てていた。香積厨房の角を曲がったところで、雪の上のあちこちに倒れている死体が見えた。一人の兵士が散らばった銃器を回収していた。

譚四は腹を手で押さえて、呻き声をあげながら雪の上をのたうち回っていた。兵士が彼のほうに近寄っていき、胸に刀を突き刺した。その兵が刀を抜こうとすると、譚四は刀身をがっちり握って離さず、抜かせなかった。するともう一人兵がやってきて、鉄砲の柄で譚四の頭を潰した。彼はすぐに、握っていた手を緩め、声もあげなかった。

老虎はちびっ子を見つけた。

ちびっ子は顔を伏せ、回廊の暗渠《あんきょ》に這いつくばったまま動かなかった。老虎が近寄っていくと、溶けた雪が暗渠に激しく流れこむ音が轟々と聞こえた。

老虎は彼の小さな手を握った、まだ温かかった。ちびっ子の顔をこちらに向けると、目がまだくるくるっと動いて、何か考えているみたいに見えた。ちびっ子は舌をちょっと伸ばして唇を舐めたりもしたのだ。後になって、老虎は宝琛に何遍も繰り返し、自分が暗渠のところでちびっ子を見つけたときには、まだ生きていたんだと語った。だってあいつの目はしっかり開いていたし、舌をちょっと伸ばして唇を舐めていたんだから。

ちびっ子の身体はとても柔らかかった。綿入れの背中がぐっしょり濡れていて、血はそこから流れていた。老虎が名前を呼んでもちびっ子は答えない。ただ口元がそっと何度か震えて、僕は眠たくなったよと言っているようだった。その目はだんだん動かなくなり、ぼんやりかすんでいって、白い部分が多くなり、黒いのが少なくなった。それからちびっ子の瞼が下がってきて一本の筋のように閉じた。

彼にはわかった、この瞬間、ちびっ子の背中に止めどなく流れ出ているのは血ではなく、ちびっ子の魂のすべてだということが。


一人の将官のような人が彼らのほうに向かってきた。彼は身をかがめて馬の鞭でちびっ子の顔をつついた。それから振り返って老虎に、「おまえは俺を覚えているか？」と訊いた。

老虎は首を振った。

「数ヶ月前、おまえの村に綿打ちの職人が来ただろう。どうだい、思い出したか、俺がその綿打ち職人だよ」

その人は得意そうに笑って、老虎の肩をぽんと叩いた。不思議なことに、老虎は少しもその男が怖くなく、もともと天生の綿打ち職人だったように思えた。老虎は横たわっているちびっ子を指さして、「死んだのかい？」と訊いた。

「そうだ、死んだ」その男はため息を一つついて、「弾には目玉が付いてないからな」と言った。

それから立ち上がって、後ろ手を組んで、雪の畑を行ったり来たりしていた。この男が老虎にも、地面に横たわっているちびっ子にも、なんの興味も示していないことは、実に明らかだった。

老虎はちびっ子の手が冷たくなって、顔色からも赤みが失せ、青くなっていくように感じた。それから間もなく、校長が出てきたのを見た。

彼女は髪がひどく乱れたままで、人に押されて、一年中陽の光を見なかった伽藍殿からついに中庭に連れ出されてきたのだ。彼女は老虎を見、地面に並ぶ死体に目をやったが、どうも驚いた様子は見受けられなかった。

老虎は彼女に、「ちびっ子が死んだんだよ」と叫びたかったが、口を開けたきり、何も声を出せなかった。その場のすべての人が、ちびっ子の死を気づかうことはなかった。

校長が出てきたのを見て、その将官は前に進んで出迎え、彼女に対して拱手の礼を取った。校長はまるで死んだみたいにじっと彼を見つめていたが、だいぶ経ってからようやく、校長の話す言葉が聞こえた。

「貴職は龍守備隊長ですか?」

「そうです」将官は礼儀正しく答えた。

「お尋ねしますが、龍慶棠氏はあなたの何に当たるのでしょうか?」校長がまた訊いた。

その口調は誰かとふつうの世間話をしているようで、少しの乱れも感じられなかった。校長はちびっ子が死んでしまったのを知らないんだろうか。ちびっ子の小さな腕だってもう硬くなってきているんだ。屋根の庇からも溶けた雪がぴたぴたと落ちていて、ちびっ子の鼻にかかって水の珠がきらきら跳ね散っているじゃないか。

その将官は校長がこのように話すのをまったく予想していなかったようだ。彼はしばらく呆然としていた。やがて、本当に大した眼力だと言うかのように、一人で頷き、笑いを浮かべて、答えた。

「まさに我が父であります」

「ということは、龍慶棠はやっぱりとっくに清の朝廷に降伏していたというわけですね」

「それは言い過ぎではないでしょうか」将官の顔には依然として笑みが残っていた。「良禽《りょうきん》は木を択《えら》ぶ[175]というだけのことで……」

「それならばなぜ、あなたがたはいつでもこの私を捕縛できたのに、今日までお待ちになったんですか？」

老虎は校長の言葉を聞いていて、なんだか誰かが捕まえに来るのを心待ちにしていたような響きを感じたが、彼女が本当は何を言っているのか、よくわからなかった。ちびっ子の拳は固く握りしめられたままだ。背中から流れていた血はとっくに止まっていたが、その眉根だけはまだきつく顰められていた。

その将官はなんと、声をあげて笑いだした。あまり大口を開けるから歯茎まで剥きだしに見えた。

彼は存分に笑ってから、ようやくこう言った。

「お宅のあの百八十余畝の土地のために決まっているじゃないですか！　我が父のすることは、いつだって用意周到、細かく手配されているんです。あなたが父に土地を売るのを一日延ばせば、我々は逮捕をそれだけ待たねばならなかったということですよ」

彼はこう話したとき、笑いすぎて、もう言葉を話す力もないほどだった。

老虎には校長が「うう」と一声漏らすのが聞こえた。まるでそれは、「ああ、よくわかったわ」と言っているように思えた。

このとき父親の姿が見えた。宝琛は寺の山門のところに立っており、銃を交叉させた二人の兵士に足止めされていた。しかしやはり首を伸ばして中のほうを見回していた。老虎はちびっ子の身体を少し動かした。こうすれば、屋根の庇から落ちる雪解けの水がちびっ子の顔に当たらないで済むから。空はもう暗くなりかかっており、一羽の大きな鷹が寺の伽藍をめぐって、どんよりした夜空に旋回していた。

このとき老虎は校長がこう言うのを聞いた。「もう一つ、本当のことを教えていただきたい」

「なんでもおっしゃってください」

「龍守備隊長、あなたの干支は……？」

「小職は光緒初年の生まれです」

「ということは、あなたは亥年の生まれなのね」。校長のこの言葉に将官は驚いていた。彼の表情は醜く歪み、しばらく経ってからようやくこう言った。「その通りです、どうやらあなたは、何もかもお見通しのようだ。みんなは狂人だとか言ってますが、小職がお見受けするに、あなたは天下一級の聡明な方だ。惜しむらくは、この時代の運に見放されたということ」

校長はそれ以上何も話さず、ただつま先立ちになって人の群れに視線を走らせ、誰かを探しているようだった。老虎には彼女がいま誰を探しているのか、わかった。

そのあと老虎は校長が突然うずくまり、身じろぎもせず、地面の馬糞をじっと見つめているのを見た。それから彼女はその馬糞を手で掬い上げ、自分の顔に塗りたくった。目も口も鼻も顔中に満遍なく塗っていくのだ。まるで何かとても重要で絶対為《な》さねばならないことであるかのように、ひとことも発せずひたすら顔に塗りつけていた。将官はそばで見守るばかりで、止めようとはせず、苛立たしげに歩き回っていた。学堂はまったく静寂に包まれていた。

一人の兵士が駆け寄ってきて、何ごとか厳しい表情で伝えると、龍守備隊長は配下の者に面倒くさそうにひとこと命令を下した。「縛り上げろ」

数名の兵士が彼女に近づき、立ち上がらせた。瞬くうちに彼女は固く縛られて、夜を徹して梅城に護送された。

翠蓮もその晩に普済を離れた。龍守備隊長が村で大駕籠を雇い、彼女を乗せ、村を大きく迂回して、やはり夜道を梅城に向かわせたのだ。

十二

ちびっ子は丸裸で清潔なシーツの上に横たえられた。身体がとても短く、小さく見えた。喜鵲はたらいに熱いお湯を入れてきて、身体にこびりついた血をきれいに拭いた。彼女は泣きもせず、顔はまったく無表情で、悲しみも痛みも見受けられなかった。銃弾に打ち砕かれた肩甲骨のあたりを拭いたとき、彼女はそっとちびっ子に訊ねた。

「普済《プージー》、痛むかい?」

その様子はまるでちびっ子がまだ生きているようで、彼女はこの子の脇の下をくすぐりでもすれば、クックッと笑いだすと思っているように見えた。

花二おばさんはちびっ子から脱がせた服を検《あらた》めてみて、そのポケットから、木で作った小さな独楽《こま》、蹴遊びの羽根、そしてきらきら光る蝉《せみ》を見つけた。

孟婆さんはその蝉をひとめ見て、それは尋常なものではないと言った。口に挟んで噛んでみると、やっぱり金だとわかった。「不思議ね、ちびっ子はどこからこんな蝉を持ってきたんだろう」

孟婆さんは蝉を宝琛に渡し、しっかりしまっておくようにと言った。宝琛は赤く泣き腫らした目で、それをじっくり見ていたが、最後にため息をついてこう言った。「この子が大切にしていたものなんだから、銅であろうと金であろうと、やっぱり一緒に埋めてあげよう」

【一九六八年[176]十一月、梅城県では正式に風俗習慣を改革する運動が始まり、葬儀改革が実行された。普済には新たに公共墓園が建設された。旧時の墓から遺骨を収集して公墓に改葬する過程で、村はずれのトウモロコシ畑の白骨遺体から思いがけず金製の蝉を発見した。村の老人たちの回想によると、その墓に埋められていたのは、革命の先駆者陸秀米の息子だという。その子は五歳のときに清の兵士に銃殺された。しかし陸家には親戚縁者がおらず、後継人もいなかった。この金の蝉は数名の手を経て、最後に田小文《ティエン・シャオウェン》という女性の「はだしの医師[177]」の手に渡った。そして年老いた錫細工職人によって一対の耳飾りと一個の指輪に造り変えられた。その耳飾りをつけていた田医師はその後まもなく病気で亡くなった。臨終の前、彼女は会う人ごとに、耳元でいつも子どもが話しかけてくると語っていた】

喜鵲が服を着替えさせると、宝琛はちびっ子を背負って、その夜のうちに墓地に葬ることにした。彼の小さな頭は宝琛の首元に凭《もた》れかかっていて、まるで熟睡しているようだった。宝琛は顔を向けてちびっ子のうなだれた顔に口づけをし、こう話しかけた。「普済よ、お爺ちゃんがおまえをおうちに届けてやるからな」

花二おばさんと孟婆さんは抱き合って泣いていた。この数名で墓地のほうに向かっていったが、喜鵲だけは泣かずに、老虎と一緒に後ろからついてきていた。道すがら、老虎は父親がちびっ子に絶えず話しかける声を聞いた。夜がしだいに明けてきていた。

宝琛はこう言っていた。普済よ、お爺ちゃんはおまえがよく寝る子だとわかってるよ、眠りたいだけ眠っておくれ。

宝琛はこう言っていた。普済よ、お爺ちゃんはまったく役立たずだな、豚や犬にも劣る馬鹿だよな、普済よ。この普済中の人間がみなおまえの母さんを痴れ者だと罵っていたとき、お爺ちゃんも尻馬に乗って罵ったんだが、おまえだけは罵らなかった。みんなが罵っているのを聞いて、おまえは辛かったんだろう、そうなんだろう、普済よ。官兵が押し寄せたときも、普済おまえだけが母さんに知らせようとしたんだよな。寺に駆けつけて、鉄砲の弾がヒューヒュー鳴っているのに、おまえは恐れなかった。普済おまえは逃げも隠れもせず、ただ母さんに知らせることだけ考えていたんだ。普済よ、おまえが暗渠に横たわっていたとき、母さんはおまえをひとめだって見ようとしなかった、でも普済おまえはやっぱり母さんに知らせようとしていたんだ。

宝琛はこう言っていた。普済よ、お爺ちゃんのことを責めないでほしい、恨みもしないでくれ。もうじき年越しで、明日はもう正月一日になるんだ。この氷雪の空の下、この宝琛はおまえに棺を作ってやれなかった。作りたくとも、金がないんだ、うちは貧乏になってしまったんだよ！　だからわしらはおまえを筵《むしろ》で包《くる》んで、おまえのうちに送ってやるしかないんだ。

宝琛はこう言っていた。この筵は新しいんだ、秋の取り入れで拵えたものだよ、リンドウの草も編みこんであって、いい香りがするんだ、まだ一度も使ってやしないさ。おまえの着ている服も、綿入れも、靴も、靴下も、前掛けも、みんな新しいんだ、一度だって着ちゃいない。いつもおまえが遊んでいたおもちゃ、鉄の輪っかだとか、独楽だとか、焼き物の呼子だとか、ああ、それからあの蝉もな、孟婆さんは金だと言ってたが、みんなおまえに持たせてやる、一つだって欠けちゃいないぞ。ただな、一番大事なもの、おまえがいつも眺めていた母さんのあの小さな写真、お爺ちゃんはどうしても見つけられなかった、おまえはあれをどこにしまいこんだんだい？

宝琛はこう言っていた。普済よ、今日はおまえの魂を呼び戻してやれる母さんもいないんだ、だからお爺ちゃんが代わりにやってやるからな。お爺ちゃんがおまえを呼んだら、そのたんびに応えるんだよ。

普済よ——

はーい
普済よー
はーい
応えられればいいんだ、おまえの魂は戻ってきたからな。
宝琛はこう言っていた。おまえがもしお爺ちゃんに会いたかったら、夢に出てきておくれ。それからもしあの世でおまえのお婆ちゃんに会ったらな、宝琛はだめなやつ、無能で、本当にだめ、死ぬしかないほどどうしようもないやつだって……。

埋葬のときが来て、宝琛は普済を筵の上に寝かせ、それから筵を巻いて包んだ。しかしちびっ子を包みあげると、喜鵲が寄ってきてそれを解《ほど》いた。宝琛は三度ちびっ子を包み、そのたびに喜鵲が包みを解いた。彼女は泣きもせず、話もしないで、ただぼんやりと宝琛の顔を見つめていた。最後に、宝琛は心を鬼にし、花二おばさんと孟婆さんに彼女を押さえていてもらい、ようやくちびっ子の遺体を穴に納めることができた。

墓の土をきちんと盛り上げてから、宝琛は急にこんなことを訊いた。「私がちびっ子に叩頭してお参りしてもいいものだろうか？[178]」

孟婆さんは、「この子が先に行ってしまったのだから、あの世の順番ではこの子のほうが上よ。それにこの子は歳は小さくても、やっぱり主人の筋だし……」

宝琛はそれを訊いて、墓の前で恭《うやうや》しく三度頭を地面に擦りつけた。孟婆さんと花二おばさんも彼に倣って叩頭した。しかし喜鵲はまったく動こうとせず、何か考えごとでもしているかのように、ただその場に立っていた。

「この喜鵲って子は、きっと昨夜のことで動転してしまったのね」と孟婆さんが言った。

彼らが墓地を後にして村に帰ろうとしたとき、喜鵲は突然立ち止まって、後ろを振り返り、何か探しているような目つきで見回していたが、しばらく経ってから突然叫んだ。

「あら、ちびっ子はどこに行ったの?」


老虎と父親はその年の四月に普済を離れた。柳の木は青くしなだれ、春草がたなびいて村中の桃の花が盛りを迎えていた。宝琛は陸家の悪運はその昔、陸の旦那さまが桃の花を移植したときから始まったと言う。桃の花の色も香りもどこか妖気を含んでいるからと。夢のような雨が瓦を濡らし、霊を運ぶ風がそよぐ清明節のころには、井戸の水まで甘ったるい桃の花の味がするようだ。

大金歯の目の悪い母親に言わせると、秀米と翠蓮は千年も修行を積んだ桃の魂がこの世に転生し、妖魔の精気を吸いこんで現れたものだそうだ。あのころ、彼女は学堂のさまざまな枝葉末節まで唄の文句に編みこんでおり、蓮花落《リエンホアラオ》[179]の曲調に乗せて、女児二人を従え、村中を歩き回って唄いながら物乞いをして回っていた。

そういう唄の中では、彼女の息子大金歯は妖鬼を降す鍾馗《しょうき》の化身になっていた。彼は自身の安危も顧みず二本の豚殺しの刀を引っさげて、単身妖魔の陣営に突進して勧善懲悪を行う。臥薪嘗胆《がしんしょうたん》、九死に一生の思いをしながら戦うが、衆寡《しゅうか》敵せず、ついに妖女に命を奪われてしまう。出陣して勝利を目前にしながら死にゆく場面で、いつも老いた母親は涙に暮れる。彼女の編んだ唄の中では、翠蓮は褒姒《ほうじ》や妲己《だっき》[180]などに並ぶ禍の元となっている。この女は龍守備隊長と密通し、陸家百余畝の田畑を売るように唆《そそのか》して、最後には主家を裏切り栄達を求めた、一千人、一万人もと交わった淫乱なあばずれ女だという。とりとめもない言葉ばかりで、筋道も何もありはしないのだが、老婆の唱う文句の中から、老虎はこの事件の全体像と脈絡が多少なりともわかってきた。

もう一つ、老虎にはまだあまりよくわからないことがあった。秀米は翠蓮に対して早くから警戒をしていたのなら、どうしていつまでもぐずぐずと摘発せずに、見ないふりを続けていたのだろうか。それから、翠蓮と秀米は相次いで二度、龍守備隊長が亥年生まれかどうか訊ねたが、それはまたどういうわけだったのだろう。

龍慶棠は秀米と旧知の間柄であり、加えて丁樹則が当地の三十数名の著名な儒者や郷紳たちと連名で身元請負の証文を提出してきたので、秀米は梅城護送後ただちに処刑されることはなく、地下牢の中に監禁されることとなった。話によれば、丁樹則の身元請負の理由に二つあり、その一つは秀米の瘋癲の病で、彼女のやったことは彼女自身まったくわかっていないことだというもので、このほかに、秀米の腹にはすでに四ヶ月の嬰児《えいじ》が入っていたことも挙げられていた。

知府は子どもを産んでから処刑することを特別に許可した。

老虎はそれが譚四の子だということをもう知っていた。譚四の父親は四方手を尽くし、その子の行方を尋ね回り、一生かけて貯めたお金でその子を買い戻し、世世代代一人しか男子のできない家系の一脈の火種を残そうとした。しかし最後にはうやむやのうちに終わってしまった。あのころ譚水金は毎日喜鵲と宝琛が、赤ん坊が生まれたらまたちびっ子だねというのを聞いていた。

宣統三年[181]八月、秀米は妊娠九ヶ月で月足らずの赤子を産み落としたが、お上の沙汰によって、ある獄吏の乳母がその子を引き取った。そして秀米が絞首刑になる前夜、武昌で事件が起こった。辛亥革命の勃発である。各省は情勢に遅れまいと相次ぎ呼応した。龍慶棠は八月の嵐の夜に、知府の一家三十余名を殺害し、梅城の独立を宣言した。嵐は激しく、日に何度も人を驚かせた。龍慶棠は武昌、広東、北平[182]の間を奔走し、各地の有力者と連携を強めた。地下牢に幽閉されていた秀米のことは、誰からもほとんど完全に忘れ去られていた。ただ一人の年老いた獄卒が、毎日彼女に食事や水を届けていただけだった。

しかし、こういうことはすべてずっと後になってからのことだ。

老虎は普済を離れる前に父親と一緒に、奥さまの墓に参って別れを告げた。宝琛の言葉で言えば、彼らはもう永遠に普済を離れるのだ。喜鵲は行く当てがなかったから、しばらく家の管理ということでそのまま残った。そして実際は、老いて死ぬまでこの屋敷を離れることはなかった。三十二年後、つまり一九四三年の夏の終わりに、老虎は新四軍挺進縦隊《しんし》[183]の支隊長として普済に駐屯することになったのだが、喜鵲はその年すでに還暦を過ぎた老人となっていた。彼女は一生嫁ぐことはなく、記憶も昔のようではなくなっており、昔の思い出話をしても、ただ首を振ったり頷いたりして微笑みを浮かべるだけで、そのあまりにも変わり果てた姿に、哀惜の念を禁じえなかった。ちびっ子の墓の前に植えた栴檀《せんだん》はお椀ほどの太さになっていて、広がる金針菜の花はやはり輝くばかりの黄の色であたりを覆っていた。老虎は生い茂る木陰の下で昔を思い出し、思わず啜り泣いてしまった。世の変遷は目まぐるしく、歳月はひたすら流れていく。ただちびっ子だけは五歳のあの歳のままで、ふいに止まってしまっていた。いつどこで彼のことを思い出しても、いつも五歳のままだ。**【一九六九年八月、老虎は梅城地区革命委員会主任であったが、官職を剥奪され、街頭を引き回される批判闘争の対象となった。四年後、彼はまた普済に戻ったが、それが最後の滞在となった。彼は陸家の屋敷のあの崩れ落ちそうだった閣楼を最期の場所に選んだ。そして閣楼の梁にベルトをかけ、首を吊って自死した。享年七十六】**

しかし、これもまたすべてずっと後になってからのことだ。

老虎が父親と慶港に戻ってから、父親宝琛は伝手を頼って牢獄の頭《かしら》を買収し、相次いで三回、梅城監獄を訪れ、秀米の面会を試みた。しかし初めの二回は、理由も述べずに秀米は面会を断わった。三回目に、秀米はようやく宝琛の差し入れた衣類などを受け取ったのだが、やはり面会はせず、ただ白い絹のハンカチを一枚預けてよこしただけだった。そこには短い詩句が二行、書き留められていた。

未だ諳《な》れず　夢の裏《うら》　風灯《ともしび》に吹くを
忍ぶべし　醒《さ》めし時　雨窓を打つを

（夢の中で灯に吹きつける風にまだ慣れてはいないのに、
目覚めた時にはもう窓を打つ雨に耐えねばならない）

宝琛は読んだが、あまりよくわからなかった。その後、音信もしだいに少なくなり、老虎は彼女のいかなる消息も二度と聞くことはなかった。

第四章

禁じられた語り

一

秀米《シュウミー》は梅城《メイチョン》に護送されてから、監獄の地下牢に三ヶ月の長きにわたって監禁され、その後梅城南部の荒れた駅站《えきたん》[184]に移送された。その館は中に綿がいっぱい積み上げられていた。さらに最後に監禁先を山間の庭園のある洋館に移された。

黒い鉄柵の塀と錦木《にしきぎ》に囲まれたその洋館はあるイギリスの女宣教師が出資して建てたものだ。周囲は鬱蒼と木々が茂り、ひっそりと静まりかえっている。庭園には中国風に水辺のあずまやがあり、回廊と石畳の小道が造られており、天使の銅像と噴水も置かれていた。長い年月を経て、銅像は緑青《ろくしょう》にびっしり覆《おお》われていた。その宣教師は敬虔《けいけん》な仏教徒たちを説得してキリスト教に改宗させてきたが、六十二の高齢に至ったとき、仏教を学びはじめ、パーリ語[185]も独学で学んだ。五年後、彼女は自ら仏教徒に変わった。一八八七年、彼女はスコットランドの主教に宛てた手紙の中で、「仏教はあらゆる分野でキリスト教より優っています」と率直に述べた。そうして主なる神の懲罰が彼女に降った。一八八八年七月、突如勃発した騒乱[186]により、彼女は梅城北部の荒れ果てた寺院で殺され、その遺体は「言語に絶する凌辱の限り」を受けた。

鳥の鳴き声と夜半の風雨の他には、外界の様子を知らせるものは何もなく、この洋館に暮らす秀米は完全に遮断されていた。こういうふうにしているのはとてもいいと彼女は思った。混濁した大脳と倦怠した身体、こうして自分は毎日静寂の中に横たわり、少しだけ悲哀を帯びたのどかさに包まれている、このすべてのことが今の自分にとても適していた。確かに、彼女にとって、この監獄に比較しうるような場所はありえなかった。自由を失い、何も気遣う必要がなくなって、彼女は逆に自由であることを感じていた。

辛亥革命後の龍慶棠《ロン・チンタン》は地方勢力間の新たな争闘に忙しく、普済《プージー》から来た革命党の人間のことを再度思い出したのは、秀米が獄中に監禁されてすでに一年と三ヶ月も経ったときのことだった。そのころにはもう、彼には秀米に危害を加える気持ちなど毛頭なくなっており、逆に、再三再四使いをよこして、獄中の彼女を見舞い、お茶や食べ物、手のこんだ菓子類、生活用品などを送り届けた。秀米はその中から硯と墨、羊の毛の筆、そして養蚕に関する書物だけを受け取った。

そのことから龍慶棠は、秀米の心情と農業や養蚕への興味を読みとった。その好みに合わせようと、彼は范成大《はん・せいだい》[187]の『范村菊譜《はんそんきくふ》』『梅譜《ばいふ》』、陳思《ちん・し》[188]の『海棠譜《かいどうふ》』、袁宏道《えん・こうどう》[189]の『瓶史《びんし》』、韓彦《かん・げん》直《ちょく》[190]の『橘録《きつろく》』などを届けさせた。こういう書籍を読んでいくうち、秀米は龍慶棠に対して嫌悪と感謝の入り混じるなんとも複雑な感情を抱くようになった。その年の秋、彼女が庭園の中を自由に歩き回ることを許されて間もなく、龍は何種類かの花の種を届けさせた。その中に、どうも大蒜《にんにく》の玉のようにも水仙の球根のようにも見える種類があり、彼女はそれを水辺の水捌《は》けのいいところに植えた。すると翌年の初春に苗が土を破って顔を出した。茎がすっきりと長く、蕾は豊かに膨らんだ。何回かの春の雨ののち、ついに深い青紫の花びらが開いた。彼女はこんな美しい花を見たことがなかった。

植物と草花が、自分では享受する資格がないと思っていた楽しみを彼女にもたらした。このために彼女はまた憂いと悲しみに沈んだ。どんなに微かな喜びでさえ、彼女の落ち着きを掻き乱し、恥辱と喧騒に塗《まみ》れた過去を思い起こさせた。特にあの獄中で産んだ赤ん坊のこと。その子の顔を彼女はちゃんと見てさえもいない。

その子は生まれたとき息も絶え絶えの状態だった。その夜彼女は混濁した意識の中で、黒い服を纏い、髪に赤い簪をさした老女がその子を抱いて立ち去るのを、ぼんやりと見ていた。もしかしたらあの人たちはあの子を埋めてしまったのかもしれないし、まだこの世に生きているのかもしれない。秀米には何も知らされず、彼女も何も聞かなかった。

彼女は体が回復してから、驚くべき意思の力でその子を忘れるよう自身を訓練した。自分の経験してきたあらゆることと人とを、すべて忘れるようにしたのだ。

張季元《ジャン・ジーユエン》も小驢子《シャオリュイズ》も、花家舎《ホアジャーシャ》の馬弁《マービエン》も、そして横浜に集まった精力旺盛な革命党の人たちも、あらゆるそうした人の顔が幻であったかのように変わっていった。彼らは煙のようで、遠く、淡く、風が吹けばすべて散ってしまう。彼女はもう一度過去の歳月を振り返ってみた。自分は大河に落ちた木の葉と同じ、まだなんの声も発しないうちに、激流に呑みこまれてしまった。自ら望んでそうしたとも言えず、無理強いされたわけでもない、憎悪があるのではなく、またなんら慰めも得られなかった。

宝琛《バオ・チェン》が監獄に来てくれたとき、彼女は面会を拒絶し、ただ、「未諳夢裏風吹灯、可忍醒時雨打窗」、という詩句を書いて渡してもらっただけだ。龍慶棠が人を寄越して、芝居見物に誘ってくれたときも、いつものように手紙で気持ちを書いて断った。私の今の心情は一切の享楽から遠ざかっています、と。それは過去のすべてと徹底的に告別するための儀式であり、自分自身を苛む一環だった。懲罰と自分を苛《さいな》むことだけが、悲哀に取り囲まれた中にあって正当な慰めとなった。悲哀を享受すること以外に、彼女の余生に残された使命はなかった。

いま問題なのは、間もなく自由を得られそうだということだ。その知らせが届くのは、それほど遠くないと思えた。彼女には自分の真の安息の地がどこになるのかわからなかった。

出獄の前日、龍慶棠が突然獄を訪れた。それは二人の初めての対面ではなく、最後だった。彼は今では、任地の決まるのを待つ州知事候補者という身分で、梅城地方の共進会[191]会長だった。龍は秀米が口がきけなくなったことをまだ知らなかったが、秀米の沈黙と冷淡さに対して相当な忍耐で接した。当然、彼は秀米に最後の建議も行った。梅城に留まり、自分たちと一緒に仕事をしないか、というものである。そしてその場で「勧農協会理事長」という官職まで提示した。

秀米はしばらく考え、すぐ紙に墨書し答えとした。「春にあなたは花咲く海棠や飛翔する燕《つばめ》を固く鎖したが、秋が尽きようとする今、楡《にれ》の木にもはや蝉《せみ》はいない」と。慶棠はそれを見ると、たちまち顔が赤く染まった。彼は頷き、また訊ねた。「では、出獄してからどうするつもりなのか？」と。秀米は紙にこうひとこと記した。「いま私に最もふさわしいのは、乞食となることです」。龍慶棠は笑って言った。「それはおそらく都合が良くなかろうな。君はあまりに美しく、それに若すぎるからね」。秀米はそれ以上何も述べなかった。彼女は普済に戻ることを決めていた。もちろん、そうするしかなかったのだ。

【龍慶棠（一八六四〜一九三三）、先祖代々塩の販売を生業とす。一八八六年に清幇《チンバン》に加わり、宝《バオ》蔭堂《インタン》の執事となり、江淮《こうわい》[192]一帯の塩の密売を統括する。一九一〇年、梅城知州に補せられ地方の兵馬を統率する。辛亥革命後、政界に進出し、一九一五年、討袁《とうえん》救国会副総参謀長に任ぜられ、一九一八年、軍界から退き上海《シャンハイ》青浦に移住し、阿片密売に関係、上海清幇の極めて注目される人物となる。一九三三年八月、黄金栄《ホアン・ジンロン》[193]と手を結んで杜月笙《ドゥ・ユエション》[194]暗殺を謀議したが、こと破れ、巨石に縛りつけられ黄浦江《ホアンプージャン》に沈めらる】

　それはまさに灼熱の太陽が照りつける盛夏で、酷暑が彼女のひ弱な肉体を明らかに疲弊させていた。午後の街道はどこか神秘的な静寂に包まれていた。歪《いびつ》に傾いた店舗、崩れかかったどす黒い瓦が連なり、その黒瓦の上に積みあがる白雲、まったく生気を失った水売り人、瓜棚の下で大きな腹を出して昼寝をしている肥満漢、それから街角で空竹を振り回している子ども（その空竹のブウンブウンと鳴る音が、寺の虚《むな》しく響く鐘の音を連想させた）、これらのすべてが彼女にとって新鮮であり、見知らぬものでもあった。

　彼女にとっては、この混乱しながらなお蜜の甘さのある人の世を正視することも、やはり初めての経験だった。雑然たる無秩序なのにそれぞれが己の居場所を持っていて、彼女に深いやすらぎをもたらしてくれた。彼女はただ一人ゆったりと道を進み、あちこちきょろきょろと興味深く観察したが、脳裏に広がっているのは、まったくの空白だけだった。飛び回る蠅《はえ》の他には、彼女に注意を向ける者などいなかった。

梅城と普済の間には十数個もの村落があった。いま正午の烈日のもとで、彼女にはまだ一つ二つの村の名前が思い浮かぶこともあった。そうした名前は幼いころ聞いた歌の一部であり、記憶の中でも柔らかく脆いもので、触れてはいけない領域に属していた。あのころ、母に連れられて、駕籠に乗ったり手押し車に乗せられたりして梅城の親戚のところに行ったのだ。彼女は駕籠の赤い簾《すだれ》を少し開けて、外の見知らぬ人や建物、樹々を見ながら、母の歌う歌を聞いていた。

東廂門《ドンシャンメン》を出ると
西廂門《シーシャンメン》に着くよ
前渓村《チエンシーツン》から後渓村《ホウシーツン》
その真ん中に八里墳《バーリーフェン》
……

それが熟知した歌だったからか、それともしきりに彼女に襲いかかる見慣れた感覚のせいなのか、あるいは幾重にも生い茂る樹々の間に浮かぶ朧《おぼろ》な母の面影のせいなのか、彼女はふいに悔恨の涙を流した。自分は革命家ではない、夢想の中で桃花源を探し求めた父の身代わりでもない、横浜の木の家の前で大海原を眺めていた少女でもない、ただ夜明けの村の間を進みゆく、揺り籠に乗った嬰《えい》児《じ》に過ぎないのだ。彼女は悲しみに包まれて思い至った、自分の生命が記憶の深みから新たに始めることができるのだと意識したとき、その生命は実はとっくに終息を迎えていたことを。

彼女が竇荘《ドウジュアン》という村で飲み水を恵んでもらったとき、村の人は誰も彼女が口のきけない乞食であることを疑わなかった。彼女の誇張した手振りが多くの野次馬を引き寄せ、その大部分は子どもたちだった。彼らは固まった土塊を彼女にぶつけてみて、反応を確かめた。彼女のおとなしい沈黙が子どもたちの好奇心を刺激し、彼らはさまざまなおかしな顔を作って彼女をからかい、ずっと後を追ってきて、身体の周りをすり抜けて行ったり来たりした。彼らは金切声をあげ、毛虫や蛭《ひる》、虻《あぶ》や死んだ蛇、実にいろいろな名も知らぬ昆虫で彼女を脅し、パチンコで彼女の顔を狙った。ひどい者は後ろから押して道路端の葦《あし》の池に落とそうとまでした。

秀米は少しも変わらぬ落ち着いた足取りで先に進んでいった。足を早めることもなく、立ち止まって眺めることもなかった。腹を立てることもなかったが、微笑むこともなかった。最後には子どもたちのほうがくたびれて、さも面白くなさそうに葦の池の端に佇み、訳がわからないといった表情を浮かべ、彼女が遠ざかっていくのを見送った。

たった一人になって、彼女は道端にぼんやりと佇む。ちびっ子のことを思い出していた。あの子の身体は回廊の暗渠《あんきょ》の上にぐんにゃりと横たわっていて、積もった雪が溶け、音を立てて流れていた。黒い血の筋が雪の上をゆったりと流れ進み、廊下の柱のところまで行って止まった。あのときすでに、彼女にはわかっていた、あの子の痩せて小さな身体から流れでていたのは鮮血ではなく、あの子の小さな魂のすべてだったと。

あたしは馬鹿者だ。彼女はぶつぶつと独りごちた。

日が暮れかかるころ、とうとう西廂門までたどり着いた。村はずれの埃の舞う街道で、彼女は猫背の小さな老人に出会った。

それは正真正銘の乞食で、同時にまた計算高い好色の男でもあった。顔を合わせた瞬間に、秀米はその男の顔からそういうことを見抜いていた。男は影のようにぴったりと彼女の背後について、話もせず、何か仕掛けることもなかった。その身体から発する悪臭が、離れることも近よることもなく、彼女にずっと付き纏っていた。二人がとある脱穀場で夜を過ごすことになったときでさえ、彼らの間には相当の距離が保たれていた。

涼やかな風が日中の暑気を吹き払った。村の灯が一つまた一つと消えていき、空の星の光が一つ一つ増えていった。乞食は藁草と艾《もぐさ》を重ねて火を点け、蚊遣《かや》りとした。燃え始めた火の光で二人は互いの顔を見合わせた。このとき乞食が脱穀場の積み上げられた藁草を指さして、秀米にたったひとことだけ、口にした。

「もし小便がしたかったら、あの藁山の陰に行っておやり、我慢しなくていいから」

彼女はありがたく思ってもう一度涙を流した。自分はどうしてこんなに涙脆くなってしまったんだろう？　彼女は考え、必死に感情を抑えた。「これは絶対にいい前兆ではないわ」

翌日、彼女が目覚めたときには、乞食はとっくに立ち去っていた。男は彼女に、きれいな水をいっぱいにした瓢箪《ひょうたん》、胡瓜《きゅうり》が半分、そして饐《す》えて酸っぱい臭いを放つ飯が詰められた古い靴下を残していた。乞食の施しこそ真の施し、何をもっても報いることなどできはしない。もしも昨夜、あの男が自分を欲しがったら、きっとおとなしく従っていただろう。いずれにしろ、この身体はもはや自分のものでもない、どんなふうにでも好きにさせてやればいい。身体中汚穢《おわい》に塗れた醜い乞食に、自ら望んで身体を捧げることなどできるものではない、しかしそういう不可能なことだけが試す価値のあることなのだ。

二

秀米は普済の家に帰ってきた。彼女が最初に感じたのは、屋敷がいっぺんに狭くなってしまい、記憶の中のあの大邸宅からすると、あまりにもひどくみすぼらしい姿になっているということだった。屋敷周りの塀は重さで傾き、塀に塗られたしっくいは、めくれてささくれ立ち、硬く尖って、まるで南京黄櫨《なんきんはぜ》の葉っぱのようにも、一面にびっしりと止まった大小の蝶々のようにも見えた。廊下の木の柱、柱を支える扁平《へんぺい》な土台石、それらも一様に裂け目が走っていた。びっしりと黒い塊となった蟻が塀に作られた蜂の巣を占領しており、長いうねうねとした蟻の列が壁を這い上がっていた。

中庭では鶏やアヒルが増えて、そこら中を駆け回っていた。東側の廂房《シャンファン》（母がそこで最後の息を引き取ったのだ）の内壁はすでに取り壊され、樺か槐《えんじゅ》の丸木を組んだ柵ができており、中にはぶちのある白い年老いた雌豚が寝そべっていた。豚の柵の中をちらちらと見ると、母が枕元に貼っていた観世音像がまだ剥がされずに残っていた。母豚はすでに出産を終えていた。人の足音を聞きつけて、中を駆け回っていたまだら模様の子豚たちが急に立ち止まり、耳をピンと立ててまったく動かなくなった。

赤茶けた頭の大きなガチョウまでもいて、ちょうど胸を突き出してゆったりと石段を降りていくところだった。見ていると、ガチョウは身体をやや縮め、ぶっと音を立てて柔らかな糞《ふん》を放《ひ》り出し、それが石段に沿って流れ落ちていった。

ああ、なんということ——秀米は首を振り、ため息をついた。こうした新しく加わった小動物たちはたぶん喜鵲《シーチュエ》の傑作なのだろう。そう考えながら、彼女は後院《ホウユエン》のほうに足を向けた。

後院の竹林にはアヒルの小屋が新たに作られてあったが、それを除くすべてが基本的に元の姿を維持していた。庭にかかる階段はうら寂しく、樹影が揺れ動き、雀が閣楼《ゴーロウ》の鋳鉄の欄干に一列になって止まっていた。

喜鵲はもしかしたら彼女の出獄の知らせを知っていたのかもしれない、庭はきれいに掃除され、腐った木の葉や干からびた青草が塀の隅に積み上げられていた。滑り止めのために、閣楼の階段の上には薄く砂が撒かれてあった。彼女は東側の腰門《ヤオメン》に目をやった。十数年前、父がこの門から出ていったのだった。彼女にはこの狭い門が自分の記憶の中の最も枢要な鍵のように思えた。これまで何度も繰り返し、あの陽光の降り注ぐ午後のことを回想し、その中から一つの答案を探し出して、飛ぶ如くに流転する光陰の秘密を解き明かそうと思ってきた。門の脇にはボロボロになった布傘が一本元の位置のまま置かれて、傘の骨が剥き出しになっている。彼女ははっきりと覚えていた。あの年父が出ていくときに、その傘を手に取り広げてみようとして、彼女のほうに向かって決まりの悪そうな笑いを浮かべ、最後のひとことを残したのだ。「普済にもうじき雨が降るぞ」と。こんなに長い年月が経って雨風に打たれてきたのにもかかわらず、その傘は父が出奔したときよりも、さらに朽ち果てているようには見えなかった。

喜鵲はどこに行ってしまったのかわからないが、屋敷はすっかり静まりかえっていた。彼女は一人で閣楼に上がり、部屋の戸を開けた。やはり昔のままだった。よく馴染んでいた黴《かび》臭さは変わらなかったが、ベッド脇の箪笥に長首の白い磁器の瓶が一本増えていて、瓶には摘んだばかりの蓮の花が生けられてあった。どういうわけか、その花を見ているうちに、涙がまた流れてきた。

喜鵲が戻ってきたとき、秀米はぐっすりと眠りについていた。

喜鵲は朝とても早く、隣村に立つ市《いち》に籠いっぱいの卵を売りに出かけたが、一つも売れなかった。昼になって、彼女は大玉の楊《ヤン》の嫁に会った。嫁は喜鵲の前に近寄り、低い声で、「校長が戻ってきたわよ」と言った。その十日以上も前に、喜鵲は秀米が間もなく出獄するという消息を聞いていたが、本当に彼女が帰ってくると、やはりいささか気が動転してしまった。彼女は手で籠の卵を覆って、急いで戻った。村はずれまで来ると、渡し場の船頭譚水金《タン・シュイジン》がちょうどこちらに向かってやってくるところだった。

彼は背中がいっそう曲がっていた。両手をうしろに組んで、顔を曇らせ、遠くから彼女にひとこと投げかけた。「あの痴れ者が戻ってきたのかい?」

それからさらに数歩近寄り、またこう言った。「あの人は一人で帰ってきたそうだが？」

喜鵲は当然、彼の言葉に込められた意味がよくわかった。最初に言ったことは、息子譚四《タン・スー》の惨死について今なお深く傷ついているという意味で、次に言ったことは、秀米のおなかにいたあの子についてとても気にかかっているというのを伝えているのだ。秀米のわずかに膨らんでいた下腹は、水金の残りわずかとなった命のただ一つの頼みの綱だった。しかし、彼女は一人だけで帰ってきた、ということは、あの子はいったいどこに行ってしまったのか。

家に帰りつくと喜鵲は厨房の中に閉じこもり、ずいぶん長い間激しい息遣いのままでいて、後院の閣楼に行って秀米に会うことはためらわれた。動悸がまったく収まらなかった。結局のところ、これまでかなりの年月秀米と単独で会うことはなかったのだ。特にここ数年、秀米は自分とまともに目を合わせようともしなかった。

夕暮れになって、喜鵲は麺を一碗作って閣楼に持っていった。戸を開けて中に入るとき、勇気を奮い立たせるため、歯をむき出しにしたり目を怒らせたり、さまざまな怖い顔を作ってみた。しかし秀米はぐっすりと眠っていた。喜鵲に背を向けるような形で横たわり、服も靴も脱いでいなかった。喜鵲は椀と箸を箪笥の上に置いて、息を堪《こら》え、一歩一歩ゆっくりと退きさがり、戸を閉めて階段を降りた。

その晩喜鵲は夜通し厨房にいて、風呂の湯を沸かし、湯が冷めてはまた沸かし、主人が降りてきて風呂を使うのを待ったが、閣楼はその夜一度も灯が点らなかった。翌朝早く、彼女が抜き足差し足閣楼に上がると、驚いたことに、秀米は依然としてこちらに背を向けたまま、ベッドに横たわって熟睡していた。お椀の麺はいつの間にかきれいに食べられていた。彼女が椀と箸を片付けたとき、椀の下に字がいっぱい書かれた紙が置かれてあるのに気づいた。閣楼を降りてその書き付けを逆さにしたり横にしたりして、目がチカチカするほど見つめたが、何が書かれているのかはさっぱりわからなかった。気持ちがしだいに重くなっていった。自分が文字を読めないことを、秀米は忘れてしまったのかしら、そうだとすると、あの人の瘋癲《ふうてん》の病は少しも良くなっていないのだ。しかし喜鵲は主人がその紙に何か重大な、自分にすぐやってほしいことなどを書き付けたのではないかと気が気でなかった。長いこと考えあぐねて、その書き付けを持って丁《ディン》先生の家に行くことにした。

丁樹則《ディン・シューゾー》が病で寝こんでから、すでに六ヶ月以上も経っていた。みんなからは油が尽きて灯火が消えるだとか、小麦の収穫まで持つまいとか言われてきた。しかしその年の新麦が刈り取られてから、新しく打たれた麺を味わうこともできた。身体がよくなっていくわけではないものの、それ以上ひどくなることもなかった。彼はまるで大きな海老のように身体を曲げて寝床に横たわっており、口からだらだらと涎《よだれ》を垂らして竹の莚《むしろ》をぐっしょり濡らしていた。

彼は喜鵲が持ってきた書き付けを読んでみて、喉を鳴らして唾を飲みこむと、彼女に向かって指を三本立てて見せた。

「三つのことが書かれておる」丁樹則の歯はほとんど抜け落ちていて、何か喋ると風が漏れるような音を立てた。「初めの話は、私はもう口を開けて話すことができない、ということ。つまりな、あの子はもう口がきけない、話ができない、というわけじゃ。これが初めの話じゃ」

「あの人はどうして話せなくなったんでしょう?」喜鵲が訊ねた。

「それはなかなか難しい」と丁樹則が言った。「紙にはっきりと書いておるんじゃ、私はもう口を開けて話すことができないってな。よく言われてるじゃろ、衙門《がもん》に一たび入らば深きこと海の如しと。あの子が生きて戻ってこられただけでも、良しとしないといけない」

「それはね、つまり」と丁先生の奥方が傍から口を挟んだ。「人が牢屋に入れられたら、各種各様の刑罰や責苦を受けなければならなくなるの。口をきけなくするのも、刑罰の一つというわけね。簡単なことよ。もし不注意で自分の耳糞を口に入れてしまったら、それだけで口がきけなくなっちゃうくらいだからね」

「そのほかには、どんなことが書いてあるんですか?」

「二番目の話は、前院《チエンユエン》はおまえのもの、後院は私のもの、ということじゃ。これはな、あの子はおまえと家を二つに分けたいということ、陸《ルー》家の大邸宅を二つにするんじゃ、前のほうはおまえ、後ろのほうはあの子、井水《せいすい》は河水《かすい》を犯さず[195]じゃ。そして最後に書いてあるのはな……後院の竹林に作ったアヒルの小屋を取り壊してくれということ」

「あの人は、きっとあたしをとっても恨んでいるんでしょうね。このお屋敷をまるで豚囲いみたいにしちゃったうえに、鶏やらアヒルやらいろんな家畜を飼ったんだもの」喜鵲は顔を曇らせた。

「あの子は、あんたのことを恨めるわけがないわよ」と先生の奥方が言った。「お屋敷の土地田畑はあらかたあの子が売り払って何も残ってやしない、それにお屋敷に蓄えもなかったんだから、あんたが女の身空で、家畜でも飼わなけりゃ暮らしていけるわけがないでしょうに。それにね、あの子が刑期を終えて出獄したって、ほとんど廃人みたいなもので、手に持つ力もなく、肩に担ぐこともできないんだから、あんたに頼って養ってもらうしかないのよ。かまうことなんかないわ。お屋敷の前院を分けてくれるっていうんだから、あんたの好きなようにやっちゃえばいいのよ。何を飼おうが気にするこたあない、鶏やアヒルなんてもちろんのこと、この際いい男でも入れたらどうなの、あの子に口出しできるものですか」

　こういう話を聞いて、喜鵲は耳元まで真っ赤に染まった。

その後数日間にわたって、毎日喜鵲は丁樹則の家に通い、先生の奥方の言い方によれば、「あと少し経ったら、我が家の敷居はあんたに踏まれて平らになっちまうわ」というほどだった。

　紙に書かれてあったものの中には、喜鵲が市に行ったときに買うようなもの、たとえば筆、硯、墨、紙のようなものもあれば、日常の細々《こまごま》としたこと、たとえば「馬桶《マートン》が水漏れ、速やかな修理を乞う」とか、「昨夜のスープは少ししょっぱかった、薄味にできないか」「閣楼の掃除は毎日するに及ばず、十日に一度で結構」などもあった。さらに、「鶏たちが夜明けになると一斉に鳴き出す、煩《うるさ》い、煩い、煩い、どうしてみんな殺してしまわないのか」というものまであった。

　丁樹則はこの最後の書き付けを読んで苦笑いをした。「あの子はやっぱりおかしくなってるな。ときを告げるのは雄鶏で、雌鶏は鳴けない、全部殺す必要なんてない。どうやら革命党のお人は昔の癖から抜け出せないようじゃ。雌鶏は残しておいて卵を産ませればいい、雄鶏はもし潰すんなら、スープにして届けておくれ」

　翌日、喜鵲が鶏スープを持っていくと、丁先生はこう言った。「あの子は雄鶏の鳴き声がわかるということは、耳は悪くないわけで、ただ口がきけないというだけじゃ。これからもし何かあったら直接あの子に訊くことじゃ、わしのところに字を書いてもらいに来る必要などない、この老いぼれの身体はこれ以上おまえたちにこき使われたら、もうおしまいじゃ」

しかし最も奇妙だったのは、次のような書き付けだった。「以下の物品を速やかにすべて揃えてもらいたい。年を経た糞汁若干、硫黄《いおう》若干、池の泥若干、大豆の搾りかす若干、活きた岩蟹数匹」

丁樹則はこれを読んで、まず苦笑いし、それから首を振った。「あの子はこんな何の脈絡もないものをどうするつもりなんじゃろう？」

先生の奥方もよく意味がわからず、ため息まじりにこう言った。「もし何でもかんでもあの子の言うことを聞いていたら、明日にでもあんたに空に上って星を摘んでこいとか言いだすかもしれないわ。あたしに言わせれば、あの子なんか端《はな》っから相手にする必要などないのよ」

しかし喜鵲はやはり彼女を満足させるよう密かに決心していた。

喜鵲は池に入って泥を掬おうとしてつまずき、危うく溺れるところだった。やっとの思いで岸に這い上がったが、もう二度と池に入る勇気はなく、屋敷前の暗渠からこわばった泥を少しばかりかき集めて、水で薄め、麺を打つ要領で捏《こ》ねてそれらしい柔らかさと粘つきをこしらえた。ちょっと見たところ、池の泥と瓜二つだった。大豆の搾りかすは簡単で、村の西の豆腐屋ですぐ入手できた。糞汁はといえば、糞壺から柄杓で適当に掬って間に合わせられたが、どんなに嗅いでみたところで、それが今年のか年を経たものかなどわかるはずがなかった。活きた岩蟹に至っては、農地の用水路にいくらでもいたから、村の子どもらを集めて頼んだところ、すぐにカワエビ獲り用の籠に溢れるほど獲ってきた。一番面倒だったのは、あの硫黄とか何とかいうもので、彼女は何人もに訊き回り、薬局の人にまで訊ねてみたが、いったいどんなものやら見当もつかず、最後にとうとう爆竹を幾らか買いこんできて、中を開けて火薬を取り出し、黄砂を混ぜ合わせて「硫黄」だということにした。喜鵲はこれらのものを取り揃えて、後院の閣楼脇の石段にきちんと並べ、前院に戻って戸の隙間から閣楼の動静を観察することにした。強烈な好奇心で、彼女はこのことの成り行きを見届けずにはいられなかったのだ。午後になって、秀米が寝ぼけ眼《まなこ》で降りてきて、これらの珍しいものを見つけると、匂いを嗅いだりしていたが、やにわに腕まくりをし、子どもみたいにひどく興奮しているのが見えた。

　秀米は実は、蓮を植えたかったのだ。

　屋敷ではもともと甕《かめ》二つに蓮を植えていたが、その甕は口が大きくて深い青花瓷《チンホアツー》[196]だった。宝琛が世話をするようになってこの方、毎年六、七月には花が開いた。大奥さまが健在だったころ、よく蓮の葉で蒸肉や蒸餅を作ったもので、喜鵲はまだうっすらと蓮の葉の香りを思い出すことができた。冬、雪の降る前あたりになると、宝琛が甕の上に木枠を嵌《は》め、稲草を厚く積み上げて蓮の根の養生をしている姿を、彼女はよく見かけた。

　宝琛が普済を離れてから、その二つの甕は誰も世話をするものがなく、喜鵲は蓮の花などとっくに枯れてしまっていると思っていた。今年の初夏になって、彼女が閣楼の部屋を掃除したとき、甕の中で痩せた蓮が赤い小さな花を咲かせているのに、ふと気づいた。蓮の葉もちらほらと、悪臭を漂わす黒い水の上に浮いていた。葉のふちは巻き上がったり、欠けたりしているものの、鋸状のぎざぎざの模様が周囲を縁取っていた。夥《おびただ》しい数の亀虫が甕の中からわいていて、近寄ると猛烈な音を立てて飛びあがり、顔にぶつかってきた。その唯一の蓮の花は喜鵲が摘み取り、長首の白い花瓶に生けた。

秀米はこの二甕の蓮を育てようとしていたのだ。見ていると、秀米は大豆の搾りかす、池の泥、「硫黄」を木のたらいに入れて、糞汁を混ぜながら調合し、それからそのたらいを日当たりのいいところに持っていって、陽光に晒した。その後でまた甕のところに行き、甕いっぱいの虫どもを追い払いながら、雑草を抜き取り、甕の中に残っていた汚水を柄杓で汲み出した。着ているものはびっしょりで、息遣いも荒く、顔にまで点々と泥の跡が付いていた。

陽が山に沈むころ、喜鵲はついに堪えきれなくなって、裏戸をくぐり出ると、閣楼に手伝いに向かった。秀米はたらいの新しい泥を蓮の根茎に敷いているところだった。秀米は彼女が来たのを見て、そばにあった木の桶を足で蹴り、もう一度彼女に目をやった。喜鵲はすぐに秀米の思っていることがわかった、池に行って水を汲んできてほしいというのだ。彼女は思い切り駆けて水を汲んできた。秀米がそれをゆっくりと甕の中に注ぎこむのを見て、彼女は「こんなこと、役に立つんですか？」と思わず言ってしまった。

もちろん、秀米からは何の答えもなかった。

それから一ヶ月ほど経って、喜鵲がまた後院を訪れ、花甕に近寄ったとき、驚いたことに、新しい蓮の葉が二つの甕いっぱいにびっしり広がっているのに気づいたのだ。それらはたっぷり掌ほどの大きさがあり、艶やかな深い緑で肥えていて、葉の間から満開の花が見えていた。甕の一つはうっすらと白い花で、もう一つは深い紅、どちらも淡く清らかな香りを漂わせていた。喜鵲は暗くなるまで甕の傍に立ちつくし、いつまでも離れられなかった。ずっと前に宝琛から聞いていたが、この二つの甕の蓮は旦那さまが数十年も育ててきた古い根の珍品だという。今こうして見ていても、やっぱり人を惹きつける愛らしさが感じられた。あの数匹の岩蟹は蓮の葉の上をくるくると動き回り、花の茎を震わせている。風がよぎると蓮は揺れ、優しい音を立てた。

翌日の朝、喜鵲が閣楼の掃除をしていると、卓の上に一枚の書き付けがあるのを見つけた。彼女はそれを持って丁樹則に見せに行ったが、丁先生は笑って彼女の頭を撫で、「馬鹿な子だね、これはあの子が気の向くままに書いたもので、おまえには何の関係もないよ」と言った。

喜鵲はそれでも何と書いてあるのか訊ねた。丁先生はこう言った。「書いてあるのはな、芙蓉、芙蕖《ふきょ》、水蕓《すいうん》、澤芝《たくし》、蓮、苓《りょう》、菡萏《かんたん》などの類で、みんな蓮の名前じゃ。そしてこの錦辺、銀紅、露桃、雪肌、酒金、小白というのは花の名でな、みんな読書人の戯れ、憂さ晴らしの手慰みじゃよ。おまえにはまったく関係ないもんじゃ」

それからまたしばらくして、丁先生は髭を扱《しご》きながら吟じた。「時花香草、古来美人の名あり、品性を養うのみならず、人語をも解す。蘭は幽谷《ゆうこく》より出《い》で、菊は田圃《でんぼ》に隠る、梅は香雪を山嶺に堆《たい》し、竹は清芬《せいふん》を窓舎《そうしゃ》に揚《あ》ぐる。独り荷《はす》のみ泥土に辱《じょく》し、汚淖《おどう》に淪《りん》す、然《しか》れども其れ汚泥より出でて染まらず、その品修潔《ひんしゅうけつ》にして、その性温婉《おんえん》、秀米の嘉蓮《かれん》におけるは、蓋《けだ》しその身の上の舛乖《せんかい》に因《よ》らんや。然《しか》りと雖《いえど》も吾その志を観るに、寂然《せきぜん》として隠遁の意あり、嘆くべし、嘆くべし」[197]

喜鵲はためらいながらもこう言った。「丁先生のお話は、この喜鵲にはまったくちんぷんかんぷんです」

そういう喜鵲を見ながら、丁樹則のその暗く濁った老いの目に緑の光が宿った。彼は喜鵲にしばらく見入って、ゆっくりとこう言った。「もしわしの言葉をわかりたいと思うなら、そんなに難しいことじゃない」

喜鵲は彼の言っている意味がわからず、身を捩《よじ》って丁先生の奥方のほうを見た。奥方は解釈してこう言った。「あんたは一日中、何かあるたびに慌ててうちに飛びこんできて、あの子がちょっと書きなぐったようなものを、天子様の詔《みことのり》よろしく捧げ持って見せるわけだけど、これからずっとこんなことばかりしていたら、あんたも疲れるし、あたしらだってたまったもんじゃない。ちょっと言いにくいことだけど、うちの先生が西に旅立ってしまったら、あんたまさか墓を掘って棺を断ち割り、この人に出てきてもらって解説させるわけじゃあるまいね。昨夜あたしたちは相談したのよ、うちの先生があんたに文字の手ほどきをしてやってもいいんじゃないかって。うちの先生はたいへんな学識なんだよ、あんたが秀米の書いたものを読めるようになるまで、半年一年もかかりゃしないわ。どうだね？」

喜鵲は竹のベッドに横たわるがりがりに痩せた汚らしい老いぼれのほうをちらりと見て、それから床いっぱいに吐き散らされた痰《たん》の痕にも目をやると、身の毛のよだつ感じがして、思わず嫌悪の表情を浮かべてしまった。奥方は自分のほうを瞬きもせず見つめている。彼女はしかたなく、「少し考えさせてください」と言った。

すると意外にも奥方が急に腹を立てた。「何を考えるって言うの、丁先生は天地を覆うほどの才能をお持ちで、もし世が世なら、とっくに宰相なんかにおなりのはず、神仙の域にも達しておられるのよ。今その方があんたに教えを授けるっておっしゃってるんだから、これはもう幸運と言うものなの、こんないい話は、金の草鞋《わらじ》を履いて探したって見つかるもんじゃないわ。もし嫌だって言うんなら、金輪際《こんりんざい》我が家の敷居はまたがせないよ！」

喜鵲は奥方が顔色を変えたのを見て、すっかり慌ててしまい、訳がわからぬまましかたなく承諾した。しかし床一面に痰が吐かれていて、師への叩頭の礼などできるものではなかったから、わきに立った奥方に頭を押さえつけられ、丁先生に三回お辞儀をするだけで入塾の拝礼の儀式に代えた。師への拝礼が済んだとたん、丁先生はものすごい形相になって、がばっと起き上がり、壁に寄りかかってその場に座ると、声高らかに宣言した。

「書や文字を教える場合、ふつう学費を徴収するものじゃ。いわゆる束脩《そくしゅう》じゃが、おまえには蓄えなんぞないじゃろうから、わしもそんなことには拘らない、ただな、毎日雌鶏の産んだ卵の中から、大きいのを持ってくるんじゃ、多くはいらん、毎日一つ二つでいい」

喜鵲はまったく納得がいかないまま丁先生の家を後にし、まっすぐ隣の花二《ホアアル》おばさんのところに行った。このことを相談したかったのだ。花二おばさんはちょうど窓辺で糸を紡いでいるところで、紡ぎ車を回しながら喜鵲の悩みを聞いた。そして笑ってこう言った。

「毎日卵を一つだって？　あの老いぼれ妖怪の考えそうなことだわ。俗に、人生の誤りは文字を知ったときに始まるって言うでしょ、この世で生きていくには、着ること食べること以外に、何も大事なものなんかありゃしない。あんたみたいな女の身空で、科挙の試験を受けるわけでもないんだから、そんなことを悩んでもしかたないわよ。あたしが思うに、あいつの言うことなんかやっぱり相手にしないほうがいいね」

花二おばさんの家を出ると、彼女は孟婆《モン》さんの家にも寄った。孟婆さんは何と言っても彼女の親戚筋でもあり、若いころに少しばかり文字を学んだこともあったから、当然のことながら花二おばさんとは見方が違っていた。孟婆さんはこう言った。「文字を学ぶのは悪いことじゃない。少なくともこれから子豚を売るにしたって、帳簿を付けたりなんだりで使えるわけだし。あいつが学費じゃなく、月に三十個の卵と言うんなら、高いと言うわけでもない。あの丁樹則は息子も娘もなく、この数年はほとんど仕事もなかったから、実に哀れなもんだった。あたしはあいつがとっくに卵の味なんか忘れてしまってると思うね」

孟婆さんがこう言ってくれたので、喜鵲は気が楽になった。そのときから、雨の日も風の日も、彼女は丁先生の家に文字を学びに通った。初めの一、二ヶ月は何ごともなく過ぎていったが、ときが経つにつれ、喜鵲にはまたもや悩み事ができてきた。丁樹則が何かにつけてあの汚らしい手で彼女の頭を撫でるばかりでなく、ちょくちょく何気ない感じで身体のあちこちに触ってくるのだ。最初は年長者の面子もあろうと声もあげなかったが、やがて、ますます度を超えた振る舞いとなり、話している最中にも怪しげな言葉で彼女をからかうようになった。そういう顔が赤くなるような話は、意味がよく摑《つか》めないことも多かったが、話しているときの先生の様子から、どんなことなのかは完全にわかった。彼女は奥方が有名なやきもち焼きだと知っていたので、告げ口したら面倒なことになるのは明らかだし、他の人に知られたら笑われるに決まっているから、ひたすら我慢して、何を言っているのかわからないという素振りでやり過ごしていた。あるとき、丁樹則は陸の大奥さまと張季元の仲について話をしはじめ、際どい場面を語っていくうちに、ぱっと彼女の手を握り、いつまでも撫で回して、かわいい、かわいい、としきりに声をあげた。

喜鵲はどうしようもなくなって先生の奥方に訴えでたのだが、奥方は彼女の話を聞くと、なんとくっくっと笑いだしたのだ。「おまえの先生は半分棺桶に足を突っこんだような人だよ、ちょっとぐらい触られたって、適当にあしらえばいいの。あんまり度が過ぎない限り、あの人の好きにさせておやり」

三

その閣楼は太湖石を敷いた地面の上に建てられていた。閣楼の西側はやや低く、六角のあずまやが一つある。あずまやの周囲には柵が設けられている。亭内には石の卓と腰掛けのほかに、何も置かれていない。あずまやの左右の柱には父が昔記した対聯《ついれん》が刻まれている。

坐對當窗木　看移三面陰
（窓の木を前にして座っていると、日が移ろって三面が陰となっていくのが見える）

秀米は獄を出てから、たまに外の草花の世話をするほかは、日々あずまやに書を積んで時を過ごした。何も気を遣《つか》うことのない蟄居《ちっきょ》生活は彼女に想像通りのやすらぎをもたらした。書を読むのに飽きたら、石卓《せきたく》に顔を伏せてしばらく休む。午後の時間が流れると、西側の塀にゆっくりと影が移ろっていくのがわかる。こういう日々が続いていくうちに、彼女は塀に映る影の移ろいで時間が測れるようになっていった。

日時計と同じで、影で時間を判断するには、季節、ときの移り変わり、昼夜の時間の長さなどをすべて考慮しなければならない。かつて父は塀に映る光の影と季節と時間の移り変わりの関連を対照表にまとめていた。それは父の夥しい遺稿の一部で、宝琛によって丁重に冊子として装丁されていた。

仮に光の影が塀のそばに植わっている植物、たとえば立葵《たちあおい》や芭蕉、あるいは枇杷《びわ》の枝などにかかると、時間は正確に測ることができない。植物は毎年生長し、咲く花の数や大きさも異なっているからだ。もし本当に正確な時間の変化を測りたかったら、最も簡便な方法は砂時計を使うことだ。しかし父はそうしなかった。時間に対しのめりこむような研究をするのは、寂寞《せきばく》の中にいる人だけだ。もし内心の苦悩に苛まれて何も手につかないとすれば、そういう人も同じだろう。

父を悩ませたのは、曇りや雨になると、時間がめちゃくちゃになってしまうことだった。夜明けの薄暗さは黄昏《たそがれ》にも近かったし、秋のとある午後の暖かな陽射しは、のどやかな春四月に身を置いているような錯覚を起こさせた。目を覚ましたばかりで、大脳がまだ失神状態にあるにもかかわらず、あずまやの周囲の風物がすぐさま今の時間を判断するよう迫るようなときは、特にそうだった。

数え切れないほどあった夜、父はいつもこの小さなあずまやに腰掛け、夥しい数の星の群れを眺めていた。そして定まった位置にある恒星に名前をつけることを試みていた。そうした名前はまったく取りとめのないもので、花もあれば動物もあり、家族や知人の名前までも使われていた。たとえば遺稿のある頁に、父は次のような記述を残している。

宝琛と雌豚は河を隔てて望みあっており、その間に茉莉、丁樹則、余（つまり父）および山羊星四つがある。余は初めあまり明るくなく、識別が困難なほどだ。茉莉、山羊、丁樹則は品の字の形を呈している。宝琛と雌豚はそれぞれ南北に位置して燦然と輝き、まさに星たちの王たるものだ。

父の遺稿の中では、時間に対する微細な感覚が相当大きな紙幅を占めていた。彼の見解では、時の移り変わり、植物の盛衰、季節の変遷、昼夜の交替などが時間の網を織りなしていて、表面的にはなんら変わらぬように見えて、本当は一人一人の異なった感覚に依拠しているのだという。たとえば一時間という長さは、睡眠中の人からすれば実際は存在していないが、難産に苦しむ女からすれば、果てしなく続くほど長い。しかし睡眠がその一時間の中で夢を見させたとなると、それはまた別に論じなければならない。父はこう書いている。

今日見た夢は、どこまでも果てしないものだった。夢で見たのは今の世のものではない。

前世だったのか、来世だったのか、桃源だったのか、普済だったのか。目覚めたとき、驚き、悲しみが湧き起こってきて、思わず涙を流した。

父が塀に映る樹影を静かに眺めるとき、時間はそこに凝固しているように思えた。それは「一寸ほどの移ろいに百年もかかっている」かのようで、石卓に伏せってまどろめば、「にわかに黄昏が一気に降臨し、冥闇《めいあん》に覆われて露が衣裳を濡らし、今夕がいつの夕べなのかわからなくなる」という。星辰の観察、光陰の記録のほかにも、大量の雑記、詩詞、歌賦や筆のすさびに記したような意味不明の片言隻語《へんげんせきご》があった。遺稿は光緒三年[198]臘月《ろうげつ》八日で終わっていた。父は最後に次のような数行の言葉を書きつけた。

今夜は大雪なり。光陰は混沌とし、蜘蛛《くも》の糸の如く乱れている。奈何《いかん》せん、奈何《いかん》せんや。

あずまやと向こう側の塀との間に狭く小さな荒地があって、父はかつてそこに花園を作っていたのだが、今では、喜鵲が開墾して葱《ねぎ》、大蒜を一畝、韮《にら》を一列栽培していた。ただ木陰に作られた頭《と》巾薔薇《きんいばら》の棚だけは元のままだった。しかしそれも木枠ができあがらないうちに頭巾薔薇が枯れてしまい、蔓だけが木枠の間に延びて、風に揺れていた。

ほとんど毎日昼になると、喜鵲はこの後院に来て葱や大蒜を摘んだ。彼女は畑に腰をかがめたときに、いつもあずまやのほうに目を向けた。もしも秀米がちょうどこちらを見ていたりすると、喜鵲はとても嬉しそうに微笑んだ。彼女は顔色が艶やかで、歩き方はとても早く、風のようにやってきてはまた風のように去っていった。まるでふわりと現れては消える影みたいで、永遠に疾走しているかのように思えた。彼女は葱や大蒜を採ったり、柴小屋に薪を取りに行ったりするほかに、ときには閣楼に上って秀米の部屋を掃除したり、また市が立てば、秀米に花の種や苗を買ってきたりもした。

黄昏が訪れ夕陽が西の塀に移り、塀の上の雑草や蔓を真っ赤に染め上げると、秀米は閣楼から下りてきて、頭巾薔薇の棚と竹林、柴小屋に囲まれたあたりにひっそり入っていく。庭の石段には長く掃除の手が入っておらず、雨に打たれた腐葉が一面に散り広がり、あちこちに深緑の蘚苔《せんたい》が蔓延《はびこ》って、翠《みどり》に彩られた静寂があたりを覆っている。

甕の蓮の花が萎んだあと、秀米は秋菊が欲しいと思ったが、残念なことにどこを眺め回しても何もなく、ただまがきの片隅に野菊の叢《くさむら》が少し見えるばかりだった。それは単葉で萼《うてな》がびっしりと細かく、ジャスミンのように薄い白か黄色の花だが、香りはまったくなかった。秀米は注意深くその一叢《ひとむら》を掘り起こして陶器の盆に移し替え、閣楼の下の日陰において、細心の気配りで養生に努めたが、何日もしないうちに枯れてしまった。庭には小嫁菜《こよめな》、南天、燕草《つばめぐさ》、鵯花《ひよどりばな》、蓬《よもぎ》などといった草花がそこら中で見かけられた。王世懋《おう・せいぼう》[199]は『学圃雑疏《がくほざっそ》』の中で柴菊、観音菊、繍球菊などの名称でこれらの草花のことを著していたが、菊の名をつけてはいるものの、それらは菊ではない。しかも晩秋になって、花はすっかり終わっていた。日々の観察をしているうちに、庭園でちょうど実を結んだ大きな石榴《ざくろ》と二株の木犀《もくせい》、一叢の鶏頭《けいとう》の花のほかに、東側の塀の傍、柴小屋の向こうの鳳仙《ほうせん》花《か》の群れが最も鮮やかに見えた。

その鳳仙花はいつも世話をされてきたわけではなく、赤い根茎が地面から剥き出しになって、葉っぱも鶏に齧《かじ》られて鋸の刃のようになっており、死にかかったようなありさまだった。秀米は黄土を持ってきて細かな砂を混ぜ込み、花の下に敷きつめ、米のとぎ水を注いで、鶏糞と大豆のしめかすを肥料にし、石灰水でミミズを駆除した。こうしてあれやこれや苦労して一ヶ月ほど世話をしているうちに、黄金の風が爽快さを届ける秋霜《しゅうそう》の時節となり、果たして鳳仙花の黄色かった葉は緑になっていった。そして一度冷たい雨が降った後、ついに花が開いた。最初は小さくちらほらとしか咲かず、なんら目を引くこともなかったが、秀米は毎日夕暮れどきに萎んだ花や未熟な蕾を丁寧に取り除き、花の支えに竹を挿したりもした。すると花はしだいに密になり、蕊《しべ》と萼《がく》が次々に重なっていき、球状になって枝にたわわに咲き、妖艶なほどの美しさを呈した。

こうした日々、秀米は花の棚の下に屈みこんで長い時間過ごした。ぼんやりと惚けたように、何ごとか考えに耽っているようだった。白露《はくろ》[200]の日、秀米は濃い茶をたくさん飲んでしまい、眠れずにベッドで何度も寝返りを打っていた。夜中になり、思いきって衣を羽織り、閣楼を降りて、灯りを手に取り鳳仙花のあたりを見た。夜風に吹かれて花の枝が微かに震え、寒露が点々と降りていた。青い茎と赤い花の下、塀との間に広がっていたのは昆虫の出没する世界だった。ブヨ、コオロギ、テントウムシ、蜘蛛、カマドウマなどが動き回り、羽を広げたり震わせたりしてたいへんな賑わいだった。秀米はすぐにこういう小さな虫たちに夢中になった。一匹のコガネムシが仲間の背中に乗っかって、花柄《かへい》に這い上がり、さらに上に登っていくのも見えた。そして数え切れないほどの蟻たちが大きな花弁を担ぎあげて、あたかも花輪を掲げた長い葬列のように、何度も止まりながら進んでいっていた。

虫たちの世界は孤絶していたが、人間の世と同じく、すべてが揃っていた。もし一匹のゲンゴロウが地面いっぱいに散り落ちた花弁に行方を遮られてしまったら、そういうとき、虫もまた武陵源の漁師のように、桃源に迷いこんでしまうのだろうか。

彼女は自分も花の間で道に迷った蟻だと思った。生命の中の一切はみな微小で瑣末《さまつ》で、意義がない。しかしそれでも無視することはできず、忘却することもできない。

秀米は小さいころ、よく翠蓮《ツイリエン》が鳳仙花を陶の鉢に取って明礬《みょうばん》を少し加え、磨り潰すと、壁際の椅子に寄りかかり、足を組んで爪に塗っていたのを覚えている。爪を染めながら喜鵲に「今日はお茶碗を洗ってね、あたしは爪を染めちゃったから、水を弄《いじ》れないのよ」と言っていたものだ。

母が鳳仙花のことを「癇癪《かんしゃく》持ち」と呼んでいたのも覚えていた。それは鳳仙花が、霜が降りるとすぐ青梅のような実を結び、皮を剥くと黒い粒がぱっと飛び散って、皮が拳みたいに丸まるからだった。母はその丸まった皮を彼女の耳たぶにつけて耳飾りにしてくれた。二つの耳それぞれに一つずつ。母は「これがおまえの花嫁衣装だよ」と言った。彼女は母がこう話したとき、自分の耳元に温かい息が吹きかかり、とてもくすぐったかったことまで、まだ覚えていた。

ほかにも秀米は、秋が深まり鳳仙花の花弁が落ちそうになるころ、村の医者唐六《ダン・リュウ》先生が花と実とを集めに来て、酒に仕込んで薬を調合したことも覚えていた。唐六先生が言うには、干した鳳仙花で薬を調合すると、難産やジフテリアに効くということだった。しかし父は鳳仙花の薬効などまったく気にも留めなかった。父は歴代の藪《やぶ》医者はみな李時珍《り・じちん》[201]に騙《だま》されているんだと思ってい た。というのも、唐六先生の奥さんは難産で亡くなったと聞いていたからだ。

秀米は自分の先生だった丁樹則の家にも鳳仙花があったのを覚えていた。それは塀際に生えていたのではなく、盆に植えられていた。花が開いた日には、彼の濁った目がいくぶん痴呆のようになった。先生はこう言っていた。鳳仙は花麗しく骨軟《やわら》かにして、艶なること桃李の如し、美色なりといえども、一遇に身を偏らせ、自ら開いて自ら滅ぶ、宣揚《せんよう》するを事とせず、蜂、蝶も招くことなし、因《よ》りて大いに淑女の節あり……と。

わかった、こういうことだったんだ。もともとこういうことだったんだ。

こうしたあらゆる昔の出来事を、秀米は経験したことなどなかったと思い、また思い出すこともなかったが、今、一つ一つ彼女の脳裏に浮かんできていた。もともと、こうした最も当たり前の日常の些事だからこそ、記憶の中でこんなにも身近に感じられ、反駁の余地などまったくあり得なくなるのだ。ある思い出が別な思い出を導き出し、どこまでも連なって、計り知れないほど深まっていく。しかも彼女には、どの微細なひとときの記憶が自分の柔らかな心の部屋に触れ、顔を紅潮させて息遣いも激しく、涙を止めどなく流させるのか、まったくわからなかった。それはちょうど冬の炉で消えかかった炭のようなもの。迂闊《うかつ》にそのどれかに触ったら、もしかすると火傷《やけど》するかもしれない。

四

秋になって訪問客がしだいに増えてきた。そういう人たちの中には、長袍《チャンパオ》に馬掛《マーグア》という格好[202]で、顔を合わせればしきりに深々とお辞儀ばかりする連中もいれば、洋装に身を固め、胸を張って腹を突き出し、門に入るや否や、ミス、ミスと声高に叫びまわる奴らもいた。銃を帯びた武官姿の者やステッキを手に持った文士風の者もいて、ほとんどはお付きの従者がいた。このほかにボロボロの身なりの、藁の帽子で顔を隠した乞食もいた。こういうすべての訪問者たちの誰にも、秀米は会わなかった。

喜鵲はこういう人たちの名刺や書付を秀米に渡すことに忙殺された。ふつう、来客は秀米の返答を読むと、多くはため息をつきながら首を振り、がっかりして立ち去った。中には頑固な者もいて、何度も喜鵲に伝言を強要したりすることもあったが、秀米はついに返答すらしなくなった。客人は茶が冷めきり、空が暗くなるに及び、やはり仕方なく恨めしそうに出ていった。

当初喜鵲は、やはり貴賓のように接して、茶や椅子を勧めていた。客が帰るときには、主人に代わって詫びを言い、門まで見送ったりもしていた。しかし秀米は来客が立ち去ると決まって何日も食事やお茶も摂らず、顔色を曇らせ、静かに涙を流すことさえあったから、喜鵲はだんだんこうした訪問客を軽視するようになり、憎しみを募らせていった。そしてのちには、喜鵲はこういう連中に我慢できなくなった。やがて誰か来客があっても、秀米に知らせず、ただ即刻「主人はおりません」とだけ言い放つと、面会謝絶とし、すげなく門から追い出して済ますようになった。

喜鵲はこういう人たちがどこからやってきて、どんな用事があって主人に面会を求めてきたのか、また秀米はいったいなぜ、客が何者であるかも聞かず、一律に断ってしまうのか、丁先生のところに持ちこんで聞いてみることにした。

丁樹則はこう言った。「訪問客のほとんどは秀米の旧知の人間じゃろ。辛亥より前、おまえの主人と行き来のあった連中じゃ。二次革命[203]が失敗して袁世凱《えん・せいがい》[204]が一世の梟雄《きゅうゆう》になってから、南方の革命党の政客は蜘蛛の子を散らすように逃げ失せたが、中には北平に投降する者や、ほかに活路を見出す者もいた。何人かは一気に高位高官に出世し、都督やら参謀、司令にパッと変身した。他の連中はひどく落ちぶれて平民に身をやつしたり、乞食になったりする者もいた。こういう者たちが秀米を訪ねてくるんじゃろ。あの子に屋敷を出て何かやってほしいと思う者やら、故郷に錦を飾り、派手に騒ぎ立てて、自らを英雄のように見せたい者やらじゃな。もっとも中には本当に旧交を温めたいということで、なんら明確な目的もなく、旅の道すがら立ち寄った者もおるじゃろうな。もちろん、こういうのはみんな単なる口実かもしれん。あの連中が面倒も顧みず、遥々遠くからやってきたのは、なんだかんだ言っても秀米の美貌のせいに違いあるまいて」

「先生は本当に秀米の顔立ちが美しいと思っているんですか？」喜鵲が好奇心から訊いてみた。

「実のところ、秀米の容貌ほど秀でた美しさは、小生これまで他に見たことがない。あの子は屋敷に閉じこもって出てこず、世事などに関わらないのに、あんなに多くの蜂や蝶を引き寄せてしまうんじゃから」先生はここまで言うと、またこっそり喜鵲のほうを見て、彼女の片手を取り、掌にのせてぽんぽんと叩き、囁《ささや》きかけた。「じゃがな、おまえだってかなりなもんじゃぞ……」

初冬となって、音もなく降りしきった大雪とともに、ラシャの中折れ帽を被った中年の男が、道を尋ねながら普済にやってきた。見たところ四、五十歳ばかり、髭もじゃの顔で、全身、頭のてっぺんまで雪に塗れていた。短い上着を着ていたが、肩のところが破れて綿が覗いており、下は単衣《ひとえ》のズボンに薄い布靴だけだった。綿入れの上着はボタンが全部取れていて、腰回りを白い布切れでどうにか結んでいた。彼は門を入ると、やにわに大声で秀米に話があるから出てきてくれと喚いた。寒い中で暖を取るためか、さかんに足を踏みならして手に息を吹きかけていた。喜鵲はいつも通りのやりとりを演じ、二言《ふたこと》三言《みこと》で追い払ってしまうつもりだった。ところが喜鵲がまだいつものセリフを言い終わらないうちに、その人は大きな目でじろりと睨《にら》みつけ、甕が割れんばかりの大声でこう言った。「あんたはただ彼女に、俺の左手には六本の指があるとだけ伝えてくれればいいんだ、彼女はすぐ出てきて俺と会うはずだから」

喜鵲はそう言われて、しかたなく後院に向かった。

秀米はちょうど切り取ったばかりの蝋梅《ろうばい》を瓶に生けているところで、薄暗い部屋に深い香りが漂って消えなかった。喜鵲はその人から言われたことを繰り返して伝えた。秀米はまるで聞こえていないかのように、相変わらず蝋梅の花を生け続けていた。彼女は卓上に落ちた蝋梅の花や蕾を一つ一つ拾い上げ、清水を汲んだ碗の中に浮かべた。喜鵲はそれらの花が連翹《れんぎょう》のように漂い巡るのを見ながら、どうしていいかわからないでいた。

しばらくしてから、喜鵲は前院に戻り、自分で作り上げた言葉をその人に返した。「うちの主人は具合が良くなく、お客さまにお会いできません、どうかお引き取りを」

その人はその返事を聞くと怒りで髭まで振るわせた。「なんだって？　彼女はこの我輩に会いたくないと言うのか、この我輩までも会おうとしないのか、あんたもう一度向こうに行って伝えてくれ、俺は小驢子《シャオリュイズ》だ、小驢子なんだよってな！」

喜鵲はもう一度閣楼に上がり、その通り伝えた。秀米はどうやら、その驢馬《ろば》だとか馬だとかいう人物にまったく興味がなさそうだった。彼女はただ喜鵲のほうにちょっと視線を走らせ、黙りこんだままだった。ほどなく、喜鵲は降りていき、何も言わずに、来客に向かって首を振った。彼女はこの粗暴で短気な中年男がきっと雷みたいに暴れだし、大声で罵りたおすに違いないと思った。ところがこういう状況になると、男は逆に意気消沈してしまった。彼は持っていた包みを地面に投げ出すと、頭を掻いて、その場にぼんやりと立ちつくした。ずいぶん経ってからその人は手を綿入れの中に差し入れ、ぶるぶる震えながら懐からハンカチに包んだ品物を取り出し、喜鵲に手渡して笑った。「お宅のご主人は俺と会うのがよほど不都合なようだな。では俺もお暇《いとま》することにしよう。この品をどうかあの人に渡してほしい。もはや民国となって、こんな辛気臭いものを俺が持っていてもどうしようもない、お宅のご主人に差し上げることにしよう。何か緊急なことでもあれば、これを金に変えて使うこともできるからな」

喜鵲はその品を持って閣楼に駆け上がった。秀米は縫い針を使って蝋梅の花芯を一つ一つ掻き上げているところだったが、笑っているような、いないような表情を浮かべて、口元を歪めた。喜鵲は何も言わず、その品を卓上に置き、すぐ降りていった。驚いたことに、階段をまだ降りきらないうちに、秀米がそのハンカチを持って後ろから追いかけてきたのだ。しかし彼女たち二人が大広間に入ったときには、その中年男はすでに立ち去っていた。

喜鵲が投げ出されてあった包みを開けてみると、中にはなんと、二匹の干し魚、干し肉の塊、それにいくつかの筍《たけのこ》が入っていた。秀米は門の敷居の上に立って外のほうを眺めてみたが、雪がかなりひどくなっていて、その人は影すら見えなくなっていた。

ハンカチに包まれていたのは金の蝉で、ちびっ子の墓に入れたものとまったく同じだった。この世には、こんなにも瓜二つのものがあるなんて、と喜鵲は密かに思った。金蝉《きんせん》の存在は彼女にこの世界の神秘と浩大さを感じさせた。そして実は、この世のあらゆる門が自分一人に対してだけ閉ざされていて、そういう物事の始まりも終わりも、自分には知る由がないのだと思った。ちょうど彼女の主人が黙したままひとことも話さないのと同じだ。

あの中年の人は誰だったのか、どこから来たのか、金の蝉はいったいなんなのか、秀米がそれを見たとき涙を流したのは何故なのか。彼女はどうして、ご立派なお役人の家のお嬢さまであることをなげうって、革命とかなんとかをやろうとしたのだろう。しかし言うまでもなく、喜鵲は秀米の世界に入っていくことなどできなかったし、その傍まで近寄ることすら不可能だった。人々はみな何かにがんじがらめになっているように思えた。そして喜鵲は自分自身も同じだと思った。この封鎖された世界を突き破ろうとしても、真っ赤に焼けた鉄の鏝《こて》に垂れた一滴の水みたいなもので、ジュッと音を立てて跡形もなく消えてしまう。外の雪は本当に酷くなっていて、降りしきる雪片が彼女の疑問に答える気などまったくないかのように舞っていた。

【小驢子、本名周怡春《ジョウ・イーチュン》（一八六五～一九三七）、一八九八年日本に留学。一九〇一年帰国、張季元、童藍年《トン・ランニエン》らと蜩蛄会《ちょうこかい》を組織し、革命に身を投じる。一九〇五年花家舎の匪賊《ひぞく》の蜂起に成功し、翌年春に部隊を率いて梅城を攻略するも、二十七日間の戦いを経て失敗し、負傷して捕らわれる。辛亥革命後、顧忠琛《グウ・ジョンチェン》[205]の援淮軍に入り幕僚となる。民国二年（一九一二年）十二月再び花家舎に戻り、学館を設立して学徒を集める。一九三七年八月、日本軍の南京攻略の際に、鳥打ち銃を手に、十数名の学生を率いて路に立ち塞がり、日本軍の進撃を阻止。弾尽きてもなお、激しく慢罵すること止まず、身に銃弾十数発を浴びて死去】

そのころ喜鵲はすでに一定数の文字がわかるようになっていて、先生の丁樹則に言わせると、もう半分「読書人」と看做《みな》してもいいということだった。もともと彼女は毎日あの豚や鶏、ガチョウ、アヒルたちの相手をしたり、市に出かけては生地屋や米屋などを駆け回ったりしていたが、それで何も不満などなかった。しかし少しずつ文字がわかるようになってくると、また別な問題も起こってきた。

秀米が前院にやってくる回数も増えてきた。食事の支度をするときには、秀米が火を起こすのを手伝ったり、豚の世話をするときも彼女が一緒についてきたりするようになった。その年の冬、母豚がまた何頭かの子豚を産んだ。秀米は彼女とカンテラを掲げて、ものすごい悪臭の立ち込める豚小屋で一晩中出産を見守った。子豚が一匹生まれてくるたびに、喜鵲は笑い、秀米も笑った。どうやら秀米はこういう小さな生き物がとても好きなようだった。彼女は子豚の柔らかな皮膚を傷つけないように、タオルを熱いお湯に浸して絞り、血の汚れを拭き取ってやっていた。そして赤ん坊のように子豚を懐に抱き、優しく寝かしつけるのだった。

秀米は自分の衣類を自分で洗い、部屋を自分で掃除して、馬桶も自分で処理することが日常の習慣になった。彼女は野菜の植え付け、米の篩《ふる》い分け、正月の餅つき、布靴の型取り、靴底の縫い合わせからひよこのオスメスをひとめで見分けることまで、できるようになった。ただ言葉だけは喋れなかった。

ある日、喜鵲が市から帰るのが遅くなり、暗くなってから戻ったことがあった。そのとき驚いたことに、秀米がご飯を炊いていてくれて、あかりの下で彼女を待っていたのだ。顔も頭も煤だらけだった。ご飯は少し焦げていて、おかずには塩を入れすぎていたのだが、喜鵲は感謝の気持ちを表すために、目にいっぱい涙を溜めて、おなかがはち切れそうになるまで必死になって食べた。夜になって、秀米はご飯を炊いた鍋を無理やり奪って洗おうとし、最後には鍋の篦《へら》で鍋底に穴を開けてしまった。

喜鵲はだんだん、秀米が少し太って顔色もずいぶん良くなってきたと思うようになった。秀米は用事があってもなくても、笑みを浮かべて喜鵲のほうを見つめた。ただ話せないだけだ。出獄してからこのかた、秀米はこの屋敷から外には一歩も出ていなかった。花二おばさんの息子が臘月に嫁取りをするというとき、何度も人を寄越して宴席に出てくれるよう招待されたが、秀米はただ笑うばかりだった。

冬の夜、何もすることがなく、二人は大広間で向かい合って針仕事をしていた。外は北風が吹きすさんでいたが、部屋では炉の火が赤々と燃えていた。二人はときおり顔を見合わせて微笑み、雪が窓の紙に降りかかる音まで聞こえるほど静かだった。喜鵲はしだいに積もっていく雪を見ながら、ぼんやりと考えていた。もし秀米が口がきけて、話ができたらどんなによかったろう。秀米さえ良ければ、彼女は夜が明けるまで一緒に傍にいてやれる。彼女に話したいことは山ほどあるのだ。こんなふうに考えているうち、喜鵲の心に大胆な考えが浮かんだ。彼女は丁先生のもとでもう半年も勉強してきて、自分でも書ける文字が増えてきた。それらを使って言いたいことを紙に書いて、秀米に伝えてみたらどうだろう。もし自分が書き間違ったら、秀米が直してくれる。こうすれば勉強も早く進むに違いない。彼女はこっそり秀米のほうを見て、頬を赤く染めた。秀米は喜鵲が赤くなったのに気がつき、顔を上げると物問いたげな表情で彼女を見た。

喜鵲はこの考えで一晩中興奮していた。そして翌日の午後、ついに我慢できなくなり、彼女は歯を噛み締めてぱっと立ち上がると、強く息を吸い込み、どんどんと足音も高く秀米の閣楼に駆け上がって、習字練習用の紙に自分で書いた一行の文字を秀米に見せた。

喜鵲が書いたのは、次の一行の文字だ。

今晩、あなたは何が食べたいですか？　この文字は私が自分で書いたものです。

秀米はそれを見て驚いていた。彼女は喜鵲のほうを呆然と見つめていたが、どうも喜鵲が文字を書けるようになったことが信じられない様子だった。それから秀米はひどく真面目な態度で丁寧に一つの文字を書いて彼女に答えた。喜鵲はその文字を見て頭がガーンとなって膨れ上がったように感じた。彼女はその紙を手に、自分の部屋に戻ったが、どんなに眺めてみても、その文字は読めなかった。

喜鵲は少し腹を立てていた。秀米がわざととても難しい文字を書いて自分を困らせ、自分のことを笑い物にしようとしていると思ったのだ。その文字は画数がとても多く、おどろおどろしい感じだった。こんなものが読めるのは化け物だわ！と思いながらも、丁先生なら読めるかもと考えた。

喜鵲が秀米の書いたその文字を持って先生に見せに行ったところ、丁樹則は奥襟から孫の手を抜き取って、彼女の頭をどんと強く打つと、大声をあげた。

「こんな字もお前は読めないのか、間抜けめ！　これは〝粥〟じゃないか」

五

それ以後、喜鵲が文字を覚えるようにと、秀米は彼女と紙での会話を始めた。誤字や別字、文法に外れた語句などがあると、秀米は一つ一つ訂正してやった。彼女たちの会話は、作物やら飲食、花植え、野菜の植え付けなどから、もちろん市場でのことなど、日常の些事ばかりだった。最後には彼女たちの筆談はその範囲を超えていき、まったく新しい内容になっていった。たとえば、こういう感じだ。


「今日また雪が降りました」

「そうですね」

「お隣に嫁いできたお嫁さんの顔にあばたがあります」

「そうなの?」

「そうです」

「丁先生はまた病気です。背中の出来物が膿《う》みました」

「おやまあ」


こうした筆談のほとんどは無聊《ぶりょう》によるものだった。冬が深まり、昼短く夜が長くなって、喜鵲は寂しさに耐えかね、気晴らしになる話をいつも求めていた。しかし秀米の返事はいつも短く、ただ一、二文字で話を合わせているだけだった。しかし秀米も、ときには主体的に筆談することがあった。たとえば、「どこか蝋梅を一株入手できるところを知らない？」とかいうもので、彼女は花が好きだったのだ。冬はさまざまな花が萎み、草々は地に潜む。それにこんなひどい雪だ、どこに行けば彼女に蝋梅を求めてやれるのだろう。

筆で会話ができるようになって、喜鵲はとても嬉しかったが、不思議な思いもしていた。しかしほどなくして彼女は、二人がこうして朝夕一緒に暮らす日々では、本当に相談しなければならないようなことは決して多くないと気づいた。会話よりももっと簡便な方法は目を使うことだった。ときには、二人はただお互いを見つめ合うだけで、すぐさま相手の気持ちが理解できた。

大晦日《おおみそか》の夜、雪はまだ降っていた。秀米と喜鵲は厨房で湯団《タントゥアン》206を作ったあと、一緒に喜鵲の部屋で炭火を起こし、同じベッドで寝ることにした。外は北風が激しかったが、部屋の中は温《ぬく》まっていた。薄暗い炭火の影が壁を這うように映る。喜鵲はやはり初めて秀米の身体の傍近くに横になっていた。彼女は秀米が世話をしてあげねばならない、そして守ってやらねばならない赤ん坊のようだと感じて、心が安らぎ、揺るぎない気持ちになった。部屋が暑くなりすぎたうえに、二人で同じベッドに横たわり身じろぎもしなかったから、喜鵲はすぐに汗をかき始めた。ただうまいことに、天井の天窓に少し隙間があり、氷雪の寒気がそこから入ってきて、彼女の鼻先を漂ってくれていた。

夜半を過ぎると、外ではすでにどこかの家がぱちぱちと除夜の爆竹を鳴らしはじめたが、喜鵲はまだ眠れないでいた。そういうとき、ふと彼女は秀米の爪先が自分の腕をそっとつついているのに気づいた。最初は秀米が無意識でそうしているのだと思い、気にしなかった。しかししばらくしてまた、秀米が爪先でつつき始めた。これはどういうつもりなんだろう。

「まだ眠れないんですか」喜鵲は探るように訊ねてみた。

ところがなんと、このひとことで秀米はぱっと布団を捲って、彼女の布団に潜りこんできたのだ。二人は肩をくっつけて横たわり、喜鵲は動悸がひどく激しくなった。火桶の炭がぱちぱちと爆《は》ぜ、雪は細かな粒状の霙《みぞれ》となって屋根瓦を打って、降りしきる雨のような音を立てていた。闇の中で彼女は、秀米が泣いているのを感じ、手を伸ばして顔に触るとぐっしょり濡れていた。秀米も彼女の顔を撫でてきた。それから喜鵲はそっと秀米の頭を引き寄せ、自分の胸に抱きしめた。

秀米が監獄から釈放されて以来、喜鵲は彼女がこんなに泣いているのを見るのは初めてだった。秀米は今この胸に抱きしめられ、全身を震わせて激しく泣いている。喜鵲が優しく肩を叩いてやっているうちに、彼女はようやく穏やかになり、ゆっくりと夢の中に入っていった。しかし喜鵲はやはり眠れなかった。秀米の頭が彼女の肩を押さえつけて痺《しび》れていたし、その長い髪が鼻に触ってくすぐったかったりもしていたのだ。それでも喜鵲は身じろぎ一つしなかった。先ほど秀米が彼女の顔に触れてきたとき、喜鵲はこれまで経験したことのない複雑な甘い気持ちになり、心のとてもとても深いところに触れられたように感じた。それは彼女にとって未知の感情だった。天窓の隙間から一粒の霙が彼女の顔に落ちてきて、彼女は初めて、自分の顔がどんなに火照っていたかを意識した。

翌朝喜鵲が目を覚ましたとき、秀米がすでに厨房で忙しくしていることに気づいた。服を着て厨房に行くと、前掛けを着けた秀米がこちらに顔を向けて笑いかけた。その笑顔も以前とは違っていた。喜鵲は心に潮が満ちてくるような思いになり、ふうっと目眩《めまい》を覚えて、口をぽかんと開けてしまった。

ああ！　喜鵲は大きくため息をつき、これはいったいどういうことなのだろう、と胸の中で思った。

正月元日の一日は、二人はそれほど話をしなかったが、いつも一緒に動いていた。秀米が行くところには、喜鵲もついて回り、その逆も同じだった。ときには一人が前院に、もう一人が後院にというふうに別れることもあったが、しばらくするとどういうわけか、二人は一緒に腰掛けているのだった。

時が過ぎるのは早く、瞬く間に三年が経った。

その日の夕暮れ、雨になって空に春雷が轟いた。秀米は興がのって詩の一句を書き写して喜鵲に見せた。「芙蓉の塘外軽雷有り[207]」という句だった。

そのころには喜鵲もすでにある程度の文字がわかるようになっていた。彼女はこの李義山《り・ぎざん》の詩句は知らなかったが、それが詩であり、腹いっぱい食べてやることもなくなった読書人の捻り出した遊びで、芙蓉が蓮の花だというのもわかっていた。彼女はその紙を手に、縦にしたり横にしたり、いろいろ吟味しているうちに、だんだんその味わいが理解できるように感じた。屋敷の向こうの池には蓮はないが、アヒルなら羽毛の生え変わりそうなのが何羽かいる、雷に至ってはまったく間違いなくそんなふうに聞こえていた。その一句はごくありきたりのことが書いてあり、その光景もふだんのものなのだが、よく思いを巡らしてみると、本当にそれなりの境地が見えてくる。彼女は味わうほどにその句が好きになり、しだいにこの大気のうちにも微かな涼しさが生じてくるように感じて、世の中の読書人は仕事もしない阿呆ばかりということはなく、一日中詩や賦を作っているけれど、その中にはこんな素敵な境地があったのだと、感嘆の思いを抱いた。

そこで、喜鵲は秀米に恐る恐る、自分に詩を教えてもらえないかと訊ねた。秀米は初め取り合わなかったが、熱心に求められてしかたなく、しばらく考えこむと筆をとり、詩句を書いて彼女に同じように書けと勧めた。

杏花春雨江南

喜鵲はこの一句を宝物のように大切にした。その書き付けられた紙を持って自分の部屋に戻ると、彼女は一人でじっくりその境地を味わった。この文句は人の心をのびやかにさせる、と喜鵲は思った。杏《あんず》の花は、村のどこにでも見られ、孟婆さんの家の前にも一本ある。春雨は、啓蟄《けいちつ》を過ぎれば、毎日しとしとと降り続き、ずっと止まないのではと思うぐらいだ。江南に至っては、これはもう言うまでもないが、これは普済や梅城のあたりのことだ。それにしてもこの三つのものを並べてみると、意味がまったく違ってくる。ちょうど絵のようなもので、その光景を思うことはできても、実際に見ることはできない。なんと素敵なことだろう、ああ、詩を作るのはこんなに簡単なことだったのだ。彼女はこういう詩なら、そのへんのものを気ままに放りこめばいいだけだから、自分にもすぐできると思った。

喜鵲はベッドに横になり一晩中考えて、脳みそがばらばらになってしまうと思うほどだったが何も浮かばず、上着を引っ掛けて起き上がり、灯りの下に座って自分を阿呆だと罵りながら、散々に思い悩んだ。真夜中になってようやく一句できたが、数えてみると一文字多かった。喜鵲が書いたのは、雄鶏雌鶏と鶏卵、というものだった。その後、「と」の字は削除したが、見れば見るほど気持ちが悪くなるものだった。彼女は、これは絶対良くないと思った。他の人の詩はあんなに雅《みやび》で、爽やかなのに、どうして自分のはだめなんだろう。なんだかどこからともなく鶏の糞の臭いまでしてくるようだ。

それからしばらくして彼女は眠くなってしまい、化粧台に突っ伏して眠りこんでしまった。そして夢を見た。雄鶏が一羽、雌鶏が一羽いて、コッコッコといつまでも鳴いている。もちろん、雌鶏は卵を一つ産み落とす。その夢は重苦しく長々と続いていた。化粧台で目を覚ましたときは、すでに朝になっていた。卓上に散り落ちた灯火の灰、部屋に広がる朝日、そして身体を包む爽快さ。

彼女は卓上に白磁の碗が一つ置かれているのに気づいた。碗の中には摘んだばかりの楊梅《ヤンメイ》がいくつか入れられていた。秀米が夜中にこっそりここに来ていたのだ。ここまで来たのにどうして起こしてくれなかったのだろう。喜鵲は楊梅を一つつまんで口に入れ、それからまた雄鶏の詩を見てみて、恥ずかしくて顔が赤くなった。この耳元まで赤くなったときに、かなりいい詩句が本当に彼女の脳裏に浮かんだ。たぶんその句が鳥みたいに飛んでいってしまうのを恐れたからだろうが、喜鵲は急いで墨を磨り紙を広げて、その句を書き付けた。そして秀米に見せるために、墨が乾くのも待たずその紙を持っていった。しかし屋敷のどこにも秀米の姿はなく、大声で呼びながら探し回って、最後に閣楼の下、頭巾薔薇の棚のところで彼女を見つけた。棚の下には花がたくさん置かれていて、少なくとも三、四十鉢はありそうだった。秀米は手袋をはめ、花鋏《はなばさみ》を手に持って、枝や花を切り揃えていた。喜鵲が自分の書いた詩を見せると、秀米ははじめ驚いて呆然としていたが、顔を上げて喜鵲のほうを見やり、その詩句が彼女の書いたものだと信じられないふうだった。

灯灰冬雪夜長

その夜、秀米は閣楼の中から『李義山集』を探しだして彼女に贈った。その書は父の旧蔵の中でも珍しい元《げん》の刊本の一つだったが、それぞれの頁の余白や行間には、蠅の頭ほどの楷書で付けられた批評や注釈、そして気ままに書き散らした字句などが、びっしりと書き込まれていた。しかし今の喜鵲からすれば、李商隠の詩はやはりまだ難しすぎた。萼緑華《がくりょくか》だとか、杜蘭香《とらんこう》だとか[208]が次々に現れ、その詩篇のほとんどが何の意味だかわからなかった。蒸し暑い夏がくると、喜鵲は暇を見て竹のベッドに寝そべり気ままにその書を捲っては、雨だとか雪だとかいう語句を選んで読み進めた。「紅楼雨を隔てて相望めば冷し[209]」とか、「雪嶺未だ帰せず天外の使い[210]」とか、「一春の夢雨は常に瓦に飄《ひるがえ》す[211]」とか、この李商隠という老人が何を言っているのかはよく理解はできなかったが、猛暑を凌ぐには結構役に立った。

【沈小鵲《チェン・シャオチュエ》（一八七九〜一九五三）、喜鵲とも呼ばれた。興化の沈家巷大浦郷の人。一九〇二年に普済に移り住む。終身未婚、年三十を過ぎて文字を識り、三百六十余首の詩を作る。その詩は温庭筠《おん・ていいん》、李商隠の風格があり、荘子や禅の境地に渉っており、自らの境遇をよく弁《わきま》えて、飄々《ひょうひょう》として朗らか、

【多彩な趣がある。『灯灰集』を刊行し、好評を博した】

ある深夜、外はものすごい豪雨となった。喜鵲がその詩集を読んでいくと、「無題」という詩篇の中に「金蟾《きんせん》鎖を噛み香を焼きて入る」という句を見つけた。なぜか、陸家の旦那さまは「金蟾」に二重の圏点をつけていた。蟾は、たぶんあの蟾蜍《ひきがえる》のことだろう、でもどうしてこの文字に二重の圏点をつけなければならなかったのか。もう一度よく見てみると、その頁の上のほうに評語が書きこまれていた。

金蝉《きんせん》。
女人であればどんな貞節堅固な女であっても、その中に入れないことはない。
張季元とは何者だ。

これを読んだとき、喜鵲は思わず飛び上がるほど驚いてしまった。李商隠の元の詩の意味は喜鵲にはわかりかねたが、「金蟾鎖を噛み香を焼きて入る」とはいったいどういうことなのだろう。さらにその旦那さまの評語にある「女人であればどんな貞節堅固な女であっても、その中に入れないことはない」は、原詩に対する注釈のように見えるが、いくら荒唐無稽だと言っても、「金蝉」と「張季元」を結び付けているのは、それなりの理由があるように思えた。喜鵲の記憶を辿れば、張季元は陸家の旦那さまがおかしくなってから普済に来たのだった、だとしたら、旦那さまはいったいどこからこの張季元のことを知ったのだろう。まさかこの二人は最初から知り合いだったというのか、それに「金蝉」とは何のことなのか。「金蝉」の二文字が「金蟾」によるものだとしても、喜鵲はちびっ子が墓の中に持っていったあの蝉のことや、また数年前のあの奇妙な訪問客が置いていった贈り物のことを思い出すと、急に背筋に冷たいものが走るのを感じた。

このとき外では稲光と雷鳴が起こり、部屋のか細い灯りの影が揺らいだ。陸家の旦那さまの発狂と張季元には何か関係があるのだろうか。まるであの老人が自分のすぐ後ろに立っているような気がして、喜鵲はもうそれ以上考えられなかった。彼女はその本を閉じると、もはやその先を読み進める気力などまったくなくなり、ただ一人机の脇に縮こまり、ぶるぶる震えていた。しばらくして雨が小降りになると、本を懐に抱え、急いで後院の秀米のところに駆けていった。

秀米はまだ寝ていなかった。机の前に腰掛け、ぼんやりと素焼きの釜に見入っていた。その素焼きの釜は喜鵲がずっと漬物用に使っていたもので、秀米は獄中から戻ってくると、きれいに洗って閣楼に持っていったのだった。秀米は顔色が青ざめ、表情も何もかも、かなり異様に見えた。喜鵲は詩集の「無題」の頁を開いて秀米に見せた。秀米は詩集を手に取ったが心ここに在らずといった感じで、それを一瞥すると、すぐに閉じてしまい、興味なさそうに傍に置いてしまった。目つきは冷たく、深い怨みがこもっていた。

秀米の視線は依然としてその素焼きの釜に向けられていた。彼女はそれを指でそっと弾《はじ》いて耳を寄せ、注意深くその響きに聴き入った。寂しい雨の夜に、幾重もの漣《さざなみ》のように漂い広がっていくその響きは、寺の鐘の音のようにも聞こえた。秀米は何度も何度も素焼きの釜を弾いていくうち、涙が止めどなく溢れだし、顔に厚く塗っていた白粉《おしろい》がひどいありさまになっていった。それからしばらくして、彼女はまた顔を上げると、喜鵲に向かってまるで子どもみたいにぺろっと舌を出して笑いかけた。

その瞬間、彼女がまた昔の秀米に戻ったと、喜鵲は思った。

六

その数年、喜鵲が丁先生の家に行くことは少なくなっていた。とはいえ、時節の折々には挨拶を欠かさなかったし、先生の好きな鶏卵も毎月欠かすことなく、大きいのを選んで届けていた。丁樹則はもちろん文句などなかったが、奥方はあれやこれやと理由を見つけて彼女を呼びに来るのだった。来るときはいつも、その纏足《てんそく》の足で爪先立ちになり、慌てふためいて駆けこんできて、口を開けるや否や、「早く早く、あんたの先生がもう危ないんだよ」と叫んだ。それでもそう言われて喜鵲が見に行くと、いつも先生はベッドにきちんと座って芝居の文句などを唸《うな》っているだけだった。しかし今年の十一月、丁先生は本当に危なくなった。いつものように奥方自らが知らせに来たのだが、ただひとこと、「あのくたばりぞこないが……」と言ったきり、泣きだしてしまった。

丁樹則は竹のベッドに仰向けに横たわり、腹が太鼓のように膨れていて、部屋には人がたくさん集まっていた。医者の唐六先生、花二おばさん、孟婆さん、それに外地から駆けつけた親族が二人、みんなベッドの脇に立って、何も言わず、ただ丁先生が最期の一息を呑みこむのを待っていた。先生の奥方の話では、先生は土用の入りからこの方、ちゃんとした便が出ていないという。唐六先生が処方した薬は、葦の根茎に蓮の葉や大黄《だいおう》を加えて煎じるものだったが、七、八日間続けて服用しても効果がなかった。丁先生は息遣いが激しくなったり、足を蹴り上げたりして、目をうっすらと開けたまま、昼から暗くなるまで苦しんでいた。最後には奥方が見ていられなくなって、涙を流しながら、先生のほうに屈みこみ、声高に呼びかけた。

「樹則、あなた、もうお逝きなさいよ。そんなに頑張って、何の役に立つの？　あたしより一足先に逝けるんだから、ともかくあなたの葬儀をしてあげられるわ、あたしはもし死んだって、身近でいろいろやってくれる人なんかいやしないんだよ」

彼女の呼びかけで、先生は果たして、おとなしくなって動かなくなった。しかし、それでも彼はなおそのやせ細った手を挙げて、震えながらシーツを三度強く叩いた。その動作に、部屋中の人が顔を見合わせ、どういうことなのかと訝《いぶか》った。意味を悟ったのはやはり奥方で、彼女はシーツを捲り、布団の下から毛辺紙[212]を取り出して広げた。孟婆さんが近寄って覗きこんだ。

「丁先生は自分で墓誌銘を書いていたんだね」

花二おばさんは笑って、「丁先生はなんと手回しのいいこと、この普済で墓誌銘が書ける人は、丁先生のほかに、もういないんだもの」と言った。

唐六先生は苦笑いを浮かべ、続けて言った。「墓誌が書ける者は他にも結構いるぞ。だがわしは思うに、丁先生は他の人に書いてもらうのが心配だったんだろうよ。彼は人のために墓誌を生涯書いてきたから、自分の番が回ってきたときも人の手を借りないことにしたわけだ」

みんなこんな議論をしていたが、奥方は早くも先生の身体に突っ伏して泣きはじめていた。唐六先生が脈を取り、しばらくしてから「ご臨終だ」と言った。

【丁樹則は自ら墓誌名を作成していた。その銘文は陳伯玉《ちん・はくぎょく》の「堂弟孜《し》墓誌銘」[213]を一字も違わず書き写したものだった。銘に曰《いわ》く、

君は幼くして父を亡くすも、天の資質は雄々しく備わり、その英秀さは独り盛んなり。性は厳格簡素にして卓越超然を尚《たっと》ぶ。清廉忠実にして孤高の操を曲げず。詩経礼記《しきょうらいき》[214]に通じることより始め、史伝をほぼ読破し、物事を判断する規範を心に抱き、空前絶後の業をなすことを希《ねが》う。故にその言に軽々の約束はなく、その行いに無原則な従順もなし。率先して克己復礼《こっきふくれい》に努め、道徳を尊ぶ。閨房にあっては仲睦まじく、郷党に対しては常に誠実なり。さらに義をなすこと雄豪、仁を守ること勇敢、事を立てるに忠実、節を守るに剛毅、常に自ら心に定めしところに信を置く。まことにときの輩の高きとするところにして、あえてともに比べんとする者なし】

丁樹則先生は八十七歳という高齢で天寿を全うしたから、葬儀には多少なりともめでたい雰囲気があった。奥方は自分も死ぬほど大泣きをしたが、言葉の端々に「お金」のことが必ず付けられていた。普済の郷紳たちが金を拠出して棺も墓碑も手配し、読経の僧侶も招魂の道士も呼んでくれた。

たまたま安徽の芝居一座（安徽省は京劇の故郷といわれる）が近くに来ていたこともあり、物好きな人が一座を村にも呼んで、三日ぶっ通しで芝居をかけた。麻衣の人相見や風水占いも噂を聞いて集まり、近郷近在の家も金を出したり物を出したりして、葬儀は賑々《にぎにぎ》しく体裁も立派なものとなり、酒席だけでも三十卓以上も用意されたほどだった。

孟婆さんは喜鵲に、正式に師弟の契りを結んだわけだから、一旦師として仰いだ以上、死ぬまで先生であることに変わりはなく、弟子として礼はきちんと尽くさねばならないと言った。奥方はその話にいきなり割りこんで、ひとこと付け加えた。「道理から言えば、秀米だって正式に弟子になっていいたんだよ」と。花二おばさんがすぐ「あの子は口がきけないんだよ、そんな話を持っていってどうするんだい」と答えた。こういうわけで、喜鵲は孟婆さんと花二おばさんに従って丁の家で暗くなるまで立ち働いた。

その夜、喜鵲が丁家で一日中忙殺され、ようやく家に帰ろうとして門を出たとき、門外の木陰に置かれた粗末な円卓を囲んで、襤褸《ぼろ》をまとったみすぼらしい人々が、葬いに出された酒食にありついているのが見えた。それらはみな乞食で、酒や飯の匂いにつられてやってきたのだが、正式な席には上がれない人たちだった。丁家では屋外に卓を置き、米飯や簡単な料理を並べて彼らに提供していた。乞食たちは大声で喚いて、食べ物を奪い合っていた。中には子どもも一人いて、円卓の上に飛びあがると、皿に盛られた飯をばっと手掴みにして口の中に押し入れていた。

そういう人々の群れに一人、麻の衣を着て、破れた麦藁帽を被り、棒を小脇に挟んで、もの想いに耽っているかのように、静かにじっと座っている人がいた。喜鵲は不思議に思って、その人を何度か見つめた。家に戻って竈《かまど》の火を起こしていたとき、ふいにその人を知っているような気がしてきたのだが、いったい誰だったのかどうしても思い出せなかった。彼女はなんだか気持ちが落ち着かなくなって、すっと立ち上がると火を消し、誰なのかはっきりさせるために、また丁の家に戻ってみることにした。しかし丁家の門前についたときには、その人はもういなくなっていた。

出棺をする日になって、その不思議な乞食はまた現れた。

その人は隣の家の軒下にうずくまって、丁家の切妻《きりづま》壁に背中を向けた格好で、ものすごい勢いで饅頭《マントウ》に齧り付いていた。帽子の庇を目深《まぶか》に被り、犬追いの棒を抱えて、両の手は痩せて黒く汚れていた。しかし喜鵲はその人の目を見ることができなかった。絶対にどこかで会ったことのある人だ。そのときちょうど彼女は手に籠を持って、孟婆さんと一緒に、出棺に集まった人に弔いの花を手渡しているところだった。花は紙で作られており、黄色と白の二種類があった。彼女は自分の知っている人を心の中で一人一人数え上げてみたが、やはりなんの手がかりも見つけられなかった。彼女は今こそはっきりさせてやろうと思った。不思議なことに、彼女が近づいていくと、その乞食は塀に沿って後ろに退いていく。足を速めるとその人も同じような歩調を取り、村はずれに向かって急ぎながら、ときおり振り向き彼女のほうを見ていた。ということは、その乞食が自分のことを知っているばかりでなく、自分に素性が知られるのを警戒しているということだ。彼女は村はずれまで追いかけていったが、その人が梅城に向かう街道を進んでいくのを見て足を止め、腰に手を当ててぜいぜいと息を切らした。その後かなり長い間、喜鵲は気になってしかたなく、いつもあの乞食のことを考えていた。

彼女を悩ませたのは、それだけではなかった。丁先生の葬儀のあった二日後、どこから吹いてきた邪悪な風だったのか、普済に鶏の疫病をもたらして、彼女が苦労して育ててきた数十羽の雌鳥がすべて死んでしまった。彼女は死んだ鶏の毛を全部むしり取って、十数羽を塩漬けにし、孟婆さんと花二おばさんの家にそれぞれ数羽ずつ届けた。孟婆さんは笑ってこう言った。

「なんだかんだ言っても、丁先生という人は運がいいわね。死んだとたんに、鶏も一緒に死んじまったんだから。もし今もまだ生きていたら、卵が食べたくたってどこから届けてもらうんだよ」

八月になって村の棗《なつめ》の実が赤くなった。その日の朝、喜鵲が起きたとき、秀米の姿が見えなくなっていた。屋敷の中も外も探し回ったが、彼女はまったく姿を消していた。最後に喜鵲は指折り数えてみて、その日に市が立つことがわかり、秀米が一人で長洲《チャンジョウ》の市に出かけたのではないかと思った。昼になっても秀米は戻ってこず、喜鵲は我慢できなくなって、急いで自分も市まで行ってみることにした。しかし長洲に着いたときには、市はすでに終わっていた。喜鵲は隅々まで細かく探してみて、知っている人に会ったら尋ねてもみたりして、夜になってからようやく普済に戻った。

村に帰り着いたとき、隣の花二おばさんが二人の息子を従えて、木の下で棗の実を落としていた。喜鵲が汗だくになっている格好を見ると、彼女に向かって口をすぼめて笑った。花二おばさんは秀米がいなくなったと喜鵲から聞いて、孟婆さんと一緒に探してくれたのだという。

「あの子は実はどこにも行ってなかったのさ、村はずれの、ちびっ子の墓前で一日中座っていたのよ。あたしたち二人で今やっと、家に帰るようあの子をなだめて戻ってきたところなの。今はもう家で休んでいるわ」

喜鵲はそう聞いて、やっと安心した。家に戻ろうとしたとき、花二おばさんが後ろでこう言うのが聞こえた。「今ごろになってあのかわいそうな子どものことを想っても、ちょっと遅すぎるんじゃないのかね」

家に戻ると、秀米が閣楼でぐっすりと眠っていた。喜鵲の深い心配はようやくすっきりと晴れた。ところがその晩、まったく予想もしていなかったことが起こった。

喜鵲が食事の用意を終えたが、秀米は起きてこず、布団をかぶって眠りこんでいた。喜鵲は急いでご飯を何口か食べ、閣楼に上って秀米のそばにいてやることにした。秀米は眠ったまま泣いていて、枕も布団の縁《へり》も涙で濡れていた。たぶん秀米は中秋節でどの家も墓参りに出かけているのを見て、急にちびっ子のことを思い出してしまったんだろうと思った。ちびっ子のことを思うと、喜鵲も涙を堪えられなかった。秀米は獄中でもう一人子どもを産んだというが、生きているのか死んでしまったのかもわからない。もし生きていれば、あのころのちびっ子と同じぐらいの歳になっているはずだ。渡し場の譚水金は、その子は譚四の子だとすぐに言い切り、何度もその子の行く先を尋ねにやってきていた。水金は自分の舟を売り払ってでも、その子を探し出して連れ戻すと言っていた。しかし、秀米は口がきけなくなっていたから、それ以上どうしようもなかった。水金がどんなに頼みこんでも、秀米は相変わらず鉄のように表情をこわばらせたまま、ひとことも話さなかったのだ。こういう悲しい出来事を思い出しながら、喜鵲は秀米のそばで一緒に長い間涙を流していた。それから履き物を脱いで灯を消し、彼女の脇に寄り添って眠った。

夜半過ぎのこと、喜鵲は朦朧《もうろう》としていたが、ふいに長いため息の声を聞きつけた。

「ああ……」

喜鵲は驚いてすっかり目を覚ましてしまった。誰のため息？　その声はどうも遠くから聞こえてきたようだったけれど、はっきりとしていて重々しかった。喜鵲はがばっと起き上がって灯をつけ、秀米を見たが、彼女は深い眠りについていて、歯軋りの音を立てていた。喜鵲はどうしても不思議でならず、戸を開けて外を見てみた。閣楼の外は月が雲に見え隠れし、木立が風に揺れるざわざわという音がしているだけで、人影はまったくなかった。もしかしたら聞き違えたのか、それとも夢だったのかとも思い、喜鵲の思いは千々に乱れた。

喜鵲がまた部屋に戻って横になり、眠ろうとしたとき、秀米が急に寝返りを打ち、闇の中ではっきりと声をあげたのだ。

「ああ……顔の温もりがなくなったから、雪がふり積もっていたのね」

今度は間違いようもなくまざまざと聞こえ、彼女は驚きのあまり冷や汗が吹きだした。なんてこと、なんてこと、なんてことなの！　言葉が喋れるんじゃないの！　やっぱり口がきけるんだ！ほんとは……。

喜鵲はベッドの上に座って膝を抱えたが、身体が振り子みたいにぶるぶると震えて止まらなかった。そのまま一時間ほども経ち、秀米がまた歯軋りをし、穏やかに寝息を立てるのを聞いているうちに、ようやく心が鎮まってきた。秀米はあたしを三年半も騙していたんだわ！　もしもさっき夢にうなされて秘密を漏らさなかったら、これまで通りずっとあたしを騙していたかもしれない。でもいったい何のためにこんなことを？　朝になって秀米が目を覚ましたら、絶対に問いただしてやるんだ、と喜鵲は思った。しかし翌朝、頭巾薔薇の花棚の下で秀米を見かけたとき、喜鵲はまた考えを変えた。

七

二月から三月にわたるころ、春の兆しが芽生え、池の漣は緑に変わり、雨がいつまでも降り続く。細かくて密な小雨が啓蟄から降り出して清明まで続き、枝垂柳《しだれやなぎ》の細い枝が雨の中で輝きを増した。空が晴れた日になって、秀米が何気なく後院の頭巾薔薇の花棚を通りかかったとき、移し替えてあった十数鉢の梅がすべて咲いているのに気づいた。

江梅《こうばい》[215]は、花の便りはあっさりしていて、ぽつりぽつりと小さな花が均等につき、淡い香りが鼻を打つ。これに対し、宮城梅《かんじょうばい》[216]は花の数も多く葉は豊かで、花の真ん中が微かに黄味がかり、花芯は濃密だ。そのほか、たとえば湘梅《しょうばい》、緑萼《りょくがく》、百葉《ひゃくよう》、鴛鴦《えんおう》、杏馨《きょうけい》などの類は、枝ぶりは簡素で風に吹かれて細かく震える。花の色は紫がかった赤か柔らかな白、その香りは濃淡さまざまで、びっしりと誇らしげに咲き競う。

数年の栽培を経て、頭巾薔薇の棚の下の花や草もすでに百種類以上になっていた。春には海棠、梅、芍薬《しゃくやく》、紫蘇、そして薔薇。夏には芙蓉、立葵、石榴。秋には素馨《そけい》、木犀、恵蘭、そして鳳仙花。

冬には蝋梅と水仙。普済の人の多くは水仙を育てる習慣がある。冬至のあたりになると、市で一つ二つ蕾のついた水仙を買ってきて、水を溜め栗石を敷いた陶の鉢に植え、こざっぱりした窓辺に置くと、残雪に向かってきれいな花を咲かすのだ。ただ蝋梅だけはそう簡単にはいかない。范成大の『梅譜』によると、蝋梅はもともと梅の仲間ではないが、梅と近いときに開花し、風格が似ていて香りも近く、花の色が蜂の蜜蝋《みつろう》のようだから、その名が付いたという。秀米はこれまで何度か喜鵲に、市に行ったときに注意して探してくれるよう頼んでいた。しかし毎年、結局入手することはできなかった。

去年の冬のある日、喜鵲は村はずれの金針菜畑に野菜を摘みに行ったのだが、途中皂龍寺《そうりゅうじ》の前を通りかかったとき、風に漂う微かな香りを嗅いだ。香りを辿っていくと、皂龍寺の崩れた伽藍殿の瓦礫の間に咲いている数本の枝を見つけ、切り取って持ち帰り閣楼の花瓶に生けた。その蝋梅は花が深い黄色で、花弁が密集し濃い香りを放っていた。花が落ちきって卓から移しても、数日間は部屋の中にまだ余香が漂っていた。

皂龍寺の蝋梅は、俗名が狗蝿《ゴウション》という僧侶の植えたものだということを秀米は知っていた。彼女は幼いころ毎年、年越しのときに母に連れられ、雪を踏んで寺に詣でて蝋梅の枝を切ってもらったことも覚えていた。もちろん彼女は、今は廃墟《はいきょ》となったこの寺院が、かつて普済学堂だった旧跡であることも忘れるはずがなかった。しかし秀米が極力忘れ去ろうと努めていたのはこういうことだった。それらは指の爪に刺さった棘《とげ》のように、ちょっと手を動かしたりすると、いつ心に突き刺さる痛みを引き起こすかわからない。

秀米と喜鵲は長洲の市に行くたびに、ある道観[217]の前で花売りの老人を必ず見かけた。しかし二人は、この老人から花を買い求めようとしている人を見かけたことはなかった。彼女たちは道観を通りかかるとたまに立ちどまって見てみたりもしたが、屋台に並べられているのはごくありきたりの花で、とりたてて素晴らしい品種などなく、値段を訊ねることもなかった。しかしついにある日、老人が彼女たちを呼び止めた。老人が言うには、彼の家に一株の古梅があるが、それはもともと会稽府《かいけいふ》[218]にあった年代物で、自分の手に渡ってから六十年もの間、世話してきたという。老人の家はそこから遠くないから、彼女たちに見に来ないかと誘うのだった。秀米は喜鵲を見、喜鵲は秀米を見て、しばらくはどうしていいかわからずにいたが、結局老人について行ってみることにした。

彼らは道観を回って細長い石畳の小道を二筋通り、いくつか橋を渡って最後にこざっぱりした佇まいの屋敷の前に着いた。庭がとても大きく、三面を竹のまがきが囲み、園庭には野菜を植えていて花もたくさんあったが、そのほとんどはすでに枯れていた。この屋敷の主人がかつては相当な資産家であったことは、すぐに見てとれた。しかし今この落ちぶれたみすぼらしい老人一人になっているのはどういうわけなのかは、わからなかった。老人は彼女たち二人を案内して園内の小道を通り、草葺《くさぶき》のあずまやの中に入っていった。果たして、そこに一株の古梅があった。複雑に屈折した枝振りに、凛とした雄渾《ゆうこん》の気をたたえて、見た人に忘れられない想いを抱かせる逸品だった。長い年月の風雪に耐え、大地の気を集めて花の枝は虬《みずち》の如くさまざまに身をくねらせ、樹幹の皺が鱗状に密生して、大鉢いっぱいに樹体を広げていた。さらに、枝からは髭状の細い茎が、数寸にもわたって垂れ下がっていた。風が吹くとそうした緑の糸がはらはらと揺れ、愛おしい想いを抱かせた。

その老人は「この花はわしと生涯を共にしてきたのじゃ、もしわしの棺代のためということじゃなければ、手放すなんてとてもできないんじゃがな」と言った。

秀米は長い間見惚れていたが、老人の示す金額が高すぎて、ずいぶんためらった挙句、やはり諦めることにした。二人が屋敷の門を出るとすぐ、老人が追いかけてきて二人を呼び止めた。

「この長洲という土地は卑俗な遊び人が多いところじゃ。花や木を愛でて愉しむことができる風雅な人士など万に一人もいないじゃろう。お二人は今こうして拙宅を訪れてくれ、花を惜しむ心の持ち主じゃとわかった。この古梅の一株、もし気に入っていただけたのなら、お持ち帰りくだされ。お代は、あなた方がお決めになればいい。かつては、この花を慕ってどれだけ多くの人がやってきたことか。この庭から人の手に委ねてしまうことなど、わしにはどうしてもできなかったから、これまで手放さないでいた。しかし今や、わしもこんな歳になってしまい、夜に靴を脱いで寝ても、翌朝その靴をまた履けるかどうかもわからない。この古梅の落ち着き先が決まれば、わしも安心なのじゃ」こう言いながら、老人は涙を堪えられなかった。

秀米は老人の話を聞いて、喜鵲とともに持っていた金をすべて取り出し、老人に渡した。古梅の持ち主が替わるとき、老人は名残惜しそうに、何度も手を震わせて梅を撫でた。そして鉢への水やりの秘訣や、土を足す際の技術などを繰り返し教えて、最後には長洲の町はずれまで二人を見送り、手を振って別れを告げた。

しかし思いがけないことに、その古梅は普済の家に持ち帰った後、秀米が一生懸命細やかな世話をしたにもかかわらず、二ヶ月も経たないうちに枯れ萎んでいった。喜鵲は「この花はきっと人の心がわかっているんだわ、ご主人と離れるのがとても辛かったんでしょうね」と言って嘆いた。そう聞くと、秀米も暗澹《あんたん》たる思いに耽った。その後、二人は市に出かけたとき、また老人の屋敷を訪ねてみることにした。しかし二人が目にしたのは、荒れ果てた園林と倒れかかった門扉などで、屋敷の中は静まりかえり誰もいなかった。ただ槐の枯れた豆の鞘が枝いっぱいに垂れ下がって、風に吹かれて乾いた音を響かせているだけだった。隣家に訊いてみると、老人は何日も前に亡くなったということだった。

八

その年の夏の終わり、普済は百年に一度という干害に見舞われた。村の老人の話では、その年の雨は春に降り終わってしまったという。七月からずっと、一滴の雨も降らず、地面には罅《ひび》が入り、河の水も枯れ果てた。燃えるような烈日、赤剥けの大地がどこまでも広がった。孟婆さんの家の前にあった樹齢二百年以上という大きな杏の木も枯れてしまった。秀米が世話していた頭巾薔薇の棚の下の花たちは、井戸水の冷たい潤いを受けることができなくなり、黄ばんだり萎んだりして、一月も経たないうちに、次々にそのほとんどが枯死してしまった。

村の老若男女はみな皂龍寺の前にひざまずいて雨乞いをしたが、目敏《めざと》い商人たちは秋冬に大飢饉《だいききん》となることを早くも見越していた。彼らは密かに食料を集めて隠し、米価の高騰を引き起こして人々を不安に陥れた。そういうある日、喜鵲は飼っていた子豚を市に曳いていって売ろうとしたが、花二おばさんは、みんなもう餓死しそうなのに、どこで餌を調達して豚を飼うっていうんだいと言った。市場に行ってみるとやはり花二おばさんの言うとおりで、目に狂気の色を浮かべて、穀物の価格をあちこち訊き回っている外地の人の他は、市に来ている人はほとんどなく、喜鵲の子豚は一匹も売れなかった。

八月になって、干害がまだ収まらないというのに、蝗《いなご》までも襲ってきた。最初に蝗を発見したのは渡し場の譚水金だった。彼は船倉でほんの三、四匹見かけただけだったが、すぐ村のほうに向かって狂ったように叫んだ。死人が出るぞ！　死人が出るぞ！

三日も経たないうちに、蝗はびっしりとかたまって東南の方角から飛来し、空がまるで飛び交う鏃《やじり》のような凄まじいありさまとなって、あたり一面黒雲に覆われたようになって、太陽が見えなくなった。村人たちは初めのうちは爆竹を鳴らしたり、松明《たいまつ》を竹竿の先に括り付けて畑を駆け回ったりして、蝗を追い払おうとした。だが蝗はどんどん増えていき、人の頭にも襟にも集《たか》り、そして口の中にも入りこむほどになった。そのうちどうしようもなくなった村人たちは畑の畔《ほとり》に座りこんで泣き喚くしかなかった。蝗が通過した後、畑には穀物の一粒も残っておらず、木々の葉っぱまでもきれいさっぱり食い尽くされていた。

丁先生の奥方も事態の深刻さをはっきりわかっていて、村の入り口に出てきて、何度も言い聞かせるように独りごちた。今度の蝗の騒動で、秋になったら、いったい何を食べればいいんだろう？この言葉に孟婆さんが腹立たしげに応じた。

「糞でも食うんだね」

その場にいた憂い顔の村人たちは大声で笑った。しかしそのとき譚水金は笑わず、声も立てずに蝗の死骸を拾い集めていた。そうやっていくつもの麻袋に入れ、全部水甕に入れて塩漬けにした。彼と女房の高彩霞《ガオ・ツァイシア》はそのいく袋かの蝗の塩漬けによって、困難な飢餓の日々を乗り越えた。

小寒[219]を過ぎるころ、村で死人が出はじめた。丁先生の奥方もこのころに死んだのだが、誰も気づかなかった。その年の十二月になって、人々が彼女のことを思い出し、訪ねてみてようやく、ベッドの上で干からびた遺体になっているのがわかったのだ。

そういう日々、喜鵲は空腹のあまり目が不気味に光り、彼女の言い方では、テーブルや椅子も壊して食べたいと思うほど飢えていた。秀米は毎日少し麦の皮のスープを飲むだけで、ベッドに横になって本を読み、滅多に閣楼を降りることはなかった。取り乱すことも、苦しんでいる様子もなく、かえってこういう状態でいることを楽しんでいるようにも見えた。屋敷にあるもので売れるものはすべて売ってしまった。

あの金の蝉は、秀米が手元においてずっと大切にしていたのだが、彼女が注意深くハンカチからそれを取り出し、喜鵲に差し出したとき、目がきらきらと輝いていた。金の蝉をひとめ見たとたん、喜鵲はちびっ子を思い出し、そして秀米が夢を見て寝言を言ったことを思い出した。

ああ……顔の温もりがなくなったから、雪がふり積もっていたのね喜鵲はその金の蝉を持って質屋に行ったが、番頭は受けてはくれなかった。彼はそれをちゃんと見ようともせず、袖を捲ると、つれなく言い放った。「それが金だというのはわかってるよ。でも今は人が餓死しそうだっていうときなんだ、金であっても何の価値もないんだよ」

喜鵲は肉屋の二禿子《アルトゥズ》の家にまだ食糧のゆとりがあるという噂を聞いて、厚かましいとは思いながら、食糧を貸してもらいに訪ねていった。二禿子は以前秀米に従って普済学堂の活動をしており、のちには大金歯の後釜になり、豚を屠《ほふ》って肉を売る稼業についていた。肉屋で儲けてから別に一軒、米屋も開くようになっていたのだ。

二禿子は中庭の戸の前で火に当たっており、喜鵲が庭に入ってきても言葉もかけず、ジロジロと彼女を眺めるだけだった。喜鵲は俯《うつむ》いて顔を赤らめ、その場に立って居心地が悪そうにもじもじと体を動かしていた。やがて二禿子は足焙《あしあぶ》りの炉から離れ、にやにやとした笑いを浮かべて彼女のほうに近づき、耳元に口を寄せて囁いた。「食糧を借りに来たんだろう、そうだよな?」

喜鵲は頷いた。

「今の俺は鼠の尻尾にできた瘡蓋《かさぶた》みたいなものさ——膿があってもこれぽっちってわけだよ」

喜鵲が立ち去ろうとすると、二禿子がまた言うのが聞こえた。「もしもあれを——」

「何を?」喜鵲は二禿子の言い方が穏やかになったのを聞きつけ、急いで訊ねた。

「あんたが俺と一緒に部屋に入り、ちょっとあれをやらせてくれたら、食糧のことはなんとかするぞ」二禿子は声を低めた。

喜鵲は彼がこんな卑猥《ひわい》なことを言いだすとは思いもよらず、恥ずかしいやら腹立たしいやらで、ぱっと顔をそむけると中庭から駆けだし、まっすぐ孟婆さんの家に向かった。

しかし戸の前に立ったときに、中から子どもの泣く声がわっと起こった。彼女は戸を叩かず、隣の花二おばさんの家に行った。

花二おばさんは両方の手に一人ずつ孫を抱き、真っ暗な部屋の中で、戸のほうに顔を向け、空を覆って舞いあがる雪片を見つめ座りこんだまま、呆然と「怖くないよ、怖くないよ、死ぬときはあたしたち三人一緒だからね」と呟《つぶや》いていた。喜鵲は偶然通りかかったような振りをして、何も言わずに家に戻るしかなかった。

夜半過ぎ、閣楼で空腹のあまり目を覚まし、壁のしっくいを穿《うが》って口に入れ噛み砕いたとき、喜鵲は後悔の思いにふと囚われた。あのとき二禿子の言うことを聞いて、ちょっとやらせてやれば、それで済んだのではないか。彼女はベッドに座り直し、秀米のほうを見て訊いてみた。「どうしたらいいの?」

秀米は読んでいた本を置き、笑みを浮かべた。それはまるで「どうしたらって、死ぬしかないわね」と言っているようだった。

翌日喜鵲は早くから目を覚ました。厨房に行って竈の前に立ったとき、やっと炊く米がないことを思い出した。一人でそこに腰を下ろして涙に暮れているうちに、部屋がぐるぐる回り始めたように感じた。少し気が鎮まってくると、部屋はもう回らなくなっていたが、目に映るあらゆるものが二重に見えていた。彼女はしゃんと立たねばと思ったけれど、身体がぐらぐら揺れてしっかり立てなかった。そして自分の命も長くないことを悟った。水甕から冷たい水を汲んで何口か飲むと、もう部屋に戻って横になりたくなった。

中庭を通り過ぎようとしたとき、塀の下あたりに、重たげに膨らんだものが置いてあることに、ふと気づいた。一晩降り続いた雪がそれを覆っていた。喜鵲は近寄っていって足で蹴ってみた。それは布の袋だった。彼女は積もった雪を払い、手で袋を押してみて、はっとしていっぺんに気が引き締まった。慌てて袋を開けてみた。ああ、なんてことなの、こんなことありえないわ。袋の中に入っていたのはすべて真っ白な米だったのだ！

「ああ、神さま！」喜鵲は思わず大声で叫んでいた。「どこからこんなにたくさんの米が？」彼女は顔を上げて中庭の塀をざっと眺め、それから地面に視線を向けた。塀の上の瓦が何枚か下に落ちて、砕け散っていた。きっと誰かが昨日の夜に米の袋を塀の上から投げ入れたのだ。

彼女はそれ以上詳しく考えられず、踵《きびす》を返して後院に向かって駆けだした。自分でもこんな力が残っているとは信じられなかったが、一気に閣楼の階段を駆け上がり、ちょうど髪を梳《と》いていた秀米の真ん前に立って大声をあげた。

「米、米、米なのよ！」

秀米は彼女が叫ぶのを聞いて、やはり慌てた様子で、手にしていた櫛を放り出すと、彼女について階段を降り、前院のほうに駆けだした。果たして、それは米だった。秀米は掌で米を掬って匂いを嗅ぐと、すぐ振り返り、喜鵲に向かって言った。

「孟婆さんと花二おばさんを呼んできてちょうだい」

「どうして呼んでくるの?」

「ともかく呼んできて、あの人たちと相談しないといけないんだから」

喜鵲は「ええ」と応えて、出ていった。彼女は嬉しくてしかたなく、最初はこのときの会話を少しもおかしいとは思わなかった。しかし門の敷居をまたいだとき、突然、釘で打ち付けられたようになって立ちすくんだ。彼女は振り返り、驚きの目で秀米を見つめた。なになになに、なんなの?今この人、なんて言ったの?!

この人、この人この人……喜鵲の目から涙が溢れだした。この人はついに口を開いて話しだしたのだ。やっぱり口がきけるんだ。あたしはとっくに知ってはいたんだけど、口がきけないのに寝言を言うはずがないんだから。

今、すべてがよくなった、食べ物はあるし、秀米は喋れるようになった。もう悩みなんか全部消えた。彼女は力が漲《みなぎ》ってくるのを感じた。もしあと十日、半月飢えが続いても持ち堪えられると思った。

もしかしたら興奮が度を越していたからかもしれないし、飢えのせいで少しばかり正常な判断ができなくなっていたからかもしれないが、喜鵲は孟婆さんの家の戸を開けるといきなり大声で宣告した。

「うちの秀米が口を開いて喋ったの」

「あの子が喋ったのかい?」孟婆さんは力なく聞き返した。彼女は匙《さじ》を使って鍋底にこびりついたお焦げを力いっぱいこそげ落としているところだった。削っているのは鉄屑だけだったのだが。

「喋ったのよ」喜鵲は言った。「あの人は突然話しだしたんです、口がきけるんです」

「ああ、そうかい、あの子は口がきけるんだ。ちゃんと喋れるんなら、結構なこと、よかった、よかった」孟婆さんは同じことを繰り返しながら、また鍋の底に取り掛かった。

それから、喜鵲は花二おばさんの家に行き、「二《アル》おばさん、今さっき、うちの秀米が喋るのを、あたしこの耳で聞いたんです」と言った。

「話をしたって？　あの子が喋ったからって、どうしたっていうの？」花二おばさんは腕に小さな孫を抱きかかえていた。その子は青白い顔で両手を激しく動かしていた。

「あたしはあの人が口がきけないとばかり思っていたんですよ」

「え、あの子は口がきけないのかい？」花二おばさんは冷たくこう言ったが、あまりにも飢えてしまって、話すことがちょっと変になっているのは明らかだった。

妙だわ、この人たちはどうして少しも驚かず、嬉しそうにもしないんだろう？

喜鵲はひどく信じられない思いで帰ってきたが、家の門の前まで来て、ようやく自分が一番肝心なことを言い忘れていたと気づき、今来た道をすぐ引き返した。

真っ白な米の一袋を見ながら、花二おばさんは最初は「菩薩さま、菩薩さま」と唱えていたが、しばらくしてから、「誰がこんなすごい身代を持っていたんだろうね、今ひどいありさまになっているのに、こんなに貴重なものがまだあるなんて！」と言った。

孟婆さんはこう言った。「お嬢ちゃん、あんたはどこからこんなものを持ってきたのよ」

喜鵲はこう答えた。「朝起きて、それが中庭に置いてあるのを見つけたの。たぶん昨日の晩、塀の向こうから投げ入れられたんじゃないかと思う」。秀米は、「どこから出てきたのかなんてどうでもいいわ、まず大事なのはみんなを助けることよ」と言った。孟婆さんは、「その通りです、まずは命を救うこと。でもお嬢さん、どうなさるおつもりなんですか？」と訊ねた。

秀米が考えたのは、その袋の米を毎日この二人の責任で粥にして施す、全村の人みんなに一日一回、米のある限り続けるということだった。孟婆さんは、「お嬢さん、耳障りなことを言うようですけど、以前あんたが少し変になっちまって、革命だ、公共食堂だと騒ぎ、一日中槍や棒を振り回していたときにゃ、この婆さんも辛い思いをしてたんですよ……」と言った。

花二おばさんが孟婆さんの袖を引いて、それ以上話させず、笑いながらこう言った。「今度は村中の人間が救われます。この飢饉が過ぎたら、あたしゃあんたの顕彰碑を建てさせますよ」

孟婆さんと花二おばさんは纏足の足を細かく動かして、それぞれ村の家々に伝えに行った。思えば不思議でもあったのだが、すぐさま村民たちは自らすすんで自宅にあった麩《ふすま》、米糠《こめぬか》、大豆のしめかすなどを持ち寄ってきて、中には来年用の種豆を届ける者もあり、あの二禿子夫婦までも小麦粉を一袋持ってきたのだ。

二人の老女はその米袋を持って、毎日一回、孟婆さんの家の前で粥を施した。村中の老若男女がきちんと列に並び、孟婆さんの家の前で粥を受け取っている様子を見て、秀米の心には悲しみと喜びの思いが同時に湧いていた。はじめは食べ物を奪い合うようなことが起こるのではないかと心配していたが、まったくそういうことはなく、並んだ列の中にどこから来たのかわからない余所者や乞食が混じっていても、追い払うようなこともなかった。一人に一掬いずつ、みんな平等に配られた。こういう場面は、秀米に張季元のことや彼らの達成に至らなかった大同世界のことを思い起こさせた。それから花家舎での日々や、あの短命だった普済学堂、そして父が出奔したときに抱き去ったあの桃花源の夢を。

その日の昼、喜鵲はいつものように、花二おばさんを手伝って粥を分配していた。最後の一人が欠けた茶碗を差し出したとき、鍋の粥がなくなってしまった。花二おばさんが、「なんてことでしょう、ちょうどあんたの分だけ足りなかったわ」と言った。

喜鵲が顔を上げてその人を見ると、それは去年丁先生の葬儀のときに見かけたあの乞食だったのだ。喜鵲はその人をしばらく見つめて、口を開いた。「どこから来たんですか、あたし、あんたのことを知っているような気がするんだけど」

その人は慌てて持っていたお椀を取り落としたのに、拾い上げるいとまもなく、顔を逸《そ》らして立ち去った。今回喜鵲は纏足をしていない大きな足を勢いよく踏み出して、その人を河のあたりまで追いかけた。今度こそこの人が誰なのかきっと突き止めてやる、と彼女は決めていた。その人は明らかにもう走れなくなっていて、腰に手を当て、立ち止まっては息を切らしていた。最後には溜池を隔てて何周か追いかけることになったのだが、喜鵲ももう走れなくなり、その人に向かって叫んだ。

「もう逃げないでちょうだい、あたしわかったの。あんたは翠蓮ね」

この一声で、その人はやはり立ち止まって動かなくなった。しばらくぼうっとしていたが、その場にうずくまるとわっと声をあげて泣きだした。

溜池のそばに廃棄された水車があった。二人はその水車のそばに腰掛けて話しこんだ。太陽は高く照りつけ、空は晴れ渡っていた。雪解けの水が水車の窪みに沿って溜池に流れこみ、ザーザーと音を立てていた。

喜鵲は翠蓮と一緒にしばらく泣いていたが、袖をあげて顔を拭い、鼻を詰まらせながら彼女に訊ねた。どうして男の格好をしているのか、この数年どうやって暮らしてきたのか、と。

翠蓮はただすすり泣くばかりで、何も語ろうとしなかった。

「あんたはあの、あの、龍守備隊長とかなんとかと結婚したんじゃなかったの？　どうしてこんなことになっちゃったのよ？」喜鵲はこう訊ねた。こう訊かれて翠蓮はいっそうひどく泣きだし、流れ落ちる鼻水を拭っては、水車の手すりに擦り付けていた。

「ああ」翠蓮は長いため息をつき、ゆっくりと語りだした。「こういう定めなのよ」

彼女はこう言った、普済を出てから龍守備隊長についていって梅城で暮らした。しかし一年も経たないうちに、龍守備隊長は他に家を作り、相次いで二人の妾《めかけ》を入れた。それからというもの、彼女の家に立ち寄ることはなくなった。翠蓮は覚悟を決め、嫌な思いをしながらも龍の家に三ヶ月は居座っていたのだが、龍守備隊長はとうとう、腹心の部下を一人送ってきて、自分の言いたいことを伝えさせた。

「その腹心の男は、実際ひとことも喋らず、ただ拳銃をどんと卓の上に置いただけだったのよ。あたしだってこの龍の家に居続けることはできないってわかってたわ。だから、そいつを問い詰めた、あたしを追い出したいのかって。その腹心というのも十八、九のガキで、にやけた笑いを浮かべて、酒臭い顔をあたしに寄せて、こう言ったのよ、慌てることはないさ、まず俺をちょっと気持ちよくさせてくれって」

翠蓮は守備隊長の屋敷を離れてから、梅城の妓楼を二軒わたり歩き、昔の稼業にまた戻った。そのうちに遣手婆《やりてばば》が、翠蓮が守備隊長の屋敷にいたことを探り当て、妓楼に置いておけないということになった。遣手婆は、「ほんとであろうと嘘であろうと、あんたは人妻だったわけで、もしこの先、龍長官に知られたら、このあたしが故意に龍さまを辱めたと思われるのよ、それにね、あんたももうずいぶんなお年だしね」と言った。

その後、もう一軒別な妓楼に行ったが、そこの遣手婆も同じ話だった。それで、もう乞食になるしかなかったという。

話すのもおかしなことだが、乞食をしながらさすらっていて、どっちの方角に行っても、いつも結局普済のほうに歩いてきていたのだそうだ。「なんだかちびっ子の魂に引っ張られているみたいだった」と翠蓮が言った。

ちびっ子のことに話が及ぶと、喜鵲は胸が絞られる思いがした。「言わせてもらえば、普済学堂のころ、校長はあんたにずいぶんよくしてやっていたと思うけど……」その後の言葉を、喜鵲はぐっと我慢して話さなかった。

「わかってるわ」翠蓮は激しく息を吸いこむと、「こういう定めなのよ」と嘆いた。

彼女はこう言った、昔梆州《チェンジョウ》を流浪していたときに、五、六歳の子どもを連れた乞食に出会った。

そのとき、その子どもは飢えて息も絶え絶えのありさまだったから、哀れに思ってその親子に饅頭を二つあげた。立ち去ろうとすると、その目の悪い乞食が彼女を呼び止めた。その人は、一飯の恩にはどんなことをしてでも必ず報いなければならないと言った。そして自分には何もできることはないが、人相を観ることだけは結構当たる自信があると言って、その場で翠蓮の相を観、彼女の一生は乞食になって最後には路頭で餓死し、野犬に喰われる定めだと言った。ただこの禍を免れるのは、そんなに難しくはなく、亥年生まれの人と結ばれさえすればいいのだとも言われたという。

「その龍守備隊長はあのとき綿打ち職人に変装して村に入り、革命党の人たちの動向を探っていたの。ちょうど校長、つまり秀米がひどい歯痛だったから、あたしに村の医者唐六先生を呼びに行かせたのよ。それで孫姑娘《スングーニャン》の家を通りかかったときに、あいつが手を休めて、門前で煙草を吸っているところに出くわし、何気なく言葉を交わしたわけ。あの犬畜生は、腹の中は真っ黒でも、なかなかの男前で言葉も達者、あたしがまだ何が何だかわからないうちに、あいつの手の内に嵌ってしまったの。神掛けて誓うけど、あのときは本当に、あいつが朝廷の密偵だなんて知らなかったわ。殺されたって、校長に背くことなどまったく思いもよらなかった。ただその後にね……」

「あいつが亥年生まれだったから、あんたはあいつについて行くことにしたんじゃないの？」と喜鵲が訊いた。

翠蓮はしばらく考え、最初はこっくりと頷き、それから首を振った。「すべてがそうだというわけじゃない。あんたはまだ男と一緒になったことがないから、男のいいところがわからないのよ。あの龍守備隊長の畜生は、背が高くて雄々しく、堂々たる風采だし、女を悦ばす技に長《た》けていた。

あたしたち女はね、あいつら男に柔らかいところを押さえつけられちゃうと、もう体が言うことをきかなくなるの。一歩間違うと、次々に間違い続け、最後には目をつぶったまま、男の言うなりになるのよ」

こういう話に、喜鵲は耳元まで真っ赤になり、俯いたまま何も言えなかった。

しばらくして、翠蓮はまた秀米の近況を訊ね、彼女が自分のことを話題にしたことがないかと訊いた。喜鵲は、「話すもなにも、あの人はここ数年、ひとことだって喋らなかったのよ。あたし、あの人は口がきけなくなったのかと思ってた」と答えた。

「そんなことないわ、あの人は話せるんだから」

「あんた、どうしてわかるの？」

「あの人の気持ちはあたしにしかわからない。話をしなかったのは、自分を罰するためよ」

「どうして？　よくわからないわ」

「あのちびっ子のために決まってるでしょ」翠蓮が思い出すようにして言った。「本当は学堂にいたころ、みんなからは痴れ者だとか、自分の産んだ子さえほったらかしにしてるとか言われていたけど、あの人は本当はね、毎日あの子のことばかり考えていたのよ」

「どうしてあんたは、そんなことまでわかるの？」

「ある日、あたしは伽藍殿に行ってあの人に訊いてみたことがあるの、どうしてあのちびっ子にそんなに辛く当たるのか、なんと言おうとも、その子は結局はあなたが自分の身体から産み落としたに違いがないのに、どうしてそういうことに耐えられるのかって。あの人がどう答えたかわかる……」

喜鵲が首を振った。

「あの人は、一旦この道を進み始めたら、薛挙人《シュエきょじん》や張季元みたいな決死の覚悟がいる、行けるところまで行かなければならないんだと言ったわ。あの人が子どもにきつく当たるのは、自分が死んだ後で、子どもがいつまでも親を慕って悩まないようにと思ってのことなのだと」

彼女の話を聞いて、喜鵲はまた泣きだした。やっとのことで涙を堪えると、喜鵲は彼女にこれからどうするのか訊ねた。

「どうしようかしらね」翠蓮は聞き返すように言ったが、それは喜鵲に向かってというより、自分自身に訊いているようだった。「あたしにもわからない、足に任せて行くだけよ。でも普済には、これから絶対戻ってこないわ」

喜鵲は心根が優しい人なので、そういうことを聞くと、悲しくて胸がいっぱいになった。しばらくして低い声で言ってみた。「もしよかったら、あたし秀米に話して、あんたがこのまま普済であたしたちと一緒に暮らせないか、訊いてみるけど」

「だめ、だめ」翠蓮が言った。「もしもあの人がいいって言っても、あたしは合わせる顔がないわ。陸家の百八十畝もの土地は、秀米本人が龍慶棠父子に売ったんだとはいえ、そのたくらみはあたしの考えだったし、ちびっ子が死んだのもあたしが手にかけたわけじゃないけど、確かにあたしのせいなのよ……」ここまで話したとき、ふいに思い出したようにして、訊ねた。「あの人は獄中で子どもを産んだと聞いたけど……」

喜鵲は、「生まれて三日後には誰かに抱かれて、連れていかれたそうよ。今でもどこに行ってしまったのか、まだ生きているのかどうかさえもわからないの」と答えた。

二人は昼ごろから日が西に傾くまで、ずっと話しこんでいた。その時分には西北の風が強まり、いつの間にか喜鵲は手足が冷えきり、凍えそうになっていた。翠蓮は犬払いの棒を握って、破れた麦わら帽を被り、立ち去ろうとしていた。

喜鵲はどう言っていいかわからず、呆然としていたが、しばらくしてやっと、「もしも本当にどうしようもなくなったら、やっぱり普済に戻ってきなさいよ」とだけ声をかけた。

翠蓮は振り返って苦笑いを浮かべ、何も話さず、まっすぐ去っていった。

喜鵲は真っ赤に目を泣き腫らして家路を戻ったが、振り返って彼女のほうを見ることはどうしても忍びなかった。村の入り口まで来たとき、秀米が屋敷の前に立って自分を待っているのが見えた。秀米は喜鵲の顔を見て、それから彼女の後ろのどこまでも果てしない、風雪の吹きすさぶ広野を見つめ、「なんでだろう。翠蓮はやっぱりこちらに来られないのね？」と言った。

九

十二年が経った。

十一月の初め、田の稲はすべて刈り取られ、剥き出しの稲田にまっ白な霜がうっすらと降りた。小川の縁や道端の南京黄櫨《なんきんはぜ》は一夜のうちに葉がすべて赤くなり、白い実が枝のあちこちになって、雪のようにも、柳絮《りゅうじょ》のようにも、また梅の花のようにも見えた。

秀米は田んぼの稲が実ると、定めのときがやってきて、刈り取られることになると言う。秀米はこうも言った。その時分は南京黄櫨までも赤くなってしまう。そしてやがてその葉が落ち、真っ白な実が黒ずんでくると、雪が降るのだと。

こういう話にきちんとした根拠などなく、喜鵲は秀米の考えを推し量ることもできなかった。天気はこの上なく素晴らしかった。風一つ吹かず、空は澄み渡り、まさに江南の人の言う陽春のような天気だった。陽光は暖かく、のどやかな日差しが静かに広がっていた。しかし秀米は、雁《かり》が渡ると寒鴉《ハンヤー》[220]がすぐにやってくると言う。彼女の話は何かを暗示しているようでもあった。幸い喜鵲はこういう話にとっくに慣れていて、訝しくは思ったけれど、あまり気にはしなかった。

この十数年来、秀米は後院で彼女の草花の世話をしてきた。庭には大小の花の鉢や盆、桶の類いが並べられていた。玉簪《たまかんざし》、牡丹、立葵、庭梅、躑躅《つつじ》、加密列《かみつれ》、蝋梅などがその間を埋めている。頭巾薔薇の花棚や閣楼の階段、野菜畑、塀の下、竹林のあたりにもみんな、隙間なく置かれていた。

語ることを禁じた誓いは破ったとはいえ、秀米はふだんあまり話をしなかった。今まさに秋が深まり、晩菊が美しく咲いていて、秀米はときおり記憶を辿って菊の花に関する詩を書きとめ、ちょっとした気晴らしのつもりもあって、喜鵲に見せたりもした。しかしそうした詩の意味は、やはり喜鵲をいっそう不安な思いに駆るのだった。たとえばこういう詩があった。

東籬《とうり》[221]　恰《あたか》も武陵源に似たり
此の花　開き尽くせば　更に花無し
（東の籬《まがき》は桃源郷の武陵源のよう、この花が咲き終わるともう他に花はなくなる）

とか、

時に酔眼にて　偸《ひそ》かに相い顧《み》れば
錯《あやま》り認む　陶潜を阮郎《げんろう》[222]なりと
（時に酔眼でちらりと眺めてみると、陶淵明を阮郎に見間違えてしまう）

あるいは、

黄蕊《こうずい》と緑茎《りょくけい》は　旧《ふる》き夢の如し
人心　徒《いたず》らに後時《こうじ》の嗟《なげ》き有り
（黄色い花芯と緑の茎は昔の夢のままだが、人の心はむなしく後悔の嘆きを生じるばかりだ）

こういう詩には深い哀しみがこもり、詩人の胸に憂いが結ばれているようだった。ある日彼女たちが庭で花の枝を切っていたとき、ふいに秀米が喜鵲にこう言った。

「花家舎っていうところのことを聞いたことがある?」

喜鵲は頷いた。

すると秀米がまた、「花家舎へ行く道は知ってるの?」と訊いた。

喜鵲は首を振った。

長洲の市に出かける以外、喜鵲は遠出などしたことがなかった。彼女は顔を上げて空を仰いだ。花家舎は空の浮雲みたい、見えはしてもまるで夢のように遠くて手が届かない。喜鵲には秀米がどうして突然、そんなところに行きたくなったのかわからなかった。

秀米は、あの小島を見てみたいのだと言った。

訝しくは思ったものの、秀米が行きたいと言いだした以上、喜鵲にできることは、花家舎への行き方をあちこち尋ね回り、旅の費用と携帯できる食べ物の用意に取り掛かることだった。

喜鵲は一度遠出をしてみるのも悪くないと思った。少なくとも秀米の憂さ晴らしになって、悩みを忘れさせられるだろう。何日か経つと、秀米はまた突然、喜鵲に言い含めた。人を雇って母親とちびっ子の墓をきちんと修復させ、すべてのことがちゃんとなってから、旅に出たいと。

喜鵲は三日分の携帯食糧を準備した。彼女にすれば、三日間という時間はたいへん長く、この世界のあらゆる隅々まで十分に辿り着けるはずだった。旅の途中、どんなに疲れて動けなくなりそうでも、秀米は駕籠を雇おうとはしなかった。彼女たちは丘陵の谷間を早くも遅くもない足取りで歩いた。歩いている間、喜鵲は秀米がずっと涙に暮れているのを見た。人に出会っても、話のやりとりをしても、彼女の動作はこの上なく遅く、喜鵲の心配はまた大きくなっていった。

彼女たちは村を一つ見つけるたびに道を尋ね、井戸に行き着くたびに水を汲んで飲んだ。七、八回も道に迷い、見ず知らずの農家六、七軒で泊めてもらうことになった。途中、秀米は激しい下痢の症状に見舞われ、高熱が出て一晩中うわごとを喋り続けた。最後にとうとう、喜鵲は彼女を背負って道を進むしかなくなった。二人が八日目の昼に花家舎に到着したとき、秀米は彼女の背中で眠っていた。

秀米はぼんやりとした面持ちで目を開けると、涙がまた溢れだしてきた。彼女たちはちょうど村の入り口の居酒屋の前に立っていたのだ。酒旗[223]の縁はぼろぼろで、色が褪《あ》せ、窓の外に斜めに掛けられて風に揺れていた。店の中に客らしい人はほとんどなく、入り口の対聯もひどく色褪せていて、柄物の袷《あわせ》を着た女の子が敷居に腰掛けて毛糸を巻きながら、しきりにこちらを見ていた。

山を背にして造られたその村里は秀米の記憶よりもずっと小さく、そしてずっと殺風景だった。ずいぶん昔にあったあの大火事、焼け残った塀や壁の残骸が今でもありありと目に浮かんでくる。村の家々を繋《つな》いでいた長い回廊はとっくに撤去されていて、回廊の柱の丸い痕跡だけが道の両側にうっすらと続いており、強い風が吹くと土埃が舞い上がった。

山の木々はほとんどすべて伐採され、山肌がむき出しになっていた。今にも崩れそうな家屋が一軒一軒連なっていたが、本当にいつ潰れてもおかしくないように思われた。道の両側の水路には依然として勢いよく水が流れており、数羽のカラスがグァグァと鳴きながら鱗のような灰色の屋根を飛んでいって、この村里にいくぶんかの活気をもたらしていた。

彼女たちがそこから先に行こうとしたとき、居酒屋の窓が突然開けられ、中から女の人のむくんだような顔が現れた。

「食事ですか?」とその人が声をかけた。

「いいえ」と喜鵲は笑みを浮かべて答えた。

その窓はバタンと音を立て、また閉まった。

二人は湖のあたりに着いた。あの小島は村里から一本の矢で届くほどの距離にあり、灰色にぼんやりと霞んでいた。島のあの家（秀米は韓六《ハン・リュウ》とそこで一年三ヶ月暮らした）はもうなくなっていた。島にはびっしりと桑の木が植えられている。二人は、小舟に乗って湖の魚を捕っている漁師を見つけた。この人の他には、誰もいなかった。

二人がその場で昼過ぎまで待っていると、漁師の小舟はようやく岸に戻ってきた。秀米は漁師に、あの小島を見に連れていってくれないかと訊ねた。その漁師は彼女たちをジロジロ見ていたが、しばらくしてやっと口をきいた。

「島には誰もいねえよ」

「あたしたちは島に上がって見てみたいだけなの。乗せていってくれないかしら?」と秀米が頼んだ。

「見るものなんて何にもねえ、島は桑の木ばかりだ、人ひとりいねえんだぞ」と漁師が答えた。

喜鵲はその言い方を聞いて、腰のあたりから札を一枚取り出し、彼に差しだした。漁師は札を見ても、手を伸ばさず、ぶつぶつと呟いた。「あんたがたがどうしても行きたいんなら、俺が舟を漕いで送ってやるよ。金は要らねえ」

二人が舟に乗りこむと、漁師はこう語った。自分が花家舎に来てからずっと、あの島は今のようなありさまだったが、聞くところによると、昔はあそこに古い家が建っていて、一人の尼さんがいたそうだ。だがいつかは知らぬが、その家は取り壊され、尼さんもどこかに行ってしまった、と。

「ということは、あなたはこの土地の人じゃないのね？」と喜鵲が言った。

漁師の話では、自分は二番目のおばさんの家に入り婿に入って、もう五年経つという。彼は毎日湖に出て魚を捕っているが、島では誰も見かけたことはない。ただ三月になって黒い毛蚕《けご》が孵化して出てくるころだけ、花家舎の女たちが島に上がって桑の葉を摘むのだという。

彼は、自分の女房も蚕を飼っていて、養蚕の竹籠で四つ五つ分はあるとも言った。あるとき、夜中に蚕が腹をすかしたから、女房からカンテラを提げて一緒に桑の葉を摘みに島に行ってくれと頼まれた。しかし女房は露に濡れた桑の葉を食べると蚕が死ぬことを知らなかった。あくる朝、真っ白な蚕がみんな死んでしまい、全部湖に捨てたと言う。漁師は蚕が桑の葉を噛む、雨が降るみたいな音を聞くのが好きだとも言った。

そこまで話したとき、漁師はまた顔を上げて彼女たちを見ると、こう訊ねた。「あんたがたはどちらの人だ？　なんのために島に上がるんだい？」

秀米は何も答えず、ただ遠く広がる桑畑を見てぼんやりしていた。風が吹いて桑の枝がざわざわと音を立てていた。

舟はしだいに島の岸に近づき、喜鵲には桑畑の中に崩れた壁の基《もとい》が残っているのが見えた。このとき、秀米がため息をつきながら、こう言った。

「もういいわ、あたしたち島には上がらない。戻ってください」

「何だって、今度は行きたくなくなったって？　舟はもう岸に着くんだぞ」と漁師が言った。

「七、八日もかけてここまで来たのよ、なかなか来られるところじゃないわ」と喜鵲は言って、「島に上がってちょっと休んでもいいんじゃないかしら、心残りを一つ解いたってことにもなるでしょうから」と勧めた。

「あたしはもう見てしまったわ、戻ってちょうだい」と秀米は言った。

その声は高くはなかったが、冷たく硬い言い方で、反駁を許さない厳しさがあった。


彼女たちはその日のうちに花家舎を離れることにした。

一艘《そう》の苫舟《とまぶね》が二人を乗せて水路を普済に向かっていた。船頭が言うには、もし運が良ければ順風に恵まれ、二日目の昼には長江に入れるということだった。秀米は暗くて冷え冷えとした船倉に横たわり、頭の上のほうから響く舟の水音を聞きながら夢の中に入っていった。葦や小枝が絶え間なく舟の苫に当たり、サッサッという軽やかな音を立てていた。彼女はまた、あの湖に囲まれた小島、月光に照らされて青く光る墳墓、あの桑畑、そして桑林の崩れた壁と瓦礫を夢に見ていた。それからもちろん韓六のことも。どれだけの回数、韓六と二人であの窓辺に座って話をしながら、夜の闇が少しずつ薄れ、焼け溶けた鉄のような色の朝日が震えながら水面《みなも》に出てきて、岸辺の林を真っ赤に染めるのを眺めたことか。彼女は耳元で韓六が囁くのを聞いた。本当は、あたしたち一人一人の心も、みんな閉ざされた小島なのよ。

しかし今、韓六はいったいどこにいるんだろう。

夜中、薄暗い灯りが船倉を照らしていた。秀米は上着を羽織って座り、船倉の戸を通して外を眺めてみると、船団を組んで舟が通っていった。それぞれの舟には灯りが一つ点されていた。数えてみると全部で七艘だった。舟は鉄のワイヤロープで繋がれていて、遠くから見ると、列を組んだ人たちがカンテラを提げて夜道を急いでいるように見えた。

風が起こって、空の星たちが煌めいた。深い秋の真夜中、しだいに遠ざかる船団を見つめているうちに、ふいに秀米は身体が震えだし、涙が溢れてきた。秀米は知っていた、今このとき、彼女が見つめているのは通りがかった船団ではない、それはまさに二十年前の自分なのだということを。

その年の冬のある朝、秀米はいつものように閣楼で目を覚ました。本当にあまりにも冷えこんでいたから、秀米は布団に潜りこんでなかなか起きられなかった。太陽が昇った。喜鵲が野菜畑で閣楼に向かって大声をあげている。彼女は、頭巾薔薇の花棚の蝋梅が全部花をつけたと言っている。

秀米はベッドから起き上がって箪笥の前に行き、髪を梳かした。そのとき卓上に置いたあの素焼きの釜にきらきらする薄い氷が張っているのに気づいた。昨夜はこの素焼きの釜で洗顔したことを思い出し、たぶんその水をちゃんと捨てきっていなかったのだと思った。釜底には氷が固まっていた。秀米は何気なくその素焼きの釜を見ているうち、驚いて目が釘付けになった。あまりのことに、顔貌も変わってしまうほどだった。

彼女は釜に張った氷の紋様の中に人の顔を見た。それは間違いなく父だったのだ。彼女は自分の目が信じられなかった。父は髭を捻りながら笑っているようで、広々とした通りの脇で、ちょうど誰かと碁を打っているところだった。

閣楼の日の光は暗すぎた。秀米は手にしていた櫛を放りだすと、素焼きの釜を抱えて外のあずまやに向かった。

うまい具合に陽光は東の塀の梢の上から照らしてくる。秀米はあずまやの横にあった石の腰掛けに座り、氷の紋様を日にかざしてじっくり眺めた。父の向かい側にもう一人座っているのだが、彼女にはその後ろ姿しか見えない。二人は大きな松の木の下に座っている。背後にはなだらかな丘があり、斜面には羊の群れがいて草を食《は》んでいるようだ。二人のすぐ脇に大きな通りがあり、勢いよく川が流れている。人物、大樹、草木、川の流れ、そして羊の群れもすべてはっきりと目の前に浮かび、まるで本当に生きているようだった。

大通りに自動車が止まり、ドアが開いて、乗っていた誰か（その人は禿《は》げていた）が足を下ろし、車から降りようとしている。秀米はその人のぼんやりとした顔に見覚えがあるような気がした。彼女はしっかり見定めようと思ったが、顔はどんどんぼやけていった。この暖かな陽光の下で、氷が溶けはじめていたのだ。少しずつ、そしてなす術《すべ》もなく、溶けていくのだった。

この溶けつつある氷の紋様は、秀米の過去と未来だった。

氷は脆く、人もまた同じだ。秀米は胸元に締めつけられるような痛みを感じ、回廊の柱に寄りかかってちょっと休もうと思い、一息喘《あえ》いだ。そして、彼女はそこに寄りかかったまま、静かに死んでいった。

一九五六年四月、梅城県県長譚功達《タン・ゴンダー》は車の窓から、二人の老人が大きな松の木の下で胡座《あぐら》を組んで座り、向かい合って碁を打っているのを偶然見かけ、運転手に車をちょっと止めるよう命じた。同乗していた姚《ヤオ》秘書は口にドロップを含み、道沿いの景色を楽しんでいるところだった。県長が運転手に止まれと言っているのを耳にして、彼女はそっと譚功達の肘をつつき、笑いながら言った。

「県長、また碁の虫が騒ぎはじめたんでしょう」

【譚功達、元の名は梅元宝《メイ・ユエンバオ》。陸秀米の次男として生まれたが、誕生後すぐ獄卒梅世光《メイ・シーグアン》夫妻によって連れ出された。浦口で長く暮らす。梅世光は一九三五年に病死。臨終の間際に生い立ちの真実が告げられた。実父は一説によると、普済の人譚四とされるが、さらに調査が必要。一九四六年新四軍挺進縦隊普済支隊の政治委員となり、一九五二年から梅城県県長】

（完）

日本語版刊行に寄せて

――格非

二〇〇二年冬、私はフランスのある国際創作プログラムの招聘《しょうへい》に応じて、南部山岳地帯の修道院で二ヶ月の時間を過ごした。この得難い休暇は、筆を擱《お》いて何年か経っていた私に、再び小説創作の意欲をもたらし、その地で『人面桃花』冒頭の文章に着手することになった。そして引き続き、翌年春には、勤務先の大学から韓国の慶州に派遣され、東国大学で一年にわたって漢語課程を担当した。『人面桃花』のほとんどの内容は、この慶州で書き進められたのである。

『人面桃花』の物語は百年以上も前に起こったことである。言うまでもなく、その年代の事件も、情景も、雰囲気も、執筆者である私が自ら経験することなど不可能だ。とはいえ、『人面桃花』の物語は、伝聞や風俗、伝説などの採集と再現とみなすべきではなく、もちろん、歴史小説と言うわけでも決してない――というのは、私はこの小説を書くために各地を調査して回ったりしたことはなく、また小説に関係する歴史書や著作をそのために確かめたりしたこともないからだ。私は伝聞の寄せ集めや記述に対しても、いわゆる「歴史小説」に対しても、まったくなんの興味も抱いていない。この小説を書き終えて二十年を経た今、私は『人面桃花』の執筆を、一つの特殊な「追憶の過程」とみなしたいと思う。

私にとっては、回想と追憶とは完全に異なることである。回想は記憶の内容をもう一度思い起こすことだが、追憶とは失われた時間に対する最高度に昇華された情感の体験を主とするものなのだ。追憶の真の目的は、過去と未来、そして今の時間の統一性を作り直すことにある。プルーストの言葉で言えば、「追憶」という活動を通してのみ、「現時点の自我」と「未来の自我」およびその本質を保留した過去の対象物が初めて統一され、想像の中で一つの総合体として新たに構築される。次のように言うこともできよう、回想はある種のふつうの日常的行為に過ぎないが、追憶は現代の社会において初めて出現した哲学的活動なのだと。

『人面桃花』を執筆していたあの年代は、中国における歴史的ナラティブがかつて経験したことのない問題に遭遇しており、ある憂慮すべき危機を根深く孕《はら》んでいた。そして個人の生存も、やはり時間のメカニズムの無情な排斥に遭い——まるで私たちは過去に属していないばかりでなく、未来にも属しておらず、消え去りつつある今のこの時間が、なんの意味も有しない、簡単に超えてしまえるような数軸上の点の一つ一つに過ぎなくなっているかのようであった。また一方で、そのときの中国の農村地帯（とりわけ江南一帯の農村）は、過去あるいは伝統のキャリア（担体）となり、実質上の解体に直面していた。過去が重要である理由は、過去を通過したときに初めて、私たちが自分自身の身分と由来を説明できることにある。同時に、過去自体にも未来を構築する巨大な潜在能力が内包されている。だからこの意味において、過去の移動や削除に対峙し、未来の不確定性に対峙《たいじ》していくとき、「追憶」こそが目下の生存意義を探索する本能の道筋となるのである。

私が想像上の人物を通して、百年前の江南の農村を再構築したとき、自分自身がその現場にいつもずっといたことを、時々刻々、体験することができた。同じように、私が「桃花源の記」や『オデュッセイア』を閲読するとき、やはり時々刻々、自身が陶淵明やホメロスの構築したナラティブの時空にいることを意識していた。こうした体験は決して複雑でも難解でもないのだが、しかしこれこそが文学の最も原初からの秘密なのだ。

解説

時空を超えて漂う魂の「桃源郷」

――関根 謙

「人面桃花」と「桃花源」――本作の理解のために

本作の原題は『人面桃花《じんめんとうか》』である。この長編小説を読み進めるにあたって、原題の意味はとても重要なので、ここでとりあえず簡単に解説をしておきたい。

「人面桃花」は、かつて出会った美しい人を訪ねて昔の場所を尋ねても、再会はかなわないという恋の儚さを表す四文字の成句で、中国のほとんどの人がよく知っている言葉であるが、出典は「都城の南荘に題す」という唐の崔護《さいご》の詩によっている。

去年の今日《こんにち》　此の門の中《うち》
人面桃花　相映《あいえい》じて紅なり
人面祇《た》だ今　何《いず》れの処《ところ》にか去る
桃花旧《きゅう》に依《より》て　春風に笑《え》む

（去年の今日、この門の中で、
あの人の顔と桃の花が美しく照り映えて紅に染まっていた。
あの人は今このとき、どこに行ってしまったのだろう。
桃の花だけが昔のまま春の風に微笑んでいる）

この崔護の詩にまつわる物語が宋代の説話集『太平広記』に収録され、「人面桃花」の句が世に広く知られることになるのだ。その記載によると、崔護が清明節の日に都城の南を歩いていて、とある屋敷を通りかかったところ、中に十四、五才の美しい娘が咲き誇る桃の花の下に佇んでおり、ひとめ惚れをしてしまう。心惹かれたまま別れて一年後、同じ清明節の日にその屋敷に娘を訪ねて行くと、紅の桃の花が春風に揺れているだけで、少女の姿はなかった。そこで、この詩を門扉に貼り付けて立ち去った。外出していた少女は帰宅してこの詩を読み、思いを募らせた挙句に病に臥せって、そのまま息を引きとってしまう。数日後に再度屋敷を訪れた崔護は少女の死を知らされて驚き、死んだ少女の枕元に駆け寄って少女の名を呼びながら慟哭《どうこく》した。するとなんと、少女は息を吹き返し、二人はめでたく結ばれて末長く幸せに暮らしたということだ。

物語自体は恋の出会いの儚《はかな》い想いというよりも、ハッピーエンドの微笑ましいお話というべきだろう。一方、それを元にした四文字の成句は、めでたい結末を予想させるものではなく、変わらぬ自然の美しさと対照的なあまりに移ろいやすい世の無常を説くものになっている。しかし格非は、本作でこの成句の骨格を逆転させた。「桃花」に象徴されるイデアが強い磁場を作り出し、そこに惹きつけられては消えていく人（＝「人面」）の定めをこの長編小説のタイトルに込めたのである。ここに浮かぶ「桃花」は、格非が長い間抱いてきた大きなテーマに深く関わっている。それは桃の花の咲き乱れる村里、ユートピア「桃花源」を導く語なのである。

　本作の登場人物たちが求めた理想郷の原型は、中国の六朝時代の文人、陶淵明の『捜神後記《そうじんこうき》』に収められた物語「桃花源の記」である。陶淵明は次のように記している。六朝東晋の太元年間のこと、武陵（湖南省北西部）の漁師がある日、谷川に沿って舟を進めているうちに、どのくらい来たのかわからなくなった。気づけば、両岸に桃の花が満開の林が広がっていた。漂う香りと舞い散る花びらはとても素晴らしく、漁師は桃林がどこまで続くのか見極めようとした。桃林は水源のある山の麓で尽きていたが、そこに小さな洞穴があり、奥から光が漏れていた。漁師は舟を留めて、その中に入っていった。洞穴を抜けるとその先が一気に開けて、美しい山川にみごとな田畑、整然とした家屋の並ぶ別世界が広がっていた。そこの人々は見慣れぬ服装をしていたが、みな喜びに満ち、穏やかで豊かな暮らしぶりのように見受けられた。漁師は村人に歓待され、さまざまな話を聞いた。その人々は秦の時代に戦乱を避けてこの地に移り住み、外界とは一切の交わりを絶っていたから、秦以後の漢も魏も晋も知らずに、ただ平和で仲睦まじい暮らしをしてきたという。数日滞在して辞去するとき、村人から口外しないように頼まれるが、帰途のあちこちに目印をつけておいた。しかしその後は、この桃源の里への道はまったくわからなくなり、誰も再び訪れることはできなかった。

　陶淵明の描く俗世から隔絶された村里「桃源郷」は、平等と博愛の精神に満ち満ちており、一切の争いのない、まさに理想のユートピアそのものだったのである。この夢想されたユートピアを、本作では十九世紀末の戊戌《ぼじゅつ》の変法運動、康有為《こうゆうい》の「大同思想」とも結びつけ、登場人物たちに大きな影響を与えて数奇な運命を紡がせていく。桃の花に喩えられる美しい理想、その力に吸い寄せられて燃え上がり、燃え尽きていく人々、格非の抱く文学創作の主旋律がここにある。

超長編三部作『江南』――本作の構想

『桃花源の幻』（原題『人面桃花』）は二〇〇四年に発表された格非の作品で、日本語に翻訳して原稿用紙九百枚におよぶ長さは、超長編小説と言ってもいい。しかもこれは、後続の長編『山河入夢』（二〇〇七年）、『春尽江南』（二〇一一年）によって、「江南三部作」となる大きな物語の第一部をなす作品である。実に七年以上の年月をかけて完成させた巨篇ということになる。

格非は現代に生きる中国人のありようを根源の深みから描こうという強い意志をもって、この三部作に取り組んだ。長編第一部の本作では、その構想の時間と空間が規定される。清朝末期、辛亥革命前という時代設定と江南の普済《プージー》と呼ばれる地方村落である。そして普済を中心に花家舎《ホアジャーシャ》という隔絶した郷村、県城の町である梅城《メイチョン》、商業の町長洲《チャンジョウ》が配され、大地主陸《ルー》家とその周囲の魅力的な登場人物群が少しずつ姿を現していく。我々は格非が北京、南京など絢爛《けんらん》たる文化の花開く大都市を舞台にしていないことに注目すべきだろう。物語の中ではこれらの都市部は語られないどころか、ほとんど触れられることすらない。しかし、逆に日本はしばしば言及され、横浜や仙台が登場するのもはっとさせられる。これは物語の時間的構想が巧妙に仕組まれているからでもある。中国史上最後の王朝である清朝、この満州族支配の帝国が三百年の統治の終末を迎える十九世紀末、中国の「革命」のゆりかごは確かに日本にあった。中国の都市部は王朝支配の中枢を成しており、構造的にも精神性においても硬直し、エネルギーを失いつつあった。改革を求める人々を集めていくのはそういう古い都会ではなかった。彼らにとって日本が魅力的な光を放ち、実際、清朝打倒の情熱に燃える多くの中国人を迎え入れていたことを、格非はしっかり基本に据えているのだ。

そして時の流れは、いや時の流れこそ、この物語の隠れた主役というべきかもしれない。中国社会の変遷を辿ると、一九一一年の辛亥革命によってアジア最初の共和国、中華民国が誕生するのだが、欧米列強の中国植民地化は深奥にまで及び、加えて日本の進出も激化していく中で、軍閥割拠の内戦状態が続き、江南はしだいに疲弊の度を深めていく。こういう時間的背景のもとで、本作の主人公「秀米《シュウミー》」は、物語冒頭で初潮を迎える無知な少女として登場する。その冒険と挑戦に満ちた経歴が進むにつれて、家族や隣人の死が重なり、新たな子どもが生まれ、時間が流れていく。やがてその死が描かれるのだが、明らかにこれは一人の少女の成長の物語ともなっているのだ。ここに構想された物語の骨格が、第二部『山河入夢』では中華人民共和国成立直後、一九五〇年代から六〇年代に生きた秀米の息子の世代に、第三部『春尽江南』では現代社会に展開する秀米の孫の世代に繋《つな》がっていく。

ここで再度この巨篇の一貫した主旋律を確認しておきたい。前述のように、それはユートピアの美しい磁場に吸い寄せられて燃え上がり、燃え尽きる人々の生き様である。本作で冒頭に登場しすぐ失踪してしまう陸家当主、秀米の父陸侃《ルー・カン》、そして不思議な従兄、六本指の男、匪賊《ひぞく》の総元締め、さらに秀米自身と続く理想郷「桃花源」の夢、まさにこれにとり憑《つ》かれたかのように登場人物たちはそれぞれの定めを紡いでいった。桃花源幻想と呼んでよければ、その幻想は第二部で社会理想の破綻に、第三部で現代における幻想の完全な喪失に連なっていく。

壮大な構想をもった『江南三部作』、その全編の翻訳は物理的に困難があり、『人面桃花』のみを紹介することになった。しかし強調しておきたいのは、邦題『桃花源の幻』とした本作が、三部作全体を決定する要素をすべて備えていることである。二〇〇四年完成の本作には、主旋律のテーマが細やかに色々な場面に散りばめられていた。つまり、人工的に作られる隔絶した理想郷への邁進と幻滅、それに巻きこまれる人々の心の傾向、そして理念の拘束から離れて命に根ざした生活が始まるときの喜び、芸術への素直な帰依などなど、これらが豊かな色彩で本作を彩っているのだ。『桃花源の幻』こそ、「江南三部作」の精粋だとしても過言ではなかろう。

本作『桃花源の幻』には、後続の二作にない重要な要素があることも指摘しておかねばならない。それは伝統的な中国古典世界がふんだんに盛りこまれていることである。物語展開のキーワード「金蝉」は、最初、父陸侃と私塾教師のつまらぬ諍いの元となる誤用された言葉に過ぎなかったが、やがて人々の宿命を導いて不気味に輝いていく。その誤用は唐の大詩人李商隠の詩にある「金蟾」にまつわることで、李商隠の世界がじわじわと物語を包んでいくのである。後注で簡単に触れてはいるが、ここで、李商隠の問題の詩「無題」を改めて確かめておこう。

颯颯東風細雨来
芙蓉塘外有軽雷
金蟾齧鎖焼香入
玉虎索絲汲井廻
賈氏窺簾韓掾少
宓妃留枕魏王才
春心莫共花争發
一寸相思一寸灰

颯颯《さつさつ》たる東風　細雨《さいう》来る
芙蓉塘外《とうがい》　軽雷《けいらい》有り
金蟾《きんせん》鎖を齧《か》み香を焼きて入《い》り
玉虎　絲《いと》を索《ひ》き井を汲みて廻《まわ》る
賈氏《かし》　簾を窺《のぞ》いて　韓掾少《かんえんわか》く
宓妃《ふくひ》　枕を留めて　魏王は才あり
春心　花と共に發《ひら》くを争《きそ》うこと莫《な》かれ
一寸の相思　一寸の灰

さらさらと吹く東風（春風）に乗って細やかな雨が降ってきた。芙蓉（蓮）の咲く池に軽やかな雷の音が聞こえる。（ここ貴人の館では）金の蟾蜍《ひきがえる》が鎖を噛むように設《しつら》えれた香炉に新たに焚かれた香が入れられ、玉の虎を象《かたど》る轆轤《ろくろ》が綱をひいて回り、井戸の水を汲み上げる。（そのように情念に満ちた世界が広がっているが、私は）賈の娘が簾から若き補佐官の韓寿をこっそり見て思いを募らせたことや、宓妃が魏の曹植を恋慕ってもついには相手に枕を残すしかなかったことを思う。春心（恋慕の心）を盛りの花と競って咲かせようとしてはいけない。一寸の相思（恋心）は一寸の灰にしかならないのだから。

この七言律詩のおよその意味は以上なのだが、李商隠の詩の世界には実に多くの典故が使われている。多くの本を並べて詩作に耽ったことから「獺祭魚《だっさいぎょ》」と呼ばれていたというのも、よくわかる。

この詩に引かれた賈氏は三国時代、晋の権力者賈充の娘で、父の掾《えん》（補佐官）だった若者韓寿を見《み》初《そ》めて密会。宓妃は魏の曹操の息子曹丕《そう・ひ》に嫁がせられるのだが、実は曹丕の兄、文才の誉高き曹植《そう・しょく》を慕っていたとされる。枕の話も含めて伝承の世界だが、二人の恋多き女性がいずれも不幸な死を迎えたことは事実である。颯颯東風から細雨、芙蓉、軽雷と春の情念の場が綴られ、燃える若き恋人たちの交歓を暗示する金蟾の閉ざされた香炉、燻る新たな香、化粧に使うという水を汲み上げる玉虎、この情念のトポスに厳しくも切ない恋の真実を象徴する二人の女性の故事を示して、最後の二句の悟りのような諦念で結ぶ、晩唐の憂愁の詩人李商隠の傑作である。

死の前年まで李商隠をテーマに未完の力作『詩人の運命』に取り組んでいた高橋和巳は、この最後の一句を「一刻の愛の燃焼は一刻ののちに灰を生む」と説いている。高橋和巳を魅了した李商隠の世界、格非もまたその虜となって、『桃花源の幻』に取り組んだのだ。「金蝉」の致命的な誤用にとどまらず、「軽雷」と「驚雷」など、この詩をめぐって本作は振幅を大きくしていく。そして下女喜鵲《シーチュエ》の詩への開眼となる一句にも「灰」が使われていることに気づくと、李商隠の影の広がりがただならぬレベルに達していると言わざるを得ない。格非において桃花源は幻だったが、現状の冷厳な認識と自由な想像の世界への飛翔は、李商隠の境地に限りなく近いと言っていいように思う。

李商隠を踏まえた『紅楼夢』、四大奇書『金瓶梅』が重要な場面で何度も使われていることも、言うまでもなく、本作の豊穣なバックグラウンドとなっている。そしてここでも、数々の引用が原作との微妙な差異をあえて残しながら語られ、物語にある種の現実味を付与する磁場を作り上げている。これは中国語の原文に秘められた厚い伝統文化の層から発せられるもので、創作者格非自身もまた、「獺祭魚」的人間であることを示していよう。しかし一方で、これは中途半端な翻訳では再現不能の世界でもあった。本書では、その古典の厚さをなんとかお伝えしたく、かなりの数に上る注釈を付した。読者の理解の一助になれば、望外の幸せである。

『桃花源の幻』にちりばめられた古典世界の精華は、「江南三部作」の大きな構想とまっすぐ関わっている。一般的には、辛亥革命で中国社会は劇的変貌を遂げたとされてはいるのだが、角度を変えてみれば、この時代は伝統世界とそこから脱却したはずの新時代の間《はざま》、つまり新旧の価値観が混じり合うカオスの世界であり、ヒリヒリするような刺激的な場に満ちていた。つまり三部作の第一部として設定された時間と空間だったからこそ、極めて自然に華麗な古典世界が包括でき、独特な文学世界を現出させ得たのである。単なる大河小説を超えた本作の深い魅力の理由がここにある。

本作への評価

『桃花源の幻』の原作『人面桃花』は二〇〇四年に公刊されているので、これまでずいぶん時間が経っており、中国国内ではすでに七十本を超える専門の論文が発表されている。格非研究という括りで調べてみると、なんと二千本もの研究タイトルがヒットする。格非とその作品が中国現代文学のカノンとなっていると言ってもいいように思う。本作は後に触れるように、格非が長編としては十年の時間を置いて世に問うた作品であり、中国の読書界には一種の驚きのような受け止め方があった。本作発表の直後に、中国で最も権威のある文芸紙『文芸報』は批評家汪政の評論を掲載し、最大級の賛辞を送った。汪は「事実、これ（『人面桃花』）は、量よりも質において、虚構のディスコースが史学的ディスコースに対応し、その両者が組み合わせられて作品の二重の旋律となっている」と指摘し、本作においては、「文学を主体として押し上げ、歴史を脚注の位置に退かせた」と評している。さらに彼は「これは宗教を思わせる母語への旅で、漢語の華麗な伝統の継承だ……格非個人の唯美的な文人的趣味が、遥か明末から南宋、晩唐、そして六朝へと遡り、脈々と連なる美麗な言辞の伝統に続いていることを想起させる」と興奮気味に称賛した。

海外でも格非は中国の現代作家としてかなり注目を集めており、その作品は、日本語はもとより、英語、フランス語、イタリア語など約二十ヶ国語に翻訳されている。

本作『人面桃花』の英訳『Peach Blossom Paradise』（カナン・モース訳）は二〇二〇年八月に刊行され、「Publishers Weekly」「Wall Street Journal」など有力なメディアで高い評価を得ている。たとえば、「4 Columns」という文芸時評サイトでは、次のように書かれている。「『人面桃花』に描かれる地方のありようは衝撃的である。別な新たな世界の実現可能性という意味においては、確かに儚いのだが……本書は豊穣な（そして多くの場合、伝統的な文化に満ちた）場面展開が進みゆくさきに、蒸気のように立ちこめる一つの長いため息のように感じさせられる最後の場面に結ばれていく。文学作品として実に稀有な達成を遂げている」（アンドリュー・チャン）。これは格非作品の本質をかなり正確に捉えた批評だと言えよう。またスペインの作家、エンリケ・ヴィラ＝マタスは「格非の世界に入ることなしに、現代中国文学における深層のアスペクトに入ることは不可能だ」という賛辞を英訳書に寄せており、欧米で格非がよく知られていることを物語っている。

フランスでは一九九八年にEditions Philippe Picquierが『褐色鳥群』（邦訳『時間を渡る鳥たち』、原作一九八八年発表）を刊行したのを皮切りに、『雨季的感覚』（原作一九九四年）、『傻瓜的詩篇』（邦訳「愚か者の詩」、原作一九九二年）、『蚌殻』（原作一九九〇年）、と次々に翻訳され、本作『人面桃花』は二〇一二年に出版され、その後『隠身衣』（原作二〇一二年）は二〇一五年に仏訳が出ている。アメリカでは二〇一六年に『褐色鳥群』と『隠身衣』がほぼ同時に刊行され、二〇二〇年の本作のカナン・モース訳の出版と続いている。

日本での格非紹介は欧米よりも早かった。桑島道夫訳「迷い舟」（原題「迷舟」、原作一九八七年）が『文学界』一九九六年一月に掲載されたのが最初で、その後フランスでの『褐色鳥群』刊行の前年、一九九七年二月に新潮社から『時間を渡る鳥たち』が拙訳により単行本として出版された。この邦訳書には、「夜郎にて」（原題「夜郎之行」、原作一九八九年）、「オルガン」（原題「風琴」、原作一九八九年）と上述の「愚か者の詩」も収録されている。これ以外には、『季刊現代中国小説』にやはり拙訳で、「ある出会い」（原題「相遇」、原作一九九三年、掲載同誌三八号、一九九三年）、「ブランコ」（原題「打秋千」、原作一九九八年、掲載同誌五一号、二〇〇〇年）が挙げられる。確かに早い紹介ではあるものの、欧米が単行本中心で、その都度しっかりした批評を獲得し、系統的な紹介となっているのに比べると、散発的で偏りがある感を否めない。その意味でも、今回の『桃花源の幻』刊行は意義深いものと言える。

作家格非

原作者格非《かく・ひ》(Ge Fei、本名・劉勇《リュウ・ヨウ》[Liu Yong])は一九六四年、江蘇省鎮江市丹徒県に生まれた。本作の舞台となる江南は、格非の熟知した風土ということになる。本書発表時点でまだ五十代という この年代の作家たちは、中国の書き手の中で独特な立ち位置にある。彼らは親の世代が経験してきた戦争の時代(一九三〇~四〇年代)を知らず、人民共和国建国後の激しい政治運動(一九五〇年代)の緊迫感も伝聞の範囲を出ない。そして最も肝心なのは、一九六六年に始まる文化大革命十年の動乱のときに、彼らはまだ小学生で、「革命」を目撃こそすれ、その主体にはなり得ていないということである。文革終結の一九七六年、「改革開放」の八〇年代を彼らは青春の真っ只中で迎えた。彼らは親の世代、兄姉の世代の悲惨な宿命を自らも浴びることから免れたばかりでなく、長い抑圧から一気に解放されて欧米の文芸思潮が溢れ出る時代に、これまでのどの世代も経験できなかった自由な思想と表現の喜びを謳歌したのである。格非の世代はたいへんに恵まれていたと言える。格非は順調に勉学に励み、一九八五年には上海の名門、華東師範大学中文系を卒業してそのまま母校に残り、文学研究と創作の日々を送ることになる。

格非の作家としてのデビューは、一九八六年「追憶烏攸先生」である。翌年に「迷い舟」を発表し、同世代の蘇童《そ・どう》や余華《よ・か》らとともにこの時代に衝撃を走らせたいわゆる「先鋒文学」の旗手となる。一九八八年には代表作となる「時間を渡る鳥たち」を発表し、その実験的な文体で表現する独特な迷宮的世界が、中国のポストモダニズムの傑作として高く評価された。それは長い政治的抑圧と言論の封殺に対する文学の世界からの厳しいアンチテーゼでもあった。先鋒文学の担い手たちは、伝統の枠組みの破壊に果敢に挑戦する精神を共有していた。先鋒文学は紛れもなく、文化大革命後に起こるさまざまな文学潮流が押し上げた創作表現の高みであり、必然的な到達点であった。彼らは自分たちの「個」としての存在の重さを強く意識し、社会や時代の制約から脱却して自我を取り戻す姿を実験的な表現を通して描出しようとした。初期において格非の最も成功した作品と評される「時間を渡る鳥たち」では、都市の日常を超現実的な幻想世界で再構築し、宿命的に生息する語り手の強いられる回想、そこから浮かび上がる個我の圧倒的な孤独を複層的な語りの次元で展開した。作品において語られない空白の事実と幾重にも続く可能性の暗示は、文字通り迷宮的な深淵そのものだったと言える。

この時期の格非の創作について特筆しなければならないのは、たとえば「迷い舟」や「オルガン」に見られるように、中国現代史の底流に沈潜して人間の本質に迫ろうとする試みである。これらの作品では、民族独立を勝ち取る英雄的な戦いであったはずの抗日戦争から内戦の時代を、ある地方における因習と本能のどろどろした人間模様によって描出し、生きた人間の証を力強く表現している。格非は「意識の流れ」によるディスコースに果敢に挑み、公的な歴史叙述を個の地平から読み直し、社会通念となった認識とはまったく異なる歴史と人間の相貌を描き出したと言えよう。

格非はかつて私のインタビューに、自分の最も影響を受けた作家としてフランツ・カフカの名を挙げたが、確かに格非はこの時代、中国に衝撃的な迷宮の世界を描き出し、自我意識の深層から時間と記憶を大胆に復元し、まったく新たな文学世界を表現したのである。

格非は華東師範大学で一九九八年に教授に昇進したのち、二〇〇〇年に博士号を取得して北京の清華大学に迎えられる。この時期に格非は文学創作においても大きな分岐点を迎えた。ポストモダン的色彩の先鋒派の文学を離れ、より現実的なストーリー展開、ある意味では伝統的な叙述スタイルに回帰していくのである。しかし今思えばこれは百八十度の転換ではなく、先鋒派文学の時代の「迷い舟」や「オルガン」に見られた公的な歴史のディスコースへの挑戦にその端緒がすでにあったのだろう。

格非は一九九〇年代にそれまでの短編中編の創作から、長編小説執筆の試みを始めており、その最初の作品『敵人』は一九九一年に発表されている。第二作『辺縁』（一九九三年）、第三作『欲望的旗幟』（一九九六年）と続いた長編は先鋒派文学の作品と位置付けられた。しかし一族の狂気のような滅亡を描く第一作、辺縁に生きた人々の記憶を描出する第二作、現代のアカデミズムの闇に迫ろうとした第三作はいずれも神秘的な謎をふんだんにちりばめてあり、一部の読者からは衒学《げんがく》的で難解だと敬遠される傾向もあった。そして実際格非は、第三作以後十年近く長編執筆から遠ざかるのである。

しかし二〇〇四年に『人面桃花』が発表されると、中国読書界は、格非がついに戻ってきた、長編作家の復活だと非常に好意的に迎えた。本作では格非の衒学趣味的な難解なイメージは払拭され、多くの中国人が共有する伝統的な文学世界がふんだんに取りこまれて、絢爛《けんらん》で豊穣な江南が再現されていた。そして中国人なら誰でも身近に感じるような登場人物たちが次々と登場し、皆の熟知した時代と事件の流れの中で、懐かしいほどごく自然な、共有しうる感情が紡ぎ出されていた。個我の視線で歴史を綴る、迫力に満ちた長編叙事文学が誕生したのである。

原作『人面桃花』は第三回華語文学メディア大賞（年度傑出成果賞）と第二回鼎鈞双年文学賞を受賞した。そして後続の第三部となる『春尽江南』は、二〇一二年に第四回紅楼夢賞決審団賞を受賞し、「江南三部作」全体に対しては、二〇一五年に中国文芸界最大の賞である茅盾文学賞（第九回）が授与されている。

なお、格非は現在も清華大学で文学理論などを講義する傍ら、精力的に執筆活動を続けており、二〇一七年には最新長編作品『望春風』（二〇一六年）で第一回京東文学賞を受賞している。

語り尽くせぬ『桃花源の幻』の魅力

最後に、翻訳者というより、一読者として、本作『桃花源の幻』の魅力について四つのポイントから語ってみたい。

第一に挙げなければならないのは、本作に登場する人物群像の豊かさである。主人公秀米の初潮の困惑から始める成長の物語ではあるのだが、秀米をめぐって描かれる人物群像は、実に多様である。彼らのユニークなあだ名も現代日本の常識を超える語彙が使われており、その人物の姿がはっきり具現化されて浮かび上がる。たとえば、「首曲がりの宝琛《バオ・チェン》」「老虎《ラオフー》」「聞かん坊の慶生《チンション》」「小《シャオ》驢子《リュイズ》」「大玉の楊《ヤン》」「豚殺しの大金歯」など、こうして本作を読み終わってもなおイメージがあると思う。本作の登場人物たちはみな、それぞれの物語を生きている。時には自然なユーモアさえも感じさせる喜鵲《シーチュエ》や韓六《ハン・リュウ》、花家舎の匪賊の儚い最期、思春期の老虎の描写、「ちびっ子」の物語に込められた人のつながりと深い情愛、翠蓮《ツイリェン》の逃れられない定めの人性、風刺小説を思わせる知識人や官僚の描写など、秀米の物語を主軸にして、多くの庶民の人生が細やかに描きこまれている。登場人物を見つめる格非の眼差しは温かい。本作には完全な悪は登場しない。彼らが邪悪なことに手を染めても、時の流れとともに、読者にはただ哀しみのゆらめきが伝わってくるだけだ。アメリカの評者の触れた、本作に流れる「長いため息」、これは実にみごとな表現だと思う。

第二の魅力は、絢爛で風雅な古典世界の展開である。格非は先ほど紹介した李商隠の艶麗な詩や『紅楼夢』『金瓶梅』といった情念の物語世界を強く意識し、自身の中に湧き上がる着想を思う存分、本作に投入している。第一章で陸家の出奔した当主、秀米の父陸侃は李商隠の詩と「桃源図」の神秘を残し、第二章の花家舎では、大同と隠逸の二面性を匪賊の総元締めが語り、金瓶梅的世界を知識人崩れの頭領たちが演じる。誘拐されて住み着いた尼、韓六の知識に厚い古典の素養があることもこの章の面白さになっている。日本の読者はここでぜひ、中国の京劇の伝統を思い出してほしい。京劇という概念は中国各地で活発に展開した歌劇の総称と考えたほうが適切で、本作においても、登場人物たちの素養の大元には、こうした伝統劇の台詞回しが色濃く反映されているのだ。彼らの引用が微妙に違っているのも、思えば極めて自然なことで、本作が民間の生活に根付いているということがよくわかるのである。また喜鵲が詩の世界に目覚める劇的な場面は、先に述べたように李商隠の世界が再び色濃く影を落としているのだが、この場面から『紅楼夢』第四十八回の、悲しい定めの女性香菱《こうりょう》が詩を学ぶ逸話を思い出す人もいるに違いない。

　第三の魅力、それは変容を遂げたモダニズムの表現である。格非は本作以来、叙事的長編小説の優れた書き手と認められていったのだが、本作を読み終えた読者はすでにお気づきの通り、格非は先鋒派文学の迷宮的世界を放棄しているわけではない。まず指摘しなければならないのは、構想上、長編でありながら、本作では語りの主体が章ごとに変わっていることだ。第一章二章の秀米、第三章の老虎、第四章の喜鵲、これらの登場人物の視座が叙述のスタイルを決定している。このほかに、第二章の従兄による日記の文体が輻輳《ふくそう》していることも注目したい。多面的な視座が物語に与えられたことにより、本作は極めて立体的な奥行きと深みを持ったのだ。一つの位置に固定されることを拒み、事象を多角的に見ようとする自由な創作姿勢がここにはある。また本作では、伝統的叙述の基本である、物語における謎とその解決の展開という約束は影をひそめ、多くの謎がそのまま解決を与えられず残された。たとえば、秀米の父陸侃はどこに行ったのか、母と謎の従兄の出会いはどこだったのか、普済から去った翠蓮のその後は、そして飢餓に襲われた普済の村落で陸家に大きな米の袋を投げ入れたのは誰なのか、さらに日本での秀米の生活、秀米の産んだ二人の子、その父たちとなぜ結ばれたのか、など数え上げれば際限もなく疑念が湧いてくる。読者はそれらの謎に直面したとき、必ず自らその答えを想像する。それは物語世界の可能性を無限に広げる操作だと言ってもいいだろう。格非は巧まずして、かつての「迷い舟」「オルガン」の作風を繰り広げているのだ。さらに加えるなら、言葉の持つ魔術的な力が登場人物に不思議な形で現れていくことも、触れておくべきだろう。「普済にもうじき雨が降るぞ」というひとことが失踪した父の最後の言葉だが、翠蓮の運命についての占いがたぶんその通り実現され、老虎の人生も何気ない医師の言葉が予見しており、大金歯の処刑も言葉の魔力とも思える。そして「ちびっ子」という名で呼ばれた「名のない者」が第三章のちびっ子だけではなかったことも、言葉の不思議な力を感じさせる。「ちびっ子」は第二章の馬弁《マービエン》、第四章の譚四《タン・スー》からその子にまで見え隠れしながら繋がっているのだ。

第四の魅力、最後に触れておきたいのは、主題のユートピアについてである。本作で追い求められた桃源郷のイメージは、第一章の「桃源図」の二次元世界から、第二章の盗賊集団の隠れ家花家舎における実現と滅亡、第三章の秀米による普済学堂の試みと失敗、と展開していった。しかしこれらはいずれも見果てぬ夢、幻想のままに終わる。読者は第四章で初めて、飢餓で全滅寸前の普済村の陸家における奇跡的な救済の場面で、高度に実現された桃源郷的なコミュニティの姿を目撃することになる。しかしよく考えてみれば、この救済は、何者かによって投げこまれた大きな米の袋があって、初めて成り立った奇跡的な出来事だった。つまり、実際にはそうした大団円の舞台などあり得ず、大同の理想社会は実現不可能ということになってしまうのだろう。突き詰めていけば、即物的な条件で理想社会が用意されるわけではない、ということだ。格非が控えめに提起しているのは、第二の魅力で触れた芸術の力だ。第四章の飢餓救済の場面の直前に描かれているのが、喜鵲が詩に目覚める朝の場面である。詩の芸術の高みに触れた喜鵲は秀米と、主人と召使いの関係を超えた精神的なつながりをもって、日々の暮らしを心豊かに送ることになる。芸術的な境地、実はそこでこそ、人と人が自由で平等な、お互いに尊厳を認め合う世界が成り立つ。格非の古典世界への眼差しは、単なる懐古趣味ではなく、理想郷への想いと深く繋がっているのだろう。桃源郷は精神的な高みで求め合う魂が作り出す境地に他ならない、実はこの静かな悟りが原作者格非のメッセージなのかもしれない。

＊＊＊

原作『人面桃花』の翻訳は、中国現代文学の日本への紹介という立場から見て、とても意義深い仕事だった。と同時に私にとって、たいへんに楽しく、予想以上に収穫の大きい作業だった。変わらぬ友情で応援してくれた格非氏、この機会を作ってくれたアストラハウスに、最後に心からの感謝の意を表したい。

本書には、こんにちの日本では差別的ととられかねない表現がありますが、
著者に差別を助長する意図はありません。
中国の歴史的な状況、社会的な状況を踏まえ執筆された作品であることを考慮して
お読みいただければ幸いです。

著者略歴

格 非（Ge Fei／ゴオ・フェイ／かくひ）

本名・劉 勇（Liu Yong）。清華大学人文学部中国語学科特任教授。同大学文学創作・研究センター所長。1964年中国江蘇省鎮江市生まれ。1985年上海・華東師範大学卒業。デビュー作は86年「追憶烏攸先生」。87年「迷い舟」などの作品で、同世代の蘇童や余華らとともに「先鋒文学」の旗手とされる。88年『時間を渡る鳥たち』（新潮社 1997年）はポストモダニズムの傑作として高く評価された。2004年、およそ十年の沈黙をへて本作『桃花源の幻』（原作「人面桃花」）で中国読書界を騒然とさせる。この作品で第3回華語文学メディア大賞（年度傑出成果賞 2004）、第2回鼎鈞双年文学賞（2005）を受賞。続く第二部「山河入夢」、第三部「春尽江南」と合わせた「江南三部作」として、第九回茅盾文学賞（2015）受賞。清華大学で文学理論などを講義する傍ら、精力的に執筆活動を続け、最新長編作品「望春風」（未邦訳）で、第1回京東文学賞（2017）受賞。

訳者略歴

関根 謙（せきね・けん）

1951年福島県生まれ。慶應義塾大学名誉教授。専門は中国現代文学。慶應義塾大学大学院修士修了、博士（文学）。慶應義塾大学文学部長をへて2017〜21年雑誌『三田文学』編集長。主な著書に『近代中国 その表象と現実』（平凡社）、『抵抗の文学 国民革命軍将校阿壠の文学と生涯』（慶應義塾大学出版会）など。主な翻訳書に『飢餓の娘』（虹影 集英社）、『時間を渡る鳥たち』（格非 新潮社）、『南京 抵抗と尊厳』（阿壠 五月書房新社）など多数。

Glossary

1 【閣楼《ゴーロウ》】
土台の上に建てられた離れの二階屋。一階は空間になっており、木の階段で上る。江南では凝った造りの閣楼もあり、土台は石段が付けられている。

2 【寒食節】
清明節（二十四節気の一つ）の二日前。四月四日ごろ。

3 【後院《ホウユエン》】
四合院造り（方形の庭を囲んで東西南北の四方に棟を配した中国伝統の居住建築様式）の邸宅における、奥の棟と庭園。ここでは邸宅の北側にあたる。

4 【馬桶《マートン》】
江南の家庭用大型の木製便器。座って用を足す。糞尿は便器ごと運んで処分し、洗って使う。

5 【太師椅子】
肘掛けと背もたれのある大きな椅子。

6 【前院《チエンユエン》】
四合院造りの邸宅における表側の棟と庭園。

7 【腰門《ヤオメン》】
邸宅の正門（大門）の先の「二の門」。前院の出入り口になる。

8 【正房《ジョンファン》】
四合院の母屋。

9 【廂房《シャンファン》】
正房（母屋）を挟み、中庭の両脇に向かい合う建物。

10 【金針菜】
キスゲ。ユリ科のホンカンゾウの花の若いつぼみ。乾燥させて漢方薬としても用いられる。花は美しく、憂いを忘れる忘却の花「ワスレグサ」とも。

11 【王八蛋《ワン・バーダン》】
「馬鹿者」「愚か者」の意味もある。

12 【二十吊銭《ディアオチエン》】
穴あきの銭を紐で通してまとめた貨幣、時代によって大きく変動。

13 【孫姑娘《スングーニャン》】「孫のお嬢さん」。水商売の女というニュアンスがある。

14 【韓昌黎《かん・しょうれい》】唐宋八大家の一人・韓愈《かん・ゆ》のこと。後述の『進学解』はその著。また、韓世忠《かん・せいちゅう》は南宋の武将で、梁 紅玉《りょう・こうぎょく》はその夫人。兀朮《うじゅ》は金（清朝の祖先・女真族の王朝）の武将で、南宋に攻め込んだ。

15 【揚州《ヤンジョウ》】江蘇省の古い歴史のある都市。清朝では府（県の上の行政単位）。

16 【府学】府に置かれた官立の高等教育機関。王朝の官吏登用試験「科挙」における地方レベルの試験を司った。ここの試験の合格者が「挙人《きょじん》」。

17 【李商隠《り・しょういん》】晩唐九世紀の詩人、字《あざな》は義山《ぎざん》。耽美的で艶麗な詩風。特に「無題」と題されたいくつかの詩篇は有名。

18 【金蟾《きんせん》鎖を噛み香を焼きて入る】金の蟾蜍《せんよ》（ひきがえる）が鎖を噛むように設えられた香炉に香を入れて焚く、の意。

19 【進士】科挙における最終段階。中央における試験に合格すると「進士」となる。

20 【麻衣相法《まいそうほう》】伝説の麻衣道者が行ったと言われる観相術。

21 【六壬神課《りくじんしんか》】陰陽五行による占いの一種。

22 【奇門遁甲《きもんとんこう》】八卦を使った占いの一種。

23 【陶淵明《とう・えんめい》】六朝時代の代表的な詩人。陶潜。三六五－四二七年。「隠逸詩人」「田園詩人」と称される。「桃花源の記」の著者。ここで言われているのは有名な「飲酒詩」に謳われた光景。

24 【翩然《へんぜん》たり一隻《せき》雲中の鶴、飛来飛去す宰相の衙《が》】清、蔣士銓《しょう・しせん》の詩の一節。俗世の権勢（宰相の衙＝役所）から離れられない偽物の隠士の姿が詠まれている。

25 【桃花源】東晋年間、武陵の漁師が桃の花の林に迷い込み、外界と隔絶した平和で豊かな村里に出たが、その後二度とその村里は見つけられなかったという話。桃花源が理想郷としてイメージされた。

26 【十二、三里】 陶淵明（注23）「桃花源の記」による。中国の一里は五百メートル。およそ六、七キロメートル。

27 【餅子《ビンズ》】 小麦粉をこねて円盤状に焼いたもの。

28 【黄沙臉《こうさけん》を覆《おお》い、尸全《しかばねまった》きことなし】 「戻らなければ自分は砂漠の砂に埋もれ、死体はバラバラになるであろう」の意。臉とは顔のこと。京劇『四郎探母《しろうたんぼ》』の中で、主人公の楊延輝《ようえんき》（四郎）が『走れメロス』的な帰還の誓約をするときに唄う台詞。

29 【湖州《フージョウ》】 浙江省北部にある地名。

30 【宦官《かんがん》】 宮廷や後宮に仕える去勢された男子。一大勢力を成し、政治に影響を及ぼすこともあった。

31 【老虎《ラオフー》】 中国語では「老虎」が「虎」のこと。老いた虎の意味はない。

32 【秀才】 科挙の初歩段階。これに合格すると府学に入り、さらに上のレベルの試験を受けることができる。

33 【魯仲連《ろ・ちゅうれん》義として秦を帝とせず】 『戦国策』中の有名な文。魯仲連は戦国時代、斉の雄弁家。高節の士として伝わる。

34 【素焼きの壺は井戸端で割れ、将軍は前線で死ぬ】 『漢書』による。危機は身辺にありの意。

35 【通鑑綱目《つがんこうもく》】 『資治《しじ》通鑑綱目』。歴史書、宋代の朱子の編。

36 【挙人《きょじん》】 科挙において、秀才の上のレベル。進士の受験資格がある。

37 【天啓元年】 明、一六二一年。

38 【道光二十二年】 清、一八四二年。

39 【鶏は三本足】 戦国時代の思想家、公孫竜の有名な詭弁《きべん》の一つ。鶏は目に見える二本の足のほかに概念上の「足」があり、全部で三本になるという。

40【匪賊《ひぞく》】略奪・殺人・強盗などを行う集団。この時代、村落ぐるみでこれを生業《なりわい》とすることもあった。

41【酥油《そゆ》】牛乳から作られたバターに似た油。

42【南柯《なんか》の夢】槐の木の下で眠っている間に見た儚い夢。栄華のむなしさをたとえる慣用句。（唐代小説『南柯太守伝』）

43【芰荷《きか》】蓮のこと

44【離騒《りそう》】中国の戦国時代、楚の屈原の作『楚辞』の代表的な長編詩。

45【玉谿生《ぎょくけいせい》】李商隠の号、別名。

46【紅楼夢】清代初期の口語体長編小説。曹雪芹《そう・せっきん》の作。中国近代文学に大きな影響を与えた。

47【残《のこ》んの蓮に雨音を聴く】前出『紅楼夢』第四十回で、ヒロイン林黛玉《りん・たいぎょく》が主人公賈宝玉《か・ほうぎょく》をたしなめる際に引用した李商隠の七言絶句の一節。作中で黛玉は、李商隠は嫌いだがこの句だけは好きだと語っている。

48【芙蓉の塘外 驚雷有り】李商隠の詩「無題」の一節。本作の鍵となる「金蟾《きんせん》」の語がこの詩にある。芙蓉の塘とは蓮の池のこと。原詩では「軽雷」だが、ここではあえて「驚雷」となっている。世の大乱の暗示か。（注18）

49【顧文房《こ・ぶんぼう》の『問答釈義』】顧文房は明の蔵書家、顧元慶《こ・げんけい》のこと。おびただしい書物を収集して叢書『顧氏文房小説』を編んだ。ここに収録された芍薬の一節を引く『問答釈義』は、西晋の崔豹《さい・ひょう》の著『古今注』の一つ。

50【宣紙】安徽省宣城などで産する上質の書画用の紙。

51【倚馬千言《いばせんげん》】馬に寄りかかって待つ間に千万言の文章を書き上げる、という成句。

52【詩詞歌賦、八股文《はっこぶん》】

いずれも中国伝統文学の典型形式。

53 【拝帖《はいちょう》】 封筒大の赤い紙に書いた正式な名刺。

54 【楹聯《えいれん》】 屋敷の太い柱に掲げる対聯。

55 【寿序《じゅじょ》】 誕生祝いの言葉。

56 【股を割きて親を活かす】 「病いの親のために自分の太腿の肉を切り取って食べさせる」という親孝行の逸話。

57 【息夫人】 春秋時代、権力に弄ばれた夫人。

58 【風人の嘆くところ】 「風人詩」は古代の民歌の一つ。

59 【竹竿《ちくかん》の美】 遠く嫁いだ娘が親を想う心情を表す成句。（『詩経』）

60 【桃夭《とうよう》の徳】 嫁入りする若く美しい娘が婚家に幸せをもたらすという成句。（『詩経』）

61 【芦花雄鶏】 羽毛が芦花のように見える鶏、中国山東原産の良質種。

62 【人中《じんちゅう》】 漢方のツボの一つ。鼻の下、上唇の真ん中の溝のあたり。

63 【衣冠墓】 遺骨の代わりに故人の身に着けていたものを埋葬する墓。

64 【八仙卓】 大型の食卓。

65 【保長《ほちょう》】 清朝の行政で、近隣数十軒を取りまとめる責任者。治安上の権限もあった。

66 【蜩蛄会《ちょうこかい》】 蜩蛄は蝉のこと。ここでは革命を目指す秘密組織という設定。

67 【幇会】 当時の闇社会における秘密結社の総称。

68 【重陽の節句】 旧暦九月九日、菊の節句。この夏荘事件のほんの数日前ということになる。

69 【金華の美酒】 浙江省の旧金華郡、とりわけ蘭溪などで産する醸造酒。

70 【叩頭《こうとう》】 ひれ伏して頭を地面に擦りつける、非常に敬意をこめた礼。

71【七竅《しちきょう》】顔の七つの穴。両目、両耳、両鼻孔、口。

72【協統《シエトン》】清朝の軍制で旅団長クラス。

73【抱拳《ほうけん》】拳を片手で包む敬礼。

74【凌遅《りょうち》】謀反人などに課された残酷極まりない刑。生きたまま身体の肉を少しずつ切り取って殺す。

75【陳叔宝《ちん・しゅくほう》】南朝時代、陳の最後の王。暗愚好色で国を滅ぼしたとされる。

76【終南山《しゅうなんざん》】長安（西安）南東にある山。古来詩によく詠まれる。

77【七星の大秤】北斗星のように正確だと謳った秤。

78【二十八斤】一斤は五百グラム。つまり十四キログラム。

79【六畝】一畝は約七アール。

80【郴州《チェンジョウ》】湖南省東南部にある地名。

81【生辰八字《せいしんはちじ》】生まれた時の年月日と時間。これらをもとにその人の運命を占う。

82【氷糖葫蘆《ビンタンフールー》】砂糖漬けの山査子《さんざし》などを串刺しにした菓子。

83【光緒二十七年《こうしょ》】一九〇一年。義和団事件の講和条約が結ばれた年。

84【雪浄聡明】杜甫《と・ほ》の詩「樊《はん》二十三侍禦《じぎょ》が漢中判官に赴《おもむ》くを送る」の一節。「江雪浄聡明、雷霆走精鋭」とある。「江雪のように清らかな聡明さ、三軍の精鋭を走らせる雷霆のような雄々しさ」の意。

85【桑中之約《そうちゅうのやく》】『詩経』にある男女密会を表す言葉。

86【牀第之歓《しょうしのかん》】『春秋左氏伝』にある男女交合の歓びを表す言葉。

87【大同】大同思想。清末、戊戌《ぼじゅつ》の変法運動の指導者、康有為《こう・ゆう・い》が主張した平等な理想社会の理念のこと。

88【対聯《ついれん》】めでたい対句や文言を二枚に書きわけた紙、掛軸。

89【如意《にょい》】孫の手のような形の仏具の一種。

90【馬弁《マービエン》】将校の護衛兵。馬廻りの世話もした。

91 【清幇《チンバン》】 清末・民国初期に暗躍した秘密結社、暴力団。「青幇」とも。

92 【叫票《ジャオピャオ》】 匪賊《ひぞく》の隠語で「票」は攫ってきた人質のこと。

93 【大爺《ダーイエ》】 ここでは、総元締めのお頭の意。

94 【焦先《しょうせん》】 正しくは漢末の隠士。道を極め、伝説では百歳以上生きた。（皇甫謐《こう・ほひつ》『高士伝』）。

95 【江陰《こういん》】 江蘇省の古い商業都市で交通の要衝。

96 【羲皇《ぎこう》以来、ただ一人のみ】 羲皇は伝説上の帝王伏羲《ふく・ぎ》のこと。この墓誌銘は前掲の『高士伝』に基づく。

97 【同治六年】 清末、一八六八年。

98 【翰林院《かんりんいん》】 唐代に始まる宮廷直属の学芸機関。清朝の皇室アカデミー。

99 【資政大夫福建按察使】 資政大夫は皇帝の政治を補佐する高位の官職。福建按察使は福建を管轄する司法長官。

100 【英雄は芳草の地に埋没す】 五爺は「俗に」としたが、明末清初の文人、銭謙益《せん・けんえき》の詩がもと。

101 【堯舜《ぎょうしゅん》】 古代の伝説上の帝王、堯と舜。理想的な仁政を行って後世の帝王の模範とされる。

102 【度亡経《どぼうきょう》】 死者の魂を済度する経典。中国では近年『西藏度亡経』がよく知られるようになっている。「西藏」はチベットのこと。

103 【小殮《ショウリエン》】 葬儀で死者に死装束を着せる儀式。

104 【貧尼《ひんに》】 尼僧のへりくだった自称。

105 【玉佩《ぎょくはい》】 玉製の円型の装身具。胸や腰に帯びる。

106 【胡珠《こじゅ》】 橄欖《かんらん》やオリーブの実などを加工した装飾品。

107 【蕓児《ユンアル》】 「児」を付けると愛称になる。「ユンちゃん」という感じ。

108 【強弩《きょうど》の末】 強勢だったものが衰え果てて無力となること。（『漢書』）
109 【鱖魚《けつぎょ》】 扇状の背鰭《せびれ》を持つ美味な淡水魚。
110 【唐伯虎《とう・はくこ》】 明代の画家、唐寅《とう・いん》の字《あざな》。風雅で名を成し、美男子として伝わる。
111 【紀暁嵐《き・ぎょうらん》】 清代の著名な文官、紀昀《き・いん》の字《あざな》。『四庫全書』の編者であり、奇怪な故事集『閲微草堂筆記』の著者でもある。
112 【黒い頭巾をかぶって～大きな扇を持っている】 『金瓶梅』第二十九回に登場する神仙を気取った人相見の格好を真似している。
113 【雲夢沢《うんぼうたく》、洞庭湖《どうていこ》】 雲夢沢は武漢付近に広がっていたという大湿地帯。唐の孟浩然に洞庭湖を望んで古《いにしえ》の「雲夢の沢」を思う有名な詩がある。
114 【転蓬《てんぽう》】 風に吹かれ根を離れて転がる蓬《よもぎ》。流浪の人生のたとえ。
115 【春去りてなお憂いの末だ消えざるは何ゆえか】 『金瓶梅』第三十五回にほぼ同じ詞がある。次の詞も同様だが、少しずつ違っている。このあと慶福の言う「春尽きしに」は間違いで、「春去りて」が正しい。
116 【隋堤《ずいてい》の柳絮《りゅうじょ》】 隋の煬帝《ようだい》が開いた大運河は堤の柳で有名。
117 【万一を恐れず、ただ一万を恐る】 慶福の誤り。正しくは「一万を恐れず、ただ万一を恐る」。想定内のことが一万回起こることより、万一のことが起こるほうが恐ろしいという意味。
118 【楊梅《ヤンメイ》】 ヤマモモ。
119 【香篆《こうてん》】 高級な香の一種。篆字を象《かたど》った香。
120 【嗚呼、お父様お母様、哭喪《こくそう》終えたばかりに、報喪また至るを恐れる】 「宝灯～」以下は『金瓶梅』第三十八回の詞によるが、「嗚呼」以下二行は原詞にない。「哭喪」

は葬儀で声をあげて泣く儀式、「報喪」は葬儀の知らせ。

121 【釈迦牟尼仏、梵《ぼん》の王子〜南無大乗大覚尊になられた】 『金瓶梅』第五十一回の「五供養」の曲に基づくが、いくつか誤りがあり、口伝の芸だとわかる。

122 【梭《ひ》】 機織りの横糸を通す小さな舟形の器具。杼《ひ》。

123 【尤物《ゆうぶつ》】 優れもの、美しい女性。

124 【湖広巡撫《ここうじゅんぶ》】 巡撫は総督と同等の権限のある官職。民政・軍事を司る。湖広は湖北湖南など長江中流域の地。

125 【数十丈】 一丈は三・三メートル。約百メートル。

126 【二十四孝】 親孝行の人物二十四人の逸話をまとめたもの。

127 【康南海《こう・なんかい》】 戊戌《ぼじゅつ》の変法の指導者康有為のこと。後に西太后による政変が起こり亡命。（注87）

128 【不易《ふえき》の法】 変更することが許されない根本の法。

129 【拱手《きょうしゅ》】 両手を胸の前で組み合わせてお辞儀する礼。

130 【福建の倭寇《わこう》】 倭寇は明代の日本人主体の海賊のことだが、清末のころには沿岸を荒らす強盗集団を指すようになり、その構成員はほとんど福建などの出身者だった。

131 【老五《ラオウー》】 「老」は親しみを込めた呼称。

132 【小六子《シャオリュウズ》】 「小」は若輩者に対する愛称。「六番目くん」という感じ。

133 【糯米糖藕《ヌオミータンオウ》】 浙江名菜の一つ。蓮根の穴に餅米を詰め、棗《なつめ》などで甘く煮込んだスナック。

134 【慶父死なざれば、魯難《ろなん》未だ已《や》まず】 反逆者の慶父を誅殺しない限り、魯の国の災難は止まらない、の意。（『左伝』）

135 【南瓜《かぼちゃ》の糊糊《フーフー》】 煮込んで粥状になった南瓜にインゲンや餅米などを加えた濃密なスープ。

136 【瓜豆《グアドウ》】 クラスタ豆の一種。

137 【鹿を落とすのは誰なのか】

「鹿死誰手」。最後の勝利を摑むのは誰か、の意。（『晋書』）

138【団練】地主の自衛武装組織。

139【総兵】辺境守備部隊の司令。

140【水師管帯】水軍の中隊長。

141【文君《ぶんくん》・子建《しけん》】文君は名だたる才女の卓文君《たく・ぶんくん》。子建は三国時代に詩聖と呼ばれた曹植《そう・しょく》の字《あざな》。『紅楼夢』第一回に同じフレーズがある。

142【慧根《えこん》】仏教の考えで、生まれながら持つ悟りへの知恵のこと。

143【虎龍の定め】逆境にある人を励ます俗諺。平地の虎は犬に吠えられ、浅瀬の龍は海老に馬鹿にされるように、条件が悪いと強者も力を発揮できないという意。

144【すべての事は勢いだ】『孫子』にある言葉。「事」と「勢」は発音が「shi」で同じ。

145【韓公雪を擁して藍関《らんかん》を過ぎる】京劇『藍関雪《らんかんせつ》』。韓愈が正論を通して左遷されるときの困難な道行を描く。

146【猜拳《さいけん》遊び】酒席の余興。めでたい文句を唱えながら拳で出す数を当てる。

147【酒醸圓子《ジュウニャンユアンズ》】江南の点心。甘酒と餅米の団子で作る。

148【屁】謎の答えは漢字一文字。「屁」という字は尸《しかばね》に匕首《あいくち》（刀）が二つ刺さっている。

149【元宝《ユエンバオ》】清朝の高級通貨。銀錠とも。馬蹄型をした銀塊で最高では五十両、約百万円相当。

150【響きがいい】清朝最後の皇帝は愛新覚羅溥儀《アイシンジュエルオ・プーイー》。「プージー」と音が似ている。また次の行の「法名もつける必要がない」というのは「普済《プージー》」には「あまねく救う」の意があるため。

151【泰州《タイジョウ》】江蘇省の商業の町。

152【東洋】日本のこと。

153 【二禿子《アルトウス》】「禿げの次男坊」というぐらいの意。

154 【郷紳《きょうしん》】郷村にいる退職官吏や科挙合格者など、事実上の村の支配階層。

155 【餡餅《シェンビン》】ひき肉や野菜を挟んで焼き上げた円盤状の小麦のパイ。

156 【知府大人《ちふたいじん》】「知府」は府の長官。「大人」は身分の高い人、父や目上の成人男性に対する敬称。

157 【綿打ちのブーンブーンダンダンという響き】民間の伝統的な綿打ち。弓のような器具の弦の部分を使って綿を打ち、綿を柔らかくする。専門の職人が各地を回っていた。

158 【麻花《マーホア》】長めの棒状にねじり合わせたカリントウのような揚げ菓子。

159 【清明節】二十四節気で春分後の十五日目。四月五日頃。墓参りや野遊びなどをする。

160 【人生は寄《よ》するが如し】「人生は仮の宿り」の意。三国時代、曹操《そう・そう》の子、曹丕《そう・ひ》「善哉行」の一節。「多く憂れうるも何をか為《な》さん」と続く。

161 【たとえ一千年～土饅頭一つ】人生の儚さを言う。南宋の詩人范成大《はん・せいだい》の詩の一節が元。正しくは「扉」ではなく「門檻（敷居）」。「土饅頭」は墓のこと。

162 【扁鵲《へんじゃく》】戦国時代の伝説の名医。

163 【童養媳《トンヤンシー》】幼児の男子の嫁として買い入れた娘のこと。男子が幼いうちは下女として使われた。

164 【喪服が美しい】中国の喪服は白一色。白い服の女性はきれいに見えると言われている。

165 【雷鋒塔の下】明代、馮夢龍《ふう・ぼうりゅう》『白娘子永鎮雷鋒塔』に描かれた有名な伝説。男を誑《たぶら》かした白蛇の妖怪が、西湖のほとり雷鋒塔の下に封じ込められたという。

166 【楊林《よう・りん》と我は争闘し、それがため登州《とうしゅう》に配せられることに】

京劇『三家店《さんかてん》』で主人公秦瓊《しん・けい》の唱う一節。楊林は敵役。登州は山東半島の東端。

167 【百八十七畝と二分七厘】約十三ヘクタール。東京ドーム二個半以上の広大な土地。

168 【百二十里】およそ六十キロメートル。

169 【周の粟《ぞく》を食《は》まず】武王の周王朝に抗して、周の食べ物を拒んだ伯夷《はくい》・叔斉《しゅくせい》の故事。(『史記』)

170 【金陵】南京の古称。

171 【夜を徹して巧名に～帰る者もいる】清末の呉敬梓《ご・けいし》の風刺小説『儒林外史《じゅりんがいし》』の一節。立身出世にはやる若者と悠々自適の心境を対比している。

172 【米糕《ミーガオ》】米粉で作る菓子。

173 【臘月《ろうげつ》】旧暦十二月。

174 【紙札を燃やす】墓参りなどの際に、紙で模造した金銭を燃やして冥福を祈る習慣。

175 【良禽《りょうきん》は木を択《えら》ぶ】優れた鳥は棲む木を選ぶ。賢い臣下はふさわしい君主を選ぶという成語。(『三国志』)

176 【一九六八年】文化大革命（文革）の二年目。紅衛兵による闘争が激化した時期。毛沢東は学生らを農山村、辺境の地に下放（移住）させて開墾と思想改造の日々を送るよう指令を出した。

177 【はだしの医師】原文「赤脚医生」。文革時に農山村に下放した青年学生の中には衛生の基本知識を身につけて、素人医者として医師免許なしに現地で医療活動をする者がいた。一九六八年に始まる。

178 【叩頭してお参りしてもいいのだろうか？】叩頭の礼は通常年下や目下には行わない。

179 【蓮花落《リエンホアラオ》】民間口誦芸能の一つ。二枚の板を叩いて調子を取りながら、独特の節回しで歌う。

180 【褒姒《ほうじ》・妲己《だっき》】褒姒は周の幽王《ゆうおう》の后《きさき》。亡国の美女と言われた。妲己は殷《いん》の紂王《ちゅうおう》の寵妃《ちょうひ》、同じく亡国の美女で「酒池肉林」の逸話がある。（『史記』）

181【宣統三年】一九一一年。辛亥革命の年。

182【北平】北京のこと。

183【新四《しんし》軍挺進縦隊】八路軍と並ぶ共産党指揮下の軍隊。江南に展開した。

184【駅站《えきたん》】街道の要所要所に置かれた宿駅の館。

185【パーリ語】仏典に使われるサンスクリットから派生した言語。

186【騒乱】十九世紀末には外国人宣教師に対して多くの暴行事件が発生している。

187【范成大《はん・せいだい》】南宋の詩人。（注161）

188【陳思《ちん・し》】南宋の文人。

189【袁宏道《えん・こうどう》】明代後期の詩人。

190【韓彦直《かん・げんちょく》】宋代の愛国者。

191【共進会】一九〇五年に東京で設立された中国の革命団体。メンバーはその後中国へ帰国し、辛亥革命に呼応して活動した。

192【江淮《こうわい》】長江と淮河の流域。

193【黄金栄《ホアン・ジンロン》】清幇の大頭目。

194【杜月笙《ドゥ・ユエション》】同じく清幇の大頭目。

195【井水《せいすい》、河水《かすい》】井水、河水とも天の星辰。銀河を守りながら互いの領域が混じることはないという。（『紅楼夢』第六十九回）

196【青花瓷《チンホアツー》】白の胎土に青の染付をした陶磁器。

197【時花香草〜嘆くべし】概訳すると「時節ごとに咲く花や香草には昔から美人の名があり、品性を修養するばかりか、人の言葉をも解する。蘭は奥深い谷間に出て、菊は畑に隠れ、梅は山中で雪を花に置き、竹は清らかな香りを窓辺に漂わす。ただ蓮だけは、汚泥の辱めの中に沈み、汚泥から生じてるのに、品格は浄《きよ》らかで、性質は穏やかで優しい。秀米の美しい蓮に寄せる想いは、自身の身の上が世に受け入れられないからなのだろう。そうではあるけれど、私は彼女の気持ちが、寂しく隠遁して生きることに傾いていると推察する。嘆かわしいことだ。嘆かわしいことだ」

198【光緒三年】一八七七年。

199【王世懋《おう・せいぼう》】明代の詩人。著名な文人王世貞は兄。

200【白露《はくろ》】二十四節気の一つ、秋分の前、秋の気配が感じられる九月八日ごろ。

201【李時珍《り・じちん》】明代の名医。『本草綱目』の著者。

202【長袍《チャンパオ》に馬掛《マーグァ》という恰好】清朝の伝統的な男子の服装で、「長袍」は袷《あわせ》の長い服、「馬掛」は短い上着。

203【二次革命】辛亥革命後の一九一三年、初代総統となった袁世凱の打倒を目指した武装革命。

204【袁世凱《えん・せいがい》】辛亥革命で成立した中華民国の初代総統。前注の二次革命を武力で制圧した後、独裁化を進め、帝政復活を画策したが激しい反発を招き、一九一六年死去。

205【顧忠琛《グウ・ジョンチェン》】早期の革命派の一人。江蘇革命軍第一六師団長、第四軍軍長を歴任。

206【湯団《タントゥアン》】正月元宵節《げんしょうせつ》に食べる餅米団子入りの甘いスープ。

207【芙蓉の塘外 軽雷有り】この小説の鍵となる「金蟾嚙焼香入」の一句がある李商隠「無題」の一節。この句の後に「金蟾～」の句が続く。（注18、48）

208【萼緑華《がくりょくか》・杜蘭香《とらんこう》】どちらも妖艶な仙女の名。後者はかぐや姫伝説の元とも伝えられる。李商隠の詩「重過聖女祠」（注211）に登場。

209 【紅楼雨を隔てて相望めば冷し】
李商隠の詩「春雨」の一節。

210 【雪嶺未だ帰せず天外の使い】
李商隠「杜工部蜀中離席」の一節。

211 【一春の夢雨は常に瓦に飄《ひるがえ》す】
李商隠「重過聖女祠」の一節。

212 【毛辺紙】
竹の繊維で作る伝統的な紙。

213 【陳伯玉《ちん・はくぎょく》の「堂弟孜《し》墓誌銘」】
陳伯玉は唐の著名な詩人陳子昂《ちん・すごう》のこと。「堂弟孜墓誌銘」は「従弟の孜《し》の墓誌銘」の意。「一字も違わず」とあるが、丁樹則《ディン・シューゾー》の墓誌銘には、実際は書き間違いが残っている。

214 【礼記《らいき》】
『詩経』とともに儒教の重要な経典。「四書五経」の一つ。

215 【江梅《こうばい》】
野生の梅の一種。

216 【官城梅《かんじょうばい》】
官府で栽培された梅の品種。以下この段であげられる梅の名は范成大の『范村梅譜』に拠《よ》るもの。

217 【道観】
道教の寺。

218 【会稽《かいけい》府】
浙江省紹興付近、六朝文化の中心地。

219 【小寒】
二十四節気の一つ。冬至の後、一月六日ごろ。

220 【寒鴉《ハンヤー》】
ニシコクマルガラス。中国では主に北部に生息するが、冬季に華南地方でも見られることがある。

221 【東籬《とうり》】
陶淵明の「飲酒詩」に、「菊を采《と》る東籬の下《もと》、悠然として南山を見る」とある。

222 【阮郎《げんろう》】
「不思議な桃を食べて美女のいる郷に誘いこまれ、夢のような日々を過ごすうちに、十世代もの年月が経っていた」という説話の主人公の名。(『太平広記』)

223 【酒旗】
居酒屋の目印、看板のような幟《のぼり》。

桃《とう》花《か》源《げん》の幻《まぼろし》

2021年 11月 30日　第1刷　発行

著者　格《かく》 非《ひ》
訳者　関根《せきね》 謙《けん》

装幀　坂川朱音+鳴田小夜子(坂川事務所)
編集　和田千春
発行者　林 定昭
発行所　株式会社アストラハウス
〒203-0013
東京都東久留米市新川町2-8-16
電話 042-479-2588(代表)
印刷・製本　中央精版印刷株式会社

ISBN978-4-908184-32-1　C0097